GUM
Nuova serie
4

Dante Alighieri
La Divina Commedia

DANTE ALIGHIERI

La Divina Commedia

A cura di
Fredi Chiappelli

MURSIA

Il testo seguito per questo volume
è quello proposto
dalla Società Dantesca Italiana
in *Opere di Dante*, Firenze, 1960^2

Anno   Edizione

92 91 90 89   9   10   11   12   13

PRESENTAZIONE

I poemi narrativi del Medio Evo, persino quelli dell'epopea storica francese, erano concepiti in uno spirito romanzesco: alcuni tratti concreti sostenevano un mondo di luoghi e di fatti immaginari. L'autore della Commedia *ha rivoluzionato questa tradizione: l'avventura che racconta è tipicamente favolosa e metafisica, ma essa si svolge nella realtà storica e locale dei mille episodi concreti, delle innumerevoli metafore, similitudini, allusioni linguistiche che fanno cosí vasto il mondo del poema.*

Tale stupefacente novità di struttura viene a prodursi a causa dell'immagine che Dante aveva dell'opera scritta. Come è noto, Dante aveva traversato intense esperienze pratiche nella sua giovinezza e maturità, parallelamente alle esperienze spirituali e a quelle piú strettamente letterarie che sono testimoniate dalla serie delle sue opere a cominciare dalle Rime. *Ora, al momento culminante della sua maturità umana e poetica, l'opera scritta gli appariva come la sola possibilità di affermare che l'incessante delusione, che appare inerente al vivere sulla terra, non poteva smentire l'esistenza di un ordine universale e splendido. L'opera scritta sola poteva interpretare e rappresentare il riordinarsi nei disegni assoluti della creazione di tutte le apparenze che la vita ci offre o ci getta in frammenti. La favola metafisica del viaggio nei regni dell'eterno organizza con sovrana chiarezza i contenuti eterogenei dell'esperienza: l'opera scritta diviene come un campo magnetico che compie, nell'immensa fluidità delle circostanze, la dieresi fra ciò che è fallace e caduco e ciò che è durevole, e salutare.*

Questa attitudine rispetto all'opera letteraria è in accordo con la posizione tipica del dotto medievale; sia in quanto attribuisce alla poesia una funzione rivelatrice, collocandola al centro dell'attività umana, sia in quanto fa coincidere il suo orientamento generale con l'ideale cristiano della perfettibilità dell'uomo. In Dante, questa spinta a fare di un'opera il momento supremo dell'esistenza, capace di ricuperare tutti i dati di una vita intensissima e ricomporli secondo un ordine corrispondente alla vera realtà, attinge potenza da tutti gli aspetti della personalità, e risale alle piú lontane origini giovanili. Si può dire che il linguaggio della Commedia *comincia ad elaborarsi nei suoi vari aspetti fino dalle prime* Rime, *e procede attraverso i tumulti della personalità e le conquiste della cultura per un itinerario i cui vestigi ci appaiono oggi tutti necessari.*

Si può rintracciare il progressivo formarsi del mondo poetico dantesco fin dai suoi primissimi anni. L'interesse spontaneo e appassionato per i fatti dello spirito, e quindi per il « sapere », prese in lui fin dal principio l'aspetto di voler ordinare nella propria mente i dati dell'esperienza, dell'informazione, e del ragionamento. I suoi interessi umani, che si propagheranno verso una cosí vasta meditazione dell'agire buono e cattivo, e i suoi interessi culturali, si dispongono intorno a quella viva centrale di energia interiore già identificata nella Vita nuova. *Poi, le circostanze dell'esilio, e*

*le umiliazioni del profugo nei centri dove capitò, misero nella vocazione
alla dottrina un angoscioso imperativo, che spinse Dante per vari anni a
volersi configurare una rinomanza di sapiente. Ma chi rilegge liberamente
il* Convivio *scopre che il poeta, quando riprende una sua appassionata canzone d'amore terreno per interpretarla come un'adesione all'abito filosofico, compie più un atto di integrazione che di rinunzia, quasi constatando,
ad una età più adulta, la misteriosa identità di impulsi e di sentimenti così
diversi nell'oggetto e nel loro manifestarsi.*

*Oltre che espressione matura della personalità e della immaginativa dan-
tesca, la* Commedia *è anche espressione ampia di quella cultura che non
si cristallizzò mai definitivamente in un sistema. La cultura di Dante è
in meditazione e in svolgimento continui. Gli studiosi pervengono ad identificare fasi diverse di una data opinione, sia essa il modo di concepire
l'epicureismo*[1] *o un aspetto del pensiero cosmografico, e l'evoluzione, po-
niamo, dell'idea di Roma.*[2] *Il dinamismo delle posizioni dantesche appare anche in aspetti particolari della formazione « tecnica », per esempio
nei rapporti con la poesia provenzale;*[3] *il che rende difficile agli speciali-
sti il definire i rapporti più labili, come per esempio quello con la cultura
araba.*[4] *Persino le concezioni generali sono in evoluzione incessante: si
prenda ad esempio l'idea della restaurazione imperiale come la si prospetta nella* Monarchia *e come la si prospetta nel più ampio e chiaro quadro
di una rigenerazione universale che è quello della* Divina Commedia.

*Gli indizi che abbiamo sulla cronologia del Poema non sono molti. Ben-
ché alcuni abbiano sostenuto che i primi sette canti dell'*Inferno *fossero
già stati scritti a Firenze prima dell'esilio, si può ritenere che, verso il 1306,
la* Commedia *non fosse ancora cominciata nel senso « esecutivo» del termine; né ad essa fanno la pur minima allusione né il* Convivio *né il* De
vulgari eloquentia. *Invece la gestazione del poema era certo avviata da
tempo. Essendo ancor più labile la cronologia interna delle tre cantiche,
non si può aggiunger nulla all'opinione lungamente meditata del Barbi,*

---

[1] Cfr. per esempio: G. PADOAN, *Il canto degli epicurei,* «Convivium», n.s.
V (1959), pp. 12-39, e VI (1960), pp. 716-728.

[2] Ch. TILL DAVIS, *Date and the Idea of Rome,* Oxford, 1957. Per il mondo
classico, P. RENUCCI, *Dante disciple et juge du monde gréco-latin,* Paris, 1954;
v. però anche BILLANOVITCH, in «Romanische Philologie», XI (1957), pp. 75-80.

[3] Cfr. per esempio: S. SANTANGELO, *Dante e i trovatori provenzali,* Catania
1959², in cui però le dimostrazioni sono rese malsicure dall'incerta trama di
cronologia dantesca su cui sono basate. E. MELLI, *Dante e Arnaut Daniel,* in
« Rom. Phil. », VI (1959), pp. 23-48.

[4] Sull'influenza del mondo arabo si veda l'esauriente rassegna bibliografica
di PETER WUNDERLI, *Zur Auseinandersetzung über die muselmanischen Quellen
der Divina Commedia,* in « Romanisches Jahrbuch », XV (1964), pp. 19-50.

e cioè che « alla Divina Commedia *il poeta abbia posto mano non prima del 1307, che il* Purgatorio *dovette esser composto prima della morte di Arrigo VII, e che il* Paradiso *sia opera degli ultimi anni».*[5]

Il titolo della maggior opera dantesca è esplicitamente dichiarato nell'epistola a Can Grande della Scala: « Libri titulus est Incipit Comedia Dantis Alagherii, florentini natione, non moribus ». Il poeta dà due ragioni per la scelta del titolo: una che la storia comincia male e finisce bene, l'altra che è scritta remisse et humiliter *come una commedia, e non in modo sublime, come una tragedia.*

L'epiteto di divina, *usato una volta dal Boccaccio, fu comunemente adottato dopo l'edizione di Ludovico Dolce (Venezia, Giolito, 1555) che lo portava nel titolo. Nell'epistola a Can Grande Dante avverte subito che la* Commedia *è opera complessa di piú sensi, uno letterale, uno allegorico e altri due traslati, che chiama morale e anagogico. E porta come esempio un passo del Salmo 113: « All'uscita di Israele d'Egitto... la Giudea divenne il suo santuario »; svolgendo il suo pensiero cosí: « Se guardiamo soltanto alla lettera, ci è significata la nostra redenzione attuata da Cristo; se al senso morale, la conversione dell'anima dal lutto e dalla miseria del peccato allo stato di grazia; se al senso anagogico, è significata l'uscita di un'anima santa dalla servitú della corruzione terrena alla libertà della gloria eterna ». Per questi motivi il soggetto del poema sarà duplice, e il senso letterale e quello traslato vi si intrecceranno.*

Il soggetto generale della Commedia *secondo Dante, è, per quel che concerne il senso letterale, lo stato delle anime dopo la morte; per il senso traslato è « l'uomo in quanto capace di meritare e demeritare per il suo libero arbitrio, e perciò dipendente dalla giustizia premiatrice e punitrice ». L'uomo è infatti il soggetto dell'intero poema, e il valore espressivo di esso è in una linea d'incontro di questi vari sensi analiticamente delimitati, una linea continua e consistente. Il senso complessivo e supremo, semplice nella sua natura creativa e infinitamente complesso negli aspetti che incessantemente assume, non sa essere individuato dalla debole arma della ripartizione logica né definito attraverso le tendenze e le tradizioni di una estetica medievale che nel poema veniva cosí energicamente vivificata e superata in una piena maturità.*

È nella Commedia *che Dante ricupera e rifonde con piena padronanza tutti i dati della sua esperienza e della sua cultura. Basti pensare, per menzionare un particolare minimo, alle figure della letteratura pagana che diventano per lui « imagines virtutis » e si collocano in un universo integrato accanto a tutte le altre della civiltà cristiana (per esempio, il troiano Rifeo nel* Paradiso, *XX, 68, dall'Eneide, II, 426); su questa integrità di visione si leva il personaggio di Virgilio, che non è un'astratta escogitazione*

[5] Cfr. « Studi danteschi », XXVI (1942), 9-10.

*allegorica (per quanto anche l'allegoria, né piú né meno che il suo caratte-
re storico, faccia parte della sua complessa presenza): egli è per Dante « l'e-
spressione totale della cultura antica ».*[6]

La figura poetica in cui s'incarna il soggetto della Commedia è quella
dell'uomo che si smarrisce e poi si ritrova, determina il suo orientamento.
Questo tema attraversa le tre cantiche, che lo configurano come un viaggio attraverso i tre regni dell'aldilà. Esso prende forma in una varietà ine-
sauribile di composizioni concrete, ma costituisce una linea strutturale estre-
mamente netta, ai cui estremi stanno due princípi: 1. l'azione disorientata
e deteriorata, cioè il peccato o crimine, è punita in se stessa; 2. l'azione
orientata e integra, cioè il bene, ha in sé il suo premio. Il continuo ricorrere nel racconto degli elementi di base (bene, male, merito, demerito) innerva in una chiarissima architettura i piú personali, originali, inattesi in-
terventi della memoria e della fantasia.

Nell'Inferno, l'idea che il male e la sua punizione sono la stessa cosa
è continua ed evidente. Al di là di quella corrispondenza anche esteriore
fra colpa e pena che il poeta stesso chiama contrappasso c'è una realtà in
cui ogni immagine di sofferenza eterna è l'immagine stessa del male. Cosí
nel Paradiso la suddivisione in cieli è soltanto apparenza: in realtà, « ogni
dove - In cielo è paradiso ». (III, 88-89).

L'uomo, nel suo somigliare a Dio, rischia anzitutto di essere deformato
dal suo proprio modo di vivere. La vista dei barattieri abituati a « pescare
nel torbido », che continuano, divenuti quasi animali anfibi, ad « accaf-
fare nascostamente » nella pece liquida, suscita nella vibrazione del riso
un grottesco sgomento; la vista dei maghi ed indovini, che hanno la testa
rivolta verso la schiena, è cosí perturbante che il poeta segna nel racconto
quello che è il suo indice di commozione sentimentale e istintiva, il pianto.

Questa linea strutturale ha il suo vertice nell'intuizione che l'eccesso
piú colpevole è sempre minimo alla sua origine; che cioè la distinzione
fra azione meritoria e azione colpevole può essere, prima del fatto compiuto, tutt'altro che palese. La fantasia dantesca si profonda in questa zona
originale del peccato e del merito, zona fatta di linee quasi imperscrutabili
e pure fatali; ne sorge un mondo di interrogazioni, di risposte, di casi; ne
sorgono i piú alti fastigi di ciascun episodio.

Ma il grande tema dello smarrimento e del ritrovarsi non suscita immagini soltanto nella prospettiva del mondo morale dell'individuo. Un ordine di pensieri e di sentimenti assai ricco in Dante ne viene fecondato: quello
del concepire l'uomo in quanto capace di associarsi e dissociarsi, di comunicare, di migliorarsi reciprocamente. La condizione di tale reciprocità è
il sentire; quindi la massima pena è l'insensibilità, la fissità nello spazio

6 G. GETTO, *Dante e Virgilio*, « Il Veltro », III (1959), pp. 11-20.

e nel tempo, mentre il massimo premio è la coscienza del coesistere con tutti, in un'armonia che supera il tempo e lo spazio. Se una tale energia strutturale non percorresse con evidente predominio i vari cicli di punizione e le varie procedure di premio, la poesia non emergerebbe con tanta veemenza dall'affollato mondo dei tre regni, né sarebbe così palese quel significato immortale che ravviva anche i particolari più legati ad una civiltà scomparsa e a una data sommersa nel passato.

Nella Commedia *si esplica infine in piena maturità il dono immaginativo dantesco. Esporne la molteplicità e la freschezza è impossibile. Ci limiteremo ad un solo esempio che possa introdurre il lettore a rendersi conto almeno di uno dei caratteri di questa fantasia, e cioè la vastità delle sue operazioni, da cui dipende la concezione stessa dell'intero poema. Scelgo un passaggio del tutto accessorio, che in un singolo caso concreto possa servire da unità di misura. Dante vuole esprimere con un paragone la breve durata di un attimo di silenzio. È Beatrice che tace per un istante, dopo avergli parlato degli Angeli, e prima di cominciare a raccontare come siamo generati. Il momento in cui Beatrice si raccoglie e tace prende proporzioni grandiose nella fantasia del poeta: egli lo paragona all'attimo in cui, per una rara coincidenza astronomica, il sole e la luna si trovano entrambi e metà dell'orizzonte; sospesi per un attimo in un immaginario equilibrio zenitale, subito rotto dal ritmo inarrestabile delle orbite.*[7] *Il lettore avverte che l'immagine non è solo geometricamente, planetariamente vasta. L'immagine è propria, convoglia la giusta atmosfera, l'altezza del punto di vista, l'eccezionale chiarezza di visione richiesta in quella fase del racconto. E anche nella profonda intuizione prospettica delle proporzioni metaforiche, in questa sua capacità di proporzionare il mondo delle immagini con le dimensioni concettuali c'è in Dante un carattere che supera i limiti della sua epoca, e fa sí che ogni generazione lo senta moderno.*

*La struttura materiale dell'*Inferno *è basata sull'idea di abisso e sulla dottrina dei peccati mortali. Lucifero precipitò sulla Terra dalla parte dell'emisfero australe; le terre che vi si trovavano si ritirarono sotto il mare e riemersero nell'emisfero settentrionale, costituendo i continenti d'Europa e d'Asia. Rimasto fitto al centro della sfera terrestre, Lucifero provocò la ritirata anche delle terre interne, che risalirono verso il Sud attraverso uno stretto canale, e si accumularono formando la montagna del Purgatorio. Il vuoto da esse lasciato nell'interno della Terra forma la cavità dell'*Inferno. *Questa concezione ha numerosi riferimenti tradizionali e dottrinali che collegano Dante all'intero quadro culturale del suo tempo; ma essi sono energicamente unificati da una ispirazione personale e appassionata della « caduta ». Il poeta sembra misurare contro l'idea della caduci-*

[7] Vedi i vv. 1-9 del XXIX canto del *Paradiso*.

tà tutti i motivi che avevano animato la sua giovinezza, tutte le personalità che avevano impressionato la sua esistenza, tutti i fatti che avevano contribuito a formarla. Lo schema teologico dei nove cerchi concentrici in cui sono ripartite le principali categorie di peccati è pervaso da un sentimento personale dell'intensità del male, e della relazione del male compiuto con la sofferenza inevitabile che esso implica; sentimento che si prospetta sempre in configurazioni vissute, e in concezioni elaborate direttamente nella materia prima della vita.

*Ciò si avverte anzitutto nella forte carica personale, addirittura autobiografica, che pervade l'*Inferno *nei singoli episodi. Dante sembra volere incarnare nei vari personaggi della prima cantica altrettante esperienze di quegli ideali o di quegli orientamenti che avevano predominato nella sua formazione. L'amore stilnovistico, supremo mezzo di elevazione, che già era stato narrato nel libro della* Vita nuova, *viene dimostrato in tutta la sua fragilità di fronte ai pericoli insospettati del turbamento, nella celebre rievocazione di Francesca da Rimini; le seduzioni del sapere, della magnanimità politica, dell'abilità oratoria, vengono squarciate fino a rivelare la squallida realtà dell'errore in altre celebri figure, Brunetto Latini, Farinata, Ulisse. Ma non solo la serie di questi singoli caduti è unificata dall'ispirazione centrale: anche le grandi linee della concezione ne sono modificate. Quando si passa dal cerchio della violenza a quello della frode il poeta vuol suggerire che in questo quasi infimo dei luoghi infernali si punisce qualcosa di piú grave, deformante; in quanto la frode implica una corruzione costituzionale, non passionale e quindi occasionale, dell'azione. L'episodio di passaggio che Dante situa fra i due cerchi (il volo su Gerione) esprime l'idea che se si passa dalla violenza alla frode non si torna piú indietro, e che il passaggio ha un vertiginoso terrore, giacché in esso si rompe il vincolo d'amore « che fa natura » (XI, 56). Ogni tratto della* Commedia *è pervaso da questo spirito, e perciò connesso dall'intimo con tutti gli altri che compongono la grande struttura.*

*La costruzione dell'*Inferno *differisce da quella delle altre cantiche, nonostante la perfetta conformità di distribuzione apparente. Infatti gli episodi della prima cantica non sono disposti in un crescendo di drammaticità, ma in serie coordinata. Si potrebbe parafrasare il Paradiso e dire che ogni dove nell'abisso è Inferno. La scena di Francesca, che è situata fra i primi episodi, non è meno intensamente drammatica di quella di Ulisse o del conte Ugolino, che sono fra gli ultimi. Questo « opus juxtapositum » è percorso da massicce correnti interne, in quanto i vari episodi si influenzano reciprocamente, provocando l'uno sull'altro un incremento indiretto dei valori tonali, cromatici, plastici. In mancanza di studi approfonditi sull'argomento, possiamo provvisoriamente paragonare questo effetto d'insieme all'unità complessiva e al ritmo di rispondenze interne che è caratteristico dei grandi portali romanici a formelle scolpite. Notiamo per inciso che gli esempi massimi di questo stile cosí consapevole dei nessi interni* *nella giustapposizione, Dante li vedeva nei suoi due luoghi principali di soggiorno, nel Battistero di Firenze e in San Zeno di Verona.*

Un importante elemento unificatore è l'allegoria. Esso appartiene all'intero poema, ma è largamente introdotto nel primo canto, e ha un'importanza considerevole anche nell'Inferno; dobbiamo quindi toccarne fin d'ora. È stato messo in rilievo che l'uso di simboli allegorici poteva facilitare la comprensione, essendo nel Medio Evo una specie di linguaggio complementare della scienza, conforme in tutte le letterature. Ma va aggiunto che Dante ha sentito nell'allegoria un elemento di coesione, capace di unificare non solo i mille episodi ma anche fra loro le tre cantiche, in quanto ogni simbolo allegorico si richiama costantemente alla tematica unitaria del piano morale e sacro. E non è da tacere che l'allegoria offre anche una frequente diversione decorativa, talvolta ostica e tenebrosa, ma spesso di seducente varietà fantastica.

Infine, un'altra rete interna serve a connettere i più diversi scenari e i più contrastanti episodi: quella dei simboli numerici, già esuberanti nel romanzo giovanile. Dal punto di vista della costruzione dell'opera d'arte anche questo gusto dantesco di richiamare incessantemente e attraverso particolari inattesi il simbolo di perfezione attribuito al numero della Trinità e al suo multiplo perfetto, il nove, serve ad unificare in un unico chiarissimo congegno universale tutti gli aspetti possibili dell'esistenza.

Lo scenario del Purgatorio è la simbolica montagna che sorge in mezzo all'oceano all'opposto emisfero. È una concezione fondata su lunghe meditazioni cosmologiche e su alte immagini metafisiche, che occuparono Dante fino agli estremi della sua vita; appartiene infatti al 1320 l'interessante Questio de aqua et terra, che, dibattendo il problema dell'emersione terrestre rispetto al livello marino, non fa che riagitare, dal punto di vista geofisico, la figura principale del secondo regno.

Nella Commedia però la teoria dell'emersione cede il passo all'alta fantasia di un orrore tellurico prodotto dalla caduta di Satana; e la montagna isolata è costituita dalla materia che ha evacuato l'imbuto infernale. Tanto alta è la montagna, che la sua vetta è sfiorata dal giro del primo dei cieli, come la sua base è lambita dalle stesse acque in cui venne a morire il più inquieto degli uomini. Essa è ripartita in nove sezioni: antipurgatorio, sette gironi punitivi corrispondenti ai sette vizi capitali (nell'ordine: superbia, invidia, ira, accidia, avarizia, gola, lussuria) e infine Paradiso terrestre.

Si distingue nella cantica una prima parte che è destinata a stabilire un nuovo clima nella fantasia del lettore. È l'iniziazione cui presiede Catone, la quale è concepita come una solenne cerimonia, piena di riti e di simboli. Con essa si instaura nella seconda cantica un nuovo tono che la percorrerà per intero: un tono liturgico, che di salmodia in salmodia condurrà fino all'imponente processione allegorica del Paradiso terrestre.

Ma la parte principale del Purgatorio *è la salita propriamente detta su per i gironi del monte. Il poeta è ispirato dall'idea dell'ascendere, e di costruire attraverso stati di coscienza sempre piú elevati e complessi una condizione di completa sovranità interiore. In ognuno dei ripiani si ha un punto di arrivo che è allo stesso tempo un nuovo punto di partenza. Il secondo regno è per definizione un mondo in transito. Ciascuna delle tappe, in cui si viene purificando e determinando un integro stato sentimentale, è collegata alle precedenti e alle seguenti in un denso congegno di addizioni e purificazioni, cosí che l'elevarsi dell'anima, il suo raffinarsi, e il suo alleggerirsi, si producono di volta in volta in equazioni sempre superiori.*

Ciascuno degli stadi che il poeta descrive percorrendo il suo itinerario è di natura essenzialmente psicologica: è evidente che qui si esplorano le origini dell'agire nella zona misteriosa degli impulsi psichici, mentre nella prima cantica era l'azione in quanto compiuta che appariva in primo piano. Ma va osservato che l'idea fondamentale che guida tali esplorazioni nella psiche non è l'applicazione meccanica di una dottrina che elenca peccati e penitenze. È un'altra grande intuizione personale, o almeno interamente personalizzata dal poeta che l'ha fatta sua e l'ha riconosciuta nei mille aspetti della vita. Ogni atto umano, secondo questa intuizione, non ha altra origine che l'amore, anzi l'amore del bene; ma la potenza amorosa iniziale è soggetta a rivolgersi verso soggetti indegni, ed è soggetta a manifestarsi in modo troppo violento o troppo debole. Equivoci, dunque, e mescidazioni che alterano il sentimento nella sua dinamica; elementi eterogenei che vanno identificati, separati, e finalmente « purgati » per ricuperare la qualità amorosa pura come nel sentimento originale. La grande idea è esposta teoricamente nei canti centrali del Purgatorio, *che sono anche il vero centro dell'intero poema; e si riflette in tutti i particolari costruttivi. Si noterà per esempio quanto siano frequenti in questa cantica le allusioni al tempo, data la natura occasionale e transitoria degli stati psicologici. Le piú delicate notazioni di sentimento sono tutte connesse ad un'ora, ad una contingenza, o ad una circostanza, sia essa « l'ora che volge il desio ai naviganti », o il momento di un annunzio, di un incontro, della fine di un giuoco.*

D'altra parte, che tutte le fasi sentimentali siano intimamente connesse è messo in rilievo dagli abbondanti rinvii. Qui una frase misteriosa pronunziata da un personaggio dovrà essere chiarita piú avanti, là un sogno prepara alla comprensione di argomenti non ancora trattati. L'incontro di Stazio con Virgilio precede e prepara quello di Dante con Guinizelli, e questo a sua volta introduce necessariamente quello con Beatrice. Se il monte intero trema quando un'anima si libera e sale, è perché quel tremito prefigura il crollo che annullerà l'essenza stessa del Purgatorio *quando la sorte finale delle anime sarà decisa nel Giudizio. D'altronde il sentirsi andare avanti e la passione di procedere devono essere l'alimento proprio di tutte le anime che anelano a raggiungere lo stato di grazia; perciò l'ener-*

gia ascensionale è una stessa forza che innerva tutti i momenti spirituali che nel loro insieme costituiscono il secondo regno. Il quale infine è a sua volta orientato, giacché ha la sua ragione di essere nella sua parte terminale che è costituita dall'arrivo all'Eden e alla presenza di Beatrice.

Negli ultimi sei canti predomina un movimento di sintesi. La ripresa imponente della tonalità liturgica, degna di un gran finale, esprime il solenne trasporto provato dallo spirito quando sa di aver riconquistato la felicità perduta. E nel colloquio, prima tempestoso, poi rasserenato, con Beatrice, s'indovina non solo la chiarificazione interiore raggiunta dal poeta, ma anche la ragione intima della sua vocazione ed esprimersi attraverso il linguaggio. Dalle teorie linguistiche espresse da Dante nel De vulgari eloquentia, si percepisce che egli vedeva la comunicazione fra gli esseri angelici come un'intuizione perfetta e immediata, senza bisogno dei difettosi organismi di un sistema linguistico; tuttavia, il linguaggio appare come l'unico meccanismo attraverso il quale l'uomo senta di poter avvicinarsi al sogno di intesa universale. Ora, il Purgatorio è anche la cantica di quell'ipotesi massima nella vita dello spirito che è l'esprimersi, e non è fortuito che tutte le anime si esprimano incessantemente in salmi e cantici, e che in ogni girone gli esempi di vizio punito o di virtù premiata siano un caso espressivo. E non è certo un caso che nella catena dei suoi personaggi si succedano tanti artisti: dal musico Casella, a Sordello, a Oderisi, a Stazio, a Bonagiunta, al Guinizelli e finalmente a Dante medesimo in quanto poeta. La comunicazione del sentimento, perfezionata con tanti sforzi dai poeti, culmina nel Paradiso terrestre nell'atto più intimo ed alto, la confessione; nel sí interamente motivato che Dante arriva a pronunciare di fronte a Beatrice.

L'impianto del Paradiso è basato sulla ripartizione tolemaica dello spazio universale. Ci sono nove cieli sferici, concentrici e rotanti, contenuti in un decimo cielo immobile, e infinito, sede di Dio. In Dio risiede l'origine del movimento, che è trasmesso ai cieli dalle intelligenze angeliche, le cui gerarchie sono determinate non senza esitazione, ma con grande accuratezza. Come si vede, nello scenario dei cieli s'intesse una infrastruttura filosofica e teologica, sulle fonti e sull'estensione della quale abbiamo parecchie notizie in un'altra delle opere dantesche, il Convivio. Una corrente di misticismo sublime la pervade a sua volta. Ma tanti fattori concordati non spiegano ancora la particolare omogeneità della terza cantica. Ciascuno di essi non avrebbe prodotto che un trattato di astronomia, di filosofia, di teologia, di mistica, e il loro insieme una enciclopedia spirituale, se essi non fossero sostenuti e fecondati da un elemento costruttivo di natura poetica; una linea predominante di creazioni fantastiche.

Il tema centrale del Paradiso, il trasumanar, cioè il passare dalla condizione corporale attraverso le capacità dello spirito ad una condizione superiormente umana, partecipe già del divino, è un tema che si esprime pie-

namente solo con le figurazioni della fantasia. Si osserva che nella prima parte il poeta dissolve le immagini concrete del mondo corporale che ci è consueto, attraversa poi una lunga fase di astrazione, per ritrovare infine una capacità figurativa integrale, esprimente l'essenza e non piú l'una o l'altra apparenza.

Nella fase in cui le figure concrete vengono dissolte, prima manifestandosi come riflesse dall'acqua, poi dissimulate dalla loro stessa luce, il poeta vuole affermare che tale eliminazione degli aspetti va considerata come un incremento di energia visuale: la visibilità sostanziale aumenta, consumando le apparenze carnali. Il processo dissolutivo è ultimato quando la figura è cancellata dalla sua luminosità interna. La frase seguente si svolge fra il III e il VII cielo, zona interamente illustrata da figure astratte. Prima uno sfavillio su fondo luminoso, poi un effetto circolare semplice, poi un circolo doppio, infine un circolo doppio a rotazione inversa. Si modifica contemporaneamente, attraverso i successivi argomenti filosofici e teologici toccati durante l'ascensione, il clima a cui si viene innalzando il pensiero. Quando infatti si pone il problema della rinascita della figura e del significato nel segno, è con geniale naturalezza che esso si esprime attraverso il tema teologico della resurrezione della carne.

Il concorde procedere del pensiero e della fantasia tocca adesso i momenti essenziali della storia dell'umanità; è nel segno primordiale della Croce che s'inizia la reintegrazione dei significati delle apparenze. La Croce, i simboli alfabetici, come rappresentanti dell'espressione, e il nascere dei segni politici, il giglio, l'aquila imperiale, la scala d'oro che già esprime l'avventura in atto del poeta: segni sempre piú concreti, per avvertire i quali i sensi mortali devono essere continuamente ripristinati, anzi estesi, sublimati. Il progressivo potenziamento dei sensi accompagna l'ultima fase dell'itinerario fantastico, il ritorno alla concretezza: che è come una nuova nascita e che come tale è legata nel racconto al lungo episodio di Cacciaguida e dell'esame teologico: una vera e propria autobiografia essenziale.

Dall'ultimo cielo corporeo (cielo nono o Primo Mobile) il poeta non distingue piú figure della « creazione », ma figure del «creatore». L'ultimo personaggio incontrato era infatti Adamo, col quale la corrente del passato umano era stata risalita fino all'istante medesimo della creazione. Si apre cosí la fase finale, articolata a sua volta in diversi passaggi. L'immaginazione del lettore è sollecitata alla sintesi fra figure geometriche e figure viventi, passando dall'immagine di quell'ingranaggio universale che nel canto XXIV presenta quasi uno spettro della totalità (divenuta capace di rivelare l'incessante moltiplicarsi delle sue relazioni interne), a quella già illuminata di beatitudine della città-fiore, la candida rosa dove le anime attuano ad un tempo l'ordine di una milizia e l'attività spontanea delle api.

Si disegna alla fine del Paradiso *il grande Polittico della Madre, dal quale lo sguardo di Maria promuove gli occhi di Dante a figgersi nel supre-*

mo mistero del contemplare direttamente Dio. E qui la fantasia dantesca attua splendidamente il suo tema: quando il pellegrino fissa gli occhi nei tre circoli per leggervi il vero viso della divinità, vi scopre il viso dell'uomo, «la nostra effigie». Il poeta coglie in questa sintesi l'elemento imperituro dell'uomo; e la sintesi è integrale nel simbolo, nel pensiero, nella fede, nella sublime chiarezza dell'immagine.

Il lettore dovrà avvertire che le figure di questa ultima fase sono tutte strutturate come permanenti, non si sciolgono l'una nell'altra. Il poeta ottiene l'effetto di differenziarle facendo mutare di stato fisico e morale il suo protagonista, il «Dante» personaggio. Con tale meraviglioso procedimento creativo si esprime il proiettarsi di un essere infinitamente piccolo — ma sempre piú partecipe di una infinita sensibilità — attraverso gli immensi scenari. Sono tali trasformazioni interiori che nel Paradiso *necessitano parole nuove come* trasumanare, intuarsi, inleiarsi, immiarsi.

Si attua cosí in pieno il tema dell'intera opera, la trasformabilità, il miglioramento, l'innalzamento dell'uomo, e la sua partecipazione ad una specie eterna. Si è vanamente discusso se la terza cantica non perdesse il contatto con la realtà. È ormai convinzione accettata che la realtà della Commedia *è piena fino al sommo dell'Empireo, la realtà dell'esperienza paradisiaca essendo non meno sicura di quella effettuata nell'azione (Inferno) o di quella indagata alle origini dell'agire (Purgatorio). Una realtà «che va oltre la nostra comune esperienza — ma non oltre la nostra speranza — e che nello stesso tempo, tutt'altro che perdersi nello sfumato e nell'indefinito, si fonda sopra una razionale certezza».*[8]

Fredi Chiappelli

NOTA BIO-BIBLIOGRAFICA

La vita

1265   Verso la fine di maggio Dante nasce in Firenze, nel popolo di S. Martino del Vescovo, nel sesto di Porta San Piero, da un Alighiero di Bellincione d'Alighiero, esercitante forse l'arte del cambio e da Gabriella detta Bella, forse figliola di messer Durante di Scolaio degli Abati. La forma del cognome, probabilmente settentrionale, oscilla nei documenti fra Alaghieri, Aleghieri, Allighieri, Alighieri ecc.; questa forma ha prevalso nell'uso del Boccaccio, e poi in quello universale.

1274   Primo incontro con « Beatrice » identificabile su indicazioni del Boccaccio e del figlio di Dante, Pietro, in Bice, una delle figlie di Folco Portinari.

[8] A.M. Chiavacci Leonardi, *Lettura del Paradiso dantesco*, Firenze, 1963.

1277 Da tempo ha perduto la madre e il padre (che si è risposato con Monna Lapa di Chiarissimo Cialuffi) lo fidanza ufficialmente a Gemma di Manetto Donati.

1283 Compare in un documento orfano anche del padre.
      Ha il secondo incontro con Beatrice.
      Non è dato con precisione sapere quali furono i suoi primi studi né i suoi primi maestri. Forse già molto giovane fu nella cerchia di Brunetto Latini.

1285 Partecipa forse alla cavalcata delle milizie fiorentine contro il Castello di Poggio Santa Cecilia, nel Senese, fatto ribellare dagli Aretini.

1287 Soggiorna probabilmente a Bologna dove si suppone abbia frequentato (senza conseguirvi alcun titolo) lo Studio e dove conobbe Cino da Pistoia.
      In quest'anno o nel seguente, in data che non è possibile determinare, si colloca il matrimonio di Beatrice con Simone di Geri de' Bardi.

1289 L'11 giugno partecipa quasi certamente, con i fiorentini di parte guelfa, alla vittoriosa battaglia di Campaldino nel Valdarno superiore, contro gli aretini; e due mesi dopo assiste alla resa a discrezione del Castello di Caprona da parte delle milizie pisane.
      Il 31 dicembre muore Folco Portinari e Dante, appena uscito da una infermità che gli ha inflitto « per nove dí amarissime pene », ha il presagio della morte di Beatrice.

1290 L'8 giugno muore Beatrice: gli sono di parziale conforto la lettura del *De consolatione philosophiae* di Severino Boezio e del *De amicitia* di Cicerone che lo invogliano ad un approfondito studio dei classici: Virgilio anzi tutti, ma anche Orazio, Ovidio, Lucano, Stazio e Seneca.

1295 Per poter accedere agli uffici pubblici si iscrive nella matricola dell'Arte dei medici e degli speziali: è eletto nel consiglio speciale del popolo per il semestre 1° novembre 1295 - 30 aprile 1296 (alle cui sedute per altro non parlò mai e fu assente sei volte); il 14 dicembre è chiamato a far parte di un consiglio di savi per l'elezione dei priori. È probabilmente di quest'anno il matrimonio con Gemma Donati da cui ebbe Giovanni (che presumiamo premortogli perché non lo troviamo ricordato nel testamento), Iacopo, Pietro e Antonia (forse la suor Beatrice che compare in due documenti del convento di Santo Stefano degli Ulivi in Ravenna).

1296 Dal maggio al settembre è nel Consiglio dei Cento, e il 5 giugno pronuncia un discorso.

1300 Nel maggio è inviato ambasciatore a San Giminiano per invitare il comune a un'adunanza di parte guelfa; è eletto fra i priori per il periodo 15 giugno-15 agosto. Approva in seguito a ripetuti e crescenti disordini il decreto che disponeva l'allontanamento dalla città dei capiparte piú turbolenti: fra i confinati è pure l'amico Guido Cavalcanti.

1301   Il 13 e il 14 aprile è membro di un Consiglio delle Capitudini. Il
        19 giugno è nel Consiglio dei Cento e delle Capitudini e poi, nello
        stesso giorno, nel Consiglio dei Cento per deliberare in merito alla
        richiesta di cento cavalieri per il servizio del papa presentata dal
        cardinale Matteo d'Acquasparta. Il 13 settembre partecipa all'a-
        dunanza del Consiglio dei Cento, del Capitano, del Podestà e delle
        Capitudini; il 20 è nei Consigli riuniti dei Cento, del Capitano e
        delle Capitudini; il 28 nel Consiglio dei Cento. Nell'ottobre è in-
        viato, con Corazza da Signa e Maso Minerbetti, ambasciatore a Bo-
        nifacio VIII per ben disporre l'animo del pontefice verso la città:
        ma nel frattempo l'entrata in Firenze di Carlo di Valois, capitano
        generale della Chiesa, incaricato da Bonifacio VIII di riportare or-
        dine, riconduce al potere la parte nera la quale, protetta, si abban-
        dona a saccheggi e uccisioni e costituisce l'8 novembre un nuovo
        governo che, con a capo Cante de' Gabrielli d'Agubbio, poche set-
        timane dopo comincia una funesta serie di processi politici.

1302   Il 27 gennaio (mentre è ancora a Roma), citato in giudizio e non
        presentatosi, Dante viene con altri quattro cittadini, essi pure ex
        priori, condannato per aver commesso « per se vel per alium barat-
        tarias, lucra illicita, iniquas extorsiones in pecunia vel in rebus »
        a restituire le cose estorte, a pagare 5000 fiorini piccoli, e rimanere
        per due anni al confino fuori di Toscana e a perdere per sempre
        ogni diritto civico. A Siena lo raggiunge la sentenza del 10 marzo
        con la quale si stabilisce la confisca dei beni e, per non essersi pre-
        sentato entro il tempo imposto, lo si condanna a morte in contu-
        macia.
        L'8 giugno partecipa al convegno di alcuni capi dei fuorusciti Bian-
        chi, nella chiesetta di San Godenzo, nel Mugello, per stringere un
        accordo con la famiglia ghibellina degli Ubaldini, contro la parte
        nera: ma l'impresa precipiterà per l'inettitudine di alcuni capi e per
        il tradimento di Carlino de' Pazzi.

1303   Presso Scarpetta Ordelaffi, signore di Forlì, ferve la preparazione
        di una seconda spedizione contro Firenze che fallirà miseramente
        nel marzo a Pulicciano.
        Dante (che aveva insistito perché questa nuova azione di forza non
        si compisse nel novembre precedente come alcuni volevano) è ac-
        cusato, pur non avendovi partecipato ed essendo anzi contrario,
        di avere con le sue tergiversazioni determinato il fallimento del-
        l'impresa: si disegna allora il suo distacco dai fuorusciti Bianchi;
        e Dante si avvia a far « parte per se stesso ».

1304   Ospite di Bartolomeo della Scala, signore di Verona, fino alla mor-
        te di questi (marzo), passa poi, forse, a Treviso presso Gherardo
        da Camino.

1306   Lasciato il Veneto è molto probabile che si sia trovato a peregrina-
        re in numerose località della penisola: un vero asilo trova in Val
        di Magra presso la famiglia dei Malaspina. Il 6 ottobre compare

a Sarzana quale procuratore dei Malaspina per la firma di un accordo con Antonio di Camilla, vescovo di Luni.

1307-10 Mancano totalmente notizie. Di un soggiorno a Parigi parlano
con sicurezza Benvenuto da Imola e, sulla sua scia, fra' Giovanni
da Serravalle, ma non ne abbiamo prove. Data l'evoluzione successiva della sua cultura, sembra impossibile che non avesse residenza
in un centro culturale importante e attivo.

1311 Nei primi giorni dell'anno, Moroello Malaspina è a Milano per fe-
steggiare Arrigo VII che, eletto imperatore nel novembre 1308, è
deciso a metter pace nelle lotte italiane e a restaurare in Roma la
dignità imperiale. Dante si recò, senza alcun dubbio, a rendere omaggio ad Arrigo VII prima del 1311, giacché nella lettera scrittagli
il 17 aprile di quell'anno dice espressamente: « Anch'io infatti che
scrivo a nome mio proprio e a nome di altri, ti vidi e ti udii som-
mamente benigno e clemente come conviene alla maestà imperiale,
quando ti toccai i piedi e le mie labbra compirono l'omaggio dovuto ». Nessun documento ci orienta sul luogo e la data di questo incontro. Esso dovette comunque aver luogo in una fase iniziale, precedente alle difficoltà e alla delusione, giacché Dante continua: « Allora il mio spirito esultò in te, quando tacitamente dissi fra me "Ecco
l'Agnello di Dio, ecco colui che toglie i peccati del mondo" ».
Nel marzo Dante è nel Casentino presso i conti Guidi di Porciano
e forse anche ospite nel Castello di Poppi della contessa Gherardesca dei Guidi di Battifolle, a nome della quale redige tre epistole.

1312 È a Pisa con Arrigo VII, che il 29 giugno ha cinto la corona imperiale a Roma, ma non risulta che abbia preso parte all'impresa militare contro Firenze da cui lo stesso Arrigo desistette il 1° novembre.

1313 Segue quasi sicuramente Arrigo nei suoi trasferimenti in Toscana,
ma quando questi, il 24 agosto, muore a Buonconvento, Dante ritorna a Verona presso Can Grande della Scala.

1315 Rifiuta di rientrare in Firenze alle condizioni poste dall'amnistia
del 19 maggio. Nel novembre, per decreto del vicario di re Roberto d'Angiò, Ranieri di Zaccaria, è nuovamente condannato a morte, questa volta con i figli.

1319 circa. Con i figli si trasferisce da Verona a Ravenna, invitatovi da
Guido Novello da Polenta, signore della città.

1320 Il 20 gennaio è a Verona per la seduta accademica che fu occasione
della *Questio de aqua et terra*.

1321 È inviato a Venezia per una controversia sorta fra la Serenissima
e il conte Guido. Tornato da poco a Ravenna, tra il 13 e il 14 settembre muore, forse in seguito a febbri malariche contratte durante il viaggio.
Le ultime vicissitudini delle sue spoglie mortali sono di dominio
ravennate: nel 1321 i Francescani lo seppellirono in un'arca antica
presso il muro di cinta del convento; nel 1483 Bernardo Bembo
fece adornare l'arca con un bassorilievo; nel 1519 all'incirca l'urna

fu vuotata e i suoi resti non furono ritrovati e ricollocati nel monumento che nel 1865: nel frattempo l'arca era stata trasferita in una nuova cella e vi era stato costruito il tempietto del Morigia (1782) che ancor oggi si visita.

LE OPERE

Sulla fede dei maggiori studiosi e su argomenti di stile, di accento e di personalità, oltre alla *Divina Commedia*, sono accertate come autentiche le seguenti opere:

la *Vita nuova*, composta probabilmente fra il 1292 e il 1293;

le *Rime*, che appartengono sia alla giovinezza sia alla maturità del Poeta;

l'incompiuto *Convivio*, che celebra l'amore per la filosofia e la cui stesura si fa risalire agli anni tra il 1304 e il 1307;

il trattato latino *De vulgari eloquentia*, pure incompiuto, mirante ad illustrare le capacità espressive della nuova lingua italiana (il «volgare») e la cui datazione si avvicina a quella del *Convivio*;

la *Monarchia*, opera polemica a sostegno dell'autonomia e dell'autorizzazione divina dell'Impero, redatta con ogni probabilità nello scorcio del 1313;

le tredici *Epistole* di varia datazione (dal 1304 al 1316), che toccano momenti importanti della biografia dantesca;

le due *Ecloge*, che per particolari biografici si datano attorno al 1320;

la *Questio de aqua et terra*, attribuibile allo stesso anno 1320.

La datazione della *Divina Commedia* non è documentata da alcuna certa prova; i dati storici contenuti nell'*Inferno* non oltrepassano, secondo la maggior parte degli studiosi, il 1309 e quelli del *Purgatorio* non vanno oltre il 1313. Al tempo dell'ultimo soggiorno ravennate di Dante, l'opera può comunque considerarsi compiuta.

LA CRITICA

Per la poesia e l'arte in genere della *Divina Commedia*, cfr.: F. De Sanctis, *La « Commedia »*, in *Storia della lett. it.*, i *Saggi critici*, Napoli, 1874 e i *Nuovi saggi critici*, Napoli, 1879; K. Vossler, *Die Göttliche Komödie*, Heidelberg, 1925²; B. Croce, *La poesia di D.*, Bari, 1921, con successivi ritocchi sino all'edizione del 1948⁶; T.S. Eliot, *D.*, Londra, 1929 (traduzione it. di L. Berti, Modena, 1942); E. Auerbach, *D. als Dichter der irdischen Welt*, Berlino e Lipsia, 1929; Th. Spoerri, *Einführung in die Göttliche Komödie*, Zurigo, 1946, trad. it., Milano, 1965; G. Getto, *Aspetti della poesia di D.*, Firenze, 1947; S.A. Chimenz, *Studi dant.*, in « Nuova Antologia », marzo 1949; M. Apollonio, *D.: Storia della Commedia*, Milano, 1951. Restano fondamentali i saggi di E.G. Parodi, ristampati in *Lingua e Letteratura*, Venezia, 1957. Inoltre M. Barbi, *Problemi di critica dantesca*, Firenze, 1965²; G. Gentile, *Studi su D.*, Firenze, 1965; S. Battaglia, *Preliminari a D.*, Napoli, 1965; M. Marti, *Con D. tra i poeti del suo tempo*, Lecce, 1966; R. Montano, *Storia della poesia di D.*, Firenze, 1966; E. Sanguineti, *Il realismo di D.*, Firenze, 1966; E. Auerbach, *Studi su D.*, Milano, 1967; F. Montanari, *L'esperienza poetica di D.*, Firenze, 1968; G. Contini, *Un'idea di D. Saggi danteschi*, Torino, 1976; Ch. Singleton, *La poesia della Divina Commedia*, trad. it., Bologna, 1978; E. Bigi, *Forme e significati nella « Divina Commedia »*, Bologna, 1981; A. Vallone, *D.*, in *Storia letteraria d'Italia*, vol. III, Padova, 1981; M. Corti, *D. a un nuovo crocevia*, Firenze, 1982; W. Binni, *Incontri con D.*, Ravenna, 1983; K. Vossler, *La « Divina Commedia »*, Bari, 1983, H.U. Balthasar von, *D. Viaggio attraverso la lingua, la storia, il pensiero della «Divina Commedia»*, Brescia, 1984; J. Risset, *D. scrittore*, Milano, 1984; B. Delmay, *I personaggi nella «Divina Commedia». Classificazione e regesto*, Firenze, 1986; R. Guardini, *Studi su D.*, Brescia, 1986; G. Petrocchi, *Vita di D.*, Bari, 1986.

Per la cultura in genere, e le fonti bibliche e classiche, cfr.: E. Moore, *Scripture and Classical Authors in D.*, in *Studies in D.*, I, Oxford, 1896; P. Toynbee, *D. Studies and Researches*, Londra, 1902; G. Patroni, *L'antichità classica nella Commedia*, in «Atene e Roma», Firenze (1921), pag. 137 segg. e *Storia e miti di Roma e di Grecia nella Commedia di D.*, in *Studi su D.*, III, Milano, 1935; A. Renaudet, *D. humaniste*, Parigi, 1952; P. Renucci, *D. disciple et juge du monde gréco-latin*, Parigi, 1954; G. Marzot, *Il linguaggio biblico nella Divina Commedia*, Pisa, 1956; R. Weiss, *D. e l'umanesimo del suo tempo*, in *Letture Classensi*, II, Ravenna, 1969, pp. 19-27; G.R. Sarolli, *Prolegomena alla « Divina Commedia »*, Firenze, 1971; M. Barbi, *D. nel Cinquecento*, L'Aquila, 1975; G. Fallani, *D. e la cultura figurativa medievale*, Bergamo, 1977[2]; M. Bettetini, *Fonti letterarie e modelli semiologici: come D. utilizzò alcuni autori latini*, «Studi danteschi», LII (1979-80), pp. 189-211; R. Hollander, *Il Virgilio dantesco: tragedia nella « Commedia »*, Firenze, 1983; E. Cavallari, *La fortuna di D. nel Trecento*, Città di Castello, 1988.

Per le fonti medievali leggendarie, cfr.: F. D'Ovidio, *Il « Purgatorio » e il suo preludio*, Milano, 1906 (capp. XXXII-XXXVII in particolare); A. D'Ancona, *I precursori di D.*, in *Scritti dant.*, Firenze, 1913. Per i rapporti con il mondo arabo, M. Asín Palacios, *La escatologia musulmana en la « Divina Commedia »*, Madrid, 1919 e 1943[2] (tesi rinnovata da E. Cerulli, *Il « Libro della Scala » e la questione delle fonti arabo-spagnole*, Città del Vaticano, 1949 e da L. Portier, *La question des sources islamiques de la Divine Comédie*, Algeri, 1966); G.R. Franci, *D. e l'Oriente*, in *Saggi indologici*, Bologna, 1969, pp. 147-68.

Per le fonti storiche e letterarie medievali, cfr.: A. Bartoli, *La politica e la storia nella Divina Commedia*, in *Storia della letteratura italiana*, Firenze, 1874-88, vol. VI; F. Torraca, *La storia nella Divina Commedia*, in *Studi dant.*, Napoli, 1912; B. Nardi, *D. e la cultura medievale*, Bari, 1949[2] e *Nel mondo di D.*, Roma, 1944; E.R. Curtius, *La littérature européenne et le Moyen Age latin*, Parigi, 1956; D. Bigongiari, *Essays on D. and Medieval Culture*, Firenze, 1964; A. Vallone, *Studi su D. medievale*, Firenze, 1965; L.M. Batkin, *D. e la società italiana del '300*, Bari, 1970; S. Arco Avalle, *L'età del-*

l'oro nella «Commedia» di D., in *Letture Classensi*, IV, Ravenna, 1973, pp. 125-44; A. Mastrobuono, *Essays on Dante's Philosophy of History*, Firenze, 1979; L. Battaglia Ricci, *D. e la tradizione letteraria medievale. Una proposta per la «Commedia»*, Pisa, 1988.

Per il mondo filosofico, scientifico e religioso, cfr.: F. Ozanam, *D. et la philosophie catholique au XIII siècle*, Parigi, 1839; G. Zuccante, *Il simbolo filosofico della Divina Commedia*, in *Fra il pensiero antico e il moderno*, Milano, 1905; G. Gentile, *La filosofia di D.*, nella miscellanea *D. e l'Italia*, Roma, 1921, pag. 99 segg.; G. Busnelli, *Cosmogonia e antropogenesi secondo D. Alighieri e le sue fonti*, Roma, 1922; B. Nardi, *Saggi di filosofia dant.*, Roma, 1930; A. Banfi, *Filosofia e poesia nella Divina Commedia*, nella miscellanea *Studi per D.*, III, Milano, 1935; E. Gilson, *D. et la philosophie*, Parigi, 1939; P. Chiocchioni, *L'agostinismo nella Divina Commedia*, Firenze, 1952; G. Tondelli, *Il libro delle Figure dell'abate Gioachino da Fiore*, Torino, 1953; A. Valensin, *Il cristianesimo di D.*, Roma, 1964; G. Fallani, *D. poeta teologo*, Milano, 1965; E. Paratore, *Tradizione e struttura in D.*, Firenze, 1968; AA.VV., *L'esperienza mistica di D. nelle indicazioni dell'esegesi trecentesca*, Firenze, 1969; L. Battaglia Ricci, *Dall'Antico Testamento alla « Commedia ». Indagini su lessico e stile*, « Rivista di storia e letteratura religiosa », VII (1971), 2, pp. 252-77; S. Battaglia, *Esemplarità e antagonismo nel pensiero di D.*, Napoli, 1974; B. Andriani, *Aspetti della scienza in D.*, Firenze, 1981; J. Le Goff, *La nascita del Purgatorio*, Torino, 1983; R. Morghen, *D. profeta tra la storia e l'eterno*, Milano, 1983; P. Boyde, *L'uomo del cosmo. Filosofia della natura e poesia in D.*, Bologna, 1984; G. Varanini, *L'acceso strale. Saggi e ricerche sulla « Commedia »*, Napoli, 1984; M. D'Andria, *Il volo cosmico di D.*, Roma, 1985; S. Pasquazi, *All'eterno del tempo. Studi danteschi*, Roma, 1985.

Per il pensiero politico, cfr.: E.G. Parodi, *L'ideale politico di D.*, nella miscellanea *D. e l'Italia*, Roma, 1921; F. Ercole, *Il pensiero politico di D.*, Milano, 1927-28; B. Nardi, *Il concetto dell'Impero nello svolgimento del pensiero dant.*, e *Tre pretese fasi del pensiero politico di D.*, in *Saggi di filosofia dant.*, cit.; J. Goudet, *La politique de D.*, Parigi, 1969; H. Kelsen, *La teoria dello Stato in D.*, Bologna, 1974; G. Paparelli, *Ideologia e poesia di D.*, Firenze, 1975; *D. politico. Individuo e istituzioni nell'autunno del Medioevo*, a cura di G. Muresu, Torino, 1979; R. Ramat, *Il mito di Firenze e altri saggi danteschi*, Messina-Firenze, 1988.

Per la struttura morale teologica, cfr.: G. Pascoli, *Minerva oscura*, Livorno, 1898, *Sotto il velame*, Messina, 1900 e *La mirabile visione*, Messina, 1902; L. Pietrobono, *Dal centro al cerchio. La struttura morale della Divina Commedia*, Torino-Genova-Milano, 1956; E. De Negri, *L'« Inferno » di D. e la teologia penitenziale*, « ASNP », serie III, IV (1974), n. 1, pagg. 191-223; G. Mazzotta, *D. Poet of the Desert*, Princeton, 1979; J.Th. Chiampi, *Shadowy Prefaces: conversion and Writing in the « Divine Comedy »*, Ravenna, 1981; A.A. Iannucci, *Forma ed evento nella « Divina Commedia »*, Roma, 1984; S. Bemrose, *Dante's angelic intelligences*, Roma, 1986; S. Dino Cervigni, *Dante's poetry of dreams*, Firenze, 1986; M. Colombo, *Dai mistici a D.: il linguaggio dell'ineffabilità*, Firenze, 1987.

Per l'interpretazione allegorica, cfr.: G. Casella, *Della forma allegorica e della principale allegoria della Divina Commedia*, in *Opere*, II, Firenze, 1884; F. Flamini, *Il significato ed il fine della Divina Commedia*, Livorno, 1916; L. Valli, *Il segreto della Croce e dell'Aquila nella Divina Commedia*, Bologna, 1922; *La chiave della Divina Commedia: sintesi del simbolismo della Croce e dell'Aquila*, ivi, 1926; *La struttura morale dell'universo dant.*, Roma, 1935; F. D'Ovidio, *Le tre fiere*, in *Studii ecc.*, Napoli, 1932; L. Pietrobono, *Per l'allegoria di D.* e *Allegoria o arte?*, in *Saggi dant.*, Roma, 1936, e *Struttura, allegorie e poesia*, in « Giornale dant. », XLIII (1943); T.L. Rizzo, *Allegoria, allegorismo e poesia nella Divina Commedia*, Milano-Messina, 1941; M. Fubini, *Il peccato di Ulisse e altri scritti danteschi*, Milano-Napoli, 1966; P. Giannantonio, *D. e l'allegorismo*, Firenze, 1969; E. Raimondi, *Metafora e storia*, Torino, 1970; M. Aversano, *Il Velo di Venere. Allegoria e teologia dell'immaginario dantesco*, Roma, 1984; R. Mercuri, *Semantica e Gerione. Il motivo del viaggio nella « Commedia » di D.*, Roma, 1984; J.L. Borges - G. Schiff - G. Petrocchi, *Nove saggi danteschi*, Milano, 1985.

Per le problematiche linguistico-stilistiche, cfr.: E. Sanguineti, *Interpretazione di Malebolge*, Firenze, 1962; P. Sollers, *D. et la traversée de l'écriture*, « Tel Quel », 23 (1965); A. Pagliaro, *Ulisse. Ricerche semantiche sulla « Divina Commedia »*, Messina-Firenze, 1967; A. Jacomuzzi, *Il palinsesto della retorica e altri saggi danteschi*, Firenze, 1972; E.G. Parodi, *La rima nella « Divina Commedia »*, in *La metrica*, Bologna, 1972, pp. 389-94; E. Bigi, *Caratteri e funzioni della retorica nella « Divina Commedia »*, in *Letture Classensi*, IV, Ravenna, 1973, pp. 183-204; P.V. Mengaldo, *Linguistica e retorica di D.*, Pisa, 1979; P.G. Beltrami, *Metrica, poetica, metrica dantesca*, Pisa, 1982; I. Pagani, *La teoria linguistica di D.*, Napoli, 1982; F. Brambilla Ageno, *Nuovi appunti per un commento linguistico alla « Commedia »*, « Studi danteschi », LV (1983), pp. 151-63.

Due guide corredate di ricca bibliografia sono quelle a cura di R. Migliorini-Fissi, *D.*, Firenze, 1978, e G. Padoan, *Introduzione a D.*, Firenze, 1981.

Lo strumento fondamentale per un approccio critico del poema e dell'intera opera dantesca è costituito dai 6 volumi dell'*Enciclopedia dantesca*, Roma, 1970-78.

LA DIVINA COMMEDIA

INFERNO

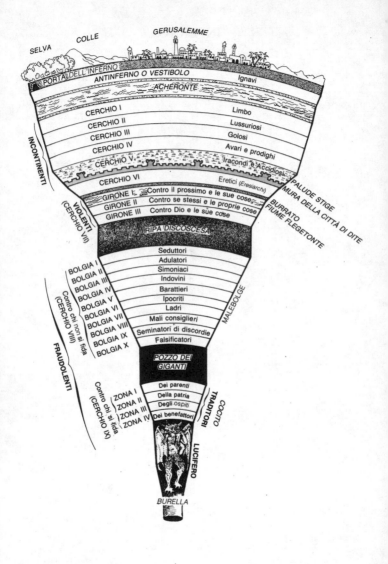

CANTO I

Nel mezzo del cammin di nostra vita
mi ritrovai per una selva oscura,
3   ché la diritta via era smarrita.
Ah quanto a dir qual era è cosa dura
esta selva selvaggia e aspra e forte
6   che nel pensier rinnova la paura!
Tant'è amara che poco è più morte;
ma per trattar del ben ch'io vi trovai,
9   dirò de l'altre cose ch'io v'ho scorte.
Io non so ben ridir com'io v'entrai,
tant'era pieno di sonno a quel punto
12   che la verace via abbandonai.
Ma poi ch'i' fui al piè d'un colle giunto,
là dove terminava quella valle
15   che m'avea di paura il cor compunto,
guardai in alto, e vidi le sue spalle
vestite già de' raggi del pianeta
18   che mena dritto altrui per ogni calle.
Allor fu la paura un poco queta
che nel lago del cor m'era durata
21   la notte ch'io passai con tanta pieta.
E come quei che con lena affannata
uscito fuor del pelago a la riva,
24   si volge a l'acqua perigliosa e guata,
così l'animo mio, ch'ancor fuggiva,
si volse a rietro a rimirar lo passo
27   che non lasciò già mai persona viva.
Poi ch'èi posato un poco il corpo lasso,
ripresi via per la piaggia deserta,
30   sì che 'l piè fermo sempre era 'l più basso

I. - 1.2. *Nel... oscura*: allegoria della vita turbata dalle tentazioni, dalle confusioni e dai vizi; cfr. *Purgatorio*, XXIII, 115-120 e *Convivio*, IV, XXIV, 12.

5. *forte*: difficile a percorrere, impenetrabile.

7. *amara*: va con *selva*.

15. *compunto*: afflitto.

16. *spalle*: i pendii superiori.

17. *vestite... pianeta*: investite dai raggi

del sole (allora ritenuto un pianeta) che simboleggia la luce di Dio.

20. *lago*: la cavità del cuore; ma la immagine deve suggerire l'idea di tempesta, che si svolge nei versi seguenti.

26. *lo passo*: i pericoli della «selva».

30. *sì che... basso*: forse il poeta vuole significare l'impeto, la fretta con cui intraprende a salire; per cui non appena posato un piede, l'altro lo sopravanza.

Ed ecco, quasi al cominciar de l'erta,
una lonza leggiera e presta molto,
33 che di pel maculato era coverta;

e non mi si partia dinanzi al volto,
anzi impediva tanto il mio cammino,
36 ch'i' fui per ritornar più volte volto.

Temp'era dal principio del mattino,
e 'l sol montava 'n su con quelle stelle
39 ch'eran con lui quando l'amor divino
mosse di prima quelle cose belle;

sì ch'a bene sperar m'era cagione
42 di quella fera a la gaetta pelle
l'ora del tempo e la dolce stagione;

ma non sì che paura non mi desse
45 la vista che m'apparve d'un leone.

Questi parea che contra me venesse
con la test'alta e con rabbiosa fame,
48 sì che parea che l'aere ne temesse.

Ed una lupa, che di tutte brame
sembiava carca ne la sua magrezza,
51 e molte genti fe' già viver grame,

questa mi porse tanto di gravezza
con la paura ch'uscia di sua vista,
54 ch'io perdei la speranza de l'altezza.

---

32. *una lonza*: felino simile alla pantera, descritto qui nella sua pericolosa grazia ed eleganza: come le altre due fiere dei vv. 45 e 49, rappresenta un ostacolo all'ascensione verso la luce, ed è stata interpretata come simbolo di lussuria, o, più generalmente, di incontinenza. Esprime un'idea di tentazione, della quale del resto Dante non sembra troppo temere (vv. 35-43).

36. *ch'i' fui... volto*: che parecchie volte fui sul punto di battere in ritirata.

38. *quelle stelle*: l'Ariete: secondo la tradizione che poneva in primavera la creazione del mondo.

42. *quella fera... pelle*: quella belva dalla pelliccia così graziosa.

45. *leone*: interpretato spesso come simbolo di superbia o di «malizia»; ma potrebbe anche significare la violenza, che carat-

terizza il secondo genere di colpe punite nell'*Inferno*, fra i peccati individuali, di semplice incontinenza, e quelli di frode e tradimento.

48. *sì che... temesse*: il leone si scolpisce plasticamente in controluce; anche l'aria sembra tremare di paura intorno a lui.

49. *lupa*: il terzo mostro esprime una impressione generale di avidità; simboleggia probabilmente l'avarizia nel senso più largo ed esiziale del termine, di brama senza scrupoli, capace quindi di frode e di tradimento (cfr. vv. 97-100). Si noterà come i tre mostri sorgano spettralmente uno dall'altro, e quasi uno nell'altro scompaiono.

52-4. *questa... altezza*: mi rallentò, e mi fece tale ostacolo che persi la speranza di giungere alla cima.

E qual è quei che volontieri acquista,
e giugne 'l tempo che perder lo face,
57   che 'n tutt'i suoi pensier piange e s'attrista;
tal mi fece la bestia sanza pace,
che, venendomi incontro, a poco a poco
60   mi ripigneva là dove 'l sol tace.

Mentre ch'i' rovinava in basso loco,
dinanzi a li occhi mi si fu offerto
63   chi per lungo silenzio parea fioco.

Quando vidi costui nel gran diserto,
« Miserere di me » gridai a lui,
66   « qual che tu sii, od ombra od omo certo! »

Rispuosemi: « Non omo, omo già fui,
e li parenti miei furon lombardi,
69   mantovani per patria ambedui.

Nacqui sub Iulio, ancor che fosse tardi,
e vissi a Roma sotto 'l buono Augusto
72   al tempo de li dei falsi e bugiardi.

Poeta fui, e cantai di quel giusto
figliuol d'Anchise che venne da Troia,
75   poi che il superbo Iliòn fu combusto.

Ma tu perché ritorni a tanta noia?
perché non sali il dilettoso monte
78   ch'è principio e cagion di tutta gioia? »

«Or se' tu quel Virgilio e quella fonte
che spandi di parlar sì largo fiume?»
81   rispuos'io lui con vergognosa fronte.

«O degli altri poeti onore e lume,

55-7. *E qual... s'attrista*: e come l'uomo avido di guadagnare, che si rattrista quando giungono i tempi magri.

60. *tace*: è assente, manca. Questa immagine del «tacere» della luce è anche in *Inferno*, V, 28.

63. *chi*: qualcuno che pareva incapace di parlare per aver troppo taciuto; simbolicamente, la voce della ragione non più ascoltata dall'uomo smarrito; poeticamente, *fioco* dà all'apparizione un che di spettrale, che essa ha in comune con i mostri. Come sarà detto ai vv. 67 e segg. è Virgilio, simbolo, nel poema, delle forze interiori essenzialmente umane, intelletto, ragione, cultura; e per-

ciò destinato a guidare Dante nei regni dell'azione e della coscienza, fino al punto in cui sarà sostituito da Beatrice, simbolo della superiore capacità di vedere e capire, cioè l'Amore; ed essa svelerà a Dante il Paradiso. *Fioco* in accezione non chiarissima anche in *Vita nuova*, XXIII, v. 54 della canzone.

70. *sub Iulio*: nel 70 a.C., al tempo di Giulio Cesare.

74. *figliuol d'Anchise*: Enea, protagonista del poema virgiliano.

75. *poi che*: dopo che; dopo l'incendio di Ilio.

76. *noia*: travaglio.

79. *e*: cioè.

vagliami il lungo studio e 'l grande amore
84   che m'ha fatto cercar lo tuo volume.

Tu se' lo mio maestro e 'l mio autore;
tu se' solo colui da cu' io tolsi
87   lo bello stilo che m'ha fatto onore.

Vedi la bestia per cu' io mi volsi:
aiutami da lei, famoso saggio,
90   ch'ella mi fa tremar le vene e i polsi».

«A te convien tenere altro viaggio»
rispuose poi che lagrimar mi vide,
93   «se vuo' campar d'esto loco selvaggio:

ché questa bestia, per la qual tu gride,
non lascia altrui passar per la sua via,
96   ma tanto lo 'mpedisce che l'uccide;

e ha natura sì malvagia e ria,
che mai non empie la bramosa voglia,
99   e dopo il pasto ha più fame che pria.

Molti son li animali a cui s'ammoglia,
e più saranno ancora, infin che 'l Veltro
102   verrà, che la farà morir con doglia.

Questi non ciberà terra né peltro,
ma sapienza, amore e virtute,
105   e sua nazion sarà tra Feltro e Feltro.

Di quella umile Italia fia salute
per cui morì la vergine Cammilla,
108   Eurialo e Turno e Niso di ferute.

Questi la caccerà per ogni villa,
fin che l'avrà rimessa ne lo 'nferno,
111   là onde invidia prima dipartilla.

---

83. *vagliami*: mi valga, mi giovi (a ottenere la tua protezione).

87. *lo bello stilo*: come esempio di stile
(Dante sembra qui alludere all'onore da lui
riportato con le Canzoni), Virgilio era di
gran lunga il più eminente che le letterature latina e medievale gli offrivano.

101. *Veltro*: questa misteriosa figura
simboleggia una forza, che apparirà nel futuro, e che sarà capace di snidare ed elimi-
nare la «lupa». Veltro si chiamava un cane
da caccia. Chi ha creduto nel Veltro si
adombrasse Cristo, chi un papa, chi un imperatore... Quel che si può dire è che Dante vi vagheggia un essere di giustizia asso-

luta, indicandone il disinteresse (v. 103), e
ricordando insieme dei caduti di partiti opposti (vv. 106-108).

103. *Questi... peltro*: non sarà avido né
di possessi (*terra*) né di tesori, di denaro (*peltro*, lega di metallo con cui si faceva il va-
sellame).

106. *umile Italia*: espressione virgiliana,
per le sponde del Lazio (basse; e meridionali), che Dante adotta pensando forse al
Lazio (cioè all'epurazione della situazione
politica in Italia) e forse anche puntando sul
significato traslato di «semplice ed infeli-
ce» adattabile all'intera nazione.

111. *invidia prima*: Lucifero, che fu il

Ond'io per lo tuo me' penso e discerno
che tu mi segui, e io sarò tua guida,
114   e trarrotti di qui per luogo etterno,
ov'udirai le disperate strida,
vedrai li antichi spiriti dolenti,
117   che la seconda morte ciascun grida;
e vederai color che son contenti
nel foco, perché speran di venire
120   quando che sia a le beate genti.
A le qua' poi se tu vorrai salire,
anima fia a ciò più di me degna:
123   con lei ti lascerò nel mio partire;
ché quello imperador che là su regna,
perch'io fu' ribellante a la sua legge,
126   non vuol che 'n sua città per me si vegna.
In tutte parti impera e quivi regge;
quivi è la sua città e l'alto seggio:
129   oh felice colui cu' ivi elegge!»
E io a lui: «Poeta, io ti richeggio
per quello Dio che tu non conoscesti,
132   acciò ch'io fugga questo male e peggio,
che tu mi meni là dov'or dicesti,
sì ch'io veggia la porta di san Pietro
135   e color cui tu fai cotanto mesti».
Allor si mosse, e io li tenni retro.

CANTO II

Lo giorno se n'andava, e l'aere bruno
toglieva gli animai che sono in terra
3   da le fatiche loro; e io sol uno
m'apparecchiava a sostener la guerra

primo ad invidiare l'onnipotenza di Dio.
112. *me'*: meglio.
117. *che... grida*: i dannati lamentano (gridano) la loro pena eterna (la seconda morte; cfr. *Apocalisse*, XX, 14).
118. *color*: le anime del purgatorio.
122. *anima... degna*: Beatrice; cfr. nota 63.
124-6. *ché... vegna*: giacché Dio non mi

permette di salire alla città celeste, perché fui pagano.
127. *In tutte parti... regge*: il suo potere è universale, e nel cielo (*quivi*) è la sede del suo regno.
II. - 4-5. *la guerra... pietate*: non solo le difficoltà della via, ma anche lo sgomento interiore.

sì del cammino e sì de la pietate,
6   che ritrarrà la mente che non erra.

          O Muse, o alto ingegno, or m'aiutate;
          o mente che scrivesti ciò ch'io vidi,
9   qui si parrà la tua nobilitate.

          Io cominciai: «Poeta che mi guidi,
          guarda la mia virtù s'ell'è possente,
12   prima ch'a l'alto passo tu mi fidi.

          Tu dici che di Silvio il parente,
          corruttibile ancora, ad immortale
15   secolo andò, e fu sensibilmente.

          Però se l'avversario d'ogni male
          cortese i fu, pensando l'alto effetto
18   ch'uscir dovea di lui e 'l chi e 'l quale,

          non pare indegno ad omo d'intelletto;
          ch'ei fu de l'alma Roma e di suo impero
21   ne l'empireo ciel per padre eletto:

          la quale e 'l quale, a voler dir lo vero,
          fu stabilita per lo loco santo
24   u' siede il successor del maggior Piero.

          Per questa andata onde li dai tu vanto,
          intese cose che furon cagione
27   di sua vittoria e del papale ammanto.

          Andovvi poi lo Vas d'elezione,
          per recarne conforto a quella fede
30   ch'è principio a la via di salvazione.

          Ma io perché venirvi? o chi 'l concede?
          Io non Enea, io non Paolo sono:
33   me degno a ciò né io né altri crede.

          Per che, se del venire io m'abbandono,
          temo che la venuta non sia folle:

---

8. *scrivesti*: raccogliesti. L'immagine del *libro* e dello *scrivere* per la memoria anche in *Vita nuova*, I.

13. *il parente*: Enea, che ebbe Silvio da Lavinia; l'eroe virgiliano discende, vivo, agli Inferi (cfr. Virgilio, *Eneide*, VI, 236 e segg.), cioè all'*immortale secolo*, col corpo (*sensibilmente*).

16. *l'avversario*: Dio.

17. *l'alto effetto*: la fondazione di Roma.

18. *e 'l chi e 'l quale*: e chi era e quali erano le sue attribuzioni.

24. *il successor*: il papa.

26. *cose*: gli incoraggiamenti del padre Anchise, che lo spinsero a combattere e a vincere; così che un giorno Roma potesse diventare la sede del papato.

28. *Vas*: l'apostolo San Paolo (cfr. *Atti degli Apostoli*, IX, 15).

29. *recarne*: portare a noi, dall'aldilà.

36   se' savio; intendi me' ch'io non ragiono».
            E qual è quei che disvuol ciò che volle
        e per novi pensier cangia proposta,
39   sì che dal cominciar tutto si tolle,
            tal mi fec'io in quella oscura costa,
        perché, pensando, consumai la 'mpresa
42   che fu nel cominciar cotanto tosta.
            «S'i' ho ben la parola tua intesa»
        rispuose del magnanimo quell'ombra,
45   «l'anima tua è da viltate offesa;
            la qual molte fiate l'omo ingombra
        sì che d'onrata impresa lo rivolve,
48   come falso veder bestia quand'ombra.
            Da questa tema acciò che tu ti solve,
        dirotti perch'io venni e quel ch'io 'ntesi
51   nel primo punto che di te mi dolve.
            Io era tra color che son sospesi,
        e donna mi chiamò beata e bella,
54   tal che di comandare io la richiesi.
            Lucevan li occhi suoi più che la stella;
        e cominciommi a dir soave e piana,
57   con angelica voce, in sua favella:
            'O anima cortese mantovana,
        di cui la fama ancor nel mondo dura,
60   e durerà quanto il mondo lontana,
            l'amico mio, e non de la ventura,
        ne la diserta piaggia è impedito
63   sì nel cammin, che volt'è per paura;
            e temo che non sia già sì smarrito,
        ch'io mi sia tardi al soccorso levata,

36. *me'*: meglio.
39. *si tolle*: cambia idea, non comincia affatto.
40. *oscura*: perché si era fatto notte. E si noterà come il crepuscolo sottolinea tristemente lo stato di dubbio in cui si agita il poeta.
44. *del... ombra*: l'ombra di quel magnanimo. È la figura detta ipallage, che mette in rilievo la durevole magnanimità di Virgilio, sebbene ridotto ad ombra, di contro alla pusillanimità di Dante, ben vi-

vo com'era.
49. *ti solve*: ti sciolga, ti liberi.
51. *nel... dolve*: al momento in cui mi cominciai a rammaricare per te, che tornavi a perderti nella selva.
52. *tra... sospesi*: nel Limbo (cfr. *Inferno*, IV, 24 e segg.).
53. *donna*: Beatrice, proveniente dal Paradiso (cfr. nota 70).
55. *la stella*: per antonomasia: Venere.
61. *mio... ventura*: a cui io voglio bene, ma al quale la fortuna è nemica.

66   per quel ch'i' ho di lui nel cielo udito.
                Or movi, e con la tua parola ornata
            e con ciò c'ha mestieri al suo campare,
69   l'aiuta sì ch'i' ne sia consolata.
                I' son Beatrice che ti faccio andare;
            vegno del loco ove tornar disio;
72   amor mi mosse, che mi fa parlare.
                Quando sarò dinanzi al signor mio,
            di te mi loderò sovente a lui'.
75   Tacètte allora, e poi comincia' io:
                'O donna di virtù, sola per cui
            l'umana spezie eccede ogni contento
78   di quel ciel c'ha minor li cerchi sui,
                tanto m'aggrada il tuo comandamento,
            che l'ubidir, se già fosse, m'è tardi;
81   più non t'è uo' ch'aprirmi il tuo talento.
                Ma dimmi la cagion che non ti guardi
            de lo scender qua giuso in questo centro
84   de l'ampio loco ove tornar tu ardi'.
                'Da che tu vuo' saper cotanto a dentro,
            dirotti brievemente' mi rispuose,
87   'perch'io non temo di venir qua entro.
                Temer si dee di sole quelle cose
            c'hanno potenza di fare altrui male;
90   de l'altre no, ché non son paurose.
                Io son fatta da Dio, sua mercé, tale,
            che la vostra miseria non mi tange,
93   né fiamma d'esto incendio non m'assale.
                Donna è gentil nel ciel che si compiange

---

70. *Beatrice*: la giovinetta fiorentina, che Dante amò, e che celebrò soprattutto nella *Vita nuova*. Nella *Commedia* simboleggia la capacità superiore di capire e di contemplare, che l'uomo riceve per grazia divina, e che Dante chiama Amore; una capacità superiore all'intelletto e alla cultura; e che sola può schiudergli il Paradiso.

71. *del loco*: dal cielo.

76. *donna di virtù*: signora delle virtù, *regina de le vertudi* (*Vita nuova*, X, 2).

77-8. *eccede... sui*: solo per mezzo di Beatrice l'umanità può ascendere alla beatitudine celeste; cioè superare la beatitudine umana, ristretta sotto il cielo della luna, che contiene solo la terra essendo il più interno e il minore dei cieli.

81. *uo'*: uopo. Non hai più che da manifestarmi la tua volontà.

92. *tange*: tocca, offende.

94-6. *Donna... frange*: la Vergine Maria ha pietà di quell'uomo smarrito, così che infrange il rigore della divina giustizia.

96
di questo impedimento ov'io ti mando,
sì che duro giudicio là su frange.

99
Questa chiese Lucia in suo dimando
e disse: Or ha bisogno il tuo fedele
di te, ed io a te lo raccomando.

102
Lucia, nimica di ciascun crudele,
si mosse, e venne al loco dov'i' era,
che mi sedea con l'antica Rachele.

105
Disse: Beatrice, loda di Dio vera,
ché non soccorri quei che t'amò tanto,
ch'uscì per te de la volgare schiera?

108
non odi tu la pieta del suo pianto?
non vedi tu la morte che 'l combatte
su la fiumana ove 'l mar non ha vanto?

111
Al mondo non fur mai persone ratte
a far lor pro o a fuggir lor danno,
com'io, dopo cotai parole fatte,

114
venni qua giù del mio beato scanno,
fidandomi nel tuo parlare onesto,
ch'onora te e quei ch'udito l'hanno'.

117
Poscia che m'ebbe ragionato questo,
li occhi lucenti lacrimando volse;
per che mi fece del venir più presto:

120
e venni a te così com'ella volse;
dinanzi a quella fiera ti levai
che del bel monte il corto andar ti tolse.

123
Dunque che è? perché, perché ristai?
perché tanta viltà nel cuore allette?
perché ardire e franchezza non hai?

poscia che tai tre donne benedette
curan di te nella corte del cielo,

---

97. *Lucia*: allegoria della Grazia illuminante.

102. *Rachele*: allegoria della vita contemplativa.

105. *uscì... schiera*: cfr. *Convivio*, I, I, 10: *io... che non seggio a la beata mensa, ma, fuggito de la pastura del vulgo...*

106. *la pietà del suo pianto*: quanto il suo pianto è pietoso.

108. *su... vanto*: sull'immensa fiumana della vita turbata dal peccato; così vasta e impetuosa che nessun mare può esserle paragonato.

110. *pro*: utile, interesse.

111. *dopo... fatte*: dopo che mi furono state dette tali parole.

116. *volse*: intendi, verso di me; mi guardò.

119. *fiera*: la lupa.

122. *allette*: alletti, intrattieni.

126   e 'l mio parlar tanto ben t'impromette?»
         Quali i fioretti, dal notturno gelo
      chinati e chiusi, poi che 'l sol li 'mbianca
129   si drizzan tutti aperti in loro stelo,
         tal mi fec'io di mia virtute stanca,
      e tanto buono ardire al cor mi corse,
132   ch'i' cominciai come persona franca:
         « Oh pietosa colei che mi soccorse!
      e te cortese ch'ubidisti tosto
135   a le vere parole che ti porse!
         Tu m'hai con disiderio il cor disposto
      sì al venir con le parole tue,
138   ch'i' son tornato nel primo proposto.
         Or va, ch'un sol volere è d'ambedue:
      tu duca, tu segnore, e tu maestro ».
141   Così li dissi: e poi che mosso fue,
         intrai per lo cammino alto e silvestro.

CANTO III

         « Per me si va ne la città dolente,
      per me si va nell'etterno dolore,
3   per me si va tra la perduta gente.
         Giustizia mosse il mio alto fattore;
      fecemi la divina potestate,
6   la somma sapienza e 'l primo amore.
         Dinanzi a me non fuor cose create
      se non etterne, e io etterna duro.
9   Lasciate ogni speranza, voi ch'entrate ».
         Queste parole di colore oscuro
      vid'io scritte al sommo d'una porta;

130. *di mia... stanca*: dallo stato di ab-
battimento del mio coraggio, in cui mi
trovavo.
138. *proposto*: proposito, cioè di intra-
prendere la via più lunga e difficile per ritrovare la luce.
140. *tu duca... maestro*: a te spetti d'ora
in poi il guidare, il comandare, l'istruire.

III. - 1. *Per me*: è la porta che parla: attraverso di me. La *città dolente* è l'insieme del-

l'Inferno (che contiene una città propriamente detta, Dite; cfr. VIII, 68; X, 22; XI, 73).
4. *alto fattore*: Dio. Le perifrasi *divina
potestate, somma sapienza* e *primo amore* indicano la Trinità, in Padre, Figlio e Spirito
Santo.
7-8. *Dinanzi... etterne*: prima dell'Inferno e della sua porta esistevano solo le creature eterne (cieli, angeli, elementi).
10. *di colore oscuro*: scritte in nero; anche, di senso funebre.

12   per ch'io: « Maestro, il senso lor m'è duro ».
    Ed elli a me, come persona accorta:
    « Qui si convien lasciare ogni sospetto;
15   ogni viltà convien che qui sia morta.
    Noi siam venuti al loco ov'io t'ho detto
    che tu vedrai le genti dolorose
18   c'hanno perduto il ben de l'intelletto ».
    E poi che la sua mano a la mia pose
    con lieto volto, ond'io mi confortai,
21   mi mise dentro a le segrete cose.
    Quivi sospiri, pianti e alti guai
    risonavan per l'aere sanza stelle,
24   per ch'io al cominciar ne lagrimai.
    Diverse lingue, orribili favelle,
    parole di dolore, accenti d'ira,
27   voci alte e fioche, e suon di man con elle
    facevano un tumulto, il qual s'aggira
    sempre in quell'aura sanza tempo tinta,
30   come la rena quando turbo spira.
    E io ch'avea d'error la testa cinta,
    dissi: « Maestro, che è quel ch'i' odo?
33   e che gent'è che par nel duol sì vinta? »
    Ed elli a me: « Questo misero modo
    tengon l'anime triste di coloro
36   che visser sanza infamia e sanza lodo.
    Mischiate sono a quel cattivo coro
    de li angeli che non furon ribelli
39   né fur fedeli a Dio, ma per sé fuoro.
    Caccianli i ciel per non esser men belli,
    né lo profondo inferno li riceve,
42   ch'alcuna gloria i rei avrebber d'elli ».
    E io: « Maestro, che è tanto greve

---

12. *duro*: doloroso; mi fa paura.
18. *il ben de l'intelletto*: la contemplazione della Verità, cioè Dio, *Dice lo Filosofo* (Aristotele)... *che 'l vero è lo bene de lo intelletto* (cfr. *Convivio*, II, XIII, 6).
19. *a la mia*: sulla mia, mi prese per mano.
22. *guai*: lamenti.
27. *e suon... elle*: e rumore di colpi, di percosse.

29. *sanza tempo tinta*: buia senza ragione d'ora o di perturbazione passeggera; eternamente oscura.
31. *error*: incertezza, dubbio. Molti editori leggono *orror*, secondo una espressione virgiliana che Dante avrebbe imitato, «tremendo orrore mi cinse» (cfr. Virgilio, *Eneide*, II, 559; IV, 280; VI, 559 segg.).
42. *ch'alcuna gloria... elli*: perché i dannati si sentirebbero superiori a loro.

a lor che lamentar li fa sì forte? »
45   Rispuose: « Dicerolti molto breve.

Questi non hanno speranza di morte,
e la loro cieca vita è tanto bassa,
48   che 'nvidiosi son d'ogni altra sorte.

Fama di loro il mondo esser non lassa;
misericordia e giustizia li sdegna:
51   non ragioniam di lor, ma guarda e passa ».

E io, che riguardai, vidi una insegna
che girando correva tanto ratta,
54   che d'ogni posa mi parea indegna;

e dietro le venia sì lunga tratta
di gente, ch'io non averei creduto
57   che morte tanta n'avesse disfatta.

Poscia ch'io v'ebbi alcun riconosciuto,
vidi e conobbi l'ombra di colui
60   che fece per viltà il gran rifiuto.

Incontanente intesi e certo fui
che questa era la setta de' cattivi,
63   a Dio spiacenti ed a' nemici sui.

Questi sciaurati, che mai non fur vivi,
erano ignudi, stimolati molto
66   da mosconi e da vespe ch'eran ivi.

Elle rigavan lor di sangue il volto,
che, mischiato di lagrime, ai lor piedi
69   da fastidiosi vermi era ricolto.

E poi ch'a riguardare oltre mi diedi,
vidi gente a la riva d'un gran fiume;
72   per ch'io dissi: « Maestro, or mi concedi
ch'i' sappia quali sono, e qual costume

---

46. *non hanno speranza*: non possono sperare, benché esclusi dall'Inferno, che il giorno del Giudizio Universale la loro sorte cambierà; la loro condanna è eterna, ed essi invidiano persino i dannati dell'Inferno.

52. *insegna*: una bandiera; coloro che si rifiutarono di prender partito, ora devono eternamente inseguire un'insegna.

54. *che... indegna*: che non si sarebbe mai fermata; un'insegna insignificante, che non valeva la pena di collocare da nessuna parte.

55. *tratta*: corteo; con l'idea di folla trascinata quasi suo malgrado.

59. *colui*: con ogni probabilità, da identificare in Celestino V, che, eletto papa nel luglio 1294, cinque mesi più tardi abdicò al papato. L'animosità che Dante gli dimostra si spiega col fatto che il suo successore fu Bonifazio VIII Caetani, a cui Dante faceva risalire l'origine delle sue sventure politiche.

62. *de' cattivi*: degli ignavi, che dispiacciono a Dio e al demonio.

64. *che... vivi*: che non furono mai veramente vivi, perché la loro anima non visse.

le fa di trapassar parer sì pronte,
75   com'io discerno per lo fioco lume ».

      Ed elli a me: « Le cose ti fìer conte,
quando noi fermerem li nostri passi
78   su la trista riviera d'Acheronte ».

      Allor con li occhi vergognosi e bassi,
temendo no 'l mio dir li fosse grave,
81   infino al fiume del parlar mi trassi.

      Ed ecco verso noi venir per nave
un vecchio bianco per antico pelo,
84   gridando: « Guai a voi, anime prave!

      non isperate mai veder lo cielo:
i' vegno per menarvi a l'altra riva
87   ne le tenebre etterne, in caldo e 'n gelo.

      E tu che se' costì, anima viva,
partiti da cotesti che son morti ».
90   Ma poi che vide ch'io non mi partiva,

      disse: « Per altra via, per altri porti
verrai a piaggia, non qui, per passare:
93   più lieve legno convien che ti porti ».

      E 'l duca lui: « Caron, non ti crucciare:
vuolsi così colà dove si puote
96   ciò che si vuole, e più non dimandare ».

      Quinci fuor quete le lanose gote
al nocchier de la livida palude,
99   che 'ntorno a li occhi avea di fiamme rote.

      Ma quell'anime, ch'eran lasse e nude,
cangiar colore e dibattieno i denti,
102   ratto che 'nteser le parole crude.

---

76. *ti fìer conte*: ti saranno conosciute.
78. *Acheronte*: nella mitologia pagana, il fiume del regno dei morti. Qui, il primo dei fiumi infernali, sul quale fa da traghettatore Caronte.
80. *temendo... grave*: temendo di annoiarlo con le mie parole.
83. *un vecchio*: Caronte; nella mitologia figlio dell'Erebo e della Notte, ispirato a Dante probabilmente da Virgilio (cfr. *Eneide*, VI, 298 e segg.).
84. *prave*: colpevoli, perverse.
92. *verrai a piaggia... passare*: Caronte

predice a Dante che egli passerà nell'aldilà per il Purgatorio (cfr. vv. 128-9).
95-6. *vuolsi... vuole*: si vuole così nel Cielo, da Dio, per il quale tutto quel che vuole è possibile. La formula, così intricata, adoperata da Virgilio, ha un che di magico; nel Medio Evo Virgilio era ritenuto un gran mago, esperto dell'aldilà. Cfr. anche *Inferno*, V, 23-4.
97. *Quinci*: con questo; dopo ciò, Caronte si tacque.
102. *ratto che*: appena che.

Bestemmiavano Dio e lor parenti,
l'umana spezie e 'l luogo e 'l tempo e 'l seme
105 di lor semenza e di lor nascimenti.
    Poi si raccolser tutte quante insieme,
forte piangendo, a la riva malvagia
108 ch'attende ciascun uom che Dio non teme.
    Caron dimonio, con occhi di bragia,
loro accennando, tutti li raccoglie;
111 batte col remo qualunque s'adagia.
    Come d'autunno si levan le foglie
l'una appresso de l'altra, fin che 'l ramo
114 vede a la terra tutte le sue spoglie,
    similemente il mal seme d'Adamo:
gittansi di quel lito ad una ad una
117 per cenni, come augel per suo richiamo.
    Così sen vanno su per l'onda bruna,
e avanti che sien di là discese,
120 anche di qua nuova schiera s'auna.
    « Figliuol mio, » disse il maestro cortese,
« quelli che muoion ne l'ira di Dio
123 tutti convegnon qui d'ogni paese;
    e pronti sono a trapassar lo rio,
ché la divina giustizia li sprona,
126 sì che la tema si volve in disio.
    Quinci non passa mai anima buona;
e però, se Caron di te si lagna,
129 ben puoi sapere ormai che 'l suo dir suona ».
    Finito questo, la buia campagna
tremò sì forte, che de lo spavento
132 la mente di sudore ancor mi bagna.
    La terra lagrimosa diede vento,

112. *si levan*: cadono.
114. *vede*: personalizzato, l'albero vede ai suoi piedi le foglie cadute.
115. *il mal seme*: i cattivi discendenti.
117. *per cenni*: ai cenni di Caronte, come il falcone ai richiami del falconiere.
120. *anche*: di nuovo, ancora un gruppo si raccoglie in attesa.
129. *ben... suona*: puoi indovinare che

egli ti predice che non ripasserai l'Acheronte; cioè sarai ammesso al Purgatorio.
133. *lagrimosa*: triste, irrorata di lagrime. Il terremoto è una manifestazione importante nel mondo poetico della *Commedia* (nel *Purgatorio*, esso avviene quando un'anima ha finito di espiare una pena.) Qui, forse, per simmetria, significa invece che delle anime, dopo il traghetto, entrano nell'Inferno.

che balenò una luce vermiglia
135   la qual mi vinse ciascun sentimento;
        e caddi come l'uom che 'l sonno piglia.

CANTO IV

        Ruppemi l'alto sonno nella testa
        un greve truono, sì ch'io mi riscossi
3   come persona ch'è per forza desta;
        e l'occhio riposato intorno mossi,
        dritto levato, e fiso riguardai
6   per conoscer lo loco dov'io fossi.
        Vero è che 'n su la proda mi trovai
        de la valle d'abisso dolorosa
9   che truono accoglie d'infiniti guai.
        Oscura e profonda era e nebulosa,
        tanto che, per ficcar lo viso a fondo,
12   io non vi discernea alcuna cosa.
        « Or discendiam qua giù nel cieco mondo »
        cominciò il poeta tutto smorto:
15   « io sarò primo, e tu sarai secondo ».
        E io, che del color mi fui accorto,
        dissi: « Come verrò, se tu paventi,
18   che suoli al mio dubbiare esser conforto? »
        Ed elli a me: « L'angoscia de le genti
        che son qua giù, nel viso mi dipigne
21   quella pietà che tu per tema senti.
        Andiam, ché la via lunga ne sospigne ».
        Così si mise e così mi fe' intrare
24   nel primo cerchio che l'abisso cigne.
        Quivi, secondo che per ascoltare,
        non avea pianto mai che di sospiri
27   che l'aura etterna facevan tremare.
        Ciò avvenia di duol sanza martiri

IV. - 1. *alto*: profondo.

2. *truono*: tuono, fragore subitaneo.

9. *truono*: qui è il fragore continuo dell'Inferno; *guai*: lamenti.

11. *lo viso*: lo sguardo.

14. *smorto*: impallidito, come spiegherà più avanti, per la pietà che gli suscita l'udire la marea dei lamenti.

17. *paventi*: hai paura. Dante interpreta il pallore di Virgilio come un segno di timore.

18. *dubbiare*: temere.

21. *che... senti*: che tu scambi per paura.

24. *primo cerchio*: il primo ripiano dell'imbuto infernale, il Limbo.

25. *secondo... ascoltare*; per quel che si poteva dedurre con l'udito.

ch'avean le turbe, ch'eran molto grandi,
30   d'infanti e di femmine e di viri.
          Lo buon maestro a me: « Tu non dimandi
      che spiriti son questi che tu vedi?
33   Or vo' che sappi, innanzi che più andi,
          ch'ei non peccaro; e s'elli hanno mercedi,
      non basta, perché non ebber battesmo,
36   ch'è porta de la fede che tu credi.
          E se furon dinanzi al cristianesmo,
      non adorar debitamente a Dio:
39   e di questi cotai son io medesmo.
          Per tai difetti, non per altro rio,
      semo perduti, e sol di tanto offesi,
42   che sanza speme vivemo in disio ».
          Gran duol mi prese al cor quando lo 'ntesi,
      però che gente di molto valore
45   conobbi che 'n quel limbo eran sospesi.
          « Dimmi, maestro mio, dimmi, segnore, »
      comincia' io per volere esser certo
48   di quella fede che vince ogni errore:
          « uscicci mai alcuno, o per suo merto
      o per altrui, che poi fosse beato? »
51   E quei, che 'ntese il mio parlar coperto,
          rispuose: « Io era nuovo in questo stato,
      quando ci vidi venire un possente,
54   con segno di vittoria coronato.
          Trasseci l'ombra del primo parente,
      d'Abel suo figlio e quella di Noè,
57   di Moisè legista e obediente;
          Abraàm patriarca e Davìd re,
      Israèl con lo padre e co' suoi nati

---

30. *infanti*: bimbi, morti prima del battesimo; *viri*: uomini (con la sfumatura di nobiltà del latino *vir*).
33. *andi*: vada.
34. *mercedi*: meriti.
37-8. *E se... Dio*: avendo vissuto prima dell'era cristiana, credettero agli dei pagani, e non nel vero Dio dell'Antico Testamento.
40. *rio*: colpa.
41. *e sol... offesi*: tormentati solo da que-

sto, che desideriamo Dio senza speranza di poterlo avvicinare mai.
48. *di quella fede*: la fede cristiana.
49. *uscicci*: uscì di qui, dall'Inferno.
53. *un possente*: Cristo: si può notare che il nome di Cristo non è mai enunciato nell'*Inferno*.
55. *Trasseci*: ne trasse.
59. *Israèl... nati*: Giacobbe (cfr. *Genesi*, XXXII, 28) con Isacco suo padre e i suoi figli.

60   e con Rachele, per cui tanto fe';
        e altri molti, e feceli beati;
        e vo' che sappi che, dinanzi ad essi,
63   spiriti umani non eran salvati ».
            Non lasciavam l'andar perch'ei dicessi,
        ma passavam la selva tuttavia,
66   la selva, dico, di spiriti spessi.
            Non era lunga ancor la nostra via
        di qua dal sonno, quand'io vidi un foco
69   ch'emisperio di tenebre vincia.
            Di lungi v'eravamo ancora un poco,
        ma non sì ch'io non discernessi in parte
72   ch'orrevol gente possedea quel loco.
            « O tu ch'onori scienzia ed arte,
        questi chi son, c'hanno cotanta onranza,
75   che dal modo de li altri li diparte? »
            E quelli a me: « L'onrata nominanza
        che di lor suona su ne la tua vita,
78   grazia acquista nel ciel che sì li avanza ».
            Intanto voce fu per me udita:
        « Onorate l'altissimo poeta:
81   l'ombra sua torna, ch'era dipartita ».
            Poi che la voce fu restata e queta,
        vidi quattro grand'ombre a noi venire:
84   sembianza avean né trista né lieta.
            Lo buon maestro cominciò a dire:
        « Mira colui con quella spada in mano,
87   che vien dinanzi ai tre sì come sire.
            Quelli è Omero poeta sovrano;
        l'altro è Orazio satiro che vene;
90   Ovidio è il terzo, e l'ultimo Lucano.
            Però che ciascun meco si convene

60. *tanto fe'*: servì, per averla in moglie, sette e sette anni.

68. *di qua dal sonno*: dal luogo ove io mi svegliai dal sonno.

69. *ch'... vincia*: che formava nel buio un emisfero di luce.

72. *orrevol*: onorevole.

74. *onranza*: dignità.

75. *che... diparte*: che li distingue dagli altri abitatori del primo cerchio.

78. *grazia... avanza*: acquista in cielo per loro favore, che permette loro di star nella luce.

88-90. *Omero... Lucano*: Dante non sapeva probabilmente nulla di greco, ma conosceva di fama i poemi omerici (cfr. *Convivio*, I, VII, 15). Di Orazio pare conoscesse solo le *Satire* e le *Epistole*.

91-2. *Però che... sola*: poiché ciascuno di questi ha in comune con me la qualifica di poeta, annunziata dalla voce di cui ai vv. 80-81.

nel nome che sonò la voce sola,
93   fannomi onore, e di ciò fanno bene ».

Così vidi adunar la bella scuola
di quel signor de l'altissimo canto
96   che sovra gli altri com'aquila vola.

Da ch'ebber ragionato insieme alquanto,
volsersi a me con salutevol cenno;
99   e 'l mio maestro sorrise di tanto.

E più d'onore ancor assai mi fenno,
ch'ei sì mi fecer de la loro schiera,
102   sì ch'io fui sesto tra cotanto senno.

Così andammo infino a la lumera,
parlando cose che 'l tacere è bello,
105   sì com'era 'l parlar colà dov'era.

Giugnemmo al piè d'un nobile castello,
sette volte cerchiato d'alte mura,
108   difeso intorno d'un bel fiumicello.

Questo passammo come terra dura;
per sette porte intrai con questi savi,
111   venimmo in prato di fresca verdura.

Genti v'eran con occhi tardi e gravi,
di grande autorità ne' lor sembianti:
114   parlavan rado, con voci soavi.

Traemmoci così da l'un de' canti,
in luogo aperto, luminoso e alto,
117   sì che veder si potean tutti quanti.

Colà diritto, sopra 'l verde smalto,
mi fuor mostrati li spiriti magni,
120   che del vedere in me stesso n'esalto.

---

102. *sesto*: Dante non esita a proclamare qui la sua parità con i massimi poeti del mondo classico.

103. *lumera*: il lume di cui ai vv. 67-69.

104. *parlando... bello*: non è facile indovinare quali argomenti trattassero i sei poeti; Dante vuole intendere che la conversazione sulla poesia, sulla metrica ecc. che fu bello condurre fra loro, stonerebbe, sarebbe fuor di luogo, se riportata per esteso nel racconto del viaggio oltremondano.

106-10. *nobile castello... per sette porte intrai*: forse simbolo dell'edificio della cultura possibile all'uomo; o della virtù morale. L'interpretazione allegorica dei particolari è incerta. Nel primo caso le sette mura potrebbero essere le sette arti liberali, e le sette porte le sette parti della filosofia; il fiumicello l'arte retorica. Nel secondo caso sarebbero le quattro virtù morali e le tre intellettuali; il fiumicello l'esperienza.

115. *Traemmoci*: ci ritirammo.

I' vidi Elettra con molti compagni,
tra' quai conobbi Ettor ed Enea,
123   Cesare armato con li occhi grifagni.

Vidi Cammilla e la Pantasilea
da l'altra parte, e vidi 'l re Latino
126   che con Lavina sua figlia sedea.

Vidi quel Bruto che cacciò Tarquino,
Lucrezia, Iulia, Marzia e Corniglia;
129   e solo in parte vidi il Saladino.

Poi ch'innalzai un poco più le ciglia,
vidi 'l maestro di color che sanno
132   seder tra filosofica famiglia.

Tutti lo miran, tutti onor li fanno:
quivi vid'io Socrate e Platone,
135   che 'nnanzi a li altri più presso li stanno;

Democrito che 'l mondo a caso pone,
Diogenès, Anassagora e Tale,
138   Empedoclès, Eraclito e Zenone;

e vidi il buono accoglitor del quale,
Dioscoride dico; e vidi Orfeo,
141   Tullio e Lino e Seneca morale;

Euclide geometra e Tolomeo,
Ipocrate, Avicenna e Galieno,
144   Averroìs, che 'l gran comento feo.

121-9. *I' vidi... il Saladino*: l'elenco dei grandi spiriti comprende anzitutto molti che contribuirono alla fondazione dell'impero romano. Elettra, progenitrice dei Troiani; Camilla, personaggio virgiliano (cfr. *Inferno*, I, 107); Pentesilea, altro personaggio dell'*Eneide*, regina delle Amazzoni, alleata dei Troiani; Latino, re del Lazio, e sua figlia Lavinia, che diventò moglie di Enea (cfr. *Monarchia*, II, III, 16); Bruto è Lucio Giunio Bruto, primo console della repubblica romana (cfr. *Convivio*, IV, V, 12); Lucrezia, moglie di Collatino, violata da Sesto Tarquinio; Iulia, figlia di Giulio Cesare e moglie di Pompeo; Marzia, moglie di Catone Uticense (cfr. *Purgatorio*, I, 79 segg); *Corniglia* è Cornelia, madre dei Gracchi (cfr. *Paradiso*, XV, 129). Il *Saladino* è Salah-ed-Din, sultano di Siria ed Egitto (1137-1193) (cfr. *Convivio*, IV, XI, 14).

131-44. *'l maestro... feo*: il secondo gruppo monumentale del Limbo comprende filosofi e scienziati. Innanzitutto Aristotele, poi Socrate e Platone (cfr. *Convivio*, IV, VI, 7-15); Democrito di Abdera, secondo il quale il mondo si era formato per la conglomerazione cieca, fortuita, degli atomi; il cinico di Sinope, Diogene; Anassagora, maestro di Pericle, Talete di Mileto, Empedocle di Agrigento, Eraclito di Efeso, e Zenone di Cizio, stoico, rappresentanti di varie tendenze della filosofia greca nel periodo del VI e V secolo a.C. Seguono gli scienziati: Dioscoride (I sec.), egregio classificatore delle qualità (*del quale*) delle piante medicinali; Orfeo, nella sua caratteristica di addomesticatore della natura (cfr. *Convivio*, II, I, 3); Tullio Cicerone; Lino, mitico poeta greco, come Orfeo (cfr. Virgilio, *Egloghe*, IV, 56); Seneca designato come autore di opere morali, perché

Io non posso ritrar di tutti a pieno,
però che sì mi caccia il lungo tema,
147   che molte volte al fatto il dir vien meno.
La sesta compagnia in due si scema:
per altra via mi mena il savio duca,
150   fuor de la queta, ne l'aura che trema;
e vegno in parte ove non è che luca.

CANTO V

Così discesi del cerchio primaio
giù nel secondo, che men luogo cinghia,
3   e tanto più dolor, che punge a guaio.
Stavvi Minòs orribilmente, e ringhia:
essamina le colpe ne l'entrata;
6   giudica e manda secondo ch'avvinghia.
Dico che quando l'anima mal nata
li vien dinanzi, tutta si confessa;
9   e quel conoscitor de le peccata
vede qual luogo d'inferno è da essa:
cignesi con la coda tante volte
12   quantunque gradi vuol che giù sia messa.
Sempre dinanzi a lui ne stanno molte:
vanno a vicenda ciascuna al giudizio;
15   dicono e odono, e poi son giù volte.
« O tu che vieni al doloroso ospizio, »
disse Minòs a me quando mi vide,

---

nel Medio Evo si credeva che l'autore delle tragedie fosse un altro Seneca; Euclide il geometra, citato anche in *Convivio*, II, XIII, 26; Tolomeo il geografo e astronomo; Ippocrate, Avicenna e Galeno, medici, di cui il secondo è arabo (XI sec.) come Averroè, il commentatore di Aristotele (XII sec.).

145. *ritrar*: raccontare.

148. *sesta*: composta dei sei poeti; *si scema*: si scinde.

150. *queta*: va con *aura*; fuori della quiete del nobile castello, nell'aria sospirosa del Limbo (v. 27).

151. *e vegno... luca*: e passo in un luogo dove non c'è più nessuna cosa che faccia luce (il 2° cerchio).

v. 1. *primaio*: primo, il Limbo.

2. *cinghia*: circonda; è più ristretto, perché siamo più giù nell'imbuto dell'Inferno.

3. *a guaio*: in modo da fare lamentar i dannati.

4. *Minòs*: il mostro mitico che presiede al 2° cerchio è Minos, il re di Creta; appare come un demonio che si avvolge la coda attorno al corpo quando sentenzia a qual girone deve scendere l'anima da lui giudicata.

6. *secondo ch'avvinghia*: a seconda dei giri che la coda fa intorno al suo corpo.

10. *è da essa*: le spetta.

12. *quantunque*: quanti.

18   lasciando l'atto di cotanto offizio,
                « guarda com'entri e di cui tu ti fide:
                non t'inganni l'ampiezza de l'entrare! »
21   E 'l duca mio a lui: « Perché pur gride?
                Non impedir lo suo fatale andare:
                vuolsi così colà dove si puote
24   ciò che si vuole, e più non dimandare ».
                Ora incomincian le dolenti note
                a farmisi sentire; or son venuto
27   là dove molto pianto mi percuote.
                Io venni in luogo d'ogni luce muto,
                che mugghia come fa mar per tempesta,
30   se da contrari venti è combattuto.
                La bufera infernal, che mai non resta,
                mena li spirti con la sua rapina:
33   voltando e percotendo li molesta.
                Quando giungon davanti a la ruina,
                quivi le strida, il compianto, il lamento;
36   bestemmian quivi la virtù divina.
                Intesi ch'a così fatto tormento
                enno dannati i peccator carnali,
39   che la ragion sommettono al talento.
                E come li stornei ne portan l'ali
                nel freddo tempo a schiera larga e piena,
42   così quel fiato li spiriti mali:
                di qua, di là, di giù, di su li mena;
                nulla speranza li conforta mai,
45   non che di posa, ma di minor pena.

19. *guarda... fide*: fai attenzione, giacché entri da uomo vivo, e ti fidi di Virgilio, anima non salva.

21. *duca*: Virgilio.

23-24. *vuolsi... dimandare*: la stessa formula complicata, di aspetto magico, impiegata per Caronte (cfr. *Inferno*, III, 95-6).

25. *dolenti note*: non son più sospiri, come nel Limbo, ma effettivi lamenti (cfr. *Inferno*, IV, 8-9).

28. *muto*: privo. L'immagine del «"tacere" della luce anche in *Inferno*, I, 60.

31. *La bufera infernal*: la tempesta che è caratteristica di questo cerchio, e che corrisponde alla tempesta dei sensi da cui i lussuriosi si sono lasciati trascinare in vita.

32. *rapina*: corsa rapinatrice.

34. *ruina*: probabilmente la frana di cui si parla in *Inferno*, XII, 31-45, che fu prodotta nell'Inferno dal terremoto alla morte di Cristo (cfr. anche *Inferno*, XXI, 106-114).

38. *enno*: sono.

39. *che... talento*: che sottomettono la ragione ai desideri, all'istinto.

40-1. *come... tempo*: come le ali portano gli storni nell'inverno.

45. *non che... pena*: non solo di poter riposare; ma neppure di rallentare.

E come i gru van cantando lor lai,
faccendo in aere di sé lunga riga,
48   così vidi venir, traendo guai,
ombre portate da la detta briga:
per ch'i' dissi: « Maestro, chi son quelle
51   genti che l'aura nera sì gastiga?»
« La prima di color di cui novelle
tu vuo' saper » mi disse quelli allotta,
54   « fu imperadrice di molte favelle.
A vizio di lussuria fu sì rotta,
che libito fe' licito in sua legge
57   per torre il biasmo in che era condotta.
Ell'è Semiramìs, di cui si legge
che succedette a Nino e fu sua sposa;
60   tenne la terra che 'l Soldan corregge.
L'altra è colei che s'ancise amorosa,
e ruppe fede al cener di Sicheo;
63   poi è Cleopatràs lussuriosa.
Elena vedi, per cui tanto reo
tempo si volse, e vedi il grande Achille
66   che con amore al fine combatteo.
Vedi Parìs, Tristano »; e più di mille
ombre mostrommi, e nominommi, a dito
69   ch'amor di nostra vita dipartille.
Poscia ch'io ebbi il mio dottore udito
nomar le donne antiche e' cavalieri,

48. *guai*: lamenti.
49. *briga*: la violenza del vento.
53. *allotta*: allora.
54. *favelle*: lingue; cioè nazioni.
56-7. *che... condotta*: Semiramide, leggendaria regina d'Assiria, che ordinò che il piacere personale divenisse lecito (cfr. Paolo Orosio, *Storia contro i pagani*, I, 4, e cfr. *Monarchia*, II, VIII, 3), per giustificare il suo incesto col figlio.
60. *tenne... corregge*: le terre governate nel 1300 dal Soldano non coincidevano col regno di Nino, a cui succedette Semiramide; Dante vuol qui indicare approssimativamente l'Asia Minore.
61-2. *L'altra... Sicheo*: Didone, vedova di Sicheo, s'innamorò di Enea; e lasciata da

lui, s'uccise (cfr. Virgilio, *Eneide*, IV). Tanto per Semiramide quanto per Didone, Dante applica la figura retorica detta in greco *hysteron próteron*, cioè il dir prima quel che è accaduto dopo («s'uccise e tradì Sicheo», per «tradì Sicheo e s'uccise»).
64. *Elena*: la moglie di Menelao, rapita da Paride, e causa prima della guerra di Troia.
66. *che... combatteo*: che, dopo aver tanto combattuto in guerra, combatté alla fine anche con Amore (innamorandosi di Polissena).
67. *Parìs, Tristano*: Paride, figlio di Priamo; Tristano, cavaliere della Tavola Rotonda, innamorato di Isotta regina di Cornovaglia.

72   pietà mi giunse, e fui quasi smarrito.
            I' cominciai: « Poeta, volontieri
         parlerei a quei due che 'nsieme vanno,
75   e paion sì al vento esser leggieri ».
            Ed elli a me: « Vedrai quando saranno
         più presso a noi; e tu allor li prega
78   per quello amor che i mena, ed ei verranno ».
            Sì tosto come il vento a noi li piega,
         mossi la voce: « O anime affannate,
81   venite a noi parlar, s'altri nol niega! »
            Quali colombe dal disio chiamate,
         con l'ali alzate e ferme al dolce nido
84   vegnon per l'aere dal voler portate;
            cotali uscir de la schiera ov'è Dido,
         a noi venendo per l'aere maligno,
87   sì forte fu l'affettuoso grido.
            « O animal grazioso e benigno
         che visitando vai per l'aere perso
90   noi che tignemmo il mondo di sanguigno,
            se fosse amico il re de l'universo,
         noi pregheremmo lui de la tua pace,
93   poi c'hai pietà del nostro mal perverso.
            Di quel che udire e che parlar vi piace,
         noi udiremo e parleremo a vui,
96   mentre che 'l vento, come fa, ci tace.
            Siede la terra dove nata fui

72. *giunse*: colse.
74. *'nsieme*: persino nella bufera infernale sono travolti insieme.
75. *leggieri*: come trasportati più impetuosamente degli altri.
78. *per... verranno*: pregali in nome dell'amore che ancora li trasporta, ed essi verranno. Forse, nella perifrasi, bisogna intendere una velata allusione a Dio, che è l'amore da cui emana ogni ordinamento e ogni movimento nell'universo; infatti Dante li prega con una velata allusione a Dio: *s'altri nol niega*.
81. *altri*: Dio. Se Dio lo permette.
85. *schiera*: di quelli che erano morti per amore, come Didone.
88. *animal*: essere (cfr. *Inferno*, II, 2; *Purgatorio*, XXIX, 138; *Paradiso*, XIX, 85).

89. *perso*: di colore oscuro; cfr. *Convivio*, IV, xx, 2.
90. *sanguigno*: sangue.
.91. *il re*: Dio.
95. *vui*: voi.
96. *ci tace*: tace qui; dove si trovano Dante e Virgilio, e dove si sono diretti Paolo e Francesca uscendo dal vortice della bufera.
97. *la terra*: Francesca da Polenta nacque a Ravenna, e sposò verso il 1275 Gianciotto Malatesta signore di Rimini. Innamoratasi di suo cognato Paolo, fu con questi uccisa dal marito verso il 1285. Francesca era zia di Guido Novello da Polenta che ospitò Dante a Ravenna negli ultimi anni della sua vita, e Paolo Malatesta era stato capitano del popolo a Firenze nel 1282;

su la Marina dove 'l Po discende
99   per aver pace co' seguaci sui.
             Amor, ch'al cor gentil ratto s'apprende,
             prese costui de la bella persona
102   che mi fu tolta; e 'l modo ancor m'offende.
             Amor, ch'a nullo amato amar perdona,
             mi prese del costui piacer sì forte,
105   che, come vedi, ancor non m'abbandona.
             Amor condusse noi ad una morte:
             Caina attende chi a vita ci spense ».
108   Queste parole da lor ci fur porte.
             Quand'io intesi quell'anime offense,
             chinai 'l viso, e tanto il tenni basso
111   fin che 'l poeta mi disse: « Che pense? »
             Quando rispuosi, cominciai: « Oh lasso,
             quanti dolci pensier, quanto disio
114   menò costoro al doloroso passo! »
             Poi mi rivolsi a loro e parla' io,
             e cominciai: « Francesca, i tuoi martiri
117   a lacrimar mi fanno tristo e pio.
             Ma dimmi: al tempo de' dolci sospiri,
             a che e come concedette amore

erano quindi personaggi a lui noti, e notissimi nel suo ambiente. Dante li presceglie proprio perché celebri, per farne un «caso» di amore radicato in cuori gentili che, invece di condurre all'elevazione dell'anima, aveva prodotto la dannazione. Su questo problema è imperniato l'intero episodio: Francesca narra il suo amore in tre terzine concatenate (vv. 100-108) che ripetono le fasi obbligate dell'amore stilnovista (l'innamoramento «gentile» e la corrispondenza) ma che perturbante finale verso la «morte» invece che verso la «vita». Ciò getta Dante in profonde riflessioni, e genera la sua domanda, che mira a sorprendere quale fu l'elemento che disoriento quell'amore e lo guastò per sempre; quando egli apprenderà che bastò un attimo di vertigine, che *solo un punto fu quel che ci vinse*, ciò gli farà tanta impressione da segnarla col grado di smarrimento che nella *Commedia* è massimo: lo svenire.

100-2. *Amor... m'offende*: la prima ter-

zina richiama la teoria enunciata da Guido Guinizelli, nella canzone *Al cor gentil repara sempre Amore*, e adottata da Dante: cfr. sonetto *Amore e 'l cor gentil sono una cosa* (*Vita nuova*, XX). *Costui* è Paolo Malatesta; il *modo*, cioè l'uccisione a tradimento perpetrata da Gianciotto contro i due amanti.

103. *Amor... perdona*: che non permette di esimersi dal riamare. Legge enunciata, con minor rigidezza, anche in *Purgatorio*, XXII, 10 e segg.

104. *costui*: di costui.

107. *Caina*: la zona del 9° cerchio dove sono puniti i traditori dei parenti.

108. *porte*: dette.

114. *doloroso passo*: la «morte»; cioè la colpa, che eternamente scontano con la morte eterna. Il pensiero di Dante è: «Quante premesse positive (*dolci pensier, disio*) hanno condotto questi due al male!»; su questo egli medita, e per chiarirsi interrogherà Francesca.

117. *pio*: pietoso.

120   che conosceste i dubbiosi desiri? »
           E quella a me: « Nessun maggior dolore
           che ricordarsi del tempo felice
123   ne la miseria; e ciò sa 'l tuo dottore.
           Ma s'a conoscer la prima radice
           del nostro amor tu hai cotanto affetto,
126   dirò come colui che piange e dice.
           Noi leggiavamo un giorno per diletto
           di Lancialotto come amor lo strinse:
129   soli eravamo e sanza alcun sospetto.
           Per più fiate li occhi ci sospinse
           quella lettura, e scolorocci il viso;
132   ma solo un punto fu quel che ci vinse.
           Quando leggemmo il disiato ríso
           esser baciato da cotanto amante,
135   questi, che mai da me non fia diviso,
           la bocca mi baciò tutto tremante.
           Galeotto fu il libro e chi lo scrisse:
138   quel giorno più non vi leggemmo avante ».
           Mentre che l'uno spirto questo disse,
           l'altro piangea sì, che di pietade
141   io venni men così com'io morisse;
           e caddi come corpo morto cade.

CANTO VI

           Al tornar de la mente, che si chiuse
           dinanzi a la pietà de' due cognati,

---

120. *dubbiosi*: pericolosi, temibili.

123. *e ciò... dottore*: allusione a un sentimento espresso da Virgilio, per es. nella narrazione di Enea dei casi di Troia (cfr. *Eneide*, II, 1-13, o IV, 651).

125. *affetto*: desiderio veramente sentito; come quello che Dante provava per un mistero concernente un problema per lui così grave.

128. *Lancialotto*: cavaliere della Tavola Rotonda, innamorato della regina Ginevra, protagonista del romanzo che da lui prende nome.

129. *sanza alcun sospetto*: senza sospetto di male, perché l'amore *ch'al cor gentil ratto s'apprende* non dovrebbe condurre che

all'elevazione dell'anima.

130-1. *Per... lettura*: mentre leggevamo, i nostri occhi furono molte volte (*fiate*) spinti a incontrarsi.

131. *scolorocci*: ci scolorò. Ma né gli sguardi né il turbamento interno espresso dal pallore bastarono a spingerci al male.

137. *Galeotto*: nel romanzo di Lancialotto, Galehault incoraggia Ginevra a baciare il suo amante. Per Francesca, l'incoraggiamento venne dal libro.

141. *io venni men*: svenni.

VI. - 1. *si chiuse*: per lo svenimento.
2. *la pietà*: il caso pietoso.

3   che di trestizia tutto mi confuse,
               novi tormenti e novi tormentati
               mi veggio intorno, come ch'io mi mova
6   e ch'io mi volga, e come che io guati.
               Io sono al terzo cerchio, de la piova
               etterna, maladetta, fredda e greve;
9   regola e qualità mai non l'è nova.
               Grandine grossa, acqua tinta e neve
               per l'aere tenebroso si riversa;
12   pute la terra che questo riceve.
               Cerbero, fiera crudele e diversa,
               con tre gole caninamente latra
15   sopra la gente che quivi è sommersa.
               Li occhi ha vermigli, la barba unta e atra,
               e 'l ventre largo, e unghiate le mani;
18   graffia li spiriti, scuoia e disquatra.
               Urlar li fa la pioggia come cani:
               de l'un de' lati fanno a l'altro schermo;
21   volgonsi spesso i miseri profani.
               Quando ci scorse Cerbero, il gran vermo,
               le bocche aperse e mostrocci le sanne;
24   non avea membro che tenesse fermo.
               Lo duca mio distese le sue spanne,
               prese la terra, e con piene le pugna
27   la gittò dentro a le bramose canne.
               Qual è quel cane ch'abbaiando agugna,
               e si racqueta poi che 'l pasto morde,

---

7. *terzo*: non è raro, nella *Commedia*, il passaggio sommario, senza spiegazione, da un luogo all'altro. Il 3° cerchio è quello dei golosi.

9. *regola... nova*: la pioggia eterna cade con lo stesso ritmo (*regola*) e modo.

10. *tinta*: sporca.

12. *pute*: puzza. Il palato e l'odorato sono offesi dall'insipido della pioggia e dal fetore dell'acquitrino che essa forma inzuppando la terra.

13. *Cerbero*: come Minosse nel 2°, il mitico mostro Cerbero (cane a tre teste) presiede al 3° cerchio. Qui, le tre gole vengono a simboleggiare la voracità insaziabile.

16. *atra*: scura, sporca. Dante dà al cane mitologico anche aspetti umani.

18. *disquatra*: squarta. Verso considerato molto espressivo anche nei suoni, che evocano strazio.

20. *de l'un... schermo*: si rivoltolano sempre, proteggendosi un fianco con l'altro.

21. *profani*: peccatori.

22. *vermo*: mostro. Cfr. *Inferno*, XXXIV, 108.

23. *sanne*: zanne. Cfr. per quest'attitudine, *Inferno*, XXII, 56.

25. *spanne*: mani aperte.

27. *canne*: gole.

28. *agugna*: reclama il pasto.

30   ché solo a divorarlo intende e pugna,
           cotai si fecer quelle facce lorde
        de lo demonio Cerbero, che 'ntrona
33   l'anime sì ch'esser vorrebber sorde.

           Noi passavam su per l'ombre che adona
        la greve pioggia, e ponavam le piante
36   sopra lor vanità che par persona.

           Elle giacean per terra tutte quante,
        fuor d'una ch'a seder si levò, ratto
39   ch'ella ci vide passarsi davante.

           « O tu che se' per questo inferno tratto, »
        mi disse, « riconoscimi, se sai:
42   tu fosti, prima ch'io disfatto, fatto ».

           E io a lei: « L'angoscia che tu hai
        forse ti tira fuor de la mia mente,
45   sì che non par ch'i' ti vedessi mai.

           Ma dimmi chi tu se' che 'n sì dolente
        loco se' messa e a sì fatta pena,
48   che s'altra è maggio, nulla è sì spiacente ».

           Ed elli a me: « La tua città, ch'è piena
        d'invidia sì che già trabocca il sacco,
51   seco mi tenne in la vita serena.

           Voi cittadini mi chiamaste Ciacco:
        per la dannosa colpa de la gola,
54   come tu vedi, a la pioggia mi fiacco.

           E io anima trista non son sola,
        ché tutte queste a simil pena stanno
57   per simil colpa ». E più non fe' parola.

           Io li rispuosi: « Ciacco, il tuo affanno
        mi pesa sì, ch'a lagrimar m'invita;
60   ma dimmi, se tu sai, a che verranno
           li cittadin de la città partita;

---

34. *adona*: prostra (dal provenzale *adonar*, «domare»). Cfr. *Purgatorio*, XI, 19.

36. *sopra... persona*: sui corpi vani, che non hanno consistenza, ma solo aspetto di corpi. Queste ombre fanno *sozza mistura* con la pioggia (cfr. v. 100).

42. *tu fosti... fatto*: tu nascesti prima che io morissi. «Si noti il gioco di parole disfatto-fatto, che qui vuol forse caratteriz-

zare l'uomo motteggevole che il dannato pare fosse stato in vita» (Chimenz).

48. *maggio*: maggiore.

49-51. *La tua... serena*: fui fiorentino. Non è stato finora possibile identificare questo Ciacco.

59. *pesa*: addolora.

61. *partita*: divisa in partiti, cioè nelle fazioni dei Bianchi e Neri.

s'alcun v'è giusto; e dimmi la cagione
63   per che l'ha tanta discordia assalita ».

Ed elli a me: « Dopo lunga tencione
verranno al sangue, e la parte selvaggia
66   caccerà l'altra con molta offensione.

Poi appresso convien che questa caggia
infra tre soli, e che l'altra sormonti
69   con la forza di tal che testé piaggia.

Alte terrà lungo tempo le fronti,
tenendo l'altra sotto gravi pesi,
72   come che di ciò pianga o che n'adonti.

Giusti son due, e non vi sono intesi;
superbia, invidia e avarizia sono
75   le tre faville c'hanno i cuori accesi ».

Qui puose fine al lacrimabil suono.
E io a lui: « Ancor vo' che m'insegni,
78   e che di più parlar mi facci dono.

Farinata e il Tegghiaio, che fuor sì degni,
Iacopo Rusticucci, Arrigo e 'l Mosca
81   e li altri ch'a ben far puoser li 'ngegni,

dimmi ove sono e fa ch'io li conosca;
ché gran disio mi stringe di savere
84   se 'l ciel li addolcia, o lo 'nferno li attosca ».

E quelli: « Ei son tra l'anime più nere:
diverse colpe giù li grava al fondo;
87   se tanto scendi, là i potrai vedere.

---

62. *s'alcun v'è giusto*: se vi è qualcuno
che meriti la qualifica di giusto.

64. *tencione*: guerreggiamento; circa vent'anni di sorda ostilità.

65. *parte selvaggia*: Bianca; i Cerchi, che
la capeggiavano, venivano dalla provincia
e vengono perciò detti *selvaggi*. Nel giugno
1301 i capi dei Neri furono mandati al
confino.

68. *infra tre soli*: nel giro di tre anni la
parte Nera riprenderà il sopravvento, con
l'aiuto di Bonifazio VIII.

69. *tal*: il papa Bonifazio VIII, che per
il momento (1300) non prende partito, lusinga ambe le parti.

70. *lungo tempo*: la parte Nera sventò
tutti i tentativi politici e militari dei Bianchi per rientrare in città. Si può desumere

da questo verso che il passo è scritto parecchio tempo dopo il 1302, anno dell'esilio
di Dante.

73. *Giusti son due*: di giusti ce n'è due;
non si sa a chi Dante pensasse.

79-80. *Farinata... 'l Mosca*: Farinata degli
Uberti è fra gli eretici (cfr. *Inferno*, X); Tegghiaio Aldobrandi è fra i sodomiti (cfr. *Inferno*, XVI, 41); Jacopo Rusticucci pure (cfr.
Inferno, XVI, 44); di Arrigo non si riparla;
Mosca de' Lamberti è fra gli spargitori di
discordia (cfr. *Inferno*, XXVIII, 103 segg.).

81. *puoser li 'ngegni*: si applicarono. La
frase può parere ironica; ma forse, riferendosi strettamente all'attività politica, può
essere presa in senso pieno.

84. *addolcia*: consola: *attosca*: attossica,
amareggia.

Ma quando tu sarai nel dolce mondo,
priegoti ch'a la mente altrui mi rechi:
90   più non ti dico e più non ti rispondo ».

Li diritti occhi torse allora in biechi:
guardommi un poco, e poi chinò la testa:
93   cadde con essa a par de li altri ciechi.

E 'l duca disse a me: « Più non si desta
di qua dal suon de l'angelica tromba,
96   quando verrà la nimica podesta:

ciascun rivederà la trista tomba,
ripiglierà sua carne e sua figura,
99   udirà quel che in etterno rimbomba ».

Sì trapassammo per sozza mistura
de l'ombre e de la pioggia, a passi lenti,
102   toccando un poco la vita futura.

Per ch'io dissi: « Maestro, esti tormenti
cresceranno ei dopo la gran sentenza,
105   o fier minori, o saran sì cocenti? »

Ed elli a me: « Ritorna a tua scienza,
che vuol, quanto la cosa è più perfetta,
108   più senta il bene, e così la doglienza.

Tutto che questa gente maladetta
in vera perfezion già mai non vada,
111   di là più che di qua essere aspetta ».

Noi aggirammo a tondo quella strada,
parlando più assai ch'io non ridico;
114   venimmo al punto dove si digrada:

quivi trovammo Pluto, il gran nemico.

CANTO VII

« Papé Satàn, papé Satàn aleppe! »
cominciò Pluto con la voce chioccia;

---

96. *podesta*: la potenza giudicatrice (e nemica del male) di Cristo nel giorno del Giudizio.
99. *quel*: la sentenza di Dio.
106-8. *Ritorna... doglienza*: ricordati degli insegnamenti aristotelico-tomisti; sebbene i dannati non possano giungere ad alcuna perfezione, tuttavia, ritrovando i loro corpi, saranno meno imperfetti, e quindi soffriranno di più.
115. *Pluto*: è il mitico dio della ricchez-

za, adottato come mostro preposto al 4° cerchio, degli avari e prodighi. Come simbolo della cupidigia, è egli il *gran nemico*, il peggiore nemico dell'umanità.

VII. - 1. *«Papé... aleppe!»*: frase espressiva ma oscura, che è impossibile interpretare sicuramente. Sembra una invocazione a Satana, un esordio minaccioso; e certo descrive la voce chioccia del mostro.

3   e quel savio gentil, che tutto seppe,
               disse per confortarmi: « Non ti noccia
               la tua paura; ché, poder ch'elli abbia,
6   non ci torrà lo scender questa roccia ».
               Poi si rivolse a quella infiata labbia,
               e disse: « Taci, maladetto lupo:
9   consuma dentro te con la tua rabbia.
               Non è sanza cagion l'andare al cupo:
               vuolsi ne l'alto là dove Michele
12   fe' la vendetta del superbo strupo ».
               Quali dal vento le gonfiate vele
               caggiono avvolte, poi che l'alber fiacca,
15   tal cadde a terra la fiera crudele.
               Così scendemmo ne la quarta lacca,
               pigliando più de la dolente ripa
18   che 'l mal de l'universo tutto insacca.
               Ahi giustizia di Dio! tante chi stipa
               nove travaglie e pene, quant'io viddi?
21   e perché nostra colpa sì ne scipa?
               Come fa l'onda là sovra Cariddi,
               che si frange con quella in cui s'intoppa,
24   così convien che qui la gente riddi.
               Qui vidi gente più ch'altrove troppa,
               e d'una parte e d'altra, con grand'urli,
27   voltando pesi per forza di poppa.
               Percoteansi incontro; e poscia pur lì
               si rivolgea ciascun, voltando a retro,
30   gridando: « Perché tieni? » e « Perché burli? »
               Così tornavan per lo cerchio tetro
               da ogni mano a l'opposito punto,
33   gridandosi anche loro ontoso metro;

---

3. *tutto*: Virgilio indovina anche la paura di Dante.
5. *poder... abbia*: per quanto sia il suo
potere.
7. *labbia*: faccia.
10. *al cupo*: al profondo dell'Inferno.
11-2. *vuolsi... strupo*: in cielo, dove l'arcangelo Michele punì Lucifero della sua rivolta.
14. *fiacca*: cede, si fiacca.
16. *lacca*: costa, fianco; il ripiano quarto dell'imbuto infernale.
21. *scipa*: sciupa.
24. *riddi*: balli; si scontri violentemente,
come le onde a Cariddi, nello stretto di
Messina.
27. *per forza di poppa*: spingendoli col
petto.
30. *burli*: sprechi, disperdi il denaro.
33. *loro ontoso metro*: il loro canto in-
giurioso.

poi si volgea ciascun, quand'era giunto,
per lo suo mezzo cerchio a l'altra giostra.

36   E io, ch'avea lo cor quasi compunto,
dissi: « Maestro mio, or mi dimostra
che gente è questa, e se tutti fuor cherci

39   questi chercuti e la sinistra nostra ».

Ed elli a me: « Tutti quanti fuor guerci
sì de la mente in la vita primaia,

42   che con misura nullo spendio ferci.

Assai la voce lor chiaro l'abbaia,
quando vegnono a' due punti del cerchio

45   dove colpa contraria li dispaia.

Questi fuor cherci, che non han coperchio
piloso al capo, e papi e cardinali,

48   in cui usa avarizia il suo soperchio ».

E io: « Maestro, tra questi cotali
dovre' io ben riconoscere alcuni

51   che furo immondi di cotesti mali ».

Ed elli a me: « Vano pensiero aduni:
la sconoscente vita che i fe' sozzi

54   ad ogni conoscenza or li fa bruni.

In etterno verranno a li due cozzi:
questi resurgeranno del sepulcro

57   col pugno chiuso, e questi coi crin mozzi.

Mal dare e mal tener lo mondo pulcro
ha tolto loro, e posti a questa zuffa:

60   qual ella sia, parole non ci appulcro.

Or puoi veder, figliuol, la corta buffa
de' ben che son commessi a la Fortuna,

63   per che l'umana gente si rabbuffa;
ché tutto l'oro ch'è sotto la luna
e che già fu, di quest'anime stanche

---

38. *cherci*: chierici, ecclesiastici.

39. *sinistra*: fra gli avari.

40. *guerci*: orbati della chiaroveggenza morale, privi della retta visione.

42. *che... ferci*: che non spesero mai il denaro con giusta misura.

48. *in cui... soperchio*: tra i quali ci sono i più eccessivi avari che esistano (cfr. *Inferno*, XIX, 104 e segg.).

54. *ad ogni... bruni*: li rende irriconoscibili.

58. *lo mondo*: il cielo.

60. *parole... appulcro*: non aggiungo ornamento di parole; lo puoi vedere da te.

61. *buffa*: beffa (cfr. *Inferno*, XXII, 133).

64. *sotto la luna*: l'espressione, qui splendidamente suggestiva, era tuttavia corrente. Cfr. Brunetto Latini, *Tesoretto*, v. 129.

66   non poterebbe farne posare una ».

         « Maestro, » diss'io lui, « or mi dì anche:
         questa Fortuna di che tu mi tocche,
69   che è, che i ben del mondo ha sì tra branche? »

         Ed elli a me: « Oh creature sciocche,
         quanta ignoranza è quella che v'offende!
72   Or vo' che tu mia sentenza ne 'mbocche.

         Colui lo cui saver tutto trascende,
         fece li cieli e diè lor chi conduce,
75   sì ch'ogni parte ad ogni parte splende,

         distribuendo igualmente la luce:
         similemente a li splendor mondani
78   ordinò general ministra e duce

         che permutasse a tempo li ben vani
         di gente in gente e d'uno in altro sangue,
81   oltre la difension di senni umani;

         per ch'una gente impera ed altra langue,
         seguendo lo giudicio di costei,
84   che è occulto come in erba l'angue.

         Vostro saver non ha contasto a lei:
         questa provede, giudica, e persegue
87   suo regno come il loro li altri dei.

         Le sue permutazion non hanno triegue:
         necessità la fa esser veloce;
90   sì spesso vien chi vicenda consegue.

         Quest'è colei ch'è tanto posta in croce
         pur da color che le dovrien dar lode,
93   dandole biasmo a torto e mala voce:

         ma ella s'è beata e ciò non ode:
         con l'altre prime creature lieta
96   volve sua spera e beata si gode.

         Or discendiamo omai a maggior pieta;

---

69. *tra branche*: nelle sue mani. È probabilmente questo termine crudo, per la Fortuna che è considerata un'Intelligenza celeste, che provoca la reazione di Virgilio al verso seguente.

72. *ne 'mbocche*: riceva, come un bambino il cibo.

73-4. *Colui... conduce*: Dio, che creò i cieli e gli angeli che ne sono «motori».

75. *sì... splende*: ciascuno dei quali (angeli) riflette sul suo cielo la luce di Dio).

81. *oltre... umani*: travolgendo ogni provvedimento che senno umano possa escogitare per assicurare maggior durata al possesso dei beni.

84. *l'angue*: il serpente.

85. *contasto*: capacità di contrastare.

95. *prime creature*: gli angeli.

97. *pieta*: dolore.

già ogni stella cade che saliva
99   quand'io mi mossi, e 'l troppo star si vieta».
        Noi ricidemmo il cerchio a l'altra riva
        sovr'una fonte che bolle e riversa
102   per un fossato che da lei deriva.
        L'acqua era buia assai più che persa;
        e noi, in compagnia de l'onde bige,
105   entrammo giù per una via diversa.
        In la palude va c'ha nome Stige
        questo tristo ruscel, quand'è disceso
108   al piè de le maligne piagge grige.
        E io, che di mirare stava inteso,
        vidi genti fangose in quel pantano,
111   ignude tutte, con sembiante offeso.
        Questi si percotean non pur con mano,
        ma con la testa e col petto e coi piedi,
114   troncandosi co' denti a brano a brano.
        Lo buon maestro disse: «Figlio, or vedi
        l'anime di color cui vinse l'ira;
117   e anche vo' che tu per certo credi
        che sotto l'acqua ha gente che sospira,
        e fanno pullular quest'acqua al summo,
120   come l'occhio ti dice, u' che s'aggira.
        Fitti nel limo, dicon: 'Tristi fummo
        ne l'aere dolce che dal sol s'allegra,
123   portando dentro accidioso fummo:
        or ci attristiam nella belletta negra'.
        Quest'inno si gorgoglian ne la strozza,
126   ché dir nol posson con parola integra».
        Così girammo de la lorda pozza
        grand'arco tra la ripa secca e 'l mézzo,
129   con li occhi volti a chi del fango ingozza:
        venimmo al piè d'una torre al da sezzo.

---

103. *persa*: scura; cfr. *Inferno*, V, 89.
106. *Stige*: la palude stigia (cfr. Virgilio, *Eneide*, VI, 323), che circonda la città di Dite, è la sede del 5° cerchio; vi sono infatti immersi, in varie posizioni, iracondi, tristi e accidiosi.
109. *inteso*: tutto attento.
120. *u' che*: dovunque.

123. *accidioso fummo*: la confusione morale che nasce dal tedio, la mancanza di serenità, la «tristezza» insomma; che è uno stato d'animo più grave dell'accidia, dalla quale pure è originato.
128. *'l mézzo*: il bagnato, l'acquitrino.
130. *al da sezzo*: alla fine.

CANTO VIII

Io dico, seguitando, ch'assai prima
che noi fussimo al piè de l'alta torre,
3   li occhi nostri n'andar suso a la cima

per due fiammette che i vedemmo porre,
e un'altra da lungi render cenno,
6   tanto ch'a pena il potea l'occhio tòrre.

E io mi volsi al mar di tutto 'l senno:
dissi: « Questo che dice? e che risponde
9   quell'altro foco? e chi son quei che 'l fenno? »

Ed elli a me: « Su per le sucide onde
già scorgere puoi quello che s'aspetta,
12   se 'l fummo del pantan nol ti nasconde ».

Corda non pinse mai da sé saetta
che sì corresse via per l'aere snella,
15   com'io vidi una nave piccioletta

venir per l'acqua verso noi in quella,
sotto il governo d'un sol galeoto,
18   che gridava: « Or se' giunta, anima fella! »

« Flegiàs, Flegiàs, tu gridi a voto »
disse lo mio signore « a questa volta:
21   più non ci avrai che sol passando il loto ».

Qual è colui che grande inganno ascolta
che li sia fatto, e poi se ne rammarca,
24   fecesi Flegiàs ne l'ira accolta.

Lo duca mio discese ne la barca,
e poi mi fece intrare appresso lui;
27   e sol quand'io fui dentro parve carca.

Tosto che 'l duca e io nel legno fui,
segando se ne va l'antica prora
30   de l'acqua più che non suol con altrui.

Mentre noi corravam la morta gora,

VIII. - 2. *torre*: la torre menzionata alla fine del canto VII; appartiene alla città di Dite.

5. *render cenno*: fare dei segnali in risposta.

6. *l'occhio tòrre*: vedere; il *tanto* si riferisce quindi a *da lungi*.

7. *mar... 'l senno*: Virgilio.

17. *galeoto*: marinaio.

19. *Flegiàs*: è Flegias l'essere mitologico che presiede al cerchio dell'ira (il 5°); Flegias, secondo l'*Eneide* (cfr. VI, 618-20), adirato contro Apollo ne incendiò il tempio a Delfi.

21. *loto*: la palude su cui naviga la barca di Flegias, e di cui si serviranno i due poeti.

24. *accolta*: compressa.

27. *e sol... carca*: il corpo di Dante grava sulla barca.

dinanzi mi si fece un pien di fango,

33   e disse: « Chi se' tu che vieni anzi ora? »

E io a lui: « S'i' vegno, non rimango;

ma tu chi se', che sì se' fatto brutto? »

36   Rispuose: « Vedi che son un che piango ».

E io a lui: « Con piangere e con lutto,

spirito maladetto, ti rimani;

39   ch'i' ti conosco, ancor sie lordo tutto ».

Allora stese al legno ambo le mani;

per che 'l maestro accorto lo sospinse,

42   dicendo: « Via costà con li altri cani! »

Lo collo poi con le braccia mi cinse;

baciommi il volto, e disse: « Alma sdegnosa,

45   benedetta colei che in te s'incinse!

Quei fu al mondo persona orgogliosa;

bontà non è che sua memoria fregi:

48   così s'è l'ombra sua qui furiosa.

Quanti si tengon or là su gran regi

che qui staranno come porci in brago,

51   di sé lasciando orribili dispregi! »

E io: « Maestro, molto sarei vago

di vederlo attuffare in questa broda

54   prima che noi uscissimo del lago ».

Ed elli a me: « Avante che la proda

ti si lasci veder, tu sarai sazio:

57   di tal disio converrà che tu goda ».

Dopo ciò poco vid'io quello strazio

far di costui a le fangose genti,

60   che Dio ancor ne lodo e ne ringrazio.

Tutti gridavano: « A Filippo Argenti! »;

e 'l fiorentino spirito bizzarro

63   in se medesmo si volvea co' denti.

Quivi il lasciammo, che più non ne narro;

---

33. *anzi ora*: prima dell'ora della tua morte.

45. *benedetta... s'incinse*: sia benedetta tua madre.

61. *Filippo Argenti*: annota il Boccaccio nel suo *Comento*: «Fu questo Filippo Argenti... de' Cavicciuli, cavaliere ricchissimo, tanto che esso alcuna volta fece il cavallo, il quale usava di cavalcare, ferrare d'ariento, e da questo trasse il soprannome. Fu uomo di persona grande, bruno e nerboruto e di maravigliosa forza, e più che alcuno altro iracundo...».

63. *in se... denti*: la posa che esprime la rabbia impotente, il mordersi le mani.

ma ne l'orecchie mi percosse un duolo,
66 per ch'io avante l'occhio intento sbarro.

Lo buon maestro disse: « Omai, figliuolo,
s'appressa la città c'ha nome Dite,
69 coi gravi cittadin, col grande stuolo ».

E io: « Maestro, già le sue meschite
là entro certe ne la valle cerno,
72 vermiglie come se di foco uscite

fossero ». Ed ei mi disse: « Il foco etterno
ch'entro l'affoca le dimostra rosse,
75 come tu vedi in questo basso inferno ».

Noi pur giugnemmo dentro a l'alte fosse
che vallan quella terra sconsolata:
78 le mura mi parean che ferro fosse.

Non sanza prima far grande aggirata,
venimmo in parte dove il nocchier forte
81 « Usciteci » gridò: « qui è l'entrata ».

Io vidi più di mille in su le porte
da ciel piovuti, che stizzosamente
84 dicean: « Chi è costui che sanza morte

va per lo regno de la morta gente? »
E 'l savio mio maestro fece segno
87 di voler lor parlar secretamente.

Allor chiusero un poco il gran disdegno,
e disser: « Vien tu solo, e quei sen vada,
90 che sì ardito intrò per questo regno.

Sol si ritorni per la folle strada:
pruovi, se sa; ché tu qui rimarrai
93 che li hai scorta sì buia contrada ».

Pensa, lettor, se io mi sconfortai
nel suon de le parole maladette,
96 ché non credetti ritornarci mai.

« O caro duca mio, che più di sette
volte m'hai sicurtà renduta e tratto
99 d'alto periglio che 'ncontra mi stette,

non mi lasciar » diss'io « così disfatto;

---

69. *gravi*: gravati dal dolore della colpa e della pena.

70. *meschite*: torri sottili ed alte, come quelle delle moschee.

83. *da ciel piovuti*: demoni.

96. *ritornarci*: sulla terra.

100. *disfatto*: annichilito.

e se 'l passar più oltre ci è negato,
102   ritroviam l'orme nostre insieme ratto ».
E quel signor che lì m'avea menato,
mi disse: « Non temer; che 'l nostro passo
105   non ci può torre alcun: da tal n'è dato.
Ma qui m'attendi, e lo spirito lasso
conforta e ciba di speranza buona,
108   ch'i' non ti lascerò nel mondo basso ».
Così sen va, e quivi m'abbandona
lo dolce padre, e io rimango in forse,
111   che no e sì nel capo mi tenciona.
Udir non potti quello ch'a lor porse;
ma ei non stette là con essi guari,
114   che ciascun dentro a pruova si ricorse.
Chiuser le porte que' nostri avversari
nel petto al mio segnor, che fuor rimase,
117   e rivolsesi a me con passi rari.
Li occhi a la terra e le ciglia avea rase
d'ogni baldanza, e dicea ne' sospiri:
120   « Chi m'ha negate le dolenti case! »
E a me disse: « Tu, perch'io m'adiri,
non sbigottir, ch'io vincerò la prova,
123   qual ch'a la difension dentro s'aggiri.
Questa lor tracotanza non è nova;
ché già l'usaro a men secreta porta,
126   la qual sanza serrame ancor si trova.
Sopr'essa vedestù la scritta morta:
e già di qua da lei discende l'erta,
129   passando per li cerchi sanza scorta,
tal che per lui ne fia la terra aperta ».

CANTO IX

Quel color che viltà di fuor mi pinse,
veggendo il duca mio tornare in volta,

---

102. *ritroviam... ratto*: torniamo sui nostri passi insieme.
105. *tal*: Dio.
111. *mi tenciona*: mi si dibatte.
112. *potti*: potei.
120. *«Chi... case!»*: quali esseri (i demoni) hanno osato opporsi alla nostra entrata

nella città infernale.
121. *perch'io*: sebbene, per quanto io.
125-6. *ché già... si trova*: i demoni si opposero alla discesa di Cristo nel Limbo; e allora la porta fu infranta; e i suoi battenti, atterrati, non furono mai rimessi.

3   più tosto dentro il suo novo ristrinse.
         Attento si fermò com'uom ch'ascolta;
         ché l'occhio nol potea menare a lunga
6   per l'aere nero e per la nebbia folta.
         « Pur a noi converrà vincer la punga »
         cominciò el, « se non... Tal ne s'offerse:
9   oh quanto tarda a me ch'altri qui giunga! »
         I' vidi ben sì com'ei ricoperse
         lo cominciar con l'altro che poi venne,
12   che fur parole a le prime diverse;
         ma nondimen paura il suo dir dienne,
         perch'io traeva la parola tronca
15   forse a peggior sentenzia che non tenne.
         « In questo fondo de la trista conca
         discende mai alcun del primo grado,
18   che sol per pena ha la speranza cionca? »
         Questa question fec'io; e quei « Di rado
         incontra » mi rispuose « che di nui
21   faccia il cammino alcun per qual io vado.
         Ver è ch'altra fiata qua giù fui,
         congiurato da quella Eritòn cruda
24   che richiamava l'ombre a' corpi sui.
         Di poco era di me la carne nuda,
         ch'ella mi fece intrar dentr'a quel muro,
27   per trarne un spirto del cerchio di Giuda.
         Quell'è il più basso loco e 'l più oscuro,
         e 'l più lontan dal ciel che tutto gira:
30   ben so il cammin; però ti fa sicuro.
         Questa palude che 'l gran puzzo spira,
         cinge dintorno la città dolente,

IX. - 3. *più tosto... ristrinse*: fece sì che Virgilio nascondesse il suo turbamento.

5. *a lunga*: lontano.

7. *punga*: pugna, battaglia.

8. *Tal ne s'offerse*: sono stato confortato al viaggio da un'anima come Beatrice (cfr. *Inferno*, II, 58-114).

13. *dienne*: mi dette.

14-5. *traeva... tenne*: attribuivo alla frase interrotta un senso forse peggiore di quello che aveva in realtà.

18. *che sol... cionca*: qualcuno del Limbo, che per pena ha solo la privazione della speranza.

22. *altra fiata*: un'altra volta, evocato dalla maga tessala Eritone; invenzione dantesca per mostrare che Virgilio conosceva l'Inferno.

27. *cerchio di Giuda*: la quarta zona dell'ultimo cerchio infernale.

29. *dal ciel... gira*: dal Primo Mobile. Cfr. *Convivio*, II, III, 7 e segg.

33   u' non potemo intrare omai sanz'ira ».
        E altro disse, ma non l'ho a mente;
        però che l'occhio m'avea tutto tratto
36   ver l'alta torre a la cima rovente,
        dove in un punto furon dritte ratto
        tre furie infernal di sangue tinte,
39   che membra femminine avieno e atto,
        e con idre verdissime eran cinte;
        serpentelli e ceraste avean per crine,
42   onde le fiere tempie erano avvinte.
        E quei, che ben conobbe le meschine
        de la regina de l'etterno pianto,
45   « Guarda » mi disse « le feroci Erine.
        Quest'è Megera dal sinistro canto;
        quella che piange dal destro è Aletto;
48   Tesifone è nel mezzo »; e tacque a tanto.
        Con l'unghie si fendea ciascuna il petto;
        battiensi a palme; e gridavan sì alto,
51   ch'i' mi strinsi al poeta per sospetto.
        « Vegna Medusa: sì 'l farem di smalto »
        dicevan tutte riguardando in giuso:
54   « mal non vengiammo in Teseo l'assalto ».
        « Volgiti in dietro e tien lo viso chiuso;
        ché se il Gorgòn si mostra e tu 'l vedessi,
57   nulla sarebbe del tornar mai suso ».
        Così disse 'l maestro; ed elli stessi
        mi volse, e non si tenne a le mie mani,
60   che con le sue ancor non mi chiudessi.
        O voi ch'avete li 'ntelletti sani,
        mirate la dottrina che s'asconde

---

33. *sanz'ira*: senza violenza.
40. *idre*: serpenti acquatici.
41. *ceraste*: vipere cornute.
43. *meschine*: schiave, di Proserpina, regina dell'Inferno mitologico.
45. *Erine*: le Erinni, simbolo del rimorso; è il nome greco delle tre Furie.
50. *a palme*: con gran colpi delle mani.
52. *Medusa*: la minore delle tre Gorgoni,
che aveva per proprietà di rendere di
pietra (di *smalto*) chi la guardava.
54. *«mal... l'assalto»*: facemmo male a

non vendicare l'assalto di Teseo, cioè la sua
discesa all'Inferno per rapire Proserpina.
    62. *la dottrina*: il concetto che Dante
vuole esprimere è che, nell'atto di entrare
nella parte dell'Inferno dove la colpa ha carattere non più individuale ma sociale (la
città), il pericolo maggiore è l'insensibilità,
il divenire di *smalto*. E la consapevolezza
di questo, corroborata dalla ragione, può
conservare all'uomo la sua sensibilità, e capacità di proseguire salutarmente l'esperienza intrapresa.

63   sotto il velame de li versi strani.
          E già venia su per le torbid'onde
      un fracasso d'un suon, pien di spavento,
66   per che tremavano amendue le sponde,
          non altrimenti fatto che d'un vento
      impetuoso per li avversi ardori,
69   che fier la selva e sanz'alcun rattento
          li rami schianta, abbatte e porta fori;
      dinanzi polveroso va superbo,
72   e fa fuggir le fiere e li pastori.
          Gli occhi mi sciolse e disse: « Or drizza il nerbo
      del viso su per quella schiuma antica
75   per indi ove quel fummo è più acerbo ».
          Come le rane innanzi a la nemica
      biscia per l'acqua si dileguan tutte,
78   fin ch'a la terra ciascuna s'abbica,
          vid'io più di mille anime distrutte
      fuggir così dinanzi ad un ch'al passo
81   passava Stige con le piante asciutte.
          Dal volto rimovea quell'aere grasso,
      menando la sinistra innanzi spesso;
84   e sol di quell'angoscia parea lasso.
          Ben m'accorsi ch'egli era da ciel messo,
      e volsimi al maestro; e quei fe' segno
87   ch'i' stessi queto ed inchinassi ad esso.
          Ahi quanto mi parea pien di disdegno!
      Venne a la porta, e con una verghetta
90   l'aperse, che non v'ebbe alcun ritegno.
          « O cacciati del ciel, gente dispetta, »
      cominciò elli in su l'orribil soglia,
93   « ond'esta oltracotanza in voi s'alletta?
          Perché recalcitrate a quella voglia
      a cui non può il fin mai esser mozzo,

---

69. *fier*: urta, investe; *rattento*: impedimento.

74. *schiuma antica*: la palude ribollente, vecchia come l'Inferno.

78. *s'abbica*: si acquatta, quasi in forma di piccola bica; e tutte insieme come tante biche su un campo.

80. *al passo*: camminando.

84. *e sol... lasso*: solo questo gli dava molestia. La ribellione dei diavoli, che tanto impressionava Dante, gli era meno fastidiosa che quell'aria pesante.

91. *dispetta*: dispregiata (da Dio).

93. *ond'esta... s'alletta?*: da dove vi viene questa tracotanza in cui vi compiacete?

95. *a cui... mozzo*: alla quale non si può opporre alcun impedimento.

96   e che più volte v'ha cresciuta doglia?
                 Che giova ne le fata dar di cozzo?
             Cerbero vostro, se ben vi ricorda,
99   ne porta ancor pelato il mento e 'l gozzo ».
                 Poi si rivolse per la strada lorda,
             e non fe' motto a noi, ma fe' sembiante
102   d'omo cui altra cura stringa e morda
                 che quella di colui che li è davante;
             e noi movemmo i piedi inver la terra,
105   sicuri appresso le parole sante.
                 Dentro li entrammo sanz'alcuna guerra;
             e io, ch'avea di riguardar disio
108   la condizion che tal fortezza serra,
                 com'io fui dentro, l'occhio intorno invio;
             e veggio ad ogne man grande campagna,
111   piena di duolo e di tormento rio.
                 Sì come ad Arli, ove Rodano stagna,
             sì com'a Pola, presso del Carnaro
114   ch'Italia chiude e suoi termini bagna,
                 fanno i sepulcri tutt'il loco varo,
             così facevan quivi d'ogni parte,
117   salvo che 'l modo v'era più amaro;
                 ché tra li avelli fiamme erano sparte,
             per le quali eran sì del tutto accesi,
120   che ferro più non chiede verun'arte.
                 Tutti li lor coperchi eran sospesi,
             e fuor n'uscivan sì duri lamenti,
123   che ben parean di miseri e d'offesi.
                 E io: « Maestro, quai son quelle genti
             che, seppellite dentro da quell'arche,
126   si fan sentir con li sospir dolenti? »
                 Ed elli a me: « Qui son li eresiarche

---

97. *ne le fata*: contro il destino.

99. *ne porta... 'l gozzo*: Cerbero, secondo l'*Eneide* (cfr. Virgilio, *Eneide*, VI, 392 e segg.), volle opporsi all'entrata di Ercole nell'Inferno. Ed Ercole gli legò una catena al collo e lo trascinò fuori della porta.

110. *ad ogne man*: a man destra e a mano sinistra; da ogni parte.

112. *Arli*: Arles, che ancora oggi vanta un buon numero di tombe romane disposte, com'era d'uso, lungo una delle strade che uscivano di città.

115. *varo*: vario; forse anche una sfumatura di «bello», «interessante».

119-20. *sì... arte*: così roventi, che nessun'arte (di fabbro) vuole del ferro più caldo.

127. *eresiarche*: gli eretici; le tombe sono più cariche di quel che sembra, perché spesso l'eresia è nascosta, e praticata da gente non sospetta.

129
coi lor seguaci, d'ogni setta, e molto
più che non credi son le tombe carche.

132
Simile qui con simile è sepolto,
e i monimenti son più e men caldi ».
E poi ch'a la man destra si fu volto,
passammo tra i martìri e gli alti spaldi.

CANTO X

3
Ora sen va per un secreto calle,
tra 'l muro de la terra e li martìri,
lo mio maestro, e io dopo le spalle.

6
« O virtù somma, che per li empi giri
mi volvi » cominciai, « com'a te piace,
parlami e sodisfammi a' miei disiri.

9
La gente che per li sepolcri giace
potrebbesi veder? già son levati
tutt'i coperchi, e nessun guardia face ».

12
Ed elli a me: « Tutti saran serrati
quando di Iosafàt qui torneranno
coi corpi che là su hanno lasciati.

15
Suo cimitero da questa parte hanno
con Epicuro tutt'i suoi seguaci,
che l'anima col corpo morta fanno.

18
Però a la dimanda che mi faci
quinc'entro satisfatto sarà tosto,
e al disio ancor che tu mi taci ».

21
E io: « Buon duca, non tegno riposto
a te mio cuor se non per dicer poco,
e tu m'hai non pur mo a ciò disposto ».

---

131. *monimenti*: monumenti, le tombe.
133. *spaldi*: spalti; le mura, dall'interno, della città di Dite.

x. - 2. *terra*: città; la città di Dite.
3. *dopo le spalle*: dietro a lui.
5. *mi volvi*: mi fai girare.
11. *quando... torneranno*: il giorno del Giudizio, che sarà tenuto, secondo la Bibbia (cfr. *Gioele*, III, 2, 12), nella valle di Giosafat in Palestina.
14. *Epicuro*: filosofo ateniese (341-270

a.C.), che considerava la voluttà come compimento dell'essere, e quindi fine della vita (cfr. *Convivio*, IV, VI, 11 e *Monarchia*, II, V, 10 e 16); considerato nel Medio Evo come capostipite dell'eresia che negava il soprannaturale, e quindi la sopravvivenza dell'anima al corpo.
18. *taci*: non esprimi apertamente; il desiderio di veder Farinata degli Uberti, già detto a Ciacco; cfr. *Inferno*, VI, 79 e segg.
21. *non pur mo*: non solo ora; cfr. *Inferno*, III, 76 e segg.

« O Tosco che per la città del foco
vivo ten vai così parlando onesto,
24   piacciati di restare in questo loco.
    La tua loquela ti fa manifesto
di quella nobil patria natio
27   e la qual forse fui troppo molesto ».
    Subitamente questo suono uscio
d'una de l'arche; però m'accostai,
30   temendo, un poco più al duca mio.
    Ed el mi disse: « Volgiti: che fai?
Vedi là Farinata che s'è dritto:
33   da la cintola in su tutto 'l vedrai ».
    I' avea già il mio viso nel suo fitto;
ed el s'ergea col petto e con la fronte
36   com'avesse l'inferno in gran dispitto.
    E l'animose man del duca e pronte
mi pinser tra le sepolture a lui,
39   dicendo: « Le parole tue sien conte ».
    Com'io al piè de la sua tomba fui,
guardommi un poco, e poi, quasi sdegnoso,
42   mi dimandò: « Chi fuor li maggior tui? »
    Io ch'era d'ubidir disideroso,
non gliel celai, ma tutto gliel'apersi;
45   ond'ei levò le ciglia un poco in soso;
    poi disse: « Fieramente furo avversi
a me e a miei primi e a mia parte,
48   sì che per due fiate li dispersi ».
    « S'ei fur cacciati, ei tornar d'ogni parte »
rispuosi lui « l'una e l'altra fiata;
51   ma i vostri non appreser ben quell'arte ».
    Allor surse a la vista scoperchiata

---

23. *onesto*: bene, con garbo.
26. *patria*: Firenze.
32. *Farinata*: degli Uberti, capo ghibellino. Da lui furono cacciati i Guelfi nel 1248; ed essi rientrarono nel 1251, cacciando a loro volta i Ghibellini nel 1258; ma con la battaglia di Montaperti i Ghibellini presero una seconda volta il sopravvento (1260) che persero poi definitivamente nel 1266. Farinata morì a Firenze nel 1264.
36. *dispitto*: dispregio.

39. *conte*: misurate, quindi convenevoli alla circostanza.
42. *maggior*: antenati.
45. *in soso*: in su.
51. *arte*: di rientrare nella città da cui erano stati definitivamente scacciati nel 1266. Si noterà che Dante dà del *voi* a Farinata e poi a Cavalcante; nel poema, ciò si ripete solo per Brunetto Latini e Cacciaguida, per Adriano V e Beatrice (salvo in *Paradiso*, XXXI, 79-90).

un'ombra lungo questa infino al mento:
54   credo che s'era in ginocchie levata.
           Dintorno mi guardò, come talento
       avesse di veder s'altri era meco;
57   e poi che il sospecciar fu tutto spento,
           piangendo disse: « Se per questo cieco
       carcere vai per altezza d'ingegno,
60   mio figlio ov'è? perché non è ei teco? »
           E io a lui: « Da me stesso non vegno:
       colui ch'attende là, per qui mi mena,
63   forse cui Guido vostro ebbe a disdegno ».
           Le sue parole e l' modo de la pena
       m'avean di costui già letto il nome;
66   però fu la risposta così piena.
           Di subito drizzato gridò: « Come
       dicesti? elli ebbe? non viv'elli ancora?
69   non fiere li occhi suoi il dolce lome? »
           Quando s'accorse d'alcuna dimora
       ch'io facea dinanzi a la risposta,
72   supin ricadde e più non parve fora.
           Ma quell'altro magnanimo a cui posta
       restato m'era, non mutò aspetto,
75   né mosse collo, né piegò sua costa;
           e sé continuando al primo detto,
       « S'egli han quell'arte » disse « male appresa,
78   ciò mi tormenta più che questo letto.
           Ma non cinquanta volte fia raccesa

57. *il sospecciar*: l'ansietà, lo speranzoso sospetto.

60. *mio figlio*: il primo degli amici di Dante (cfr. *Vita nuova*, III, 14; XXIV, 6; XXV, 10; XXXII, 1), Guido Cavalcanti, più anziano di una decina d'anni del poeta, e grandissimo lirico, ebbe sull'Alighieri grande influenza. Si desume da questo passo che nell'aprile del 1300 era ancora vivo; ma morì nell'agosto dello stesso anno, rientrando dall'esilio in patria.

63. *forse... disdegno*: s'intende per lo più che Virgilio mena Dante a Beatrice (quindi a Dio) per la quale Guido avrebbe avuto disdegno; ammettendo che il *cui* debba avere doppia funzione: «a qualcuno, per il quale» (come si ha per es. in *Paradiso*, I,

72, e in *Vita nuova*, son. *Ne li occhi*, cap. XXI, 4).

65. *letto*: insegnato; gli avevano rivelato che si trattava del padre di Guido, Cavalcante de' Cavalcanti.

69. *non... lome?*: il dolce lume del sole non colpisce i suoi occhi? (cfr. *Inferno*, VII, 122).

70. *dimora*: esitazione, pausa, dovuta solo allo stupore (cfr. vv. 112-4).

72. *parve*: apparve.

76. *sé continuando*: continuando, rifacendosi alla prima parte del colloquio.

78. *letto*: la tomba infocata.

79-81. *Ma... pesa*: ma non passeranno cinquanta lune (Proserpina, regina d'Inferno, identificata con la Luna), saprai tu

la faccia de la donna che qui regge,
81   che tu saprai quanto quell'arte pesa.

E se tu mai nel dolce mondo regge,
dimmi: perché quel popolo è sì empio
84   incontr'a' miei in ciascuna sua legge? »

Ond'io a lui: « Lo strazio e 'l grande scempio
che fece l'Arbia colorata in rosso,
87   tali orazion fa far nel nostro tempio ».

Poi ch'ebbe sospirato e 'l capo scosso,
« A ciò non fu' io sol » disse, « né certo
90   sanza cagion con li altri sarei mosso.

Ma fu' io solo, là dove sofferto
fu per ciascun di torre via Fiorenza,
93   colui che la difesi a viso aperto ».

« Deh, se riposi mai vostra semenza »
prega' io lui, « solvetemi quel nodo
96   che qui ha inviluppata mia sentenza.

El par che voi veggiate, se ben odo,
dinanzi quel che 'l tempo seco adduce,
99   e nel presente tenete altro modo ».

« Noi veggiam, come quei c'ha mala luce,
le cose » disse « che ne son lontano;
102   cotanto ancor ne splende il sommo duce.

Quando s'appressano o son, tutto è vano
nostro intelletto; e s'altri non ci apporta,
105   nulla sapem di vostro stato umano.

Però comprender puoi che tutta morta

quanto è difficile rientrare dall'esilio. Nel 1304, cioè all'epoca a cui si allude qui, Dante aveva sperimentato quanto vani erano stati tutti gli sforzi dei Bianchi sbanditi nel 1302. Le cinquanta lune contano a partire dall'inizio del viaggio immaginario, il venerdì santo del 1300.
82. *regge*: ritorni.
83. *empio*: spietato. Allude alla particolare severità esercitata dai fiorentini contro gli Uberti, spianando le case dei quali era stata fatta la Piazza della Signoria.
86. *l'Arbia*: fiumicello ad est di Siena, non lontano da Montaperti, dove l'esercito guelfo fu sanguinosamente vinto dai Ghibellini nel 1260.

87. *tali... tempio*: ci ha fatto decretare leggi così severe.
91-3. *Ma... aperto*: secondo G. Villani (cfr. *Cronica*, VI, 81) i Ghibellini riuniti ad Empoli volevano distruggere Firenze, e solo Farinata si oppose, scongiurando il pericolo.
95. *nodo*: dubbio.
96. *qui*: in questo cerchio; *sentenza*: il mio pensiero.
97-9. *El... modo*: pare che vediate il futuro, ma non il presente (Farinata ha fatto una profezia, ma Cavalcante non sapeva se suo figlio era morto o vivo).
100. *come... luce*: come chi è presbite; e, come Satana, prototipo del dannato.
102. *il sommo duce*: Dio.
104. *apporta*: sottinteso, notizie.

fia nostra conoscenza da quel punto
108   che del futuro fia chiusa la porta ».

Allor, come di mia colpa compunto,
dissi: « Or direte dunque a quel caduto
111   che 'l suo nato è co' vivi ancor congiunto;

e s'i' fui, dianzi, a la risposta muto,
fate i saper che 'l feci che pensava
114   già nell'error che m'avete soluto ».

E già il maestro mio mi richiamava;
per ch'i' pregai lo spirito più avaccio
117   che mi dicesse chi con lu' istava.

Dissemi: « Qui con più di mille giaccio:
qua dentro è 'l secondo Federico,
120   e 'l Cardinale; e de li altri mi taccio ».

Indi s'ascose; ed io inver l'antico
poeta volsi i passi, ripensando
123   a quel parlar che mi parea nemico.

Elli si mosse; e poi, così andando,
mi disse: « Perché se' tu sì smarrito? »
126   E io li sodisfeci al suo dimando.

« La mente tua conservi quel che udito
hai contra te » mi comandò quel saggio.
129   « E ora attendi qui » e drizzò 'l dito:

« quando sarai dinanzi al dolce raggio
di quella il cui bell'occhio tutto vede,
132   da lei saprai di tua vita il viaggio ».

Appresso volse a man sinistra il piede:
lasciammo il muro e gimmo inver lo mezzo
135   per un sentier ch'a una valle fiede
che 'nfin là su facea spiacer suo lezzo.

---

108. *che... porta*: quando non ci sarà più futuro, cioè al giudizio finale.

114. *già... soluto*: ero già stupito per la mancanza di veggenza di Cavalcante.

116. *avaccio*: in fretta.

119. *Federico*: Federico II di Svevia, morto nel 1250 (cfr. *Convivio*, IV, III, 6, dove è chiamato *ultimo imperadore de li Ro-*mani).

120. *Cardinale*: Ottaviano degli Ubaldini, ghibellino, morto nel 1273.

123. *a... nemico*: alla profezia dei vv. 79 e segg.

131. *di quella*: di Beatrice.

135. *fiede*: si dirige, termina.

136. *lezzo*: cattivo odore.

CANTO XI

In su l'estremità d'un'alta ripa
che facevan gran pietre rotte in cerchio,
3   venimmo sopra più crudele stipa;
    e quivi per l'orribile soperchio
del puzzo che 'l profondo abisso gitta,
6   ci raccostammo, in dietro, ad un coperchio
    d'un grand'avello, ov'io vidi una scritta
che dicea: « Anastasio papa guardo,
9   lo qual trasse Fotin de la via dritta ».
    « Lo nostro scender conviene esser tardo,
sì che s'ausi un poco in prima il senso
12   al tristo fiato; e poi no i fia riguardo ».
    Così 'l maestro; e io « Alcun compenso »
dissi lui « trova, che 'l tempo non passi
15   perduto ». Ed elli: « Vedi ch'a ciò penso ».
    « Figliuol mio, dentro da cotesti sassi »
cominciò poi a dir « son tre cerchietti
18   di grado in grado, come que' che lassi.
    Tutti son pien di spirti maladetti;
ma perché poi ti basti pur la vista,
21   intendi come e perché son costretti.
    D'ogni malizia, ch'odio in cielo acquista,
ingiuria è 'l fine, ed ogni fin cotale
24   o con forza o con frode altrui contrista.
    Ma perché frode è de l'uom proprio male,
più spiace a Dio; e però stan di sutto
27   li frodolenti e più dolor li assale.

XI. - 3. *stipa*: follia; i dannati nel 7° cerchio dei violenti.

4. *soperchio*: eccesso.

8. *Anastasio*: Anastasio II (496-498) che erroneamente si riteneva convertito da Fotino alla dottrina eretica di Acacio (che credeva essere in Cristo la sola natura umana). Nella frase, il soggetto è *Fotino*.

11. *s'ausi*: s'assuefaccia.

12. *no i fia riguardo*: non ci faremo più caso.

16. *sassi*: le *gran pietre rotte in cerchio* del v. 2.

17. *cerchietti*: cerchi progressivamente piú ristretti, per il digradare del cono infernale.

20. *pur*: solo.

21. *come... costretti*: qual è la condizione in cui sono permanentemente condannati.

22. *malizia*: mala azione.

23. *ingiuria*: infrazione, ingiustizia, che si attua o con la violenza, o con la frode.

25. *proprio*: caratteristico, perché fondato sull'abuso dell'intelletto.

26. *sutto*: sotto, piú nel fondo dell'Inferno.

De' violenti il primo cerchio è tutto;
ma perché si fa forza a tre persone,
30   in tre gironi è distinto e costrutto.
A Dio, a sé, al prossimo si pòne
far forza, dico in loro ed in lor cose,
33   come udirai con aperta ragione.
Morte per forza e ferute dogliose
nel prossimo si danno, e nel suo avere
36   ruine, incendii e tollette dannose;
onde omicide e ciascun che mal fiere,
guastatori e predon, tutti tormenta
39   lo giron primo per diverse schiere.
Puote omo avere in sé man violenta
e ne' suoi beni; e però nel secondo
42   giron convien che sanza pro si penta
qualunque priva sé del vostro mondo,
biscazza e fonde la sua facultade,
45   e piange là dove esser de' giocondo.
Puossi far forza ne la deitade,
col cuor negando e bestemmiando quella,
48   e spregiando ['n] natura sua bontade;
e però lo minor giron suggella
del segno suo e Soddoma e Caorsa
51   e chi, spregiando Dio col cor, favella.
La frode, ond'ogni coscienza è morsa,
può l'omo usare in colui che 'n lui fida
54   ed in quel che fidanza non imborsa.
Questo modo di retro par ch'uccida
pur lo vinco d'amor che fa natura;
57   onde nel cerchio secondo s'annida

28. *primo*: dei tre ultimi, cioè il 7°.
29. *a tre persone* : in tre diverse specie di persone: a Dio, a se stessi, al prossimo.
31. *pòne*: può.
34. *ferute*: ferite.
36. *tollette*: saccheggi.
37. *ciascun... fiere*: feritori a torto.
43. *qualunque*: i suicidi e gli scialacquatori.
46. *far forza*: usar violenza contro Dio; la sua figlia, la Natura; e infine la figlia di questa, l'arte umana di produrre e far frut-

tificare.
50. *Soddoma e Caorsa*: gli omosessuali e gli usurai (Cahors, città francese, era nota per i suoi usurai).
51. *e chi ... favella*: i bestemmiatori.
52. *La frode... è morsa*: la frode, che suscita sempre, anche nei più duri, il rimorso, tanto è bassa e spregevole.
54. *ed... imborsa*: oppure contro qualcuno che non si fida.
55-6. *di retro... natura*: quest'ultimo viola soltanto il vincolo naturale.

ipocrisia, lusinghe e chi affattura,
falsità, ladroneccio e simonia,
60   ruffian, baratti, e simile lordura.
          Per l'altro modo quell'amor s'oblia
che fa natura, e quel ch'è poi aggiunto,
63   di che la fede spezïal si cria;
          onde nel cerchio minore, ov'è 'l punto
de l'universo in su che Dite siede,
66   qualunque trade in etterno è consunto ».
          E io: « Maestro, assai chiara procede
la tua ragione, ed assai ben distingue
69   questo baratro e 'l popol ch'e' possiede.
          Ma dimmi: quei de la palude pingue,
che mena il vento, e che batte la pioggia,
72   e che s'incontran con sì aspre lingue,
          perché non dentro da la città roggia
sono ei puniti, se Dio li ha in ira?
75   e se non li ha, perché sono a tal foggia?»
          Ed elli a me « Perché tanto delira »
disse « lo 'ngegno tuo da quel che suole?
78   o ver la mente dove altrove mira?
          Non ti rimembra di quelle parole
con le quai la tua Etica pertratta
81   le tre disposizion che 'l ciel non vuole,
          incontinenza, malizia e la matta
bestialitade? e come incontinenza
84   men Dio offende e men biasimo accatta?
          Se tu riguardi ben questa sentenza,
e rechiti a la mente chi son quelli
87   che su di fuor sostegnon penitenza,
          tu vedrai ben perché da questi felli

58-60. *chi... lordura*: i fattucchieri, i maghi (si trovano nella 4° bolgia del 7°
cerchio).

61-3. *Per... cria*: con l'altro modo di frodare, cioè chi si fida (v. 53), si viola anche
il vincolo della fede speciale (amicizia, pa-
rentela, ospitalità, ecc.).

65. *Dite*: Satana.

66. *trade*: tradisce, ha tradito.

70. *quei... pingue*: gli iracondi della gras-
sa palude, i lussuriosi, i ghiotti, gli avari e
i prodighi.

73. *roggia*: rossa; la città di Dite, simbolo del passaggio dai peccati d'intemperanza individuale a quelli di portata sociale.

80. *la tua Etica*: l'*Etica a Nicomaco* di
Aristotele. Così, al v. 101, la *Fisica*.

82. *malizia*: sarà la frode, le altre due
l'intemperanza e la violenza.

88. *felli*: cattivi.

sien dipartiti, e perché men crucciata
90   la divina vendetta li martelli ».
        « O sol che sani ogni vista turbata
        tu mi contenti sì quando tu solvi,
93   che, non men che saver, dubbiar m'aggrata.
        Ancora un poco in dietro ti rivolvi »
        diss'io, « là dove di' ch'usura offende
96   la divina bontade, e 'l groppo solvi ».
        « Filosofia » mi disse « a chi la 'ntende,
        nota non pure in una sola parte,
99   come natura lo suo corso prende
        da divino intelletto e da sua arte;
        e se tu ben la tua Fisica note,
102   tu troverai, non dopo molte carte,
        che l'arte vostra quella, quanto puote,
        segue, come 'l maestro fa il discente;
105   sì che vostr'arte a Dio quasi è nepote.
        Da queste due, se tu ti rechi a mente
        lo Genesì dal principio, convene
108   prender sua vita ed avanzar la gente:
        e perché l'usuriere altra via tene,
        per sé natura e per la sua seguace
111   dispregia, poi ch'in altro pon la spene.
        Ma seguimi oramai, ché l' gir mi piace;
        ché i Pesci guizzan su per l'orizzonta,
114   e 'l Carro tutto sovra 'l Coro giace,
        e 'l balzo via là oltra si dismonta ».

CANTO XII

Era lo loco ov'a scender la riva
venimmo, alpestro e, per quel ch'iv' er'anco,

---

92. *solvi*: risolvi i miei dubbi.

96. *'l groppo*: la difficoltà.

98. *non... parte*: non solo in un luogo ma in molti. Si tratta della filosofia aristotelica.

100-5. *da... nepote*: la natura procede dall'intelletto e dall'opera di Dio, è figlia di Dio; l'arte produttiva è figlia della Natura, e perciò quasi «nipote» di Dio.

107. *Genesì*: «Col sudore della fronte ti

procurerai il pane» (cfr. *Genesi*, III, 19).

108. *avanzar*: migliorare, far progredire.

109. *altra... tene*: cioè non produce, ma trae denaro dal denaro, non dal lavoro.

113. *i Pesci... orizzonta*: la costellazione dei Pesci precede l'Ariete, nella quale si trovava il sole; dunque era prossima l'alba del secondo giorno di viaggio.

115. *via là oltra*: molto più in là.

3   tal, ch'ogni vista ne sarebbe schiva.

           Qual è quella ruina che nel fianco
di qua da Trento l'Adice percosse,

6   o per tremoto o per sostegno manco,

           che da cima del monte, onde si mosse,
al piano è sì la roccia discoscesa,

9   ch'alcuna via darebbe a chi su fosse;

           cotal di quel burrato era la scesa;
e 'n su la punta de la rotta lacca

12   l'infamia di Creti era distesa

           che fu concetta ne la falsa vacca;
e quando vide noi, se stesso morse,

15   sì come quei cui l'ira dentro fiacca.

           Lo savio mio inver lui gridò: « Forse
tu credi che qui sia il duca d'Atene,

18   che su nel mondo la morte ti porse?

           Partiti, bestia: ché questi non vene
ammaestrato da la tua sorella,

21   ma vassi per veder le vostre pene ».

           Qual è quel toro che si slaccia in quella
c'ha ricevuto già 'l colpo mortale,

24   che gir non sa, ma qua e là saltella,

           vid'io lo Minotauro far cotale;
e quello accorto gridò: « Corri al varco;

27   mentre ch'è in furia, è buon che tu ti cale ».

           Così prendemmo via giù per lo scarco
di quelle pietre, che spesso moviensi

30   sotto i miei piedi per lo novo carco.

           Io gia pensando; e quei disse: « Tu pensi
forse in questa ruina, ch'è guardata

33   da quell'ira bestial ch'io ora spensi.

XII. - 3. *tal... schiva*: che chiunque rifuggi-
rebbe dal guardarlo (a causa della bestia mostruosa, vv. 12 e segg.).

4. *ruina*: gli Slavini di Marco, presso Ro-
vereto.

10. *burrato*: burrone.

11. *lacca*: ripiano, cerchio; cfr. *Inferno*,
VII, 16 e *Purgatorio*, VII, 71.

12-3. *l'infamia... vacca*: il Minotauro
mezzo uomo e mezzo toro, nato a Creta dalla regina Pasife, moglie di Minos, e da un

toro di cui si era innamorata. Per attuare
la mostruosa unione, Dedalo aveva costruito per la regina una falsa vacca che ingan-
nò l'animale. Cfr. *Purgatorio*, XXVI, 41-42.
Dante lo concepisce (vv. 12 e 22-25) con
corpo di toro e testa umana.

15. *fiacca*: vince; qual uno vinto dall'ira.

17. *il duca d'Atene*: Teseo, che uccise il
mostro, con l'aiuto di Arianna, figlia anche
lei di Pasife.

22. *slaccia*: rompe i suoi lacci.

Or vo' che sappi che l'altra fiata
ch'i' discesi qua giù nel basso inferno,
36   questa roccia non era ancor cascata.

Ma certo poco pria, se ben discerno,
che venisse colui che la gran preda
39   levò a Dite del cerchio superno,

da tutte parti l'alta valle feda
tremò sì, ch'i' pensai che l'universo
42   sentisse amor, per lo qual è chi creda

più volte il mondo in caòs converso;
ed in quel punto questa vecchia roccia
45   qui e altrove tal fece riverso.

Ma ficca gli occhi a valle, ché s'approccia
la riviera del sangue in la qual bolle
48   qual che per violenza in altrui noccia ».

O cieca cupidigia e ira folle,
che sì ci sproni ne la vita corta,
51   e ne l'etterna poi sì mal c'immolle!

Io vidi un'ampia fossa in arco torta,
come quella che tutto il piano abbraccia,
54   secondo ch'avea detto la mia scorta;

e tra 'l piè de la ripa ed essa, in traccia
corrien centauri, armati di saette,
57   come solien nel mondo andare a caccia.

Veggendoci calar, ciascun ristette,
e de la schiera tre si dipartiro
60   con archi e asticciuole prima elette;

e l'un gridò da lungi: « A qual martiro
venite voi che scendete la costa?
63   Ditel costinci; se non, l'arco tiro ».

Lo mio maestro disse: « La risposta

---

38. *colui*: Cristo, che tolse a Satana le anime (*la gran preda*) dal Limbo (*cerchio superno*). Appena Cristo morì avvenne un terremoto che si ripercosse anche nell'Inferno.
40. *feda*: sozza.
41-3. *pensai... converso*: pensai che l'universo tornasse al caos, per il riunirsi degli elementi attirati di nuovo l'uno verso l'altro.
45. *riverso*: frana, rovesciamento.
46. *s'approccia*: s'avvicina.

47-8. *la riviera... noccia*: il Flegetonte, fiume di sangue bollente (il terzo fiume dell'Inferno), nel quale bollono i violenti.
51. *c'immolle*: ci bagni, ci immerga.
56. *centauri*: altri mostri mitici dalla doppia natura, metà uomini e metà cavalli. Come il Minotauro, indicano la bestialità della violenza.
60. *elette*: scelte.
63. *costinci*: di costì.

farem noi a Chiron costà di presso:
66   mal fu la voglia tua sempre sì tosta ».

   Poi mi tentò e disse: « Quegli è Nesso,
che morì per la bella Deianira
69   e fe' di sé la vendetta elli stesso.

   E quel di mezzo, che al petto si mira,
è il gran Chiron, il qual nodrì Achille;
72   quell'altro è Folo, che fu sì pien d'ira.

   Dintorno al fosso vanno a mille a mille,
saettando qual anima si svelle
75   del sangue più che sua colpa sortille ».

   Noi ci appressammo a quelle fiere snelle:
Chiron prese uno strale, e con la cocca
78   fece la barba in dietro a le mascelle.

   Quando s'ebbe scoperta la gran bocca,
disse a' compagni: « Siete voi accorti
81   che quel di retro move ciò ch'el tocca?

   Così non soglion fare i piè de' morti ».
E 'l mio buon duca, che già li era al petto,
84   dove le due nature son consorti,

   rispuose: « Ben è vivo, e sì soletto
mostrar li mi convien la valle buia:
87   necessità 'l ci 'nduce, e non diletto.

   Tal si partì da cantare alleluia
che mi commise quest'officio novo:
90   non è ladron, né io anima fuia.

   Ma per quella virtù per cu' io movo
li passi miei per sì selvaggia strada,
93   danne un de' tuoi, a cui noi siamo a provo,

   e che ne mostri là dove si guada,
e che porti costui in su la groppa,
96   ché non è spirto che per l'aere vada ».

   Chiron si volse in su la destra poppa,
e disse a Nesso: « Torna, e sì li guida,

---

65. *Chiron*: il centauro che fu mitico
educatore di Achille.
   67. *Nesso*: tentò di rapire Deianira, moglie di Ercole, che perciò l'uccise.
   72. *Folo*: alle nozze di Ippodamia e Pi-
ritoo, volle far violenza alla sposa.

75. *più... sortille*: emerga più di quanto
le spetti secondo la pena che le è attribuita.
   88. *Tal*: Beatrice, che aveva lasciato il
Paradiso (*cantare alleluia*).
   90. *fuia*: ladra.
   93. *a provo*: prossimi, vicini.

99   e fa cansar s'altra schiera v'intoppa ».
         Or ci movemmo con la scorta fida
         lungo la proda del bollor vermiglio,
102   dove i bolliti facean alte strida.
         Io vidi gente sotto infino al ciglio;
         e 'l gran Centauro disse: « E' son tiranni
105   che dier nel sangue e ne l'aver di piglio.
         Quivi si piangon li spietati danni;
         quivi è Alessandro, e Dionisio fero,
108   che fe' Cicilia aver dolorosi anni.
         E quella fronte c'ha 'l pel così nero,
         è Azzolino; e quell'altro ch'è biondo,
111   è Opizzo da Esti, il qual per vero
         fu spento dal figliastro su nel mondo ».
         Allor mi volsi al poeta, e quei disse:
114   « Questi ti sia or primo, e io secondo ».
         Poco più oltre il Centauro s'affisse
         sovr'una gente che 'nfino a la gola
117   parea che di quel bulicame uscisse.
         Mostrocci un'ombra da l'un canto sola,
         dicendo: « Colui fesse in grembo a Dio
120   lo cor che 'n su Tamici ancor si cola ».
         Poi vidi gente che di fuor del rio
         tenean la testa ed ancor tutto il casso;
123   e di costoro assai riconobb'io.
         Così a più a più si facea basso
         quel sangue, sì che cocea pur li piedi;
126   e quindi fu del fosso il nostro passo.
         « Sì come tu da questa parte vedi

---

105. *dier*: va con *di piglio*; rapinarono
vita e averi.

107-12. *Alessandro... mondo*: probabilmente il tiranno di Fere in Tessaglia, non
Alessandro il Macedone; Dionisio di Sira-
cusa; Azzolino da Romano, signore di Padova e della Marca Trevigiana; Obizzo II
d'Este; tutti sovrani noti per la loro
crudeltà.

114. *«Questi... secondo»*: in questo cerchio il Centauro ne sa più di Virgilio e il
poeta incoraggia Dante a credergli.

116. *una gente*: gli omicidi, meno col-

pevoli dei tiranni.

117. *bulicame*: il fiume di sangue
bollente.

119. *Colui*: Guido di Monfort, che uccise Arrigo di Cornovaglia. Il cuore imbal-
samato di questi fu riportato in Inghilterra
(*'n su Tamici*, sul Tamigi).

120. *si cola*: si venera.

122. *il casso*: il petto. Questa *gente* sono
i feritori e predoni (cfr. *Inferno*, XI, 37-38).

125. *pur*: solo.

126. *e... passo*: e subito dopo trovammo
il guado.

lo bulicame che sempre si scema »
129   disse 'l Centauro, « voglio che tu credi
      che da quest'altra a più a più giù prema
   lo fondo suo, infin ch'el si raggiunge
132   ove la tirannia conven che gema.
      La divina giustizia di qua punge
   quell'Attila che fu flagello in terra,
135   e Pirro e Sesto; ed in etterno munge
      le lagrime, che col bollor diserra,
   a Rinier da Corneto, a Rinier Pazzo,
138   che fecero a le strade tanta guerra ».
      Poi si rivolse, e ripassossi 'l guazzo.

CANTO XIII

      Non era ancor di là Nesso arrivato,
   quando noi ci mettemmo per un bosco
3   che da nessun sentiero era segnato.
      Non fronda verde, ma di color fosco;
   non rami schietti, ma nodosi e 'nvolti;
6   non pomi v'eran, ma stecchi con tosco:
      non han sì aspri sterpi né sì folti
   quelle fiere selvagge che in odio hanno
9   tra Cecina e Corneto i luoghi colti.
      Quivi le brutte Arpie lor nidi fanno,
   che cacciar de le Strofade i Troiani
12   con tristo annunzio di futuro danno.
      Ali hanno late, e colli e visi umani,
   piè con artigli, e pennuto il gran ventre;
15   fanno lamenti in su li alberi strani.
      E 'l buon maestro « Prima che più entre,

134-8. *Attila... guerra*: i tiranni indicati, per la parte del fiume opposta a quella veduta dai poeti, sono Attila re degli Unni (433-453), Pirro re dell'Epiro (319-272 a.C.). Sesto, figlio di Pompeo, come Rinieri da Corneto e Rinieri dei Pazzi, fu celebre corsaro.

139. *ripassossi 'l guazzo*: ripassò il guado.

XIII. - 6. *tosco*: veleno; spine avvelenate.

9. *Cecina e Corneto*: nella Maremma. Cecina è a sud di Livorno; Corneto, oggi Tarquinia, al confine fra Toscana e Lazio.

10. *Arpie*: mostri mitologici, con teste femminili e corpi d'uccello, costrinsero Enea e i Troiani a fuggire dalle isole Strofadi, nello Ionio, e predissero loro gran carestia allo sbarco in Italia (cfr. Virgilio, *Eneide*, III, 209 e segg.).

18   sappi che se' nel secondo girone, »
mi cominciò a dire, « e sarai mentre
che tu verrai ne l'orribil sabbione:
però riguarda ben; sì vederai
21   cose che torrien fede al mio sermone ».

Io sentia d'ogni parte trarre guai,
e non vedea persona che 'l facesse;
24   per ch'io tutto smarrito m'arrestai.

Cred'io ch'ei credette ch'io credesse
che tante voci uscisser tra quei bronchi
27   da gente che per noi si nascondesse.

Però disse 'l maestro: « Se tu tronchi
qualche fraschetta d'una d'este piante,
30   li pensier c'hai si faran tutti monchi ».

Allor porsi la mano un poco avante,
e colsi un ramicel da un gran pruno;
33   e 'l tronco suo gridò: « Perché mi schiante? »

Da che fatto fu poi di sangue bruno,
ricominciò a dir: « Perché mi scerpi?
36   non hai tu spirto di pietà alcuno?

Uomini fummo, e or siam fatti sterpi:
ben dovrebb'esser la tua man più pia,
39   se state fossimo anime di serpi ».

Come d'un stizzo verde ch'arso sia
da l'un de' capi, che da l'altro geme
42   e cigola per vento che va via;

sì de la scheggia rotta usciva inseme
parole e sangue; ond'io lasciai la cima
45   cadere, e stetti come l'uom che teme.

« S'egli avesse potuto creder prima »
rispuose il savio mio, « anima lesa,
48   ciò c'ha veduto pur con la mia rima,
non avrebbe in te la man distesa;

---

17. *secondo girone*: il girone dei suicidi, violenti contro la propria persona, e degli scialacquatori, violenti contro i propri
averi.
19. *sabbione*: il deserto infocato del terzo girone dello stesso cerchio 7°.
21. *che... sermone*: che non crederesti se
te lo dicessi.
22. *guai*: lamenti.

26. *bronchi*: sterpi.
30. *li... monchi*: non avrai più bisogno
di congetturare da dove vengano i lamenti. L'espressione evoca anche l'immagine
dell'attonito stupore che provocherà la sorpresa orribile.
48. *pur... rima*: soltanto attraverso i miei
versi, nell'episodio di Polidoro (cfr. Virgilio, *Eneide*, III, 22 e segg.)

ma la cosa incredibile mi fece
51   indurlo ad ovra ch'a me stesso pesa.

     Ma dilli chi tu fosti, sì che 'n vece
d'alcun'ammenda tua fama rinfreschi
54   nel mondo su, dove tornar li lece ».

     E 'l tronco: « Sì col dolce dir m'adeschi,
ch'i' non posso tacere; e voi non gravi
57   perch'io un poco a ragionar m'inveschi.

     Io son colui che tenni ambo le chiavi
del cor di Federigo, e che le volsi,
60   serrando e disserrando, sì soavi,

     che dal secreto suo quasi ogn'uom tolsi:
fede portai al glorioso offizio,
63   tanto ch'i' ne perde' li sonni e' polsi.

     La meretrice che mai da l'ospizio
di Cesare non torse gli occhi putti,
66   morte comune, de le corti vizio,

     infiammò contra me li animi tutti;
e li 'nfiammati infiammar sì Augusto,
69   che' lieti onor tornaro in tristi lutti.

     L'animo mio, per disdegnoso gusto,
credendo col morir fuggir disdegno,
72   ingiusto fece me contra me giusto.

     Per le nove radici d'esto legno
vi giuro che già mai non ruppi fede
75   al mio signor, che fu d'onor sì degno.

     E se di voi alcun nel mondo riede,
conforti la memoria mia, che giace
78   ancor del colpo che 'nvidia le diede ».

     Un poco attese, e poi « Da ch'el si tace »
disse 'l poeta a me, « non perder l'ora;

---

51. *pesa*: rincresce.

54. *lece*: è permesso.

57. *m'inveschi*: mi indugi.

58-61. *Io... tolsi*: il personaggio è Pier della Vigna, uomo di legge e di lettere, nato a Capua (1190) e vissuto alla corte di Federigo II, sul quale ebbe grande influenza; vanta infatti di aver tenuto *ambo le chiavi*, del volere e del non volere, del cuore dell'Imperatore. Vari versi di questo canto fanno allusione alla fiorita retorica del suo stile: per es. il v. 25, il v. 68 e il v. 72, la figura delle chiavi, della meretrice, ecc.

63. *polsi*: la salute, la forza fisica.

64. *meretrice*: l'invidia, dei cortigiani.

69. *lutti*: caduto in sfavore, Pier della Vigna fu fatto accecare (1248), e si uccise in prigione (1249).

73. *nove*: strane (cfr. v. 15).

76. *riede*: ritorna.

81   ma parla, e chiedi a lui, se più ti piace ».
        Ond'io a lui: « Domanda tu ancora
        di quel che credi ch'a me satisfaccia;
84   ch'i' non potrei, tanta pietà m'accora! »
        Perciò ricominciò: « Se l'uom ti faccia
        liberamente ciò che 'l tuo dir priega,
87   spirito incarcerato, ancor ti piaccia
        di dirne come l'anima si lega
        in questi nocchi; e dinne, se tu puoi,
90   s'alcuna mai di tai membra si spiega ».
        Allor soffiò il tronco forte, e poi
        si convertì quel vento in cotal voce:
93   « Brievemente sarà risposto a voi.
        Quando si parte l'anima feroce
        dal corpo ond'ella stessa s'è disvelta,
96   Minòs la manda a la settima foce.
        Cade in la selva, e non l'è parte scelta;
        ma là dove fortuna la balestra,
99   quivi germoglia come gran di spelta.
        Surge in vermena ed in pianta silvestra:
        l'Arpie, pascendo poi de le sue foglie,
102   fanno dolore e al dolor fenestra.
        Come l'altre verrem per nostre spoglie,
        ma non però ch'alcuna sen rivesta;
105   ché non è giusto aver ciò ch'om si toglie.
        Qui le strascineremo, e per la mesta
        selva saranno i nostri corpi appesi,
108   ciascuno al prun de l'ombra sua molesta ».
        Noi eravamo ancora al tronco attesi,
        credendo ch'altro ne volesse dire,
111   quando noi fummo d'un romor sorpresi,
        similemente a colui che venire
        sente il porco e la caccia a la sua posta,

85-6. *Se... priega*: ti auguro di essere accontentato.

89. *nocchi*: sterpi.

90. *spiega*: libera.

96. *foce*: cerchio.

99. *spelta*: varietà di frumento, facile a germogliare.

100-2. *Surge... fenestra*: prima si fa erba, poi cespuglio; allora le Arpie le strappano le foglie, torturandola, e aprendo la via (*fenestra*) ai gemiti.

103. *verrem*: nella valle di Giosafat, per la risurrezione della carne.

108. *molesta*: ostile al corpo suo, che rifiutò col suicidio.

109. *attesi*: attenti.

113. *porco*: cinghiale.

114   ch'ode le bestie, e le frasche stormire.
             Ed ecco due da la sinistra costa,
             nudi e graffiati, fuggendo sì forte,
117   che de la selva rompieno ogne rosta.
             Quel dinanzi: « Or accorri, accorri, morte! »
             E l'altro, cui pareva tardar troppo,
120   gridava: « Lano, sì non furo accorte
             le gambe tue a le giostre dal Toppo!»
             E poi che forse li fallìa la lena,
123   di sé e d'un cespuglio fece un groppo.
             Di rietro a loro era la selva piena
             di nere cagne, bramose e correnti
126   come veltri ch'uscisser di catena.
             In quel che s'appiattò miser li denti,
             e quel dilaceraro a brano a brano;
129   poi sen portar quelle membra dolenti.
             Presemi allor la mia scorta per mano,
             e menòmmi al cespuglio che piangea,
132   per le rotture sanguinenti, invano.
             « O Giacomo » dicea « da santo Andrea,
             che t'è giovato di me fare schermo?
135   che colpa ho io de la tua vita rea? »
             Quando 'l maestro fu sovr'esso fermo,
             disse: « Chi fosti, che per tante punte
138   soffi con sangue doloroso sermo? »
             Ed elli a noi: « O anime che giunte
             siete a veder lo strazio disonesto
141   c'ha le mie fronde sì da me disgiunte,
             raccoglietele al piè del tristo cesto.
             I' fui de la città che nel Batista
144   mutò il primo padrone; ond'e' per questo

---

117. *rosta*: fronda.
119-20. *l'altro... Lano*: i due scialacquatori sono Lano da Siena, ucciso, pare, nel
1287 in una battaglia fra Pisani e Aretini alla Pieve del Toppo; e Giacomo da Sant'Andrea, padovano, morto nel 1239.
123. *fece un groppo*: si aggrappò, fece un
viluppo.
125. *cagne*: demoni, che sperperano il
corpo degli scialacquatori come essi fecero

dei loro beni. In italiano antico si adope-
rava spesso il femminile per gli animali (il
che resta in proverbi, come «Tanto va la
gatta al lardo», in designazioni: «la volpe»,
ecc.).
138. *sermo*: parole.
143. *città*: Firenze, il cui patrono, San
Giovanni Battista, aveva sostituito Marte,
del quale rimaneva una statua mutila sul
Ponte Vecchio (*passo d'Arno*).

sempre con l'arte sua la farà trista;
e se non fosse che 'n sul passo d'Arno
147   rimane ancor di lui alcuna vista,
que' cittadin che poi la rifondarno
sovra 'l cener che d'Attila rimase,
150   avrebber fatto lavorare indarno.
Io fei giubbetto a me de le mie case ».

CANTO XIV

Poi che la carità del natio loco
mi strinse, raunai le fronde sparte,
3   e rende' le a colui, ch'era già fioco.
Indi venimmo al fine ove si parte
lo secondo giron dal terzo, e dove
6   si vede di giustizia orribil arte.
A ben manifestar le cose nove,
dico che arrivammo ad una landa
9   che dal suo letto ogni pianta rimove.
La dolorosa selva l'è ghirlanda
intorno, come 'l fosso tristo ad essa:
12   quivi fermammo i passi a randa a randa.
Lo spazzo era una rena arida e spessa,
non d'altra foggia fatta che colei
15   che fu da' piè di Caton già soppressa.
O vendetta di Dio, quanto tu dei
esser temuta da ciascun che legge
18   ciò che fu manifesto a li occhi miei!
D'anime nude vidi molte gregge
che piangean tutte assai miseramente,
21   e parea posta lor diversa legge.

---

149. *sovra... rimase*: storicamente fu To-
tila, non Attila, a saccheggiare e danneggia-
re (ma non «incenerire») Firenze, nel 542.
151. *giubbetto*: francese «gibet», forca.

XIV. - 1. *carità*: la carità di patria, giacché
lo sconosciuto suicida di cui si parla alla fine del canto XIII era un fiorentino.
3. *era... fioco*: taceva.
5. *secondo... terzo*: il girone dei violenti
contro se stessi (suicidi e scialacquatori) e

quello dei violenti contro Dio.
9. *che... rimove*: dove nulla vegeta, un
deserto.
10. *selva*: dei suicidi, cfr. *Inferno*, XIII,
2-9. I tre gironi sono concentrici.
12. *a randa a randa*: sul bordo.
14-5. *colei... soppressa*: il deserto libico,
traversato da Catone quando condusse i resti dell'esercito pompeiano al re Giuba (cfr.
Lucano, *Farsalia*, IX, 587 e segg.); *soppressa*: premuta.

Supin giacea in terra alcuna gente;
alcuna si sedea tutta raccolta,
24   e altra andava continuamente.

Quella che giva intorno era più molta,
e quella men che giacea al tormento,
27   ma più al duolo avea la lingua sciolta.

Sovra tutto 'l sabbion, d'un cader lento,
piovean di foco dilatate falde,
30   come di neve in alpe sanza vento.

Quali Alessandro in quelle parti calde
d'India vide sopra 'l suo stuolo
33   fiamme cadere infino a terra salde;

per ch'ei provide a scalpitar lo suolo
con le sue schiere, acciò che lo vapore
36   mei si stingeva mentre ch'era solo;

tale scendeva l'etternale ardore;
onde la rena s'accendea, com'esca
39   sotto focile, a doppiar lo dolore.

Sanza riposo mai era la tresca
de le misere mani, or quindi or quinci
42   escotendo da sé l'arsura fresca.

I' cominciai: « Maestro, tu che vinci
tutte le cose, fuor che' demon duri
45   ch'a l'entrar de la porta incontra uscinci,

chi è quel grande che non par che curi
lo 'ncendio e giace dispettoso e torto,
48   sì che la pioggia non par che 'l maturi? »

E quel medesmo che si fu accorto

22-4. *Supin... continuamente*: supini sono i bestemmiatori; gli usurai seggono, i sodomiti vagano.

27. *ma... sciolta*: ma si lamentava di più (sono i bestemmiatori, quelli che si servirono della *lingua* per far violenza a Dio).

31. *Quali*: va con *fiamme*. Il *De meteoris* (I, 4, 8) di Alberto della Magna (spesso citato nel *Convivio*: per es. III, v, 12; II, XIII, 21, ecc.) narra che Alessandro dové far calpestare dai suoi soldati una pioggia di falde infocate, simili a neve.

36. *mei... solo*: si estingueva meglio volta per volta che non in grandi ammassi.

39. *focile*: l'acciarino.

40. *la tresca*: il dimenarsi.

42. *fresca*: recente, sempre nuova.

44. *fuor... duri*: alla porta della città di Dite, i demoni opposero resistenza a Virgilio (cfr. *Inferno*, VIII, 82 e segg.)

45. *uscinci*: ci uscinno (uscirono).

48. *maturi*: ammollisca, renda men duro. È Capaneo, uno dei sette re federati contro Tebe, che, per orgoglio, sfidò Giove a difenderla e fu fulminato (cfr. Stazio, *Tebaide*, 845 e segg.).

ch'io domandava il mio duca di lui,
51 gridò: « Qual io fui vivo, tal son morto.
       Se Giove stanchi 'l suo fabbro da cui
    crucciato prese la folgore aguta
54 onde l'ultimo dì percosso fui;
       o s'elli stanchi li altri a muta a muta
    in Mongibello a la focina negra,
57 chiamando 'Buon Vulcano, aiuta aiuta!',
       sì com'el fece a la pugna di Flegra,
    e me saetti con tutta sua forza;
60 non ne potrebbe aver vendetta allegra ».
       Allora il duca mio parlò di forza
    tanto, ch'i' non l'avea sì forte udito:
63 « O Capaneo, in ciò che non s'ammorza
       la tua superbia, se' tu più punito:
    nullo martiro, fuor che la tua rabbia,
66 sarebbe al tuo furor dolor compito ».
       Poi si rivolse a me con miglior labbia
    dicendo: « Quei fu l'un de' sette regi
69 ch'assiser Tebe; ed ebbe e par ch'egli abbia
       Dio in disdegno, e poco par che 'l pregi;
    ma, com'io dissi lui, li suoi dispetti
72 sono al suo petto assai debiti fregi.
       Or mi vien dietro, e guarda che non metti
    ancor li piedi ne la rena arsiccia;
75 ma sempre al bosco tien li piedi stretti ».
       Tacendo divenimmo là 've spiccia
    fuor de la selva un picciol fiumicello,
78 lo cui rossore ancor mi raccapriccia.
       Quale del Bulicame esce ruscello

---

55. *li altri*: i Ciclopi, che lavoravano nella fucina di Vulcano sotto l'Etna (*Mongibello*); *a muta a muta* significa uno dopo l'altro, senza posa.

58. *Flegra*: la battaglia fra i Giganti e Giove ebbe luogo nella valle di Flegra in Tessaglia.

60. *vendetta allegra*: figura retorica per «la gioia della vendetta».

63. *s'ammorza*: si smorza. Si noti in questo passo l'evidente apparire della concezione dantesca della pena: una specie di irrigidimento eterno della colpa.

66. *compito*: compiuto, adeguato.

69. *assiser*: assediarono. Eteocle aveva usurpato al fratello Polinice il trono di Tebe; e questi, alleatosi con Capaneo, Adrasto, Tideo, Ippomedonte, Anfiarao e Partenopeo, attaccò la città.

71. *dispetti*: disprezzi.

72. *debiti fregi*: ironico; la meritata ricompensa.

76. *divenimmo*: arrivammo.

79. *Bulicame*: laghetto di acqua sulfurea, bollente, a pochi chilometri da Viterbo. Come spesso nel Medioevo, i bagni pubblici

che parton poi tra lor le peccatrici,
81   tal per la rena giù sen giva quello.

    Lo fondo suo ed ambo le pendici
fatt'eran pietra, e' margini da lato;
84   per ch'io m'accorsi che 'l passo era lici.

    « Tra tutto l'altro ch'i' t'ho dimostrato,
poscia che noi entrammo per la porta
87   lo cui sogliare a nessuno è negato,

    cosa non fu da li tuoi occhi scorta
notabile come 'l presente rio,
90   che sovra sé tutte fiammelle ammorta ».

    Queste parole fuor del duca mio:
per ch'io 'l pregai che mi largisse il pasto
93   di cui largito m'avea il disio.

    « In mezzo mar siede un paese guasto »
diss'elli allora, « che s'appella Creta,
96   sotto 'l cui rege fu già il mondo casto.

    Una montagna v'è che già fu lieta
d'acqua e di fronde, che si chiamò Ida:
99   or è diserta come cosa vieta.

    Rea la scelse già per cuna fida
del suo figliuolo, e per celarlo meglio,
102   quando piangea, vi facea far le grida.

    Dentro dal monte sta dritto un gran veglio,

(le «stufe») erano gestiti da prostitute; qui esse si sarebbero ripartite il ruscello d'acque minerali che usciva dal lago.

84. *lici:* lì; che si poteva camminare sui margini, per attraversare lungo il fiume il sabbione.

87. *sogliare:* soglia. La porta dell'Inferno è spalancata (cfr. *Inferno*, III, 1 e segg., e VIII, 126).

90. *ammorta:* spegne la pioggia di fuoco, con il vapore che esala dal sangue bollente.

92-3. *pasto... disio:* il nutrimento di cui mi aveva fatto venir voglia; cioè la spiegazione delle precedenti parole.

94. *guasto:* in rovina. Durava nel Medio Evo la tradizione della grande civiltà cretese del 2° millennio a.C.

96. *rege:* Saturno, nell'età detta dell'oro: *casto,* cioè senza vizi.

99. *vieta:* invecchiata, appassita.

100. *Rea:* Rea, o Cibele, moglie di Saturno, fece trasportare il figlio Giove sul monte Ida per salvarlo (giacché Saturno mangiava i suoi figli) e ordinò ai Cureti, suoi servi, di far gran rumore per non far sentire i vagiti del bambino.

103. *veglio:* vecchio. Una tradizione basata su Plinio (cfr. *Storia naturale*, VIII, 16), della quale parla anche S. Agostino (cfr. *Della città di Dio*, XV, 9) narrava che in Creta, dopo un terremoto, fu trovata nello squarcio di una montagna una figura umana alta quarantasei cubiti. La figurazione della statua dal capo d'oro, petto d'argento, ecc. viene da *Daniele*, II, 31 e segg. Spesso s'interpreta questa figura come simbolo della storia dell'umanità, corrotta progressivamente, dall'età dell'oro in poi. Ripensando all'importanza data da Dante al passaggio all'idea di peccato sociale (cfr. nota a *Inferno*, IX, 62), questo simbolo può

105   che tien volte le spalle inver Damiata
       e Roma guarda come suo speglio.
          La sua testa è di fino oro formata,
       e puro argento son le braccia e il petto,
108   poi è di rame infino a la forcata;
          da indi in giuso è tutto ferro eletto,
       salvo che 'l destro piede è terra cotta;
111   e sta 'n su quel, più che 'n su l'altro, eretto.
          Ciascuna parte, fuor che l'oro, è rotta
       d'una fessura che lagrime goccia,
114   le quali, accolte, foran quella grotta.
          Lor corso in questa valle si diroccia:
       fanno Acheronte, Stige e Flegetonta;
117   poi sen van giù per questa stretta doccia
          infin là ove più non si dismonta:
       fanno Cocito; e qual sia quello stagno,
120   tu lo vedrai; però qui non si conta ».
          E io a lui: « Se 'l presente rigagno
       si diriva così dal nostro mondo,
123   perché ci appar pur a questo vivagno? »
          Ed elli a me: « Tu sai che 'l luogo è tondo;
       e tutto che tu sie venuto molto
126   pur a sinistra, giù calando al fondo,

essere inteso anche come figura della società
mal ordinata, discontinua, fondata su basi
fragili e condannata a versar sempre
lacrime.
   104. *Damiata*: Damietta, in Egitto; significa l'oriente, mentre Roma è l'occidente.
   105. *speglio*: specchio. La statua guarda
verso Roma, che ne riproduce la strana
inorganicità di costruzione. Molti interpreti
hanno pensato che guardi a Roma come al-
l'unica speranza, destinata sede della monarchia universale (cfr. *Monarchia*, II).
   108. *a la forcata*: al principio delle gambe.
   109. *eletto*: puro. Le interpretazioni al-
legoriche di questi vari particolari sono molte e poco convincenti. Il simbolo generale,
di una statua costruita incoerentemente e

mal basata, come figura dell'umanità (o nella sua storia o nella sua struttura sociale)
è invece molto efficace. Dalle lacrime che
gocciolano da ogni sua parte, salvo quella
d'oro, si crea un rivolo che fora il piede-
stallo roccioso (*grotta*) della statua e dà poi
origine ai fiumi infernali (Acheronte, d'acqua; Stige, di fango; Flegetonte, di sangue;
Cocìto, di ghiaccio).
   115. *si diroccia*: scende di roccia in
roccia.
   118. *là*: al fondo dell'Inferno.
   120. *non si conta*: non ne parliamo.
   123. *vivagno*: orlo; il 3° girone, orlo,
bordo del 7° cerchio. Dante si meraviglia di veder qui il ruscello; ma in *Inferno*,
VII, 101-108 l'aveva già incontrato. Si deve forse pensare a una dimenticanza del
poeta.

non se' ancor per tutto il cerchio volto;
per che, se cosa n'apparisce nova,
129   non de' addur maraviglia al tuo volto ».

E io ancor: « Maestro, ove si trova
Flegetonta e Letè? che de l'un taci,
132   e l'altro di' che si fa d'esta piova ».

« In tutte tue question certo mi piaci »
rispuose; « ma 'l bollor de l'acqua rossa
135   dovea ben solver l'una che tu faci.

Letè vedrai, ma fuor di questa fossa,
là dove vanno l'anime a lavarsi
138   quando la colpa pentuta è rimossa ».

Poi disse: « Omai è tempo da scostarsi
dal bosco; fa che di rietro a me vegne:
141   li margini fan via, che non son arsi,
e sopra loro ogni vapor si spegne ».

CANTO XV

Ora cen porta l'un de' duri margini;
e 'l fummo del ruscel di sopra aduggia,
3   sì che dal foco salva l'acqua e li argini.

Quale i Fiamminghi tra Guizzante e Bruggia,
temendo il fiotto che 'nver lor s'avventa,
6   fanno lo schermo perché 'l mar si fuggia;

e quale i Padovan lungo la Brenta,
per difender lor ville e lor castelli,
9   anzi che Chiarentana il caldo senta;

a tale imagine eran fatti quelli,
tutto, che né sì alti né sì grossi,

127. *non... volto*: non hai ancora percorso l'intera circonferenza dell'abisso infernale.

135. *solver l'una*: risolvere, spiegare, uno degli aspetti della domanda. Il Flegetonte è infatti il fiume di sangue bollente (cfr. Virgilio, *Eneide*, VI, 550, e segg.) presso il quale i poeti si trovano.

136. *Letè*: è infatti uno dei fiumi del Paradiso Terrestre (cfr. *Purgatorio*, XXVIII, 121 e segg.).

141. *margini*: i margini di pietra (v. 83)

fra i quali scorre il fiume.

xv. - 1. *cen porta*: ce ne porta, ci fa da strada; è il margine destro del Flegetonte.

2. *aduggia*: fa ombra; ripara, con l'umidità, dalla pioggia di fuoco.

4. *Guizzante e Bruggia*: Wissant, a sud-ovest di Calais, e Bruges, nei Paesi Bassi.

6. *lo schermo*: le dighe.

9. *anzi... senta*: prima del disgelo in Carinzia.

12   qual che si fosse, lo maestro felli.

          Già eravam da la selva rimossi
        tanto, ch'i' non avrei visto dov'era,
15   perch'io in dietro rivolto mi fossi,

          quando incontrammo d'anime una schiera
        che venian lungo l'argine, e ciascuna
18   ci riguardava come suol da sera

          guardare un altro sotto nuova luna;
        e sì ver noi aguzzavan le ciglia
21   come 'l vecchio sartor fa ne la cruna.

          Così adocchiato da cotal famiglia,
        fui conosciuto da un che mi prese
24   per lo lembo e gridò: « Qual maraviglia! »

          E io, quando 'l suo braccio a me distese,
        ficcai li occhi per lo cotto aspetto,
27   sì che 'l viso abbruciato non difese

          la conoscenza sua al mio intelletto;
        e chinando la mano a la sua faccia,
30   rispuosi: « Siete voi qui, ser Brunetto? »

          E quelli: « O figliuol mio, non ti dispiaccia
        se Brunetto Latino un poco teco
33   ritorna in dietro e lascia andar la traccia ».

          I' dissi lui: « Quanto posso, ven preco;
        e se volete che con voi m'asseggia,
36   faròl, se piace a costui che vo seco ».

          « O figliuol, » disse, « qual di questa greggia
        s'arresta punto, giace poi cent'anni
39   sanz'arrostarsi quando 'l foco il feggia.

          Però va oltre: i' ti verrò a' panni;

---

12. *maestro*: Dio; ma Dante non lo afferma, perché tali argini avrebbero potuto essere stati costruiti anche dai demoni.

15. *perch'io*: per quanto io.

19. *sotto nuova luna*: quando c'è poca luce, al novilunio.

22. *famiglia*: schiera.

27. *non difese*: non vietò. Non impedì che lo riconoscessi.

32. *Brunetto Latino*: fiorentino, morto nel 1294 (?) già vecchio, il Latini fu cospicuo personaggio. Uomo di legge e di lettere, fu autore del *Trésor*, enciclopedia del

sapere medievale redatta in antico francese, di un poemetto allegorico in italiano, il *Tesoretto*, e traduttore di Cicerone. Fu, in senso lato, maestro di Dante, come mente enciclopedica e spirito politico. Si nota che Dante manifesta meraviglia nel trovarlo fra i sodomiti.

34. *preco*: prego.

35. *asseggia*: sieda.

36. *che*: col quale.

39. *arrostarsi*: schermirsi. Cfr. *rosta*, «fronda», in *Inferno*, XIII, 117. Il camminare eterno dei sodomiti (che continuano,

e poi rigiugnerò la mia masnada,
42   che va piangendo i suoi etterni danni ».
            I' non osava scender de la strada
            per andar par di lui; ma 'l capo chino
45   tenea com'uom che reverente vada.
            El cominciò: « Qual fortuna o destino
            anzi l'ultimo dì qua giù ti mena?
48   e chi è questi che mostra 'l cammino? »
            « Là su di sopra in la vita serena »
            rispuos'io lui « mi smarri' in una valle,
51   avanti che l'età mia fosse piena.
            Pur ier mattina le volsi le spalle:
            questi m'apparve, tornand'io in quella,
54   e reducemi a ca per questo calle ».
            Ed elli a me: « Se tu segui tua stella,
            non puoi fallire a glorioso porto,
57   se ben m'accorsi ne la vita bella;
            e s'io non fossi sì per tempo morto,
            veggendo il cielo a te così benigno,
60   dato t'avrei a l'opera conforto.
            Ma quello ingrato popolo maligno
            che discese di Fiesole ab antico,
63   e tiene ancor del monte e del macigno,
            ti si farà, per tuo ben far, nemico:
            ed è ragion, ché tra li lazzi sorbi
66   si disconvien fruttare il dolce fico.
            Vecchia fama nel mondo li chiama orbi;
            gente avara, invidiosa e superba:
69   dai lor costumi fa che tu ti forbi.
            La tua fortuna tanto onor ti serba,
            che l'una parte e l'altra avranno fame

come nella loro colpa, a bruciare di un fuoco innaturale) interpreta con sottile pene-
trazione psicologica la loro eterna inquie-
tudine, il triste errare dei loro spiriti; *feggia*: colpisca.
    47. *anzi*: avanti, prima di.
    51. *avanti... piena*: prima di aver compiu-
to i 35 anni (cfr. *Inferno*, I, 1).
    52. *Pur*: solo.
    54. *ca*: casa, il domicilio vero delle ani-
me, il Paradiso.

58. *per tempo*: Brunetto morì quando
Dante aveva circa 30 anni.
    62. *che... antico*: la leggenda narrava che
i Romani avevano distrutto Fiesole per aver
essa preso il partito di Catilina; e che i fie-
solani superstiti, scesi al piano, avevano
fondato Firenze.
    65-6. *tra... fico*: il dolce fico (cioè Dan-
te) non può opportunamente produrre i suoi
frutti fra gli aspri sorbi (i Fiorentini).
    69. *ti forbi*: ti netti.

72   di te; ma lungi fia dal becco l'erba.
      Faccian le bestie fiesolane strame
    di lor medesme, e non tocchin la pianta,
75   s'alcuna surge ancora in lor letame
      in cui riviva la sementa santa
    di que' Roman che vi rimaser quando
78   fu fatto il nido di malizia tanta ».
      « Se fosse tutto pieno il mio dimando »
    rispuosi lui, « voi non sareste ancora
81   de l'umana natura posto in bando;
      ché 'n la mente m'è fitta, e or m'accora,
    la cara e buona imagine paterna
84   di voi quando nel mondo ad ora ad ora
      m'insegnavate come l'uom s'etterna:
    e quant'io l'abbia in grado, mentr'io vivo
87   convien che ne la mia lingua si scerna.
      Ciò che narrate di mio corso scrivo,
    e serbolo a chiosar con altro testo
90   a donna che saprà, s'a lei arrivo.
      Tanto vogl'io che vi sia manifesto,
    pur che mia coscienza non mi garra,
93   ch'a la Fortuna, come vuol, son presto.
      Non è nuova a li orecchi miei tale arra:
    però giri Fortuna la sua rota
96   come le piace, e 'l villan la sua marra ».
      Lo mio maestro allora in su la gota
    destra si volse in dietro, e riguardommi;
99   poi disse: « Bene ascolta chi la nota ».
      Né per tanto di men parlando vommi
    con ser Brunetto, e dimando chi sono
102   li suoi compagni più noti e più sommi.
      Ed elli a me: « Saper d'alcuno è buono;
    de li altri fia laudabile tacerci,

---

72. *ma... erba*: ma il caprone non potrà raggiungere la fresca erba; e le *bestie fiesolane* (i Fiorentini) si mangeranno fra loro.

79. *pieno*: adempiuto.

86. *mentr'*: fintanto che.

89. *testo*: la predizione di Farinata (cfr. *Inferno*, X, 79-81); e di Ciacco (cfr. *Inferno*, VI, 64 e segg.).

90. *donna*: Beatrice.

92. *garra*: rimproveri.

93. *presto*: pronto.

94. *arra*: anticipo, predizione.

99. *«Bene... nota»*: frase non chiara nella lettera, ma che nel significato generale certo manifesta l'approvazione di Virgilio.

105   ché 'l tempo saria corto a tanto suono.
                 In somma sappi che tutti fur cherci
                 e litterati grandi e di gran fama,
108   d'un peccato medesmo al mondo lerci.
                 Priscian sen va con quella turba grama,
                 e Francesco d'Accorso; anche vedervi,
111   s'avessi avuto di tal tigna brama,
                 colui potei che dal servo de' servi
                 fu trasmutato d'Arno in Bacchiglione,
114   dove lasciò li mal protesi nervi.
                 Di più direi; ma 'l venire e 'l sermone
                 più lungo esser non può, però ch'i' veggio
117   là surger novo fummo del sabbione.
                 Gente vien con la quale esser non deggio:
                 sieti raccomandato il mio Tesoro
120   nel qual io vivo ancora, e più non cheggio ».
                 Poi si rivolse, e parve di coloro
                 che corrono a Verona il drappo verde
123   per la campagna; e parve di costoro
                 quelli che vince, non colui che perde.

CANTO XVI

                 Già era in loco onde s'udia 'l rimbombo
                 de l'acqua che cadea ne l'altro giro,
3   simile a quel che l'arnie fanno rombo;
                 quando tre ombre insieme si partiro,
                 correndo, d'una torma che passava
6   sotto la pioggia de l'aspro martiro.
                 Venian ver noi, e ciascuna gridava:
                 « Sostati tu ch'a l'abito ne sembri
9   esser alcun di nostra terra prava ».

---

106. *cherci*: dotti (*clericus*), Brunetto è nel gruppo dei letterati e sapienti.

109. *Priscian*: grammatico del VI secolo.

110. *Francesco d'Accorso*: figlio del giurista fiorentino Accursio; insegnò a Oxford e a Bologna, dove morì nel 1294.

112-4. *colui... nervi*: avresti potuto vedervi anche Andrea de' Mozzi, vescovo di Firenze (1286), trasferito a Vicenza (1295) dal papa Bonifacio VIII; morì nel 1296.

117. *fummo*: nuove ombre. Forse si allude al fumo delle fiamme spente sulle loro membra dai dannati «arrostandosi» (cfr. *Inferno*, XV, 39 e XVI, 10-11).

119. *Tesoro*: l'opera maggiore del Latini, il *Trésor* (cfr. nota v. 32).

122-4. *che... perde*: i concorrenti della corsa che si soleva fare a Verona la prima domenica di quaresima, il cui premio era un taglio di stoffa verde.

Ahimè, che piaghe vidi ne' lor membri,
ricenti e vecchie, da le fiamme incese!
12   Ancor men duol pur ch'i' me ne rimembri.

A le lor grida il mio dottor s'attese;
volse 'l viso ver me, e disse: « Aspetta:
15   a costor si vuol essere cortese.

E se non fosse il foco che saetta
la natura del loco, i' dicerei
18   che meglio stesse a te che a lor la fretta ».

Ricominciar, come noi restammo, ei
l'antico verso; e quando a noi fuor giunti,
21   fenno una rota di sé tutti e trei,

qual sogliono i campion far nudi e unti,
avvisando lor presa e lor vantaggio,
24   prima che sien tra lor battuti e punti;

e sì rotando, ciascuno il visaggio
drizzava a me, sì che 'ntra loro il collo
27   faceva e i piè continuo viaggio.

E « Se miseria d'esto loco sollo
rende in dispetto noi e nostri prieghi »
30   cominciò l'uno « e 'l tinto aspetto e brollo,

la fama nostra il tuo animo pieghi
a dirne chi tu se', che i vivi piedi
33   così sicuro per lo 'nferno freghi.

Questi, l'orme di cui pestar mi vedi,
tutto che nudo e dipelato vada,
36   fu di grado maggior che tu non credi.

Nepote fu de la buona Gualdrada;
Guido Guerra ebbe nome, ed in sua vita
39   fece col senno assai e con la spada.

L'altro, ch'appresso me la rena trita,

XVI. - 11. *incese*: arse.

12. *pur... rimembri*: col solo ricordare.

20. *l'antico verso*: il loro abituale comportamento, cioè l'andare continuo, agitandosi e lamentandosi (cfr. *Inferno*, XIV, 20 e 40-42).

24. *prima... punti*: prima di battersi e di ferirsi.

26-7. *sì che... viaggio*: così che doveva continuamente ciascuno di loro, volgere il collo per continuare a guardarmi, poiché correvano in girotondo.

28. *sollo*: letter. «molle»; il deserto sabbioso.

29. *rende in dispetto*: rende spregevoli.

30. *brollo*: scorticato dalle fiamme (cfr. *Inferno*, XXXIV, 59 e segg.).

34. *Questi*: è Guido Guerra (morto nel 1272) celebre guerriero guelfo, nipote della contessa Gualdrada Guidi.

è Tegghiaio Aldobrandi, la cui voce
42   nel mondo su dovria esser gradita.
         E io, che posto son con loro in croce,
       Iacopo Rusticucci fui; e certo
45   la fiera moglie più ch'altro mi nuoce ».
         S'i' fossi stato dal foco coperto,
       gittato mi sarei tra lor di sotto,
48   e credo che 'l dottor l'avria sofferto;
         ma perch'io mi sarei bruciato e cotto,
       vinse paura la mia buona voglia
51   che di loro abbracciar mi facea ghiotto.
         Poi cominciai: « Non dispetto, ma doglia
       la vostra condizion dentro mi fisse,
54   tanta che tardi tutta si dispoglia,
         tosto che questo mio segnor mi disse
       parole per le quali i' mi pensai
57   che qual voi siete, tal gente venisse.
         Di vostra terra sono, e sempre mai
       l'ovra di voi e li onorati nomi
60   con affezion ritrassi e ascoltai.
         Lascio lo fele e vo per dolci pomi
       promessi a me per lo verace duca;
63   ma infino al centro pria convien ch'i' tomi ».
         « Se lungamente l'anima conduca
       le membra tue » rispuose quelli ancora,
66   « e se la fama tua dopo te luca,
         cortesia e valor dì se dimora
       ne la nostra città sì come suole,
69   o se del tutto se n'è gita fora;
         ché Guiglielmo Borsiere, il qual si duole
       con noi per poco, e va là coi compagni,
72   assai ne cruccia con le sue parole ».
         « La gente nova e i subiti guadagni

---

41. *Tegghiaio*: cavaliere della famiglia degli Adimari (cfr. *Inferno*, VI, 79), altro celebre guelfo fiorentino.

44. *Iacopo*: cfr. *Inferno*, VI, 80; ricco
e noto cavaliere fiorentino del XIII secolo.

53. *fisse*: imprese.

60. *ritrassi*: ripetei, raccontai; è retorica-

mente preposto al suo antecedente logico
ascoltai.

61. *fele*: l'amaro del peccato.

63. *tomi*: rotoli giù, scenda.

70. *Guiglielmo*: cavaliere fiorentino (cfr.
Boccaccio, *Decamerone*, I, 8).

71. *per poco*: da poco tempo; era morto
da poco.

orgoglio e dismisura han generata,
75   Fiorenza, in te, sì che tu già ten piagni ».
        Così gridai con la faccia levata;
        e i tre, che ciò inteser per risposta,
78   gardar l'un l'altro com'al ver si guata.
        « Se l'altre volte sì poco ti costa »
        rispuoser tutti « il satisfare altrui,
81   felice te se sì parli a tua posta!
        Però, se campi d'esti luoghi bui
        e torni a riveder le belle stelle,
84   quando ti gioverà dicere 'I' fui',
        fa che di noi a la gente favelle ».
        Indi rupper la rota, ed a fuggirsi
87   ali sembiar le gambe loro snelle.
        Un amen non saria potuto dirsi
        tosto così, com'e' furo spariti;
90   per che al maestro parve di partirsi.
        Io lo seguiva, e poco eravam iti,
        che 'l suon de l'acqua n'era sì vicino,
93   che per parlar saremmo a pena uditi.
        Come quel fiume c'ha proprio cammino
        prima da monte Veso inver levante,
96   da la sinistra costa d'Apennino,
        che si chiama Acquaqueta suso, avante
        che si divalli giù nel basso letto,
99   e a Forlì di quel nome è vacante,
        rimbomba là sovra San Benedetto
        de l'Alpe, per cadere ad una scesa
102   dove dovria per mille esser recetto;
        così, giù d'una ripa discoscesa,

---

74. *dismisura*: smoderatezza.

75. *ten piagni*: te ne lamenti, senti già i danni.

78. *com'al ver si guata*: come quando si ode dire la verità.

81. *a tua posta*: senza nascondere in nulla quello che pensi.

87. *sembiar*: sembrarono.

92. *acqua*: il Flegetonte che si riversa giù nel cerchio 8°.

94. *fiume*: il Montone, che si origina dal fianco sinistro dell'Appennino (a cui si allude con l'espressione *monte Veso*, giacché il riferimento al lontano *Monviso* non sembra ben comprensibile), e che nel primo tratto, prima di Forlì, si chiama Acquacheta.

102. *dove... recetto*: verso di difficile interpretazione. Forse: «che rimbomba per il cadere che fa d'un solo salto invece di digradare per mille scaglioni successivi».

trovammo risonar quell'acqua tinta,
105   sì che 'n poc'ora avria l'orecchia offesa.

Io avea una corda intorno cinta,
e con essa pensai alcuna volta
108   prender la lonza a la pelle dipinta.

Poscia che l'ebbi tutta da me sciolta,
sì come 'l duca m'avea comandato,
111   porsila a lui aggroppata e ravvolta.

Ond'ei si volse inver lo destro lato,
e alquanto di lunge da la sponda
114   la gittò giuso in quell'alto burrato.

« E' pur convien che novità risponda »
dicea fra me medesmo « al novo cenno
117   che 'l maestro con l'occhio sì seconda ».

Ahi quanto cauti gli uomini esser dienno
presso a color che non veggion pur l'ovra,
120   ma per entro i pensier miran col senno!

El disse a me: « Tosto verrà di sovra
ciò ch'io attendo e che il tuo pensier sogna:
123   tosto convien ch'al tuo viso si scovra ».

Sempre a quel ver c'ha faccia di menzogna
de' l'uom chiuder le labbra fin ch'el pote,
126   però che sanza colpa fa vergogna:

ma qui tacer nol posso; e per le note
di questa comedìa, lettor, ti giuro,
129   s'elle non sien di lunga grazia vote,

ch'i' vidi per quell'aere grosso e scuro
venir notando una figura in suso,
132   maravigliosa ad ogni cor sicuro,

sì come torna colui che va giuso
talora a solver l'ancora ch'aggrappa
135   o scoglio o altro che nel mare è chiuso,

che 'n su si stende, e da piè si rattrappa.

---

104. *tinta*: rossa di sangue; cfr. *Inferno*, XIV, 78 e 134.

106. *corda*: non chiaro il preciso significato allegorico; certo simbolo di qualcosa di opposto alla lonza, cioè alla tentazione sensuale. Per la lonza dalla pelliccia maculata, cfr. *Inferno*, I, 42.

114. *burrato*: burrone.

116. *novo cenno*: strano segnale.

117. *seconda*: segue, per ansia di ottenere risposta.

119. *pur*: soltanto.

123. *viso*: vista.

132. *maravigliosa... sicuro*: tale da impressionare anche il cuore più saldo.

134. *solver*: sciogliere.

CANTO XVII

« Ecco la fiera con la coda aguzza,
che passa i monti, e rompe i muri e l'armi;
3   ecco colei che tutto 'l mondo appuzza! »
Sì cominciò lo mio duca a parlarmi;
e accennolle che venisse a proda
6   vicino al fin de' passeggiati marmi.
E quella sozza imagine di froda
sen venne, e arrivò la testa e 'l busto,
9   ma 'n su la riva non trasse la coda.
La faccia sua era faccia d'uom giusto,
tanto benigna avea di fuor la pelle,
12   e d'un serpente tutto l'altro fusto:
due branche avea pilose infin l'ascelle;
lo'dosso e 'l petto e ambedue le coste
15   dipinti avea di nodi e di rotelle.
Con più color, sommesse e sopraposte
non fer mai drappi Tartari né Turchi,
18   né fuor tai tele per Aragne imposte.
Come tal volta stanno a riva i burchi,
che parte sono in acqua e parte in terra,
21   e come là tra li Tedeschi lurchi
lo bivero s'assetta a far sua guerra,
così la fiera pessima si stava
24   su l'orlo che, di pietra, il sabbion serra.
Nel vano tutta sua coda guizzava,
torcendo in su la venenosa forca,
27   ch'a guisa di scorpion la punta armava.
Lo duca disse: « Or convien che si torca
la nostra via un poco insino a quella

XVII. - 1. *la fiera*: è Gerione, simbolo della frode, descritto pochi versi più sotto.

6. *passeggiati marmi*: gli argini pietrosi del Flegetonte, su cui avevano proceduto i poeti.

8. *arrivò*: spinse sulla riva.

10. *La faccia... giusto*: quest'espressione di ipocrisia è, di tutti i tratti del mostro, il più ripugnante.

15. *nodi... rotelle*: simboli degli imbro-

gli e lacci della frode.

18. *Aragne*: la tessitrice di Lidia che osò rivaleggiare con Minerva (cfr. Ovidio, *Metamorfosi*, VI, 5 e segg. e *Purgatorio*, XII, 43); *imposte* vuol dire impostate sul telaio.

19. *burchi*: barche.

21. *lurchi*: beoni.

22. *bivero*: castoro.

25. *vano*: vuoto.

30   bestia malvagia che colà si corca ».

        Però scendemmo a la destra mammella,
      e diece passi femmo in su lo stremo,
33   per ben cessar la rena e la fiammella.

        E quando noi a lei venuti semo,
      poco più oltre veggio in su la rena
36   gente seder propinqua al luogo scemo.

        Quivi 'l maestro « Acciò che tutta piena
      esperienza d'esto giron porti »
39   mi disse, « va, e vedi la lor mena.

        Li tuoi ragionamenti sian là corti:
      mentre che torni, parlerò con questa,
42   che ne conceda i suoi omeri forti ».

        Così ancor su per la strema testa
      di quel settimo cerchio tutto solo
45   andai, dove sedea la gente mesta.

        Per gli occhi fora scoppiava lor duolo;
      di qua, di là soccorrien con le mani
48   quando a' vapori, e quando al caldo suolo:

        non altrimenti fan di state i cani
      or col ceffo, or col piè, quando son morsi
51   o da pulci o da mosche o da tafani.

        Poi che nel viso a certi li occhi porsi,
      ne' quali il doloroso foco casca,
54   non ne conobbi alcun; ma io m'accorsi

        che dal collo a ciascun pendea una tasca
      ch'avea certo colore e certo segno,
57   e quindi par che 'l loro occhio si pasca.

        E com'io riguardando tra lor vegno,
      in una borsa gialla vidi azzurro
60   che d'un leone avea faccia e contegno.

---

31. *a la destra mammella*: al bordo rotondeggiante del ripiano, verso destra (cioè contro alla regola generale della discesa, che è verso sinistra). Forse anche i «dieci» passi hanno un significato allegorico.

33. *cessar*: evitare.

36. *scemo*: vuoto; la cavità dell'abisso.

39. *la lor mena*: come menano l'esistenza; il loro modo di stare.

41. *questa*: bestia, Gerione.

45. *la gente mesta*: sono gli usurai, condannati a sedere sotto la pioggia di fuoco.

55-6. *una tasca... segno*: una borsa con un emblema, quello della famiglia, che era anche quello della banca da loro gestita.

57. *e quindi... pasca*: e non guardano che la borsa.

59. *in una... azzurro*: un leone azzurro in campo d'oro era lo stemma dei Gianfigliazzi (Firenze).

     Poi, procedendo di mio sguardo il curro,
vidine un'altra come sangue rossa,
63   mostrando un'oca bianca più che burro.

     E un che d'una scrofa azzurra e grossa
segnato avea lo suo sacchetto bianco,
66   mi disse: « Che fai tu in questa fossa?

     Or te ne va; e perché se' vivo anco,
sappi che 'l mio vicin Vitaliano
69   sederà qui dal mio sinistro fianco.

     Con questi fiorentin son padovano:
spesse fiate m'intronan gli orecchi,
72   gridando: 'Vegna il cavalier sovrano,

     che recherà la tasca coi tre becchi!' ».
Qui distorse la bocca e di fuor trasse
75   la lingua come bue che 'l naso lecchi.

     E io, temendo no 'l più star crucciasse
lui che di poco star m'avea ammonito,
78   torna' mi indietro da l'anime lasse.

     Trova' il duca mio ch'era salito
già su la groppa del fiero animale,
81   e disse a me: « Or sie forte e ardito.

     Omai si scende per sì fatte scale:
monta dinanzi, ch'i' voglio esser mezzo,
84   sì che la coda non possa far male ».

     Qual è colui che sì presso ha 'l riprezzo
de la quartana, c'ha già l'unghie smorte,
87   e triema tutto pur guardando il rezzo,

     tal divenn'io a le parole porte;
ma vergogna mi fe' le sue minacce,
90   che innanzi a buon segnor fa servo forte.

     I' m'assettai in su quelle spallacce:
sì volli dir, ma la voce non venne

---

61. *curro*: corso.

62-3. *un'altra... burro*: l'oca bianca in campo rosso era degli Ubbriachi (Firenze).

64-5. *scrofa... bianco*: la scrofa azzurra in campo bianco era degli Scrovegni di Padova.

72. *il cavalier*: Gianni di Buiamonte de' Becchi, di Firenze (morto 1310) la cui arma era tre caproni neri in campo d'oro.

82. *per... scale*: con questo mezzo di trasporto (cioè sul dosso di Gerione).

85. *riprezzo*: i brividi della febbre.

87. *pur... rezzo*: solo alla vista dell'ombra.

88. *porte*: che mi erano state dette.

89-90. *vergogna... forte*: la vergogna mi stimolò, che è capace di rendere forti i servi davanti ad un coraggioso signore.

93   com'io credetti: « Fa che tu m'abbracce ».
             Ma esso, ch'altra volta mi sovvenne
           ad altro forse, tosto ch'io montai
96   con le braccia m'avvinse e mi sostenne;
             e disse: « Gerïon, moviti omai:
           le rote larghe, e lo scender sia poco:
99   pensa la nova soma che tu hai ».
             Come la navicella esce di loco
           in dietro in dietro, sì quindi si tolse;
102   e poi ch'al tutto si sentì a gioco,
             là 'v'era il petto, la coda rivolse,
           e quella tesa, come anguilla, mosse,
105   e con le branche l'aere a sé raccolse.
             Maggior paura non credo che fosse
           quando Fetòn abbandonò li freni,
108   per che 'l ciel, come pare ancor, si cosse;
             né quando Icaro misero le reni
           sentì spennar per la scaldata cera,
111   gridando il padre a lui 'Mala via tieni!';
             che fu la mia, quando vidi ch'i' era
           ne l'aere d'ogni parte, e vidi spenta
114   ogni veduta fuor che de la fera.
             Ella sen va notando lenta lenta:
           rota e discende, ma non me n'accorgo
117   se non ch'al viso e di sotto mi venta.
             Io sentia già da la man destra il gorgo
           far sotto noi un orribile sgroscio,
120   per che con gli occhi 'n giù la testa sporgo.
             Allor fu' io più timido a lo scoscio,
           però ch'i' vidi fuochi e senti' pianti;
123   ond'io tremando tutto mi raccoscio.

---

95. *ad altro*: in altri pericoli; per es. *Inferno*, VIII, 97-99.

99. *nova*: insolita.

102. *a gioco*: fuor d'impaccio, libero.

107. *Fetòn*: Fetonte, figlio del Sole, ottenuto di condurre i cavalli del padre, non fu capace di guidarli; Giove per impedire un disastro, dové fulminare Fetonte che precipitò nell'Eridano.

108. *pare*: ancora si vede; si diceva che la Via Lattea fosse una traccia dello sbandamento provocato da Fetonte.

109. *Icaro*: figlio di Dedalo, volò con ali congegnate di cera; e giunto troppo in alto, presso al sole, le perdé e precipitò.

113-4. *vidi... fera*: non vedevo null'altro che il mostro su cui mi trovavo.

121. *Allor... scoscio*: temei ancor più di non stringere abbastanza le gambe.

E vidi poi, che nol vedea davanti,
lo scendere e 'l girar per li gran mali
126   che s'appressavan da diversi canti.
Come 'l falcon ch'è stato assai su l'ali,
che sanza veder logoro o uccello
129   fa dire al falconiere 'Ohmè, tu cali!',
discende lasso onde si move snello,
per cento rote, e da lunge si pone
132   dal suo maestro, disdegnoso e fello;
così ne puose al fondo Gerione
al piè al piè de la stagliata rocca
135   e, discarcate le nostre persone,
si dileguò come da corda cocca.

CANTO XVIII

Luogo è in inferno detto Malebolge,
tutto di pietra di color ferrigno,
3   come la cerchia che dintorno il volge.
Nel dritto mezzo del campo maligno
vaneggia un pozzo assai largo e profondo,
6   di cui suo loco dicerò l'ordigno.
Quel cinghio che rimane adunque è tondo
tra 'l pozzo e 'l piè de l'alta ripa dura,
9   e ha distinto in dieci valli il fondo.
Quale, dove per guardia de le mura
più e più fossi cingon li castelli,
12   la parte dove son rende figura,
tale imagine quivi facean quelli;
e come a tai fortezze da' lor sogli
15   a la ripa di fuor son ponticelli,

124-6. *E vidi... canti*: e mi resi conto che scendevamo e giravamo a causa dei martirii che vedevo avvicinarsi da diversi punti di vista.

128. *logoro*: strumento della falconeria, per richiamare il falcone.

132. *fello*: corrucciato, per la caccia mancata.

134. *al piè*: rasente la parete, sul ripiano dell'8° cerchio.

136. *cocca*: propriamente, l'intaglio della freccia con cui la si appoggia alla corda.

XVIII. - 1. *Malebolge*: con questo nome (che vale «cattive sacche») Dante designa l'8° cerchio, il più ampio dell'Inferno, e riservato alla frode.

3. *cerchia*: la parete di roccia che lo limita torno torno, mentre nel centro continua il vuoto dell'abisso infernale.

9. *dieci valli*: dieci fossati concentrici, che contengono le diverse varietà di frodatori; sono le «male bolge».

14. *sogli*: portali.

così da imo de la roccia scogli
movien che ricidien gli argini e' fossi
18   infino al pozzo che i tronca e raccogli.

In questo luogo, de la schiena scossi
di Gerion, trovammoci; e 'l poeta
21   tenne a sinistra, e io dietro mi mossi.

A la man destra vidi nova pieta,
novo tormento e novi frustatori,
24   di che la prima bolgia era repleta.

Nel fondo erano ignudi i peccatori:
dal mezzo in qua ci venien verso 'l volto,
27   di là con noi, ma con passi maggiori,

come i Roman per l'essercito molto,
l'anno del giubileo, su per lo ponte
30   hanno a passar la gente modo colto,

che da l'un lato tutti hanno la fronte
verso 'l castello e vanno a San Pietro;
33   da l'altra sponda vanno verso il monte.

Di qua, di là, su per lo sasso tetro
vidi demon cornuti con gran ferze,
36   che li battien crudelmente di retro.

Ahi come facean lor levar le berze
a le prime percosse! già nessuno
39   le seconde aspettava né le terze.

Mentr'io andava, li occhi miei in uno
furo scontrati; e io sì tosto dissi:
42   « Già di veder costui non son digiuno ».

Però a figurarlo i piedi affissi:
e 'l dolce duca meco si ristette,
45   e assentio ch'alquanto indietro gissi.

E quel frustato celar si credette
bassando il viso; ma poco li valse,
48   ch'io dissi: « O tu che l'occhio a terra gette,

16-7. *da imo... fossi*: dal piede della parete rocciosa al bordo dell'abisso correvano
creste scogliose che traversavano i fossati.
19. *scossi*: deposti.
22. *pieta*: doloroso spettacolo.
23. *novo*: strano, insolito.
24. *prima bolgia*: contiene i ruffiani e i
seduttori.

28. *essercito*: la gran folla, dei pellegrini
attirati a San Pietro dal giubileo.
35. *ferze*: sferze.
37. *levar le berze*: alzar le calcagna, correre.
42. *non... digiuno*: non è la prima volta
che lo vedo.
43. *figurarlo*: raffigurarlo.

se le fazion che porti non son false,
Venedico se' tu Caccianemico;

51   ma che ti mena a sì pungenti salse? »
Ed elli a me: « Mal volontier lo dico;
ma sforzami la tua chiara favella,

54   che mi fa sovvenir del mondo antico.
I' fui colui che la Ghisolabella
condussi a far la voglia del Marchese,

57   come che suoni la sconcia novella.
E non pur io qui piango bolognese;
anzi n'è questo luogo tanto pieno,

60   che tante lingue non son ora apprese
a dicer 'sipa' tra Savena e Reno;
e se di ciò vuoi fede o testimonio,

63   recati a mente il nostro avaro seno ».
Così parlando il percosse un demonio
de la sua scuriada, e disse: « Via,

66   ruffian! qui non son femmine da conio ».
I' mi raggiunsi con la scorta mia;
poscia con pochi passi divenimmo

69   là 'v'uno scoglio de la ripa uscia.
Assai leggeramente quel salimmo;
e volti a destra su per la sua scheggia,

72   da quelle cerchie etterne ci partimmo.
Quando noi fummo là dov'el vaneggia
di sotto per dar passo a li sferzati,

75   lo duca disse: « Attienti, e fa che feggia
lo viso in te di quest'altri mal nati,
ai quali ancor non vedesti la faccia

---

49. *fazion*: fattezze.

51. *pungenti salse*: pene; anche con allusione alle Salse, località fuori Bologna dove si frustavano i malfattori.

55-7. *I' fui... novella*: Venedico de' Caccianemici bolognese, fu podestà di Imola (1264), di Milano (1275 e 1286) e di Pistoia (1283). Fratello di Ghisolabella moglie di Niccolò da Fontana, per ragioni probabilmente politiche la incoraggiò a favorire l'amore del Marchese di Este (Obizzo II o Azzo VIII).

57. *suoni*: sia raccontata.

58. *pur*: solo.

61. *'sipa'*: «sia», nel dialetto bolognese parlato fra i fiumi Savena e Reno. Vale a dire, ci sono più bolognesi qui che nel territorio di Bologna.

63. *seno*: animo.

66. *da conio*: o «da far denaro», o «da ingannare» («coniare» ebbe anticamente questo significato).

73. *vaneggia*: è vuoto sotto, fa ponte.

75. *fa che feggia*: fa' in modo che la vista di questi altri ti raggiunga (*feggia*: «ferisca», «tocchi»). Quelli che hanno camminato nello stesso senso sono i seduttori.

78   però che son con noi insieme andati ».

    Del vecchio ponte guardavam la traccia
    che venia verso noi da l'altra banda,
81   e che la ferza similmente scaccia.

    E 'l buon maestro, sanza mia dimanda,
    mi disse: « Guarda quel grande che vene,
84   e per dolor non par lagrima spanda.

    Quanto aspetto reale ancor ritene!
    quelli è Iason, che per cuore e per senno
87   li Colchi del monton privati fene.

    Ello passò per l'isola di Lenno,
    poi che l'ardite femmine spietate
90   tutti li maschi loro a morte dienno.

    Ivi con segni e con parole ornate
    Isifile ingannò, la giovinetta
93   che prima avea tutte l'altre ingannate.

    Lasciolla quivi, gravida, soletta;
    tal colpa a tal martiro lui condanna;
96   e anche di Medea si fa vendetta.

    Con lui sen va chi da tal parte inganna:
    e questo basti de la prima valle
99   sapere, e di color che 'n sé assanna ».

    Già eravam là 've lo stretto calle
    con l'argine secondo s'incrocicchia,
102   e fa di quello ad un altr'arco spalle.

    Quindi sentimmo gente che si nicchia
    ne l'altra bolgia e che col muso scuffa,
105   e se medesma con le palme picchia.

    Le ripe eran grommate d'una muffa,
    per l'alito di giù che vi s'appasta,
108   che con li occhi e col naso facea zuffa.

    Lo fondo è cupo sì, che non ci basta
    luogo a veder sanza montare al dosso

---

79. *Del*: dal.
83. *quel grande*: è Giasone, l'Argonauta che sedusse Isifile, regina di Lemnos, e poi Medea, la figlia del re dei Colchi, per procurarsi il vello d'oro.
88. *Ello... Lennos*: le donne di Lemnos, punite da Venere, furono trascurate dai loro uomini, e li uccisero.

99. *assanna*: azzanna, stringe, dilania.
104. *bolgia*: la seconda, dove si trovano gli adulatori e lusingatori.
108. *facea zuffa*: urtava, offendeva.
109-11. *Lo fondo... sovrasta*: è così concava che per vedere bisogna salire al vertice del ponte formato dalle rocce trasversali.

111   de l'arco ove lo scoglio più sovrasta.
                 Quivi venimmo; e quindi giù nel fosso
             vidi gente attuffata in uno sterco
114   che da li uman privadi parea mosso.
                 E mentre ch'io là giù con l'occhio cerco,
             vidi un col capo sì di merda lordo,
117   che non parea s'era laico o cherco.
                 Quei mi sgridò: « Perché se' tu sì 'ngordo
             di riguardar più me che li altri brutti? »
120   E io a lui: « Perché se ben ricordo,
                 già t'ho veduto coi capelli asciutti,
             e se' Alessio Interminei da Lucca:
123   però t'adocchio più che li altri tutti ».
                 Ed elli allor battendosi la zucca:
             « Qua giù m'hanno sommerso le lusinghe
126   ond'io non ebbi mai la lingua stucca ».
                 Appresso ciò lo duca « Fa che pinghe »
             mi disse « il viso un poco più avante,
129   sì che la faccia ben con l'occhio attinghe
                 di quella sozza e scapigliata fante
             che là si graffia con l'unghie merdose,
132   e or s'accoscia, e ora è in piedi stante.
                 Taide è, la puttana che rispuose
             al drudo suo quando disse 'Ho io grazie
135   grandi appo te?': 'Anzi maravigliose!'
                 E quinci sian le nostre viste sazie ».

CANTO XIX

             O Simon mago, o miseri seguaci
             che le cose di Dio, che di bontate
3   deon essere spose, voi rapaci

114. *privadi*: latrine; *mosso*: sceso, scolato.
117. *che... cherco*: non si poteva vedere se era tonsurato o no.
123. *però*: perciò.
128. *il viso*: lo sguardo.
133. *Taide*: famosa cortigiana, personaggio di Terenzio (cfr. *L'eunuco*, III, 1), probabilmente conosciuta attraverso il *Dell'Amicizia* di Cicerone (XXVI) che cita la scena in questione come esempio di esagerazione lusingatrice.

134-5. *'Ho io... maravigliose!'*: ho io meriti alla tua gratitudine? Immensi!
136. *quinci*: da qui, dopo questo spettacolo.

XIX. - 1. *Simon*: Simone di Samaria voleva comprare da Pietro la facoltà di comunicare ai fedeli lo Spirito Santo (cfr. *Atti degli Apostoli*, VIII, 9-20). Dal suo nome quello di «simonia» o traffico di cose sacre.

per oro e per argento avolterate;
or convien che per voi suoni la tromba,
6   però che ne la terza bolgia state.
Già eravamo, a la seguente tomba,
montati de lo scoglio in quella parte
9   ch'a punto sovra mezzo il fosso piomba.
O somma sapienza, quanta è l'arte
che mostri in cielo, in terra e nel mal mondo
12   e quanto giusto tua virtù comparte!
Io vidi per le coste e per lo fondo
piena la pietra livida di fori,
15   d'un largo tutti e ciascun era tondo.
Non mi parean men ampi né maggiori
che que' che son nel mio bel San Giovanni,
18   fatti per luogo de' battezzatori;
l'un de li quali, ancor non è molt'anni,
rupp'io per un che dentro v'annegava:
21   e questo sia suggel ch'ogn'uomo sganni.
Fuor de la bocca a ciascun soperchiava
d'un peccator li piedi e de le gambe
24   infino al grosso, e l'altro dentro stava.
Le piante erano a tutti accese intrambe;
per che sì forte guizzavan le giunte,
27   che spezzate averien ritorte e strambe.
Qual suole il fiammeggiar de le cose unte
muoversi pur su per la strema buccia,
30   tal era lì dai calcagni a le punte.
« Chi è colui, maestro, che si cruccia
guizzando più che gli altri suoi consorti »
33   diss'io, « e cui più roggia fiamma succia? »
Ed elli a me: « Se tu vuo' ch'i' ti porti

---

4. *avolterate*: adulterate.

7. *tomba*: la terza bolgia.

8. *de lo scoglio*: di quella rovina roccio-sa che traversa l'ottavo cerchio e permette ai poeti di transitare di bolgia in bolgia.

15. *d'un... tondo*: tutti dello stesso diametro.

21. *e questo... sganni*: e questa dichiarazione ponga fine ai pettegolezzi, ponga in chiaro la cosa. Non conosciamo nei particolari questo fatto.

22. *a ciascun soperchiava*: a ciascun dei fori emergeva.

24. *grosso*: il polpaccio.

26. *giunte*: giunture delle caviglie e delle dita.

27. *ritorte e strambe*: corde, e funi di erba.

29. *per... buccia*: sulla superficie.

33. *succia*: succhia; come sullo stoppino la fiamma succhia l'olio.

là giù per quella ripa che più giace,
36   da lui saprai di sé e de' suoi torti ».

E io: « Tanto m'è bel, quanto a te piace:
tu se' segnore, e sai ch'i' non mi parto
39   dal tuo volere, e sai quel che si tace ».

Allor venimmo in su l'argine quarto:
volgemmo e discendemmo a mano stanca
42   là giù nel fondo foracchiato e arto.

Lo buon maestro ancor de la sua anca
non mi dipuose, sì mi giunse al rotto
45   di quel che sì piangeva con la zanca.

« O qual che se' che 'l di su tien di sotto,
anima trista come pal commessa, »
48   comincia'io a dir, « se puoi, fa motto ».

Io stava come 'l frate che confessa
lo perfido assessin, che poi ch'è fitto,
51   richiama lui, per che la morte cessa.

Ed el gridò: « Se' tu già costì ritto,
se' tu già costì ritto, Bonifazio?
54   Di parecchi anni mi mentì lo scritto.

Se' tu sì tosto di quell'aver sazio
per lo qual non temesti torre a 'nganno
57   la bella donna, e poi di farne strazio? »

Tal mi fec'io, quai son color che stanno,
per non intender ciò ch'è lor risposto,
60   quasi scornati, e risponder non sanno.

Allor Virgilio disse: « Digli tosto:
'Non son colui, non son colui che credi' »;
63   e io rispuosi come a me fu imposto.

Per che lo spirto tutti storse i piedi;
poi, sospirando e con voce di pianto,
66   mi disse: « Dunque che a me richiedi?

35. *che più giace*: più bassa; al fondo della bolgia.

41. *stanca*: sinistra.

42. *arto*: stretto.

45. *con la zanca*: col piede; agitando i piedi.

49-51. *come... cessa*: gli assassini erano sepolti vivi a capofitto; per ritardare la morte, talvolta richiamavano il frate per prolungare la confessione.

53. *Bonifazio*: Bonifacio VIII, fatto papa nel 1294, morto l'11 ottobre 1303. Il dannato, papa Niccolò III, crede che sia lui morto anzi tempo.

57. *la bella donna*: la Chiesa. Si riteneva che Bonifacio VIII avesse ottenuto il pontificato con maneggi, spingendo Celestino V ad abdicare.

59. *per non intender*: perché non capiscono.

Se di saper ch'i' sia ti cal cotanto,
che tu abbi però la ripa corsa,
69   sappi ch'i' fui vestito del gran manto;
    e veramente fui figliuol de l'orsa,
cupido sì per avanzar li orsatti,
72   che su l'avere, e qui me misi in borsa.
    Di sotto al capo mio son li altri tratti
che precedetter me simoneggiando,
75   per le fessure de la pietra piatti.
    Là giù cascherò io altressì quando
verrà colui ch'i' credea che tu fossi
78   allor ch'i' feci 'l subito dimando.
    Ma più è 'l tempo già che i piè mi cossi
e ch'io son stato così sottosopra,
81   ch'el non starà piantato coi piè rossi:
    ché dopo lui verrà di più laida opra
di ver ponente un pastor sanza legge,
84   tal che convien che lui e me ricopra.
    Nuovo Iason sarà, di cui si legge
ne' Maccabei; e come a quel fu molle
87   suo re, così fia lui chi Francia regge ».
    I' non so s'i' mi fui qui troppo folle,
ch'i' pur rispuosi lui a questo metro:
90   « Deh, or mi dì: quanto tesoro volle
    Nostro Segnore in prima da san Pietro
ch'ei ponesse le chiavi in sua balia?
93   Certo non chiese se non 'Viemmi retro'.
    Né Pier né li altri tolsero a Mattia
oro od argento, quando fu sortito
96   al luogo che perdé l'anima ria.
    Però ti sta, ché tu se' ben punito;
e guarda ben la mal tolta moneta
99   ch'esser ti fece contra Carlo ardito.

68. *però*: perciò.
69. *manto*: pontificale. È Niccolò III, papa dal 1277 al 1280.
70. *figliuol de l'orsa*: degli Orsini di Roma.
72. *su*: sulla terra.
75. *piatti*: nascosti, appiattati.
83. *un pastor*: Clemente V, papa dal 1305 al 1314.

85. *Iason*: fatto pontefice dal re Antioco previe promesse di denaro, menò vita corrotta (cfr. *I Maccabei*, libro II, IV, 7-26).
87. *chi*: Filippo il Bello.
96. *l'anima ria*: Giuda, che fu sostituito da Matteo (cfr. *Atti degli Apostoli*, I, 21-26).
99. *Carlo*: Niccolò III fu nemico di Carlo d'Anjou.

E se non fosse ch'ancor lo mi vieta
la reverenza de le somme chiavi
102   che tu tenesti ne la vita lieta,
io userei parole ancor più gravi;
ché la vostra avarizia il mondo attrista,
105   calcando i buoni e sollevando i pravi.
Di voi, pastor, s'accorse il Vangelista,
quando colei che siede sopra l'acque
108   puttaneggiar coi regi a lui fu vista;
quella che con le sette teste nacque,
e da le diece corna ebbe argomento,
111   fin che virtute al suo marito piacque.
Fatto v'avete Dio d'oro e d'argento:
e che altro è da voi a l'idolatre,
114   se non ch'elli uno, e voi ne orate cento?
Ahi, Costantin, di quanto mal fu matre,
non la tua conversion, ma quella dote
117   che da te prese il primo ricco patre! »
E mentr'io li cantava cotai note,
o ira o coscïenza che 'l mordesse,
120   forte spingava con ambo le piote.
I' credo ben ch'al mio duca piacesse,
con sì contenta labbia sempre attese
123   lo suon de le parole vere espresse.
Però con ambo le braccia mi prese;
e poi che tutto su mi s'ebbe al petto,
126   rimontò per la via onde discese.
Né si stancò d'avermi a sé distretto,
sì men portò sovra 'l colmo de l'arco
129   che dal quarto al quinto argine è tragetto.
Quivi soavemente spuose il carco,
soave per lo scoglio sconcio ed erto
132   che sarebbe a le capre duro varco.
Indi un altro vallon mi fu scoperto.

107-8. *colei... vista*: Roma o la Chiesa romana; si allude all'*Apocalisse*, XVII. Le *sette teste* sarebbero i doni dello Spirito Santo (o i sette sacramenti), le *diece corna* i dieci comandamenti, il *marito* il papa.

116. *dote*: il preteso dono di Costantino a Silvestro I papa, che sarebbe stato l'origine del dominio temporale ecclesiastico a Roma.

120. *spingava*: scalciava.

130. *spuose*: depose.

CANTO XX

Di nova pena mi conven far versi
e dar matera al ventesimo canto
3 de la prima canzon, ch'è de' sommersi.

 Io era già disposto tutto quanto
a riguardar ne lo scoperto fondo,
6 che si bagnava d'angoscioso pianto;

 e vidi gente per lo vallon tondo
venir, tacendo e lagrimando, al passo
9 che fanno le letane in questo mondo.

 Come 'l viso mi scese in lor più basso,
mirabilmente apparve esser travolto
12 ciascun tra 'l mento e 'l principio del casso;

 ché da le reni era tornato il volto,
ed in dietro venir li convenia,
15 perché 'l veder dinanzi era lor tolto.

 Forse per forza già di parlasia
si travolse così alcun del tutto;
18 ma io nol vidi, né credo che sia.

 Se Dio ti lasci, lettor, prender frutto
di tua lezione, or pensa per te stesso
21 com'io potea tener lo viso asciutto,

 quando la nostra imagine di presso
vidi sì torta, che 'l pianto de li occhi
24 le natiche bagnava per lo fesso.

 Certo io piangea, poggiato a un de' rocchi
del duro scoglio, sì che la mia scorta
27 mi disse: « Ancor se' tu de li altri sciocchi?

 Qui vive la pietà quand'è ben morta:
chi è più scellerato che colui
30 che al giudicio divin passion comporta?

xx. - 7. *vallon*: la quarta bolgia del cerchio
8°, dove sono i maghi e gli indovini.
 9. *letane*: litanie; le processioni salmo-
dianti.
 10. *viso*: vista.
 12. *casso*: petto.
 16. *parlasia*: paralisi.
 24. *per lo fesso*: colando giù nell'avval-
lamento della schiena e delle natiche.
 27. *de li altri sciocchi*: nell'aver compas-
sione dei dannati.
 28. *la pietà*: la vera pietà, manifestazione di fede cristiana.
 30. *al giudicio... comporta*: tollera che il
suo sentimento (di pietà) si misuri alla giustizia divina.

>   Drizza la testa, drizza, e vedi a cui
>   s'aperse a gli occhi de' Teban la terra;
> 33   per ch'ei gridavan tutti: 'Dove rui,
>   Anfiarao? perché lasci la guerra?'
>   E non restò di ruinare a valle
> 36   fino a Minòs che ciascheduno afferra.
>
>   Mira c'ha fatto petto de le spalle:
>   perché volle veder troppo davante,
> 39   di retro guarda e fa retroso calle.
>
>   Vedi Tiresia, che mutò sembiante
>   quando di maschio femmina divenne,
> 42   cangiandosi le membra tutte quante;
>
>   e prima, poi, ribatter li convenne
>   li duo serpenti avvolti, con la verga,
> 45   che riavesse le maschili penne.
>
>   Aronta è quei ch'al ventre li s'atterga,
>   che ne' monti di Luni, dove ronca
> 48   lo Carrarese che di sotto alberga,
>
>   ebbe tra' bianchi marmi la spelonca
>   per sua dimora; onde a guardar le stelle
> 51   e 'l mar non li era la veduta tronca.
>
>   E quella che ricuopre le mammelle,
>   che tu non vedi, con le treccie sciolte,
> 54   e ha di là ogni pilosa pelle,
>
>   Manto fu, che cercò per terre molte;
>   poscia si puose là dove nacqu'io;
> 57   onde un poco mi piace che m'ascolte.
>
>   Poscia che 'l padre suo di vita uscio,
>   e venne serva la città di Baco,
> 60   questa gran tempo per lo mondo gio.

31. *a cui*: colui al quale; è Anfiarao, uno dei re che assediarono Tebe (cfr. *Inferno*, XIV, 68); aveva tentato di evitare quella guerra, avendo previsto che doveva morirvi; e precipitò col suo carro in un baratro aperto da Giove.

36. *Minòs*: cfr. *Inferno*, V, 4 e segg.

39. *fa retroso calle*: cammina all'indietro. Virgilio addita il «contrappasso» della pena degli indovini.

40. *Tiresia*: indovino tebano, le cui metamorfosi sono narrate da Ovidio (cfr. *Metamorfosi*, III, 324 e segg.).

44. *avvolti*: accoppiati.

45. *penne*: attributi.

46. *Aronta*: indovino etrusco, che abitava una grotta nelle Alpi Apuane (cfr. Lucano, *Farsalia*, I, 580 e segg.).

52. *quella*: è Manto, figlia di Tiresia, da cui si fa derivare il nome di Mantova, patria di Virgilio. Anche lei ha il viso volto verso il dorso.

59. *Baco*: Bacco, a cui era sacra Tebe, asservita da Creonte.

60. *gio*: andò (da «gire»).

Suso in Italia bella giace un laco,
a piè de l'Alpe che serra Lamagna
63   sovra Tiralli, c'ha nome Benaco.

Per mille fonti, credo, e più si bagna,
tra Garda e Val Camonica, Apennino
66   de l'acqua che nel detto laco stagna.

Luogo è nel mezzo là dove 'l Trentino
pastore e quel di Brescia e 'l Veronese
69   segnar poria, se fesse quel cammino.

Siede Peschiera, bello e forte arnese
da fronteggiar Bresciani e Bergamaschi,
72   ove la riva intorno più discese.

Ivi convien che tutto quanto caschi
ciò che 'n grembo a Benaco star non pò,
75   e fassi fiume giù per verdi paschi.

Tosto che l'acqua a correr mette co,
non più Benaco, ma Mencio si chiama
78   fino a Governo, dove cade in Po.

Non molto ha corso, ch'el trova una lama,
ne la qual si distende e la 'mpaluda;
81   e suol di state talor esser grama.

Quindi passando la vergine cruda
vide terra, nel mezzo del pantano,
84   sanza coltura e d'abitanti nuda.

Lì, per fuggire ogni consorzio umano,
ristette con suoi servi a far sue arti,
87   e visse, e vi lasciò suo corpo vano.

Li uomini poi che 'ntorno erano sparti
s'accolsero a quel luogo, ch'era forte
90   per lo pantan ch'avea da tutte parti.

Fer la città sovra quell'ossa morte;
e per colei che il luogo prima elesse,

---

63. *Tiralli*: il castello di Tiralli (Tirolo) presso Merano.

66. *che... stagna*: che alla fine va a fermarsi nel lago di Garda.

67. *nel mezzo*: del lago. Probabilmente l'isoletta Lechi, dove si trovava la chiesa di S. Margherita, soggetta alla giurisdizione dei vescovi di Trento, Brescia e Verona.

69. *segnar*: benedire.

70. *forte arnese*: fortezza.

72. *discese*: si è fatta bassa, pianeggiante.

76. *mette co*: si dispone a.

78. *Governo*: Govèrnolo, sulla destra del Mincio.

79. *lama*: bassura.

82. *vergine cruda*: Manto.

87. *vano*: vuotato dell'anima, morto.

93   Mantua l'appellar sanz'altra sorte.
        Già fuor le genti sue dentro più spesse,
        prima che la mattia da Casalodi
96   da Pinamonte inganno ricevesse.
        Però t'assenno che se tu mai odi
        originar la mia terra altrimenti,
99   la verità nulla menzogna frodi ».
        E io: « Maestro, i tuoi ragionamenti
        mi son sì certi e prendon sì mia fede,
102   che li altri mi sarien carboni spenti.
        Ma dimmi, de la gente che procede,
        se tu ne vedi alcun degno di nota;
105   ché solo a ciò la mia mente rifiede ».
        Allor mi disse: « Quel che da la gota
        porge la barba in su le spalle brune,
108   fu, quando Grecia fu di maschi vota
        sì ch'a pena rimaser per le cune,
        augure, e diede 'l punto con Calcanta
111   in Aulide a tagliar la prima fune.
        Euripilo ebbe nome, e così 'l canta
        l'alta mia tragedìa in alcun loco:
114   ben lo sai tu che la sai tutta quanta.
        Quell'altro che ne' fianchi è così poco,
        Michele Scotto fu, che veramente
117   de le magiche frode seppe il gioco.
        Vedi Guido Bonatti; vedi Asdente,
        ch'avere inteso al cuoio ed a lo spago
120   ora vorrebbe, ma tardi si pente.
        Vedi le triste che lasciaron l'ago,
        la spuola e 'l fuso, e fecersi 'ndivine;
123   fecer malie con erbe e con imago.

95. *la mattia da Casalodi*: lo stolto conte di Casalodi, che, seguendo il consiglio falso di Pinamonte Bonaccorsi, esiliò i nobili di Mantova di cui era signore; e poi fu cacciato a sua volta da Pinamonte.

97. *t'assenno*: t'avverto, ti insegno.

105. *rifiede*: torna a considerare.

108. *quando... vota*: quando i Greci erano partiti per la guerra di Troia.

109. *per le cune*: i bambini.

110-1. *diede... fune*: e indicò, con Cal-

cante, il buon momento per salpare.

113. *tragedìa*: l'*Eneide* (cfr. Virgilio, *Eneide*, II, 113 e segg.).

116. *Michele Scotto*: filosofo e alchimista scozzese vissuto alla corte di Federigo II.

118. *Guido Bonatti*: astrologo di Forlì; *Asdente*: cfr. *Convivio*, IV, XVI, 6; calzolaio divenuto famoso per alcune profezie (seconda metà del XIII sec.).

121. *le triste*: le streghe, in generale.

Ma vienne omai; ché già tiene 'l confine
d'amendue li emisperi e tocca l'onda
126 sotto Sobilia Caino e le spine,
e già iernotte fu la luna tonda:
ben ten dee ricordar, ché non ti nocque
129 alcuna volta per la selva fonda ».
Sì mi parlava, e andavamo introcque.

CANTO XXI

Così di ponte in ponte, altro parlando
che la mia comedìa cantar non cura,
3 venimmo; e tenavamo il colmo, quando
restammo per veder l'altra fessura
di Malebolge e li altri pianti vani;
6 e vidila mirabilmente oscura.
Quale nell'arzanà de' Viniziani
bolle l'inverno la tenace pece
9 a rimpalmare i legni lor non sani,
ché navicar non ponno; in quella vece
chi fa suo legno novo e chi ristoppa
12 le coste a quel che più viaggi fece;
chi ribatte da proda e chi da poppa;
altri fa remi e altri volge sarte;
15 chi terzeruolo e artimon rintoppa;
tal, non per foco, ma per divin'arte,
bollia là giuso una pegola spessa,
18 che 'nviscava la ripa d'ogni parte.
I' vedea lei, ma non vedea in essa
mai che le bolle che 'l bollor levava,
21 e gonfiar tutta, e riseder compressa.
Mentr'io là giù fisamente mirava,
lo duca mio, dicendo 'Guarda, guarda!',

124-6. *ché... spine*: che Caino col suo fascio di spine (cioè la luna, le cui macchie
si diceva rappresentassero Caino) tramon-
ta dal nostro emisfero, ad ovest di Siviglia.
129. *selva fonda*: la selva oscura dell'inizio del viaggio (cfr. *Inferno*, I, 2).
130. *introcque*: intanto. Dante biasima
questa voce nel *De vulgari eloquentia*, I, xiii,
1-2.

xxi. - 4. *fessura*: la quinta bolgia, dei barattieri.
7. *arzanà*: arsenale.
9. *non sani*: avariati.
15. *chi... rintoppa*: chi rattoppa vele ri-
dotte (terzaruolo) e maestre (artimone).
17. *pegola*: pece.
20. *mai che*: niente più che.

24   mi trasse a sé del loco dov'io stava.
          Allor mi volsi come l'om cui tarda
      di veder quel che li convien fuggire,
27   e cui paura subita sgagliarda,
          che, per veder, non indugia 'l partire;
      e vidi dietro a noi un diavol nero
30   correndo su per lo scoglio venire.
          Ahi quant'elli era ne l'aspetto fero!
      e quanto mi parea ne l'atto acerbo,
33   con l'ali aperte e sovra i piè leggiero!
          L'omero suo, ch'era aguto e superbo,
      cercava un peccator con ambo l'anche,
36   e quei tenea de' piè ghermito il nerbo.
          Del nostro ponte disse: « O Malebranche,
      ecco un de li anzian di santa Zita!
39   Mettetel sotto, ch'i' torno per anche
          a quella terra ch'i' ho ben fornita:
      ogn'uom v'è barattier, fuor che Bonturo;
42   del no per li denar vi si fa ita ».
          Là giù il buttò, e per lo scoglio duro
      si volse; e mai non fu mastino sciolto
45   con tanta fretta a seguitar lo furo.
          Quel s'attuffò, e tornò su convolto;
      ma i demon che del ponte avean coperchio,
48   gridar: « Qui non ha luogo il Santo Volto:
          qui si nuota altrimenti che nel Serchio!
      Però, se tu non vuoi di nostri graffi,
51   non far sopra la pegola soverchio ».

27. *sgagliarda*: scoraggia.
28. *per veder*: pur desiderando vedere.
34-5. *L'omero... peccator*: un peccatore era gettato sulla sua spalla appuntita e dritta.
37. *Malebranche*: questo nome che designa i demoni della bolgia dei fraudolenti politici è stato forse suggerito alla fantasia di Dante dal nome del cardinale Latino Malabranca, nipote di Niccolò III Orsini, che, quando Dante aveva 15 anni, passò sei mesi a Firenze per trattare la pace fra i cittadini (18 febbraio 1280). Cfr. la condanna di Niccolò III in *Inferno*, XIX, 31-120.
38. *anzian di santa Zita*: i reggitori di Lucca.

39. *per anche*: di nuovo.
41. *Bonturo*: ironico: Bonturo Dati fu considerato il peggiore dei barattieri lucchesi del tempo di Dante.
42. *ita*: sì; si cambia un no in sì per denaro.
45. *furo*: ladro.
47. *che... coperchio*: che si nascondevano dietro i roccioni che traversavano la bolgia in guisa di ponte.
48. *Santo Volto*: il Volto Santo è un crocifisso bizantino venerato a Lucca; il *Serchio* (v. 49) è il fiume della città.
51. *non... soverchio*: non osare di emergere dalla pece bollente.

Poi l'addentar con più di cento raffi,
disser: « Coverto convien che qui balli,
54   sì che, se puoi, nascosamente accaffi ».
Non altrimenti i cuoci a' lor vassalli
fanno attuffare in mezzo la caldaia
57   la carne con li uncin, perché non galli.
Lo buon maestro « Acciò che non si paia
che tu ci sia » mi disse, « giù t'acquatta
60   dopo uno scheggio, ch'alcun schermo t'aia;
e per nulla offension che mi sia fatta,
non temer tu, ch'i' ho le cose conte,
63   e altra volta fui a tal baratta ».
Poscia passò di là dal co del ponte;
e com'el giunse in su la ripa sesta,
66   mestier li fu d'aver sicura fronte.
Con quel furore e con quella tempesta
ch'escono i cani a dosso al poverello
69   che di subito chiede ove s'arresta,
usciron quei di sotto al ponticello,
e porser contra lui tutt'i runcigli;
72   ma el gridò: « Nessun di voi sia fello!
Innanzi che l'uncin vostro mi pigli,
traggasi avante l'un di voi che m'oda,
75   e poi d'arruncigliarmi si consigli ».
Tutti gridaron: « Vada Malacoda! »
Per ch'un si mosse, e li altri stetter fermi,
78   e venne a lui dicendo: « Che li approda? »
« Credi tu, Malacoda, qui vedermi
esser venuto » disse 'l mio maestro
81   « sicuro già da tutti vostri schermi,
sanza voler divino e fato destro?
Lascian' andar, ché nel cielo è voluto
84   ch'i' mostri altrui questo cammin silvestro ».
Allor li fu l'orgoglio sì caduto,

---

54. *accaffi*: arraffi; come solevi nelle acque torbide della politica.
57. *galli*: venga a galla.
60. *t'aia*: tu abbia.
62. *conte*: conosciute.
63. *baratta*: mercato, contesa.

69. *che... s'arresta*: che si ferma, domanda da lontano l'elemosina.
75. *e poi... si consigli*: e poi si decida di uncinarmi.
78. *«Che li approda?»*: a che gli serve?
82. *destro*: favorevole.

che si lasciò cascar l'uncino a' piedi,

87   e disse a li altri: « Omai non sia feruto ».

E 'l duca mio a me: « O tu che siedi
tra li scheggion del ponte quatto quatto,

90   sicuramente omai a me tu riedi ».

Per ch'io mi mossi, ed a lui venni ratto;
e i diavoli si fecer tutti avanti,

93   sì ch'io temetti ch'ei tenesser patto:

così vid'io già temer li fanti
ch'uscivan patteggiati di Caprona,

96   veggendo sé tra nemici cotanti.

I' m'accostai con tutta la persona
lungo 'l mio duca, e non torceva li occhi

99   da la sembianza lor ch'era non buona.

Ei chinavan li raffi e « Vuo' che 'l tocchi »
diceva l'un con l'altro « in sul groppone? »

102   E rispondien: « Sì, fa che gliele accocchi! »

Ma quel demonio che tenea sermone
col duca mio, si volse tutto presto,

105   e disse: « Posa, posa, Scarmiglione! »

Poi disse a noi: « Più oltre andar per questo
iscoglio non si può, però che giace

108   tutto spezzato al fondo l'arco sesto.

E se l'andare avante pur vi piace,
andatevene su per questa grotta;

111   presso è un altro scoglio che via face.

Ier, più oltre cinqu'ore che quest'otta,
mille dugento con sessanta sei

114   anni compié che qui la via fu rotta.

Io mando verso là di questi miei
a riguardar s'alcun se ne sciorina:

117   gite con lor, che non saranno rei ».

« Tra' ti avante, Alichino, e Calcabrina »

95. *Caprona*: castello nel Pisano, caduto nelle mani dei Fiorentini (fra cui Dante)
nell'agosto 1289.
112-4. *Ier... rotta*: ieri, cinque ore dopo
l'ora che è adesso, si compirono 1266 anni
da quando il terremoto (avvenuto alla morte
di Cristo) ruppe il ponte. Malacoda mesco-

la verità e menzogna. Era vero che l'*arco
sesto* (v. 108) era rotto, ma non era vero che
un'altra cresta di scogli era transitabile: tutti i ponti sulla 6ª bolgia erano crollati. Am-
biguo è perciò il salvacondotto dei vv.
125-6.
116. *sciorina*: emerge dalla pece.

cominciò elli a dire, « e tu, Cagnazzo;
120   e Barbariccia guidi la decina.
            Libicocco vegn'oltre e Draghignazzo,
        Ciriatto sannuto e Graffiacane
123   e Farfarello e Rubicante pazzo.
            Cercate intorno le boglienti pane;
        costor sian salvi infino a l'altro scheggio
126   che tutto intero va sopra le tane ».
            « Ohmè, maestro, che è quel ch'i' veggio? »
        diss'io. « Deh, sanza scorta andianci soli,
129   se tu sa' ir; ch'i' per me non la cheggio.
            Se tu se' sì accorto come suoli,
        non vedi tu ch'e' digrignan li denti,
132   e con le ciglia ne minaccian duoli? »
            Ed elli a me: « Non vo' che tu paventi:
        lasciali digrignar pur a lor senno,
135   ch'e' fanno ciò per li lessi dolenti ».
            Per l'argine sinistro volta dienno;
        ma prima avea ciascun la lingua stretta
138   coi denti verso lor duca per cenno;
            ed elli avea del cul fatto trombetta.

CANTO XXII

            Io vidi già cavalier muover campo,
        e cominciare stormo e far lor mostra,
3   e tal volta partir per loro scampo;
            corridor vidi per la terra vostra,
        o Aretini, e vidi gir gualdane,
6   fedir torneamenti e correr giostra;
            quando con trombe, e quando con campane,
        con tamburi e con cenni di castella,
9   e con cose nostrali e con istrane;
            né già con sì diversa cennamella
        cavalier vidi muover né pedoni,
12   né nave a segno di terra o di stella.
            Noi andavam con li diece demoni:

---

124. *pane*: panie.   5. *gualdane*: scorrerie.
135. *lessi*: i dannati immersi nella pece   8. *cenni di castella*: segnali acustici e
bollente.   ottici.
                                       10. *cennamella*: tromba (lat. *calamellus*,
XXII. - 2. *stormo*: assalto (ted. *Sturm*).   da *calamus*).

ahi fiera compagnia! ma ne la chiesa
15   coi santi, ed in taverna co' ghiottoni.

Pur a la pegola era la mia intesa,
per veder de la bolgia ogni contegno
18   e de la gente ch'entro v'era incesa.

Come i dalfini, quando fanno segno
a' marinar con l'arco de la schiena,
21   che s'argomentin di campar lor legno,

talor così ad alleggiar la pena
mostrav'alcun de' peccatori il dosso,
24   e nascondea in men che non balena.

E come a l'orlo de l'acqua d'un fosso
stanno i ranocchi pur col muso fuori,
27   sì che celano i piedi e l'altro grosso,

sì stavan d'ogne parte i peccatori;
ma come s'appressava Barbariccia,
30   così si ritraèn sotto i bollori.

I' vidi, e anco il cor me n'accapriccia,
uno aspettar così, com'elli 'ncontra
33   ch'una rana rimane ed altra spiccia;

e Graffiacan, che li era più di contra,
li arrunciglò le 'mpegolate chiome,
36   e trassel su, che mi parve una lontra.

I' sapea già di tutti quanti il nome,
sì li notai quando fuorono eletti,
39   e poi che si chiamaro, attesi come.

« O Rubicante, fa che tu li metti
li unghioni a dosso, sì che tu lo scuoi! »
42   gridavan tutti insieme i maladetti.

E io: « Maestro mio, fa, se tu puoi,
che tu sappi chi è lo sciagurato
45   venuto a man de li avversari suoi ».

Lo duca mio li s'accostò a lato;
domandollo ond'ei fosse, ed ei rispuose:
48   « I' fui del regno di Navarra nato.

---

16. *pegola*: pece, della 5ª bolgia, dove sono immersi i barattieri.

21. *s'argomentin... legno*: si diano da fare per salvarsi dalla tempesta imminente.

27. *l'altro grosso*: il resto del corpo.

33. *spiccia*: salta via.

39. *attesi come*: feci attenzione ai vari nomi.

48. *I' fui... nato*: questo ignoto dannato, a cui i commenti antichi attribuiscono il no-

Mia madre a servo d'un segnor mi puose,
che m'avea generato d'un ribaldo,
51   distruggitor di sé e di sue cose.

Poi fui famiglia del buon re Tebaldo:
quivi mi misi a far baratteria;
54   di ch'io rendo ragione in questo caldo ».

E Ciriatto, a cui di bocca uscia
d'ogni parte una sanna come a porco,
57   li fe' sentir come l'una sdrucia.

Tra male gatte era venuto il sorco;
ma Barbariccia il chiuse con le braccia,
60   e disse: « State in là, mentr'io lo 'nforco ».

E al maestro mio volse la faccia:
« Domanda » disse « ancor, se più disii
63   saper da lui, prima ch'altri 'l disfaccia ».

Lo duca dunque: « Or dì: de li altri rii
conosci tu alcun che sia latino
66   sotto la pece? » E quelli: « I' mi partii,

poco è, da un che fu di là vicino:
così foss'io ancor con lui coperto,
69   ch'i' non temerei unghia né uncino! »

E Libicocco « Troppo avem sofferto »
disse; e preseli 'l braccio col runciglio,
72   sì che, stracciando, ne portò un lacerto.

Draghignazzo anco i volle dar di piglio
giuso a le gambe; onde 'l decurio loro
75   si volse intorno intorno con mal piglio.

Quand'elli un poco rappaciati fuoro,
a lui, ch'ancor mirava sua ferita,
78   domandò 'l duca mio sanza dimoro:

« Chi fu colui da cui mala partita
di' che facesti per venire a proda? »
81   Ed ei rispuose: « Fu frate Gomita,

---

me di Ciampòlo (Jean-Paul), afferma di esser vissuto al tempo di Tebaldo (probabilmente Tebaldo II, re di Navarra dal 1253).
   50. *ribaldo*: delinquente, dissipatore.
   53. *baratteria*: intrighi nelle pubbliche
faccende, per trarne illeciti guadagni.
   59. *chiuse*: gli si parò dinanzi, coprendo-
lo con le braccia.
   60. *mentr'io lo 'nforco*: finché lo trat-

tengo con le braccia.
   65. *latino*: italiano.
   72. *lacerto*: brano.
   74. *decurio*: capo.
   81. *frate Gomita*: quando Nino Visconti aveva il Giudicato di Gallura (1275-1296)
ebbe grande influenza su di lui; ma quando arrivò a far fuggire dei nemici per denaro, Nino lo fece impiccare.

          quel di Gallura, vasel d'ogne froda,
       ch'ebbe i nemici di suo donno in mano,
84   e fe' sì lor che ciascun se ne loda.
          Danar si tolse, e lasciolli di piano,
       sì come dice; e ne li altri offici anche
87   barattier fu non picciol, ma sovrano.
          Usa con esso donno Michel Zanche
       di Logodoro; e a dir di Sardigna
90   le lingue lor non si sentono stanche.
          Ohmè, vedete l'altro che digrigna:
       i' direi anche, ma i' temo ch'ello
93   non s'apparecchi a grattarmi la tigna ».
          E 'l gran proposto, volto a Farfarello
       che stralunava li occhi per fedire,
96   disse: « Fatti 'n costà, malvagio uccello ».
          « Se voi volete vedere o udire »
       ricominciò lo spaurato appresso
99   « Toschi o Lombardi, io ne farò venire;
          ma stieno i Malebranche un poco in cesso,
       s'ì ch'ei non teman delle lor vendette;
102   e io, seggendo in questo luogo stesso,
          per un ch'io son, ne farò venir sette
       quand'io suffolerò, com'è nostro uso
105   di fare allor che fori alcun si mette ».
          Cagnazzo a cotal motto levò il muso,
       crollando il capo, e disse: « Odi malizia
108   ch'elli ha pensata per gittarsi giuso! »
          Ond'ei ch'avea lacciuoli a gran divizia,
       rispuose: « Malizioso son io troppo,
111   quand'io procuro a' miei maggior tristizia ».
          Alichin non si tenne, e, di rintoppo
       a li altri, disse a lui: « Se tu ti cali,
114   io non ti verrò dietro di gualoppo,
          ma batterò sovra la pece l'ali:

---

83. *donno*: signore.

88. *Michel Zanche*: sembra fosse il suocero di Branca d'Oria, e signore del Giudicato di Logoduro in Sardegna; fu ucciso dal
genero; cfr. *Inferno*, XXXIII, 142 e segg.

93. *grattarmi la tigna*: farmi sentire il suo

uncino.

94. *proposto*: Barbariccia.

100. *in cesso*: indietro.

109. *lacciuoli*: inganni.

112. *di rintoppo*: contrariamente, oppo-
nendosi.

lascisi 'l collo, e sia la ripa scudo,
117 a veder se tu sol più di noi vali ».
    O tu che leggi udirai nuovo ludo:
    ciascun da l'altra costa li occhi volse;
120 quel prima ch'a ciò fare era più crudo.
    Lo Navarrese ben suo tempo colse;
    fermò le piante a terra, ed in un punto
123 saltò e dal proposto lor si sciolse.
    Di che ciascun di colpa fu compunto,
    ma quei più che cagion fu del difetto;
126 però si mosse e gridò: « Tu se' giunto! »
    Ma poco i valse; ché l'ali al sospetto
    non potero avanzar: quelli andò sotto,
129 e quei drizzò volando suso il petto:
    non altrimenti l'anitra di botto,
    quando 'l falcon s'appressa, giù s'attuffa,
132 ed ei ritorna su crucciato e rotto.
    Irato Calcabrina de la buffa,
    volando dietro li tenne, invaghito
135 che quei campasse per aver la zuffa;
    e come 'l barattier fu disparito,
    così volse li artigli al suo compagno,
138 e fu con lui sopra 'l fosso ghermito.
    Ma l'altro fu bene sparvier grifagno
    ad artigliar ben lui, ed amendue
141 cadder nel mezzo del bogliente stagno.
    Lo caldo sghermitor subito fue;
    ma però di levarsi era neente,
144 sì avieno inviscate l'ali sue.
    Barbariccia con li altri suoi dolente,
    quattro ne fe' volar da l'altra costa
147 con tutt'i raffi, e assai prestamente
    di qua, di là discesero a la posta:
    porser li uncini verso li 'mpaniati,
150 ch'eran già cotti dentro da la crosta;
    e noi lasciammo lor così 'mpacciati.

---

116. *collo*: colle, argine.
118. *ludo*: gioco.
123. *proposto*: capo; Barbariccia.
125. *quei*: Alichino (cfr. v. 112 e segg.).
132. *rotto*: spossato.

133. *buffa*: beffa.
142. *Lo caldo... fue*: il bruciore li separò subito.
143. *neente*: impossibile, niente.

CANTO XXIII

Taciti, soli, sanza compagnia
n'andavam l'un dinanzi e l'altro dopo,
3   come frati minor vanno per via.
Volt'era in su la favola d'Isopo
lo mio pensier per la presente rissa,
6   dov'el parlò de la rana e del topo;
ché più non si pareggia 'mo' e 'issa',
che l'un con l'altro fa, se ben s'accoppia
9   principio e fine con la mente fissa.
E come l'un pensier de l'altro scoppia,
così nacque di quello un altro poi,
12   che la prima paura mi fe' doppia.
Io pensava così: « Questi per noi
sono scherniti con danno e con beffa
15   sì fatta, ch'assai credo che lor noi.
Se l'ira sovra 'l mal voler fa gueffa,
ei ne verranno dietro più crudeli
18   che 'l cane a quella lievre ch'elli acceffa ».
Già mi sentia tutti arricciar li peli
de la paura, e stava indietro intento,
21   quand'io dissi: « Maestro, se non celi
te e me tostamente, i' ho pavento
de' Malebranche: noi li avem già dietro:
24   io l'imagino sì, che già li sento ».
E quei: « S'i' fossi di piombato vetro,
l'imagine di fuor tua non trarrei
27   più tosto a me, che quella dentro impetro.
Pur mo venieno i tuo' pensier tra' miei,
con simile atto e con simile faccia,

XXIII. - 4. *Isopo*: si attribuiva ad Esopo la favola di una rana che convinse un topo a legarsi con lei per traversare un fosso, e a metà si sommerse per farlo annegare; ma un nibbio vide il topo che si dibatteva, lo ghermì e catturò anche la rana a lui legata.

7-8. *ché... fa*: che sono tanto simili *mo* (*modo*, «ora»), e *issa* («ora») quanto il caso di Alichino con Calcabrina e quello della rana col topo.

10. *scoppia*: sorge, sboccia.
15. *noi*: annoi, spiaccia.
16. *fa gueffa*: si avvolge, si aggiunge.
18. *acceffa*: azzanna.
25. *vetro*: «speccio... è vetro terminato con piombo »; cfr. *Convivio*, III, IX, 8.
27. *impetro*: ricevo. Se fossi uno specchio non rifletterei la tua immagine esteriore più rapidamente di quel che accolgo la tua immagine interna (*quella dentro*).

30   sì che d'intrambi un sol consiglio fei.
            S'elli è che sì la destra costa giaccia,
        che noi possiam ne l'altra bolgia scendere,
33   noi fuggirem l'imaginata caccia ».
            Già non compié di tal consiglio rendere,
        ch'io li vidi venir con l'ali tese
36   non molto lungi, per volerne prendere.
            Lo duca mio di subito mi prese,
        come la madre ch'al romore è desta,
39   e vede presso a sé le fiamme accese,
            che prende il figlio e fugge e non s'arresta,
        avendo più di lui che di sé cura,
42   tanto che solo una camicia vesta;
            e giù dal collo de la ripa dura
        supin si diede a la pendente roccia,
45   che l'un de' lati a l'altra bolgia tura.
            Non corse mai sì tosto acqua per doccia
        a volger ruota di molin terragno,
48   quand'ella più verso le pale approccia,
            come 'l maestro mio per quel vivagno,
        portandosene me sovra 'l suo petto,
51   come suo figlio, non come compagno.
            A pena fuoro i piè suoi giunti al letto
        del fondo giù, ch'e' furono in sul colle
54   sovresso noi; ma non li era sospetto;
            ché l'alta provedenza che lor volle
        porre ministri de la fossa quinta,
57   poder di partirs'indi a tutti tolle.
            Là giù trovammo una gente dipinta
        che giva intorno assai con lenti passi,
60   piangendo e nel sembiante stanca e vinta.
            Elli avean cappe con cappucci bassi
        dinanzi a li occhi, fatte de la taglia
63   che in Clugnì per li monaci fassi.

---

47. *terragno*: di questa terra.
49. *vivagno*: orlo, bordo (del panno). Qui, l'orlo della 6ª bolgia del cerchio 8°.
54. *ma... sospetto*: ma non c'era da temere.
58. *gente dipinta*: sono gli ipocriti, coper-

ti da cappe dorate (vv. 61-65).
63. *Clugnì*: Cluny in Borgogna, abbazia dei Benedettini; questi portavano cappe fino ai piedi, e cappucci profondi, come si vede nelle statuette che circondano le tombe dei Duchi di Borgogna.

    Di fuor dorate son sì ch'elli abbaglia;
ma dentro tutte piombo, e gravi tanto,
66   che Federigo le mettea di paglia.
    Oh in etterno faticoso manto!
Noi ci volgemmo ancor pur a man manca
69   con loro insieme, intenti al tristo pianto;
    ma per lo peso quella gente stanca
venia sì pian, che noi eravam nuovi
72   di compagnia ad ogni mover d'anca.
    Per ch'io al duca mio: « Fa che tu trovi
alcun ch'al fatto o al nome si conosca,
75   e li occhi, sì andando, intorno muovi ».
    E un ch'entese la parola tosca,
di retro a noi gridò: « Tenete i piedi,
78   voi che correte sì per l'aura fosca!
    Forse ch'avrai da me quel che tu chiedi ».
Onde 'l duca si volse e disse: « Aspetta,
81   e poi secondo il suo passo procedi ».
    Ristetti, e vidi due mostrar gran fretta
de l'animo, col viso, d'esser meco;
84   ma tardavali 'l carco e la via stretta.
    Quando fuor giunti, assai con l'occhio bieco
mi rimiraron sanza far parola;
87   poi si volsero in sé, e dicean seco:
    « Costui par vivo a l'atto de la gola;
e se son morti, per qual privilegio
90   vanno scoperti de la grave stola? »
    Poi disser me: « O Tosco, ch'al collegio
de l'ipocriti tristi se' venuto,
93   dir chi tu se' non avere in dispregio ».
    E io a loro: « I' fui nato e cresciuto
sovra 'l bel fiume d'Arno a la gran villa,
96   e son col corpo ch'i' ho sempre avuto.
    Ma voi chi siete, a cui tanto distilla
quant'i' veggio dolor giù per le guance?
99   e che pena è in voi che sì sfavilla? »

---

66. *che Federigo... paglia*: secondo la leggenda, Federico II puniva i rei di lesa maestà coprendoli di una cappa di piombo, che
poi faceva fondere al fuoco. Il senso è «che,
al confronto, quelle di Federico sarebbero
sembrate leggere come paglia».
    72. *mover d'anca*: passo.
    88. *a l'atto de la gola*: al respiro.

E l'un rispuose a me: « Le cappe rance
son di piombo sì grosse, che li pesi.
102   fan così cigolar le lor bilance.
Frati Godenti fummo, e bolognesi;
io Catalano e questi Loderingo
105   nomati, e da tua terra insieme presi,
come suole esser tolto un uom solingo
per conservar sua pace; e fummo tali,
108   ch'ancor si pare intorno dal Gardingo ».
Io cominciai: « O frati, i vostri mali... »;
ma più non dissi, ch'a l'occhio mi corse
111   un, crucifisso in terra con tre pali.
Quando mi vide, tutto si distorse,
soffiando ne la barba con sospiri;
114   e 'l frate Catalan, ch'a ciò s'accorse,
mi disse: « Quel confitto che tu miri,
consigliò i Farisei che convenia
117   porre un uom per lo popolo a' martiri.
Attraversato è, nudo, ne la via,
come tu vedi, ed è mestier ch'el senta
120   qualunque passa, come pesa, pria.
E a tal modo il socero si stenta
in questa fossa, e li altri dal concilio
123   che fu per li Giudei mala sementa ».
Allor vid'io maravigliar Virgilio
sovra colui ch'era disteso in croce
126   tanto vilmente ne l'etterno essilio.
Poscia drizzò al frate cotal voce:
« Non vi dispiaccia, se vi lece, dirci
129   s'a la man destra giace alcuna foce
onde noi amendue possiamo uscirci,

---

100. *rance*: gialle, dorate (v. 64).

106. *come... solingo*: come podestà; era uso chiamare all'ufficio di podestà un singolo (*uom solingo*) proveniente da altra città. I due, Catalano dei Malavolti e Loderingo degli Andalò, sono bolognesi, podestà di Firenze, chiamati eccezionalmente insieme, nel 1266.

108. *ch'ancor... Gardingo*: che i risultati si vedono ancora dove si trovavano le case degli Uberti, al Gardingo, completamente distrutte e sostituite dalla piazza della Signoria.

115. *Quel confitto*: è Caifas, che col consiglio che dette ai Giudei provocò ipocritamente la morte di Cristo (cfr. *Vangelo secondo Giovanni*, XI, 47-53).

121. *il socero*: il pontefice Anna (cfr. *Vangelo secondo Giovanni*, XVIII, 13).

122. *li altri*: il sinedrio dei sacerdoti e Farisei, che condannò Cristo (cfr. *Vangelo secondo Giovanni*, XI, 47).

sanza costringer de li angeli neri
132   che vegnan d'esto fondo a dipartirci ».
       Rispuose adunque: « Più che tu non speri,
       s'appressa un sasso che da la gran cerchia
135   si move e varca tutt'i vallon feri,
       salvo che 'n questo è rotto e nol coperchia:
       montar potrete su per la ruina,
138   che giace in costa e nel fondo soperchia ».
       Lo duca stette un poco a testa china;
       poi disse: « Mal contava la bisogna
141   colui che i peccator di qua uncina ».
       E 'l frate: « Io udi' già dire a Bologna
       del diavol vizi assai, tra' quali udi'
144   ch'elli è bugiardo, e padre di menzogna ».
       Appresso il duca a gran passi sen gì,
       turbato un poco d'ira nel sembiante;
147   ond'io da li 'ncarcati mi parti'
       dietro a le poste de le care piante.

CANTO XXIV

       In quella parte del giovanetto anno
       che 'l sole i crin sotto l'Aquario tempra
3   e già le notti al mezzo dì sen vanno,
       quando la brina in su la terra assempra
       l'imagine di sua sorella bianca,
6   ma poco dura a la sua penna tempra;
       lo villanello a cui la roba manca,
       si lèva, e guarda, e vede la campagna
9   biancheggiar tutta, ond'ei si batte l'anca;
       ritorna in casa, e qua e là si lagna,
       come 'l tapin che non sa che si faccia;
12   poi riede, e la speranza ringavagna,

131. *sanza... neri*: senza che dobbiamo costringere qualcuno dei diavoli a portarci su a volo.

140. *Mal... bisogna*: Malacoda ci aveva mentito (cfr. *Inferno*, XXI, 111 e 125-6).

146. *turbato... d'ira*: per l'inganno di Malacoda e l'ironia del frate Godente (vv. 142-144).

XXIV. - 1. *In quella... anno*: tra gennaio e febbraio.

3. *al mezzo... vanno*: si avviano a durare la metà delle 24 ore, come avviene all'equinozio di primavera.

4. *assempra*: assomiglia, imita. La campagna brinata sembra bianca di neve.

12. *ringavagna*: ricupera.

veggendo il mondo aver cangiata faccia
in poco d'ora, e prende suo vincastro,
15   e fuor le pecorelle a pascer caccia.

    Così mi fece sbigottir lo mastro
quand'io li vidi sì turbar la fronte,
18   e così tosto al mal giunse lo 'mpiastro;

    ché, come noi venimmo al guasto ponte,
lo duca a me si volse con quel piglio
21   dolce ch'io vidi prima a piè del monte.

    Le braccia aperse, dopo alcun consiglio
eletto seco, riguardando prima
24   ben la ruina, e diedemi di piglio.

    E come quei ch'adopera ed estima,
che sempre par che 'nnanzi si proveggia,
27   così, levando me su ver la cima

    d'un ronchione, avvisava un'altra scheggia
dicendo: « Sovra quella poi t'aggrappa;
30   ma tenta pria s'è tal ch'ella ti reggia ».

    Non era via da vestito di cappa,
ché noi a pena, ei lieve e io sospinto,
33   potavam su montar di chiappa in chiappa.

    E se non fosse che da quel precinto
più che da l'altro era la costa corta,
36   non so di lui, ma io sarei ben vinto.

    Ma perché Malebolge inver la porta
del bassissimo pozzo tutta pende,
39   lo sito di ciascuna valle porta

    che l'una costa surge e l'altra scende;
noi pur venimmo alfine in su la punta
42   onde l'ultima pietra si scoscende.

    La lena m'era del polmon sì munta
quand'io fui su, ch'i' non potea più oltre,
45   anzi m'assisi ne la prima giunta.

    « Omai convien che tu così ti spoltre »
disse 'l maestro; « ché, seggendo in piuma,
48   in fama non si vien, né sotto coltre;

---

21. *a piè del monte*: cfr. *Inferno*, I, 61 e
segg.

33. *di chiappa in chiappa*: di roccia in roccia, di appiglio in appiglio.

34. *precinto*: chiusura, argine, tra la 6ª
e la 7ª bolgia.

46. *spoltre*: spoltrisca.

sanza la qual chi sua vita consuma,
cotal vestigio in terra di sé lascia,
51   qual fummo in aere ed in acqua la schiuma.
E però leva su: vinci l'ambascia
con l'animo che vince ogni battaglia,
54   se col suo grave corpo non s'accascia.
Più lunga scala convien che si saglia;
non basta da costoro esser partito:
57   se tu m'intendi, or fa sì che ti vaglia ».
Leva'mi allor, mostrandomi fornito
meglio di lena ch'i' non mi sentia,
60   e dissi: « Va, ch'i' son forte e ardito ».
Su per lo scoglio prendemmo la via,
ch'era ronchioso, stretto e malagevole
63   ed erto più assai che quel di pria.
Parlando andava per non parer fievole;
onde una voce uscì de l'altro fosso,
66   a parole formar disconvenevole.
Non so che disse, ancor che sovra 'l dosso
fossi de l'arco già che varca quivi;
69   ma chi parlava ad ire parea mosso.
Io era volto in giù, ma li occhi vivi
non poteano ire al fondo per lo scuro;
72   per ch'io: « Maestro, fa che tu arrivi
da l'altro cinghio e dismontiam lo muro;
ché, com'i' odo quinci e non intendo,
75   così giù veggio e neente affiguro ».
« Altra risposta » disse « non ti rendo
se non lo far; ché la dimanda onesta
78   si de' seguir con l'opera tacendo ».
Noi discendemmo il ponte da la testa
dove s'aggiugne con l'ottava ripa;
81   e poi mi fu la bolgia manifesta:
e vidivi entro terribile stipa
di serpenti, e di sì diversa mena,
84   che la memoria il sangue ancor mi scipa.

---

66. *disconvenevole*: inadatta; una voce
inumana.

78. *si de'... tacendo*: si deve soddisfare
con i fatti.

80. *ottava ripa*: all'estremità della 7ª bolgia, che contiene i ladri.

83. *mena*: qualità.

84. *scipa*: guasta.

Più non si vanti Libia con sua rena;
ché se chelidri, iaculi e faree
87 produce, e cencri con anfisibena,
né tante pestilenzie, né sì ree
mostrò già mai con tutta l'Etiopia,
90 né con ciò che di sopra al Mar Rosso èe.
Tra questa cruda e tristissima copia
correan genti nude e spaventate,
93 sanza sperar pertugio o elitropia:
con serpi le man dietro avean legate;
quelle ficcavan per le ren la coda
96 e 'l capo, ed eran dinanzi aggroppate.
Ed ecco a un ch'era da nostra proda,
s'avventò un serpente che 'l trafisse
99 là dove 'l collo a le spalle s'annoda.
Né o sì tosto mai né i si scrisse,
com'el s'accese e arse, e cener tutto
102 convenne che cascando divenisse;
e poi che fu a terra sì distrutto,
la polver si raccolse per se stessa,
105 e 'n quel medesmo ritornò di butto.
Così per li gran savi si confessa
che la fenice more e poi rinasce,
108 quando al cinquecentesimo anno appressa:
erba né biada in sua vita non pasce,
ma sol d'incenso lacrime e d'amomo,
111 e nardo e mirra son l'ultime fasce.
E qual è quel che cade, e non sa como,
per forza di demon ch'a terra il tira,
114 o d'altra oppilazion che lega l'omo,
quando si leva, che 'ntorno si mira
tutto smarrito de la grande angoscia

---

86. *chelidri... faree*: vari nomi di serpenti attinti da Lucano; cfr. *Farsalia*, IX, 708 e segg. L'anfisibena era creduto un serpente con due teste, una ad ogni estremità. Come si vede da quel che segue, Dante concepisce questi rettili come provvisti di brevi zampe.
90. *ciò*: l'Arabia.
93. *pertugio*: dove rifugiarsi; *elitropia*: la mitica pietra che rendeva invisibili.
105. *di butto*: di botto.
106. *per*: da. I gran savi confessano ecc.
110. *amomo*: pianta aromatica.
111. *l'ultime fasce*: perché tra nardo e mirra la fenice muore (cfr. Ovidio, *Metamorfosi*, IV, 392 e segg.).
114. *oppilazion*: chiusura, impedimento, ostruzione.

117   ch'elli ha sofferta, e guardando sospira;
             tal era il peccator levato poscia.
         Oh potenza di Dio, quant'è severa,
120   che cotai colpi per vendetta croscia!
             Lo duca il domandò poi chi ello era;
             per ch'ei rispuose: « Io piovvi di Toscana,
123   poco tempo è, in questa gola fiera.
             Vita bestial mi piacque e non umana,
             sì come a mul ch'i' fui; son Vanni Fucci
126   bestia, e Pistoia mi fu degna tana ».
             E io al duca: « Dilli che non mucci,
             e domanda che colpa qua giù 'l pinse;
129   ch'io 'l vidi uomo di sangue e di crucci ».
             E 'l peccator, che 'ntese, non s'infinse,
             ma drizzò verso me l'animo e 'l volto,
132   e di trista vergogna si dipinse;
             poi disse: « Più mi duol che tu m'hai colto
             ne la miseria dove tu mi vedi,
135   che quando fui de l'altra vita tolto.
             Io non posso negar quel che tu chiedi:
             in giù son messo tanto, perch'io fui
138   ladro a la sagrestia de' belli arredi,
             e falsamente già fu apposto altrui.
         Ma perché di tal vista tu non godi,
141   se mai sarai di fuor da' luoghi bui,
             apri li orecchi al mio annunzio, e odi:
             Pistoia in pria de' Neri si dimagra;
144   poi Fiorenza rinova gente e modi.
             Tragge Marte vapor di Val di Magra
             ch'è di torbidi nuvoli involuto;
147   e con tempesta impetuosa e agra

---

125. *Vanni Fucci*: Vanni di Fuccio de'
Lazzeri, pistoiese, autore, con altri, del furto perpetrato nel 1293 nella cappella di San
Jacopo nel Duomo di Pistoia. Nel 1295 fu
emessa contro di lui una condanna dove lo
si accusa anche di cinque omicidi. Fu del
partito dei Neri.
    127. *mucci*: scappi, sfugga.
    143-4. *Pistoia... modi*: nel 1301 i Bian-
chi cacciarono i Neri da Pistoia; poi, nello

stesso anno, i Bianchi furono rovesciati in
Firenze.
    145-50. *Tragge... feruto*: il dio della guer-
ra tira fuori dalla Valdimagra un minaccioso vapore (il marchese Moroello Malaspina,
capitano dei Lucchesi alleati dei Neri contro Pistoia rimasta ai Bianchi); si combat-
terà sopra Campo Piceno e la parte Bianca
(*la nebbia*) sarà dissolta (Pistoia fu perduta
nel 1306).

sovra Campo Picen fia combattuto;
ond'ei repente spezzerà la nebbia,
150 sì ch'ogni Bianco ne sarà feruto.
E detto l'ho perché doler ti debbia! »

CANTO XXV

Al fine de le sue parole il ladro
le mani alzò con amendue le fiche,
3   gridando: « Togli, Dio, ch'a te le squadro! »
Da indi in qua mi fuor le serpi amiche,
perch'una li s'avvolse allora al collo,
6   come dicesse 'Non vo' che più diche';
e un'altra a le braccia, e rilegollo,
ribadendo se stessa sì dinanzi,
9   che non potea con esse dare un crollo.
Ahi Pistoia, Pistoia, ché non stanzi
d'incenerarti sì che più non duri,
12   poi che in mal fare il seme tuo avanzi?
Per tutt'i cerchi de lo 'nferno scuri
non vidi spirto in Dio tanto superbo,
15   non quel che cadde a Tebe giù da' muri.
El si fuggì che non parlò più verbo;
e io vidi un centauro pien di rabbia
18   venir chiamando: « Ov'è, ov'è l'acerbo? »
Maremma non cred'io che tante n'abbia,
quante bisce elli avea su per la groppa
21   infino ove comincia nostra labbia.
Sovra le spalle, dietro da la coppa,
con l'ali aperte li giacea un draco;
24   e quello affuoca qualunque s'intoppa.
Lo mio maestro disse: « Questi è Caco,

xxv. - 2. *le fiche*: gesto di scherno, che consiste nello sporgere il pollice dal pugno, fra
l'indice e il medio piegati.

4. *Da indi... amiche*: da questo momento, per questa ragione, mi sentii dalla parte
delle serpi che punivano i dannati.

10. *stanzi*: deliberi, statuisci.

12. *in mal... avanzi*: superi in malvagità
i tuoi fondatori (secondo la leggenda, i par-
tigiani di Catilina).

15. *quel*: Capaneo; cfr. *Inferno*, XIV,
46-38.

21. *labbia*: figura (umana).

22. *coppa*: nuca.

25. *Caco*: mitico figlio di Vulcano (cfr.
Virgilio, *Eneide*, VIII, 193-267), che aveva rubato degli armenti ad Ercole, facendoli camminare a ritroso per mascherare le
tracce. Nell'*Eneide* Caco è soffocato da Ercole; invece qui Virgilio dice che stramaz-
zò sotto il suo bastone, secondo il racconto
di Ovidio (cfr. *Fasti*, I, 475-6).

	che sotto il sasso di monte Aventino
27	di sangue fece spesse volte laco.
	Non va co' suoi fratei per un cammino,
	per lo furto che frodolente fece
30	del grande armento ch'elli ebbe a vicino;
	onde cessar le sue opere biece
	sotto la mazza d'Ercule, che forse
33	li ne diè cento, e non sentì le diece ».
	Mentre che sì parlava, ed el trascorse
	e tre spiriti venner sotto noi,
36	de' quai né io né 'l duca mio s'accorse,
	se non quando gridar: « Chi siete voi? »:
	per che nostra novella si ristette,
39	e intendemmo pur ad essi poi.
	Io non li conoscea; ma ei seguette,
	come suol seguitar per alcun caso,
42	che l'un nomar un altro convenette,
	dicendo: « Cianfa dove fia rimaso? »:
	per ch'io, acciò che 'l duca stesse attento,
45	mi puosi il dito su dal mento al naso.
	Se tu se' or, lettore, a creder lento
	ciò ch'io dirò, non sarà maraviglia,
48	ché io che 'l vidi, a pena il mi consento.
	Com'io tenea levate in lor le ciglia,
	e un serpente con sei piè si lancia
51	dinanzi a l'uno, e tutto a lui s'appiglia.
	Co' piè di mezzo li avvinse la pancia,
	e con li anterior le braccia prese;
54	poi li addentò e l'una e l'altra guancia;
	li diretani a le cosce distese,
	e miseli la coda tra 'mbedue,
57	e dietro per le ren su la ritese.
	Ellera abbarbicata mai non fue

28. *un*: uno stesso. Non si trova con gli altri centauri nella zona del fiume di sangue (cfr. *Inferno*, XII, 65 e segg.).

29. *furto... fece*: fraudolento per lo stratagemma di mistificare le péste.

35. *e tre... venner*: altri tre vennero mentre Caco se ne andava.

38. *novella*: conversazione.

39. *intendemmo pur ad essi*: prestammo attenzione solo a loro.

43. *Cianfa*: pare fosse un ladro di bestiame, della famiglia dei Donati, come pure il Buoso menzionato al v. 140.

50. *e un*: ecco che un; si ricordi che Dante concepisce il serpente con brevi zampe, come un dragone.

ad alber sì, come l'orribil fiera
60   per l'altrui membra avviticchiò le sue.
        Poi s'appiccar come di calda cera
        fossero stati, e mischiar lor colore;
63   né l'un né l'altro già parea quel ch'era,
        come procede innanzi da l'ardore,
        per lo papiro suso un color bruno
66   che non è nero ancora e 'l bianco more.
        Li altri due il riguardavano, e ciascuno
        gridava: « Ohmè, Agnel, come ti muti!
69   vedi che già non se' né due né uno ».
        Già eran li due capi un divenuti,
        quando n'apparver due figure miste
72   in una faccia, ov'eran due perduti.
        Fersi le braccia due di quattro liste;
        le cosce con le gambe e 'l ventre e 'l casso
75   divenner membra che non fuor mai viste.
        Ogni primaio aspetto ivi era casso:
        due e nessun l'imagine perversa
78   parea; e tal sen gio con lento passo.
        Come 'l ramarro sotto la gran fersa
        dei dì canicular, cangiando siepe,
81   folgore par se la via attraversa,
        sì pareva, venendo verso l'epe
        de li altri due, un serpentello acceso,
84   livido e nero come gran di pepe;
        e quella parte onde prima è preso
        nostro alimento, a l'un di lor trafisse;
87   poi cadde giuso innanzi lui disteso.
        Lo trafitto 'l mirò, ma nulla disse;
        anzi co' piè fermati sbadigliava
90   pur come sonno o febbre l'assalisse.
        Elli 'l serpente, e quei lui riguardava;
        l'un per la piaga, e l'altro per la bocca
93   fummavan forte, e 'l fummo si scontrava.
        Taccia Lucano omai là dove tocca

---

65. *papiro*: carta.
73. *Fersi... liste*: i quattro arti (braccia e zampe) si agglomerarono.
74. *casso*: petto.
76. *Ogni... casso*: l'aspetto primitivo (di

uomo e di serpente rispettivamente) era cancellato.
85. *parte*: l'ombelico.
94. *Lucano*: in *Farsalia*, IX 761-804 si narra che i soldati Sabello e Nassidio, morsi

del misero Sabello e di Nassidio,
96   e attenda a udir quel ch'or si scocca.

        Taccia di Cadmo e d'Aretusa Ovidio;
        ché se quello in serpente e quella in fonte
99   converte poetando, io non lo 'nvidio;

        ché due nature mai a fronte a fronte
        non trasmutò, sì ch'amendue le forme
102   a cambiar lor matera fosser pronte.

        Insieme si rispuosero a tai norme,
        che 'l serpente la coda in forca fesse,
105   e il feruto ristrinse insieme l'orme.

        Le gambe con le cosce seco stesse
        s'appiccar sì, che 'n poco la giuntura
108   non facea segno alcun che si paresse.

        Togliea la coda fessa la figura
        che si perdeva là, e la sua pelle
111   si facea molle, e quella di là dura.

        Io vidi intrar le braccia per l'ascelle,
        e i due piè de la fiera, ch'eran corti,
114   tanto allungar quanto accorciavan quelle.

        Poscia li piè di rietro, insieme attorti,
        diventaron lo membro che l'uom cela,
117   e 'l misero del suo n'avea due porti.

        Mentre che 'l fummo l'uno e l'altro vela
        di color novo, e genera il pel suso
120   per l'una parte e dà l'altra il dipela,

        l'un si levò e l'altro cadde giuso,
        non torcendo però le lucerne empie,
123   sotto le quai ciascun cambiava muso.

        Quel ch'era dritto il trasse ver le tempie,
        e di troppa matera ch'in là venne
126   uscir li orecchi de le gote scempie:

---

in Libia da serpenti, morirono l'uno disfa-
cendosi, e l'altro in una paurosa deformazione.

97. *Ovidio*: in *Metamorfosi*, IV, 563-603
e V, 572-661 si narra del mutarsi di Cad-
mo in serpente e di Aretusa in fonte.

104. *fesse*: spartì, fendette in guisa di
forca.

105. *il feruto*: colui che era stato percos-

so all'ombelico (v. 88).

117. *porti*: sporti; del membro si eran
fatte due parti, destinate a trasformarsi nei
piedi del serpente.

122. *non... empie*: senza distaccare lo
sguardo.

124. *Quel... dritto*: quello che si era levato in piedi, cioè il serpente che stava mu-
tandosi in uomo.

ciò che non corse in dietro e si ritenne
di quel soverchio, fe' naso a la faccia,
129   e le labbra ingrossò quanto convenne.
Quel che giacea, il muso innanzi caccia,
e li orecchi ritira per la testa,
132   come face le corna la lumaccia;
e la lingua ch'avea unita e presta
prima a parlar, si fende, e la forcuta
135   ne l'altro si richiude; e 'l fummo resta.
L'anima ch'era fiera divenuta,
suffolando si fugge per la valle,
138   e l'altro dietro a lui parlando sputa.
Poscia li volse le novelle spalle,
e disse a l'altro: « I' vo' che Buoso corra,
141   com'ho fatt'io, carpon per questo calle ».
Così vid'io la settima zavorra
mutare e trasmutare; e qui mi scusi
144   la novità, se fior la penna abborra.
E avvegna che li occhi miei confusi
fossero alquanto, e l'animo smagato,
147   non poter quei fuggirsi tanto chiusi,
ch'i' non scorgessi ben Puccio Sciancato;
ed era quel che sol, de' tre compagni
150   che venner prima, non era mutato:
l'altr'era quel che tu, Gaville, piagni.

CANTO XXVI

Godi, Fiorenza, poi che se' sì grande,
che per mare e per terra batti l'ali,
3   o per lo 'nferno tuo nome si spande!
Tra li ladron trovai cinque cotali
tuoi cittadini onde mi ven vergogna,
6   e tu in grande orranza non ne sali.

---

135. *resta*: si arresta.
138. *parlando sputa*: compie cioè atti da uomo. Può darsi che il gesto signifíchi anche spregio o superstizione.
142. *la settima zavorra*: la settima bolgia, in cui accadono tali metamorfosi punitive.
144. *se fior... abborra*: se la pena sembra mettere troppe cose minute, riempir troppo di particolari.

147. *chiusi*: nascosti.
151. *l'altr'era... piagni*: era Francesco Cavalcanti ucciso a Gaville dove fu ferocemente vendicato dalla sua famiglia. Puccio Sciancato (v. 148) era della famiglia dei Galigai.

XXVI. - 6. *orranza*: onore.

Ma se presso al mattin del ver si sogna,
tu sentirai di qua da picciol tempo
di quel che Prato, non ch'altri, t'agogna.

9

E se già fosse, non saria per tempo:
così foss'ei, da che pur esser dee!
ché più mi graverà, com più m'attempo.

12

Noi ci partimmo, e su per le scalee
che n'avean fatte i borni a scender pria,
rimontò il duca mio e trasse mee;

15

e proseguendo la solinga via,
tra le schegge e tra' rocchi de lo scoglio
lo piè sanza la man non si spedia.

18

Allor mi dolsi, e ora mi ridoglio
quando drizzo la mente a ciò ch'io vidi,
e più lo 'ngegno affreno ch'i' non soglio,

21

perché non corra che virtù nol guidi;
sì che, se stella bona o miglior cosa
m'ha dato 'l ben, ch'io stessi nol m'invidi.

24

Quante il villan ch'al poggio si riposa,
nel tempo che colui che 'l mondo schiara
la faccia sua a noi tien meno ascosa,

27

come la mosca cede a la zanzara,
vede lucciole giù per la vallea,
forse colà dove vendemmia e ara;

30

di tante fiamme tutta risplendea
l'ottava bolgia, sì com'io m'accorsi
tosto che fui là 've 'l fondo parea.

33

E qual colui che si vengiò con li orsi
vide 'l carro d'Elia al dipartire,

8-9. *tu sentirai... t'agogna*: la predizione di sciagure non è chiara nel particolare che concerne Prato; forse si tratta del cardinale Niccolò da Prato, che invano cercò di accordare i Bianchi e i Neri; forse semplicemente dei Pratesi, sudditi di Firenze e malcontenti, persino loro, così vicini alla capitale, del governo fiorentino.

12. *mi graverà*: mi farà pena.

14. *borni*: i pietroni del ponte di rocce.

18. *lo piè... spedia*: bisognava aiutarsi con le mani e coi piedi.

24. *nol m'invidi*: non me lo tolga, convertendolo in male.

26-7. *nel tempo... ascosa*: in estate.

29. *vallea*: vallata.

33. *parea*: appariva.

34. *colui*: il profeta Eliseo, burlato dai monelli, fu vendicato da due orsi (cfr. *I Re*, Libro IV, II, 23-24); egli vide il profeta Elia quando fu rapito al cielo in un carro di fuoco. Del carro, a distanza, non si vedeva che il fiammeggiare; tali, avvolti da fiamme, appaiono i dannati dell'ottava bolgia.

36   quando i cavalli al cielo erti levorsi,
        che nol potea sì con li occhi seguire
        ch'el vedesse altro che la fiamma sola,
39   sì come nuvoletta, in su salire;
        tal si move ciascuna per la gola
        del fosso, ché nessuna mostra il furto,
42   e ogni fiamma un peccatore invola.
        Io stava sovra 'l ponte a veder surto,
        sì che s'io non avessi un ronchion preso,
45   caduto sarei giù sanz'esser urto.
        E 'l duca, che mi vide tanto atteso,
        disse: « Dentro dai fuochi son li spirti;
48   ciascun si fascia di quel ch'egli è inceso ».
        « Maestro mio, » rispuos'io, « per udirti
        son io più certo; ma già m'era avviso
51   che così fosse, e già voleva dirti:
        chi è in quel foco che vien sì diviso
        di sopra, che par surger de la pira
54   dov'Eteòcle col fratel fu miso? »
        Rispuose a me: « Là dentro si martira
        Ulisse e Diomede, e così insieme
57   a la vendetta vanno come a l'ira;
        e dentro da la lor fiamma si geme
        l'agguato del caval che fe' la porta
60   onde uscì de' Romani il gentil seme.
        Piangevisi entro l'arte per che, morta,
        Deidamia ancor si duol d'Achille,
63   e del Palladio pena vi si porta ».
        « S'ei posson dentro da quelle faville
        parlar » diss'io, « maestro, assai ten prego
66   e ripriego, che il priego vaglia mille,

---

41. *il furto*: ciò che la fiamma sottrae alla vista, ciò che contiene.

43. *surto*: eretto e proteso.

52-4. *in quel... miso?*: la fiamma bifida che racchiude Ulisse e Diomede (v. 56) è simile a quella che si levò dalla pira dove bruciavano insieme i cadaveri dei due fratelli nemici Eteocle e Polinice, figli di Edipo, e aspiranti al trono di Tebe (cfr. Stazio, *Tebaide*, XII, 429 e segg.).

58. *dentro... fiamma*: Dante distingue tre colpe punite nella fiamma bifida: vi *si geme* l'inganno del cavallo di Troia; vi *si piange* l'inganno con cui Ulisse riuscì a portare Achille in guerra, sottraendolo al gineceo di Deidamia; vi *si porta pena* dello sleale espediente di rapir la statua di Pallade dalla rocca di Troia, togliendole una protezione sacra. Frode tattica, frode morale e frode religiosa si sommano per il solo scopo di menare a buon fine una guerra.

che non mi facci de l'attender niego,
fin che la fiamma cornuta qua vegna:
69   vedi che del desio ver lei mi piego! »

    Ed elli a me: « La tua preghiera è degna
di molta loda, e io però l'accetto;
72   ma fa che la tua lingua si sostegna.

    Lascia parlare a me, ch'i' ho concetto
ciò che tu vuoi; ch'ei sarebbero schivi,
75   perché fuor greci, forse del tuo detto ».

    Poi che la fiamma fu venuta quivi
dove parve al mio duca tempo e loco,
78   in questa forma lui parlare audivi:

    « O voi che siete due dentro ad un foco,
s'io meritai di voi, mentre ch'io vissi,
81   s'io meritai di voi assai o poco

    quando nel mondo li alti versi scrissi,
non vi movete; ma l'un di voi dica
84   dove per lui perduto a morir gissi ».

    Lo maggior corno de la fiamma antica
cominciò a crollarsi mormorando
87   pur come quella cui vento affatica;

    indi la cima qua e là menando,
come fosse la lingua che parlasse,
90   gittò voce di fuori, e disse: « Quando

    mi diparti' da Circe, che sottrasse
me più d'un anno là presso a Gaeta,
93   prima che sì Enea la nomasse,

    né dolcezza di figlio, né la pieta
del vecchio padre, né 'l debito amore
96   lo qual dovea Penelopè far lieta,

    vincer poter dentro da me l'ardore
ch'i' ebbi a divenir del mondo esperto,
99   e de li vizi umani e del valore;

---

67. *che... niego*: che tu non mi neghi il permesso di aspettare.
72. *si sostegna*: si trattenga.
74-5. *ch'ei... detto*: allusione oscura; come del resto quella simile in *Rime*, XXXIV, 6.
78. *audivi*: udii.

84. *dove... gissi*: dove, smarritosi, egli andò a morire.
92. *Gaeta*: il monte Circeo, dove si situava la mitica sede della maga Circe, è a nord del luogo che Enea chiamò Gaeta dalla sua nutrice Caieta, che vi morì e vi fu sepolta (cfr. Virgilio, *Eneide*, VII, 1 e segg.).

ma misi me per l'alto mare aperto
sol con un legno, e con quella compagna
102   picciola da la qual non fui diserto.

L'un lito e l'altro vidi infin la Spagna,
fin nel Morrocco, e l'isola de' Sardi,
105   e l'altre che quel mare intorno bagna.

Io e' compagni eravam vecchi e tardi,
quando venimmo a quella foce stretta
108   dove Ercule segnò li suoi riguardi,

acciò che l'uom più oltre non si metta:
da la man destra mi lasciai Sibilia,
111   da l'altra già m'avea lasciata Setta.

'O frati', dissi 'che per cento milia
perigli siete giunti a l'occidente,
114   a questa tanto picciola vigilia

de' nostri sensi ch'è del rimanente
non vogliate negar l'esperienza,
117   diretro al sol, del mondo sanza gente.

Considerate la vostra semenza:
fatti non foste a viver come bruti,
120   ma per seguir virtute e canoscenza'.

Li miei compagni fec'io sì aguti,
con questa orazion picciola, al cammino,
123   che a pena poscia li avrei ritenuti;

e volta nostra poppa nel mattino,
dei remi facemmo ali al folle volo,
126   sempre acquistando dal lato mancino.

---

101. *compagna*: compagnia.
107. *foce*: lo stretto di Gibilterra, fra le due rupi chiamate colonne d'Ercole e ritenute un limite che l'uomo non doveva oltrepassare.
110. *Sibilia*: Siviglia.
111. *Setta*: è Ceuta, sulla costa africana.
112. *frati*: fratelli. In questo appellativo, come nell'iperbolico *cento milia perigli*, come poi, più sottilmente, nel richiamare le alte virtù del desiderio di conoscere, si distingue l'abitudine demagogica, l'adoperare parole sacre con l'intenzione ingannevole di trascinare degli uomini ad azioni che li perderanno. In questo si continua il carat-

tere peccaminoso della figura di Ulisse, ed è la ragione del suo trovarsi all'Inferno.
117. *diretro al sol*: al di là dell'occidente.
120. *canoscenza*: conoscenza. L'accoppiamento *virtute e canoscenza* è forse destinato a creare una singola figura, «la virtù del conoscere». Cfr. *Rime*, VI, 1.
121. *aguti*: accesi. Nota nella parola la sfumatura di eccitazione malsana.
123. *che... ritenuti*: una volta trascinato il suo popolo nell'avventura, il demagogo non sa più trattenerlo.
124. *volta... mattino*: girata la poppa all'oriente. Nota l'espressione negativa, invece di «volta la prua all'occidente».

Tutte le stelle già de l'altro polo
vedea la notte, e 'l nostro tanto basso,
129   che non surgea fuor del marin suolo.
Cinque volte racceso e tante casso
lo lume era di sotto da la luna,
132   poi che 'ntrati eravam ne l'alto passo,
quando n'apparve una montagna, bruna
per la distanza, e parvemi alta tanto
135   quanto veduta non avea alcuna.
Noi ci allegrammo, e tosto tornò in pianto;
ché de la nova terra un turbo nacque,
138   e percosse del legno il primo canto.
Tre volte il fe' girar con tutte l'acque;
a la quarta levar la poppa in suso
141   e la prora ire in giù, com'altrui piacque,
infin che 'l mar fu sopra noi richiuso ».

CANTO XXVII

Già era dritta in su la fiamma e queta
per non dir più, e già da noi sen gia
3   con la licenza del dolce poeta,
quand'un'altra, che dietro a lei venia,
ne fece volger li occhi a la sua cima
6   per un confuso suon che fuor n'uscia.
Come 'l bue cicilian che mugghiò prima
col pianto di colui, e ciò fu dritto,
9   che l'avea temperato con sua lima,
mugghiava con la voce dell'afflitto,
sì che, con tutto che fosse di rame,
12   pur el parea dal dolor trafitto;
così, per non aver via né forame

127. *polo*: dell'emisfero australe.

129. *suolo*: orizzonte.

130-1. *Cinque... luna*: erano passate cinque lune; *casso*: cancellato, spento.

133. *montagna*: pare debba trattarsi della
montagna del Purgatorio, situata da Dante
all'antipodo di Gerusalemme.

137. *un turbo*: una tempesta, un turbine.

138. *canto*: angolo; la prua.

141. *altrui*: a Dio (il cui nome non è mai
menzionato nell'*Inferno*).

XXVII. - 1. *fiamma*: bifida, che contiene
Ulisse e Diomede.

3. *dolce poeta*: Virgilio.

7. *bue*: il toro di rame costruito da Perillo come strumento di tortura, in cui Fa-
laride fece entrare per primo Perillo medesimo. Dall'animale arroventato i gemiti dei
condannati uscivano come mugghi taurini.

13. *forame*: uscita. Non avendo sfogo, le
parole si trasformavano nei suoni confusi
di una fiamma che crepita.

dal principio nel foco, in suo linguaggio
15   si convertian le parole grame.
         Ma poscia ch'ebber colto lor viaggio
      su per la punta, dandole quel guizzo
18   che dato avea la lingua in lor passaggio,
         udimmo dire: « O tu a cu' io drizzo
      la voce e che parlavi mo lombardo,
21   dicendo 'Istra ten va; più non t'adizzo',
         perch'io sia giunto forse alquanto tardo,
      non t'increscere restare a parlar meco:
24   vedi che non incresce a me, e ardo!
         Se tu pur mo in questo mondo cieco
      caduto se' di quella dolce terra
27   latina ond'io mia colpa tutta reco,
         dimmi se i Romagnuoli han pace o guerra;
      ch'io fui de' monti là intra Urbino
30   e 'l giogo di che Tever si disserra ».
         Io era in giuso ancora attento e chino,
      quando il mio duca mi tentò di costa,
33   dicendo: « Parla tu; questi è latino ».
         E io, ch'avea già pronta la risposta,
      sanza indugio a parlare incominciai:
36   « O anima che se' là giù nascosta,
         Romagna tua non è, e non fu mai,
      sanza guerra ne' cuor de' suoi tiranni;
39   ma 'n palese nessuna or vi lasciai.
         Ravenna sta come stata è molt'anni:
      l'aquila da Polenta la si cova,
42   sì che Cervia ricuopre coi suoi vanni.
         La terra che fe' già la lunga prova
      e di Franceschi sanguinoso mucchio,
45   sotto le branche verdi si ritrova.

---

15. *grame*: pietose.
21. *'Istra... t'adizzo'*: ora va', ché non ti
eccito più al parlare (cfr. v. 3).
25. *pur mo*: solo ora.
27. *latina*: italiana. Così al v. 33.
30. *'l giogo... disserra*: i monti del Montefeltro.
32. *di costa*: nel fianco.
41. *l'aquila... cova*: è sottoposta al dominio della famiglia da Polenta, i cui stemmi

portano l'aquila.
42. *vanni*: ali.
43-4. *La terra... mucchio*: Forlì, assediata lungamente (*lunga prova*), dal 1281 al
1283 dall'esercito franco-italiano di Giovanni d'Appia (sconfitto nel 1282 da Guido da Montefeltro), si trovava sotto gli
Ordelaffi (il cui stemma aveva un leone
verde).
45. *branche*: zampe.

E 'l mastin vecchio e 'l nuovo da Verrucchio,
che fecer di Montagna il mal governo,
48   là dove soglion, fan de' denti succhio.

Le città di Lamone e di Santerno
conduce il leoncel dal nido bianco,
51   che muta parte da la state al verno.

E quella cu' il Savio bagna il fianco,
così com'ella sie' tra 'l piano e 'l monte,
54   tra tirannia si vive e stato franco.

Ora chi se', ti priego che ne conte:
non esser duro più ch'altri sia stato,
57   se 'l nome tuo nel mondo tegna fronte ».

Poscia che 'l foco alquanto ebbe rugghiato
al modo suo, l'aguta punta mosse
60   di qua, di là, e poi diè cotal fiato:

« S'i' credesse che mia risposta fosse
a persona che mai tornasse al mondo,
63   questa fiamma staria sanza più scosse;

ma però che già mai di questo fondo
non tornò vivo alcun, s'i' odo il vero,
66   sanza tema d'infamia ti rispondo.

Io fui uom d'arme, e poi fui cordigliero,
credendomi, sì cinto, fare ammenda;
69   e certo il creder mio venia intero,

se non fosse il gran prete, a cui mal prenda!,
che mi rimise ne le prime colpe;
72   e come e quare, voglio che m'intenda.

Mentre ch'io forma fui d'ossa e di polpe
che la madre mi diè, l'opere mie
75   non furon leonine, ma di volpe.

---

46. *mastin... Verrucchio*: Malatesta da Verrucchio, signore di Rimini dal 1295, e padre di Paolo, Gianciotto e del *nuovo*, Malatestino, che gli succedette.

47. *Montagna*: gentiluomo riminese, fatto uccidere da Malatestino.

48. *fan... succhio*: esercitano la loro solita crudeltà.

49-50. *Le città... bianco*: Faenza ed Imola sono sotto Maghinardo Pagani da Susinana (arma, il leone azzurro in campo bianco).

52. *quella*: Cesena.

53. *sie'*: siede.

57. *tegna fronte*: duri a lungo.

63. *staria... scosse*: non si muoverebbe più a parlare.

67. *cordigliero*: francescano. È il conte Guido da Montefeltro (circa 1220-1298). Cfr. *Convivio*, IV, xxviii, 8.

70. *il gran prete*: il papa Bonifacio VIII.

72. *quare*: per quali ragioni.

73. *Mentre... polpe*: finché fui vivo.

Li accorgimenti e le coperte vie
io seppi tutte, e sì menai lor arte,
78   ch'al fine de la terra il suono uscie.

Quando mi vidi giunto in quella parte
di mia etade ove ciascun dovrebbe
81   calar le vele e raccoglier le sarte,

ciò che pria mi piacea, allor m'increbbe,
e pentuto e confesso mi rendei;
84   ahi miser lasso!, e giovato sarebbe.

Lo principe de' nuovi Farisei,
avendo guerra presso a Laterano,
87   e non con Saracin né con Giudei,

ché ciascun suo nimico era Cristiano,
e nessun era stato a vincer Acri
90   né mercatante in terra di Soldano;

né sommo officio né ordini sacri
guardò in sé, né in me quel capestro
93   che solea fare i suoi cinti più macri.

Ma come Costantin chiese Silvestro
dentro Siratti a guerir de la lebbre;
96   così mi chiese questi per maestro

a guerir de la sua superba febbre:
domandommi consiglio, e io tacetti,
99   perché le sue parole parver ebbre.

E' poi ridisse: 'Tuo cuor non sospetti;
finor t'assolvo, e tu m'insegna fare
102   sì come Penestrino in terra getti.

Lo ciel poss'io serrare e diserrare,
come tu sai; però son due le chiavi
105   che 'l mio antecessor non ebbe care'.

Allor mi pinser li argomenti gravi

---

78. *suono*: fama.
81. *sarte*: sartie, funi dell'alberatura.
83. *pentuto... rendei*: Guido si fece frate francescano nel 1296.
85. *Lo principe... Farisei*: il papa.
89. *Acri*: S. Giovanni d'Acri in Siria, ripresa dai Saraceni nel 1291.
92. *capestro*: il cordone francescano.
94-5. *Costantin... de la lebbre*: secondo la leggenda Costantino, afflitto dalla lebbra,

fece chiamare il papa Silvestro che viveva nascosto in una grotta del *Siratti* (il monte Soratte, ora S. Oreste).
102. *Penestrino*: Palestrina. Bonifacio VIII, per ottenere la resa di Palestrina tenuta dai Colonnesi, promise loro dignità e onori; e invece la rase al suolo.
104. *però*: perciò.
105. *antecessor*: Celestino V, che abdicò al pontificato. Cfr. *Inferno*, III, 59-60.

là 've 'l tacer mi fu avviso il peggio,
108   e dissi: 'Padre, da che tu mi lavi
        di quel peccato ov'io mo cader deggio,
        lunga promessa con l'attender corto
111   ti farà triunfar ne l'alto seggio'.
        Francesco venne poi, com'io fu' morto,
        per me; ma un de' neri cherubini
114   li disse: 'Non portar: non mi far torto.
        Venir se ne dee giù tra' miei meschini,
        perché diede il consiglio frodolente,
117   dal quale in qua stato li sono a' crini;
        ch'assolver non si può chi non si pente,
        né pentere e volere insieme puossi
120   per la contradizion che nol consente'.
        Ohmè dolente!, come mi riscossi
        quando mi prese dicendomi: 'Forse
123   tu non pensavi ch'io loico fossi'!
        A Minòs mi portò; e quelli attorse
        otto volte la coda al dosso duro;
126   e poi che per gran rabbia la si morse,
        disse: 'Questi è de' rei del foco furo',
        per ch'io là dove vedi son perduto,
129   e sì vestito, andando, mi rancuro ».
        Quand'elli ebbe 'l suo dir così compiuto,
        la fiamma dolorando si partio,
132   torcendo e dibattendo il corno aguto.
        Noi passamm'oltre, e io e 'l duca mio,
        su per lo scoglio infino in su l'altr'arco
135   che cuopre il fosso in che si paga il fio
        a quei che scommettendo acquistan carco.

107. *là... peggio*: dove mi parve che fosse peggio tacere che parlare.
110. *lunga... corto*: «prometti molto e mantieni poco».
113. *un de' neri cherubini*: un demonio.
117. *stato... a' crini*: l'ho tallonato da vicino.
119. *né... puossi*: e non si può ad un tempo pentirsi e aver l'intenzione di commettere il peccato.
123. *loico*: logico; che ragionassi secondo i metodi della logica.

125. *otto... duro*: cfr. *Inferno*, V, 4.
127. *furo*: ladro: che inghiotte i dannati e li sottrae alla vista.
129. *mi rancuro*: mi rammarico.
132. *corno*: punta.
134. *arco*: del ponte di rocce, che traversa, di bolgia in bolgia, il cerchio 8°.
136. *quei... carco*: i seminatori di scandalo, di separazione, di scisma («scommettere» è qui il contrario di «commettere», nel senso di «scombinare», «disgiungere»).

CANTO XXVIII

Chi poria mai pur con parole sciolte
dicer del sangue e de le piaghe a pieno
3   ch'i' ora vidi, per narrar più volte?

Ogne lingua per certo verria meno
per lo nostro sermone e per la mente
6   c'hanno a tanto comprender poco seno.

S'el s'aunasse ancor tutta la gente
che già in su la fortunata terra
9   di Puglia fu del suo sangue dolente

per li Troiani e per la lunga guerra
che de l'anella fe' sì alte spoglie
12   come Livio scrive, che non erra,

con quella che sentio di colpi doglie
per contastare a Ruberto Guiscardo;
15   e l'altra il cui ossame ancor s'accoglie

a Ceperan, là dove fu bugiardo
ciascun pugliese, e là da Tagliacozzo,
18   dove sanz'arme vinse il vecchio Alardo;

e qual forato suo membro e qual mozzo
mostrasse, d'aequar sarebbe nulla
21   il modo de la nona bolgia sozzo.

Già veggia, per mezzul perdere o lulla,
com'io vidi un, così non si pertugia,
24   rotto dal mento infin dove si trulla:

XXVIII. - 1. *pur... sciolte*: con sole parole;
molti intendono «in prosa».

2. *a pieno*: va con *dicer*.

3. *ora*: nella nona bolgia, dei seminatori
di scisma; *per... volte*: per quanto si abbon-
dasse nel replicare il racconto.

5-6. *per seno*: perché il nostro linguaggio
e la nostra mente non sono sufficienti a con-
tenere cose così varie e complesse.

7-21. *S'el... sozzo*: se tutti i feriti, mutilati, morti delle guerre dell'Italia meridionale (*Puglia*) facessero mostra delle loro
piaghe, non uguaglierebbero l'orrore della
nona bolgia.

8. *fortunata*: percossa dalle burrasche
della guerra.

10. *Troiani*: i Romani.

10-1. *la lunga... spoglie*: la seconda guerra
punica (218-202 a.C.) in cui Annibale, dopo la battaglia di Canne, raccolse tre moggia

di anelli di Romani caduti (cfr. Livio, *Dalla
fondazione di Roma*, XXIII, 7 e 12).

14. *contastare*: contrastare. Roberto Guiscardo soggiogò la Puglia nella seconda metà dell'XI secolo.

16. *Ceperan*: Ceprano sul Liri, dove i ba-
roni pugliesi tradirono Manfredi lasciando il
passo a Carlo I d'Anjou, e provocarono così
la disfatta di Benevento (1266), in cui morì
anche Manfredi (cfr. *Purgatorio*, III, 128).

17. *Tagliacozzo*: in Abruzzo, dove fu
sconfitto Corradino (1268), per un consiglio
strategico dato a Carlo d'Anjou da Alardo
di Valéry.

20. *aequar*: uguagliare.

22-4. *veggia... trulla*: una botte, se pure
perde una doga o una fascia, non si spacca
(*pertugia*) tanto, quanto io vidi uno squarcio
dal mento all'ano («trullare», antic., «far
peti»).

       tra le gambe pendevan le minugia;
       la corata pareva e 'l tristo sacco
27   che merda fa di quel che si trangugia.

       Mentre che tutto in lui veder m'attacco,
       guardommi, e con le man s'aperse il petto,
30   dicendo: « Or vedi com'io mi dilacco!

       vedi come storpiato è Maometto!
       Dinanzi a me sen va piangendo Alì,
33   fesso nel volto dal mento al ciuffetto.

       E tutti li altri che tu vedi qui,
       seminator di scandalo e di scisma
36   fur vivi, e però son fessi così.

       Un diavolo è qua dietro che n'accisma
       sì crudelmente, al taglio de la spada
39   rimettendo ciascun di questa risma,

       quand'avem volta la dolente strada;
       però che le ferite son richiuse
42   prima ch'altri dinanzi li rivada.

       Ma tu chi se' che 'n su lo scoglio muse,
       forse per indugiar d'ire a la pena
45   ch'è giudicata in su le tue accuse? »

       « Né morte 'l giunse ancor, né colpa 'l mena »
       rispuose 'l mio maestro « a tormentarlo;
48   ma per dar lui esperienza piena,

       a me, che morto son, convien menarlo
       per lo 'nferno qua giù di giro in giro:
51   e quest'è ver così com'io ti parlo ».

       Più fuor di cento che, quando l'udiro,
       s'arrestaron nel fosso a riguardarmi
54   per maraviglia, obliando il martiro.

       « Or dì a fra Dolcin dunque che s'armi,

---

25. *minugia*: interiora.

26. *pareva*: appariva, era esposta. Il *tristo sacco* è lo stomaco.

30. *dilacco*: divarico, apro.

31. *Maometto*: il fondatore dell'Islam (560-633). Nel Medioevo era considerato uno scismatico.

32. *Alì*: genero di Maometto e suo seguace (597?-661).

33. *fesso*: spaccato. Così al v. 36.

35. *scandalo*: divisione, discordia.

37. *n'accisma*: ci arrangia; ironico.

40. *quand'avem... strada*: quando abbiamo percorso tutta la bolgia.

43. *muse*: ti indugi a guardare. Dall'antico francese *muser*, origin. «levare il muso per fiutare».

55. *fra Dolcin*: Dolcino Tornielli, prete eretico che predicava la comunanza dei beni e delle donne. Il vescovo di Novara (il *Noarese*) lo catturò nel 1307 e lo fece bruciar vivo. Fra Dolcino fu potuto prendere solo per fame; indi la frase *s'armi di vivanda* ecc., cioè «si provveda di viveri per l'inverno».

tu che forse vedrai il sole in breve,
57   s'ello non vuol qui tosto seguitarmi,
          sì di vivanda, che stretta di neve
       non rechi la vittoria al Noarese,
60   ch'altrimenti acquistar non saria leve ».
          Poi che l'un piè per girsene sospese,
       Maometto mi disse esta parola;
63   indi a partirsi in terra lo distese.
          Un altro, che forata avea la gola
       e tronco il naso infin sotto le ciglia,
66   e non avea mai ch'una orecchia sola,
          ristato a riguardar per maraviglia
       con li altri, innanzi a li altri aprí la canna,
69   ch'era di fuor d'ogni parte vermiglia;
          e disse: « O tu cui colpa non condanna
       e cu' io vidi su in terra latina,
72   se troppa simiglianza non m'inganna,
          rimembriti di Pier da Medicina,
       se mai torni a veder lo dolce piano
75   che da Vercelli a Marcabò dichina.
          E fa sapere a' due miglior da Fano,
       a messer Guido ed anco ad Angiolello,
78   che se l'antiveder qui non è vano,
          gittati saran fuor di lor vasello,
       e mazzerati presso a la Cattolica,
81   per tradimento d'un tiranno fello.
          Tra l'isola di Cipri e di Maiolica
       non vide mai sì gran fallo Nettuno,
84   non da pirate, non da gente argolica.
          Quel traditor che vede pur con l'uno,

---

66. *mai*: più.
73. *Pier*: da Medicina, terra del Bolognese, uomo maledico e seminatore di discordie.
74. *dolce piano*: la pianura padana, Marcabò era un castello costruito dai Veneziani
presso Ravenna, distrutto dai Polentani nel
1309.
77. *Guido*: del Cassero; *Angiolello*: da Ca-
rignano. Entrambi sarebbero stati gettati a
mare per ordine di Malatestino. Non esisten-
do documenti del fatto, si è pensato che fosse
un'altra maldicenza di Pier da Medicina, in
armonia col suo carattere.
80. *mazzerati*: gettati a mare con una pietra al collo.
81. *un tiranno*: Malatestino dell'Occhio,
cieco da un occhio (v. 85), signore di Rimini dopo suo padre Malatesta (cfr. *Inferno*,
XXVII, 46).

e tien la terra che tal è qui meco
87   vorrebbe di vedere esser digiuno,
farà venirli a parlamento seco;
poi farà sì, ch'al vento di Focara
90   non sarà lor mestier voto né preco ».
E io a lui: « Dimostrami e dichiara,
se vuo' ch'i' porti su di te novella,
93   chi è colui da la veduta amara ».
Allor puose la mano a la mascella
d'un suo compagno e la bocca li aperse,
96   gridando: « Questi è desso, e non favella.
Questi, scacciato, il dubitar sommerse
in Cesare, affermando che 'l fornito
99   sempre con danno l'attender sofferse ».
Oh quanto mi parea sbigottito
con la lingua tagliata ne la strozza
102   Curio, ch'a dir fu così ardito!
E un ch'avea l'una e l'altra man mozza,
levando i moncherin per l'aura fosca,
105   sì che 'l sangue facea la faccia sozza,
gridò: « Ricordera'ti anche del Mosca,
che dissi, lasso!, 'Capo ha cosa fatta',
108   che fu 'l mal seme per la gente tosca ».
E io li aggiunsi: « E morte di tua schiatta »;
per ch'elli, accumulando duol con duolo,
111   sen gio, come persona trista e matta.
Ma io rimasi a riguardar lo stuolo
e vidi cosa, ch'io avrei paura
114   sanza più prova, di contarla solo;

86. *la terra*: Rimini. Quel tale che non vorrebbe mai aver visto Rimini è menzionato ai vv. 96 e segg.

89-90. *ch'al vento... preco*: che non avranno più bisogno di temere il vento di Focara (monte fra Cattolica e Pesaro) perché saranno già morti.

93. *chi è... amara*: che si rammarica di aver veduto Rimini.

96. *Questi*: è Curione, tribuno passato al partito di Cesare; scacciato dal Senato che parteggiava per Pompeo, secondo Lucano dissipò i dubbi di Cesare e lo spinse a marciare su Roma affermando che «sempre nocque il differire a chi è preparato all'impresa» (cfr. Lucano, *Farsalia*, I, 281).

106. *Mosca*: dei Lamberti, di Firenze (cfr. *Inferno*, VI, 80), che spinse gli Amidei ad uccidere Buondelmonte de' Buondelmonti, sostenendo che «cosa fatta capo ha».

108. *che fu... tosca*: da cui nacquero le discordie civili in Firenze e in Toscana.

109. *morte... schiatta*: i Lamberti furono banditi nel 1268.

se non che coscienza m'assicura,
la buona compagnia che l'uom francheggia
117   sotto l'asbergo del sentirsi pura.

Io vidi certo, ed ancor par ch'i' 'l veggia,
un busto sanza capo andar sì come
120   andavan li altri de la trista greggia;

e 'l capo tronco tenea per le chiome,
pesol con mano a guisa di lanterna;
123   e quel mirava noi, e dicea: « Oh me! »

Di sé facea a se stesso lucerna,
ed eran due in uno e uno in due:
126   com'esser può, quei sa che sì governa.

Quando diritto al piè del ponte fue,
levò 'l braccio alto con tutta la testa,
129   per appressarne le parole sue,

che fuoro: « Or vedi la pena molesta
tu che, spirando, vai veggendo i morti:
132   vedi s'alcuna è grande come questa.

E perché tu di me novella porti,
sappi ch'i' son Bertram dal Bornio, quelli
135   che diedi al Re giovane i ma' conforti.

Io feci il padre e 'l figlio in sé ribelli:
Achitofèl non fe' più d'Absalone
138   e di Davìd coi malvagi punzelli.

Perch'io partì così giunte persone,
partito porto il mio cerebro, lasso!,
141   dal suo principio ch'è in questo troncone.

Così s'osserva in me lo contrapasso ».

116. *francheggia*: rende libero e sicuro.
117. *asbergo*: usbergo, corazza.
122. *pesol*: penzolone.
126. *quei*: Dio.
134. *Bertram*: rimatore provenzale (XII secolo) e signore di Hautefort (cfr. *Convivio*, IV, IX, 14). Sembra falso che avesse istigato Enrico (il *Re giovane*) a ribellarsi contro il padre Enrico II re d'Inghilterra.
135. *i ma' conforti*: i cattivi incitamenti.

136. *il padre e 'l figlio*: Enrico II ed Enrico III suo figlio.
137. *Achitofèl*: consigliere di David, contro il quale sollevò il figlio Absalon.
138. *punzelli*: pungoli, istigazioni.
139. *partì*: separai.
140. *cerebro*: cervello; la testa.
142. *contrapasso*: la legge per cui al crimine la pena corrisponde con rapporto di contraccambio (lat. *contra pati*, «contro patire»).

CANTO XXIX

La molta gente e le diverse piaghe
avean le luci mie sì inebriate,
3   che de lo stare a piangere eran vaghe;
ma Virgilio mi disse: « Che pur guate?
perché la vista tua pur si soffolge
6   là giù tra l'ombre triste smozzicate?
Tu non hai fatto sì a l'altre bolge:
pensa, se tu annoverar le credi,
9   che miglia ventidue la valle volge.
E già la luna è sotto i nostri piedi:
lo tempo è poco omai che n'è concesso,
12   e altro è da veder che tu non vedi ».
« Se tu avessi » rispuos'io appresso
« atteso a la cagion per ch'io guardava,
15   forse m'avresti ancor lo star dimesso ».
Parte sen giva, e io retro li andava,
lo duca, già faccendo la risposta,
18   e soggiugnendo: « Dentro a quella cava
dov'io teneva or gli occhi sì a posta,
credo ch'un spirto del mio sangue pianga
21   la colpa che là giù cotanto costa ».
Allor disse 'l maestro: « Non si franga
lo tuo pensier da qui innanzi sovr'ello:
24   attendi ad altro, ed ei là si rimanga;
ch'io vidi lui a piè del ponticello
mostrarti, e minacciar forte, col dito,
27   e udì 'l nominar Geri del Bello.
Tu eri allor sì del tutto impedito
sovra colui che già tenne Altaforte,
30   che non guardasti in là, sì fu partito ».
« O duca mio, la violenta morte

XXIX. - 2. *inebriate*: turbate.

5. *si soffolge*: si appoggia, indugia.

6. *smozzicate*: mutilate dalla spada del demonio (cfr. *Inferno*, XXVIII, 37-42).

10. *sotto... piedi*: gli antipodi di Gerusalemme; sono quindi circa le ore tredici.

15. *dimesso*: concesso.

27. *Geri*: cugino di Dante, ucciso da un

Sacchetti. Egli si mostra qui sdegnato (v. 26) perché gli Alighieri non lo avevano ancora vendicato (vv. 31 e segg.).

28. *impedito*: assorto.

29. *colui*: Bertram dal Bornio (cfr. *Inferno*, XXVIII, 134).

30. *sì fu partito*: e così se ne andò.

che non li è vendicata ancor » diss'io
33 « per alcun che de l'onta sia consorte,
      fece lui disdegnoso; ond'el sen gio
      sanza parlarmi, sì com'io estimo:
36   ed in ciò m'ha el fatto a sé più pio ».
      Così parlammo infino al luogo primo
      che de lo scoglio l'altra valle mostra,
39   se più lume vi fosse, tutto ad imo.
      Quando noi fummo sor l'ultima chiostra
      di Malebolge, sì che i suoi conversi
42   potean parere a la veduta nostra,
      lamenti saettaron me diversi,
      che di pietà ferrati avean li strali;
45   ond'io li orecchi con le man copersi.
      Qual dolor fora, se de li spedali
      di Valdichiana tra 'l luglio e 'l settembre,
48   e di Maremma e di Sardigna i mali
      fossero in una fossa tutti insembre;
      tal era quivi, e tal puzzo n'usciva,
51   qual suol venir de le marcite membre.
      Noi discendemmo in su l'ultima riva
      del lungo scoglio, pur da man sinistra;
54   e allor fu la mia vista più viva
      giù ver lo fondo là 've la ministra
      de l'alto sire infallibil giustizia
57   punisce i falsador che qui registra.
      Non credo ch'a veder maggior tristizia
      fosse in Egina il popol tutto infermo,
60   quando fu l'aere sì pien di malizia,

36. *pio*: devoto, pietoso.
38. *l'altra valle*: la decima bolgia del cerchio 8°, quella dei falsari.
41. *conversi*: gli abitanti della bolgia (segue la metafora di *chiostra*).
44. *che... strali*: che mi penetrarono di pietà come punte di ferro.
46. *fora*: sarebbe. Senso: se tutti gli ammalati di Valdichiana ecc. (tutte zone malariche) fossero riuniti, si avrebbe tanta massa di dolore quanta ce n'era ivi. La similitudine ricorda quella dei mutilati di ogni guerra, nella bolgia nona.

49. *insembre*: insieme.
55. *ministra*: va apposto a *giustizia*, come un titolo.
59. *Egina*: Giunone, per vendicarsi della ninfa Egina amante di Giove, mandò la peste nell'isola, dove regnava Eaco, figlio di Egina e di Giove. Morirono tutti i viventi, salvo Eaco, che impetrò da Giove di ripopolare l'isola trasformando in uomini le formiche che aveva ai suoi piedi (cfr. Ovidio, *Metamorfosi*, VII, 472-660). Cfr. *Convivio*, IV, XXVII, 17.

che li animali, infino al picciol vermo,
cascaron tutti, e poi le genti antiche,
63   secondo che i poeti hanno per fermo,
si ristorar di seme di formiche;
ch'era a veder per quella oscura valle
66   languir li spirti per diverse biche.
Qual sovra 'l ventre, e qual sovra le spalle
l'un de l'altro giacea, e qual carpone
69   si trasmutava per lo tristo calle.
Passo passo andavam sanza sermone,
guardando e ascoltando li ammalati,
72   che non potean levar le lor persone.
Io vidi due sedere a sé poggiati,
com'a scaldar si poggia tegghia a tegghia,
75   dal capo al piè di schianze macolati;
e non vidi già mai menare stregghia
a ragazzo aspettato dal segnorso,
78   né a colui che mal volentier vegghia,
come ciascun menava spesso il morso
de l'unghie sopra sé per la gran rabbia
81   del pizzicor, che non ha più soccorso;
e sì traevan giù l'unghie la scabbia,
come coltel di scardova le scaglie
84   o d'altro pesce che più larghe l'abbia.
« O tu che con le dita ti dismaglie, »
cominciò 'l duca mio a l'un di loro,
87   « e che fai d'esse tal volta tanaglie,
dinne s'alcun latino è tra costoro
che son quinc'entro, se l'unghia ti basti
90   etternalmente a cotesto lavoro ».
« Latin siam noi, che tu vedi sì guasti
qui ambedue » rispuose l'un piangendo;
93   « ma tu chi se' che di noi dimandasti? »
E 'l duca disse: « I' son un che discendo
con questo vivo giù di balzo in balzo,

---

66. *biche*: mucchi. I falsari sono coperti
di lebbra o scabbia, e per lo più giacciono
in gruppi.

74. *tegghia*: teglia; largo tegame per ab-
brustolire.

75. *schianze*: croste.

76. *stregghia*: striglia.

77. *segnorso*: il suo signore.

83. *scardova*: pesce d'acqua dolce (*Cypri-
nus latus*).

88. *latino*: italiano.

96   e di mostrar lo 'nferno a lui intendo ».
         Allor si ruppe lo comun rincalzo;
         e tremando ciascuno a me si volse
99   con altri che l'udiron di rimbalzo.
         Lo buon maestro a me tutto s'accolse,
         dicendo: « Dì a lor ciò che tu vuoli »;
102   e io incominciai, poscia ch'ei volse:
         « Se la vostra memoria non s'imboli
         nel primo mondo da l'umane menti,
105   ma s'ella viva sotto molti soli,
         ditemi chi voi siete e di che genti:
         la vostra sconcia e fastidiosa pena
108   di palesarvi a me non vi spaventi ».
         « Io fui d'Arezzo, e Albero da Siena »
         rispuose l'un « mi fe' mettere al foco;
111   ma quel per ch'io mori' qui non mi mena.
         Vero è ch'i' dissi lui, parlando a gioco:
         'I' mi saprei levar per l'aere a volo';
114   e quei, ch'avea vaghezza e senno poco,
         volle ch'i' li mostrassi l'arte; e solo
         perch'io nol feci Dedalo, mi fece
117   ardere a tal che l'avea per figliuolo.
         Ma ne l'ultima bolgia de le diece
         me per l'alchimia che nel mondo usai
120   dannò Minòs, a cui fallar non lece ».
         E io dissi al poeta: « Or fu già mai
         gente sì vana come la sanese?
123   Certo non la francesca sì d'assai! »
         Onde l'altro lebbroso, che m'intese,
         rispuose al detto mio: « Tra'mene Stricca
126   che seppe far le temperate spese,
         e Niccolò che la costuma ricca

97. *Allor... rincalzo*: i due si drizzarono,
non appoggiandosi più l'uno contro l'altro.

103. *non s'imboli*: non scompaia.

109. *«Io fui d'Arezzo»*: pare si tratti del-
l'alchimista Griffolino. Anche di Albero o
Alberto da Siena, che l'avrebbe denunzia-
to, non si sa quasi nulla; era ancor vivo nel
1294. Dalle sue parole risulta che fu arso
vivo per magia, non per l'alchimia che lo
condanna all'Inferno.

116. *nol feci Dedalo*: non lo feci volare

come Dedalo.

117. *tal*: forse il vescovo di Siena.

120. *Minòs*: cfr. *Inferno*, V, 4-15.

123. *francesca*: francese.

125. *Tra'mene*: toglimene; eccettua.
Stricca, Niccolò ecc. pare che fossero dei noti spendaccioni senesi; tutta la tirata è dunque ironica.

127-8. *la costuma.. del garofano*: l'uso dei
chiodi di garofano (allora costosissimi) come condimento.

del garofano prima discoverse
129   ne l'orto dove tal seme s'appicca;
 e tra'ne la brigata in che disperse
Caccia d'Ascian la vigna e la gran fronda,
132   e l'Abbagliato suo senno proferse.
 Ma perché sappi chi sì ti seconda
contra i Sanesi, aguzza ver me l'occhio,
135   sì che la faccia mia ben ti risponda:
 sì vedrai ch'io son l'ombra di Capocchio,
che falsai li metalli con alchimia:
138   e te dee ricordar, se ben t'adocchio,
 com'io fui di natura buona scimia ».

CANTO XXX

 Nel tempo che Iunone era crucciata
per Semelè contra 'l sangue tebano,
3   come mostrò una e altra fiata,
 Atamante divenne tanto insano,
che veggendo la moglie con due figli
6   andar carcata da ciascuna mano,
 gridò: « Tendiam le reti, sì ch'io pigli
la leonessa e' leoncini al varco »;
9   e poi distese i dispietati artigli,
 prendendo l'un ch'avea nome Learco,
e rotollo e percosselo ad un sasso;
12   e quella s'annegò con l'altro carco.
 E quando la fortuna volse in basso
l'altezza de' Troian che tutto ardiva,

---

129. *ne... s'appicca*: in Siena, dove questa prodigalità attecchisce facilmente.

130. *la brigata*: un circolo «godereccio» di giovani ricchi, che spesero somme leggendarie per i loro piaceri.

131. *Caccia*: degli Scialenghi, grande proprietario di boschi (*la gran fronda*).

132. *Abbagliato*: Bartolomeo dei Folcacchieri, morto nel 1300.

136. *Capocchio*: fu bruciato vivo a Siena come falsario nell'estate 1293.

139. *scimia*: imitatore.

xxx. - 1. *Nel tempo... crucciata*: Giunone

era adirata contro Ino, moglie del re tebano Atamante perché aveva allevato Dioniso, figlio di Giove e di sua sorella Semele. Per vendicarsi di Ino, la fece apparire una leonessa agli occhi del marito, che uccise uno dei suoi due bambini credendolo un leoncino; Ino si precipitò in mare con l'altro figlio, Melicerta (cfr. Ovidio, *Metamorfosi*, IV, 416-562).

3. *una e altra fiata*: parecchie volte.

13-20. *E quando... cane*: Ecuba, fatta schiava dopo la caduta di Troia, assisté all'uccisione della figlia Polissena e ritrovò il cadavere del figlio Polidoro sulla costa

15   sì che 'nsieme col regno il re fu casso,
        Ecuba trista, misera e cattiva,
        poscia che vide Polissena morta,

18   e del suo Polidoro in su la riva
        del mar si fu la dolorosa accorta,
        forsennata latrò sì come cane;

21   tanto il dolor le fe' la mente torta.
        Ma né di Tebe furie né troiane
        si vider mai in alcun tanto crude,

24   non punger bestie, non che membra umane,
        quant'io vidi due ombre smorte e nude,
        che mordendo correvan di quel modo

27   che 'l porco quando del porcil si schiude.
        L'una giunse a Capocchio, ed in sul nodo
        del collo l'assannò, sì che, tirando,

30   grattar li fece il ventre al fondo sodo.
        E l'Aretin, che rimase, tremando,
        mi disse: « Quel folletto è Gianni Schicchi,

33   e va rabbioso altrui così conciando ».
        « Oh! » diss'io lui, « se l'altro non ti ficchi
        li denti a dosso, non ti sia fatica

36   a dir chi è pria che di qui si spicchi ».
        Ed elli a me: « Quell'è l'anima antica
        di Mirra scellerata, che divenne

39   al padre fuor del dritto amor amica.
        Questa a peccar con esso così venne,
        falsificando sé in altrui forma,

42   come l'altro che là sen va, sostenne,
        per guadagnar la donna de la torma,
        falsificare in sé Buoso Donati,

45   testando e dando al testamento norma ».
        E poi che i due rabbiosi fuor passati

---

della Tracia; impazzita dal dolore fu trasformata in cagna (cfr. Ovidio, *Metamorfosi*,
XIII, 399-575); *casso*: spento.

26. *di quel modo*: carponi, e con la furia
del porco affamato.

29. *l'assannò*: l'azzannò.

31. *l'Aretin*: Griffolino; cfr. *Inferno*,
XXIX, 109 e segg.

32. *Gianni Schicchi*: de' Cavalcanti, fiorentino, già morto nel 1280. Pare si prestas-

se a truccarsi in modo da simulare d'essere
un certo Buoso Donati nel suo letto di morte (mentre il vero Buoso era già spirato) per
dettare un falso testamento, nel quale assegnò a se stesso una cavalla o mula di gran
valore (*la donna della torma*, del v. 43).

38. *Mirra*: figlia di Ciniro, re di Cipro,
che si innamorò di suo padre. Fu trasformata nell'albero della mirra (cfr. Ovidio,
Metamorfosi, X, 298 e segg.).

sovra cu' io avea l'occhio tenuto,
48   rivolsilo a guardar li altri mal nati.
        Io vidi un fatto a guisa di leuto,
    pur ch'elli avesse avuta l'anguinaia
51   tronca da l'altro che l'uomo ha forcuto.
        La grave idropisì, che sì dispaia
    le membra con l'omor che mal converte,
54   che 'l viso non risponde a la ventraia,
        faceva lui tener le labbra aperte
    come l'etico fa, che per la sete
57   l'un verso il mento e l'altro in su rinverte.
        « O voi che sanz'alcuna pena sete,
    e non so io perché, nel mondo gramo, »
60   diss'elli a noi, « guardate e attendete
        a la miseria del maestro Adamo:
    io ebbi vivo assai di quel ch'i' volli,
63   e ora, lasso!, un gocciol d'acqua bramo.
        Li ruscelletti che de' verdi colli
    del Casentin discendon giuso in Arno,
66   faccendo i lor canali freddi e molli,
        sempre mi stanno innanzi, e non indarno,
    ché l'imagine lor vie più m'asciuga
69   che 'l male ond'io nel volto mi discarno.
        La rigida giustizia che mi fruga
    tragge cagion del loco ov'io peccai
72   a metter più li miei sospiri in fuga.
        Ivi è Romena, là dov'io falsai
    la lega suggellata del Batista;
75   per ch'io il corpo su arso lasciai.
        Ma s'io vedessi qui l'anima trista
    di Guido o d'Alessandro o di lor frate,

---

49. *leuto*: liuto, mandola.
    50. *pur... anguinaia*: se soltanto non avesse avuto le gambe (se fosse stato tagliato all'anguinaia).
    52. *dispaia*: deforma.
    53. *l'omor*: gli umori, i liquidi del corpo.
    56. *l'etico*: il tisico.
    60. *attendete*: prestate attenzione.
    61. *Adamo*: casentinese, falsificò il fio-

rino di Firenze per i Conti di Romena; ma fu scoperto e bruciato vivo (1281).
    69. *male*: l'idropisia (v. 52).
    72. *a metter... fuga*: per farmi sospirare più intensamente.
    77. *Guido... frate*: Guido, Alessandro e (probabilmente) Ildebrandino, figli di Guido I conte di Romena, che avevano spinto il maestro Adamo a falsificare il fiorino.

78   per fonte Branda non darei la vista.
           Dentro c'è l'una già, se l'arrabbiate
           ombre che vanno intorno dicon vero;
81   ma che mi val, c'ho le membra legate?
           S'io fossi pur di tanto ancor leggiero
           ch'i' potessi in cent'anni andare un'oncia,
84   io sarei messo già per lo sentero,
           cercando lui tra questa gente sconcia,
           con tutto ch'ella volge undici miglia,
87   e men d'un mezzo di traverso non ci ha.
           Io son per lor tra sì fatta famiglia:
           e' m'indussero a batter li fiorini
90   ch'avevan tre carati di mondiglia ».
           E io a lui: « Chi son li due tapini
           che fumman come man bagnate 'l verno,
93   giacendo stretti a' tuoi destri confini? »
           « Qui li trovai, e poi volta non dierno »
           rispuose, « quando piovvi in questo greppo,
96   e non credo che dieno in sempiterno.
           L'una è la falsa ch'accusò Giuseppo;
           l'altr'è il falso Sinòn greco da Troia:
99   per febbre aguta gittan tanto leppo ».
           E l'un di lor, che si recò a noia
           forse d'esser nomato sì oscuro,
102   col pugno li percosse l'epa croia.
           Quella sonò come fosse un tamburo;
           e mastro Adamo li percosse il volto
105   col braccio suo, che non parve men duro,
           dicendo a lui: « Ancor che mi sia tolto
           lo muover per le membra che son gravi,

---

78. *per... vista*: non cederei il piacere di vederli qui per il ristoro di bere alla Fonte Branda di Romena.

79. *l'una*: quella di Guido, che era morto nel 1292.

83. *un'oncia*: la dodicesima parte di una misura; qui, di un piede metrico; cioè, una distanza minima.

90. *mondiglia*: metallo senza valore mescolato all'oro.

93. *a' tuoi... confini*: alla tua destra.

94. *e poi... dierno*: e poi non si sono più mossi.

97. *L'una*: la moglie di Putifarre, non riuscendo a ottenere l'amore di Giuseppe, l'accusò di aver tentato di farle violenza (cfr. *Genesi*, XXXIX, 6-23).

98. *l'altr'*: è Sinone, che persuase i Troiani ad introdurre in città il cavallo di legno (cfr. Virgilio, *Eneide*, II, 57-194).

99. *leppo*: puzza.

102. *l'epa croia*: la pancia oscena e dura. *Croio* (anche in Brunetto Latini, *Tesoretto*, v. 2697) è provenzalismo e vale «duro», «brutto», «vile».

108   ho io il braccio a tal mestiere sciolto ».
                Ond'ei rispuose: « Quando tu andavi
            al fuoco, non l'avei tu così presto:
111   ma sì e più l'avei quando coniavi ».
                E l'idropico: « Tu di' ver di questo;
            ma tu non fosti sì ver testimonio
114   là 've del ver fosti a Troia richesto ».
                « S'io dissi falso, e tu falsasti il conio »
            disse Sinone; « e son qui per un fallo,
117   e tu per più ch'alcun altro demonio! »
                « Ricorditi, spergiuro, del cavallo »
            rispuose quel ch'avea infiata l'epa;
120   « e sieti reo che tutto il mondo sallo! »
                « E te sia rea la sete onde ti criepa »
            disse il greco « la lingua, e l'acqua marcia
123   che 'l ventre innanzi gli occhi sì t'assiepa! »
                Allora il monetier: « Così si squarcia
            la bocca tua per tuo mal come suole;
126   ché s'i' ho sete e umor mi rinfarcia,
                tu hai l'arsura e 'l capo che ti duole;
            e per leccar lo specchio di Narcisso,
129   non vorresti a 'nvitar molte parole ».
                Ad ascoltarli er'io del tutto fisso,
            quando 'l maestro mi disse: « Or pur mira!
132   ch'è per poco che teco non mi risso ».
                Quand'io 'l senti' a me parlar con ira,
            volsimi verso lui con tal vergogna,
135   ch'ancor per la memoria mi si gira.
                Qual è colui che suo dannaggio sogna,
            che sognando desidera sognare,
138   sì che quel ch'è, come non fosse, agogna,
                tal mi fec'io, non possendo parlare,
            che disiava scusarmi, e scusava

---

116. *un*: un solo.
120. *reo*: amaro.
123. *t'assiepa*: ti fa gonfiare quasi a impedirti di vedere, come fosse una siepe.
124. *si squarcia*: screpolandosi per la sete.
126. *rinfarcia*: farcisce, riempie.

128. *per... Narcisso*: non ti faresti pregare a leccar dell'acqua (a bere).
132. *risso*: litigo, mi adiro (per il tempo che Dante perde ad ascoltare le dispute dei dannati).
136. *dannaggio*: danno.
138. *agogna*: brama.

141   me tuttavia, e nol mi credea fare.
            « Maggior difetto men vergogna lava »
          disse 'l maestro, « che 'l tuo non è stato;
144   però d'ogne tristizia ti disgrava.
            E fa ragion ch'io ti sia sempre a lato,
          se più avvien che fortuna t'accoglia
147   dove sien genti in simigliante piato:
            ché voler ciò udire è bassa voglia ».

CANTO XXXI

            Una medesma lingua pria mi morse,
         sì che mi tinse l'una e l'altra guancia,
3   e poi la medicina mi riporse:
            così od'io che soleva la lancia
         d'Achille e del suo padre esser cagione
6   prima di trista e poi di buona mancia.
            Noi demmo il dosso al misero vallone
         su per la ripa che 'l cinge dintorno,
9   attraversando sanza alcun sermone.
            Quiv'era men che notte e men che giorno,
         sì che 'l viso m'andava innanzi poco;
12   ma io senti' sonare un alto corno,
            tanto ch'avrebbe ogne tuon fatto fioco,
         che, contra sé la sua via seguitando,
15   dirizzò li occhi miei tutti ad un loco.
            Dopo la dolorosa rotta, quando
         Carlo Magno perdé la santa gesta,
18   non sonò sì terribilmente Orlando.
            Poco portai in là volta la testa,
         che me parve veder molte alte torri;
21   ond'io: « Maestro, dì, che terra è questa? »

---

142. *men vergogna*: è il soggetto. «Basta meno vergogna per lavare ecc.».
144. *ti disgrava*: scàricati, alleggerisciti.
145. *fa ragion*: tieni presente, ricorda.

XXXI. - 1. *Una... lingua*: quella di Virgilio, che lo rimproverò e poi lo confortò.
6. *mancia*: dono. Allusione alla lancia magica lasciata ad Achille da Peleo (cfr. Ovidio, *Metamorfosi*, XIII, 171).
7. *vallone*: la 10ª bolgia del cerchio 8°.
11. *viso*: vista.
14. *che... seguitando*: che, facendo risalire ai miei occhi la via per cui esso suono discendeva, me li fece volgere a un dato punto.
16. *rotta*: di Roncisvalle (778 d.C.), dove Roland (*Orlando*) suonò il suo corno per chiedere aiuto.

Ed elli a me: « Però che tu trascorri
per le tenebre troppo da la lungi,
24   avvien che poi nel maginare abborri.

Tu vedrai ben, se tu là ti congiungi,
quanto 'l senso s'inganna di lontano;
27   però alquanto più te stesso pungi ».

Poi caramente mi prese per mano,
e disse: « Pria che noi siam più avanti,
30   acciò che 'l fatto men ti paia strano,

sappi che non son torri, ma giganti,
e son nel pozzo intorno da la ripa
33   da l'umbilico in giuso tutti quanti ».

Come quando la nebbia si dissipa,
lo sguardo a poco a poco raffigura
36   ciò che cela il vapor che l'aere stipa,

così forando l'aura grossa e scura,
più e più appressando ver la sponda,
39   fuggiemi errore e cresciemi paura;

però che come su la cerchia tonda
Montereggion di torri si corona,
42   così 'n la proda che 'l pozzo circonda

torreggiavan di mezza la persona
li orribili giganti, cui minaccia
45   Giove del cielo ancora quando tuona.

E io scorgeva già d'alcun la faccia,
le spalle e 'l petto e del ventre gran parte,
48   e per le coste giù ambo le braccia.

Natura certo, quando lasciò l'arte
di sì fatti animali, assai fe' bene
51   per torre tali essecutori a Marte.

E s'ella d'elefanti e di balene
non si pente, chi guarda sottilmente,
54   più giusta e più discreta la ne tene;

24. *nel maginare abborri*: confondi nell'immaginare.

25. *se... congiungi*: se ti avvicini.

36. *che... stipa*: che addensa l'aria, in nebbia.

41. *Montereggion*: castello fra Siena e Firenze, sulla cima di una collina. La cinta di mura è ancor oggi ornata di queste imponenti torri.

44. *giganti*: della mitologia pagana, che per superbia si ribellarono a Giove (come Lucifero a Dio) e furono fulminati (cfr. Ovidio, *Metamorfosi*, I, 151 e segg.). Alcuni, come Nembrot, sono giganti biblici.

49. *lasciò l'arte*: smise di produrre.

ché dove l'argomento de la mente
s'aggiugne al mal volere ed a la possa,
57   nessun riparo vi può far la gente.

La faccia sua mi parea lunga e grossa
come la pina di San Pietro a Roma,
60   e a sua proporzion eran l'altre ossa;

sì che la ripa, ch'era perizoma
dal mezzo in giù, ne mostrava ben tanto
63   di sopra, che di giungere a la chioma

tre Frison s'averien dato mal vanto;
però ch'i' ne vedea trenta gran palmi
66   dal luogo in giù dov'uomo affibia 'l manto.

« Raphèl may amèch zabì almì »
cominciò a gridar la fiera bocca,
69   cui non si convenian più dolci salmi.

E 'l duca mio ver lui: « Anima sciocca,
tienti col corno, e con quel ti disfoga,
72   quand'ira o altra passion ti tocca!

Cercati al collo, e troverai la soga
che 'l tien legato, o anima confusa,
75   e vedi lui che 'l gran petto ti doga ».

Poi disse a me: « Elli stesso s'accusa;
questi è Nembròt, per lo cui mal coto
78   pur un linguaggio nel mondo non s'usa.

Lasciamlo stare e non parliamo a voto;
ché così è a lui ciascun linguaggio
81   come 'l suo ad altrui, ch'a nullo è noto ».

Facemmo adunque più lungo viaggio,
volti a sinistra; e al trar d'un balestro
84   trovammo l'altro assai più fero e maggio.

A cinger lui qual che fosse 'l maestro,

55-6. *dove... possa*: dove le capacità del-l'intelletto si aggiungono alla forza bruta.

59. *pina*: di circa quattro metri, ancora oggi in Vaticano.

61. *perizoma*: grembiule.

64. *Frison*: di Frisia, uomini riputati mol-to alti.

66. *dal luogo.. manto*: dalla spalla.

67. *Raphèl... almì*: voci inintelligibili (vv. 81 e 101), degne dell'ideatore di Babele.

71. *tieni col corno*: contèntati di suona-re il corno.

73. *soga*: cinghia.

75. *e vedi... doga*: probabilmente essen-do un corno a spirale, avvolto (come una *doga*) attorno al petto.

77. *Nembròt*: il gigante biblico che eb-be l'iniziativa di tentare (il *mal coto*) la co-struzione della torre di Babele.

84. *maggio*: maggiore.

85. *A cinger... maestro*: chiunque sia stato il fabbro che l'ha incatenato (cfr. *Inferno*, XV, 12).

non so io dir, ma el tenea soccinto
87   dinanzi l'altro e dietro il braccio destro
        d'una catena che 'l tenea avvinto
dal collo in giù, sì che 'n su lo scoperto
90   si ravvolgea infino al giro quinto.
        « Questo superbo volle essere sperto
di sua potenza contro al sommo Giove »
93   disse 'l mio duca, « ond'elli ha cotal merto.
        Fialte ha nome; e fece le gran prove
quando i giganti fer paura a' Dei:
96   le braccia ch'el menò, già mai non move ».
        E io a lui: « S'esser puote, io vorrei
che de lo smisurato Briareo
99   esperienza avesser li occhi miei ».
        Ond'ei rispuose: « Tu vedrai Anteo
presso di qui, che parla ed è disciolto,
102   che ne porrà nel fondo d'ogni reo.
        Quel che tu vuo' veder, più là è molto,
ed è legato e fatto come questo,
105   salvo che più feroce par nel volto ».
        Non fu tremoto già tanto rubesto,
che scotesse una torre così forte,
108   come Fialte a scuotersi fu presto.
        Allor temett'io più che mai la morte,
e non v'era mestier più che la dotta,
111   s'io non avessi viste le ritorte.
        Noi procedemmo più avante allotta,
e venimmo ad Anteo, che ben cinqu'alle,
114   sanza la testa, uscìa fuor de la grotta.

86. *soccinto*: circondato, incatenato.

89. *lo scoperto*: la parte del corpo non immersa nel pozzo (vv. 32-3).

94. *Fialte*: o Efialte, uno dei più forti nella rivolta contro Giove.

98. *Briareo*: altro gigante mitologico, figlio di Urano e della Terra. Aveva cento braccia e cinquanta teste (cfr. Virgilio, *Eneide*, VI, 287).

100. *Anteo*: gigante che aveva la proprietà di ricuperare forze quando toccava terra (la Terra era sua madre). Ercole l'uccise sollevandolo e soffocandolo. Non prese parte alla rivolta, perciò è *disciolto*.

102. *reo*: male. Nel fondo dell'Inferno.

106. *rubesto*: violento.

110-1. *e non v'era... ritorte*: e sarebbe bastata la paura ad uccidermi, se non avessi visto le catene che lo trattenevano.

113. *cinqu'alle*: circa dodici braccia.

114. *uscìa fuor de la grotta*: sporgeva dalla ripa (vv. 32-33).

« O tu che ne la fortunata valle
che fece Scipion di gloria reda,
117   quand'Annibàl co' suoi diede le spalle,
    recasti già mille leon per preda,
e che se fossi stato a l'alta guerra
120   de' tuoi fratelli, ancor par che si creda
    ch'avrebber vinto i figli de la terra;
mettine giù, e non ten vegna schifo,
123   dove Cocito la freddura serra.
    Non ci fare ire a Tizio né a Tifo:
questi può dar di quel che qui si brama;
126   però ti china, e non torcer lo grifo.
    Ancor ti può nel mondo render fama;
ch'el vive e lunga vita ancor aspetta,
129   se innanzi tempo Grazia a sé nol chiama ».
    Così disse 'l maestro; e quelli in fretta
le man distese, e prese il duca mio
132   ond'Ercule sentì già grande stretta.
    Virgilio, quando prender si sentio,
disse a me: « Fatti qua, sì ch'io ti prenda »;
135   poi fece sì ch'un fascio era elli e io.
    Qual pare a riguardar la Garisenda
sotto 'l chinato, quando un nuvol vada
138   sovr'essa sì, che ella incontro penda;
    tal parve Anteo a me che stava a bada
di vederlo chinare, e fu tal ora
141   ch'i' avrei voluto ir per altra strada.
    Ma lievemente al fondo che divora
Lucifero con Giuda, ci sposò;
144   né, sì chinato, lì fece dimora,
    e come albero in nave si levò.

---

115. *ne la... valle*: di Bagrada, dove Scipione batté Annibale (battaglia di Zama).

123. *dove... serra*: dove il freddo congela il fiume Cocito; al fondo dell'Inferno.

124. *Tizio... Tifo*: Tizio e Tifeo, due giganti uccisi l'uno da Apollo e l'altro da Giove.

125. *di quel*: la fama nel mondo.

132. *ond'*: delle quali mani.

136. *Garisenda*: torre di Bologna, pendente.

137. *sotto 'l chinato*: dalla parte dove è inclinata.

142. *divora*: contiene e martirizza.

143. *sposò*: posò leggermente.

CANTO XXXII

S'io avessi le rime aspre e chiocce,
come si converrebbe al tristo buco
3   sovra 'l qual pontan tutte l'altre rocce,
io premerei di mio concetto il suco
più pienamente; ma perch'io non l'abbo,
6   non sanza tema a dicer mi conduco;
ché non è impresa da pigliare a gabbo
discriver fondo a tutto l'universo,
9   né da lingua che chiami mamma o babbo:
ma quelle donne aiutino il mio verso
ch'aiutaro Anfione a chiuder Tebe,
12   sì che dal fatto il dir non sia diverso.
Oh sovra tutte mal creata plebe
che stai nel luogo onde parlare è duro,
15   mei foste state qui pecore o zebe!
Come noi fummo giù nel pozzo scuro
sotto i piè del gigante assai più bassi,
18   e io mirava ancora a l'alto muro,
dicere udimmi: « Guarda come passi:
va sì che tu non calchi con le piante
21   le teste de' fratei miseri lassi ».
Per ch'io mi volsi, e vidimi davante
e sotto i piedi un lago, che per gelo
24   avea di vetro e non d'acqua sembiante.
Non fece al corso suo sì grosso velo
di verno la Danoia in Osterlicchi
27   né Tanaì là sotto il freddo cielo,
com'era quivi; che se Tambernicchi
vi fosse su caduto, o Pietrapiana,
30   non avria pur da l'orlo fatto cricchi.

XXXII. - 3. *pontan*: puntano, s'appoggiano, aprendosi progressivamente nel gran cono dell'Inferno.

4. *premerei... suco*: esprimerei meglio.

9. *da lingua... babbo*: infantile.

10. *donne*: le Muse (cfr. *Inferno*, II, 7). Anfione col suono della cetra indusse le pietre a collocarsi da sole in modo da formare le mura di Tebe.

15. *mei*: meglio per voi se; *zebe*: capre.

26. *Danoia*: il Danubio in Austria (Oesterreich).

27. *Tanaì*: la Tana (il Don).

28. *Tambernicchi*: non si sa bene di qual monte Dante voglia parlare. *Pietrapiana* (v. 29) è la Pania nelle Alpi Apuane.

30. *fatto cricchi*: prodotto un'incrinatura nel gelo eterno del fondo infernale.

E come a gracidar si sta la rana
col muso fuor de l'acqua, quando sogna
33   di spigolar sovente la villana;
livide, insin là dove appar vergogna
eran l'ombre dolenti ne la ghiaccia,
36   mettendo i denti in nota di cicogna.
Ognuna in giù tenea volta la faccia:
da bocca il freddo, e da li occhi il cor tristo
39   tra lor testimonianza si procaccia.
Quand'io m'ebbi dintorno alquanto visto,
volsimi a' piedi, e vidi due sì stretti,
42   che 'l pel del capo avieno insieme misto.
« Ditemi, voi che sì strignete i petti, »
diss'io, « chi siete? » E quei piegaro i colli;
45   e poi ch'ebber li visi a me eretti,
li occhi lor, ch'eran pria pur dentro molli,
gocciar su per le labbra, e 'l gelo strinse
48   le lacrime tra essi e riserrolli.
Con legno legno spranga mai non cinse
forte così; ond'ei come due becchi
51   cozzaro insieme, tanta ira li vinse.
E un ch'avea perduti ambo li orecchi
per la freddura, pur col viso in giue,
54   disse: « Perché cotanto in noi ti specchi?
Se vuoi saper chi son cotesti due,
la valle onde Bisenzo si dichina
57   del padre loro Alberto e di lor fue.
D'un corpo usciro; e tutta la Caina
potrai cercare, e non troverai ombra
60   degna più d'esser fitta in gelatina;
non quelli a cui fu rotto il petto e l'ombra

32. *quando sogna*: al tempo della mietitura, in estate.

34. *dove... vergogna*: al viso.

36. *mettendo... cicogna*: battendo i denti come le cicogne i becchi.

38. *da bocca il freddo*: (si argomenta) il freddo che soffrono dal loro battere i denti.

46. *molli*: di lacrime, fin sul bordo (*labbra*) delle palpebre.

49-50. *Con legno... così*: spranga di ferro non fissò mai così rigidamente due pezzi di legno come il gelo le loro palpebre.

54. *ti specchi*: ti attardi a guardare.

56-7. *la valle... fue*: i due sono Alessandro e Napoleone degli Alberti, conti di Mangona, signori di Vernio e Cerbaia in Val di Bisenzio: furono feroci avversari, e si tradirono a vicenda.

58. *D'un corpo usciro*: di stessa madre (la contessa Gualdrada).

60. *gelatina*: il gelo.

61. *quelli*: Mordrèt, traditore del re Artù, ne fu ucciso con un colpo di lancia; il sole, passando per la ferita, ruppe l'ombra del suo corpo.

con esso un colpo per la man d'Artù;

63   non Focaccia; non questi che m'ingombra
           col capo sì, ch'i' non veggio oltre più,
       e fu nomato Sassol Mascheroni:

66   se tosco se', ben sai omai chi fu.

           E perché non mi metti in più sermoni,
       sappi ch'io fui 'l Camicion de' Pazzi;

69   e aspetto Carlin che mi scagioni ».

           Poscia vid'io mille visi cagnazzi
       fatti per freddo; onde mi vien riprezzo,

72   e verrà sempre, de' gelati guazzi.

           E mentre ch'andavamo inver lo mezzo
       al quale ogni gravezza si rauna,

75   e io tremava ne l'etterno rezzo;

           se voler fu o destino o fortuna,
       non so; ma, passeggiando tra le teste,

78   forte percossi il piè nel viso ad una.

           Piangendo mi sgridò: « Perché mi peste?
       se tu non vieni a crescer la vendetta

81   di Montaperti, perché mi moleste? »

           E io: « Maestro mio, or qui m'aspetta,
       sì ch'io esca d'un dubbio per costui;

84   poi mi farai, quantunque vorrai, fretta ».

           Lo duca stette, e io dissi a colui
       che bestemmiava duramente ancora:

87   « Qual se' tu che così rampogni altrui? »

           « Or tu chi se' che vai per l'Antenora,
       percotendo » rispuose « altrui le gote,

---

63. *Focaccia*: de' Cancellieri, di Pistoia.

65. *Sassol*: uccise un parente a tradimento per rimanere suo erede.

68. *Camicion*: traditore anche lui di un suo parente, aspetta Carlino de' Pazzi che, per essere colpevole di tradimenti anche più cruenti, lo faccia apparire un po' meno efferato.

70. *cagnazzi*: scuri, e deformati.

72. *guazzi*: guadi. Forse con un certo valore simbolico; il tradimento fornendo come il gelo il modo di passar oltre dove non si potrebbe.

74. *gravezza*: peso di colpa.

75. *rezzo*: freddo.

81. *Montaperti*: la battaglia in cui i Ghibellini senesi annientarono l'esercito guelfo dei Fiorentini (1260). Chi parla è Bocca degli Abati, che sconta la punizione (*vendetta*) di aver ferito a tradimento il portabandiera della cavalleria fiorentina.

87. *Qual*: chi.

88. *Antenora*: è la seconda zona di Cocito gelato, denominata da Antenore, che tradì i Troiani consegnando ai Greci il Palladio. Vi sono puniti i traditori politici.

90   sì che, se fossi vivo, troppo fora? »
            « Vivo son io, e caro esser ti puote »
            fu mia risposta, « se dimandi fama,
93   ch'io metta il nome tuo tra l'altre note ».
            Ed elli a me: « Del contrario ho io brama;
            levati quinci e non mi dar più lagna,
96   ché mal sai lusingar per questa lama! »
            Allor lo presi per la cuticagna,
            e dissi: « El converrà che tu ti nomi,
99   o che capel qui su non ti rimagna ».
            Ond'elli a me: « Perché tu mi dischiomi,
            né ti dirò ch'io sia, né mosterrolti,
102   se mille fiate in sul capo mi tomi ».
            Io avea già i capelli in mano avvolti,
            e tratti li n'avea più d'una ciocca,
105   latrando lui con gli occhi in giù raccolti,
            quando un altro gridò: « Che hai tu, Bocca?
            non ti basta sonar con le mascelle,
108   se tu non latri? qual diavol ti tocca? »
            « Omai » diss'io « non vo' che tu favelle,
            malvagio traditor; ch'a la tua onta
111   io porterò di te vere novelle ».
            « Va via » rispuose, « e ciò che tu vuoi, conta;
            ma non tacer, se tu di qua entro eschi,
114   di quel ch'ebbe or così la lingua pronta.
            El piange qui l'argento de' Franceschi:
            'Io vidi' potrai dir 'quel da Duera
117   là dove i peccatori stanno freschi'.
            Se fossi domandato altri chi v'era,
            tu hai da lato quel di Beccheria
120   di cui segò Fiorenza la gorgiera.
            Gianni de' Soldanier credo che sia

90. *se*: se pure tu (Bocca crede di parlare a un dannato).
96. *lama*: valle. Cfr. *Inferno*, XX, 79.
100. *Perché*: per quanto.
102. *tomi*: percuota.
116. *quel da Duera*: Buoso da Duera lasciò passare l'esercito di Carlo I d'Anjou,

che avrebbe dovuto ostacolare, verso Parma (1265).
119. *quel*: Tesauro dei Beccheria, abate
di Vallombrosa, decapitato per tradimento
nel 1258.
121. *Gianni*: tradì il partito ghibellino
nel 1266.

                più là con Ganellone e Tebaldello,
123   ch'aprì Faenza quando si dormìa ».
                Noi eravam partiti già da ello,
                ch'io vidi due ghiacciati in una buca,
126   sì che l'un capo e l'altro era cappello;
                e come 'l pan per fame si manduca,
                così 'l sovran li denti a l'altro pose
129   là 've 'l cervel s'aggiugne con la nuca.
                Non altrimenti Tideo si rose
                le tempie a Menalippo per disdegno,
132   che quei faceva il teschio e l'altre cose.
                « O tu che mostri per sì bestial segno
                odio sovra colui che tu ti mangi,
135   dimmi 'l perché » diss'io, « per tal convegno,
                che se tu a ragion di lui ti piangi,
                sappiendo chi voi siete e la sua pecca,
138   nel mondo suso ancora io te ne cangi,
                se quella con ch'io parlo non si secca ».

CANTO XXXIII

                La bocca sollevò dal fiero pasto
                quel peccator, forbendola a' capelli
3   del capo ch'elli avea di retro guasto.
                Poi cominciò: « Tu vuo' ch'io rinovelli
                disperato dolor che 'l cor mi preme
6   già pur pensando, pria ch'io ne favelli.
                Ma se le mie parole esser dien seme
                che frutti infamia al traditor ch'i' rodo,
9   parlare e lacrimar vedrai insieme.

---

122. *Ganellone e Tebaldello*: Gano è il nome del traditore nei romanzi francesi del ciclo carolingio. Tebaldello degli Zambrasi tradì Faenza sua patria (1280).

126. *sì... cappello*: l'una testa sormontava l'altra, come un cappello.

128. *sovran*: quello che stava più in alto, di sopra.

130. *Tideo*: uno dei sette re che assediarono Tebe. Benché ferito a morte da Menalippo, riuscì a ucciderlo e si mise a roderne furibondo la testa. Cfr. Stazio, *Tebaide*, VIII, 749 e segg.

132. *e l'altre cose*: con quel poco che ci rimaneva attaccato.

135. *per tal convegno*: con questo patto.

137. *pecca*: la sua colpa contro di te.

138. *cangi*: contraccambi, ricompensi.

139. *quella*: la mia lingua.

XXXIII. - 3. *guasto*: guastato, col rodere il teschio.

6. *pur*: soltanto.

7-8. *esser... infamia*: debbano essere seme che frutti infamia; possano procurare infamia.

Io non so chi tu se' né per che modo
venuto se' qua giù; ma fiorentino
12   mi sembri veramente quand'io t'odo.

Tu dei saper ch'io fui conte Ugolino,
e questi è l'arcivescovo Ruggieri:
15   or ti dirò perch'i son tal vicino.

Che per l'effetto de' suo' mai pensieri,
fidandomi di lui, io fossi preso
18   e poscia morto, dir non è mestieri;

però quel che non puoi avere inteso,
ciò è come la morte mia fu cruda,
21   udirai, e saprai s'e' m'ha offeso.

Breve pertugio dentro da la muda
la qual per me ha il titol de la fame,
24   e 'n che conviene ancor ch'altrui si chiuda,

m'avea mostrato per lo suo forame
più lune già, quand'io feci 'l mal sonno
27   che del futuro mi squarciò il velame.

Questi pareva a me maestro e donno,
cacciando il lupo e i lupicini al monte
30   per che i Pisan veder Lucca non ponno,
con cagne magre, studiose e conte:

13. *Ugolino*: della Gherardesca, nobile pisano. Benché ghibellino, collaborò a instaurare un governo guelfo in Pisa (1276). Ebbe il comando della flotta pisana che fu sconfitta il 10 agosto 1284 alla Meloria dai Genovesi; conservò tuttavia la sua preminenza in Pisa, e, per rompere la lega fra Genova, Lucca e Firenze contro Pisa, cedette alcuni castelli a Firenze e Lucca: azione che gli fu poi imputata come un tradimento. Nel 1288 l'arcivescovo ghibellino Ruggieri degli Ubaldini riuscì a rovesciare i Guelfi e a ristabilire la parte ghibellina. Il conte Ugolino, che si era rifugiato a Settimo, accettò l'invito dell'arcivescovo di tornare a Pisa per accordarsi, e fu imprigionato con due figliuoli e due nipoti; e quindi lasciato morire di fame (marzo 1289). I due si trovano insieme nell'Antenora come traditori politici; per contrappasso, Ugolino divora colui che lo fece morire di fame.

16. *mai*: mali; malvagi.

18. *dir non è mestieri*: perché tutti conoscevano in Toscana l'orribile avvenimento.

22. *muda*: luogo chiuso per custodirvi gli uccelli quando mutano penne; forse la muda della torre dei Gualandi che serviva da prigione, e che da quel tempo in poi fu chiamata Torre della Fame (*ha il titol de la fame*).

26. *più lune già*: eran passati vari mesi (dal luglio 1288 al marzo 1289); *'l mal sonno*: il cattivo sogno.

28. *maestro e donno*: capo e signore (*dominus*) della caccia.

29. *al monte*: che sorge fra Pisa e Lucca; è il Monte San Giuliano.

31. *studiose e conte*: volenterose, ardenti, e ben esperte di caccia. I cognomi che seguono sono di famiglie ghibelline, alleate dell'arcivescovo, che forse avevano trattato il ritorno di Ugolino in Pisa per conto di Ruggieri.

Gualandi con Sismondi e con Lanfranchi
33   s'avea messi dinanzi da la fronte.

In picciol corso mi parieno stanchi
lo padre e i figli, e con l'agute scane
36   mi parea lor veder fender li fianchi.

Quando fui desto innanzi la dimane,
pianger senti' fra 'l sonno i miei figliuoli
39   ch'eran con meco, e domandar del pane.

Ben se' crudel, se tu già non ti duoli,
pensando ciò che 'l mio cor s'annunziava;
42   e se non piangi, di che pianger suoli?

Già eran desti, e l'ora s'appressava
che 'l cibo ne solea esser addotto,
45   e per suo sogno ciascun dubitava;

e io senti' chiavar l'uscio di sotto
a l'orribile torre; ond'io guardai
48   nel viso a' mie' figliuoi sanza far motto.

Io non piangea, sì dentro impetrai:
piangevan elli; e Anselmuccio mio
51   disse: 'Tu guardi sì, padre! che hai?'

Perciò non lacrimai né rispuos'io
tutto quel giorno né la notte appresso,
54   infin che l'altro sol nel mondo uscìo.

Come un poco di raggio si fu messo
nel doloroso carcere, e io scorsi
57   per quattro visi il mio aspetto stesso,

ambo le man per lo dolor mi morsi;
ed ei, pensando ch'i' 'l fessi per voglia
60   di manicar, di subito levorsi,

e disser: 'Padre, assai ci fia men doglia,
se tu mangi di noi: tu ne vestisti

---

34. *In picciol corso*: dopo non molto tempo:

35. *scane*: zanne.

37. *innanzi la dimane*: prima del mattino; ora in cui i sogni, pensa Dante, sono profetici (cfr. *Inferno*, XXVI, 7; *Purgatorio*, IX, 13-18).

38. *figliuoli*: in realtà erano due figli (Gaddo e Uguccione) e due nipoti (Nino detto il Brigata e Anselmuccio) figli del suo primogenito Guelfo. Essi «domandano» nel sonno, perché anch'essi sognano di aver fame.

44. *addotto*: portato.

46. *chiavar... di sotto*: chiudere a chiave anche il portone d'entrata; o, forse, «inchiodare» (dal latino *clavus*, chiodo; cfr. *Purgatorio*, VIII, 137 e segg.; *Paradiso*, XIX, 105; XXXII, 129).

57. *per... visi*: su tutti, passando con lo sguardo dall'uno all'altro.

59. *fessi*: facessi.

60. *manicar*: mangiare; *levorsi*: si levarono.

63   queste misere carni, e tu le spoglia'.
    Queta'mi allor per non farli più tristi;
   lo dì e l'altro stemmo tutti muti:
66   ahi dura terra, perché non t'apristi?
    Poscia che fummo al quarto dì venuti,
   Gaddo mi si gettò disteso a' piedi,
69   dicendo: 'Padre mio, ché non m'aiuti?'
    Quivi morì; e come tu mi vedi,
   vid'io cascar li tre ad uno ad uno
72   tra 'l quinto dì e 'l sesto; ond'io mi diedi,
    già cieco, a brancolar sovra ciascuno,
   e due dì li chiamai, poi che fur morti:
75   poscia, più che 'l dolor, poté 'l digiuno ».
    Quand'ebbe detto ciò, con gli occhi torti
   riprese 'l teschio misero co' denti,
78   che furo a l'osso, come d'un can, forti.
    Ahi Pisa, vituperio de le genti
   del bel paese là dove 'l sì suona,
81   poi che i vicini a te punir son lenti,
    muovasi la Capraia e la Gorgona,
   e faccian siepe ad Arno in su la foce,
84   sì ch'elli annieghi in te ogni persona!
    Che se 'l conte Ugolino aveva voce
   d'aver tradita te de le castella,
87   non dovei tu i figliuoi porre a tal croce.
    Innocenti facea l'età novella,
   novella Tebe, Uguiccione e 'l Brigata
90   e li altri due che 'l canto suso appella.
    Noi passammo oltre là 've la gelata
   ruvidamente un'altra gente fascia,
93   non volta in giù, ma tutta riversata.
    Lo pianto stesso lì pianger non lascia,
   e 'l duol che truova in su li occhi rintoppo,

---

71. *li tre*: gli altri tre.

75. *poté 'l digiuno*: la fame mi uccise, più forte ancora del dolore, che non era riuscito ad uccidermi.

80. *paese... suona*: l'Italia (cfr. *De vulgari eloquentia*, I, VIII, 6).

81. *vicini*: Fiorentini e Lucchesi, che erano guelfi, e nemici di Pisa.

86. *castella*: castelli; v. nota al v. 13.

93. *riversata*: supina dentro il ghiaccio. È la terza zona, dei traditori degli ospiti, detta Tolomea.

95. *rintoppo*: ostacolo; perché le lacrime *fanno groppo*, cioè gelano l'una sull'altra, riempiendo la coppa (*il coppo*) dell'occhiaia.

96   si volge in entro a far crescer l'ambascia;
                ché le lagrime prime fanno groppo,
              e sì come visiere di cristallo,
99   riempion sotto 'l ciglio tutto il coppo.
                E avvegna che sì come d'un callo,
              per la freddura ciascun sentimento
102   cessato avesse del mio viso stallo,
                già mi parea sentire alquanto vento:
              per ch'io: « Maestro mio, questo chi move?
105   non è qua giù ogne vapore spento? »
                Ed elli a me: « Avaccio sarai dove
              di ciò ti farà l'occhio la risposta,
108   veggendo la cagion che 'l fiato piove ».
                E un de' tristi de la fredda crosta
              gridò a noi: « O anime crudeli,
111   tanto che dato v'è l'ultima posta,
                levatemi dal viso i duri veli,
              sì ch'io sfoghi 'l duol che 'l cor m'impregna,
114   un poco, pria che il pianto si raggeli ».
                Per ch'io a lui: « Se vuo' ch'i' ti sovvegna,
              dimmi chi se', e s'io non ti disbrigo,
117   al fondo de la ghiaccia ir mi convegna ».
                Rispuose adunque: « I' son frate Alberigo;
              io son quel da le frutta del mal orto,
120   che qui riprendo dattero per figo ».
                « Oh » diss'io lui, « or se' tu ancor morto? »
              Ed elli a me: « Come 'l mio corpo stea
123   nel mondo su, nulla scienza porto.
                Cotal vantaggio ha questa Tolomea,
              che spesse volte l'anima ci cade

---

102. *stallo*: dimora; per il freddo ogni
sensibilità aveva abbandonato il mio viso,
come per un callo.

105. *ogne vapore spento*: estinto ogni moto dell'aria.

106. *Avaccio*: presto.

108. *piove*: origina, dall'alto. Sono le ali
di Lucifero, che battendo muovono quel
vento che gela il Cocito.

110-1 *crudeli... posta*: tanto crudeli, che
siete inviate al più profondo, alle ultime sedi dell'Inferno.

112. *veli*: le lacrime ghiacciate.

115. *sovvegna*: aiuti.

116. *s'io... disbrigo*: promessa ambigua,
in realtà un tradimento contro il dannato;
Dante l'esegue come applicando un contrappasso.

118. *Alberigo*: frate gaudente di Faenza, della famiglia dei Manfredi; ancora vivo nel 1300. Era celebre per aver fatto uccidere due suoi parenti ad un pranzo, dando come segnale ai sicari l'arrivo della
frutta.

120. *riprendo... figo*: sono rimeritato del
tradimento commesso.

126   innanzi ch'Atropòs mossa le dea.
  E perché tu più volentier mi rade
  le 'nvetriate lacrime dal volto,
129 sappie che tosto che l'anima trade
  come fec'io, il corpo suo l'è tolto
  da un demonio, che poscia il governa
132 mentre che 'l tempo suo tutto sia volto.
  Ella ruina in sì fatta cisterna;
  e forse pare ancor lo corpo suso
135 de l'ombra che di qua dietro mi verna.
  Tu 'l dei saper, se tu vien pur mo giuso:
  egli è ser Branca d'Oria, e son più anni
138 poscia passati ch'el fu sì racchiuso ».
  « Io credo » diss'io lui « che tu m'inganni;
  ché Branca d'Oria non morì unquanche,
141 e mangia e bee e dorme e veste panni ».
  « Nel fosso su » diss'el « de' Malebranche,
  là dove bolle la tenace pece,
144 non era giunto ancora Michel Zanche,
  che questi lasciò un diavolo in sua vece
  nel corpo suo, ed un suo prossimano
147 che 'l tradimento insieme con lui fece.
  Ma distendi oggimai in qua la mano;
  aprimi gli occhi ». E io non glieli apersi;
150 e cortesia fu lui esser villano.
  Ahi Genovesi, uomini diversi
  d'ogne costume e pien d'ogni magagna,
153 perché non siete voi del mondo spersi?
  Ché col peggiore spirto di Romagna
  trovai di voi un tal, che per sua opra
156 in anima in Cocito già si bagna,
  ed in corpo par vivo ancor di sopra.

---

126. *Atropòs*: la Parca che recideva il filo della vita.

129. *trade*: tradisce.

132. *mentre... volto*: finché è vivo.

134-5. *pare... verna*: il corpo di costui sembra vivo sulla terra, mentre la sua ombra gela qui dietro alla mia.

137. *Branca*: fece uccidere suo suocero per impadronirsi del Giudicato di Logudoro (cfr. *Inferno*, XXII, 88).

138. *racchiuso*: nel ghiaccio.

140. *unquanche*: ancora.

142. *fosso*: la bolgia dei barattieri (cfr. *Inferno*, XXI, 8 e segg.).

146. *prossimano*: parente. Tanto Branca che il suo parente, quali anime, lasciarono un diavolo a governare il loro corpo, mentre essi rovinavano giù nella Tolomea.

148. *oggimai*: ormai.

150. *cortesia*: atto nobile.

154. *spirto*: Alberigo di Faenza.

CANTO XXXIV

« *Vexilla regis prodeunt inferni*
verso di noi; però dinanzi mira »
3   disse 'l maestro mio « se tu 'l discerni ».

Come quando una grossa nebbia spira,
o quando l'emisperio nostro annotta,
6   par di lungi un molin che 'l vento gira,

veder mi parve un tal dificio allotta;
poi per lo vento mi ristrinsi retro
9   al duca mio; ché non li era altra grotta.

Già era, e con paura il metto in metro,
là dove l'ombre tutte eran coperte,
12   e trasparien come festuca in vetro.

Altre sono a giacere; altre stanno erte,
quella col capo e quella con le piante;
15   altra, com'arco, il volto a' piè rinverte.

Quando noi fummo fatti tanto avante,
ch'al mio maestro piacque di mostrarmi
18   la creatura ch'ebbe il bel sembiante,

dinanzi mi si tolse e fe' restarmi,
« Ecco Dite » dicendo, « ed ecco il loco
21   ove convien che di fortezza t'armi ».

Com'io divenni allor gelato e fioco,
nol dimandar, lettor, ch'i' non lo scrivo,
24   però ch'ogni parlar sarebbe poco.

Io non mori', e non rimasi vivo:
pensa oggimai per te, s'hai fior d'ingegno,
27   qual io divenni, d'uno e d'altro privo.

Lo 'mperador del doloroso regno
da mezzo il petto uscia fuor de la ghiaccia;
30   e più con un gigante io mi convegno,

che i giganti non fan con le sue braccia:
vedi oggimai quant'esser dee quel tutto
33   ch'a così fatta parte si confaccia.

XXXIV. - 1. *Vexilla... inferni*: inizio dell'inno alla Croce di Venanzio Fortunato (sec. VI). «Si avanzano i vessilli del monarca infernale».

7. *dificio*: edificio; *allotta*: allora.

11. *là*: nella quarta zona del nono cerchio, la Giudecca, dove sono i traditori dei benefattori.

18. *creatura*: Lucifero.

26. *fior*: un po'.

27. *d'uno e d'altro*: di morte e di vita.

30. *e più... convegno*: e io sono più simile in statura a un gigante.

S'el fu sì bello com'elli è or brutto,
e contra 'l suo fattore alzò le ciglia,
36 ben dee da lui proceder ogni lutto.

Oh quanto parve a me gran meraviglia
quand'io vidi tre facce a la sua testa!
39 L'una dinanzi, e quella era vermiglia;

l'altr'eran due, che s'aggiugnieno a questa
sovresso 'l mezzo di ciascuna spalla,
42 e sé giugnieno al luogo de la cresta;

e la destra parea tra bianca e gialla;
la sinistra a vedere era tal, quali
45 vegnon di là onde 'l Nilo s'avvalla.

Sotto ciascuna uscivan due grand'ali,
quanto si convenia a tanto uccello:
48 vele di mar non vid'io mai cotali.

Non avean penne, ma di vispistrello
era lor modo; e quelle svolazzava,
51 sì che tre venti si movean da ello.

Quindi Cocito tutto s'aggelava;
con sei occhi piangea, e per tre menti
54 gocciava 'l pianto e sanguinosa bava.

Da ogni bocca dirompea co' denti
un peccatore, a guisa di maciulla,
57 sì che tre ne facea così dolenti.

A quel dinanzi il mordere era nulla
verso 'l graffiar, che tal volta la schiena
60 rimanea de la pelle tutta brulla.

« Quell'anima là su c'ha maggior pena »
disse 'l maestro, « è Giuda Scariotto,
63 che 'l capo ha dentro e fuor le gambe mena.

De li altri due c'hanno il capo di sotto,
quel che pende dal nero ceffo è Bruto;
66 vedi come si storce e non fa motto;

e l'altro è Cassio che par sì membruto.
Ma la notte risurge, e oramai

---

35. *e*: e malgrado la bellezza di cui doveva essere grato a Dio.
38. *tre facce*: in contrapposizione alla
Trinità.
44. *tal*: nera.
49. *vispistrello*: pipistrello.

59. *verso*: a confronto di.
60. *brulla*: nuda.
62. *Scariotto*: Iscariote, il discepolo che
tradì Gesù.
65. *Bruto*: come *Cassio* (v. 67), traditore ed uccisore di Cesare.

69   è da partir ché tutto avem veduto ».
                 Com'a lui piacque, il collo li avvinghiai;
            ed el prese di tempo e luogo poste;
72   e quando l'ali fuoro aperte assai,
                 appigliò sé a le vellute coste:
            di vello in vello giù discese poscia
75   tra 'l folto pelo e le gelate croste.
                 Quando noi fummo là dove la coscia
            si volge a punto in sul grosso de l'anche,
78   •   lo duca, con fatica e con angoscia,
                 volse la testa ov'elli avea le zanche,
            e aggrappossi al pel com'uom che sale,
81   sì che 'n inferno i' credea tornar anche.
                 « Attienti ben, ché per cotali scale »
            disse 'l maestro, ansando com'uom lasso,
84   « conviensi dipartir da tanto male ».
                 Poi uscì fuor per lo foro d'un sasso,
            e puose me in su l'orlo a sedere;
87   appresso porse a me l'accorto passo.
                 Io levai li occhi, e credetti vedere
            Lucifero com'io l'avea lasciato;
90   e vidili le gambe in su tenere;
                 e s'io divenni allora travagliato,
            la gente grossa il pensi, che non vede
93   qual è quel punto ch'io avea passato.
                 « Levati su » disse 'l maestro « in piede:
            la via è lunga e 'l cammino è malvagio,
96   e già il sole a mezza terza riede ».
                 Non era camminata di palagio
            là 'v'eravam, ma natural burella
99   ch'avea mal suolo e di lume disagio.
                 « Prima ch'io de l'abisso mi divella,

---

71. *prese... poste*: appostò, misurò.

79. *ov'elli... zanche*: dove Lucifero aveva le gambe. Essendo Lucifero sospeso nel vuoto al centro della Terra, Virgilio, per risalire verso l'altro emisfero, deve capovolgersi e arrampicarsi su per le gambe come prima aveva disceso le spalle e i fianchi.

85-7. *uscì... passo*: uscì lungo la fessura di una roccia e depose Dante. Poi si avvicinò a lui con passi prudenti.

93. *quel punto*: il centro della Terra.

96. *a mezza terza*: le sette e mezzo del mattino (cfr. *Convivio*, III, VI, 2-3). Mentre poco sopra nell'altro emisfero (v. 68) cominciava la notte. Dal principio del viaggio sono passare 24 ore.

98. *burella*: galleria sotterranea, caverna.

100. *mi divella*: mi allontani, mi stacchi.

maestro mio, » diss'io quando fui dritto,
102 « a trarmi d'erro un poco mi favella.
　　Ov'è la ghiaccia? e questi com'è fitto
sì sottosopra? e come, in sì poc'ora,
105 da sera a mane ha fatto il sol tragitto? »
　　Ed elli a me: « Tu imagini ancora
d'esser di là dal centro, ov'io mi presi
108 al pel del vermo reo che 'l mondo fora.
　　Di là fosti cotanto quant'io scesi;
quand'io mi volsi, tu passasti 'l punto
111 al qual si traggon d'ogni parte i pesi.
　　E se' or sotto l'emisperio giunto
ch'è opposito a quel che la gran secca
114 coverchia, e sotto 'l cui colmo consunto
　　fu l'uom che nacque e visse sanza pecca:
tu hai i piedi in su picciola spera
117 che l'altra faccia fa de la Giudecca.
　　Qui è da man, quando di là è sera:
e questi, che ne fe' scala col pelo,
120 fitto è ancora sì come prim'era.
　　Da questa parte cadde giù dal cielo;
e la terra che pria di qua si sporse
123 per paura di lui fe' del mar velo,
　　e venne a l'emisperio nostro; e forse
per fuggir lui lasciò qui 'l luogo voto
126 quella ch'appar di qua, e su ricorse ».
　　Luogo è là giù da Belzebù remoto
tanto quanto la tomba si distende,
129 che non per vista, ma per suono è noto

---

102. *erro*: dubbio.

108. *fora*: traversa da parte a parte.

111. *al qual... pesi*: che è anche il centro di gravità universale.

113-4. *quel... coverchia*: quello delle terre emerse, cioè l'emisfero del cielo che sovrasta l'emisfero boreale; siamo dunque giunti nell'emisfero australe.

114. *colmo*: zenit, punto più alto.

115. *fu... pecca*: a Gerusalemme fu ucciso Cristo (che nacque e visse senza peccato).

116. *picciola spera*: uno spazio che corrisponde a quello della Giudecca, o 4ª zona del $9°$ cerchio.

119. *questi*: Lucifero.

121-6. *Da questa... ricorse*: Lucifero cadde nell'emisfero australe, e la Terra che vi appariva (*si sporse*) per fuggirlo si inabissò coprendosi col mare e uscì a formare la terra del nostro emisfero boreale. E forse quella che si trovava al centro della Terra, per fuggirlo pure, si ritirò all'antipodo, formando la montagna del Purgatorio.

127-30. *Luogo... discende*: all'estremità della caverna (*tomba*) di cui al v. 98 arriva un ruscello sotterraneo (che scende dal Purgatorio, ed è forse lo scolo delle acque del Leté, che riportano a Satana ogni residuo di peccato), che non si distingue con la vista, a causa delle tenebre, ma con l'udito.

d'un ruscelletto che quivi discende
per la buca d'un sasso, ch'elli ha roso,
132   col corso ch'elli avvolge, e poco pende.
　　　Lo duca e io per quel cammino ascoso
intrammo a ritornar nel chiaro mondo;
135   e sanza cura aver d'alcun riposo,
　　　salimmo su, el primo e io secondo,
tanto ch'i' vidi de le cose belle
138   che porta 'l ciel, per un pertugio tondo;
　　　e quindi uscimmo a riveder le stelle.

137. *cose belle*: gli astri.
139. *stelle*: le tre cantiche finiscono tutte con questa parola, «che designa il termine cui è diretto il viaggio di Dante» (Scartazzini-Vandelli).

PURGATORIO

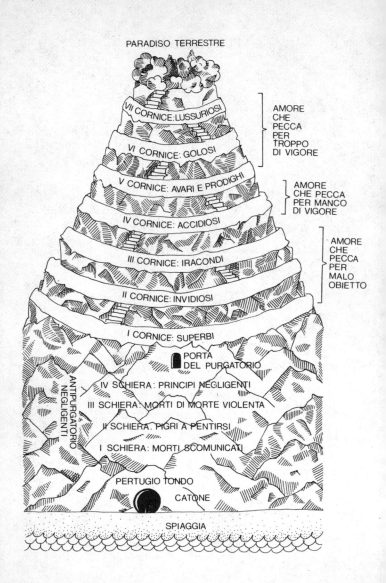

PARADISO TERRESTRE

VII CORNICE: LUSSURIOSI

AMORE
CHE
PECCA
PER
TROPPO
DI VIGORE

VI CORNICE: GOLOSI

V CORNICE: AVARI E PRODIGHI

AMORE
CHE PECCA
PER MANCO
DI VIGORE

IV CORNICE: ACCIDIOSI

III CORNICE: IRACONDI

AMORE
CHE
PECCA
PER
MALO
OBIETTO

II CORNICE: INVIDIOSI

I CORNICE: SUPERBI

PORTA
DEL PURGATORIO

ANTIPURGATORIO
NEGLIGENTI

IV SCHIERA: PRINCIPI NEGLIGENTI

III SCHIERA: MORTI DI MORTE VIOLENTA

II SCHIERA: PIGRI A PENTIRSI

I SCHIERA: MORTI SCOMUNICATI

PERTUGIO TONDO

CATONE

SPIAGGIA

CANTO I

Per correr migliori acque alza le vele
omai la navicella del mio ingegno,
3   che lascia dietro a sé mar sì crudele;
e canterò di quel secondo regno,
dove l'umano spirito si purga
6   e di salire al ciel diventa degno.
Ma qui la morta poesì resurga,
o sante Muse, poi che vostro sono;
9   e qui Calliopè alquanto surga,
seguitando il mio canto con quel suono
di cui le Piche misere sentiro
12   lo colpo tal, che disperar perdono.
Dolce color d'oriental zaffiro,
che s'accoglieva nel sereno aspetto
15   del mezzo, puro insino al primo giro,
a gli occhi miei ricominciò diletto,
tosto ch'io usci' fuor de l'aura morta
18   che m'avea contristati gli occhi e 'l petto.
Lo bel pianeta che d'amar conforta
faceva tutto rider l'oriente,
21   velando i Pesci, ch'erano in sua scorta.
I' mi volsi a man destra, e puosi mente
a l'altro polo, e vidi quattro stelle
24   non viste mai fuor ch'a la prima gente.
Goder pareva il ciel di lor fiammelle:
oh settentrional vedovo sito,
27   poi che privato se' di mirar quelle!
Com'io da loro sguardo fui partito,

1. - 8. *o sante Muse*: *sacrosante* chiama Dante le Muse anche in *Purgatorio*, XXIX, 37. A loro appartiene, come poeta. Calliope è la Musa della poesia epica, che qui deve *surgere*, cioè intervenire con più evidenza delle altre.

11. *le Piche misere*: le nove figlie di Pierio, re di Tessaglia, avevano osato sfidare le Muse. Calliope cantò per esse, vinse le audaci, e le trasformò in gazze (*Piche*).

15. *mezzo*: l'atmosfera. Cfr. *Convivio*, III, IX, 12; *primo giro*: l'orizzonte.

19. *Lo bel pianeta*: Venere.

21. *velando... scorta*: Venere era nel segno dei Pesci, che la seguivano; *velando*: s'intende con la sua luce.

23. *quattro stelle*: simbolo delle quattro virtù cardinali (prudenza, giustizia, fortezza e temperanza) sono certo pensate come stelle reali; forse ispirate dalle notizie concernenti la Croce del Sud.

24. *fuor... gente*: se non da Adamo ed Eva, che abitavano il Paradiso terrestre.

　　　un poco me volgendo a l'altro polo,
30　　là onde il Carro già era sparito,
　　　　vidi presso di me un veglio solo,
　　　degno di tanta reverenza in vista,
33　　che più non dee a padre alcun figliuolo.
　　　　Lunga la barba e di pel bianco mista
　　　portava, ai suoi capelli simigliante,
36　　de' quai cadeva al petto doppia lista.
　　　　Li raggi de le quattro luci sante
　　　fregiavan sì la sua faccia di lume,
39　　ch'i' 'l vedea come 'l sol fosse davante.
　　　　« Chi siete voi, che contro al cieco fiume
　　　fuggita avete la pregione etterna? »
42　　diss'el, movendo quelle oneste piume.
　　　　« Chi v'ha guidati? o che vi fu lucerna,
　　　uscendo fuor de la profonda notte
45　　che sempre nera fa la valle inferna?
　　　　Son le leggi d'abisso così rotte?
　　　o è mutato in ciel novo consiglio,
48　　che, dannati, venite a le mie grotte? »
　　　　Lo duca mio allor mi diè di piglio,
　　　e con parole e con mani e con cenni
51　　reverenti mi fe' le gambe e 'l ciglio.
　　　　Poscia rispuose lui: « Da me non venni:
　　　donna scese dal ciel, per li cui preghi
54　　de la mia compagnia costui sovvenni.
　　　　Ma da ch'è tuo voler che più si spieghi
　　　di nostra condizion com'ell'è vera,
57　　esser non puote il mio che a te si nieghi.
　　　　Questi non vide mai l'ultima sera;
　　　ma per la sua follia le fu sì presso,
60　　che molto poco tempo a volger era.
　　　　Sì com'io dissi, fui mandato ad esso

---

31. *un veglio solo*: un vecchio. È Catone Uticense, morto in realtà a meno di cin-
quant'anni, ma figura veneranda per
tradizione e destinato ad impersonare qui
con la massima gravità la virtù inflessibile.
È il custode del Purgatorio.
　40. *contro... fiume*: cfr. *Inferno*, XXXIV,
130 e segg.

42. *piume*: la chioma candida, la lunga
barba.
　48. *a le mie grotte*: i pendii rocciosi della montagna del Purgatorio.
　51. *reverenti... ciglio*: mi fece inginoc-
chiare e chinare il capo.
　57. *il mio*: il mio volere.

63   per lui campare; e non li era altra via
      che questa per la quale i' mi son messo.

      Mostrata ho lui tutta la gente ria;
      e ora intendo mostrar quelli spirti
66   che purgan sé sotto la tua balia.

      Com'io l'ho tratto, saria lungo a dirti;
      de l'alto scende virtù che m'aiuta
69   conducerlo a vederti e a udirti.

      Or ti piaccia gradir la sua venuta:
      libertà va cercando, ch'è sì cara,
72   come sa chi per lei vita rifiuta.

      Tu 'l sai, che non ti fu per lei amara
      in Utica la morte, ove lasciasti
75   la vesta ch'al gran dì sarà sì chiara.

      Non son li editti etterni per noi guasti;
      ché questi vive, e Minòs me non lega;
78   ma son del cerchio ove son li occhi casti

      di Marzia tua, che 'n vista ancor ti priega,
      o santo petto, che per tua la tegni:
81   per lo suo amore adunque a noi ti piega.

      Lasciane andar per li tuoi sette regni:
      grazie riporterò di te a lei,
84   se d'esser mentovato là giù degni ».

      « Marzia piacque tanto a li occhi miei
      mentre ch'i' fu' di là » diss'elli allora,
87   « che quante grazie volse da me, fei.

      Or che di là dal mal fiume dimora,
      più muover non mi può, per quella legge

66. *la tua balia*: il tuo governo, custodia.
71-2. *libertà... rifiuta*: la libertà «morale» che cerca Dante e la libertà «politica» per cui si uccise Catone sono evocate insieme in una «fusione appositamente cercata e voluta dal poeta, per il quale il massimo equilibrio spirituale umano doveva coincidere col più perfetto e quindi più libero regime politico del mondo» (Parodi, *Bullettino della Società Dantesca Italiana*, serie II, XXIII, 36).
75. *la veste... chiara*: il corpo, che risusciterà il giorno del Giudizio.
76. *guasti*: violati.
77. *Minòs... lega*: Virgilio era nel Limbo,

fuori della giurisdizione di Minosse (cfr. *Inferno*, V, 4 e segg.).
79. *Marzia*: cfr. *Convivio*, IV, XXVIII, 13-19.
82. *sette regni*: i sette gironi in cui è suddiviso il Purgatorio.
88. *di là dal mal fiume*: oltre l'Acheronte (cfr. *Inferno*, III), nel Limbo (cfr. *Inferno*, IV).
89. *per quella legge*: dal momento della creazione del Purgatorio, in cui i dannati e gli eletti furono rigorosamente separati, e alcuni spiriti trascelti nel Limbo da Cristo disceso all'Inferno.

90   che fatta fu quando me n'usci' fora.
                Ma se donna del ciel ti move e regge,
            come tu di', non c'è mestier lusinghe:
93   bastisi ben che per lei mi richegge.
                Va dunque, e fa che tu costui ricinghe
            d'un giunco schietto e che li lavi 'l viso,
96   sì ch'ogni sucidume quindi stinghe;
                ché non si converria, l'occhio sorpriso
            d'alcuna nebbia, andar dinanzi al primo
99   ministro ch'è di quei di paradiso.
                Questa isoletta intorno ad imo ad imo,
            là giù colà dove la batte l'onda,
102   porta de' giunchi sovra 'l molle limo:
                null'altra pianta che facesse fronda
            o indurasse, vi puote aver vita
105   però ch'a le percosse non seconda.
                Poscia non sia di qua vostra reddita;
            lo sol vi mosterrà, che surge omai,
108   prendere il monte a più lieve salita ».
                Così sparì; e io su mi levai
            sanza parlare, e tutto mi ritrassi
111   al duca mio, e gli occhi a lui drizzai.
                El cominciò: « Seguisci li miei passi:
            volgianci indietro, ché di qua dichina
114   questa pianura a' suoi termini bassi ».
                L'alba vinceva l'ora mattutina
            che fuggia innanzi, sì che di lontano
117   conobbi il tremolar de la marina.
                Noi andavam per lo solingo piano
            com'om che torna a la perduta strada,
120   che 'nfino ad essa li pare ire invano.
                Quando noi fummo là 've la rugiada
            pugna col sole, e, per essere in parte
123   dove adorezza, poco si dirada,

---

95. *giunco schietto*: senza nodi; simbolo dell'umiltà.

97. *sorpriso*: occupato, impedito.

98-9. *primo ministro*: il primo angelo.

100. *ad imo ad imo*: nel punto più basso.

105. *a le percosse non seconda*: si può intendere, delle onde (v. 101); ma anche

«non si presta a percuotere, cioè a fare espiare».

106. *reddita*: ritorno.

113. *dichina*: scende.

123. *adorezza*: orezza, tira vento. La rugiada, per trovarsi in un punto freddo per la brezza, si dirada poco.

ambo le mani in su l'erbetta sparte
soavemente 'l mio maestro pose:
126   ond'io che fui accorto di sua arte,
porsi ver lui le guance lacrimose:
ivi mi fece tutto discoverto
129   quel color che l'inferno mi nascose.
Venimmo poi in sul lito diserto,
che mai non vide navicar sue acque
132   omo che di tornar sia poscia esperto.
Quivi mi cinse sì com'altrui piacque:
oh maraviglia! ché qual egli scelse
135   l'umile pianta, cotal si rinacque
subitamente là onde l'avelse.

CANTO II

Già era 'l sole a l'orizzonte giunto
lo cui meridian cerchio coverchia
3   Ierusalem col suo più alto punto;
e la notte, che opposita a lui cerchia,
uscia di Gange fuor con le bilance,
6   che le caggion di man quando soverchia;
sì che le bianche e le vermiglie guance,
là dov'i' era, de la bella Aurora,
9   per troppa etate divenivan rance.
Noi eravam lunghesso mare ancora
come gente che pensa a suo cammino,
12   che va col cuore e col corpo dimora.
Ed ecco qual, sul presso del mattino,
per li grossi vapor Marte rosseggia
15   giù nel ponente sovra 'l suol marino,
cotal m'apparve, s'io ancor lo veggia,

133. *mi cinse... piacque*: mi cinse di un giunco, secondo quello che aveva detto Catone (vv. 94-108).

II. - 1-3. *Già era 'l sole... punto*: il sole calava nell'emisfero abitato, al cui centro è Gerusalemme; e ad oriente sorgeva la notte. Quindi nell'emisfero del Purgatorio era l'aurora (del 4° giorno del viaggio dantesco).

5-6. *uscia... soverchia*: usciva dal punto più orientale della terra abitata, nella costellazione della Libra: la bilancia che sfugge alla notte quando comincia a essere più lunga (*soverchia*) del giorno.

9. *rance*: dorate, per l'imminente spuntare del sole.

16. *s'io... veggia*: così possa io rivederlo!, cioè trovarmi fra i salvati che entrano in Purgatorio.

18   un lume per lo mar venir sì ratto,
        che 'l mover suo nessun volar pareggia.

            Dal qual com'io un poco ebbi ritratto
        l'occhio per domandar lo duca mio,
21   rividil più lucente e maggior fatto.

            Poi d'ogne lato ad esso m'appario
        un non sapea che bianco, e di sotto
24   a poco a poco un altro a lui uscio.

            Lo mio maestro ancor non fece motto,
        mentre che i primi bianchi apparser ali:
27   allor che ben conobbe il galeotto,

            gridò: « Fa, fa che le ginocchia cali:
        ecco l'angel di Dio: piega le mani:
30   omai vedrai di sì fatti officiali.

            Vedi che sdegna li argomenti umani,
        sì che remo non vuol né altro velo
33   che l'ali sue tra liti sì lontani.

            Vedi come l'ha dritte verso il cielo,
        trattando l'aere con l'etterne penne,
36   che non si mutan come mortal pelo ».

            Poi, come più e più verso noi venne
        l'uccel divino, più chiaro appariva;
39   per che l'occhio da presso nol sostenne,

            ma chinail giuso; e quei sen venne a riva
        con un vasello snelletto e leggiero,
42   tanto che l'acqua nulla ne 'nghiottiva.

            Da poppa stava il celestial nocchiero,
        tal che parea beato per iscripto;
45   e più di cento spirti entro sediero.

            'In exitu Israel de Egypto'
        cantavan tutti insieme ad una voce
48   con quanto di quel salmo è poscia scripto.

            Poi fece il segno lor di santa croce;
        ond'ei si gittar tutti in su la piaggia:

---

27. *il galeotto*: il «nocchiero» del v. 43;
il timoniere della piccola galea.

35. *trattando*: battendo.

41. *vasello*: vascello.

44. *parea... iscripto*: pareva scritta nel suo
aspetto la beatitudine.

48. *quel salmo*: cfr. *Salmi*, CXIII, «Quando Israele scampò dall'Egitto e...». Significa l'uscita dell'anima dalla schiavitù del
peccato, l'idea di redenzione, il passare dalla miseria e dal lutto allo stato di grazia, come espone Dante stesso in *Epistole*, XIII, 21.

51   ed el sen gì, come venne, veloce.
           La turba che rimase lì, selvaggia
        parea del loco, rimirando intorno
54   come colui che nove cose assaggia.
           Da tutte parti saettava il giorno
        lo sol, ch'avea con le saette conte
57   di mezzo il ciel cacciato Capricorno,
           quando la nova gente alzò la fronte
        ver noi, dicendo a noi: « Se voi sapete,
60   mostratene la via di gire al monte ».
           E Virgilio rispuose: « Voi credete
        forse che siamo esperti d'esto loco;
63   ma noi siam peregrin come voi siete.
           Dianzi venimmo, innanzi a voi un poco,
        per altra via, che fu sì aspra e forte,
66   che lo salire omai ne parrà gioco ».
           L'anime che si fuor di me accorte,
        per lo spirare, ch'i' era ancor vivo,
69   maravigliando diventaro smorte.
           E come a messaggier che porta ulivo
        tragge la gente per udir novelle,
72   e di calcar nessun si mostra schivo,
           così al viso mio s'affisar quelle
        anime fortunate tutte quante,
75   quasi obliando d'ire a farsi belle.
           Io vidi una di lor trarresi avante
        per abbracciarmi, con sì grande affetto,
78   che mosse me a fare il simigliante.
           Oi ombre vane, fuor che ne l'aspetto!
        tre volte dietro a lei le mani avvinsi,
81   e tante mi tornai con esse al petto.
           Di maraviglia, credo, mi dipinsi;
        per che l'ombra sorrise e si ritrasse,
84   e io, seguendo lei, oltre mi pinsi.
           Soavemente disse ch'io posasse:
        allor conobbi chi era, e pregai
87   che, per parlarmi, un poco s'arrestasse.

56-7. *lo sol... Capricorno*: il sole era sali-   pricorno, procedendo sulla sua orbita, an-
to nel cielo, mentre la costellazione del Ca-   dava al declino; *conte*; infallibili.

Rispuosemi: « Così com'io t'amai
nel mortal corpo, così t'amo sciolta:
90   però m'arresto; ma tu perché vai? »
« Casella mio, per tornar altra volta
là dov'io son, fo io questo viaggio »
93   diss'io; « ma a te com'è tanta ora tolta? »
Ed elli a me: « Nessun m'è fatto oltraggio,
se quei che leva quando e cui li piace,
96   più volte m'ha negato esto passaggio;
ché di giusto voler lo suo si face:
veramente da tre mesi elli ha tolto
99   chi ha voluto intrar, con tutta pace.
Ond'io, ch'era ora a la marina volto
dove l'acqua di Tevero s'insala,
102   benignamente fu' da lui ricolto.
A quella foce ha elli or dritta l'ala,
però che sempre quivi si ricoglie
105   quale verso Acheronte non si cala ».
E io: « Se nuova legge non ti toglie
memoria o uso a l'amoroso canto,
108   che mi solea quetar tutte mie voglie,
di ciò ti piaccia consolare alquanto
l'anima mia, che, con la mia persona
111   venendo qui, è affannata tanto! »
'Amor che ne la mente mi ragiona'
cominciò elli allor sì dolcemente,
114   che la dolcezza ancor dentro mi suona.
Lo mio maestro e io e quella gente
ch'eran con lui parevan sì contenti,
117   come a nessun toccasse altro la mente.
Noi eravam tutti fissi e attenti
a le sue note; ed ecco il veglio onesto
120   gridando: « Che è ciò, spiriti lenti?

---

89. *sciolta*: sciolta dal corpo mortale.
91. *Casella mio*: di questo musicista amico di Dante non si hanno notizie, salvo quelle desumibili dalle parole di questo passo; che lo dà come già morto nel 1300.
98. *da tre mesi*: da quando era cominciato il Giubileo di Bonifacio VIII (Natale 1299).

101. *dove... s'insala*: la foce del Tevere, punto di concentramento e di partenza per le anime dei non dannati.
112. *'Amor... ragiona'*: è la seconda canzone commentata in *Convivio*, III.
119. *il veglio onesto*: Catone.

qual negligenza, quale stare è questo?
correte al monte a spogliarvi lo scoglio
123   ch'esser non lascia a voi Dio manifesto ».

Come quando, cogliendo biada o loglio,
li colombi adunati a la pastura,
126   queti, sanza mostrar l'usato orgoglio,

se cosa appare ond'elli abbian paura,
subitamente lasciano star l'esca,
129   perch'assaliti son da maggior cura;

così vid'io quella masnada fresca
lasciar lo canto, e gire inver la costa,
132   com'uom che va, né sa dove riesca:

né la nostra partita fu men tosta.

CANTO III

Avvegna che la subitana fuga
dispergesse color per la campagna,
3   rivolti al monte ove ragion ne fruga,

i' mi ristrinsi a la fida compagna:
e come sare' io sanza lui corso?
6   chi m'avria tratto su per la montagna?

El mi parea da se stesso rimorso:
o dignitosa coscienza e netta,
9   come t'è picciol fallo amaro morso!

Quando li piedi suoi lasciar la fretta,
che l'onestade ad ogn'atto dismaga,
12   la mente mia, che prima era ristretta,

lo 'ntento rallargò, sì come vaga,
e diedi 'l viso mio incontro al poggio
15   che 'nverso il ciel più alto si dislaga.

Lo sol, che dietro fiammeggiava roggio,
rotto m'era dinanzi a la figura,
18   ch'avea in me de' suoi raggi l'appoggio.

---

122. *lo scoglio*: le croste, la bruttura (lo sporco lasciato dal peccare); forse la «durezza» che il peccato dà all'anima.

128. *l'esca*: il cibo che li attirava.

130. *masnada fresca*: quel gruppo di nuovi arrivati.

133. *partita*: partenza.

III. - 1-4. *Avvegna che... compagna*: per quanto tutti, sparsamente, fossero fuggiti verso il monte, io mi ristrinsi a Virgilio; *ragion ne fruga*: la giustizia ci penetra fin nell'intimo.

11. *dismaga*: sminuisce.

Io mi volsi da lato con paura
d'essere abbandonato, quand'io vidi
21   solo dinanzi a me la terra scura.
      E 'l mio conforto « Perché pur diffidi? »
a dir mi cominciò tutto rivolto:
24   « non credi tu me teco e ch'io ti guidi?
      Vespero è già colà dov'è sepolto
lo corpo dentro al quale io facea ombra:
27   Napoli l'ha, e da Brandizio è tolto.
      Ora, se innanzi a me nulla s'aombra,
non ti maravigliar più che de' cieli
30   che l'uno a l'altro raggio non ingombra.
      A sofferir tormenti e caldi e geli
simili corpi la Virtù dispone,
33   che, come fa, non vuol ch'a noi si sveli.
      Matto è chi spera che nostra ragione
possa trascorrer la infinita via
36   che tiene una sustanza in tre persone.
      State contenti, umana gente, al quia;
ché se possuto aveste veder tutto,
39   mestier non era parturir Maria;
      e disiar vedeste sanza frutto
tai che sarebbe lor disio quetato,
42   ch'etternalmente è dato lor per lutto:
      io dico d'Aristotile e di Plato
e di molt'altri ». E qui chinò la fronte,
45   e più non disse, e rimase turbato.
      Noi divenimmo intanto a piè del monte:
quivi trovammo la roccia sì erta,
48   che 'ndarno vi sarien le gambe pronte.
      Tra Lerice e Turbìa, la più diserta,
la più rotta ruina è una scala,

27. *Brandizio*: a Brindisi era morto Virgilio (19 a.C.); fu poi sepolto a Napoli.

28. *nulla s'aombra*: non si proietta nessuna ombra; nulla è in ombra.

36. *che... persone*: il soggetto è *una sustanza in tre persone* (Dio nella Trinità).

37. *al quia*: alla nozione che le cose esistono; non domandate *cur* (perché?).

39. *mestier... Maria*: non era necessario che Maria partorisse (cioè che Cristo si in-

carnasse per redimere la umanità dalla colpa di Adamo).

41. *tai che... quetato*: Virgilio parla di sé e dei suoi compagni del Limbo; donde il suo turbamento.

49. *Tra Lerice e Turbìa*: la costa ligure, specie dopo Lerici (zona delle Cinque Terre) è dirupata e scogliosa, tanto che fino ad oggi non è raggiungibile ovunque con strade carrozzabili.

51   verso di quella, agevole e aperta.

    « Or chi sa da qual man la costa cala »
   disse 'l maestro mio, fermando il passo,
54   « sì che possa salir chi va sanz'ala? »

    E mentre ch'è tenendo il viso basso
   esaminava del cammin la mente,
57   e io mirava suso intorno al sasso,

    da man sinistra m'apparì una gente
   d'anime, che movieno i piè ver noi,
60   e non parea, sì venian lente.

    « Leva » diss'io, « maestro, li occhi tuoi:
   ecco di qua chi ne darà consiglio,
63   se tu da te medesmo aver nol puoi ».

    Guardò allora, e con libero piglio
   rispuose: « Andiamo in là, ch'ei vegnon piano;
66   e tu ferma la spene, dolce figlio ».

    Ancora era quel popol di lontano,
   dico dopo i nostri mille passi,
69   quanto un buon gittator trarria con mano,

    quando si strinser tutti ai duri massi
   de l'alta ripa e stetter fermi e stretti,
72   com'a guardar, chi va dubbiando, stassi.

    « O ben finiti, o già spiriti eletti, »
   Virgilio incominciò, « per quella pace
75   ch'i' credo che per voi tutti s'aspetti,

    ditene dove la montagna giace,
   sì che possibil sia l'andare in suso;
78   ché perder tempo a chi più sa più spiace ».

    Come le pecorelle escon del chiuso
   a una, a due, a tre, e l'altre stanno
81   timidette atterrando l'occhio e 'l muso;

    e ciò che fa la prima, e l'altre fanno,
   addossandosi a lei, s'ella s'arresta,
84   semplici e quete, e lo 'mperché non sanno;

    sì vid'io muovere a venir la testa

---

51. *verso*: a paragone.
 56. *esaminava... mente*: interrogava la sua mente (cioè rifletteva) a proposito del cammino da percorrere.

66. *ferma la spene*: rafferma, rinforza, conferma, la tua speranza.
76. *giace*: è meno ripida.

        di quella mandra fortunata allotta,
87   pudica in faccia e ne l'andare onesta.
        Come color dinanzi vider rotta
    la luce in terra dal mio destro canto,
90   sì che l'ombra era da me a la grotta,
        restaro, e trasser sé in dietro alquanto,
    e tutti li altri che venieno appresso,
93   non sappiendo il perché, fenno altrettanto.
        « Sanza vostra domanda io vi confesso
    che questo è corpo uman che voi vedete;
96   per che il lume del sole in terra è fesso.
        Non vi maravigliate; ma credete
    che non sanza virtù che dal ciel vegna
99   cerchi di soverchiar questa parete ».
        Così 'l maestro; e quella gente degna
    « Tornate » disse; « intrate innanzi dunque »,
102   coi dossi de le man faccendo insegna.
        E un di loro incominciò: « Chiunque
    tu se', così andando volgi il viso:
105   pon mente se di là mi vedesti unque ».
        Io mi volsi ver lui e guardail fiso:
    biondo era e bello e di gentile aspetto,
108   ma l'un de' cigli un colpo avea diviso.
        Quand'i' mi fui umilmente disdetto
    d'averlo visto mai, el disse: « Or vedi »;
111   e mostrommi una piaga a sommo 'l petto.
        Poi sorridendo disse: « Io son Manfredi,
    nepote di Costanza imperadrice;
114   ond'io ti priego che quando tu riedi,
        vadi a mia bella figlia, genitrice
    de l'onor di Cicilia e d'Aragona,

---

99. *soverchiar*: scalare.

112. *Manfredi*: citiamo Giovanni Villa-ni «Il re Manfredi [1232-1266], figlio natu-rale, poi legittimato, di Federico II] fu bello del corpo, e, come il padre e più, dissoluto in ogni lussuria; sonatore e cantatore era; volentieri si vedea intorno giocolari e uo-mini di corte, e belle concubine, e sempre

vestito di drappi verdi...». Fu ucciso alla battaglia di Benevento. Costanza, sua non-na, si ritroverà in *Paradiso*, III, 118-20.

115. *mia bella figlia*: anche lei di nome Costanza, sposò Pietro III, re d'Aragona e di Sicilia. Dei suoi figli, uno, Federigo, fu re di Sicilia (*onor di Cicilia*) e un altro, Gia-como, fu re d'Aragona.

117   e dichi il vero a lei, s'altro si dice.
     Poscia ch'io ebbi rotta la persona
     di due punte mortali, io mi rendei,
120   piangendo, a quei che volontier perdona.
     Orribil furon li peccati miei;
     ma la bontà infinita ha sì gran braccia,
123   che prende ciò che si rivolge a lei.
     Se 'l pastor di Cosenza, che a la caccia
     di me fu messo per Clemente allora,
126   avesse in Dio ben letta questa faccia,
     l'ossa del corpo mio sarieno ancora
     in co del ponte presso a Benevento,
129   sotto la guardia de la grave mora.
     Or le bagna la pioggia e move il vento
     di fuor dal regno, quasi lungo il Verde,
132   dov'ei le trasmutò a lume spento.
     Per lor maladizion sì non si perde,
     che non possa tornar l'etterno amore,
135   mentre che la speranza ha fior del verde.
     Vero è che quale in contumacia more
     di Santa Chiesa, ancor ch'al fin si penta,
138   star li convien da questa ripa in fore,
     per ogni tempo ch'elli è stato, trenta,
     in sua presunzion, se tal decreto
141   più corto per buon prieghi non diventa.
     Vedi oggimai se tu mi puoi far lieto,
     revelando a la mia buona Costanza
144   come m'hai visto, e anche esto divieto;
     ché qui per quei di là molto s'avanza ».

124-6. *Se 'l pastor... faccia*: il vescovo di Cosenza (Bartolomeo Pignatelli), che per ordine di Clemente IV perseguitò il cadavere scomunicato di Manfredi impedendone la sepoltura in luogo consacrato, non aveva ben considerato la bontà di Dio.

127-32. *l'ossa... spento*: il cadavere di Manfredi era stato sepolto sul campo di battaglia, a capo di un ponte sul Calore; e i soldati gettando ciascuno una pietra, avevano eretto una rozza piramide (*mora*) che lo custodiva. Ma il vescovo lo fece disseppellire e gettare fuori del regno, nei pressi del Garigliano (chiamato anche *Verde*); *a lume spento*: perché scomunicato.

135. *mentre... verde*: finché la speranza ha un po' di verde, di vita.

140. *in sua presunzion*: da unire a *è stato*; trenta volte tanto tempo quanto egli è rimasto ostinato nella sua presunzione di non pentirsi.

CANTO IV

  Quando per dilettanze o ver per doglie,
che alcuna virtù nostra comprenda,
3 l'anima bene ad essa si raccoglie,
  par ch'a nulla potenza più intenda;
e questo è contra quello error che crede
6 ch'un'anima sovr'altra in noi s'accenda.
  E però, quando s'ode cosa o vede
che tegna forte a sé l'anima volta,
9 vassene il tempo e l'uom non se n'avvede;
  ch'altra potenza è quella che l'ascolta,
e altra è quella c'ha l'anima intera:
12 questa è quasi legata, e quella è sciolta.
  Di ciò ebb'io esperienza vera,
udendo quello spirto e ammirando;
15 ché ben cinquanta gradi salito era
  lo sole, e io non m'era accorto, quando
venimmo ove quell'anime ad una
18 gridaro a noi: « Qui è vostro dimando ».
  Maggiore aperta molte volte impruna
con una forcatella di sue spine
21 l'uom de la villa quando l'uva imbruna,
  che non era la calla onde saline
lo duca mio, ed io appresso, soli,
24 come da noi la schiera si partine.
  Vassi in Sanleo e discendesi in Noli,
montasi su 'n Bismantova e in Caccume
27 con esso i piè; ma qui convien ch'om voli;
  dico con l'ale snelle e con le piume
del gran disio, di retro a quel condotto

IV. - 5. *quello error*: di quelle scuole filoso-
fiche che insegnavano la pluralità delle anime nell'uomo.

10-2. *ch'altra potenza... sciolta*: se l'uomo esercita solo il senso dell'ascoltare, l'a-
nima è libera; se essa si impegna invece
nella sensazione, ne è come legata. Dante
distingue lo stato di profondo assorbimen-
to psicologico, in cui tutte le facoltà sono
concentrate, da quello della normale attività sensitiva, in cui le facoltà sono rela-

tivamente autonome.

15. *cinquanta gradi*: tre ore e venti minuti.

25-6. *Sanleo... Caccume*: San Leo, presso San Marino; Noli, a ovest di Savona; Bismantova, a sud di Reggio Emilia; Caccume, a sud-ovest di Frosinone; sono tutte località dirupatissime, atte a esemplificare
l'erta del primo balzo del Purgatorio.

29. *condotto*: va riferito a Dante; condotto dietro a Virgilio.

30   che speranza mi dava e facea lume.
            Noi salivam per entro il sasso rotto,
            e d'ogni lato ne stringea lo stremo,
33   e piedi e man volea il suol di sotto.
            Poi che noi fummo su l'orlo supremo
            de l'alta ripa, a la scoperta piaggia,
36   « Maestro mio, » diss'io « che via faremo? »
            Ed elli a me: « Nessun tuo passo caggia:
            pur su al monte dietro a me acquista,
39   fin che n'appaia alcuna scorta saggia ».
            Lo sommo er'alto che vincea la vista,
            e la costa superba più assai
42   che da mezzo quadrante a centro lista.
            Io era lasso, quando cominciai:
            « O dolce padre, volgiti, e rimira
45   com'io rimango sol, se non restai ».
            « Figliuol mio, » disse « infin quivi ti tira »,
            additandomi un balzo poco in sue,
48   che da quel lato il poggio tutto gira.
            Sì mi spronaron le parole sue,
            ch'i' mi sforzai carpando appresso lui,
51   tanto che il cinghio sotto i piè mi fue.
            A seder ci ponemmo ivi ambedui
            volti a levante ond'eravam saliti,
54   che suole a riguardar giovare altrui.
            Li occhi prima drizzai ai bassi liti;
            poscia li alzai al sole, e ammirava
57   che da sinistra n'eravam feriti.
            Ben s'avvide il poeta ch'io stava
            stupido tutto al carro de la luce,
60   ove tra noi e Aquilone intrava.
            Ond'elli a me: « Se Castore e Polluce
            fossero in compagnia di quello specchio

---

37. *Nessun... caggia*: non perdere quota in nessun caso, non scendere mai.

42. *che... lista*: che una linea (*lista*) tirata al centro da un mezzo quadrante. Il quadrante è un quarto di cerchio, cioè ha un angolo al centro di 90°; la pendenza descritta da Dante è perciò *più assai* che 45°.

57. *da sinistra*: seduti con la faccia a le-vante, i due dovrebbero avere il sole a destra, verso sud. Invece, nell'emisfero del Purgatorio, Dante lo vede a nord (*tra noi e Aquilone*). Cfr. *Convivio*, III, v.

61-5. *Se Castore... rotare*: la spiegazione di Virgilio è la seguente. Se il sole fosse nella costellazione dei Gemelli, il sole che illumina tanto l'emisfero boreale quanto

63   che su e giù del suo lume conduce,
              tu vedresti il Zodiaco rubecchio
            ancora a l'Orse più stretto rotare,
66   se non uscisse fuor del cammin vecchio.
              Come ciò sia, se 'l vuoi poter pensare,
            dentro raccolto, imagina Sion
69   con questo monte in su la terra stare
              sì ch'amendue hanno un solo orizzon
            e diversi emisperi; onde la strada
72   che mal non seppe carreggiar Feton,
              vedrai come a costui convien che vada
            da l'un, quando a colui da l'altro fianco,
75   se lo 'ntelletto tuo ben chiaro bada ».
              « Certo, maestro mio, » diss'io « unquanco
            non vid'io chiaro sì com'io discerno
78   là dove mio ingegno parea manco,
              che 'l mezzo cerchio del moto superno,
            che si chiama Equatore in alcun'arte,
81   e che sempre riman tra 'l sole e 'l verno,
              per la ragion che di', quinci si parte
            verso settentrion, quando li Ebrei
84   vedevan lui verso la calda parte.
              Ma se a te piace, volontier saprei
            quanto avemo ad andar; ché 'l poggio sale
87   più che salir non posson li occhi miei ».
              Ed elli a me: « Questa montagna è tale,
            che sempre al cominciar di sotto è grave;
90   e quant'uom più va su, e men fa male.
              Però, quand'ella ti parrà soave
            tanto, che su andar ti fia leggiero
93   com'a seconda giù andar per nave,
              allor sarai al fin d'esto sentiero:
            quivi di riposar l'affanno aspetta.

---

quello australe (*su e giù*), lo vedresti ancora
più a nord; perché questo monte è il perfetto antipodo di Gerusalemme, e quindi
il percorso del sole in questo emisfero appare all'inverso.

72. *Feton*: Fetonte, secondo il mito, era
figlio del Sole. Ottenne di condurre il carro del padre, ma, incapace di guidarlo,

avrebbe prodotto gravi disastri se Giove
non l'avesse fulminato.

79. *'l mezzo... superno*: l'equatore (cerchio mediano) del più alto dei cieli.

82. *quinci*: da questo monte.

83. *quando*: mentre.

93. *com'a seconda*: secondo corrente.

96   Più non rispondo, e questo so per vero ».
         E com'elli ebbe sua parola detta,
       una voce di presso sonò: « Forse
99   che di sedere in pria avrai distretta! »
         Al suon di lei ciascun di noi si torse,
       e vedemmo a mancina un gran petrone,
102   del qual né io né ei prima s'accorse.
         Là ci traemmo; ed ivi eran persone
       che si stavano a l'ombra dietro al sasso
105   come l'uom per negghienza a star si pone.
         E un di lor, che mi sembiava lasso,
       sedeva e abbracciava le ginocchia,
108   tenendo il viso giù tra esse basso.
         « O dolce segnor mio, » diss'io « adocchia
       colui che mostra sé più negligente
111   che se pigrizia fosse sua serocchia ».
         Allor si volse a noi, e puose mente
       movendo il viso pur su per la coscia,
114   e disse: « Or va tu su, che se' valente! »
         Conobbi allor chi era, e quella angoscia
       che m'avacciava un poco ancor la lena,
117   non m'impedì l'andare a lui; e poscia
         ch'a lui fu' giunto, alzò la testa a pena,
       dicendo: « Hai ben veduto come il sole
120   da l'omero sinistro il carro mena? »
         Li atti suoi pigri e le corte parole
       mosson le labbra mie un poco a riso;
123   poi cominciai: « Belacqua, a me non dole
         di te omai; ma dimmi: perché assiso
       quiritto se'? attendi tu iscorta,
126   o pur lo modo usato t'ha' ripriso? »
         Ed elli: « O frate, l'andar su che porta?
       ché non mi lascerebbe ire a' martiri
129   l'angel di Dio che siede in su la porta.
         Prima convien che tanto il ciel m'aggiri
       di fuor da essa, quanto fece in vita,

---

99. *distretta*: necessità.
105. *negghienza*: negligenza.
116. *avacciava*: accelerava.
124. *omai*: perché ti trovo qui in Purgatorio, e quindi sono rassicurato sulla tua
sorte.
   130. *m'aggiri*: giri intorno a me.

132   perch'io indugiai al fine i buon sospiri,
             se orazione in prima non m'aita
         che surga su di cuor che in grazia viva:
135   l'altra che val, che 'n ciel non è udita? »
             E già il poeta innanzi mi saliva,
         e dicea: « Vienne omai: vedi ch'è tocco
138   meridian dal sole ed a la riva
             cuopre la notte già col piè Morrocco ».

CANTO V

             Io era già da quell'ombre partito,
         e seguitava l'orme del mio duca,
3   quando di retro a me, drizzando il dito,
             una gridò: « Ve' che non par che luca
         lo raggio da sinistra a quel di sotto,
6   e come vivo par che si conduca! »
             Gli occhi rivolsi al suon di questo motto,
         e vidile guardar per maraviglia
9   pur me, pur me, e 'l lume ch'era rotto.
             « Perché l'animo tuo tanto s'impiglia »
         disse 'l maestro, « che l'andare allenti?
12   che ti fa ciò che quivi si pispiglia?
             Vien dietro a me, e lascia dir le genti:
         sta come torre ferma che non crolla
15   già mai la cima per soffiar de' venti;
             ché sempre l'uomo in cui pensier rampolla
         sovra pensier, da sé dilunga il segno,
18   perché la foga l'un dell'altro insolla ».
             Che potea io ridir, se non 'Io vegno'?
         Dissilo, alquanto del color consperso
21   che fa l'uom di perdon tal volta degno.
             E 'ntanto per la costa di traverso
         venivan genti innanzi a noi un poco,
24   cantando 'Miserere' a verso a verso.
             Quando s'accorser ch'i' non dava loco
         per lo mio corpo al trapassar de' raggi,

137-9. *è tocco... Morrocco*: essendo mezzogiorno sul monte, a Gerusalemme doveva essere mezzanotte, e la tenebra coprire
coi suoi margini (*col piè*) i margini dell'e-
misfero abitato (la riva atlantica del
Marocco).

v. - 18. *insolla*: indebolisce.

27   mutar lor canto in un 'Oh!' lungo e roco;
          e due di loro, in forma di messaggi,
        corsero incontr'a noi e dimandarne:
30   « Di vostra condizion fatene saggi ».

          E 'l mio maestro: « Voi potete andarne
        e ritrarre a color che vi mandaro
33   che 'l corpo di costui è vera carne.

          Se per veder la sua ombra restaro,
        com'io avviso, assai è lor risposto:
36   faccianli onore, ed esser può lor caro ».

          Vapori accesi non vid'io sì tosto
        di prima notte mai fender sereno,
39   né, sol calando, nuvole d'agosto,

          che color non tornasser suso in meno;
        e, giunti là, con li altri a noi dier volta
42   come schiera che scorre sanza freno.

          « Questa gente che preme a noi è molta,
        e vegnonti a pregar » disse il poeta:
45   « però pur va ed in andando ascolta ».

          « O anima che vai per esser lieta
        con quelle membra con le quai nascesti »
48   venian gridando, « un poco il passo queta.

          Guarda s'alcun di noi unqua vedesti,
        sì che di lui di là novella porti:
51   deh, perché vai? deh, perché non t'arresti?

          Noi fummo tutti già per forza morti,
        e peccatori infino a l'ultima ora:
54   quivi lume del ciel ne fece accorti,

          sì che, pentendo e perdonando, fora
        di vita uscimmo a Dio pacificati,
57   che del disio di sé veder n'accora ».

          E io: « Perché ne' vostri visi guati,
        non riconosco alcun; ma s'a voi piace
60   cosa ch'io possa, spiriti ben nati,

          voi dite, e io farò per quella pace
        che dietro a' piedi di sì fatta guida

---

28. *messaggi*: messaggeri.
30. *fatene saggi*: informateci.
40. *color*: i due messaggeri.
52. *per forza morti*: uccisi di morte violenta.

54. *quivi*: all'ultima ora.
57. *del disio... n'accora*: ci tormenta col desiderio di vederlo.
58. *Perché*: per quanto.

63   di mondo in mondo cercar mi si face ».

          E uno incominciò: « Ciascun si fida
          del beneficio tuo sanza giurarlo,
66   pur che 'l voler non possa non ricida.

          Ond'io, che solo innanzi a li altri parlo,
          ti priego, se mai vedi quel paese
69   che siede tra Romagna e quel di Carlo,

          che tu mi sia de' tuoi prieghi cortese
          in Fano, sì che ben per me s'adori
72   pur ch'i' possa purgar le gravi offese.

          Quindi fu' io; ma li profondi fori
          ond'uscì 'l sangue in sul quale io sedea,
75   fatti mi fuoro in grembo a li Antenori,

          là dov'io più sicuro esser credea:
          quel da Esti il fe' far, che m'avea in ira
78   assai più là che dritto non volea.

          Ma s'io fosse fuggito inver la Mira,
          quando fu' sovragiunto ad Oriaco,
81   ancor sarei di là ove si spira.

          Corsi al palude, e le cannucce e 'l braco
          m'impigliar sì, ch'i' caddi; e lì vid'io
84   de le mie vene farsi in terra laco ».

          Poi disse un altro: « Deh, se quel disio
          si compia che ti tragge a l'alto monte,
87   con buona pietate aiuta il mio!

          Io fui da Montefeltro, io son Bonconte;
          Giovanna o altri non ha di me cura;
90   per ch'io vo tra costor con bassa fronte ».

          E io a lui: « Qual forza o qual ventura
          ti traviò sì fuor di Campaldino,
93   che non si seppe mai tua sepultura? »

          « Oh! » rispuos'elli, « a piè del Casentino

---

66. *pur... ricida*: purché l'impossibilità (il
non potere) non si opponga alla buona
volontà.
68. *quel paese*: la marca di Ancona.
69. *quel di Carlo*: il regno di Napoli, allora sotto Carlo II d'Anjou.
75. *in grembo a li Antenori*: nel Padovano (Padova essendo stata fondata, secondo la tradizione, da Antenore troiano).

77. *quel da Esti*: Azzo VIII da Este.
79. *la Mira*: villaggio appartenente in
quei tempi a Padova.
80. *Oriaco*: villaggio sulla via di Venezia, prima di arrivare alla Mira.
88. *Bonconte*: figlio del conte Guido da
Montefeltro (cfr. *Inferno*, XXVII, 67 e
segg.), capitano ghibellino, fu ucciso a Campaldino l'11 giugno 1289.

traversa un'acqua c'ha nome l'Archiano,
96   che sovra l'Ermo nasce in Apennino.
    Là 've 'l vocabol suo diventa vano,
arriva' io, forato ne la gola,
99   fuggendo a piede e 'nsanguinando il piano.
    Quivi perdei la vista e la parola;
nel nome di Maria fini', e quivi
102   caddi e rimase la mia carne sola.
    Io dirò vero e tu 'l ridì tra' vivi:
l'angel di Dio mi prese, e quel d'inferno
105   gridava: 'O tu del ciel, perché mi privi?
    Tu te ne porti di costui l'etterno
per una lacrimetta che 'l mi toglie;
108   ma io farò de l'altro altro governo!'
    Ben sai come ne l'aere si raccoglie
quell'umido vapor che in acqua riede,
111   tosto che sale dove 'l freddo il coglie.
    Giunse quel mal voler che pur mal chiede
con lo 'ntelletto, e mosse il fummo e 'l vento
114   per la virtù che sua natura diede.
    Indi la valle, come 'l dì fu spento,
da Pratomagno al gran giogo coperse
117   di nebbia; e 'l ciel di sopra fece intento,
    sì che 'l pregno aere in acqua si converse:
la pioggia cadde ed a' fossati venne
120   di lei ciò che la terra non sofferse;
    e come ai rivi grandi si convenne,
ver lo fiume real tanto veloce
123   si ruinò, che nulla la ritenne.
    Lo corpo mio gelato in su la foce
trovò l'Archian rubesto; e quel sospinse
126   ne l'Arno, e sciolse al mio petto la croce
ch'i' fe' di me, quando 'l dolor mi vinse:

97. *Là... vano*: dove l'Archiano sfocia nell'Arno (a qualche chilometro da Campaldino).

106. *l'etterno*: quel che è eterno, cioè l'anima.

112-3. *Giunse... 'ntelletto*: quello (il demonio) congiunse la sua insaziabile malevolenza e l'intenzione di danneggiarmi in tutti quei modi che poteva escogitare.

114. *virtù*: potenza tenebrosa, che gli consentiva di scatenare gli elementi.

116. *gran giogo*: la catena principale dell'Appennino, a oriente della valle dell'Arno in Casentino, che ha ad occidente il Pratomagno.

122. *fiume real*: l'Arno.

125. *rubesto*: in piena, veemente.

129   voltommi per le ripe e per lo fondo;
       poi di sua preda mi coperse e cinse ».
           « Deh, quando tu sarai tornato al mondo,
       e riposato de la lunga via »
132   seguitò il terzo spirito al secondo,
           « ricorditi di me che son la Pia:
       Siena mi fe'; disfecemi Maremma;
135   salsi colui che 'nnanellata pria
       disposando m'avea con la sua gemma ».

CANTO VI

       Quando si parte il gioco de la zara,
       colui che perde si riman dolente,
3   repetendo le volte, e tristo impara:
           con l'altro se ne va tutta la gente;
       qual va dinanzi, e qual di dietro il prende,
6   e qual da lato li si reca a mente:
           el non s'arresta, e questo e quello intende;
       a cui porge la man, più non fa pressa;
9   e così da la calca si difende.
           Tal era io in quella turba spessa,
       volgendo a loro, e qua e là, la faccia,
12   e promettendo mi sciogliea da essa.
           Quiv'era l'Aretin che da le braccia
       fiere di Ghin di Tacco ebbe la morte,
15   e l'altro ch'annegò correndo in caccia.
           Quivi pregava con le mani sporte
       Federigo Novello, e quel da Pisa
18   che fe' parer lo buon Marzucco forte.

---

133. *la Pia*: probabilmente Pia dei To-
lomei, senese, misteriosamente uccisa da
suo marito, Nello de' Pannocchieschi, nel
castello della Pietra in Maremma.

135. *salsi*: «sallosi», cioè «se lo sa», lo sa
bene.

VI. - 1. *la zara*: gioco di dadi, in cui il gio-
catore doveva, prima di buttare, annunziare
il numero che prevedeva risultare dalla somma del colpo di dadi. Se sbagliava, si gridava *zara*.

13. *l'Aretin*: il giudice Benincasa da La-
terina, ucciso nel suo ufficio, per vendet-

ta, da Ghino di Tacco (famoso gentiluomo-
pirata della zona di Radicofani).

15. *l'altro*: Guccio dei Tarlati, di Pietra-
mala (Arezzo).

17. *Federigo Novello*: dei conti Guidi,
ucciso presso Bibbiena (probabilmente nel
1289).

18. *Marzucco*: Marzucco degli Scornigia-
ni perdé per assassinio due figli, Farinata
e Gano; in entrambi i casi volle, per fortezza d'animo, perdonare all'uccisore e anzi «baciare quella mano che aveva morto lo
suo filliuolo» (Buti). Sembra che Dante al-
luda qui a Gano.

Vidi Conte Orso e l'anima divisa
dal corpo suo per astio e per inveggia,
21   com'e' dicea, non per colpa commisa;
Pier da la Broccia dico; e qui proveggia,
mentr'è di qua, la donna di Brabante,
24   sì che però non sia di peggior greggia.
Come libero fui da tutte quante
quell'ombre che pregar pur ch'altri preghi,
27   sì che s'avacci lor divenir sante,
io cominciai: « El par che tu mi nieghi,
o luce mia, espresso in alcun testo
30   che decreto del cielo orazion pieghi;
e questa gente prega pur di questo:
sarebbe dunque loro speme vana,
33   o non m'è 'l detto tuo ben manifesto? »
Ed elli a me: « La mia scrittura è piana;
e la speranza di costor non falla,
36   se ben si guarda con la mente sana.
Ché cima di giudicio non s'avvalla
perché foco d'amor compia in un punto
39   ciò che de' sodisfar chi qui si stalla;
e là dov'io fermai cotesto punto,
non s'ammendava, per pregar, difetto,
42   perché 'l priego da Dio era disgiunto.
Veramente a così alto sospetto
non ti fermar, se quella nol ti dice
45   che lume fia tra 'l vero e lo 'ntelletto:
non so se 'ntendi; io dico di Beatrice:
tu la vedrai di sopra, in su la vetta
48   di questo monte, ridere e felice ».
E io: « Segnore, andiamo a maggior fretta,
ché già non m'affatico come dianzi,

---

19. *Conte Orso*: degli Alberti, ucciso da Alberto da Mangona suo cugino.

20. *inveggia*: invidia.

22. *Pier de la Broccia*: chirurgo, favorito di Filippo III re di Francia, fu coinvolto in intrighi di corte e calunniato da Maria di Brabante, moglie del re, che riuscì a provocarne l'esecuzione (1278); *proveggia*: provveda, col pentirsi, finché è in tempo.

23. *la donna di Brabante*: Maria di Brabante, che aveva causato la morte di un innocente. Maria morì nel 1321.

27. *s'avacci*: si affretti.

29. *in alcun testo*: in un passo di Virgilio; cfr. *Eneide*, VI, 373 e segg.

37. *Ché... s'avvalla*: l'alta vetta della giustizia divina non si piega; cioè, la legge non si infrange.

51   e vedi omai che 'l poggio l'ombra getta ».
           « Noi anderem con questo giorno innanzi »
        rispuose, « quanto più potremo omai;
54   ma 'l fatto è d'altra forma che non stanzi.
           Prima che sie là su, tornar vedrai
        colui che già si cuopre de la costa,
57   sì che' suoi raggi tu romper non fai.
           Ma vedi là un'anima che posta
        sola soletta inverso noi riguarda:
60   quella ne 'nsegnerà la via più tosta ».
           Venimmo a lei: o anima lombarda,
        come ti stavi altera e disdegnosa
63   e nel mover de gli occhi onesta e tarda!
           Ella non ci dicea alcuna cosa;
        ma lasciavane gir, solo sguardando
66   a guisa di leon quando si posa.
           Pur Virgilio si trasse a lei, pregando
        che ne mostrasse la miglior salita;
69   e quella non rispuose al suo dimando,
           ma di nostro paese e de la vita
        c'inchiese; e 'l dolce duca incominciava
72   « Mantova... », e l'ombra, tutta in sé romita,
           surse ver lui del loco ove pria stava,
        dicendo: « O Mantovano, io son Sordello
75   de la tua terra! ». E l'un l'altro abbracciava.
           Ahi serva Italia, di dolore ostello,
        nave sanza nocchiere in gran tempesta,
78   non donna di provincie, ma bordello!
           Quell'anima gentil fu così presta,
        sol per lo dolce suon de la sua terra,
81   di fare al cittadin suo quivi festa;
           e ora in te non stanno sanza guerra
        li vivi tuoi e l'un l'altro si rode
84   di quei ch'un muro ed una fossa serra.
           Cerca, misera, intorno da le prode
        le tue marine, e poi ti guarda in seno,

54. *stanzi*: pensi.
56. *colui*: il sole.
74. *Sordello*: cavaliere di Goito (Mantova), visse in varie corti dell'Italia settentrionale, e poi presso Raimondo IV Berlinghieri, conte di Provenza, Nel 1269, già anziano, otteneva dei feudi negli Abruzzi. Fu un
celebre trovatore.

87   s'alcuna parte in te di pace gode.
                Che val perché ti racconciasse il freno
            Iustiniano se la sella è vota?
90   Sanz'esso fora la vergogna meno.
                Ahi gente che dovresti esser devota,
            e lasciar seder Cesare in la sella,
93   se bene intendi ciò che Dio ti nota,
                guarda come esta fiera è fatta fella
            per non esser corretta da li sproni,
96   poi che ponesti mano a la predella.
                O Alberto tedesco ch'abbandoni
            costei ch'è fatta indomita e selvaggia,
99   e dovresti inforcar li suoi arcioni,
                giusto giudicio da le stelle caggia
            sovra 'l tuo sangue, e sia novo e aperto,
102   tal che 'l tuo successor temenza n'aggia!
                Ch'avete tu e 'l tuo padre sofferto,
            per cupidigia di costà distretti,
105   che 'l giardin de lo 'mperio sia diserto.
                Vieni a veder Montecchi e Cappelletti,
            Monaldi e Filippeschi, uom sanza cura:
108   color già tristi, e questi con sospetti!
                Vieni, crudel, vieni, e vedi la pressura
            de' tuoi gentili, e cura lor magagne;
111   e vedrai Santafior com'è oscura!
                Vieni a veder la tua Roma che piagne
            vedova e sola, e dì e notte chiama:
114   « Cesare mio, perché non m'accompagne? »
                Vieni a veder la gente quanto s'ama!
            e se nulla di noi pietà ti move,

89. *Iustiniano*: l'imperatore Giustiniano fece compilare il codice di leggi (cfr. *Paradiso*, VI, 12) che doveva servire di freno all'Impero.

93. *ciò... nota*: «da' a Cesare quel che è di Cesare» (cfr. *Vangelo secondo Matteo*, XXII, 21).

94. *fella*: riottosa. L'Italia (il cavallo senza cavaliere) è in preda ai disordini e alla ribellione.

96. *poi... predella*: da quando hai preso in mano la cavezza; cioè hai usurpato il potere civile.

97. *Alberto*: d'Asburgo (1250-1308) eletto imperatore nel 1298, figlio di Rodolfo (cfr. *Purgatorio*, VII, 94).

102. *successor*: Arrigo VII; giacché sul *sangue* di Alberto era caduta la vendetta che qui Dante finge di profetare; nel 1307 era morto il suo primogenito Rodolfo, nel 1308 egli stesso fu assassinato.

104. *di costà*: d'oltralpe.

109. *pressura*: angoscia.

111. *Santafior*: contea in Maremma, contro la quale infierirono i Senesi.

117   a vergognar ti vien de la tua fama.
         E se licito m'è, o sommo Giove
         che fosti in terra per noi crucifisso,
120   son li giusti occhi tuoi rivolti altrove?
         O è preparazion che ne l'abisso
         del tuo consiglio fai per alcun bene
123   in tutto de l'accorger nostro scisso?
         Ché le città d'Italia tutte piene
         son di tiranni, e un Marcel diventa
126   ogni villan che parteggiando viene.
         Fiorenza mia, ben puoi esser contenta
         di questa digression che non ti tocca,
129   mercé del popol tuo che si argomenta.
         Molti han giustizia in cuore, e tardi scocca,
         per non venir sanza consiglio a l'arco;
132   ma il popol tuo l'ha in sommo de la bocca.
         Molti rifiutan lo comune incarco;
         ma 'l popol tuo sollicito risponde
135   sanza chiamare, e grida: « I' mi sobbarco! »
         Or ti fa lieta, ché tu hai ben onde:
         tu ricca, tu con pace, e tu con senno!
138   S'io dico ver, l'effetto nol nasconde.
         Atene e Lacedemona, che fenno
         l'antiche leggi e furon sì civili,
141   fecero al viver bene un picciol cenno
         verso di te che fai tanto sottili
         provedimenti, ch'a mezzo novembre
144   non giugne quel che tu d'ottobre fili.
         Quante volte, del tempo che rimembre,
         legge, moneta, officio e costume
147   hai tu mutato e rinovate membre!
         E se ben ti ricordi e vedi lume,
         vedrai te somigliante a quella inferma
150   che non può trovar posa in su le piume,
         ma con dar volta suo dolore scherma.

---

123. *scisso*: lontano dalla nostra capacità di distinguere.

125. *Marcel*: allusione a C. Claudio Mar-
cello, partigiano di Pompeo contro Cesare.

135. *sanza chiamare*: senza essere chiamato.

141. *un picciol cenno*: ironico; una pic-
colezza, appena un accenno.

CANTO VII

Poscia che l'accoglienze oneste e liete
furo iterate tre e quattro volte,
3   Sordel si trasse, e disse: « Voi, chi siete? »
     « Anzi che a questo monte fosser volte
l'anime degne di salire a Dio,
6   fur l'ossa mie per Ottavian sepolte.
     I' son Virgilio; e per null'altro rio
lo ciel perdei che per non aver fé ».
9   Così rispuose allora il duca mio.
     Qual è colui che cosa innanzi a sé
subita vede ond'e' si maraviglia,
12   che crede e non, dicendo 'Ella è... non è...',
     tal parve quelli; e poi chinò le ciglia,
e umilmente ritornò ver lui,
15   e abbracciòl là 've 'l minor s'appiglia.
     « O gloria de' Latin, » disse « per cui
mostrò ciò che potea la lingua nostra,
18   o pregio etterno del loco ond'io fui,
     qual merito o qual grazia mi ti mostra?
S'io son d'udir le tue parole degno,
21   dimmi se vien d'inferno, e di qual chiostra ».
     « Per tutt'i cerchi del dolente regno »
rispuose lui « son io di qua venuto:
24   virtù del ciel mi mosse, e con lei vegno.
     Non per far, ma per non fare ho perduto
a veder l'alto sol che tu disiri
27   e che fu tardi per me conosciuto.
     Luogo è là giù non tristo da martiri,
ma di tenebre solo, ove i lamenti
30   non suonan come guai, ma son sospiri.
     Quivi sto io coi pargoli innocenti
dai denti morsi de la morte avante
33   che fosser da l'umana colpa esenti;
     quivi sto io con quei che le tre sante
virtù non si vestiro, e sanza vizio
36   conobber l'altre e seguir tutte quante.

VII. - 15. *là*: probabilmente alle ginocchia. Ma i dantologhi discutono ancora se «al petto», «alle cosce», «ai piedi».

28. *tristo*: rattristato. È il Limbo (cfr. *Inferno*, IV).

Ma se tu sai e puoi, alcuno indizio
dà noi per che venir possiam più tosto
39   là dove purgatorio ha dritto inizio ».
Rispuose: « Loco certo non c'è posto;
licito m'è andar suso ed intorno;
42   per quanto ir posso, a guida mi t'accosto.
Ma vedi già come dichina il giorno,
e andar su di notte non si puote;
45   però è bon pensar di bel soggiorno.
Anime sono a destra qua remote:
se mi consenti, io ti merrò ad esse,
48   e non sanza diletto ti fier note ».
« Com'è ciò? » fu risposto. « Chi volesse
salir di notte, fora elli impedito
51   d'altrui, o non sarria ché non potesse? »
E 'l buon Sordello in terra fregò il dito,
dicendo: « Vedi? sola questa riga
54   non varcheresti dopo il sol partito;
non però ch'altra cosa desse briga,
che la notturna tenebra, ad ir suso:
57   quella col non poder la voglia intriga.
Ben si poria con lei tornare in giuso
e passeggiar la costa intorno errando,
60   mentre che l'orizzonte il dì tien chiuso ».
Allora il mio segnor, quasi ammirando,
« Menane » disse « dunque là 've dici
63   ch'aver si può diletto dimorando ».
Poco allungati c'eravam di lici,
quand'io m'accorsi che 'l monte era scemo,
66   a guisa che i vallon li sceman quici.
« Colà » disse quell'ombra « n'anderemo
dove la costa face di sé grembo;
69   e là il novo giorno attenderemo ».
Tra erto e piano era un sentiero sghembo,
che ne condusse in fianco de la lacca,

39. *dritto*: vero e proprio. Siamo ancora
nell'Antipurgatorio.
43. *dichina*: cala, declina.
47. *merrò*: menerò.
51. *sarria*: salirebbe.
52. *buon Sordello*: in senso medievale,

l'onorevole, il giusto, il valente Sordello.
57. *intriga*: imbarazza, ostacola.
65. *scemo*: scavato da una valletta.
71. *lacca*: valle (cfr. *Inferno*, VII, 16, e
XII, 11).

72   là dove più ch'a mezzo muore il lembo.
            Oro e argento fine, cocco e biacca,
        indaco, legno lucido, sereno,
75   fresco smeraldo in l'ora che si fiacca,
            da l'erba e da li fior dentr'a quel seno
        posti ciascun saria di color vinto,
78   come dal suo maggiore è vinto il meno.
            Non avea pur natura ivi dipinto,
        ma di soavità di mille odori
81   vi facea uno incognito e indistinto.
            'Salve, Regina' in sul verde e 'n su' fiori,
        quindi seder cantando anime vidi,
84   che per la valle non parean di fuori.
            « Prima che 'l poco sole omai s'annidi »
        cominciò il Mantovan che ci avea volti,
87   « tra costor non vogliate ch'io vi guidi.
            Di questo balzo meglio gli atti e' volti
        conoscerete voi di tutti quanti,
90   che ne la lama giù tra essi accolti.
            Colui che più siede alto e fa sembianti
        d'aver negletto ciò che far dovea,
93   e che non move bocca a li altrui canti,
            Rodolfo imperador fu, che potea
        sanar le piaghe c'hanno Italia morta,
96   sì che tardi per altro si ricrea.
            L'altro che ne la vista lui conforta,
        resse la terra dove l'acqua nasce
99   che Molta in Albia, e Albia in mar ne porta:
            Ottacchero ebbe nome, e ne le fasce
        fu meglio assai che Vincislao suo figlio,
102   barbuto, cui lussuria e ozio pasce.
            E quel Nasetto che stretto a consiglio

73. *cocco*: rosso (lat. *coccum*, bacca di leccio, da cui si estraeva il colore scarlatto).
74. *sereno*: azzurro chiaro, come la luminosità del cielo sereno (?). Cfr. *Purgatorio*, XXX, 24.
75. *si fiacca*: si spezza.
79. *pur*: solo.
90. *ne la lama*: nel taglio, nel cavo della valle.

94. *Rodolfo*: di Asburgo, padre di Alberto (cfr. *Purgatorio*, VI, 103).
97. *L'altro*: Ottokar re di Boemia (morto in battaglia nel 1278). La *Molta* (v. 99) è la Moldava; l'*Albia*, l'Elba.
103. *Nasetto*: Filippo III re di Francia (1245-1285) il marito della *donna di Brabante* (cfr. *Purgatorio*, VI, 23).

par con colui c'ha sì benigno aspetto,
105   morì fuggendo e disfiorando il giglio.
        Guardate là come si batte il petto!
        L'altro vedete ch'a fatto a la guancia
108   de la sua palma, sospirando, letto.
        Padre e suocero son del mal di Francia:
        sanno la vita sua viziata e lorda,
111   e quindi viene il duol che sì li lancia.
        Quel che par sì membruto e che s'accorda,
        cantando, con colui dal maschio naso,
114   d'ogni valor portò cinta la corda;
        e se re dopo lui fosse rimaso
        lo giovanetto che retro a lui siede,
117   bene andava il valor di vaso in vaso,
        che non si puote dir de l'altre rede:
        Iacomo e Federigo hanno i reami;
120   del retaggio miglior nessun possiede.
        Rade volte risurge per li rami
        l'umana probitate; e questo vole
123   quei che la dà, perché da lui si chiami.
        Anche al Nasuto vanno mie parole
        non men ch'a l'altro, Pier, che con lui canta,
126   onde Puglia e Proenza già si dole.
        Tant'è del seme suo minor la pianta,
        quanto più che Beatrice e Margherita,
129   Costanza di marito ancor si vanta.
        Vedete il re de la semplice vita

104. *colui*: Enrico di Navarra, padre di Giovanna I (regina di Navarra), che fu moglie di Filippo il Bello.

105. *il giglio*: d'oro in campo azzurro, blasone della casa di Francia.

109. *mal di Francia*: Filippo IV il Bello (1268-1314).

111. *lancia*: tormenta, punge.

112. *Quel*: Pietro III re d'Aragona (1236-1285), che divenne re di Sicilia dopo i Vespri (1282).

113. *colui*: Carlo d'Anjou, fratello di San Luigi re di Francia, re di Sicilia nel 1266, di Napoli dopo i Vespri siciliani. Morto nel 1285.

116. *lo giovanetto*: Alfonso III figlio di Pietro III d'Aragona, detto il Magnifico (1285-1291).

118. *rede*: eredi; cioè Giacomo II, secondogenito di Pietro III, e Federico, terzogenito.

120. *del retaggio miglior*: il valore personale del padre.

124. *Nasuto*: Carlo d'Anjou; cfr. v. 113.

125. *Pier*: Pietro III; cfr. v. 112.

126. *onde*: per la quale diminuzione di valore nei figli. Anche Carlo II, figlio di Carlo d'Anjou, non era all'altezza di suo padre, per cui i suoi stati, Puglia e Provenza, già si dolgono.

128-9. *più che... vanta*: Costanza, vedova di Pietro III, poteva vantarsi del marito tanto più che le due mogli di Carlo d'Anjou del loro; in proporzione Carlo II è inferiore a Carlo I.

seder là solo, Arrigo d'Inghilterra:
132   questi ha ne' rami suoi migliore uscita.
    Quel che più basso tra costor s'atterra,
guardando in suso, è Guiglielmo Marchese,
135   per cui e Alessandria e la sua guerra
fa pianger Monferrato e Canavese ».

CANTO VIII

    Era già l'ora che volge il disio
ai navicanti e 'ntenerisce il core
3   lo dì c'han detto ai dolci amici addio;
    e che lo novo peregrin d'amore
punge, se ode squilla di lontano
6   che paia il giorno pianger che si more;
    quand'io incominciai a render vano
l'udire e a mirare una de l'alme
9   surta, che l'ascoltar chiedea con mano.
    Ella giunse e levò ambo le palme,
ficcando li occhi verso l'oriente,
12   come dicesse a Dio: 'D'altro non calme'.
    '*Te lucis ante*' sì devotamente
le uscio di bocca e con sì dolci note,
15   che fece me a me uscir di mente:
    e l'altre poi dolcemente e devote
seguitar lei per tutto l'inno intero,
18   avendo li occhi a le superne rote.
    Aguzza qui, lettor, ben li occhi al vero,
ché 'l velo è ora ben tanto sottile,
21   certo che 'l trapassar dentro è leggiero.
    Io vidi quello esercito gentile
tacito poscia riguardare in sue,
24   quasi aspettando, palido e umile;
    e vidi uscir de l'alto e scender giue
due angeli con due spade affocate,
27   tronche e private de le punte sue.

---

131. *Arrigo*: Arrigo III (1206-1272).
    134. *Guiglielmo*: marchese di Monferrato, capo ghibellino, ucciso nel 1292 dal popolo di Alessandria; donde seguì un lungo guerreggiare fra il suo successore, Giovanni I, e gli Alessandrini.

VIII. - 7-8. *render... l'udire*: non udire più nulla; Sordello, e anche gli altri tacevano.
    12. *calme*: mi importa.
    27. *tronche*: perché solo difensive.

Verdi come fogliette pur mo nate
erano in veste, che da verdi penne
30   percosse traean dietro e ventilate.

L'un poco sovra noi a star si venne,
e l'altro scese in l'opposita sponda,
33   sì che la gente in mezzo si contenne.

Ben discernea in lor la testa bionda;
ma ne la faccia l'occhio si smarria,
36   come virtù ch'a troppo si confonda.

« Ambo vegnon del grembo di Maria »
disse Sordello « a guardia de la valle,
39   per lo serpente che verrà vie via ».

Ond'io, che non sapeva per qual calle,
mi volsi intorno, e stretto m'accostai,
42   tutto gelato, a le fidate spalle.

E Sordello anco: « Or avvalliamo omai
tra le grandi ombre, e parleremo ad esse:
45   grazioso fia lor vedervi assai ».

Solo tre passi credo ch'i' scendesse,
e fui di sotto, e vidi un che mirava
48   pur me, come conoscer mi volesse.

Temp'era già che l'aere s'annerava,
ma non sì che tra gli occhi suoi e' miei
51   non dichiarisse ciò che pria serrava.

Ver me si fece, e io ver lui mi fei:
Giudice Nin gentil, quanto mi piacque,
54   quando ti vidi non esser tra' rei!

Nullo bel salutar tra noi si tacque;
poi dimandò: « Quant'è che tu venisti
57   al piè del monte per le lontane acque? »

« Oh! » diss'io lui, « per entro i luoghi tristi
venni stamane, e sono in prima vita,
60   ancor che l'altra, sì andando, acquisti ».

E come fu la mia risposta udita,
Sordello ed elli indietro si raccolse
63   come gente di subito smarrita.

---

28. *Verdi*: colore della speranza.
39. *vie via*: tra pochi istanti.
51. *non... serrava*: non lasciasse ancora distinguere, più da vicino, ciò che prima nascondeva, a distanza.

53. *Giudice Nin*: Nino Visconti, Giudice del Giudicato di Gallura, in Sardegna, dove morì nel 1296. Guelfo, fu più volte in Firenze dove Dante poté conoscerlo.

> L'uno a Virgilio e l'altro a un si volse
> che sedea lì, gridando: « Su, Currado:

66 vieni a veder che Dio per grazia volse ».

> Poi, volto a me: « Per quel singular grado
> che tu dei a colui che sì nasconde

69 lo suo primo perché, che non li è guado,

> quando sarai di là da le larghe onde,
> dì a Giovanna mia che per me chiami

72 là dove a li 'nnocenti si risponde.

> Non credo che la sua madre più m'ami,
> poscia che trasmutò le bianche bende,

75 le quai convien che, misera, ancor brami.

> Per lei assai di lieve si comprende
> quanto in femmina foco d'amor dura,

78 se l'occhio o 'l tatto spesso non l'accende.

> Non le farà sì bella sepultura
> la vipera che 'l Melanese accampa,

81 com'avria fatto il gallo di Gallura ».

> Così dicea, segnato de la stampa,
> nel suo aspetto, di quel dritto zelo

84 che misuratamente in core avvampa.

> Gli occhi miei ghiotti andavan pur al cielo,
> pur là dove le stelle son più tarde,

87 sì come rota più presso a lo stelo.

> E 'l duca mio: « Figliuol, che là su guarde? »
> E io a lui: « A quelle tre facelle

90 di che 'l polo di qua tutto quanto arde ».

> Ond'elli a me: « Le quattro chiare stelle
> che vedevi staman son di là basse,

93 e queste son salite ov'eran quelle ».

---

65. *Currado*: Malaspina; entrerà in scena al v. 109, e occuperà tutta la finale del canto. Ospitò Dante nel suo marchesato di Lunigiana nel 1306.

69. *che... guado*: che è incomprensibile per noi.

71. *Giovanna mia*: la figlia di Nino; *chiami*: preghi.

73. *la sua madre*: Beatrice d'Este, risposatasi nel 1300 a Galeazzo Visconti. Si noti che Nino non la chiama «mia moglie».

80. *la vipera*: il biscione dei Visconti di Milano.

81. *il gallo*: il blasone dei Visconti di Pisa; che sulla tomba di Beatrice avrebbe provato la sua fedeltà al primo marito.

86. *pur là*: verso il polo antartico (dove le stelle, rotando su un'orbita più ristretta, si muovono più lentamente).

89. *tre facelle*: letteralmente stelle reali; ma anche simbolo delle tre virtù teologali: Fede, Speranza, Carità.

Com'ei parlava, e Sordello a sé il trasse
dicendo: « Vedi là 'l nostro avversaro »;
96   e drizzò il dito perché 'n là guardasse.

Da quella parte onde non ha riparo
la picciola vallea, era una biscia,
99   forse qual diede ad Eva il cibo amaro.

Tra l'erba e i fior venia la mala striscia,
volgendo ad ora ad or la testa, e 'l dosso
102   leccando come bestia che si liscia.

Io non vidi, e però dicer non posso,
come mosser li astor celestiali;
105   ma vidi bene e l'uno e l'altro mosso.

Sentendo fender l'aere a le verdi ali,
fuggì 'l serpente, e li angeli dier volta,
108   suso a le poste rivolando iguali.

L'ombra che s'era al Giudice raccolta
quando chiamò, per tutto quello assalto
111   punto non fu da me guardare sciolta.

« Se la lucerna che ti mena in alto
truovi nel tuo arbitrio tanta cera,
114   quant'è mestiere infino al sommo smalto »

cominciò ella, « se novella vera
di Val di Magra o di parte vicina
117   sai, dillo a me, che già grande là era.

Fui chiamato Currado Malaspina;
non son l'antico, ma di lui discesi:
120   a' miei portai l'amor che qui raffina ».

« Oh! » diss'io lui, « per li vostri paesi
già mai non fui; ma dove si dimora
123   per tutta Europa ch'ei non sien palesi?

La fama che la vostra casa onora,
grida i segnori e grida la contrada,
126   sì che ne sa chi non vi fu ancora.

E io vi giuro, s'io di sopra vada,
che vostra gente onrata non si sfregia

---

95. *avversaro*: il demonio. Tutta la scena simboleggia la tentazione.

112-4. *«Se... smalto»*: possa la grazia divina che ti conduce in alto trovare tanta materia nella tua volontà di bene (libero arbitrio) quanta ce ne vuole per giungere al cielo.

119. *l'antico*: Currado I, marchese di Mulazzo, capostipite dei Malaspina.

128. *non si sfregia*: continua a fregiarsi.

129   del pregio de la borsa e de la spada.
      Uso e natura sì la privilegia,
    che, perché il capo reo il mondo torca,
132   sola va dritta e 'l mal cammin dispregia ».
      Ed elli: « Or va; che 'l sol non si ricorca
    sette volte nel letto che 'l Montone
135   con tutti e quattro i piè cuopre ed inforca,
      che cotesta cortese oppinione
    ti fia chiavata in mezzo de la testa
138   con maggior chiovi che d'altrui sermone,
      se corso di giudicio non s'arresta ».

CANTO IX

      La concubina di Titone antico
    già s'imbiancava al balco d'oriente,
3   fuor de le braccia del suo dolce amico;
      di gemme la sua fronte era lucente,
    poste in figura del freddo animale
6   che con la coda percuote la gente;
      e la notte de' passi con che sale
    fatti avea due nel loco ov'eravamo,
9   e 'l terzo già chinava ingiuso l'ale;
      quand'io, che meco avea di quel d'Adamo,
    vinto dal sonno, in su l'erba inchinai
12   là 've già tutti e cinque sedavamo.
      Ne l'ora che comincia i tristi lai
    la rondinella presso a la mattina,
15   forse a memoria de' suo' primi guai,
      e che la mente nostra, peregrina

133-5. *'l sol... inforca*: il sole non scenderà sette volte nel segno dell'Ariete (cioè non passeranno sette primavere, dalla primavera del 1300 all'ottobre 1306, quando Dante fu in Lunigiana).

139. *giudicio*: del giudizio, della volontà di Dio.

IX. - 1. *La concubina*: l'Aurora, che secondo il mito s'era innamorata di Titone fratello di Priamo. Cominciava ad albeggiare in Italia, mentre nel Purgatorio erano passate tre ore dal tramonto.

2. *balco*: balcone.

5. *freddo animale*: la costellazione dei Pesci, che a quell'ora si distingue ad oriente.

7-8. *la notte... due*: erano passate due ore dopo il tramonto.

10. *quel*: il corpo, e quindi i suoi bisogni fisici, fra cui il sonno.

12. *cinque*: Dante, Virgilio, Sordello, Nino e Currado.

14. *la rondinella*: Progne che secondo il mito (cfr. Ovidio, *Metamorfosi*, VI) fu mutata in rondine. Cfr. nota a *Purgatorio*, XVII, 19.

più da la carne e men da' pensier presa,
18   a le sue vision quasi è divina,
    in sogno mi parea veder sospesa
un'aguglia nel ciel con penne d'oro,
21   con l'ali aperte e a calare intesa;
    ed esser mi parea là dove fuoro
abbandonati i suoi da Ganimede,
24   quando fu ratto al sommo consistoro.
    Fra me pensava: « Forse questa fiede
pur qui per uso, e forse d'altro loco
27   disdegna di portarne suso in piede ».
    Poi mi parea che, poi rotata un poco,
terribil come folgor discendesse,
30   e me rapisse suso infino al foco.
    Ivi parea che ella e io ardesse;
e sì lo 'ncendio imaginato cosse,
33   che convenne che 'l sonno si rompesse.
    Non altrimenti Achille si riscosse,
li occhi svegliati rivolgendo in giro
36   e non sappiendo là dove si fosse,
    quando la madre da Chirone a Schiro
trafuggò lui dormendo in le sue braccia,
39   là onde poi li Greci il dipartiro;
    che mi scoss'io, sì come da la faccia
mi fuggì il sonno, e diventai smorto,
42   come fa l'uom che, spaventato, agghiaccia.
    Da lato m'era solo il mio conforto,
e 'l sole er'alto già più che due ore,
45   e 'l viso m'era a la marina torto.
    « Non aver tema » disse il mio segnore;
« fatti sicur, ché noi semo a buon punto:
48   non stringer, ma rallarga ogni vigore.

---

18. *divina*: capace di divinare.

20. *un'aguglia*: un'aquila. Forse simbolo della grazia illuminante.

22. *là*: sul monte Ida, dove Ganimede, che vi si trovava a caccia, fu rapito da un'aquila inviata da Giove, o metamorfosi di Giove stesso, e portato all'Olimpo.

25. *fiede*: mira, cala qui per far prèda.

27. *in piede*: coi suoi artigli.

34. *Achille*: Achille fu tolto alle cure del centauro Chirone e nascosto da Teti nell'isola di Sciro, per sottrarlo alla guerra di Troia. Secondo Stazio (cfr. *Achilleide*, I, 247 e segg.), Achille fu trasportato dormente, e fu tanto sorpreso svegliandosi che quasi non riconosceva sua madre.

43. *il mio conforto*: Virgilio.

                    Tu se' omai al purgatorio giunto:
                vedi là il balzo che 'l chiude dintorno;
51   vedi l'entrata là 've par disgiunto.

                    Dianzi, ne l'alba che procede al giorno,
                quando l'anima tua dentro dormia
54   sovra li fiori ond'è là giù adorno,

                    venne una donna, e disse: 'I' son Lucia:
                lasciatemi pigliar costui che dorme;
57   sì l'agevolerò per la sua via'.

                    Sordel rimase e l'altre gentil forme:
                ella ti tolse, e come il dì fu chiaro,
60   sen venne suso; e io per le sue orme.

                    Qui ti posò, ma pria mi dimostraro
                li occhi suoi belli quella intrata aperta;
63   poi ella e 'l sonno ad una se n'andaro ».

                    A guisa d'uom che in dubbio si raccerta,
                e che muta in conforto sua paura,
66   poi che la verità li è discoperta,

                    mi cambia' io; e come sanza cura
                vide me 'l duca mio, su per lo balzo
69   si mosse, ed io di retro inver l'altura.

                    Lettor, tu vedi ben com'io innalzo
                la mia matera, e però con più arte
72   non ti maravigliar s'io la rincalzo.

                    Noi ci appressammo, ed eravamo in parte,
                che là dove pareami prima rotto,
75   pur come un fesso che muro diparte,

                    vidi una porta, e tre gradi di sotto
                per gire ad essa, di color diversi,
78   e un portier ch'ancor non facea motto.

                    E come l'occhio più e più v'apersi,
                vidil seder sovra 'l grado soprano,
81   tal ne la faccia ch'io non lo soffersi;
                e una spada nuda avea in mano,

51. *disgiunto*: spaccato, aperto da una
fessura. Si noti che la porta del Purgatorio
è stretta, quanto quella dell'Inferno era larga e spalancata (cfr. *Vangelo secondo Matteo*, VII, 14).
    55. *Lucia*: cfr. *Inferno*, II, 97: poi *Para-
diso*, XXXII, 137.

67. *cura*: timore, ansietà.
    76. *tre gradi*: tre gradini; la descrizione
segue al v. 94 e segg. Simboleggiano tre fasi del sacramento della penitenza.
    82. *una spada*: simbolo di autorità e di
giustizia.

che reflettea i raggi sì ver noi,
84   ch'io dirizzava spesso il viso invano.
        « Dite costinci: che volete voi? »
        cominciò elli a dire: « ov'è la scorta?
87   guardate che 'l venir su non vi noi ».
        « Donna del ciel, di queste cose accorta, »
        rispuose il mio maestro a lui, « pur dianzi
90   ne disse: 'Andate là: quivi è la porta' ».
        « Ed ella i passi vostri in bene avanzi »
        ricominciò il cortese portinaio:
93   « venite dunque a' nostri gradi innanzi ».
        Là ne venimmo; e lo scaglion primaio
        bianco marmo era sì pulito e terso,
96   ch'io mi specchiai in esso qual io paio.
        Era il secondo tinto più che perso,
        d'una petrina ruvida e arsiccia,
99   crepata per lo lungo e per traverso.
        Lo terzo, che di sopra s'ammassiccia,
        porfido mi parea sì fiammeggiante,
102   come sangue che fuor di vena spiccia.
        Sovra questo tenea ambo le piante
        l'angel di Dio, sedendo in su la soglia,
105   che mi sembiava pietra di diamante.
        Per li tre gradi su di buona voglia
        mi trasse il duca mio, dicendo: « Chiedi
108   umilemente che 'l serrame scioglia ».
        Divoto mi gittai a' santi piedi:
        misericordia chiesi che m'aprisse,

85. *costinci*: di costì; senza avvicinarvi oltre.
86. *ov'è la scorta?*: chi vi ha guidato fin qui?
87. *noi*: da *noiare*; attenti a non avanzare, che non dobbiate pentirvene.
94. *lo scaglion primaio*: il primo gradino che simboleggia la contrizione, lo specchiarsi in sé, l'esame di coscienza.
97. *perso*: scuro. Il secondo gradino, scuro, difficile, di pietra arida e ruvida, la cui durezza è però rotta in ogni senso, simboleggia il momento di confessare oralmente il peccato, di mostrar rotta la durezza del cuore.

100. *s'ammassiccia*: domina massicciamente. Il terzo scalino, di porfido (roccia di color rosso scuro), sembra simboleggiare la consistenza dell'opera con cui si sconta il peccato, la penitenza vera e propria.
104. *l'angel*: è l'Angelo portiere del Purgatorio; interpretato da alcuni come simbolo del sacerdote.
105. *pietra di diamante*: certo un simbolo anche questo; forse della purezza raggiunta, o della fermezza che è necessaria dopo la penitenza.
108. *che... scioglia*: che apra la porta chiusa. Nell'idea di «sciogliere» si adombra quella di «assolvere».

111   ma pria nel petto tre fiate mi diedi.
              Sette P ne la fronte mi descrisse
            col punton de la spada, e « Fa che lavi,
114   quando se' dentro, queste piaghe » disse.
              Cenere o terra che secca si cavi
            d'un color fora col suo vestimento;
117   e di sotto da quel trasse due chiavi.
              L'una era d'oro e l'altra era d'argento:
            pria con la bianca e poscia con la gialla
120   fece a la porta sì, ch'i' fui contento.
              « Quandunque l'una d'este chiavi falla,
            che non si volga dritta per la toppa »
123   diss'elli a noi, « non s'apre questa calla.
              Più cara è l'una; ma l'altra vuol troppa
            d'arte e d'ingegno avanti che diserri,
126   perch'ella è quella che nodo disgroppa.
              Da Pier le tegno; e dissemi ch'i' erri
            anzi ad aprir ch'a tenerla serrata,
129   pur che la gente 'a piedi mi s'atterri ».
              Poi pinse l'uscio a la porta sacrata,
            dicendo: « Intrate; ma facciovi accorti
132   che di fuor torna chi 'ndietro si guata ».
              E quando fur ne' cardini distorti
            li spigoli di quella regge sacra,
135   che di metallo son sonanti e forti,
              non rugghiò sì né si mostrò sì acra
            Tarpea, come tolto le fu il buono
138   Metello, per che poi rimase macra.

112. *Sette P*: segni dei sette peccati mortali secondo i quali è suddiviso il Purgatorio.

117. *due chiavi*: secondo Matteo (XVI, 19), le chiavi del regno dei cieli; una d'oro (autorità divina), una d'argento (autorità terrena, basata sulla scienza umana).

123. *calla*: accesso.

126. *disgroppa*: disfà il groppo, scioglie. La chiave d'oro è più di pregio; ma l'altra richiede studio e sapienza, per districare le turbate fila dell'anima peccatrice e discernere il buono dal cattivo.

127-9. *dissemi... s'atterri*: San Pietro invitò l'Angelo piuttosto all'indulgenza che alla severità nel dischiudere la porta a chi si presenta con vera contrizione.

136-8. *non... macra*: secondo Lucano (cfr. *Farsalia*, III, 154 e segg.) le porte che dischiudevano la rupe Tarpea (nella quale era custodito il tesoro romano) stridevano fortemente. L. Cecilio Metello, tribuno, a cui il tesoro era affidato, volle difenderlo da Cesare, ma fu violentemente allontanato. Così il deposito della Tarpea rimase vuoto.

Io mi rivolsi attento al primo tuono,
e 'Te Deum laudamus' mi parea
141   udire in voce mista al dolce suono.
Tale imagine a punto mi rendea
ciò ch'io udiva, qual prender si suole
144   quando a cantar con organi si stea;
ch'or sì, or no s'intendon le parole.

CANTO X

Poi fummo dentro al soglio de la porta
che 'l malo amor de l'anime disusa,
3   perché fa parer dritta la via torta,
sonando la senti' esser richiusa;
e s'io avesse li occhi volti ad essa,
6   qual fora stata al fallo degna scusa?
Noi salivam per una pietra fessa,
che si moveva d'una e d'altra parte,
9   sì come l'onda che fugge e s'appressa.
« Qui si convene usare un poco d'arte »
cominciò il duca mio « in accostarsi
12   or quinci or quindi al lato che si parte ».
E questo fece i nostri passi scarsi,
tanto che pria lo scemo de la luna
15   rigiunse al letto suo per ricorcarsi,
che noi fossimo fuor di quella cruna.
Ma quando fummo liberi e aperti
18   su dove il monte in dietro si rauna,
io stancato ed amendue incerti
di nostra via, restammo in su un piano,
21   solingo più che strade per diserti.
Da la sua sponda ove confina il vano,
al piè de l'alta ripa che pur sale,
24   misurrebbe in tre volte un corpo umano;

---

x. - 2. *disusa*: rende poco usata. Senso: il *malo amor* (cioè l'amore delle cose cattive; cfr. *Purgatorio*, XVII, 103 e segg.) induce le anime alla via torta, e perciò rende poco usata la porta del Purgatorio.

14-5. *lo scemo... ricorcarsi*: la luna, concava (quasi all'ultimo quarto), era già coricata nel suo letto (cioè era tramontata al-l'orizzonte). Nel Purgatorio è dunque mattina avanzata.

18. *si rauna*: si ritira. Sul ripiano dove il monte si ristringe.

22. *il vano*: il vuoto.

24. *misurrebbe... umano*: misurerebbe circa 5 metri.

e quanto l'occhio mio potea trar d'ale,
or dal sinistro e or dal destro fianco,
27 questa cornice mi parea cotale.

Là su non eran mossi i piè nostri anco,
quand'io conobbi quella ripa intorno
30 che dritto di salita aveva manco,

esser di marmo candido e adorno
d'intagli sì, che non pur Policreto,
33 ma la natura lì avrebbe scorno.

L'angel che venne in terra col decreto
de la molt'anni lacrimata pace,
36 ch'aperse il ciel del suo lungo divieto,

dinanzi a noi pareva sì verace
quivi intagliato in un atto soave,
39 che non sembiava imagine che tace.

Giurato si saria ch'el dicesse 'Ave!';
perché iv'era imaginata quella
42 ch'ad aprir l'alto amor volse la chiave;

e avea in atto impressa esta favella
'Ecce ancilla Dei', propriamente
45 come figura in cera si suggella.

« Non tener pur ad un loco la mente »
disse 'l dolce maestro, che m'avea
48 da quella parte onde il cuore ha la gente.

Per ch'i' mi mossi col viso, e vedea
di retro da Maria, da quella costa
51 onde m'era colui che mi movea,

un'altra storia nella roccia imposta;
per ch'io varcai Virgilio, e fe' mi presso,
54 acciò che fosse a li occhi miei disposta.

Era intagliato lì nel marmo stesso
lo carro e i buoi, traendo l'arca santa,
57 per che si teme officio non commesso.

---

27. *cotale*: altrettanto larga.
30. *manco*: mancanza. La fascia di parete più prossima al suolo del ripiano.
32. *Policreto*: Policleto, scultore greco (n. circa 480 a.C.) celebrato per le sue sculture di proporzioni perfette.
34. *L'angel*: Gabriele, che annunziò la venuta di Cristo, cioè la pace dell'uomo con Dio.

41. *quella*: Maria.
46. *pur*: soltanto.
54. *acciò... disposta*: per poterla vedere meglio.
56. *l'arca*: contenente le Tavole della Legge.
57. *per che... commesso*: per la quale si teme di assumere un ufficio non commesso da Dio. Allusione all'episodio di Oza, che,

Dinanzi parea gente; e tutta quanta,
partita in sette cori, a' due mie' sensi
60   faceva dir l'un « No », l'altro « Sì, canta ».

Similemente, al fummo de li 'ncensi
che v'era imaginato, li occhi e 'l naso
63   e al sì e al no discordi fensi.

Lì precedeva al benedetto vaso,
trescando alzato, l'umile salmista,
66   e più e men che re era in quel caso.

Di contra, effigiata ad una vista
d'un gran palazzo, Micòl ammirava
69   sì come donna dispettosa e trista.

I' mossi i piè del loco dov'io stava,
per avvisar da presso un'altra storia,
72   che di dietro a Micòl mi biancheggiava.

Quivi era storiata l'alta gloria
del roman principato il cui valore
75   mosse Gregorio a la sua gran vittoria;
i' dico di Traiano imperadore;
e una vedovella li era al freno,
78   di lacrime atteggiata e di dolore.

Intorno a lui parea calcato e pieno
di cavalieri, e l'aguglie ne l'oro
81   sovr'essi in vista al vento si movieno.

La miserella intra tutti costoro
parea dicer: « Segnor, fammi vendetta
84   di mio figliuol ch'è morto, ond'io m'accoro ».

Ed elli a lei rispondere: « Or aspetta
tanto ch'i' torni ». E quella: « Segnor mio, »
87   come persona in cui dolor s'affretta,

vedendo l'arca in pericolo di cadere, la sostenne; ma poiché solo i sacerdoti avevano
il diritto di toccarla, Iddio lo percosse ed
egli morì sul luogo a causa della sua teme-
rità (cfr. *I Re*, Libro II, VI, 6-7).

65. *l'umile salmista*: Davide, re di Israele, che non temé di danzare succinto (*alzato*); avvilimento che lo fece *men che re*
(umanamente parlando), ma sacrificio che
lo fece *più che re* (spiritualmente).

68. *Micòl*: la prima moglie di Davide.

76. *Traiano*: imperatore dal 98 al 117,
nato a Italica (Spagna) nel 52. L'aneddoto
della vedovella fu assai diffuso, ed è conservato anche nel *Novellino*. Secondo la leggenda, Traiano fu liberato dall'Inferno da
S. Gregorio. Lo si ritroverà nel *Paradiso*
(cfr. XX, 43 e segg.).

80. *l'aguglie*: le aquile romane. Negli
stendardi medievali erano dipinte in nero
su campo oro.

                « se tu non torni? » Ed ei: « Chi fia dov'io,
             la ti farà ». Ed ella: « L'altrui bene
90   a te che fia, se il tuo metti in oblio? »
                Ond'elli: « Or ti conforta, ch'ei convene
             ch'i' solva il mio dovere anzi ch'i' mova:
93   giustizia vuole e pietà mi ritene ».
                Colui che mai non vide cosa nova
             produsse esto visibile parlare,
96   novello a noi perché qui non si trova.
                Mentr'io mi dilettava di guardare
             l'imagini di tante umilitadi,
99   e per lo fabbro loro a veder care,
                « Ecco di qua, ma fanno i passi radi »
             mormorava il poeta « molte genti:
102   questi ne 'nvieranno a li altri gradi ».
                Gli occhi miei ch'a mirare eran contenti,
             per veder novitadi ond'e' son vaghi,
105   volgendosi ver lui non furon lenti.
                Non vo' però, lettor, che tu ti smaghi
             di buon proponimento per udire
108   come Dio vuol che 'l debito si paghi.
                Non attender la forma del martire:
             pensa la succession; pensa ch'al peggio,
111   oltre la gran sentenza non può ire.
                Io cominciai: « Maestro, quel ch'io veggio
             muovere a noi, non mi sembian persone,
114   e non so che, sì nel veder vaneggio ».
                Ed elli a me: « La grave condizione
             di lor tormento a terra li rannicchia,
117   sì che i miei occhi pria n'ebber tencione.
                Ma guarda fiso là, e disviticchia
             col viso quel che vien sotto a quei sassi:
120   già scorger puoi come ciascun si picchia ».
                O superbi cristian, miseri lassi,
             che, de la vista de la mente infermi,

---

88. *Chi*: il mio successore.
94. *Colui... nova*: Dio, onniveggente.
106. *ti smaghi*: ti senta scoraggiato, rinunzi.
107. *per udire*: per il fatto di udire, udendo.

109. *Non attender*: non fare attenzione a; non fermarti a.
111. *la gran sentenza*: il Giudizio finale.
117. *n'ebber tencione*: riportarono impressioni contrastanti.

123   fidanza avete ne' retrosi passi;
                 non v'accorgete voi che noi siam vermi
         nati a formar l'angelica farfalla,
126   che vola a la giustizia sanza schermi?
                 Di che l'animo vostro in alto galla,
         poi siete quasi entomata in difetto,
129   sì come vermo in cui formazion falla?
                 Come per sostentar solaio o tetto,
         per mensola tal volta una figura
132   si vede giugner le ginocchia al petto,
                 la qual fa del non ver vera rancura
         nascere in chi la vede; così fatti
135   vid'io color, quando puosi ben cura.
                 Vero è che più e meno eran contratti
         secondo ch'avean più e meno a dosso;
138   e qual più pazienza avea nelli atti,
                 piangendo parea dicer: 'Più non posso'.

CANTO XI

                 « O padre nostro, che ne' cieli stai,
         non circunscritto, ma per più amore
3   ch'ai primi effetti di là su tu hai,
                 laudato sia 'l tuo nome e 'l tuo valore
         da ogni creatura, com'è degno
6   di render grazie al tuo dolce vapore.
                 Vegna ver noi la pace del tuo regno,
         ché noi ad essa non potem da noi,
9   s'ella non vien, con tutto nostro ingegno.
                 Come del suo voler li angeli tuoi
         fan sacrificio a te, cantando osanna,
12   così facciano li uomini de' suoi.
                 Dà oggi a noi la cotidiana manna,
         sanza la qual per questo aspro deserto

---

123. *ne' retrosi passi*: per una strada che
invece di portarvi avanti vi fa retrocedere.
127. *galla*: sale a galla, si esalta.
128. *poi*: poiché; *entomata*: insetti.
129. *falla*: è ancora imperfetta.
133-4. *la qual... vede*: che dà un vero
senso di pena a chi guarda, sebbene la fatica espressa dalle cariatidi non sia vera.

138. *pazienza*: patimento.

XI. - 3. *effetti*: creature. I cieli e gli angeli.
6. *vapore*: lo Spirito Santo.
13. *manna*: la Grazia.
14. *deserto*: il Purgatorio. L'immagine
deriva da quella di *manna*, ricordando l'e-
pisodio degli Ebrei.

15   a retro va chi più di gir s'affanna.

        E come noi lo mal ch'avem sofferto
        perdoniamo a ciascuno, e tu perdona
18   benigno, e non guardar lo nostro merto.

        Nostra virtù che di leggier s'adona,
        non spermentar con l'antico avversaro,
21   ma libera da lui che sì la sprona.

        Quest'ultima preghiera, signor caro,
        già non si fa per noi, ché non bisogna,
24   ma per color che dietro a noi restaro ».

        Così a sé e noi buona ramogna
        quell'ombre orando, andavan sotto il pondo,
27   simile a quel che tal volta si sogna,

        disparmente angosciate tutte a tondo
        e lasse su per la prima cornice,
30   purgando la caligine del mondo.

        Se di là sempre ben per noi si dice,
        di qua che dire e far per lor si puote
33   da quei c'hanno al voler buona radice?

        Ben si de' loro atar lavar le note
        che portar quinci, sì che, mondi e lievi,
36   possano uscire a le stellate rote.

        « Deh, se giustizia e pietà vi disgrievi
        tosto, sì che possiate muover l'ala,
39   che secondo il disio vostro vi lievi,

        mostrate da qual mano inver la scala
        si va più corto; e se c'è più d'un varco,
42   quel ne 'nsegnate che men erto cala;

        ché questi che vien meco, per lo 'ncarco
        de la carne d'Adamo onde si veste,
45   al montar su, contra sua voglia, è parco ».

        Le lor parole, che rendero a queste
        che dette avea colui cu' io seguiva,
48   non fur da cui venisser manifeste;

---

19. *s'adona*: si piega.
20. *avversaro*: il demonio.
24. *color*: i vivi.
25. *ramogna*: augurio.
30. *la caligine*: la nebbia, i fumi della superbia.

34. *atar*: aiutare; *le note*: le macchie, i segni del peccato.
35. *quinci*: dalla terra.
45. *è parco*: è costretto ad andare adagio.
46. *rendero*: risposero.

ma fu detto: « A man destra per la riva
con noi venite, e troverete il passo
51 possibile a salir persona viva.

E s'io non fossi impedito dal sasso
che la cervice mia superba doma,
54 onde portar convienmi il viso basso,

cotesti, ch'ancor vive e non si noma,
guardere' io, per veder s'i' 'l conosco,
57 e per farlo pietoso a questa soma.

Io fui latino e nato d'un gran tosco:
Guiglielmo Aldobrandesco fu mio padre;
60 non so se 'l nome suo già mai fu vosco.

L'antico sangue e l'opere leggiadre
de' miei maggior mi fer sì arrogante,
63 che, non pensando a la comune madre,

ogn'uom ebbi in despetto tanto avante,
ch'io ne mori'; come, i Sanesi sanno
66 e sallo in Campagnatico ogni fante.

Io sono Omberto; e non pur a me danno
superbia fe', ché tutti i miei consorti
69 ha ella tratti seco nel malanno.

E qui convien ch'io questo peso porti
per lei, tanto che a Dio si sodisfaccia,
72 poi ch'io nol fe' tra' vivi, qui tra' morti ».

Ascoltando chinai in giù la faccia;
e un di lor, non questi che parlava,
75 si torse sotto il peso che li 'mpaccia,

e videmi e conobbemi e chiamava,
tenendo li occhi con fatica fisi
78 a me che tutto chin con loro andava.

« Oh! » diss'io lui, « non se' tu Oderisi,
l'onor d'Agobbio e l'onor di quell'arte
81 ch'alluminar chiamata è in Parisi? »

« Frate, » diss'elli « più ridon le carte

63. *madre*: la terra. L'esser fatto di polvere, che dovrebbe togliere ogni superbia.
67. *Omberto*: conte di Santafiora. Se ne
sa poco; la battaglia di Campagnatico (un
castello in Val d'Ombrone, nel Grosseta-
no) ebbe luogo nel 1259.
79. *Oderisi*: celebre miniatore della seconda metà del XIII secolo; sappiamo che
fu a Bologna (tra il 1268 e il 1271) e a Roma (1295).

che pennelleggia Franco bolognese:
84 l'onore è tutto or suo, e mio in parte.

Ben non sare' io stato sì cortese
mentre ch'io vissi, per lo gran disio
87 de l'eccellenza ove mio core intese.

Di tal superbia qui si paga il fio;
e ancor non sarei qui, se non fosse
90 che, possendo peccar, mi volsi a Dio.

Oh vana gloria de l'umane posse!
com poco verde in su la cima dura,
93 se non è giunta da l'etati grosse!

Credette Cimabue ne la pintura
tener lo campo, e ora ha Giotto il grido,
96 sì che la fama di colui è scura.

Così ha tolto l'uno a l'altro Guido
la gloria de la lingua; e forse è nato
99 chi l'uno e l'altro caccerà del nido.

Non è il mondan romore altro ch'un fiato
di vento, ch'or vien quinci e or vien quindi,
102 e muta nome perché muta lato.

Che voce avrai tu più, se vecchia scindi
da te la carne, che se fossi morto
105 anzi che tu lasciassi il pappo e 'l dindi,

pria che passin mill'anni? ch'è più corto
spazio a l'etterno, ch'un muover di ciglia
108 al cerchio che più tardi in cielo è torto.

Colui che del cammin sì poco piglia
dinanzi a me, Toscana sonò tutta;
111 e ora a pena in Siena sen pispiglia,
ond'era sire quando fu distrutta

83. *Franco*: non abbiamo notizie attendibili su questo artista.

93. *giunta*: raggiunta. Se non è seguita da epoche di decadenza.

94. *Cimabue*: maestro di Giotto (Firenze, circa 1240-1302).

95. *ora... grido*: e ora è Giotto che tutti celebrano. Giotto nacque a Vespignano (Firenze) circa il 1266, morì a Firenze nel 1337.

97-8. *Così... lingua*: così Guido Cavalcanti (Firenze, circa 1255-1300) ha sorpassato Guido Guinizelli (Bologna, circa 1235 - Monselice, circa 1276).

103. *voce*: fama.

103-4. *se vecchia... la carne*: se muori vecchio.

105. *anzi... 'l dindi*: se fossi morto bambino.

109. *Colui*: è Provenzano Salvani, capo del governo di Siena al tempo della battaglia di Montaperti (1260). Fu ucciso dai Fiorentini dopo la battaglia di Colle Valdelsa (1269) e le sue case furono devastate.

la rabbia fiorentina, che superba
114   fu a quel tempo sì com'ora è putta.
        La vostra nominanza è color d'erba,
        che viene e va, e quei la discolora
117   per cui ella esce de la terra acerba ».
        E io a lui: « Tuo vero dir m'incora
        bona umiltà, e gran tumor m'appiani:
120   ma chi è quei di cui tu parlavi ora? »
        « Quelli è » rispuose « Provenzan Salvani;
        ed è qui perché fu presuntuoso
123   a recar Siena tutta a le sue mani.
        Ito è così e va sanza riposo,
        poi che morì: cotal moneta rende
126   a sodisfar chi è di là troppo oso ».
        E io: « Se quello spirto ch'attende,
        pria che si penta, l'orlo de la vita,
129   qua giù dimora e qua su non ascende
        se buona orazion lui non aita,
        prima che passi tempo quanto visse,
132   come fu la venuta a lui largita? »
        « Quando vivea più glorioso » disse,
        « liberamente nel Campo di Siena,
135   ogni vergogna diposta, s'affisse;
        e lì, per trar l'amico suo di pena
        che sostenea ne la prigion di Carlo,
138   si condusse a tremar per ogni vena.
        Più non dirò, e scuro so che parlo;
        ma poco tempo andrà, che' tuoi vicini
141   faranno sì che tu potrai chiosarlo.
        Quest'opera li tolse quei confini ».

116. *quei*: il sole (cioè Dio).
119. *gran... m'appiani*: mi togli una grande gonfiezza dell'animo, che vi era indotta
dai pensieri orgogliosi.
126. *oso*: troppo ardito per superbia.
129. *qua giù*: nell'Antipurgatorio.
131. *prima che... visse*: chi si pentì solo
«in extremis» deve passare nell'Antipurgatorio tanto tempo quanto visse sulla terra.
Dante l'ha appreso da Belacqua, nel *Purgatorio*, IV, 130-4.

135. *s'affisse*: si espose, mendicando per
il suo amico da riscattare per 10.000 fiorini.
137. *Carlo*: Carlo I d'Anjou.
139. *scuro... parlo*: scura è la frase *tremare per ogni vena*, che significa tremare per
la vergogna di mendicare, vincendo la naturale alterezza. Tu te ne potrai accorgere,
e bene interpretare (*chiosarlo*) la mia espressione. I *vicini* sono i Fiorentini che manda-
rono Dante in esilio.

CANTO XII

Di pari, come buoi che vanno a giogo,
m'andava io con quell'anima carca,
3   fin che 'l sofferse il dolce pedagogo;

   ma quando disse: « Lascia loro e varca;
ché qui è buon con la vela e coi remi,
6   quantunque può, ciascun pinger sua barca »;

   dritto sì come andar vuolsi rife'mi
con la persona, avvegna che i pensieri
9   mi rimanessero e chinati e scemi.

   Io m'era mosso, e seguia volentieri
del mio maestro i passi, ed amendue
12   già mostravam com'eravam leggieri;

   ed el mi disse: « Volgi li occhi in giue:
buon ti sarà, per tranquillar la via,
15   veder lo letto de le piante tue ».

   Come, perché di lor memoria sia,
sovra i sepolti le tombe terragne
18   portan segnato quel ch'egli eran pria,

   onde lì molte volte si ripiagne
per la puntura de la rimembranza,
21   che solo a' pii dà de le calcagne;

   sì vid'io lì, ma di miglior sembianza
secondo l'artificio, figurato
24   quanto per via di fuor del monte avanza.

   Vedea colui che fu nobil creato
più ch'altra creatura, giù dal cielo
27   folgoreggiando scender da un lato.

   Vedea Briareo, fitto dal telo

XII. - 9. *scemi*: privati di quella gonfiezza superba, di quel *tumor* di cui al canto precedente, v. 119.

15. *lo letto*: il piano della prima cornice, su cui Dante si trova.

17. *terragne*: scavate in terra.

21. *dà de le calcagne*: sprona, punge.

23. *figurato*: dipinto. Cfr. v. 64 e segg.

24. *quanto*: tutto il piano della cornice, dalla parete al vuoto.

25. *colui*: Lucifero. Le tredici terzine che contengono l'ampia esemplificazione della superbia punita sono riunite in un vasto polittico con l'artificio dell'acrostico: le prime 4 terzine cominciano con *Vedea*, cioè con la lettera V (che nella grafia antica corrispondeva anche a U), le seguenti con O, le finali con M: l'insieme sembra formare la parola UOM.

27. *da un lato*: riferito a *Vedea*; da un lato si vede Lucifero, dall'altro Briareo.

28. *Briareo*: gigante dalle cento mani, che osò lottare contro Giove, e fu trafitto dalla folgore.

       celestial, giacer da l'altra parte,
30   grave a la terra per lo mortal gelo.
       Vedea Timbreo, vedea Pallade e Marte,
       armati ancora, intorno al padre loro,
33   mirar le membra de' Giganti sparte.
       Vedea Nembròt a piè del gran lavoro
       quasi smarrito, e riguardar le genti
36   che in Sennaàr con lui superbi fuoro.
       O Niobè, con che occhi dolenti
       vedea io te segnata in su la strada,
39   tra sette e sette tuoi figliuoli spenti!
       O Saùl, come su la propria spada
       quivi parevi morto in Gelboè,
42   che poi non sentì pioggia né rugiada!
       O folle Aragne, sì vedea io te
       già mezza ragna, trista in su li stracci
45   de l'opera che mal per te si fe'.
       O Roboam, già non par che minacci
       quivi 'l tuo segno; ma pien di spavento
48   nel porta un carro, sanza ch'altri il cacci.
       Mostrava ancor lo duro pavimento
       come Almeon a sua madre fe' caro
51   parer lo sventurato adornamento.
       Mostrava come i figli si gettaro
       sovra Sennacherìb dentro dal tempio,
54   e come morto lui quivi lasciaro.

31. *Timbreo*: Apollo.

34. *Nembròt*: gigante, edificatore della torre di Babele (cfr. *Inferno*, XXXI, 77-78 e *Paradiso*, XXVI, 126).

37. *Niobè*: Niobe, figlia di Tantalo, fu così fiera della sua figliolanza che pretese di farsi attribuire dai Tebani il culto dovuto a Latona; che la punì facendole massacrare l'intera prole da Apollo e Diana.

38. *segnata*: disegnata.

40. *Saùl*: vinto dai Filistei, si uccise per non essere catturato. La montagna di Gelboè, dove avvenne la battaglia, fu maledetta da Davide (cfr. *I Re*, Libro II, I, 21).

43. *Aragne*: Aracne, la tessitrice che sfidò Pallade Atena, e vinta s'impiccò; ma fu trasformata in ragno (cfr. Ovidio, *Metamorfosi*, VI, 5-145).

46. *Roboam*: re d'Israele, che fuggì a Gerusalemme quando dieci tribù si ribellarono alle sue superbe minacce.

50. *Almeon*: figlio di Anfiarao (uno dei sette re che assediarono Tebe; cfr. *Inferno*, XIV, 68 e XX, 31-9) di cui vendicò la morte uccidendo la madre Erifile: che per la superbia di possedere la collana di Polinice aveva tradito il nascondiglio di Anfiarao.

53. *Sennacherìb*: re degli Assiri, fu vinto da Ezechia re di Giuda (che aveva superbamente irriso per la sua fiducia in Dio); e fu ucciso dai suoi stessi figli.

Mostrava la ruina e 'l crudo scempio
che fe' Tamiri, quando disse a Ciro:
57 « Sangue sitisti, e io di sangue t'empio ».

Mostrava come in rotta si fuggiro
li Assiri, poi che fu morto Oloferne,
60 e anche le reliquie del martiro.

Vedea Troia in cenere e in caverne:
o Iliòn, come te basso e vile
63 mostrava il segno che lì si discerne!

Qual di pennel fu maestro o di stile
che ritraesse l'ombre e' tratti ch'ivi
66 mirar farieno uno ingegno sottile?

Morti li morti e i vivi parean vivi:
non vide mei di me chi vide il vero,
69 quant'io calcai, fin che chinato givi.

Or superbite, e via col viso altero,
figliuoli d'Eva, e non chinate il volto
72 sì che veggiate il vostro mal sentero!

Più era già per noi del monte volto
e del cammin del sole assai più speso
75 che non stimava l'animo non sciolto,

quando colui che sempre innanzi atteso
andava, cominciò: « Drizza la testa;
78 non è più tempo di gir sì sospeso.

Vedi colà un angel che s'appresta
per venir verso noi; vedi che torna
81 dal servigio del dì l'ancella sesta.

Di reverenza il viso e li atti adorna,
sì che i diletti lo 'nviarci in suso;
84 pensa che questo dì mai non raggiorna! »

56. *Tamiri*: regina degli Sciti, si vendicò di Ciro che le aveva ucciso il figlio (trascurando per superbia le sue preghiere), tagliandogli la testa e gettandola in un otre di sangue.
57. *Sangue sitisti*: avesti tanta sete di sangue.
59. *Oloferne*: generale assiro, ucciso da una debole donna, Giuditta, che così mise in fuga il superbo esercito assediante.
60. *le reliquie*: il corpo decapitato di Oloferne.
63. *il segno*: la pittura, il disegno.

64. *stile*: punta con cui si disegna.
66. *mirar*: stupire.
68. *mei*: meglio. Chi fu presente a quei fatti ivi rappresentati, non li vide meglio di me.
75. *non sciolto*: occupato a guardare le pitture.
76. *atteso*: guardando intensamente davanti a sé.
80-1. *torna... l'ancella sesta*: l'ora sesta (il mezzogiorno) è passata.
83. *i diletti*: gli piaccia.

Io era ben del suo ammonir uso
pur di non perder tempo, sì che 'n quella
87   matera non potea parlarmi chiuso.

A noi venia la creatura bella,
bianco vestito e ne la faccia quale
90   par tremolando mattutina stella.

Le braccia aperse, e indi aperse l'ale:
disse: « Venite: qui son presso i gradi,
93   e agevolemente omai si sale.

A questo invito vegnon molto radi:
o gente umana, per volar su nata,
96   perché a poco vento così cadi? »

Menocci ove la roccia era tagliata:
quivi mi batté l'ali per la fronte;
99   poi mi promise sicura l'andata.

Come a man destra, per salire al monte
dove siede la chiesa che soggioga
102   la ben guidata sopra Rubaconte,

si rompe del montar l'ardita foga
per le scalee che si fero ad etade
105   ch'era sicuro il quaderno e la doga;

così s'allenta la ripa che cade
quivi ben ratta da l'altro girone;
108   ma quinci e quindi l'alta pietra rade.

Noi volgendo ivi le nostre persone,
'Beati pauperes spiritu!' voci
111   cantaron sì, che nol diria sermone.

Ahi quanto son diverse quelle foci
da l'infernali! ché quivi per canti
114   s'entra, e là giù per lamenti feroci.

Già montavam su per li scaglion santi,
ed esser mi parea troppo più lieve
117   che per lo pian non mi parea davanti.

---

85. *uso*: abituato.

92. *i gradi*: la scala che sale alla seconda cornice.

102. *la ben guidata*: Firenze. Rubaconte si chiamava il Ponte alle Grazie. La chiesa (v. 101) è quella di San Miniato al Monte.

105. *ch'era... la doga*: prima che si osas- se raschiare i verbali dei processi e altera- re, togliendo una doga, lo staio con cui si distribuiva il sale. Il primo di questi scan- dali avvenne a Firenze nel 1299.

106. *s'allenta*: si agevola.

110. *'Beati pauperes spiritu!'*: beati gli umili (cfr. *Vangelo secondo Matteo*, V, 3).

112. *foci*: entrate.

Ond'io: « Maestro, dì, qual cosa greve
levata s'è da me, che nulla quasi
120   per me fatica, andando, si riceve? »

Rispuose: « Quando i P che son rimasi
ancor nel volto tuo presso che stinti,
123   saranno come l'un del tutto rasi,

fier li tuoi piè dal buon voler sì vinti,
che non pur non fatica sentiranno,
126   ma fia diletto loro esser sospinti ».

Allor fec'io come color che vanno
con cosa in capo non da lor saputa,
129   se non che cenni altrui sospecciar fanno;

per che la mano ad accertar s'aiuta,
e cerca e truova e quell'officio adempie
132   che non si può fornir per la veduta;

e con le dita de la destra scempie
trovai pur sei le lettere che 'ncise
135   quel da le chiavi a me sovra le tempie:

a che guardando il mio duca sorrise.

CANTO XIII

Noi eravamo al sommo de la scala
dove secondamente si risega
3   lo monte che, salendo, altrui dismala:

ivi così una cornice lega
dintorno il poggio, come la primaia;
6   se non che l'arco suo più tosto piega.

Ombra non li è né segno che si paia;
parsi la ripa e parsi la via schietta
9   col livido color de la petraia.

« Se qui per dimandar gente s'aspetta »
ragionava il poeta, « io temo forse
12   che troppo avrà d'indugio nostra eletta ».

---

121. *i P*: incisi sulla fronte di Dante dall'Angelo portiere (cfr. *Purgatorio*, IX, 112); qui uno di essi, corrispondente al peccato della superbia, è cancellato; in conseguenza anche gli altri segni si indeboliscono e appaiono *stinti*.

129. *sospecciar*: sospettare.

XIII. - 2. *si risega*: si taglia, si incide, formando un secondo ripiano.

3. *dismala*: libera dal male.

6. *più tosto*: con circuito più stretto.

8-9. *parsi... petraia*: si vede solo la pietra della ripa e del ripiano.

12. *eletta*: scelta. Dovremo aspettare troppo tempo per decidere.

Poi fisamente al sole li occhi porse;
fece del destro lato a muover centro,
15   e la sinistra parte di sé torse.

« O dolce lume a cui fidanza i' entro
per lo novo cammin, tu ne conduci »
18   dicea « come condur si vuol quinc'entro.

Tu scaldi il mondo, tu sovr'esso luci:
s'altra ragione in contrario non pronta,
21   esser dien sempre li tuoi raggi duci ».

Quanto di qua per un migliaio si conta,
tanto di là eravam noi già iti,
24   con poco tempo, per la voglia pronta;

e verso noi volar furon sentiti,
non però visti, spiriti, parlando
27   a la mensa d'amor cortesi inviti.

La prima voce che passò volando
'Vinum non habent' altamente disse,
30   e dietro a noi l'andò reiterando.

E prima che del tutto non si udisse
per allungarsi, un'altra 'I' sono Oreste'
33   passò gridando, e anco non s'affisse.

« Oh! » diss'io, « padre, che voci son queste? »
E com'io domandai, ecco la terza
36   dicendo: 'Amate da cui male aveste'.

E 'l buon maestro: « Questo cinghio sferza
la colpa de la invidia, e però sono
39   tratte d'amor le corde de la ferza.

Lo fren vuol esser del contrario suono:
credo che l'udirai, per mio avviso,
42   prima che giunghi al passo del perdono.

---

15. *torse*: si volse a destra (spostando quindi la parte sinistra della persona).

20. *pronta*: obbliga, impone.

22. *migliaio*: miglio.

28. *la prima voce*: Maria, alle nozze di Cana, disse a Cristo: «Non hanno vino»; ed Egli, accettando il monito ad aver carità, mutò l'acqua in vino (cfr. *Vangelo secondo Giovanni*, II, 1-10):

32. *allungarsi*: allontanarsi. Nota la splendida rappresentazione fenomenica del succedersi volante delle voci: *'I sono Oreste'*,

è la frase di Pilade, quando volle morire in vece d'Oreste.

33. *non s'affisse*: non si arrestò,

35. *la terza*: è il precetto evangelico di amare i propri nemici (cfr. *Vangelo secondo Matteo*, V, 43).

39. *tratte... ferza*: le corde della sferza sono mosse da amore, sono inviti alla carità.

40. *Lo fren*: le voci che devono invitare a frenare l'invidia (cfr. *Purgatorio*, XIV, 130 e segg.).

Ma ficca 'l viso per l'aere ben fiso,
e vedrai gente innanzi a noi sedersi,
45   e ciascun è lungo la grotta assiso ».

Allora più che prima gli occhi apersi;
guarda'mi innanzi, e vidi ombre con manti
48   al color de la pietra non diversi.

E poi che fummo un poco più avanti,
udia gridar: 'Maria, ora per noi!';
51   gridar 'Michele' e 'Pietro', e 'Tutti i santi'.

Non credo che per terra vada ancoi
omo sì duro, che non fosse punto
54   per compassion di quel ch'io vidi poi;

ché, quando fui sì presso di lor giunto,
che li atti loro a me venivan certi,
57   per li occhi fui di greve dolor munto.

Di vil ciliccio mi parean coperti,
e l'un sofferia l'altro con la spalla,
60   e tutti da la ripa eran sofferti.

Così li ciechi a cui la roba falla
stanno a' perdoni a chieder lor bisogna,
63   e l'uno il capo sovra l'altro avvalla,

perché in altrui pietà tosto si pogna,
non pur per lo sonar de le parole,
66   ma per la vista che non meno agogna.

E come a li orbi non approda il sole,
così a l'ombre quivi ond'io parlo ora
69   luce del ciel di sé largir non vole:

ché a tutti un fil di ferro i cigli fora
e cuce sì come a sparvier selvaggio
72   si fa, però che queto non dimora.

A me pareva, andando, fare oltraggio,
veggendo altrui, non essendo veduto:
75   per ch'io mi volsi al mio consiglio saggio.

Ben sapev'ei che volea dir lo muto;
e però non attese mia dimanda,
78   ma disse: « Parla, e sie breve e arguto ».

---

52. *ancoi*: ancor oggi.
59. *sofferia*: sosteneva.
61. *falla*: manca.
62. *a' perdoni*: davanti alle chiese nei giorni di *perdono*, d'indulgenza.

63. *avvalla*: piega, posa.
71. *come a sparvier*: come si usava fare agli sparvieri non ancora addomesticati, perché non si spaventassero vedendo l'uomo.

Virgilio mi venia da quella banda
de la cornice onde cader si puote,
81   perché da nulla sponda s'inghirlanda;
da l'altra parte m'eran le divote
ombre, che per l'orribile costura
84   premevan sì, che bagnavan le gote.
Volsimi a loro ed « O gente sicura »
incominciai « di veder l'alto lume
87   che 'l disio vostro solo ha in sua cura,
se tosto grazia resolva le schiume
di vostra coscienza, sì che chiaro
90   per essa scenda de la mente il fiume,
ditemi, ché mi fia grazioso e caro,
s'anima è qui tra voi che sia latina;
93   e forse lei sarà buon s'i' l'apparo ».
« O frate mio, ciascuna è cittadina
d'una vera città; ma tu vuo' dire
96   che vivesse in Italia peregrina ».
Questo mi parve per risposta udire
più innanzi alquanto che là dov'io stava,
99   ond'io mi feci ancor più là sentire.
Tra l'altre vidi un'ombra ch'aspettava
in vista; e se volesse alcun dir 'Come?',
102   lo mento a guisa d'orbo in su levava.
« Spirto » diss'io « che per salir ti dome,
se tu se' quelli che mi rispondesti,
105   fammiti conto o per luogo o per nome ».
« Io fui Sanese » rispuose, « e con questi
altri rimondo qui la vita ria,
108   lacrimando a colui che sé ne presti.
Savia non fui, avvegna che Sapia
fossi chiamata, e fui de li altrui danni
111   più lieta assai che di ventura mia.
E perché tu non creda ch'io t'inganni
odi s'i' fui, com'io ti dico, folle,
114   già discendendo l'arco di miei anni.

---

81. *sponda*: balaustra. Virgilio procedeva dunque alla destra di Dante.
83. *per*: attraverso.
103. *ti dome*: soffri, ti sottoponi a
tormenti.

109. *Sapia*: gentildonna senese, vissuta
nella seconda metà del XII secolo. Fu moglie di Ghinibaldo Saracini e zia di Provenzano Salvani (cfr. *Purgatorio*, XI, 109 e
segg.).

Eran li cittadin miei presso a Colle
in campo giunti co' loro avversari,
117   e io pregava Iddio di quel che volle.

Rotti fuor quivi e volti ne li amari
passi di fuga; e veggendo la caccia,
120   letizia presi a tutte altre dispari,

tanto ch'io volsi in su l'ardita faccia,
gridando a Dio: 'Omai più non ti temo!',
123   come fe' il merlo per poca bonaccia.

Pace volli con Dio in su lo stremo
de la mia vita; e ancor non sarebbe
126   lo mio dover per penitenza scemo,

se ciò non fosse, ch'a memoria m'ebbe
Pier Pettinaio in sue sante orazioni,
129   a cui di me per caritate increbbe.

Ma tu chi se' che nostre condizioni
vai dimandando, e porti li occhi sciolti,
132   sì com'io credo, e spirando ragioni? »

« Li occhi » diss'io « mi fieno ancor qui tolti,
ma picciol tempo, ché poca è l'offesa
135   fatta per esser con invidia volti.

Troppa è più la paura ond'è sospesa
l'anima mia del tormento di sotto,
138   che già lo 'ncarco di là giù mi pesa ».

Ed ella a me: « Chi t'ha dunque condotto
qua su tra noi, se giù ritornar credi? »
141   E io: « Costui ch'è meco e non fa motto.

E vivo sono; e però mi richiedi,
spirito eletto, se tu vuo' ch'i' mova
144   di là per te ancor li mortai piedi ».

« Oh, questa è a udir sì cosa nova »
rispuose, « che gran segno è che Dio t'ami;
147   però col prego tuo talor mi giova.

E cheggioti, per quel che tu più brami,

---

115. *Colle*: Valdelsa, dove nel 1269 i guelfi fiorentini sconfissero i ghibellini senesi (cfr. nota a *Purgatorio*, XI, v. 109). Sapia, che odiava Provenzano, ne fu felice.

123. *come... bonaccia*: secondo una favola popolare, il merlo si rallegrava intempestivamente a un rasserenarsi passeggero del tempo.

128. *Pier Pettinaio*: chiantigiano, morto nel 1289, venditore di pettini in Siena, e ritenuto santo.

137. *tormento di sotto*: la pena del primo girone, dove è punita la superbia.

se mai calchi la terra di Toscana,
150   che a' miei propinqui tu ben mi rinfami.
Tu li vedrai tra quella gente vana
che spera in Talamone, e perderagli
153   più di speranza ch'a trovar la Diana;
ma più vi perderanno li ammiragli ».

CANTO XIV

« Chi è costui che 'l nostro monte cerchia
prima che morte li abbia dato il volo,
3   e apre li occhi a sua voglia e coverchia? »
« Non so chi sia, ma so che non è solo:
domandal tu che più li t'avvicini,
6   e dolcemente, sì che parli, acco'lo ».
Così due spirti, l'uno a l'altro chini,
ragionavan di me ivi a man dritta;
9   poi fer li visi, per dirmi, supini;
e disse l'uno: « O anima che fitta
nel corpo ancora inver lo ciel ten vai,
12   per carità ne consola e ne ditta
onde vieni e chi se'; ché tu ne fai
tanto maravigliar de la tua grazia,
15   quanto vuol cosa che non fu più mai ».
E io: « Per mezza Toscana si spazia
un fiumicel che nasce in Falterona,
18   e cento miglia di corso nol sazia.
Di sovr'esso rech'io questa persona:
dirvi ch'i' sia, saria parlare indarno,
21   ché 'l nome mio ancor molto non sona ».
« Se ben lo 'ntendimento tuo accarno
con lo 'ntelletto » allora mi rispuose
24   quei che diceva pria, « tu parli d'Arno ».
E l'altro disse lui: « Perché nascose
questi il vocabol di quella riviera,

150. *rinfami*: mi renda buona fama.
151. *quella gente vana*: i Senesi, che avevano comprato il castello e porto di Talamone
(1303) sperando di farne una base importante; ma era una zona malarica, e gli *ammiragli*, cioè coloro che vi saranno stanziati con
le loro navi, ne avranno tutto lo svantaggio.

XIV. - 3. *coverchia*: chiude (come un coperchio).
6. *acco'lo*: accoglilo.
12. *ditta*: di'.
17. *Falterona*: montagna dell'Appennino
tosco-romagnolo, da cui nasce l'Arno.
22. *accarno*: penetro, aggancio.

27   pur com'uom fa de l'orribili cose? »
                 E l'ombra che di ciò domandata era,
                 si sdebitò così: « Non so; ma degno
30   ben è che 'l nome di tal valle pera;
                 ché dal principio suo, ov'è sì pregno
                 l'alpestro monte ond'è tronco Peloro,
33   che 'n pochi luoghi passa oltra quel segno,
                 infin là 've si rende per ristoro
                 di quel che 'l ciel de la marina asciuga,
36   ond'hanno i fiumi ciò che va con loro,
                 virtù così per nimica si fuga
                 da tutti come biscia, o per sventura
39   del luogo, o per mal uso che li fruga:
                 ond'hanno sì mutata lor natura
                 li abitator de la misera valle,
42   che par che Circe li avesse in pastura.
                 Tra brutti porci, più degni di galle
                 che d'altro cibo fatto in uman uso,
45   dirizza prima il suo povero calle.
                 Botoli trova poi, venendo giuso,
                 ringhiosi più che non chiede lor possa,
48   e da lor disdegnosa torce il muso.
                 Vassi caggendo; e quant'ella più ingrossa,
                 tanto più trova di can farsi lupi
51   la maladetta e sventurata fossa.
                 Discesa poi per più pelaghi cupi,
                 trova le volpi sì piene di froda,
54   che non temono ingegno che le occupi.
                 Né lascerò di dir perch'altri m'oda;
                 e buon sarà costui, s'ancor s'ammenta

---

31. *pregno*: pieno; riferendosi alla catena degli Appennini che nella regione del Falterona sono estesi in larghezza ed altezza, può significare alto e grosso; dato che in quel punto nascono Arno e Tevere può anche significare fecondità d'acque.

32. *Peloro*: il promontorio di Messina, diviso dall'Appennino dallo Stretto.

34-6. *ristoro... con loro*: per rendere al mare ciò che l'evaporazione ne toglie, e che torna ad alimentare i fiumi.

42. *Circe*: la maga che trasformava gli uomini in animali (cfr. Virgilio, *Eneide*, VII, 19 e segg.).

43. *porci*: i conti Guidi di Porciano, e forse tutti i casentinesi, lungo il primo e *povero* (d'acque) tratto dell'Arno.

46. *Botoli*: cani; sono gli Aretini.

48. *torce il muso*: l'Arno disegna una gran curva prima di Arezzo, dirigendosi verso Firenze, a nord.

50. *lupi*: i Fiorentini.

53. *volpi*: i Pisani.

54. *occupi*: vinca, metta nel sacco.

56. *s'ammenta*: si rammenta.

57   di ciò che vero spirto mi disnoda.
          Io veggio tuo nepote che diventa
          cacciator di quei lupi in su la riva
60   del fiero fiume, e tutti li sgomenta.
          Vende la carne loro essendo viva;
          poscia li ancide come antica belva:
63   molti di vita e sé di pregio priva.
          Sanguinoso esce de la trista selva;
          lasciala tal, che di qui a mille anni
66   ne lo stato primaio non si rinselva ».
          Com'a l'annunzio di dogliosi danni
          si turba il viso di colui ch'ascolta,
69   da qual che parte il periglio l'assanni,
          così vid'io l'altr'anima che volta
          stava a udir turbarsi e farsi trista,
72   poi ch'ebbe la parola a sé raccolta.
          Lo dir de l'una e de l'altra la vista
          mi fer voglioso di saper lor nomi,
75   e dimanda ne fei con prieghi mista;
          per che lo spirto che di pria parlomi
          ricominciò: « Tu vuo' ch'io mi diduca
78   nel fare a te ciò che tu far non vuo'mi.
          Ma da che Dio in te vuol che traluca
          tanto sua grazia, non ti sarò scarso;
81   però sappi ch'io son Guido del Duca.
          Fu il sangue mio d'invidia sì riarso,
          che se veduto avesse uom farsi lieto,
84   visto m'avresti di livore sparso.
          Di mia semente cotal paglia mieto:
          o gente umana, perché poni 'l core
87   là 'v'è mestier di consorte divieto?
          Questi è Rinier; questi è 'l pregio e l'onore
          de la casa da Calboli, ove nullo

57. *mi disnoda*: svolge, manifesta.
58. *tuo nepote*: Fulcieri de' Paolucci da Calboli, podestà di Firenze nel 1303, che si fece crudele strumento delle vendette di parte nera.
69. *l'assanni*: lo addenti, lo stringa.
81. *Guido del Duca*: della famiglia ravennate degli Onesti, visse a Bertinoro ed eb-

be uffici in varie città romagnole, nella prima metà del XIII secolo.
87. *là... divieto*: nei beni terreni, che non piace spartire. La frase sarà ripresa e chiarita in *Purgatorio*, XV, 44 e segg.
88. *Rinier*: de' Paolucci da Calboli, fu podestà in Parma nel 1252; esiliato da Forlì nel 1294, vi rientrò nel 1296, ma fu ucciso.

90   fatto s'è reda poi del suo valore.
               E non pur lo suo sangue è fatto brullo,
            tra 'l Po e 'l monte e la marina e 'l Reno,
93   del ben richesto al vero e al trastullo;
               ché dentro a questi termini è ripieno
            di venenosi sterpi, sì che tardi
96   per coltivare omai verrebber meno.
               Ov'è il buon Lizio e Arrigo Manardi?
            Pier Traversaro e Guido di Carpigna?
99   Oh Romagnuoli tornati in bastardi!
               Quando in Bologna un Fabbro si ralligna?
            quando in Faenza un Bernardin di Fosco,
102   verga gentil di picciola gramigna?
               Non ti maravigliar, s'io piango, Tosco,
            quando rimembro con Guido da Prata
105   Ugolin d'Azzo, che vivetter nosco,
               Federigo Tignoso e sua brigata,
            la casa Traversara e li Anastagi
108   (e l'una gente e l'altra è diretata),
               le donne e i cavalier, li affanni e li agi,
            che ne 'nvogliava amore e cortesia
111   là dove i cuor son fatti sì malvagi.
               O Brettinoro, ché non fuggi via,
            poi che gita se n'è la tua famiglia
114   e molta gente per non esser ria?
               Ben fa Bagnacaval, che non rifiglia;
            e mal fa Castrocaro, e peggio Conio,
117   che di figliar tai conti più s'impiglia.
               Ben faranno i Pagan, da che 'l demonio
            lor sen girà; ma non però che puro

---

90. *reda*: erede.

91-3. *E non... trastullo*: la stirpe (il *sangue*) di Rinieri non è la sola a esser rimasta priva di quella bontà e cortesia (cfr. vv. 109-11) che si richiede per promuovere gli studi (il *vero*) e le arti (il *trastullo*); *richesto*: che si richiede.

96. *per coltivare*: se si coltivassero.

97-123. *Ov'è... oscuro*: è una serie di nomi, più o meno noti, di romagnoli celebri per cortesia e larghezza.

108. *diretata*: senza eredi, diseredata.

110. *ne 'nvogliava*: di cui si suscitavano il gusto e il desiderio.

112. *Brettinoro*: Bertinoro, cittadina tra Forlì e Cesena.

115. *Bagnacaval*: Bagnacavallo, che è tra Lugo di Romagna e Ravenna.

116. *Castrocaro... Conio*: due castelli comitali, di cui il secondo è oggi distrutto.

118. *Pagan*: famiglia nobile faentina, il cui capo, Maghinardo, è qui chiamato il *demonio* (cfr. *Inferno*, XXVII, 49-51); egli morì nel 1302.

120   già mai rimagna d'essi testimonio.
           O Ugolin de' Fantolin, sicuro
           è il nome tuo, da che più non s'aspetta
123   chi far lo possa, tralignando, oscuro.
           Ma va via, Tosco, omai; ch'or mi diletta
           troppo di pianger più che di parlare,
126   sì m'ha nostra ragion la mente stretta ».
           Noi sapavam che quell'anime care
           ci sentivano andar; però, tacendo,
129   facean noi del cammin confidare.
           Poi fummo fatti soli procedendo,
           folgore parve quando l'aere fende,
132   voce che giunse di contra dicendo:
           « Anciderammi qualunque m'apprende »;
           e fuggì come tuon che si dilegua,
135   se subito la nuvola scoscende.
           Come da lei l'udir nostro ebbe triegua,
           ed ecco l'altra con sì gran fracasso,
138   che somigliò tonar che tosto segua:
           « Io sono Aglauro che divenni sasso »;
           ed allor, per ristrignermi al poeta,
141   in destro feci e non innanzi il passo.
           Già era l'aura d'ogne parte queta;
           ed el mi disse: « Quel fu il duro camo
144   che dovria l'uom tener dentro a sua meta.
           Ma voi prendete l'esca, sì che l'amo
           de l'antico avversaro a se' vi tira;
147   e però poco val freno o richiamo.
           Chiamavi il cielo e intorno vi si gira,
           mostrandovi le sue bellezze etterne,
150   e l'occhio vostro pur a terra mira;
           onde vi batte chi tutto discerne ».

---

121. *Ugolin*: faentino (da Cerfugnano) insigne per saggezza e bontà lasciò due figli che morirono presto, e due figliuole: non aveva dunque discendenza maschile.

133. *«Anciderammi... m'apprende»*: mi ucciderà chiunque mi troverà; parole di Caino (cfr. *Genesi*, IV, 14).

135. *scoscende*: spacca dall'alto in basso.

139. *Aglauro*: figlia di Cecrope re d'Atene, ostacolò per invidia l'amore di Mercurio con la sorella Erse, e fu convertita in sasso.

143. *camo*: freno (lat. *camus*, specie di museruola).

151. *chi*: Dio onniveggente.

CANTO XV

Quanto tra l'ultimar de l'ora terza
e 'l principio del dì par de la spera
3   che sempre a guisa di fanciullo scherza,
    tanto pareva già inver la sera
essere al sol del suo corso rimaso:
6   vespero là, e qui mezza notte era.

E i raggi ne ferien per mezzo 'l naso,
perché per noi girato era sì 'l monte,
9   che già dritti andavamo inver l'occaso,
    quand'io senti' a me gravar la fronte
a lo splendore assai più che di prima,
12   e stupor m'eran le cose non conte;
    ond'io levai le mani inver la cima
de le mie ciglia, e fecimi 'l solecchio,
15   che del soverchio visibile lima.

Come quando da l'acqua o da lo specchio
salta lo raggio a l'opposita parte,
18   salendo su per lo modo parecchio
    a quel che scende, e tanto si diparte
dal cader de la pietra in igual tratta,
21   sì come mostra esperienza e arte;
    così mi parve da luce rifratta
quivi dinanzi a me esser percosso;
24   per ch'a fuggir la mia vista fu ratta.

« Che è quel, dolce padre, a che non posso
schermar lo viso tanto che mi vaglia »
27   diss'io, « e pare inver noi esser mosso? »
    « Non ti maravigliar, s'ancor t'abbaglia

---

xv. - 1-6. *Quanto... era*: al sole restava da compiere, del suo corso, quanto ne compie fra l'alba (*'l principio del dì*) e la terza ora; cioè gli restavano tre ore prima del tramonto. Principiava quindi il vespero, e agli antipodi, cioè a Gerusalemme, mancavano tre ore all'alba, e in Italia era il pieno della notte. Il paragone del sole con il fanciullo non è perspicuo; forse va inteso il sole, che si muove incessantemente, come un fanciullo vivace.

7. *per mezzo 'l naso*: in faccia. Ci volge-
vamo verso occidente.

12. *non conte*: ignote. Non sapevo perché lo splendore che avevo in faccia mi abbagliava più che il sole tramontante.

15. *lima*: modera; diminuisce l'abbaglio.

18. *parecchio*: pari, uguale.

19-20. *tanto... tratta*: tanto si allontana dalla perpendicolare (il *cader de la pietra*) della riflessione, quanto ne era lontano nell'incidenza.

21. *arte*: la scienza, la teoria ottica.

la famiglia del cielo » a me rispuose:
30   « messo è che viene ad invitar ch'om saglia.

Tosto sarà ch'a veder queste cose
non ti fia grave, ma fieti diletto
33   quanto natura a sentir ti dispuose ».

Poi giunti fummo a l'angel benedetto,
con lieta voce disse: « Intrate quinci
36   ad un scaleo via men che li altri eretto ».

Noi montavam, già partiti di linci,
e '*Beati misericordes!*' fue
39   cantato retro, e 'Godi tu che vinci!'

Lo mio maestro e io soli amendue
suso andavamo; e io pensai, andando,
42   prode acquistar ne le parole sue;

e dirizza'mi a lui sì dimandando:
« Che volse dir lo spirto di Romagna,
45   e 'divieto' e 'consorte' menzionando? »

Per ch'elli a me: « Di sua maggior magagna
conosce il danno; e però non s'ammiri
48   se ne riprende perché men si piagna.

Perché s'appuntano i vostri disiri
dove per compagnia parte si scema,
51   invidia move il mantaco a' sospiri.

Ma se l'amor de la spera suprema
torcesse in suso il disiderio vostro,
54   non vi sarebbe al petto quella tema;

ché, per quanti si dice più lì 'nostro',
tanto possiede più di ben ciascuno,
57   e più di caritate arde in quel chiostro ».

« Io son d'esser contento più digiuno »
diss'io, « che se mi fosse pria taciuto,
60   e più di dubbio ne la mente aduno.

Com'esser puote ch'un ben distributo
in più posseditor faccia più ricchi

---

29. *la famiglia del cielo*: gli angeli.
37. *di linci*: di lì (lat. *illinc*).
38. '*Beati misericordes!*': beati i misericordiosi (cfr. *Vangelo secondo Matteo*, V, 7).
42. *prode*: utilità, profitto.
51. *mantaco*: mantice. L'invidia vi fa so-

spirare, perché i vostri desideri si dirigono a beni che, spartiti, diminuiscono.
58-60. *Io son... aduno*: sono meno soddisfatto di prima, e ho un dubbio ancora maggiore nella mia mente.

63   di sé, che se da pochi è posseduto? »
          Ed elli a me: « Però che tu rificchi
          la mente pur a le cose terrene,
66   di vera luce tenebre dispicchi.
          Quello infinito e ineffabil bene
          che là su è, così corre ad amore
69   com'a lucido corpo raggio vene.
          Tanto si dà quanto trova d'ardore;
          sì che, quantunque carità si stende,
72   cresce sovr'essa l'etterno valore.
          E quanta gente più là su s'intende,
          più v'è da bene amare, e più vi s'ama,
75   e come specchio l'uno a l'altro rende.
          E se la mia ragion non ti disfama,
          vedrai Beatrice, ed ella pienamente
78   ti torrà questa e ciascun'altra brama.
          Procaccia pur che tosto sieno spente,
          come son già le due, le cinque piaghe,
81   che si richiudon per esser dolente ».
          Com'io voleva dicer 'Tu m'appaghe',
          vidimi giunto in su l'altro girone,
84   sì che tacer mi fer le luci vaghe.
          Ivi mi parve in una visione
          estatica di subito esser tratto,
87   e vedere in un tempio più persone;
          e una donna, in su l'entrar, con atto
          dolce di madre dicer: « Figliuol mio,
90   perché hai tu così verso noi fatto?
          Ecco, dolenti, lo tuo padre e io
          ti cercavamo ». E come qui si tacque,

---

66. *dispicchi*: cogli, come un frutto. Raccogli tenebre dalla vera luce delle mie parole.

67. *Quello... bene*: Dio.

71-2. *quantunque... valore*: Iddio (l'*eterno valore*) è tanto più presente all'anima quanto è più grande l'amore che è in lei.

73. *s'intende*: tende, anela, l'uno all'altro, cioè si ama reciprocamente.

76. *disfama*: sfama, soddisfa.

80. *piaghe*: i P che l'Angelo portiere gli

aveva segnato sulla fronte (cfr. *Purgatorio*, IX e 112 e segg.). Le due lettere già cancellate corrispondono alla superbia e all'invidia, punite nei due primi gironi.

81. *per esser dolente*: con la contrizione e l'espiazione.

84. *le luci vaghe*: gli occhi desiderosi di vedere cose nuove nel terzo girone.

88. *una donna*: Maria, che ritrovato Gesù fanciullo nel Tempio, non si adirò; è quindi il primo esempio di mansuetudine.

93   ciò che pareva prima dispario.
                Indi m'apparve un'altra con quell'acque
            giù per le gote che 'l dolor distilla
96   quando di gran dispetto in altrui nacque,
                e dir: « Se tu se' sire de la villa
            del cui nome ne' Dei fu tanta lite,
99   e onde ogni scienza disfavilla,
                vendica te di quelle braccia ardite
            ch'abbracciar nostra figlia, o Pisistrato ».
102   E 'l segnor mi parea, benigno e mite,
                risponder lei con viso temperato:
            « Che farem noi a chi mal ne disira,
105   se quei che ci ama è per noi condannato? »
                Poi vidi genti accese in foco d'ira
            con pietre un giovinetto ancider, forte
108   gridando a sé pur: « Martira, martira! »
                E lui vedea chinarsi, per la morte
            che l'aggravava già, inver la terra,
111   ma de gli occhi facea sempre al ciel porte,
                orando a l'alto Sire, in tanta guerra,
            che perdonasse a' suoi persecutori,
114   con quello aspetto che pietà diserra.
                Quando l'anima mia tornò di fori
            a le cose che son fuor di lei vere,
117   io riconobbi i miei non falsi errori.
                Lo duca mio, che mi potea vedere
            far sì com'uom che dal sonno si slega,
120   disse: « Che hai che non ti puoi tenere
                ma se' venuto più che mezza lega
            velando li occhi e con le gambe avvolte,
123   a guisa di cui vino o sonno piega? »
                « O dolce padre mio, se tu m'ascolte,
            io ti dirò » diss'io « ciò che m'apparve

---

94. *un'altra*: la moglie di Pisistrato, che chiedeva vendetta contro un giovane che aveva baciato la loro figlia. Pisistrato, tiranno d'Atene (sec. VI a.C.), rispose: «Se uccidiamo chi ci ama, che faremo a chi ci odia?». E il giovane sposò la fanciulla.

107. *un giovinetto*: santo Stefano, lapidato dai Giudei, mansuetamente pregava per loro; in realtà il martire, quando fu ucciso, non era più un giovinetto.

117. *non falsi errori*: le visioni, che credeva reali (e così errava); ma le visioni erano storiche, e simboli di una verità più profonda (e così erano non falsi).

126   quando le gambe mi furon sì tolte ».
              Ed ei: « Se tu avessi cento larve
            sovra la faccia, non mi sarian chiuse
129   le tue cogitazion, quantunque parve.
              Ciò che vedesti fu perché non scuse
            d'aprir lo core a l'acque de la pace
132   che da l'etterno fonte son diffuse.
              Non dimandai 'Che hai?' per quel che face
            chi guarda pur con l'occhio che non vede,
135   quando disanimato il corpo giace;
              ma dimandai per darti forza al piede:
            così frugar conviensi i pigri, lenti
138   ad usar lor vigilia quando riede ».
              Noi andavam per lo vespero, attenti
            oltre quanto potean li occhi allungarsi
141   contra i raggi serotini e lucenti.
              Ed ecco a poco a poco un fummo farsi
            verso di noi come la notte scuro;
144   né da quello era loco da cansarsi:
              questo ne tolse li occhi e l'aere puro.

CANTO XVI

              Buio d'inferno e di notte privata
            d'ogni pianeta, sotto pover cielo,
3   quant'esser può di nuvol tenebrata,
              non fece al viso mio sì grosso velo,
            come quel fummo ch'ivi ci coperse,
6   né a sentir di così aspro pelo;
              che l'occhio stare aperto non sofferse:
            onde la scorta mia saputa e fida
9   mi s'accostò e l'omero m'offerse.
              Sì come cieco va dietro a sua guida

---

127. *larve*: maschere.

129. *quantunque parve*: per quanto piccole.

130. *scuse*: ricusi.

133-5. *per quel... giace*: perché volessi sapere quel che già so, come suole domandare chi vede soltanto con l'occhio corporale (che perde la vista quando si muore).

137. *frugar*: stimolare.

138. *usar lor vigilia*: profittare del fatto di essere svegli.

144. *cansarsi*: scansarsi, evitare quel fumo.

XVI. - 2. *sotto... cielo*: in un orizzonte ristretto, come in una valle profonda.

4. *viso*: la vista.

6. *aspro pelo*: la natura pungente del fumo.

per non smarrirsi e per non dar di cozzo
12   in cosa che 'l molesti, o forse ancida;
            m'andava io per l'aere amaro e sozzo,
        ascoltando il mio duca che diceva
15   pur: « Guarda che da me tu non sia mozzo ».

            Io sentia voci, e ciascuna pareva
        pregar per pace e per misericordia
18   l'agnel di Dio che le peccata leva.

            Pur 'Agnus Dei' eran le loro esordia;
        una parola in tutte era ed un modo,
21   sì che parea tra esse ogne concordia.

            « Quei sono spirti, maestro, ch'i' odo? »
        diss'io. Ed elli a me: « Tu vero apprendi,
24   e d'iracundia van solvendo il nodo ».

            « Or tu chi se' che 'l nostro fummo fendi,
        e di noi parli pur come se tue
27   partissi ancor lo tempo per calendi? »

            Così per una voce detto fue;
        onde 'l maestro mio disse: « Rispondi,
30   e domanda se quinci si va sue ».

            E io: « O creatura che ti mondi
        per tornar bella a colui che ti fece,
33   maraviglia udirai, se mi secondi ».

            « Io ti seguiterò quanto mi lece »
        rispuose; « e se veder fummo non lascia,
36   l'udir ci terrà giunti in quella vece ».

            Allora incominciai: « Con quella fascia
        che la morte dissolve men vo suso,
39   e venni qui per l'infernale ambascia.

            E se Dio m'ha in sua grazia rinchiuso,
        tanto che vuol ch'i' veggia la sua corte
42   per modo tutto fuor del moderno uso,

---

12. *ancida*: uccida.

15. *tu... mozzo*: non staccarti da me.

19. *esordia*: gli esordi, i princìpi della preghiera erano sempre *Agnus Dei qui tollis peccata mundi*, come nelle tre invocazioni della Messa, di cui due chiedono misericordia, la terza pace.

24. *solvendo il nodo*: sciogliendosi dal peccato dell'invidia, che li legava.

26-7. *come... calendi*: come se tu dividesi ancora il tempo secondo il calendario; cioè come se fossi ancora vivente sulla terra.

30. *quinci*: da questa parte.

33. *secondi*: accompagni.

37. *fascia*: il corpo.

39. *per*: attraverso. Aggiunge un altro motivo di stupore.

42. *moderno*: attuale. Dopo S. Paolo, nessun vivente era salito all'*immortale secolo* (cfr. *Inferno*, II, 14-5).

non mi celar chi fosti anzi la morte,
ma dilmi, e dimmi s'i' vo bene al varco;
45   e tue parole fien le nostre scorte ».

« Lombardo fui, e fu' chiamato Marco:
del mondo seppi e quel valore amai
48   al quale ha or ciascun disteso l'arco.

Per montar su dirittamente vai ».
Così rispuose, e soggiunse: « I' ti prego
51   che per me preghi quando su sarai ».

E io a lui: « Per fede mi ti lego
di far ciò che mi chiedi; ma io scoppio
54   dentro ad un dubbio, s'io non me ne spiego.

Prima era scempio, e ora è fatto doppio
ne la sentenza tua, che mi fa certo,
57   qui e altrove, quello ov'io l'accoppio.

Lo mondo è ben così tutto diserto
d'ogne virtute, come tu mi sone,
60   e di malizia gravido e coverto;

ma priego che m'addite la cagione,
sì ch'i' la veggia e ch'i' la mostri altrui;
63   ché nel cielo uno, e un qua giù la pone ».

Alto sospir, che duolo strinse in 'hui!',
mise fuor prima; e poi cominciò: « Frate,
66   lo mondo è cieco, e tu vien ben da lui.

Voi che vivete ogne cagion recate
pur suso al cielo, pur come se tutto
69   movesse seco di necessitate.

Se così fosse, in voi fora distrutto
libero arbitrio, e non fora giustizia
72   per ben letizia, e per male aver lutto.

Lo cielo i vostri movimenti inizia;
non dico tutti, ma posto ch'i' 'l dica,
75   lume v'è dato a bene e a malizia,

46. *Marco*: uomo di corte del XIII secolo: forse lo stesso di cui parla il *Novellino*
(nov. 46).

48. *disteso*: il contrario di *teso*; a cui nessuno più mira.

56-7. *mi fa... l'accoppio*: mi fa certo il
fatto della corruzione umana, a cui il mio
dubbio già si riferisce.

59. *sone*: dici.

63. *ché... pone*: che qualcuno l'attribuisce all'influsso celeste, qualcuno alla mala
volontà umana.

71-2. *non fora... lutto*: non sarebbe giusto essere ricompensati per le buone azioni, e puniti per le cattive.

75. *lume... malizia*: il lume della ragione, che può discernere ciò che è bene da
ciò che è male.

e libero voler; che, se fatica
ne le prime battaglie col ciel dura,
78   poi vince tutto, se ben si notrica.

A maggior forza e a miglior natura
liberi soggiacete; e quella cria
81   la mente in voi, che 'l ciel non ha in sua cura.

Però, se 'l mondo presente disvia,
in voi è la cagione, in voi si cheggia;
84   e io te ne sarò or vera spia.

Esce di mano a lui che la vagheggia
prima che sia, a guisa di fanciulla
87   che piangendo e ridendo pargoleggia,

l'anima semplicetta che sa nulla,
salvo che, mossa da lieto fattore,
90   volentier torna a ciò che la trastulla.

Di picciol bene in pria sente sapore;
quivi s'inganna, e dietro ad esso corre,
93   se guida o fren non torce suo amore.

Onde convenne legge per fren porre;
convenne rege aver, che discernesse
96   de la vera città almen la torre.

Le leggi son, ma chi pon mano ad esse?
Nullo, però che 'l pastor che procede,
99   rugumar può, ma non ha l'unghie fesse;

per che la gente, che sua guida vede
pur a quel ben fedire ond'ella è ghiotta,
102   di quel si pasce, e più oltre non chiede.

Ben puoi veder che la mala condotta

---

77. *col ciel*: con gli influssi maligni.
78. *si notrica*: si educa.
80-1. *quella cria... cura*: quella maggior forza, cioè Dio, vi dota della ragione, che non è sottoposta agli influssi astrali.
83. *cheggia*: chieda.
84. *spia*: informatore. Te ne dirò la cagione.
85. *lui*: il Creatore.
90. *trastulla*: le piace, dà gioia.
93. *torce*: guida, orientandolo al bene e distogliendolo dal male.
96. *la vera città*: la giusta società umana, modellata sulla patria divina; *la torre*: l'e-

dificio più alto della società, l'organizzazione della giustizia.
98. *'l pastor*: il papa.
99. *rugumar... fesse*: secondo S. Tommaso, la divisione in due dell'unghia, come hanno i bovini e gli ovini, significa la distinzione fra i due Testamenti, o fra il Padre e il Figlio, o delle due nature di Cristo, o fra il bene e il male; mentre il ruminare (*rugumar*) significa la meditazione delle Scritture (cfr. *Somma teologia*, I, II, 102, 6).
101. *fedire*: mirare.
102. *più... chiede*: non si cura della vita eterna.

è la cagion che 'l mondo ha fatto reo,
105   e non natura che 'n voi sia corrotta.

Soleva Roma, che 'l buon mondo feo,
due soli aver, che l'una e l'altra strada
108   facean vedere, e del mondo e di Deo.

L'un l'altro ha spento; ed è giunta la spada
col pasturale, e l'un con l'altro insieme
111   per viva forza mal convien che vada;

però che, giunti, l'un l'altro non teme:
se non mi credi, pon mente a la spiga,
114   ch'ogn'erba si conosce per lo seme.

In sul paese ch'Adice e Po riga,
solea valore e cortesia trovarsi,
117   prima che Federigo avesse briga:

or può sicuramente indi passarsi
per qualunque lasciasse, per vergogna
120   di ragionar coi buoni o d'appressarsi.

Ben v'èn tre vecchi ancora in cui rampogna
l'antica età la nova, e par lor tardo
123   che Dio a miglior vita li ripogna:

Currado da Palazzo e 'l buon Gherardo
e Guido da Castel, che me' si noma,
126   francescamente, il semplice Lombardo.

Dì oggimai che la chiesa di Roma,
per confondere in sé due reggimenti,
129   cade nel fango e sé brutta e la soma ».

« O Marco mio, » diss'io « bene argomenti;
e or discerno perché dal retaggio
132   li figli di Levì furono esenti.

Ma qual Gherardo è quel che tu per saggio
di' ch'è rimaso de la gente spenta,

---

106. *feo*: fece; che organizzò bene il mondo.

107. *due soli*: due autorità somme.

110. *pasturale*: il pastorale, simbolo dell'autorità ecclesiastica.

113. *la spiga*: il risultato.

115. *paese*: la Lombardia d'allora.

117. *Federigo*: le lotte di Federico II con i papi resero più grave la confusione del potere spirituale con quello temporale.

119. *qualunque*: chiunque, senza timore di dover arrossire accostandosi ai buoni; qualunque delinquente.

124-6. *Currado... Lombardo*: Corrado conte di Palazzo, bresciano, fu anche capitano di parte guelfa in Firenze nel 1277; Gherardo da Camino, trevigiano, morì nel 1306; Guido de' Roberti, da Reggio Emilia, forse esule a Verona nel 1318.

131-2. *dal retaggio... esenti*: dal bene temporale erano esclusi i Leviti, sacerdoti di Israele.

135   in rimprovero del secol selvaggio? »
        « O tuo parlar m'inganna, o el mi tenta »
        rispuose a me; « ché, parlandomi tosco,
138   par che del buon Gherardo nulla senta.
        Per altro sopranome io nol conosco,
        s'io nol togliessi da sua figlia Gaia.
141   Dio sia con voi, ché più non vegno vosco.
        Vedi l'albor che per lo fummo raia
        già biancheggiare, e me convien partirmi
144   — l'angelo è ivi — prima ch'io li paia ».
        Così tornò, e più non volle udirmi.

CANTO XVII

        Ricorditi, lettor, se mai ne l'alpe
        ti colse nebbia per la qual vedessi
3   non altrimenti che per pelle talpe,
        come, quando i vapori umidi e spessi
        a diradar cominciansi, la spera
6   del sol debilemente entra per essi;
        e fia la tua imagine leggiera
        in giugnere a veder com'io rividi
9   lo sole in pria, che già nel corcar era.
        Sì, pareggiando i miei co' passi fidi
        del mio maestro, usci' fuor di tal nube
12   ai raggi morti già ne' bassi lidi.
        O imaginativa che ne rube
        tal volta sì di fuor, ch'om non s'accorge
15   perché dintorno suonin mille tube,
        chi move te, se 'l senso non ti porge?
        Moveti lume che nel ciel s'informa
18   per sé o per voler che giù lo scorge.

---

140. *Gaia*: questa figlia di Gherardo da Camino morì nel 1311, e sembra avesse fama di donna leggera. L'allusione pare quindi suonar rimprovero; se non si riferisce al cognome di Gaia, che era pure «da Camino», avendo sposato un suo parente.

142. *raia*: raggia, trasparisce irradiandosi. L'*albor* è la luce del sole, che si intravede oltre il fumo del terzo girone.

XVII. - 3. *non... talpe*: se non come le talpe vedono attraverso la pelle che copre loro gli occhi. La scienza moderna ha appurato che tale pellicola è forata.

7. *imagine*: immaginazione. Riuscirai facilmente ad immaginare.

9. *in pria*: da principio.

14. *di fuor*: dalla realtà.

15. *tube*: trombe. Per quanto mille trombe suonino intorno a noi.

17. *s'informa*: prende la sua forma.

18. *per sé... scorge*: o scende naturalmen-

De l'empiezza di lei che mutò forma
ne l'uccel ch'a cantar più si diletta,
21   ne l'imagine mia apparve l'orma:

e qui fu la mia mente sì ristretta
dentro da sé, che di fuor non venia
24   cosa che fosse allor da lei recetta.

Poi piovve dentro a l'alta fantasia
un crucifisso, dispettoso e fero
27   ne la sua vista, e cotal si moria:

intorno ad esso era il grande Assuero,
Ester sua sposa e 'l giusto Mardoceo,
30   che fu al dire ed al far così intero.

E come questa imagine rompeo
sé per se stessa, a guisa d'una bulla
33   cui manca l'acqua sotto qual si feo,

surse in mia visione una fanciulla
piangendo forte, e dicea: « O regina,
36   perché per ira hai voluto esser nulla?

Ancisa t'hai per non perder Lavina:
or m'hai perduta! Io son essa che lutto,
39   madre, a la tua pria ch'a l'altrui ruina ».

Come si frange il sonno, ove di butto
nova luce percuote il viso chiuso,
42   che fratto guizza pria che muoia tutto;

così l'imaginar mio cadde giuso,
tosto che lume il volto mi percosse,
45   maggior assai che quel ch'è in nostro uso.

I' mi volgea per veder ov'io fosse,
quando una voce disse « Qui si monta »,

---

te, o Dio la manda espressamente, per qualche precisa ragione, come è il caso qui nel
terzo girone del Purgatorio.
19. *lei*: Progne. Per vendicare la sorella
Filomela uccise Itis (figlio suo e di Tereo) e
lo dette a mangiare al padre. Fu trasformata
in rondine, e Filomela in usignolo (cfr. Ovidio, *Metamorfosi*, VI, 412 e segg.); Dante
considera qui Progne trasformata in usignolo.
26. *un crucifisso*: Amano, ministro di Assuero e da lui posto in croce (cfr. *Ester*, III-
VII), per aver perseguitato ingiustamente

i Giudei.
28. *Assuero*: nome biblico di uno dei re
di Persia, che sposò Ester, nipote di Mar-
docheo. Fu Ester che ottenne la grazia dei
Giudei e la condanna di Amano.
34. *una fanciulla*: la terza visione presenta Lavinia, unica figlia di Latino re del Lazio, e sua madre Amata; la quale, credendo
Turno ucciso, s'impiccò per non vedere Lavinia sposa di Enea (cfr. Virgilio, *Eneide*,
XII, 601 e segg.).
42. *che*: il sonno.

48 che da ogni altro intento mi rimosse;
        e fece la mia voglia tanto pronta
    di riguardar chi era che parlava,
51 che mai non posa, se non si raffronta.
        Ma come al sol che nostra vista grava
    e per soverchio sua figura vela,
54 così la mia virtù quivi mancava.
        « Questo è divino spirito, che ne la
    via da ir su ne drizza sanza prego,
57 e col suo lume se medesmo cela.
        Sì fa con noi, come l'uom si fa sego;
    ché quale aspetta prego e l'uopo vede,
60 malignamente già si mette al nego.
        Or accordiamo a tanto invito il piede:
    procacciam di salir pria che s'abbui,
63 ché poi non si poria, se 'l dì non riede ».
        Così disse il mio duca, e io con lui
    volgemmo i nostri passi ad una scala;
66 e tosto ch'io al primo grado fui,
        senti'mi presso quasi un mover d'ala
    e ventarmi nel viso e dir: « *Beati*
69 *pacifici*, che son sanz'ira mala! »
        Già eran sovra noi tanto levati
    li ultimi raggi che la notte segue,
72 che le stelle apparivan da più lati.
        « O virtù mia, perché sì ti dilegue? »
    fra me stesso dicea, ché mi sentiva
75 la possa de le gambe posta in triegue.
        Noi eravam dove più non saliva
    la scala su, ed eravamo affissi,
78 pur come nave ch'a la piaggia arriva.
        E io attesi un poco, s'io udissi
    alcuna cosa nel novo girone;
81 poi mi volsi al maestro mio, e dissi:
        « Dolce mio padre, dì, quale offensione

---

51. *se non si raffronta*: se non viene
a fronte, in presenza, dell'oggetto desi-
derato.
58. *sego*: seco. Ama tanto noi, quanto
l'uomo ama se stesso. (Cfr. *Vangelo secondo Matteo*, XII, 31).

59-60. *quale... nego*: chi, vedendo la necessità, aspetta di essere richiesto, mostra
la malvagia inclinazione a negare l'aiuto necessario.
68-9. *Beati pacifici*: cfr. *Vangelo secondo
Matteo*, V, 9.

si purga qui nel giro dove semo?
84   Se i piè si stanno, non stea tuo sermone ».

        Ed elli a me: « L'amor del bene scemo
        del suo dover quiritta si ristora;
87   qui si ribatte il mal tardato remo.

        Ma perché più aperto intendi ancora,
        volgi la mente a me, e prenderai
90   alcun buon frutto di nostra dimora ».

        « Né creator né creatura mai »
        cominciò el, « figliuol, fu sanza amore,
93   o naturale o d'animo; e tu 'l sai.

        Lo naturale è sempre sanza errore,
        ma l'altro puote errar per malo obietto,
96   o per troppo o per poco di vigore.

        Mentre ch'egli è nel primo ben diretto,
        e ne' secondi se stesso misura,
99   esser non può cagion di mal diletto;

        ma quando al mal si torce, o con più cura
        o con men che non dee corre nel bene,
102   contra 'l fattore adovra sua fattura.

        Quinci comprender puoi ch'esser convene
        amor sementa in voi d'ogni virtute
105   e d'ogne operazion che merta pene.

        Or, perché mai non può da la salute
        amor del suo subietto volger viso,
108   da l'odio proprio son le cose tute;

        e perché intender non si può diviso,
        e per sé stante, alcuno esser dal primo,

85-6. *L'amor... dover*: l'amore del bene, più scarso di quel che dovrebbe essere. La teoria che segue, e che occupa il vero centro materiale della *Divina Commedia*, si può riassumere così: Qui si sconta l'amore troppo debole, cioè l'Accidia; chiamiamo così questo peccato, perché tutto nell'universo è regolato dall'amore, o innato o elettivo. L'amore innato è senza errore, l'uomo non ne è responsabile. Ma l'amore elettivo può errare in tre modi: o rivolgersi ad oggetti cattivi (*per malo obbietto*), o per essere eccessivo o per essere troppo scarso (*o per troppo o per poco di vigore*). Come si può rivolgersi ad oggetti cattivi, cioè amare il male? Dato che le creature non possono odiare se stesse, e, non essendo indipendenti, non possono odiare l'Essere Primo, cioè Dio, resta che si può amare il male del prossimo; e ciò in tre modi (secondo la superbia, l'invidia e l'ira) esposti nei vv. 115-123. Come si può amar troppo o troppo poco? Ciò sarà esposto nel canto seguente.

97. *primo ben*: Dio.

102. *contra... fattura*: la fattura, cioè la creatura, opera (*adovra*) contro il Creatore.

108. *tute*: sicure.

111   da quello odiare ogni effetto è deciso.
    Resta, se dividendo bene stimo,
   che 'l mal che s'ama è del prossimo; ed esso
114   amor nasce in tre modi in vostro limo.
    È chi per esser suo vicin soppresso
   spera eccellenza, e sol per questo brama
117   ch'el sia di sua grandezza in basso messo:
    è chi podere, grazia, onore e fama
   teme di perder perch'altri sormonti,
120   onde s'attrista sì che 'l contrario ama;
    ed è chi per ingiuria par ch'aonti,
   sì che si fa de la vendetta ghiotto,
123   e tal convien che il male altrui impronti.
    Questo triforme amor qua giù di sotto
   si piange: or vo' che tu de l'altro intende,
126   che corre al ben con ordine corrotto.
    Ciascun confusamente un bene apprende
   nel qual si queti l'animo, e disira;
129   per che di giugner lui ciascun contende.
    Se lento amore in lui veder vi tira,
   o a lui acquistar, questa cornice,
132   dopo giusto penter, ve ne martira.
    Altro ben è che non fa l'uom felice;
   non è felicità, non è la buona
135   essenza, d'ogni ben frutto e radice.
    L'amor ch'ad esso troppo s'abbandona,
   di sovr'a noi si piange per tre cerchi;
138   ma come tripartito si ragiona,
    tacciolo, acciò che tu per te ne cerchi ».

111. *deciso*: eliminato, separato. Ogni *effetto* (creatura) è alieno dall'odiare il Primo Essere.

114. *limo*: fango.

117. *in basso messo*: abbassato. Superbia secondo S. Tommaso è l'amore della propria eccellenza (cfr. *Somma teologica*, II, II, 162, 3).

119. *sormonti*: lo sorpassi, monti più in alto.

120. *'l contrario*: del potere, della grazia, dell'onore e della fama; cioè il male degli altri.

121. *aonti*: si adonti, si arrabbi. È l'ira.

123. *impronti*: prepari, provochi con premura.

124. *qua giù di sotto*: nelle tre cornici sottostanti del Purgatorio.

129. *contende*: tende ad un bene che presente e desidera.

131. *questa cornice*: il quarto girone, degli accidiosi.

133. *Altro ben*: i beni mondani.

137. *per tre cerchi*: le tre cornici superiori, in cui sono puniti gli eccessi d'amore per i beni mondani, cioè l'avarizia, la gola, la lussuria.

CANTO XVIII

Posto avea fine al suo ragionamento
l'alto dottore, ed attento guardava
3 ne la mia vista s'io parea contento;

e io, cui nova sete ancor frugava,
di fuor taceva, e dentro dicea: « Forse
6 lo troppo dimandar ch'io fo li grava ».

Ma quel padre verace, che s'accorse
del timido voler che non s'apriva,
9 parlando, di parlare ardir mi porse.

Ond'io: « Maestro, il mio veder s'avviva
sì nel tuo lume, ch'io discerno chiaro
12 quanto la tua ragion porti o descriva.

Però ti prego, dolce padre caro,
che mi dimostri amore, a cui reduci
15 ogni buono operare e 'l suo contraro ».

« Drizza » disse « ver me l'agute luci
de lo 'ntelletto, e fieti manifesto
18 l'error dei ciechi che si fanno duci.

L'animo, ch'è creato ad amar presto,
ad ogni cosa è mobile che piace,
21 tosto che dal piacere in atto è desto.

Vostra apprensiva da esser verace
tragge intenzione, e dentro a voi la spiega,
24 sì che l'animo ad essa volger face;

e se, rivolto, inver di lei si piega,
quel piegare è amor, quell'è natura
27 che per piacer di novo in voi si lega.

Poi, come 'l foco movesi in altura
per la sua forma ch'è nata a salire
30 là dove più in sua matera dura,

così l'animo preso entra in disire,

XVIII. - 14. *a cui reduci*: da cui fai derivare; cfr. *Purgatorio*, XVII, 103-105.

18. *duci*: duci di teorie, capiscuola, maestri.

19. *presto*: capace e pronto.

21. *in atto è desto*: è messo in attività.

22-7. *Vostra... lega*: la facoltà che voi avete di percepire le cose reali (*esser verace*) ne trae un'immagine che presenta al vostro animo; e se questo inclina a impadronirsene, è l'amore naturale che si provoca (*si lega*) di nuovo in voi.

28-33. *Poi... gioire*: come il fuoco tende a salire, perché tale è la sua forma (e ciò tanto quanto dura la materia del bruciare), così l'animo è pervaso dal desiderio, e non si queta finché non possiede la cosa desiderata.

ch'è moto spiritale, e mai non posa
33   fin che la cosa amata il fa gioire.
        Or ti puote apparer quant'è nascosa
la veritate a la gente ch'avvera
36   ciascun amore in sé laudabil cosa,
        però che forse appar la sua matera
sempre esser buona; ma non ciascun segno
39   è buono, ancor che buona sia la cera ».
        « Le tue parole e 'l mio seguace ingegno »
rispuos'io lui « m'hanno amor discoverto,
42   ma ciò m'ha fatto di dubbiar più pregno;
        ché s'amore è di fuori a noi offerto,
e l'anima non va con altro piede,
45   se dritta o torta va, non è suo merto ».
        Ed elli a me: « Quanto ragion qui vede
dir ti poss'io; da indi in là t'aspetta
48   pur a Beatrice, ch'è opra di fede.
        Ogni forma sustanzial, che setta
è da matera ed è con lei unita,
51   specifica virtù ha in sé colletta,
        la qual sanza operar non è sentita,
né si dimostra mai che per effetto,
54   come per verdi fronde in pianta vita.
        Però, là onde vegna lo intelletto
de le prime notizie, omo non sape,
57   e de' primi appetibili l'affetto,
        ch'è solo in voi, sì come studio in ape
di far lo mele; e questa prima voglia
60   merto di lode o di biasmo non cape.
        Or perché a questa ogn'altra si raccoglia,
innata v'è la virtù che consiglia,

---

35. *avvera*: crede vero (che qualsiasi amore sia lodevole).

38. *segno*: conio, figura che si imprime nella cera.

44. *e l'anima... piede*: e l'anima procede solo secondo amore.

48. *pur... fede*: solo a Beatrice; giacché si tratta di argomenti che la ragione non penetra, e solo la fede rivela.

49. *setta*: distinta, separata.

53-4. *né... vita*: non si manifesta che per gli atti, per gli effetti, come la vita si mani-

festa in una pianta attraverso le verdi fronde.

55-60. *Però... cape*: perciò non si sa donde venga la nozione innata delle prime verità, né l'inclinazione alle prime cose che si desiderano; che sono istintive, e perciò non libere, né capaci di bene o di male.

61-3. *Or... soglia*: innata è anche la ragione, affinché le altre voglie successive seguano quelle naturali. La ragione può dire di sì o di no (*tener la soglia de l'assenso*) ai desideri.

63   e de l'assenso de' tener la soglia.

     Quest'è il principio là onde si piglia
    ragion di meritare in voi, secondo
66   che buoni e rei amori accoglie e viglia.

     Color che ragionando andaro al fondo,
    s'accorser d'esta innata libertate;
69   però moralità lasciaro al mondo.

     Onde, poniam che di necessitate
    surga ogni amor che dentro a voi s'accende;
72   di ritenerlo è in voi la podestate.

     La nobile virtù Beatrice intende
    per lo libero arbitrio, e però guarda
75   che l'abbi a mente, s'a parlar ten prende ».

     La luna, quasi a mezza notte tarda,
    facea le stelle a noi parer più rade,
78   fatta com'un secchion che tutto arda;

     e correa contra 'l ciel per quelle strade
    che 'l sole infiamma allor che quel da Roma
81   tra' Sardi e' Corsi il vede quando cade.

     E quell'ombra gentil per cui si noma
    Pietola più che villa mantovana,
84   del mio carcar diposta avea la soma;

     per ch'io, che la ragione aperta e piana
    sovra le mie quistioni avea ricolta,
87   stava com'om che sonnolento vana.

     Ma questa sonnolenza mi fu tolta
    subitamente da gente che dopo
90   le nostre spalle a noi era già volta.

     E quale Ismeno già vide ed Asopo
    lungo di sé di notte furia e calca,
93   pur che i Teban di Bacco avesser uopo,

     cotal per quel giron suo passo falca,

66. *buoni... viglia*: accoglie i buoni desideri e scarta i cattivi.

76. *tarda*: che sorgeva tardi, quasi a mezzanotte.

79-81. *quelle... cade*: quel percorso che compie il sole all'occidente, quando da Roma lo si vede tramontare fra Sardegna e Corsica (d'inverno).

83. *Pietola*: il luogo natale di Virgilio.

84. *carcar*: il peso dei dubbi.

87. *vana*: vaneggia.

91. *Ismeno... Asopo*: fiumi della Beozia, dove si ammassavano i Tebani quando celebravano cerimonie propiziatorie in onore di Bacco.

94. *cotal*: una tale calca; *falca*: allunga.

per quel ch'io vidi di color, venendo,
96   cui buon volere e giusto amor cavalca.

Tosto fur sovra noi, perché correndo
si movea tutta quella turba magna;
99   e due dinanzi gridavan piangendo:

« Maria corse con fretta a la montagna;
e Cesare, per soggiogare Ilerda,
102   punse Marsilia, e poi corse in Ispagna ».

« Ratto, ratto, che 'l tempo non si perda
per poco amor » gridavan gli altri appresso;
105   « ché studio di ben far grazia rinverda ».

« O gente in cui fervore aguto adesso
ricompie forse negligenza e indugio
108   da voi per tepidezza in ben far messo,

questi che vive, e certo i' non vi bugio,
vuole andar su, pur che il sol ne riluca;
111   però ne dite ond'è presso il pertugio ».

Parole furon queste del mio duca;
e un di quelli spirti disse: « Vieni
114   di retro a noi, e troverai la buca.

Noi siam di voglia a muoverci sì pieni,
che restar non potem; però perdona,
117   se villania nostra giustizia tieni.

Io fui abate in San Zeno a Verona
sotto lo 'mperio del buon Barbarossa,
120   di cui dolente ancor Melan ragiona.

E tale ha già l'un piè dentro la fossa,
che tosto piangerà quel monastero,
123   e tristo fia d'avere avuta possa;

perché suo figlio, mal del corpo intero,
e de la mente peggio, e che mal nacque,

---

100. *a la montagna*: a visitare Elisabetta (cfr. *Vangelo secondo Luca*, I, 39); esempio di sollecitudine.

101. *Cesare*: che con grande rapidità assediò Marsiglia e andò a battere Afranio e Petreio e Lerida (*Ilerda*).

105. *studio*: zelo; *rinverda*: ridona il verde, ravviva.

109. *bugio*: inganno.

110. *pur che*: solo che; non appena.

111. *il pertugio*: l'adito al girone successivo.

118. *Io*: un abate Gherardo, di cui non abbiamo notizie, salvo che morì nel 1187.

119. *Barbarossa*: Federico Barbarossa, imperatore (1152-1190) contro il quale lottò tenacemente Milano, da lui poi distrutta (1162).

121. *tale*: Alberto della Scala, signore di Verona, morto nel 1301; il figlio di cui Dante parla, Giuseppe, fu abate di San Zeno dal 1292 al 1313.

125. *mal nacque*: era figlio illegittimo.

126   ha posto in loco di suo pastor vero ».

           Io non so se più disse o s'ei si tacque,
           tant'era già di là da noi trascorso;
129   ma questo intesi, e ritener mi piacque.

           E quei che m'era ad ogni uopo soccorso
           disse: « Volgiti qua: vedine due
132   venir dando all'accidia di morso ».

           Di retro a tutti dicean: « Prima fue
           morta la gente a cui il mar s'aperse,
135   che vedesse Iordan le rede sue.

           E quella che l'affanno non sofferse
           fino a la fine col figlio d'Anchise,
138   se stessa a vita sanza gloria offerse ».

           Poi quando fuor da noi tanto divise
           quell'ombre, che veder più non potiersi,
141   novo pensiero dentro a me si mise,

           del qual più altri nacquero e diversi;
           e tanto d'uno in altro vaneggiai,
144   che gli occhi per vaghezza ricopersi,

           e 'l pensamento in sogno trasmutai.

CANTO XIX

           Ne l'ora che non può il calor diurno
           intepidar più il freddo de la luna,
3   vinto da terra, e talor da Saturno;

           quando i geomanti lor Maggior Fortuna
           veggiono in oriente, innanzi a l'alba,
6   surger per via che poco le sta bruna;

           mi venne in sogno una femmina balba
           ne li occhi guercia, e sovra i piè distorta,
9   con le man monche, e di colore scialba.

           Io la mirava; e come il sol conforta

133-5. *Prima... sue*: per difetto di solle-citudine, i Giudei morirono nel deserto pri-ma di giungere alla Palestina (*Iordan*) di cui erano legittimi eredi.

136-8. *quella... offerse*: quei Troiani che non ebbero lo zelo di perseverare con Enea rinunziarono a partecipare alla sua gloria (cfr. Virgilio, *Eneide*, V, 604).

xix. - 1. *Ne l'ora*: nell'ora più fredda, giu-

sto innanzi l'alba (Luna e Saturno eran cre-duti apportar freddo).

4-6. *quando... bruna*: i geomanti, traen-do auspici dal tracciar figure nella polvere, chiamavano *Maggior Fortuna* una composi-zione simile alle costellazioni di Acquario e Pesci, che all'alba si vedono a oriente.

7. *balba*: balbuziente.

le fredde membra che la notte aggrava,
12   così lo sguardo mio le facea scorta
         la lingua, e poscia tutta la drizzava
in poco d'ora, e lo smarrito volto,
15   com'amor vuol, così le colorava.
         Poi ch'ell'avea il parlar così disciolto,
cominciava a cantar sì che con pena
18   da lei avrei mio intento rivolto.
         « Io son » cantava, « io son dolce serena,
che i marinari in mezzo mar dismago;
21   tanto son di piacere a sentir piena!
         Io volsi Ulisse del suo cammin vago
al canto mio; e qual meco si ausa,
24   rado sen parte; sì tutto l'appago! »
         Ancor non era sua bocca richiusa,
quand'una donna apparve santa e presta
27   lunghesso me per far colei confusa.
         « O Virgilio, o Virgilio, chi è questa? »
fieramente diceva; ed el venia
30   con gli occhi fitti pur in quella onesta.
         L'altra prendea, e dinanzi l'apria
fendendo i drappi, e mostravami il ventre:
33   quel mi svegliò col puzzo che n'uscia.
         Io mossi gli occhi, e 'l buon maestro « Almen tre
voci t'ho messe! » dicea. « Surgi e vieni:
36   troviam l'aperta per la qual tu entre ».
         Su mi levai, e tutti eran già pieni
de l'alto dì i giron del sacro monte,
39   e andavam col sol novo a le reni.
         Seguendo lui, portava la mia fronte
come colui che l'ha di pensier carca,
42   che fa di sé un mezzo arco di ponte;
         quand'io udi' « Venite; qui si varca »
parlar in modo soave e benigno,
45   qual non si sente in questa mortal marca.
         Con l'ali aperte, che parean di cigno,

---

12. *scorta*: abile, non più impedita dalla balbuzie.
18. *intento*: attenzione.
20. *dismago*: travio incantandoli.
22. *Ulisse*: veramente Ulisse fu ammalia-to non dalle Sirene, a cui sfuggì, ma da Circe (cfr. *Inferno*, XXVI, 91).
23. *si ausa*: si assuefà.
26. *presta*: sollecita.
45. *marca*: regione; la terra.

volseci in su colui che sì parlonne
48   tra' due pareti del duro macigno.

Mosse le penne poi e ventilonne,
'*Qui lugent*' affermando esser beati,
51   ch'avran di consolar l'anime donne.

« Che hai che pur inver la terra guati? »
la guida mia incominciò a dirmi,
54   poco amendue da l'angel sormontati.

E io: « Con tanta suspizion fa irmi
novella vision ch'a sé mi piega,
57   sì ch'io non posso dal pensar partirmi ».

« Vedesti » disse « quell'antica strega
che sola sovra noi omai si piagne;
60   vedesti come l'uom da lei si slega.

Bastiti, e batti a terra le calcagne:
li occhi rivolgi al logoro che gira
63   lo rege etterno con le rote magne ».

Quale il falcon, che prima a' piè si mira,
indi si volge al grido e si protende
66   per lo disio del pasto che là il tira;

tal mi fec'io; e tal, quanto si fende
la roccia per dar via a chi va suso,
69   n'andai infin dove 'l cerchiar si prende.

Com'io nel quinto giro fui dischiuso,
vidi gente per esso che piangea,
72   giacendo a terra tutta volta in giuso.

'*Adhesit pavimento anima mea*'
sentia dir lor con sì alti sospiri,
75   che la parola a pena s'intendea.

---

47. *colui*: l'angelo della sollecitudine, alla fine del quarto girone.

50. '*Qui lugent*': beati coloro che piangono (cfr. *Vangelo secondo Matteo*, V, 4).

51. *donne*: padrone (*dominae*); la consolazione (il *consolar*) sarà per loro.

54. *sormontati*: montati oltre; dopo aver
sorpassato di poco la soglia del quinto
girone.

55. *Con... irmi*: cammino così assorto.

58. *quell'antica strega*: quella cattiva femmina che simboleggia i tre peccati puniti nei

tre ultimi gironi del Purgatorio (avarizia,
gola, lussuria). È la illusione di bellezza con
cui ci seduce il peccato.

62. *logoro*: era l'uccello-richiamo; l'attrattiva del Paradiso e dei suoi cieli (le *rote
magne*).

69. '*l cerchiar*: il ripiano della quinta
cornice.

73. '*Adhesit... mea*': la mia anima si è
prostrata al suolo (cfr. *Salmi*, CXIX, 25);
nel senso di «si è attaccata a beni bassi».
È il canto di contrizione degli avari.

« O eletti di Dio, li cui soffriri
e giustizia e speranza fa men duri,
78   drizzate noi verso li altri saliri ».

« Se voi venite dal giacer sicuri,
e volete trovar la via più tosto,
81   le vostre destre sien sempre di furi ».

Così pregò il Poeta e sì risposto
poco dinanzi a noi ne fu; per ch'io
84   nel parlare avvisai l'altro nascosto;

e volsi gli occhi a li occhi al signor mio:
ond'elli m'assentì con lieto cenno
87   ciò che chiedea la vista del disio.

Poi ch'io potei di me fare a mio senno,
trassimi sovra quella creatura
90   le cui parole pria notar mi fenno,

dicendo: « Spirto in cui pianger matura
quel sanza 'l quale a Dio tornar non possi,
93   sosta un poco per me tua maggior cura.

Chi fosti e perché volti avete i dossi
al su, mi dì, e se vuoi ch'io t'impetri
96   cosa di là ond'io vivendo mossi ».

Ed elli a me: « Perché i nostri diretri
rivolga il cielo a sé, saprai; ma prima
99   scias quod ego fui successor Petri.

Intra Siestri e Chiaveri s'adima
una fiumana bella, e del suo nome
102   lo titol del mio sangue fa sua cima.

Un mese e poco più prova' io come
pesa il gran manto a chi dal fango il guarda,
105   che piuma sembran tutte l'altre some.

---

79. *dal giacer sicuri*: senza temere di dover giacere qui; cioè se non dovete scontare una pena nel quinto girone.

81. *di furi*: di fuori, all'esterno. Andate sempre verso destra.

84. *avvisai... nascosto*: guardai cercando di vedere la parte nascosta; cioè il viso dell'avaro che giaceva bocconi.

90. *notar*: fare attenzione.

92. *quel*: il pianto fa maturare quel risultato (la purificazione) che permette di tornare a Dio. Per l'idea di *tornar*, ricorda

le teorie esposte nel canto XVI del *Purgatorio*.

99. *scias... Petri*: sappi che fui uno dei successori di Pietro; cioè un papa. Parla latino per solennità. È il papa Adriano V, morto nel 1276.

100. *s'adima*: scende. È il torrente Lavagna; Adriano V apparteneva alla famiglia dei Fieschi, conti di Lavagna. Sua nipote Alagia (v. 142) aveva sposato Moroello Malaspina, che ospitò Dante in Lunigiana.

La mia conversione, ohmè!, fu tarda;
ma come fatto fui roman pastore,
108   così scopersi la vita bugiarda.

Vidi che lì non si quetava il core,
né più salir potiesi in quella vita;
111   per che di questa in me s'accese amore.

Fino a quel punto misera e partita
da Dio anima fui, del tutto avara:
114   or, come vedi, qui ne son punita.

Quel ch'avarizia fa, qui si dichiara
in purgazion de l'anime converse;
117   e nulla pena il monte ha più amara.

Sì come l'occhio nostro non s'aderse
in alto, fisso a le cose terrene,
120   così giustizia qui a terra il merse.

Come avarizia spense a ciascun bene
lo nostro amore, onde operar perdési,
123   così giustizia qui stretti ne tene,

ne' piedi e ne le man legati e presi;
e quanto fia piacer del giusto sire,
126   tanto staremo immobili e distesi ».

Io m'era inginocchiato e volea dire;
ma com'io cominciai ed el s'accorse,
129   solo ascoltando, del mio reverire,

« Qual cagion » disse « in giù così ti torse? »
E io a lui: « Per vostra dignitate
132   mia coscienza dritto mi rimorse ».

« Drizza le gambe, levati su, frate! »
rispuose. « Non errar: conservo sono
135   teco e con li altri ad una podestate.

Se mai quel santo evangelico suono
che dice 'Neque nubent' intendesti,
138   ben puoi veder perch'io così ragiono.

---

108. *scopersi... bugiarda*: scopersi che la vita attaccata ai beni mondani è bugiarda, falsa.

115. *si dichiara*: è espresso chiaramente dal giacer bocconi delle anime legate.

120. *il merse*: l'immerse, l'abbassò.

122. *operar perdési*: il nostro operare si perdé; non avendo amore ad alcun vero be-

ne, non compimmo alcuna opera buona.

134. *conservo*: sono servo anch'io, come te e con te.

137. *'Neque nubent'*: come non ci saranno più né mariti né mogli nella Resurrezione (cfr. *Vangelo secondo Matteo*, XXII, 30), così il papa non sarà più «sposo della Chiesa».

Vattene omai: non vo' che più t'arresti;
ché la tua stanza mio pianger disagia,
141 col qual maturo ciò che tu dicesti.

Nepote ho io di là c'ha nome Alagia,
buona da sé, pur che la nostra casa
144 non faccia lei per essemplo malvagia;
e questa sola di là m'è rimasa ».

CANTO XX

Contra miglior voler voler mal pugna;
onde contra 'l piacer mio, per piacerli,
3 trassi de l'acqua non sazia la spugna.

Mossimi; e 'l duca mio si mosse per li
luoghi spediti pur lungo la roccia,
6 come si va per muro stretto ai merli;

ché la gente che fonde a goccia a goccia
per li occhi il mal che tutto il mondo occupa,
9 da l'altra parte in fuor troppo s'approccia.

Maladetta sie tu, antica lupa,
che più di tutte l'altre bestie hai preda
12 per la tua fame sanza fine cupa!

O ciel, nel cui girar par che si creda
le condizion di qua giù trasmutarsi,
15 quando verrà per cui questa disceda?

Noi andavam con passi lenti e scarsi,
e io attento a l'ombre, ch'i' sentia
18 pietosamente piangere e lagnarsi;

e per ventura udi' « Dolce Maria! »
dinanzi a noi chiamar così nel pianto
21 come fa donna che in parturir sia;

e seguitar: « Povera fosti tanto,
quanto veder si può per quello ospizio

---

140. *stanza*: indugio.

xx. - 3. *trassi... la spugna*: non insistei nelle
mie domande, per rispettare il *miglior voler* di papa Adriano, che desiderava concen-
trarsi nella sua penitenza.

6. *come... ai merli*: come sui cammina-
menti di una fortezza si procede fra il mu-

ro e i merli.

8. *il mal*: l'avarizia, chiamata poi *lupa*,
come in *Inferno*, I, 49 e segg.

15. *disceda*: se ne vada dal mondo. Nel
primo canto dell'*Inferno* Dante profetizza
che un *Veltro* verrà a scacciarla.

23. *quello ospizio*: la stalla di Betlemme;
il primo esempio di povertà è Maria.

24   dove sponesti il tuo portato santo ».
        Seguentemente intesi: « O buon Fabrizio,
        con povertà volesti anzi virtute
27   che gran ricchezza posseder con vizio ».
        Queste parole m'eran sì piaciute,
        ch'io mi trassi oltre per aver contezza
30   di quello spirto onde parean venute.
        Esso parlava ancor de la larghezza
        che fece Niccolò a le pulcelle,
33   per condurre ad onor lor giovinezza.
        « O anima che tanto ben favelle,
        dimmi chi fosti » dissi, « e perché sola
36   tu queste degne lode rinovelle.
        Non fia sanza mercé la tua parola,
        s'io ritorno a compier lo cammin corto
39   di quella vita ch'al termine vola ».
        Ed elli: « Io ti dirò, non per conforto
        ch'io attenda di là, ma perché tanta
42   grazia in te luce prima che sie morto.
        Io fui radice de la mala pianta
        che la terra cristiana tutta aduggia,
45   sì che buon frutto rado se ne schianta.
        Ma se Doagio, Lilla, Guanto e Bruggia
        potesser, tosto ne saria vendetta;
48   e io la cheggio a lui che tutto giuggia.
        Chiamato fui di là Ugo Ciappetta:
        di me son nati i Filippi e i Luigi
51   per cui novellamente è Francia retta.
        Figliuol fu' io d'un beccaio di Parigi:

24. *portato*: il figlio che hai partorito, Cristo.

25. *Fabrizio*: Caio Fabrizio Luscinio, console nel 282 e 278 a.C., si distinse per disinteresse nelle trattative con i Sanniti e con Pirro. Per la sua estrema povertà, fu sepolto a spese dello Stato.

32. *Niccolò*: vescovo di Mira (III-IV sec. d.C.) dotò tre fanciulle povere per impedir loro di cadere nel vizio.

43-5. *Io... schianta*: Ugo Capeto, capostipite della dinastia regnante di Francia.

44. *aduggia*: copre con la sua ombra.

45. *se ne schianta*: se ne spicca, se ne coglie.

46. *Doagio... Bruggia*: Douai, Lille, Gand e Bruges; le quattro città simboleggiano la Fiandra, che nei tempi di Dante era già stata tormentata da invasioni, guerre e tradimenti.

48. *giuggia*: giudica (il francesismo, *juge*, è forse intenzionale); *lui* è Dio.

52. *Figliuol... d'un beccaio*: è leggenda raccolta anche dal Villani; in realtà Ugo discendeva dai conti di Parigi, duchi di Francia.

quando li regi antichi venner meno
54 tutti, fuor ch'un renduto in panni bigi,
    trova'mi stretto ne le mani il freno

del governo del regno, e tanta possa
57 di nuovo acquisto, e sì d'amici pieno,
    ch'a la corona vedova promossa

la testa di mio figlio fu, dal quale
60 cominciar di costor le sacrate ossa.

    Mentre che la gran dota provenzale
    al sangue mio non tolse la vergogna,
63 poco valea, ma pur non facea male.

    Lì cominciò con forza e con menzogna
    la sua rapina; e poscia, per ammenda,
66 Pontì e Normandia prese e Guascogna.

    Carlo venne in Italia e, per vicenda,
    vittima fe' di Curradino; e poi
69 ripinse al ciel Tommaso, per ammenda.

    Tempo vegg'io, non molto dopo ancoi,
    che tragge un altro Carlo fuor di Francia,
72 per far conoscer meglio e sé e' suoi.

    Sanz'arme n'esce e solo con la lancia
    con la qual giostrò Giuda, e quella ponta
75 sì ch'a Fiorenza fa scoppiar la pancia.

    Quindi non terra, ma peccato e onta

54. *fuor... bigi*: anche questa dell'ultimo re carolingio fattosi frate è leggenda. Morto Luigi V nel 987 senza figli, l'unico pretendente carolingio era Carlo di Lorena suo zio; che, imprigionato da Ugo Capeto, eletto re nel 987, morì detenuto alcuni anni dopo.

58. *vedova*: vacante.

59. *figlio*: Roberto I, successo ad Ugo nel 996, e morto nel 1031.

61-3. *Mentre... male*: la stirpe capetingia, pur non valendo molto, non *facea male*, finché non cercò di strappare la Provenza a Raimondo Berlinghieri.

64-5. *Lì... rapina*: morto Raimondo Berlinghieri, Beatrice, sua figlia, benché promessa a Raimondo di Tolosa, fu sposata con intrighi ed abusi a Carlo I d'Anjou, e gli portò in dote la Provenza (1245).

65. *per ammenda*: ironico: per riparare quelle violenze, ne fecero di maggiori ancora.

66. *Pontì... Guascogna*: la contea di Ponthieu fu tolta all'Inghilterra, come pure la Guascogna, da Filippo il Bello (1294); la Normandia da Filippo Augusto (1206).

67-9. *Carlo... ammenda*: Carlo I d'Anjou nel 1265 scese in Italia, e, a sua volta, uccise Corradino di Svevia, erede sedicenne del regno di Sicilia (1268). Era opinione corrente che San Tommaso fosse stato avvelenato da Carlo mentre si recava al concilio di Lione (1274).

70. *ancoi*: oggi.

71. *un altro Carlo*: Carlo di Valois (1274-1325), fratello di Filippo il Bello; nel 1301 fu inviato da Bonifacio VIII a Firenze, e fu causa della cacciata dei Bianchi (e perciò dell'esilio di Dante).

guadagnerà, per sé tanto più grave,
78   quanto più lieve simil danno conta.

    L'altro, che già uscì preso di nave,
veggio vender sua figlia e patteggiarne
81   come fanno i corsar de l'altre schiave.

    O avarizia, che puoi tu più farne,
poscia c'hai il mio sangue a te sì tratto,
84   che non si cura de la propria carne?

    Perché men paia il mal futuro e il fatto,
veggio in Alagna intrar lo fiordaliso,
87   e nel vicario suo Cristo esser catto.

    Veggiolo un'altra volta esser deriso;
veggio rinovellar l'aceto e 'l fele,
90   e tra vivi ladroni esser anciso.

    Veggio il novo Pilato sì crudele,
che ciò nol sazia, ma sanza decreto
93   porta nel Tempio le cupide vele.

    O Segnor mio, quando sarò io lieto
a veder la vendetta che, nascosa,
96   fa dolce l'ira tua nel tuo secreto?

    Ciò ch'io dicea di quell'unica sposa
de lo Spirito Santo e che ti fece
99   verso me volger per alcuna chiosa,

    tanto è risposta a tutte nostre prece
quanto il dì dura; ma com'el s'annotta;
102   contrario suon prendemo in quella vece.

    Noi repetiam Pigmalion allotta,
cui traditore e ladro e parricida

---

79. *L'altro*: Carlo II d'Anjou (1243-1309) fu fatto prigioniero da Ruggero di Lauria (1284) e restò prigioniero di Pietro re d'Aragona fino al 1288. Maritò sua figlia Beatrice ad Azzo VIII d'Este, con un contratto così inusitato che parve una compra-vendita (1305).

86-7. *veggio... catto*: vedo entrare i gigli di Francia ad Anagni: dove nel 1303 le truppe colonnesi invasero e saccheggiarono la residenza di Bonifacio VIII, facendolo prigioniero (*catto*), e umiliandolo. Bonifacio VIII ne morì (12 ottobre 1303).

91. *il novo Pilato*: Filippo il Bello, che

non si curò di lasciare il papa Bonifacio VIII in balìa dei suoi nemici; e illegalmente si era impossessato dei beni dell'ordine dei Templari (1307).

95. *nascosa*: ancora nascosta nel segreto di Dio.

100-2. *tanto... vece*: quegli esempi di disinteresse sono le litanie che recitiamo durante il giorno; quando viene la notte, gridiamo esempi di avarizia punita.

103. *Pigmalion*: re di Tiro, uccise per avidità Sicheo, marito di sua sorella Didone; come gli altri che seguono, esempio di avarizia punita.

105 fece la voglia sua de l'oro ghiotta;
     e la miseria de l'avaro Mida,
     che seguì a la sua dimanda ingorda,
108 per la qual sempre convien che si rida.
     Del folle Acan ciascun poi si ricorda,
     come furò le spoglie, sì che l'ira
111 di Iosuè qui par ch'ancor lo morda.
     Indi accusiam col marito Safira;
     lodiamo i calci ch'ebbe Eliodoro;
114 ed in infamia tutto il monte gira
     Polinestor ch'ancise Polidoro:
     ultimamente ci si grida: 'Crasso,
117 dilci, che 'l sai: di che sapore è l'oro?'
     Talor parla l'uno alto e l'altro basso,
     secondo l'affezion ch'ad ir ci sprona
120 ora a maggiore e ora a minor passo:
     però al ben che il dì ci si ragiona,
     dianzi non era io sol; ma qui da presso
123 non alzava la voce altra persona ».
     Noi eravam partiti già da esso,
     e brigavam di soverchiar la strada
126 tanto quanto al poder n'era permesso;
     quand'io senti', come cosa che cada,
     tremar lo monte; onde mi prese un gelo
129 qual prender suol colui ch'a morte vada.
     Certo non si scotea sì forte Delo,

106. *Mida*: re di Frigia, che trasformava in oro tutto ciò che toccava, così che rischiò di morire di fame.

109. *Acan*: israelita che rubò parte delle spoglie di Gerico, e fu lapidato da Giosuè e dal popolo (cfr. *Giosuè*, VI, 17-9; VII, 1-126).

112. *col marito Safira*: Anania e Safira, che vollero truffare gli Apostoli (cfr. *Atti degli Apostoli*, V, 1-11).

113. *Eliodoro*: mandato a Gerusalemme per spogliare il Tempio da Seleuco re di Siria, fu scacciato da un misterioso cavaliere (cfr. *I Maccabei*, Libro II, III, 7-40).

115. *Polinestor*: re di Tracia, uccise Polidoro per depredarlo (cfr. Virgilio, *Eneide*, III, 19-68).

116. *Crasso*: Marco Licinio Crasso (114-53 a.C.) a cui Orode re dei Parti fece versare in bocca oro liquefatto per punirlo della sua avidità.

123. *non... persona*: non parlava a voce alta, bensì mormorava, così che tu non sentisti altri che me.

130. *non si scotea... Delo*: secondo la leggenda Delo era un'isola galleggiante, che divenne fissa solo dopo che Latona vi ebbe trovato rifugio per Apollo e Diana; qui Dante vuol dire che il tremito del monte era tale, che pareva che il Purgatorio fosse un'isola non radicata, e in balia dei venti. La spiegazione di questo gran tremito e degli inni che seguono sarà data nel canto XXI.

pria che Latona in lei facesse 'l nido
132   a parturir li due occhi del cielo.
     Poi cominciò da tutte parti un grido
tal, che 'l maestro inverso me si feo,
135   dicendo: « Non dubbiar, mentr'io ti guido ».
     '*Gloria in excelsis*' tutti '*Deo*'
dicean, per quel ch'io da' vicin compresi,
138   onde intender lo grido si poteo.
     Noi istavamo immobili e sospesi
come i pastor che prima udir quel canto,
141   fin che il tremar cessò ed el compiesi.
     Poi ripigliammo nostro cammin santo,
guardando l'ombre che giacean per terra,
144   tornate già in su l'usato pianto.
     Nulla ignoranza mai con tanta guerra
mi fe' desideroso di sapere,
147   se la memoria mia in ciò non erra,
     quanta pareami allor, pensando, avere;
né per la fretta dimandare er' oso,
150   né per me lì potea cosa vedere:
     così m'andava timido e pensoso.

CANTO XXI

     La sete natural che mai non sazia
se non con l'acqua onde la femminetta
3   sammaritana dimandò la grazia,
     mi travagliava, e pungeami la fretta
per la 'mpacciata via dietro al mio duca,
6   e condoleami a la giusta vendetta.
     Ed ecco, sì come ne scrive Luca
che Cristo apparve a' due ch'erano in via,
9   già surto fuor de la sepulcral buca,
     ci apparve un'ombra, e dietro a noi venia,

135. *dubbiar*: temere.
140. *come... canto*: come i pastori di Betlemme, che udendo il canto degli angeli (cfr. *Vangelo secondo Luca*, II, 9 e segg.) ebbero paura.
141. *fin... compiesi*: e il canto si concluse, e il terremoto cessò.

XXI. - 1-3. *La sete... grazia*: il desiderio di

conoscere la verità: simboleggiata dall'*acqua viva* della parabola della Samaritana (cfr. *Vangelo secondo Giovanni*, IV, 1-16).
5. *'mpacciata*: dalle anime prone; e stretta fra le anime e il muro (cfr. *Purgatorio*, XX, 4-6).
7. *Luca*: cfr. *Vangelo secondo Luca*, XXIV, 13 e segg.

dal piè guardando la turba che giace;
12   né ci addemmo di lei, sì parlò pria,
          dicendo: « Frati miei, Dio vi dea pace ».
      Noi ci volgemmo subiti, e Virgilio
15   rendégli 'l cenno ch'a ciò si conface.
          Poi cominciò: « Nel beato concilio
      ti ponga in pace la verace corte
18   che me rilega ne l'etterno essilio ».
          « Come! » diss'elli, e parte andavam forte:
      « se voi siete ombre che Dio su non degni,
21   chi v'ha per la sua scala tanto scorte? »
          E 'l dottor mio: « Se tu riguardi a' segni
      che questi porta e che l'angel profila,
24   ben vedrai che coi buon convien ch'e' regni.
          Ma perché lei che dì e notte fila
      non li avea tratta ancora la conocchia
27   che Cloto impone a ciascuno e compila,
          l'anima sua, ch'è tua e mia serocchia,
      venendo su, non potea venir sola,
30   però ch'al nostro modo non adocchia.
          Ond'io fui tratto fuor de l'ampia gola
      d'inferno per mostrarli, e mosterrolli
33   oltre quanto 'l potrà menar mia scola.
          Ma dimmi, se tu sai, perché tai crolli
      diè dianzi il monte, e perché tutti ad una
36   parver gridare infino ai suoi piè molli ».
          Sì mi diè, dimandando, per la cruna
      del mio disio, che pur con la speranza
39   si fece la mia sete men digiuna.
          Quei cominciò: « Cosa non è che sanza
      ordine senta la religione
42   de la montagna, o che sia fuor d'usanza.
          Libero è qui da ogni alterazione:

11. *dal piè... giace*: attento a non calpe-stare le ombre giacenti.

19. *parte*: intanto.

25. *lei*: la Parca Lachesi, preposta a fila-re il filo della vita degli uomini.

27. *Cloto*: la più giovane delle Parche, avvolge sulla conocchia di Lachesi il mate-riale che sarà poi filato.

30. *al nostro... non adocchia*: vede anco-ra attraverso il corpo, non è liberato, come noi dai sensi.

36. *molli*: bagnati dal mare. Le radici dell'isola su cui sorge il monte del Pur-gatorio.

41-2. *la religione de la montagna*: figura retorica; sta per «la santa montagna», co-me per es. «la maestà del re» per «il re» e simili.

di quel che il ciel da sé in sé riceve
45   esser ci puote, e non d'altro, cagione.
    Per che non pioggia, non grando, non neve,
non rugiada, non brina più su cade
48   che la scaletta di tre gradi breve:
    nuvole spesse non paion né rade,
né corruscar, né figlia di Taumante,
51   che di là cangia sovente contrade:
    secco vapor non surge più avante
ch'al sommo de' tre gradi ch'io parlai,
54   dov'ha il vicario di Pietro le piante.
    Trema forse più giù poco od assai;
ma per vento che 'n terra si nasconda,
57   non so come, qua su non tremò mai.
    Tremaci quando alcuna anima monda
sentesi, sì che surga o che si mova
60   per salir su; e tal grido seconda.
    De la mondizia sol voler fa prova,
che, tutto libero a mutar convento,
63   l'alma sorprende, e di voler le giova.
    Prima vuol ben, ma non lascia il talento
che divina giustizia, contra voglia,
66   come fu al peccar, pone al tormento.
    E io, che son giaciuto a questa doglia
cinquecent'anni e più, pur mo sentii
69   libera volontà di miglior soglia:
    però sentisti il tremoto e li pii
spiriti per lo monte render lode
72   a quel Segnor che tosto su li 'nvii ».
    Così ne disse; e però ch'el si gode
tanto del ber quant'è grande la sete,
75   non saprei dir quant'el mi fece prode.

44-5. *di quel... cagione*: qui non hanno efficacia (*cagione*) se non le cose che vengono dal cielo e vi tornano, come le anime. Nessun fenomeno meteorologico, dunque.

48. *la scaletta*: l'entrata del Purgatorio vero e proprio (cfr. *Purgatorio*, IX, 76 e segg.).

50. *corruscar*: i lampi; *figlia di Taumante*: Iride, l'arcobaleno (cfr. Ovidio, *Meta-*morfosi*, XI, 585-632).

60. *e tal... seconda*: e seguono i canti di gloria.

61. *sol voler*: il solo volere, cioè il pieno desiderio di salire che invade l'anima quando si sente monda.

64. *non lascia*: non glielo permette una volontà più forte, quella di espiare.

75. *prode*: profitto, vantaggio.

E 'l savio duca: « Omai veggio la rete
che qui v'impiglia e come si scalappia,
78   perché ci trema, e perché congaudete.

Ora chi fosti, piacciati ch'io sappia,
e perché tanti secoli giaciuto
81   qui se', ne le parole tue mi cappia ».

« Nel tempo che 'l buon Tito, con l'aiuto
del sommo rege, vendicò le fora
84   ond'uscì il sangue per Giuda venduto,

col nome che più dura e più onora
era io di là » rispuose quello spirto
87   « famoso assai, ma non con fede ancora.

Tanto fu dolce mio vocale spirto,
che, tolosano, a sé mi trasse Roma,
90   dove mertai le tempie ornar di mirto.

Stazio la gente ancor di là mi noma:
cantai di Tebe, e poi del grande Achille;
93   ma caddi in via con la seconda soma.

Al mio ardor fuor seme le faville,
che mi scaldar, de la divina fiamma
96   onde sono allumati più di mille;

de l'Eneida dico, la qual mamma
fummi e fummi nutrice poetando:
99   sanz'essa non fermai peso di dramma.

E per esser vivuto di là quando
visse Virgilio, assentirei un sole
102   più che non deggio al mio uscir di bando ».

Volser Virgilio a me queste parole
con viso che, tacendo, disse 'Taci';
105   ma non può tutto la virtù che vuole;
ché riso e pianto son tanto seguaci

---

76. *la rete*: è dunque quella volontà di
espiazione di cui si parla ai vv. 64-6.

78. *ci trema*: vi si verifica il terremoto.

82. *Tito*: imperatore (79-81 d.C.), che
distrusse Gerusalemme nel 70 d.C.

85. *nome*: di poeta.

91. *Stazio*: Publio Papinio Stazio, morto circa nel 96 d.C., era napoletano; Dante
lo confonde con Lucio Stazio Ursolo, di To-

losa. Fu autore delle *Selve*, della *Tebaide* e
dell'*Achilleide*, rimasta incompiuta al secondo libro. Per la sua «dolcezza» cfr. *Convivio*, IV, xxv, 6.

99. *sanz'essa... dramma*: senza l'*Eneide* non costruii nulla che avesse qualche
peso.

101. *assentirei un sole*: acconsentirei di
restare ancora un giro di sole, un anno.

           a la passion di che ciascun si spicca,
108   che men seguon voler ne' più veraci.
           Io pur sorrisi come l'uom ch'ammicca;
           per che l'ombra si tacque, e riguardommi
111   ne li occhi, ove il sembiante più si ficca;
           e « Se tanto labore in bene assommi »
           disse, « perché la tua faccia testeso
114   un lampeggiar di riso dimostrommi? »
           Or son io d'una parte e d'altra preso:
           l'una mi fa tacer, l'altra scongiura
117   ch'io dica; ond'io sospiro, e sono inteso
           dal mio maestro, e « Non aver paura »
           mi dice « di parlar; ma parla e digli
120   quel ch'e' dimanda con cotanta cura ».
           Ond'io: « Forse che tu ti maravigli,
           antico spirto, del rider ch'io fei;
123   ma più d'ammirazion vo' che ti pigli.
           Questi che guida in alto gli occhi miei,
           è quel Virgilio dal qual tu togliesti
126   forza a cantar degli uomini e de' dei.
           Se cagion altra al mio rider credesti,
           lasciala per non vera, ed esser credi
129   quelle parole che di lui dicesti ».
           Già s'inchinava ad abbracciar li piedi
           al mio dottor, ma e' gli disse: « Frate,
132   non far, ché tu se' ombra e ombra vedi ».
           Ed ei surgendo: « Or puoi la quantitate
           comprender de l'amor ch'a te mi scalda,
135   quand'io dismento nostra vanitate,
           trattando l'ombre come cosa salda ».

CANTO XXII

           Già era l'angel dietro a noi rimaso,
           l'angel che n'avea volti al sesto giro,
3   avendomi dal viso un colpo raso;

112. *labore*: fatica. Se tu possa condurre a termine questa grande impresa del viaggio oltremondano.

113. *testeso*: or ora.

135. *dismento... vanitate*: dimentico l'inconsistenza di noi ombre.

XXII. - 3. *un colpo*: una delle «piaghe», cioè dei sette P tracciati sulla fronte di Dante dall'Angelo portiere (cfr. *Purgatorio*, IX, 112-114), e cancellati (*rasi*) uno per uno, ad ogni girone.

        e quei c'hanno a giustizia lor disiro
        detti n'avea beati, e le sue voci
6   con *sitiunt*, sanz'altro, ciò forniro.

        E io più lieve che per l'altre foci
        m'andava, sì che sanz'alcun labore
9   seguiva in su li spiriti veloci;

        quando Virgilio incominciò: « Amore,
        acceso di virtù, sempre altro accese,
12   pur che la fiamma sua paresse fore.

        Onde da l'ora che tra noi discese
        nel limbo de lo 'nferno Giovenale,
15   che la tua affezion mi fe' palese,

        mia benvoglienza inverso te fu quale
        più strinse mai di non vista persona,
18   sì ch'or mi parran corte queste scale.

        Ma dimmi, e come amico mi perdona
        se troppa sicurtà m'allarga il freno,
21   e come amico omai meco ragiona:

        come poté trovar dentro al tuo seno
        loco avarizia, tra cotanto senno
24   di quanto per tua cura fosti pieno? »

        Queste parole Stazio mover fenno
        un poco a riso pria; poscia rispuose:
27   « Ogni tuo dir d'amor m'è caro cenno.

        Veramente più volte appaion cose
        che danno a dubitar falsa matera
30   per le vere cagion che son nascose.

        La tua dimanda tuo creder m'avvera
        esser ch'i' fossi avaro in l'altra vita,
33   forse per quella cerchia dov'io era.

        Or sappi ch'avarizia fu partita
        troppo da me, e questa dismisura
36   migliaia di lunari hanno punita.

5-6. *beati... sitiunt*: beati quelli che hanno sete di giustizia (cfr. *Vangelo secondo
Matteo*, V, 6); come sempre, nei vari gironi, è solo la prima parte della beatitudine
che viene pronunziata.

7. *foci*: aperture, entrate dei gironi sottostanti.

8. *labore*: fatica.

14. *Giovenale*: Decimo Giunio Giovenale, poeta satirico (circa 47-130 d.C.).

27. *cenno*: segno.

34. *partita*: lontana.

36. *lunari*: mesi; più di 500 anni dalla
morte di Stazio.

E se non fosse ch'io drizzai mia cura,
quand'io intesi là dove tu chiame,
39   crucciato quasi a l'umana natura:
'Perché non reggi tu, o sacra fame
de l'oro, l'appetito de' mortali?',
42   voltando sentirei le giostre grame.
Allor m'accorsi che troppo aprir l'ali
potean le mani a spendere, e pente'mi
45   così di quel come de li altri mali.
Quanti risurgeran coi crini scemi
per ignoranza, che di questa pecca
48   toglie 'l penter vivendo e ne li stremi!
E sappie che la colpa che rimbecca
per dritta opposizione alcun peccato,
51   con esso insieme qui suo verde secca:
però, s'io son tra quella gente stato
che piange l'avarizia, per purgarmi,
54   per lo contrario suo m'è incontrato ».
« Or quando tu cantasti le crude armi
de la doppia tristizia di Iocasta »
57   disse il cantor de' bucolici carmi,
« per quello che Cliò teco lì tasta,
non par che ti facesse ancor fedele
60   la fede, sanza qual ben far non basta.
Se così è, qual sole o quai candele
ti stenebraron sì che tu drizzasti
63   poscia di retro al pescator le vele? »
Ed elli a lui: « Tu prima m'inviasti
verso Parnaso a ber ne le sue grotte,

---

37. *drizzai mia cura*: raddrizzai il mio agire.

40-1. *'Perché... mortali?'*: Enea, parlando dell'avido Polinestore, dice nell'*Eneide*: «A che non spingi tu, o esecrabile fame dell'oro, gli animi umani?» (cfr. Virgilio, *Eneide*, III, 57); Dante ha frainteso il verso virgiliano, interpretandolo come un amaro sarcasmo.

42. *voltando*: spingendo pesi con gli avari e i prodighi nel quarto cerchio dell'Inferno (cfr. *Inferno*, VII).

46. *Quanti... scemi*: i prodighi risorgeranno *coi crini* mozzi (cfr. *Inferno*, VII, 57).

49-51. *E sappie... secca*: e sappi che sono cancellate insieme (si disseccano, *suo verde secca*) le colpe opposte, come avarizia e prodigalità, in uno stesso girone.

55-6. *tu... Iocasta*: Stazio nella *Tebaide* cantò le crudeli lotte fratricide di Eteocle e Polinice, figli di Giocasta e di Edipo.

63. *pescator*: San Pietro; divenisti cristiano.

66   e prima appresso Dio m'alluminasti.

           Facesti come quei che va di notte,
        che porta il lume dietro e sé non giova,
69   ma dopo sé fa le persone dotte,

           quando dicesti: 'Secol si rinova;
        torna giustizia e primo tempo umano,
72   e progenie scende da ciel nova'.

           Per te poeta fui, per te cristiano:
        ma perché veggi me' ciò ch'io disegno,
75   a colorar distenderò la mano.

           Già era 'l mondo tutto quanto pregno
        de la vera credenza, seminata
78   per li messaggi de l'etterno regno;

           e la parola tua sopra toccata
        si consonava ai nuovi predicanti;
81   ond'io a visitarli presi usata.

           Vennermi poi parendo tanto santi,
        che quando Domizian li perseguette,
84   sanza mio lacrimar non fur lor pianti;

           e mentre che di là per me si stette,
        io li sovvenni, e i lor dritti costumi
87   fer dispregiare a me tutte altre sette.

           E pria ch'io conducessi i Greci a' fiumi
        di Tebe poetando, ebb'io battesmo;
90   ma per paura chiuso cristian fu'mi,

           lungamente mostrando paganesmo;
        e questa tepidezza il quarto cerchio
93   cerchiar mi fe' più che 'l quarto centesmo.

           Tu dunque che levato hai il coperchio
        che m'ascondeva quanto bene io dico,
96   mentre che del salire avem soverchio,

           dimmi dov'è Terenzio nostro antico,
        Cecilio e Plauto e Vario, se lo sai:

70-2. *'Secol... nova'*: in *Egloghe*, IV,
5-7, Virgilio sembra profetare la prossima
venuta di Cristo.

74. *me'*: meglio.

78. *messaggi*: messaggeri; gli Apostoli.

81. *usata*: uso, abitudine.

83. *Domizian*: Tito Flavio Domiziano,
imperatore dall'81 al 96.

90. *chiuso*: occulto, clandestino.

93. *cerchiar... centesmo*: mi fece girare
più che quattro secoli.

94. *il coperchio*: ciò che mi nascondeva
la verità della fede cristiana.

97-100. *Terenzio... Persio*: Terenzio, Cecilio e Plauto commediografi; Vario dram-
maturgo; Persio poeta satirico.

99   dimmi se son dannati, ed in qual vico ».
            « Costoro e Persio e io e altri assai »
            rispuose il duca mio « siam con quel greco
102   che le Muse lattar più ch'altro mai,
            nel primo cinghio del carcere cieco:
            spesse fiate ragioniam del monte
105   che sempre ha le nutrici nostre seco.
            Euripide v'è nosco e Antifonte,
            Simonide, Agatone e altri piue
108   greci che già di lauro ornar la fronte.
            Quivi si veggion de le genti tue
            Antigonè, Deifilè e Argia,
111   e Ismenè sì trista come fue.
            Vedeisi quella che mostrò Langia:
            evvi la figlia di Tiresia e Teti
114   e con le suore sue Deidamia ».
            Tacevansi ambedue già li poeti,
            di novo attenti a riguardar dintorno,
117   liberi dal salire e da' pareti.
            E già le quattro ancelle eran del giorno
            rimase a dietro, e la quinta era al temo,
120   drizzando pur in su l'ardente corno,
            quando il mio duca: « Io credo ch'a lo stremo
            le destre spalle volger ne convegna,
123   girando il monte come far solemo ».
            Così l'usanza fu lì nostra insegna,
            e prendemmo la via con men sospetto
126   per l'assentir di quell'anima degna.

---

101. *quel greco*: Omero (cfr. *Inferno*, IV, 88.

104. *monte*: il Parnaso, dove abitavano le Muse.

106-7. *Euripide... Agatone*: Euripide, Antifonte, Agatone, tragici greci; Simonide poeta lirico.

109. *tue*: da te cantate. Antigone ed Ismene, altre figlie di Giocasta ed Edipo; Deifile, figlia di Adrasto; Argia sua sorella, sposa di Polinice.

112-4. *quella... Deidamia*: Isifile, che indicò la fonte Langia agli assedianti di Tebe; se la figlia di Tiresia è Manto, Dante

ha dimenticato di averla posta nell'*Inferno* (cfr. XX, 55 e segg.) fra gl'indovini. Teti è la dea marina madre di Achille, e Deidamia, figlia di Licomede re di Sciro, fu amata da Achille durante il suo soggiorno a Sciro. Questi ultimi personaggi appartengono al secondo poema di Stazio, l'*Achilleide*.

118. *ancelle*: le ore.

119. *temo*: timone. La quinta ora guidava il carro del sole.

120. *l'ardente corno*: il carro stesso del sole.

121. *a lo stremo*: all'orlo del girone; dobbiamo andare verso destra.

Elli givan dinanzi, ed io soletto
di retro, e ascoltava i lor sermoni,
129   ch'a poetar mi davano intelletto.

Ma tosto ruppe le dolci ragioni
un alber che trovammo in mezza strada,
132   con pomi a odorar soavi e buoni;

e come abete in alto si digrada
di ramo in ramo, così quello in giuso,
135   cred'io, perché persona su non vada.

Dal lato onde 'l cammin nostro era chiuso,
cadea de l'alta roccia un liquor chiaro
138   e si spandeva per le foglie suso.

Li due poeti a l'alber s'appressaro;
e una voce per entro le fronde
141   gridò: « Di questo cibo avrete caro ».

Poi disse: « Più pensava Maria onde
fosser le nozze orrevoli ed intere,
144   ch'a la sua bocca, ch'or per voi risponde.

E le Romane antiche, per lor bere,
contente furon d'acqua; e Daniello
147   dispregiò cibo ed acquistò savere.

Lo secol primo, quant'oro fu bello,
fe' savorose con fame le ghiande,
150   e nettare con sete ogni ruscello.

Mele e locuste furon le vivande
che nodriro il Batista nel diserto;
153   per ch'egli è glorioso e tanto grande
quanto per l'Evangelio v'è aperto ».

129. *a poetar... intelletto*: mi facevano penetrare più addentro nell'arte di poetare.

131. *un alber*: questo albero a forma di cono rovesciato, su cui piove dall'alto un'acqua limpida, e l'altro consimile che si troverà più avanti, discendono da quello del bene e del male (cfr. *Purgatorio*, XXIV, 116 e segg.), rappresentano quindi la massima tentazione, e sono perciò atti a punire i golosi col desiderio che suscitano.

140-1. *una voce... caro*: una voce di dentro l'albero grida l'avviso «non potrete avere di questo cibo» (*caro*: carestia) ed esempi di temperanza.

142-4. *Più... sua bocca*: Maria, quando chiese a Gesù di dotare le nozze di Cana col vino che mancava, non pensò alla sua bocca; *ch'or... risponde*: che ora è vostra intermediaria presso Dio. Si riferisce a *Maria*, non a *bocca*.

146. *Daniello*: Daniele, che rifiutò i cibi di Nabucodonosor (cfr. *Libro di Daniele*, I, 3-20).

CANTO XXIII

Mentre che li occhi per la fronda verde
ficcava io sì come far suole
3   chi dietro a li uccellin sua vita perde,

lo più che padre mi dicea: « Figliuole,
vienne oramai, ché 'l tempo che n'è imposto
6   più utilmente compartir si vuole ».

Io volsi 'l viso, e 'l passo non men tosto,
appresso i savi, che parlavan sie,
9   che l'andar mi facean di nullo costo.

Ed ecco piangere e cantar s'udie
'Labia mea, Domine' per modo
12   tal, che diletto e doglia parturie.

« O dolce padre, che è quel ch'i' odo? »
comincia' io. Ed elli: « Ombre che vanno
15   forse di lor dover solvendo il nodo ».

Sì come i peregrin pensosi fanno,
giugnendo per cammin gente non nota,
18   che si volgono ad essa e non restanno,

così di retro a noi, più tosto mota,
venendo e trapassando ci ammirava
21   d'anime turba tacita e devota.

Ne li occhi era ciascuna oscura e cava,
palida ne la faccia, e tanto scema
24   che da l'ossa la pelle s'informava.

Non credo che così a buccia strema
Eresitone fosse fatto secco,
27   per digiunar, quando più n'ebbe tema.

Io dicea fra me stesso pensando: « Ecco
la gente che perdé Ierusalemme,
30   quando Maria nel figlio diè di becco! »

XXIII. - 8. *i savi*: Virgilio e Stazio; *sie*: in tal modo. Così, che il camminare non mi pesava.

11. *'Labia mea, Domine'*: Signore, aprirai le mie labbra; e la mia bocca annunzierà la tua lode (cfr. *Salmi*, L, 17).

15. *di lor... il nodo*: pagando la pena della loro colpa. Il peccato come «nodo», e l'assolvere come «sciogliere» sono concetti costanti nel *Purgatorio* (cfr. XVI, 24; e anche IX, 124-6).

19. *più tosto*: più rapidamente, con passo più sollecito.

23. *scema*: magra, consunta.

26. *Eresitone*: figlio del re di Tessaglia, volle abbattere un albero sacro a Cerere e fu punito con una fame insaziabile.

29-30. *la gente... di becco*: i Giudei durante l'assedio di Gerusalemme (70 d.C.); una donna di nome Maria uccise il suo bambino per mangiarlo.

Parean l'occhiaie anella sanza gemme:
chi nel viso de li uomini legge 'omo'
33   ben avria quivi conosciuta l'emme.

Chi crederebbe che l'odor d'un pomo
sì governasse, generando brama,
36   e quel d'un'acqua, non sappiendo como?

Già era in ammirar che sì li affama,
per la cagione ancor non manifesta
39   di lor magrezza e di lor trista squama,

ed ecco del profondo de la testa
volse a me li occhi un'ombra e guardò fiso;
42   poi gridò forte: « Qual grazia m'è questa? »

Mai non l'avrei riconosciuto al viso;
ma ne la voce sua mi fu palese
45   ciò che l'aspetto in sé avea conquiso.

Questa favilla tutta mi raccese
mia conoscenza a la cangiata labbia,
48   e ravvisai la faccia di Forese.

« Deh, non contendere a l'asciutta scabbia
che mi scolora » pregava « la pelle,
51   né a difetto di carne ch'io abbia;

ma dimmi il ver di te, e chi son quelle
due anime che là ti fanno scorta:
54   non rimaner che tu non mi favelle! »

« La faccia tua, ch'io lagrimai già morta,
mi dà di pianger mo non minor doglia »
57   rispuos'io lui, « veggendola sì torta.

Però mi dì, per Dio, che sì vi sfoglia:
non mi far dir mentr'io mi maraviglio,
60   ché mal può dir chi è pien d'altra voglia ».

---

33. *l'emme*: le due arcate delle occhiaie, col segno centrale del naso, formano una *m* rotondeggiante.

39. *squama*: come si dirà al v. 49, i golosi hanno la pelle sciupata dalla scabbia, e ridotta a croste e a scaglie (v. 58).

47. *labbia*: viso.

48. *Forese*: Forese Donati fu fratello di Corso, di Piccarda (che ritroveremo nel *Paradiso*, III) e scambiò con Dante una tenzone di sonetti satirici, dove Dante gli dice fra l'altro; *giù per la gola tanta roba hai messa, Ch'a forza ti convien torre l'altrui*. Morì nel 1296.

49-50. *non contendere... scolora*: non fare attenzione alla mia pelle disseccata dalla malattia e al mio pallore.

58. *sfoglia*: vi sciupa l'aspetto, coprendovi di croste secche.

Ed elli a me: « De l'etterno consiglio
cade vertù ne l'acqua e ne la pianta
63   rimasa dietro ond'io sì m'assottiglio.

Tutta esta gente che piangendo canta
per seguitar la gola oltre misura,
66   in fame e 'n sete qui si rifà santa.

Di bere e di mangiar n'accende cura
l'odor ch'esce del pomo e de lo sprazzo
69   che si distende su per sua verdura.

E non pur una volta, questo spazzo
girando, si rinfresca nostra pena:
72   io dico pena, e dovria dir sollazzo,

ché quella voglia a li alberi ci mena
che menò Cristo lieto a dire 'Elì',
75   quando ne liberò con la sua vena ».

E io a lui: « Forese, da quel dì
nel qual mutasti mondo a miglior vita,
78   cinqu'anni non son volti infino a qui.

Se prima fu la possa in te finita
di peccar più, che sorvenisse l'ora
81   del buon dolor ch'a Dio ne rimarita,

come se' tu qua su venuto ancora?
Io ti credea trovar là giù di sotto
84   dove tempo per tempo si ristora ».

Ond'elli a me: « Sì tosto m'ha condotto
a ber lo dolce assenzo de' martìri
87   la Nella mia: con suo pianger dirotto,

con suoi prieghi devoti e con sospiri
tratto m'ha de la costa ove s'aspetta,
90   e liberato m'ha de li altri giri.

61-3. *De l'etterno... assottiglio*: la volontà di Dio infonde nell'albero che hai visto e nell'acqua che lo irriga il potere di farci dimagrire così, per il desiderio insoddisfatto.

73-4. *quella voglia... 'Elì'*: torniamo alla nostra pena di desiderio con quella stessa intenzione di soffrire che spinse Cristo ad accettare la croce (sulla quale pronunziò le parole «Elì, Elì, lamma sabactàni - Dio, Dio, perché mi hai abbandonato?»; cfr.

Vangelo secondo Matteo, XXVII, 46; *Vangelo secondo Marco*, XV, 34).

79-82. *Se... ancora?*: se giunse prima il momento in cui non potevi più peccare che quello del pentimento, perché non sei stato trattenuto nell'Antipurgatorio? (cfr. *Purgatorio*, IV, 130 e segg.).

87. *Nella*: sulla moglie del Donati, vedi il sonetto burlesco di Dante *Chi udisse tossir la mal fatata Moglie di Bicci vocato Forese*.

Tanto è a Dio più cara e più diletta
la vedovella mia, che molto amai,
93   quanto in bene operare è più soletta;
ché la Barbagia di Sardigna assai
ne le femmine sue più è pudica
96   che la Barbagia dov'io la lasciai.
O dolce frate, che vuo' tu ch'io dica?
Tempo futuro m'è già nel cospetto,
99   cui non sarà quest'ora molto antica,
nel qual sarà in pergamo interdetto
a le sfacciate donne fiorentine
102   l'andar mostrando con le poppe il petto.
Quai barbare fuor mai, quai saracine,
cui bisognasse, per farle ir coperte,
105   o spiritali o altre discipline?
Ma se le svergognate fosser certe
di quel che 'l ciel veloce loro ammanna,
108   già per urlare avrien le bocche aperte;
ché se l'antiveder qui non m'inganna,
prima fien triste che le guance impeli
111   colui che mo si consola con nanna.
Deh, frate, or fa che più non mi ti celi!
vedi che non pur io, ma questa gente
114   tutta rimira là dove 'l sol veli ».
Per ch'io a lui: « Se tu riduci a mente
qual fosti meco e qual io teco fui,
117   ancor fia grave il memorar presente.
Di quella vita mi volse costui
che mi va innanzi, l'altr'ier, quando tonda
120   vi si mostrò la suora di colui »;
e 'l sol mostrai. « Costui per la profonda
notte menato m'ha de' veri morti

94. *Barbagia*: area montagnosa della Sardegna centrale, considerata assai barbara.
105. *spiritali*: spirituali: è aggettivo di *discipline*: Punizioni spirituali o anche materiali.
107. *ammanna*: ammannisce, prepara.
110-1. *prima... nanna*: tra pochi anni, prima che siano uomini quelli che adesso sono bambini.

114. *là... veli*: all'ombra che getta il tuo corpo.
116. *qual... fui*: che la vita di ghiottoni e di dissoluti abbiamo menato insieme.
119. *l'altr'ier*: in realtà, cinque giorni prima, secondo il computo del viaggio di Dante.
120. *la suora*: la luna.

123 con questa vera carne che 'l seconda.
    Indi m'han tratto su li suoi conforti,
  salendo e rigirando la montagna
126 che drizza voi che 'l mondo fece torti.
    Tanto dice di farmi sua compagna,
  che io sarò là dove fia Beatrice:
129 quivi convien che sanza lui rimagna.
    Virgilio è questi che così mi dice »
  e addita'lo; « e quest'altro è quell'ombra
132 per cui scosse dianzi ogni pendice
    lo vostro regno, che da sé lo sgombra ».

CANTO XXIV

    Né 'l dir l'andar, né l'andar lui più lento
  facea; ma, ragionando, andavam forte,
3 sì come nave pinta da buon vento.
    E l'ombre, che parean cose rimorte,
  per le fosse de li occhi ammirazione
6 traean di me, di mio vivere accorte.
    E io, continuando il mio sermone,
  dissi: « Ella sen va su forse più tarda
9 che non farebbe, per altrui cagione.
    Ma dimmi, se tu sai, dov'è Piccarda;
  dimmi s'io veggio da notar persona
12 tra questa gente che sì mi riguarda ».
    « La mia sorella, che tra bella e buona
  non so qual fosse più, triunfa lieta
15 ne l'alto Olimpo già di sua corona ».
    Sì disse prima; e poi: « Qui non si vieta
  di nominar ciascun, da ch'è sì munta
18 nostra sembianza via per la dieta.
    Questi », e mostrò col dito, « è Bonagiunta,
  Bonagiunta da Lucca; e quella faccia

---

133. *sgombra*: libera, lasciandolo salire al cielo.

xxiv. - 4. *rimorte*: doppiamente morte. Anche per la loro apparenza fisica facevan pensare a un cadavere.

9. *per... cagione*: per cagione di altri, cioè per trattenersi con Virgilio (cfr. *Purgatorio*, XXII, 96).

15. *Olimpo*: il Paradiso. Nel primo cielo (cfr. *Paradiso*, III).

19. *Bonagiunta*: Bonagiunta Orbicciani, rimatore lucchese della seconda metà del XIII secolo.

21   di là da lui più che l'altre trapunta
                 ebbe la Santa Chiesa in le sue braccia:
                 dal Torso fu, e purga per digiuno
24   l'anguille di Bolsena e la vernaccia ».
                     Molti altri mi nomò ad uno ad uno;
                 e del nomar parean tutti contenti,
27   sì ch'io però non vidi un atto bruno.
                     Vidi per fame a voto usar li denti
                 Ubaldin de la Pila e Bonifazio
30   che pasturò col rocco molte genti.
                     Vidi messer Marchese, ch'ebbe spazio
                 già di bere a Forlì con men secchezza,
33   e sì fu tal che non si sentì sazio.
                     Ma come fa chi guarda e poi si prezza
                 più d'un che d'altro, fei a quel da Lucca,
36   che più parea di me voler contezza.
                     El mormorava; e non so che 'Gentucca'
                 sentiva io là ov'el sentia la piaga
39   de la giustizia che sì li pilucca.
                     « O anima » diss'io « che par sì vaga
                 di parlar meco, fa sì ch'io t'intenda,
42   e te e me col tuo parlare appaga ».
                     « Femmina è nata, e non porta ancor benda »
                 cominciò el, « che ti farà piacere
45   la mia città, come ch'uom la riprenda.
                     Tu te n'andrai con questo antivedere:

21. *trapunta*: ricamata, dalla scabbia; e scavata, come per un ricamo a giorno. È il papa Martino IV alla cui morte, 1285, furono composti due versi: «Gaudeant anguillae, quod mortuus est homo ille, Qui quasi morte reas excoriabat eas».

23. *dal Torso*: fu tesoriere della cattedrale di Tours; ma era di Montpincé (Brie).

27. *bruno*: scuro, turbato.

29. *Ubaldin*: mugellese, padre dell'arcivescovo Ruggieri (cfr. *Inferno*, XXXIII, 14); *Bonifazio*; dei Fieschi, conti di Lavagna, arcivescovo di Ravenna dal 1274 al 1295; nell'espressione *pasturò col rocco* (v. 30) sarà da leggere un doppio senso: il letterale, «fu vescovo di molte genti», e il sarcastico, «nutrì coi proventi del vescovado gran folla di parassiti».

31. *Marchese*: nobiluomo di Forlì, della famiglia degli Argugliosi, evidentemente noto per le sue capacità di bevitore.

37. *'Gentucca'*: di questa donna lucchese, che fece piacere Lucca a Dante, non sappiamo nulla di preciso; se non, dai vv. 43-45, che nel 1300 era appena bambina.

38. *là... piaga*: nella sua bocca, dov'era più punito.

39. *pilucca*: spoglia, come chi toglie gli acini da un grappolo d'uva.

46. *antivedere*: previsione.

se nel mio mormorar prendesti errore,
48   dichiareranti ancor le cose vere.
      Ma dì s'i' veggio qui colui che fore
trasse le nove rime, cominciando
51   *'Donne ch'avete intelletto d'amore'* ».
      E io a lui: « I' mi son un, che quando
Amor mi spira, noto, e a quel modo
54   ch'e' ditta dentro vo significando ».
      « O frate, issa vegg'io » diss'elli « il nodo
che 'l Notaro e Guittone e me ritenne
57   di qua dal dolce stil novo ch'i' odo.
      Io veggio ben come le vostre penne
di retro al dittator sen vanno strette,
60   che de le nostre certo non avvenne;
      e qual più a riguardare oltre si mette,
non vede più da l'uno a l'altro stilo ».
63   E, quasi contentato, si tacette.
      Come gli augei che vernan lungo il Nilo,
alcuna volta in aere fanno schiera,
66   poi volan più a fretta e vanno in filo,
      così tutta la gente che lì era,
volgendo 'l viso, raffrettò suo passo,
69   e per magrezza e per voler leggiera.
      E come l'uom che di trottare è lasso,
lascia andar li compagni, e sì passeggia
72   fin che si sfoghi l'affollar del casso,
      sì lasciò trapassar la santa greggia
Forese, e dietro meco sen veniva,
75   dicendo: « Quando fia ch'io ti riveggia? »

---

51. *'Donne... d'amore'*: verso iniziale della canzone che appare in *Vita nuova*, XIX; a cui Dante fa risalire l'inizio di quel nuovo modo di poetare, secondo l'ispirazione diretta (*la mia lingua parlò quasi come per se stessa mossa*), che fu poi detto *dolce stil novo* (v. 57).

55. *issa*: adesso; il *nodo*: l'ostacolo, che impedì ai poeti precedenti, come il notaro Giacomo da Lentini (morto verso la metà del XIII secolo) e Guittone d'Arezzo (mor-

to nel 1294) di liberarsi da un modo di poetare troppo appesantito dalla retorica, e volto a soggetti non poetici.

59. *al dittator*: all'Amore, cioè al sentimento che detta la poesia (v. 54). Le *vostre penne* (v. 58) allude a Dante e agli altri stilnovisti, come Guinizelli, Cavalcanti, ecc.

62. *non vede più... stilo*: non vede altra sostanziale differenza.

72. *si foghi... del casso*: l'anelare del petto si calmi.

« Non so » rispuos'io lui « quant'io mi viva;
ma già non fia 'l tornar mio tanto tosto,
78   ch'io non sia col voler prima a la riva;

    però che 'l loco u' fui a viver posto,
di giorno in giorno più di ben si spolpa,
81   e a trista ruina par disposto ».

    « Or va » diss'el; « che quei che più n'ha colpa,
vegg'io a coda d'una bestia tratto
84   inver la valle ove mai non si scolpa.

    La bestia ad ogni passo va più ratto,
crescendo sempre, fin ch'ella il percuote,
87   e lascia il corpo vilmente disfatto.

    Non hanno molto a volger quelle ruote »,
e drizzò li occhi al ciel, « che ti fia chiaro
90   ciò che il mio dir più dichiarar non puote.

    Tu ti rimani omai; ché 'l tempo è caro
in questo regno, sì ch'io perdo troppo
93   venendo teco sì a paro a paro ».

    Qual esce alcuna volta di gualoppo
lo cavalier di schiera che cavalchi,
96   e va per farsi onor del primo intoppo,

    tal si partì da noi con maggior valchi;
e io rimasi in via con esso i due
99   che fuor del mondo sì gran marescalchi.

    E quando innanzi a noi intrato fue,
che li occhi miei si fero a lui seguaci,
102   come la mente a le parole sue,

    parvermi i rami gravidi e vivaci

77-8. *ma già... riva*: il mio tornare nel Purgatorio non avverrà tanto presto, che il mio desiderio di esserci non lo prevenga.

80. *si spolpa*: si spoglia. Firenze peggiora ogni giorno di più.

82. *quei*: è proprio Corso Donati, fratello di Forese. Il modo della sua morte, descritto da Dante, non pare corrisponda alla realtà; secondo il Compagni, *Cronica*, III, 21, «Messer Corso infermo per le gotti fuggìa verso la badìa di San Salvi, dove già molti mali avea fatti e fatti fare. Gli sgarigli il presono e riconobbonlo; e volendone

menare, si difendeva con belle parole, siccome savio cavaliere. Intano sopravvenne un giovane cognato del mariscalco. Stimolato da altri d'ucciderlo, nol volle fare; e ritornandosi indietro, vi fu rimandato, il quale la seconda volta li diè d'una lancia catelanesca nella gola, e un altro colpo nel fianco, e cadde in terra. Alcuni monaci ne 'l portorono alla badìa, e quivi morì a' dì 15 settembre 1307 e fu sepolto».

96. *intoppo*: scontro.

100. *intrato fue*: si fu allontanato procedendo avanti nel girone.

d'un altro pomo, e non molto lontani
105   per esser pur allora volto in laci.

Vidi gente sott'esso alzar le mani,
e gridar non so che verso le fronde,
108   quasi bramosi fantolini e vani,

che pregano e 'l pregato non risponde,
ma, per fare esser ben la voglia acuta,
111   tien alto lor disio e nol nasconde.

Poi si partì sì come ricreduta;
e noi venimmo al grande arbore adesso,
114   che tanti prieghi e lagrime rifiuta.

« Trapassate oltre sanza farvi presso:
legno è più su che fu morso da Eva,
117   e questa pianta si levò da esso ».

Sì tra le frasche non so chi diceva;
per che Virgilio e Stazio e io, ristretti,
120   oltre andavam dal lato che si leva.

« Ricordivi » dicea « de' maladetti
nei nuvoli formati, che, satolli,
123   Teseo combatter co' doppi petti;

e de li Ebrei ch'al ber si mostrar molli,
per che no i volle Gedeon compagni,
126   quando ver Madian discese i colli ».

Sì accostati a l'un de' due vivagni,
passammo, udendo colpe de la gola
129   seguite già da miseri guadagni.

Poi, rallargati per la strada sola,
ben mille passi e più ci portar oltre,
132   contemplando ciascun sanza parola.

---

105. *laci*: là.
112. *ricreduta*: ravvisandosi; rinunziando alla loro bramosia.
116. *legno*: l'albero del bene e del male, che è *più su*, cioè nel Paradiso Terrestre; da esso discendono questi alberi del sesto girone del Purgatorio.
121. *maladetti*: i Centauri, figli di Issione e di una nuvola formata nell'aspetto di Giunone, si ubriacarono alle nozze di Piri-

too e Ippodamia; tentarono di rapire le donne, ma furono vinti da Teseo, *doppi petti* (v. 123) fa allusione alla doppia natura dei Centauri, mezzi uomini e mezzi cavalli.
124. *Ebrei*: che s'inginocchiarono per bere, e perciò furono esclusi dalla vittoria di Gedeone contro i Madianiti (cfr. *Giudici*, VI e VII).
127. *vivagni*: bordi del cerchio; per evitare il secondo albero.

        « Che andate pensando sì voi sol tre? »
        subita voce disse; ond'io mi scossi
135   come fan bestie spaventate e poltre.
        Drizzai la testa per veder chi fossi;
        e già mai non si videro in fornace
138   vetri o metalli sì lucenti e rossi,
        com'io vidi un che dicea: « S'a voi piace
        montare in su, qui si convien dar volta;
141   quinci si va chi vuole andar per pace ».
        L'aspetto suo m'avea la vista tolta;
        per ch'io mi volsi dietro a' miei dottori,
144   com'uom che va secondo ch'elli ascolta.
        E quale, annunziatrice de li albori,
        l'aura di maggio movesi ed olezza,
147   tutta impregnata da l'erba e da' fiori;
        tal mi senti' un vento dar per mezza
        la fronte, e ben senti' mover la piuma,
150   che fe' sentir d'ambrosia l'orezza.
        E senti' dir: « Beati cui alluma
        tanto di grazia, che l'amor del gusto
153   nel petto lor troppo disir non fuma,
            esuriendo sempre quanto è giusto! »

CANTO XXV

        Ora era onde 'l salir non volea storpio;
        ché il sole avea il cerchio di merigge
3   lasciato al Tauro e la notte allo Scorpio:
            per che, come fa l'uom che non s'affigge,
        ma vassi a la via sua, che che li appaia,
6   se di bisogno stimolo il trafigge,

---

135. *poltre*: giovani, non ancora ben dòme.

150. *d'ambrosia l'orezza*: la brezza che fu impregnata dal profumo dell'ambrosia (il cibo celeste).

151-3. *Beati... fuma*: beati coloro che non eccedono nella gola, per grazia divina.

154. *esuriendo... giusto*: soffrendo la fame, bramando, cioè, solo quello che è giusto; oppure, solo quanto basta alla vita.

XXV. - 1. *Ora... storpio*: era un'ora in cui bisognava sbrigarsi a salire (perché il pomeriggio avanzava).

2-3. *il sole... Scorpio*: sul meridiano (*merigge*) del Purgatorio si trovava la costellazione del Toro, su quello di Gerusalemme quella dello Scorpione; qui sono due ore dopo mezzanotte, e nel Purgatorio due ore dopo mezzogiorno.

4. *s'affigge*: si ferma.

così intrammo noi per la callaia,
uno innanzi altro prendendo la scala

9   che per artezza i salitor dispaia.

E quale il cicognin che leva l'ala
per voglia di volare, e non s'attenta

12   d'abbandonar lo nido, e giù la cala;

tal era io con voglia accesa e spenta
di dimandar, venendo infino a l'atto

15   che fa colui ch'a dicer s'argomenta.

Non lasciò, per l'andar che fosse ratto,
lo dolce padre mio, ma disse: « Scocca

18   l'arco del dir, che 'nfino al ferro hai tratto ».

Allor sicuramente aprì la bocca
e cominciai: « Come si può far magro

21   là dove l'uopo di nodrir non tocca? »

« Se t'ammentassi come Meleagro
si consumò al consumar d'un stizzo,

24   non fora » disse « a te questo sì agro;

e se pensassi come, al vostro guizzo,
guizza dentro a lo specchio vostra image,

27   ciò che par duro ti parrebbe vizzo.

Ma perché dentro a tuo voler t'adage,
ecco qui Stazio; e io lui chiamo e prego

30   che sia or sanator de le tue piage ».

« Se la veduta etterna li dislego »
rispuose Stazio « là dove tu sie,

33   discolpi me non potert'io far niego ».

---

7. *callaia*: calle, passaggio. L'apertura fra il sesto e il settimo girone.

9. *artezza*: strettezza, che separa chi sale, perché debbono procedere in fila indiana.

15. *s'argomenta*: si prepara.

21. *dove... tocca*: dove non si è sollecitati dalla necessità di nutrirsi.

22. *Meleagro*: doveva morire quando un tizzone fosse consunto, e si estinse appena Altea sua madre, per sdegno, lo ebbe bruciato (cfr. Ovidio, *Metamorfosi*, VIII, 260-546); vuol significare che l'uomo può spegnersi anche per una ragione misteriosa, che agisce al di fuori di lui, e così accade di consumarsi ai golosi.

25-6. *al vostro... image*: a un vostro movimento si muove l'immagine riflessa dallo specchio; così le ombre dei golosi, che sono come specchi dei loro corpi, possono riprodurre esattamente le espressioni, le sofferenze, ecc.

27. *vizzo*: morbido; facile a capire.

30. *piage*: piaghe; i dubbi che tolgono interezza al tuo pensiero.

31. *dislego*: sciolgo, manifesto.

33. *far niego*: negare. Stazio si scusa di parlare quando c'è presente un saggio tanto più importante; se lo fa, è perché non può rifiutargli nulla.

Poi cominciò: « Se le parole mie,
figlio, la mente tua guarda e riceve,
36   lume ti fiero al come che tu die.

Sangue perfetto, che mai non si beve
da l'assetate vene, e sì rimane
39   quasi alimento che di mensa leve,

prende nel core a tutte membra umane
virtute informativa, come quello
42   ch'a farsi quelle per le vene vane.

Ancor digesto, scende ov'è più bello
tacer che dire; e quindi poscia geme
45   sovr'altrui sangue in natural vasello.

Ivi s'accoglie l'uno e l'altro insieme,
l'un disposto a patire, e l'altro a fare
48   per lo perfetto loco onde si preme;

e, giunto lui, comincia ad operare
coagulando prima, e poi avviva
51   ciò che per sua matera fe' constare.

Anima fatta la virtute attiva
qual d'una pianta, in tanto differente,
54   che questa è in via e quella è già a riva,

tanto ovra poi, che già si move e sente,
come fungo marino; e indi imprende
57   ad organar le posse ond'è semente.

Or si spiega, figliuolo, or si distende

---

36. *die*: dici.

37-42. *Sangue... vane*: secondo il concetto tomistico, il sangue destinato alla concezione di un figlio è più perfetto; non essendo bevuto dalle vene rimane quasi un soprappiù della mensa; e prende nel cuore potenza di dar forma alle varie membra umane essendo destinato a trasformarsi in esse; *vane*: va.

43-5. *Ancor... vasello*: di nuovo *digesto*, cioè ulteriormente trasformato, scende attraverso i sessi e si mescola al sangue della femmina nella matrice (*natural vasello*).

48-51. *lo perfetto loco.. constare*: il cuore, che predispone le virtù potenziali del sangue-sperma. La mescolanza dello sper-

ma maschile e femminile si coagula, poi dà vita a quel primo embrione di materia che la sua stessa coagulazione ha formato.

52-6. *Anima... marino*: un'anima vegetativa, ma ancora in formazione (*in via*), gli dà un vivere elementare, come quello di una medusa, o altro organismo inferiore vivente nel mare, di quelli che sembrano vegetali e sono animali (*fungo marino*).

56-60. *indi... intende*: in seguito incomincia ad organizzare in membri le capacità potenziali che contiene in embrione. Così si può svolgere l'intero ciclo (in lungo e in largo, *si spiega* e *si distende*) di quelle facoltà che la natura destina a tutte le membra.

la virtù ch'è dal cor del generante,
60   dove natura a tutte membra intende.
    Ma come d'animal divegna fante,
non vedi tu ancor: quest'è tal punto,
63   che più savio di te fe' già errante,
    sì che per sua dottrina fe' disgiunto
da l'anima il possibile intelletto,
66   perché da lui non vide organo assunto.
    Apri a la verità che viene il petto;
e sappi che, sì tosto come al feto
69   l'articular del cerebro è perfetto,
    lo motor primo a lui si volge lieto
sovra tant'arte di natura, e spira
72   spirito novo, di vertù repleto,
    che ciò che trova attivo quivi, tira
in sua sustanzia, e fassi un'alma sola,
75   che vive e sente e sé in sé rigira.
    E perché meno ammiri la parola,
guarda il calor del sol che si fa vino,
78   giunto a l'omor che de la vite cola.
    Quando Lachesis non ha più del lino,
solvesi da la carne, ed in virtute
81   ne porta seco e l'umano e 'l divino:
    l'altre potenze tutte quante mute;
memoria, intelligenza e volontade
84   in atto molto più che prima agute.
    Sanza restarsi, per se stessa cade
mirabilmente a l'una de le rive:
87   quivi conosce prima le sue strade.

61. *fante*: parlante, cioè razionale.

63. *errante*: dubbioso ed erroneo. Dante allude (vv. 63-66) ad Averroè, che, non sapendo dove identificare l'organo per il pensiero, pensò che l'intelletto fosse qualcosa di universale, e non una facoltà individuale, connessa all'anima di ciascuno.

70. *lo motor primo*: Dio.

72-5. *di vertù... rigira*: l'anima razionale, riempita di capacità, che accentra le altre facoltà attive (la vegetativa, vv. 52-56; e sensitiva, vv. 56-60), e perciò *vive e sente e sé in sé rigira* (cioè ha coscienza di se stessa).

79. *Lachesis*: la Parca preposta a filare lo stame della vita.

80. *in virtute*: nella sua essenza; morto il corpo, l'anima ne conserva l'essenziale sia umano (potenze vegetative e sensitive) sia divino (potenze intellettive).

86. *a l'una de le rive*: o all'Acheronte, per scendere all'Inferno (cfr. *Inferno*, III, 122 e segg.) o alla foce del Tevere, per portarsi al Purgatorio (cfr. *Purgatorio*, II, 100 e segg.).

Tosto che loco lì la circunscrive,
la virtù informativa raggia intorno,
90   così e quanto ne le membra vive:
    e come l'aere, quand'è ben piorno,
per l'altrui raggio che 'n sé si reflette,
93   di diversi color diventa adorno;
    così l'aere vicin quivi si mette
in quella forma che in lui suggella
96   virtualmente l'alma che ristette;
    e simigliante poi a la fiammella
che segue il foco là 'vunque si muta,
99   segue lo spirto sua forma novella.
    Però che quindi ha poscia sua paruta,
è chiamata ombra; e quindi organa poi
102   ciascun sentire infino a la veduta.
    Quindi parliamo e quindi ridiam noi;
quindi facciam le lacrime e' sospiri
105   che per lo monte aver sentiti puoi.
    Secondo che ci affiggono i disiri
e li altri affetti, l'ombra si figura;
108   e quest'è la cagion di che tu miri ».
    E già venuto a l'ultima tortura
s'era per noi, e volto a la man destra,
111   ed eravamo attenti ad altra cura.
    Quivi la ripa fiamma in fuor balestra,
e la cornice spira fiato in suso
114   che la reflette e via da lei sequestra;
    ond'ir ne convenia dal lato schiuso
ad uno ad uno; e io temea il foco

---

88. *loco... circunscrive*: si trova nel luogo che le spetta, immersa nello spazio che
le è destinato.
91. *piomo*: piovorno, ingombro di nuvole.
95. *suggella*: imprime.
100-2. *Però... veduta*: poiché prende il
suo aspetto (*paruta*) da questo corpo aereo,
che è visibile ma non ha consistenza, è chiamata ombra; e dall'aria sono formati gli organi, fino al più complesso, quello della vista.
106. *ci affiggono*: si fermano in noi, ci oc-
cupano, si imprimono in noi.

109. *l'ultima tortura*: l'ultimo girone
del monte. Consapevole doppio-senso
con *tortura*; tormento. È il settimo girone, dei lussuriosi, costretti a vagare nel
fuoco.
112-6. *Quivi... ad uno*: la parete del monte (*ripa*) getta sul girone delle fiamme;
mentre dal bordo sale una corrente d'aria che
ve le respinge e contiene. La fiamma è così
addensata; e d'altra parte il bordo del girone rimane libero, e i poeti vi possono
passare.

117   quinci, e quindi temea cader giuso.
       Lo duca mio dicea: « Per questo loco
       si vuol tenere a li occhi stretto il freno,
120   però ch'errar potrebbesi per poco ».
       'Summe Deus clementie' nel seno
       al grande ardore allora udi' cantando,
123   che di volger mi fe' caler non meno;
       e vidi spirti per la fiamma andando;
       per ch'io guardava a loro e a' miei passi
126   compartendo la vista a quando a quando.
       Appresso il fine ch'a quell'inno fassi,
       gridavano alto: 'Virum non cognosco';
129   indi ricominciavan l'inno bassi.
       Finitolo anco, gridavano: « Al bosco
       si tenne Diana, ed Elice caccionne
132   che di Venere avea sentito il tosco ».
       Indi al cantar tornavano: indi donne
       gridavano e mariti che fuor casti,
135   come virtute e matrimonio imponne.
       E questo modo credo che lor basti
       per tutto il tempo che 'l foco li abbrucia:
138   con tal cura conviene e con tai pasti
       che la piaga da sezzo si ricucia.

CANTO XXVI

       Mentre che sì per l'orlo, uno innanzi altro,
       ce n'andavamo, e spesso il buon maestro
3   diceva: « Guarda: giovi ch'io ti scaltro »;

118-20. *«Per questo... poco»*: bisogna stare attentissimi a dove si mettono i piedi.
La via dell'amore è sempre pericolosamen-
te prossima al precipizio, o alle fiamme della
lussuria.
   121. *'Summe Deus clementie'*: inizio di
un inno in cui si prega Dio che ci guardi
dalla lussuria.
   124. *andando*: che andavano.
   128. *'Virum non cognosco'*: «Come potrò
concepire, se non conosco uomo?» rispose
Maria a Gabriele (cfr. *Vangelo secondo Luca*, I, 34); è il primo esempio di purezza.

131-2. *Elice... tosco*: è un esempio di lussuria punita. Elice (o Calisto), ninfa di Diana, sedotta da Giove, fu trasformata in
orsa; e poi da Giove assunta nella costellazione dell'Orsa maggiore (cfr. Ovidio, *Metamorfosi*, II, 401-530).
   135. *imponne*: ne impone, ci comanda.
   138. *pasti*: gli esempi gridati.
   139. *da sezzo*: da ultimo, finalmente. La
piaga è il peccato che finalmente sarà
assolto.

XXVI. - 3. *scaltro*: avverto.

feriami il sole in su l'omero destro,
che già, raggiando, tutto l'occidente
6   mutava in bianco aspetto di cilestro;

ed io facea con l'ombra più rovente
parer la fiamma; e pur a tanto indizio
9   vidi molt'ombre, andando, poner mente.

Questa fu la cagion che diede inizio
loro a parlar di me; e cominciarsi
12   a dir: « Colui non par corpo fittizio ».

Poi verso me, quanto potean farsi,
certi si feron, sempre con riguardo
15   di non uscir dove non fosser arsi.

« O tu che vai, non per esser più tardo,
ma forse reverente, a li altri dopo,
18   rispondi a me che 'n sete e 'n foco ardo.

Né solo a me la tua risposta è uopo;
ché tutti questi n'hanno maggior sete
21   che d'acqua fredda Indo o Etiopo.

Dinne com'è che fai di te parete
al sol, pur come tu non fossi ancora
24   di morte intrato dentro da la rete ».

Sì mi parlava un d'essi; e io mi fora
già manifesto, s'io non fossi atteso
27   ad altra novità ch'apparse allora;

ché per lo mezzo del cammino acceso
venne gente col viso incontro a questa,
30   la qual mi fece a rimirar sospeso.

Li veggio d'ogne parte farsi presta
ciascun'ombra e baciarsi una con una
33   sanza restar, contente a brieve festa:

così per entro loro schiera bruna
s'ammusa l'una con l'altra formica,
36   forse ad espiar lor via e lor fortuna.

Tosto che parton l'accoglienza amica,
prima che 'l primo passo lì trascorra,
39   sopragridar ciascuna s'affatica:

---

26. *s'io... atteso*: se non avessi rivolta la mia attenzione.

36. *espiar*: spiare, domandare.

39. *sopragridar*: gridare più forte possibile, sormontare gli altri con la voce.

la nova gente: « Soddoma e Gomorra »;
e l'altra: « Ne la vacca entra Pasife,
42   perché 'l torello a sua lussuria corra ».

Poi come grue ch'a le montagne Rife
volasser parte e parte inver l'arene,
45   queste del gel, quelle del sole schife,

l'una gente sen va, l'altra sen vene;
e tornan, lacrimando, a' primi canti
48   e al gridar che più lor si convene.

E raccostansi a me, come davanti,
essi medesmi che m'avean pregato,
51   attenti ad ascoltar ne' lor sembianti.

Io, che due volte avea visto lor grato,
incominciai: « O anime sicure
54   d'aver, quando che sia, di pace stato,

non son rimase acerbe né mature
le membra mie di là, ma son qui meco
57   col sangue suo e con le sue giunture.

Quinci su vo per non esser più cieco:
donna è di sopra che m'acquista grazia,
60   per che 'l mortal per vostro mondo reco.

Ma se la vostra maggior voglia sazia
tosto divegna, sì che 'l ciel v'alberghi
63   ch'è pien d'amore e più ampio si spazia,

ditemi, acciò ch'ancor carte ne verghi,
chi siete voi, e chi è quella turba
66   che se ne va di retro a' vostri terghi ».

Non altrimenti stupido si turba

---

40. *«Soddoma e Gomorra»*: le due città della Palestina che Dio distrusse col fuoco e con lo zolfo per punirle del vizio della lussuria contro natura (cfr. *Genesi*, XVIII, 20; XIX, 25).

41. *Pasife*: moglie di Minosse re di Creta, volle essere posseduta da un toro, e fece costruire da Dedalo, a questo scopo, una falsa vacca in cui si introdusse (cfr. *Inferno*, XII, 12 e segg.).

43. *a le... Rife*: gli antichi chiamavano «monti Rifei» le regioni più settentrionali d'Europa, note molto vagamente. Qui vale «verso nord».

45. *schife*: schive. In sovrapposizione poetica, Dante vede insieme le due opposte migrazioni stagionali delle gru.

52. *lor grato*: ciò che faceva loro piacere (di apprendere).

58-9. *per... grazia*: per riacquistare la visione di Dio, con l'intercessione di una *donna* che è in cielo (forse la Vergine Maria; ma più probabilmente Beatrice; cfr. *Paradiso*, XXXI, 79 e segg.).

62. *'l ciel*: l'Empireo, che contiene tutto l'universo (cfr. *Convivio*, II, III, 11).

67. *stupido*: attonito.

69   lo montanaro, e rimirando ammuta,
      quando rozzo e salvatico s'inurba,
          che ciascun'ombra fece in sua paruta;
      ma poi che furon di stupore scarche,
72   lo qual ne li alti cuor tosto s'attuta,
          « Beato te, che de le nostre marche »
      ricominciò colei che pria m'inchiese,
75   « per morir meglio, esperienza imbarche!
      La gente che non vien con noi, offese
      di ciò per che già Cesar, triunfando,
78   regina contra sé chiamar s'intese:
          però si parton 'Soddoma' gridando,
      rimproverando a sé, com'hai udito,
81   ed aiutan l'arsura vergognando.
      Nostro peccato fu ermafrodito;
      ma perché non servammo umana legge,
84   seguendo come bestie l'appetito,
          in obbrobrio di noi, per noi si legge,
      quando partinci, il nome di colei
87   che s'imbestiò nelle 'mbestiate schegge.
      Or sai nostri atti e di che fummo rei:
      se forse a nome vuo' saper chi semo,
90   tempo non è di dire, e non saprei.
      Farotti ben di me volere scemo:
      son Guido Guinizelli; e già mi purgo,
93   per ben dolermi prima ch'a lo stremo ».
      Quali ne la tristizia di Licurgo

---

68. *ammuta*: ammutolisce.

70. *paruta*: aspetto, sembianza.

73. *marche*: regioni; i gironi del Purgatorio.

77. *Cesar*: secondo Svetonio (*Vite dei dodici Cesari*, II) era noto l'amore di Cesare per Nicomede re di Bitinia; per cui egli fu beffeggiato in pubblico col nome di *regina*.

82. *ermafrodito*: bisessuale, non omosessuale; cioè non contro natura.

83. *servammo*: osservammo, rispettammo.

86. *colei*: Pasife; le *schegge* sono il legno con cui fu costruita la falsa vacca, quasi anche il legno fosse degradato da quell'episodio.

91. *scemo*: privo. Ti toglierò il desiderio (di sapere chi sono).

92. *Guido Guinizelli*: il celebre iniziatore dello «stil novo», nato a Bologna nel secondo quarto del XIII secolo, morto a Monselice nel 1276. Nel *De vulgari eloquentia*, I, xv, 6, Dante lo chiama «*maximus Guido*».

93. *per ben... stremo*: per essermi pentito già prima che alla fine della mia vita. Non deve dunque attendere nell'Antipurgatorio.

94. *Licurgo*: Isifile (per cui cfr. *Inferno*, XVIII, 92 e *Purgatorio*, XXII, 112) fu salvata dai figli Toante ed Euneo dalla vendetta di Licurgo, che l'aveva condannata a morte per essere stata causa della morte di un suo figlioletto. È un personaggio della *Tebaide* di Stazio (cfr. V, 721); cfr. *Convivio*, III, xi, 16.

                si fer due figli a riveder la madre,
96   tal mi fec'io, ma non a tanto insurgo,
                quand'io odo nomar se stesso il padre
            mio e de li altri miei miglior che mai
99   rime d'amore usar dolci e leggiadre;
                e sanza udire e dir pensoso andai
            lunga fiata rimirando lui,
102   né, per lo foco, in là più m'appressai.
                Poi che di riguardar pasciuto fui,
            tutto m'offersi pronto al suo servigio
105   con l'affermar che fa credere altrui.
                Ed elli a me: « Tu lasci tal vestigio,
            per quel ch'i' odo, in me, e tanto chiaro,
108   che Letè nol può torre né far bigio.
                Ma se le tue parole or ver giuraro,
            dimmi che è cagion per che dimostri
111   nel dire e nel guardare avermi caro ».
                E io a lui: « Li dolci detti vostri,
            che, quanto durerà l'uso moderno,
114   faranno cari ancora i loro incostri ».
                « O frate, » disse « questi ch'io ti cerno
            col dito », e additò un spirto innanzi,
117   « fu miglior fabbro del parlar materno.
                Versi d'amore e prose di romanzi
            soverchiò tutti; e lascia dir li stolti
120   che quel di Lemosì credon ch'avanzi.
                A voce più ch'al ver drizzan li volti,
            e così ferman sua oppinione
123   prima ch'arte o ragion per lor s'ascolti.
                Così fer molti antichi di Guittone,
            di grido in grido pur lui dando pregio,

---

96. *non a tanto*: non a tal punto; cioè non
fino a spingermi nel fuoco per abbracciarlo
(v. 102).

105. *l'affermar*: col giuramento (cfr. v.
109).

106. *tal vestigio*: tale impressione.

108. *Letè*: il fiume dell'oblio (cfr. *Purgatorio*, XXVIII, 130; XXXI, 91 e segg.;
XXXIII, 91 e segg.).

112. *detti*: composizioni poetiche.

114. *incostri*: inchiostri, per scritture.
Cfr. *Paradiso*, XIX, 8.

115. *questi*: è Arnaldo Daniello, trovatore della seconda metà del sec. XII.

120. *quel di Lemosì*: Giraut de Borneil,
nato a Essidueil nel Limosino (circa
1175-1220); cfr. *De vulgari eloquentia*, I, IX,
3; II, II, 9; V, 4; VI, 6.

126   fin che l'ha vinto il ver con più persone.
         Or se tu hai sì ampio privilegio,
      che licito ti sia l'andare al chiostro
129   nel quale è Cristo abate del collegio,
         falli per me un dir d'un paternostro,
      quanto bisogna a noi di questo mondo,
132   dove poter peccar non è più nostro ».
         Poi, forse per dar luogo altrui secondo
      che presso avea, disparve per lo foco,
135   come per l'acqua il pesce andando al fondo.
         Io mi feci al mostrato innanzi un poco,
      e dissi ch'al suo nome il mio disire
138   apparecchiava grazioso loco.
         El cominciò liberamente a dire:
      « Tan m'abellis vostre cortes deman,
141   qu'ieu no me puesc ni voill a vos cobrire.
         Ieu sui Arnaut, que plor e vau cantan;
      consiros vei la passada folor,
144   e vei jausen lo joi qu'esper, denan.
         Ara vos prec, per aquella valor
      que vos guida al som de l'escalina,
147   sovenha vos a temps de ma dolor! »
         Poi s'ascose nel foco che li affina.

CANTO XXVII

         Sì come quando i primi raggi vibra
      là dove il suo fattor lo sangue sparse,
3   cadendo Ibero sotto l'alta Libra,
         e l'onde in Gange da nona riarse,
      sì stava il sole; onde 'l giorno sen giva,

128. *al chiostro*: al Paradiso.

130. *falli... paternostro*: recita per me un *Pater* davanti a Cristo.

139. *liberamente*: senza farsi pregare.

140-7. *«Tan... dolor!»*: Dante fa parlare Arnaut nella sua lingua, il provenzale. «Tanto mi piace la vostra cortese domanda, che io non mi posso né voglio nascondere a voi. Io sono Arnaldo, che piango e canto» (cfr. *Purgatorio*, XXV, 121-2); «pensoso vedo la passata follia, e vedo gioioso la gioia che aspetto nel futuro. Ora vi pre-

go, per quel valore che vi guida al sommo della scala [del Purgatorio], ricordatevi a tempo del mio dolore!» (cioè, che il mio esempio vi sia utile).

XXVII. - 1-5. *Sì come... il sole*: il sole era all'alba a Gerusalemme, qundi al suo antipodo, la montagna del Purgatorio, si avvicinava al tramonto; all'occidente (designato con l'Ebro, *Ibero*) era mezzanotte, all'oriente (*Gange*) mezzogiorno.

6 come l'angel di Dio lieto ci apparse.
    Fuor de la fiamma stava in su la riva,
  e cantava 'Beati mundo corde!'
9 in voce assai più che la nostra viva.
    Poscia « Più non si va, se pria non morde,
  anime sante, il foco: intrate in esso,
12 ed al cantar di là non siate sorde »,
    ci disse come noi li fummo presso;
  per ch'io divenni tal, quando lo 'ntesi,
15 qual è colui che ne la fossa è messo.
    In su le man commesse mi protesi,
  guardando il foco e imaginando forte
18 umani corpi già veduti accesi.
    Volsersi verso me le buone scorte;
  e Virgilio mi disse: « Figliuol mio,
21 qui può esser tormento, ma non morte.
    Ricorditi, ricorditi! E se io
  sovresso Gerion ti guidai salvo,
24 che farò ora presso più a Dio?
    Credi per certo che se dentro a l'alvo
  di questa fiamma stessi ben mille anni,
27 non ti potrebbe far d'un capel calvo.
    E se tu forse credi ch'io t'inganni,
  fatti ver lei, e fatti far credenza
30 con le tue mani al lembo de' tuoi panni.
    Pon giù omai, pon giù ogni temenza:
  volgiti in qua; vieni ed entra sicuro! »
33 E io pur fermo e contr'a coscienza.
    Quando mi vide star pur fermo e duro,
  turbato un poco, disse: « Or vedi, figlio:
36 tra Beatrice e te è questo muro ».
    Come al nome di Tisbe aperse il ciglio
  Piramo in su la morte, e riguardolla,

6. *l'angel*: l'angelo della castità, che presiede al settimo girone, dei lussuriosi.

8. *'Beati mundo corde!'*: beati i puri di cuore, perché vedranno Iddio (cfr. *Vangelo secondo Matteo*, V, 8).

15. *colui... messo*: il condannato alla propagginazione, cioè ad essere sepolto vivo con la testa in giù (cfr. *Inferno*, XIX, 50 e segg.).

23. *sovresso Gerion*: sul dorso del mostro infernale Gerione, col quale erano discesi in volo al cerchio della frode (cfr. *Inferno*, XVII, 1 e segg.).

37-9. *Come... vermiglio*: Piramo, feritosi a morte per aver creduto uccisa da un leone la sua amata Tisbe, la rivide un istante prima di spirare (cfr. Ovidio, *Metamorfosi*, IV, 55-166); il gelso ai piedi del quale era caduto conservò rosse del suo sangue le bacche.

39   allor che 'l gelso diventò vermiglio;
              così, la mia durezza fatta solla,
            mi volsi al savio duca, udendo il nome
42   che ne la mente sempre mi rampolla.

                Ond'ei crollò la fronte e disse: « Come?
            volenci star di qua? » Indi sorrise
45   come al fanciul si fa ch'è vinto al pome.

                Poi dentro al foco innanzi mi si mise,
            pregando Stazio che venisse retro,
48   che pria per lunga strada ci divise.

                Sì com fui dentro, in un bogliente vetro
            gittato mi sarei per rinfrescarmi,
51   tant'era ivi lo 'ncendio sanza metro.

                Lo dolce padre mio, per confortarmi,
            pur di Beatrice ragionando andava,
54   dicendo: « Li occhi suoi già veder parmi ».

                Guidavaci una voce che cantava
            di là; e noi, attenti pur a lei,
57   venimmo fuor là ove si montava.

                '*Venite, benedicti Patris mei!*',
            sonò dentro a un lume che lì era,
60   tal, che mi vinse e guardar nol potei.

                « Lo sol sen va » soggiunse, « e vien la sera:
            non v'arrestate, ma studiate il passo,
63   mentre che l'occidente non si annera ».

                Dritta salia la via per entro 'l sasso
            verso tal parte ch'io togliea i raggi
66   dinanzi a me del sol ch'era già basso.

                E di pochi scaglion levammo i saggi,
            che 'l sol corcar, per l'ombra che si spense,
69   sentimmo dietro e io e li miei saggi.

                E pria che 'n tutte le sue parti immense

---

40. *fatta solla*: ammorbidita; vinta.

44. *volenci... qua?*: vogliamo rimanerce-ne qua?

45. *al pome*: con la lusinga di un frutto.

49. *bogliente*: bollente, fuso.

51. *sanza metro*: smisurato.

58. '*Venite... mei!*': venite, o benedetti del Padre mio; secondo *Vangelo secondo Matteo*, XXV, 34, le parole che Cristo dirà agli eletti il giorno del Giudizio.

62. *studiate*: affrettate.

65. *verso tal parte*: verso oriente.

67. *di pochi... saggi*: avevamo provato a salire pochi scalini.

fosse orizzonte fatto d'uno aspetto,
72   e notte avesse tutte sue dispense,
       ciascun di noi d'un grado fece letto;
    ché la natura del monte ci affranse
75   la possa del salir più e 'l diletto.
       Quali si stanno ruminando manse
    le capre, state rapide e proterve
78   sovra le cime avante che sien pranse,
       tacite a l'ombra, mentre che 'l sol ferve,
    guardate dal pastor, che 'n su la verga
81   poggiato s'è e lor poggiato serve;
       e quale il mandrian che fori alberga,
    lungo il peculio suo queto pernotta,
84   guardando perché fiera non lo sperga;
       tali eravam noi tutti e tre allotta,
    io come capra, ed ei come pastori,
87   fasciati quinci e quindi d'alta grotta.
       Poco parer potea lì del di fori;
    ma, per quel poco, vedea io le stelle
90   di lor solere e più chiare e maggiori.
       Sì ruminando e sì mirando in quelle,
    mi prese il sonno; il sonno che sovente,
93   anzi che 'l fatto sia, sa le novelle.
       Ne l'ora, credo, che de l'oriente
    prima raggiò nel monte Citerea,
96   che di foco d'amor par sempre ardente,
       giovane e bella in sogno mi parea
    donna vedere andar per una landa
99   cogliendo fiori; e cantando dicea:
       « Sappia qualunque il mio nome dimanda
    ch'i' mi son Lia, e vo movendo intorno
102   le belle mani a farmi una ghirlanda.
       Per piacermi a lo specchio, qui m'adorno;

---

72. *avesse... dispense*: avesse occupato tutte le parti del cielo che le spettano.

76. *manse*: mansuete.

78. *pranse*: nutrite.

84. *non lo sperga*: non turbi e danneggi il *peculio*, cioè il gregge.

85. *allotta*: allora.

90. *di lor solere*: di quel che sogliono ap-

parire sulla terra. Il particolare fa pensare insieme all'altezza della montagna del Purgatorio, e alla purità anche simbolica dell'aria.

93. *sa le novelle*: prevede il futuro.

95. *Citerea*: Venere. All'alba.

101. *Lia*: la prima moglie di Giacobbe, che qui simboleggia la vita attiva.

ma mia suora Rachel mai non si smaga
105   dal suo miraglio, e siede tutto giorno.
        Ell'è de' suoi belli occhi veder vaga,
        com'io de l'adornarmi con le mani;
108   lei lo vedere, e me l'ovrare appaga ».
        E già per li splendori antelucani,
        che tanto a' pellegrin surgon più grati,
111   quanto, tornando, albergan men lontani,
        le tenebre fuggian da tutti lati,
        e 'l sonno mio con esse; ond'io leva'mi,
114   veggendo i gran maestri già levati.
        « Quel dolce pome che per tanti rami
        cercando va la cura de' mortali,
117   oggi porrà in pace le tue fami ».
        Virgilio inverso me queste cotali
        parole usò; e mai non furo strenne
120   che fosser di piacere a queste iguali.
        Tanto voler sopra voler mi venne
        de l'esser su, ch'ad ogni passo poi
123   al volo mi sentia crescer le penne.
        Come la scala tutta sotto noi
        fu corsa e fummo in su 'l grado superno,
126   in me ficcò Virgilio li occhi suoi,
        e disse: « Il temporal foco e l'etterno
        veduto hai, figlio; e se' venuto in parte
129   dov'io per me più oltre non discerno.
        Tratto t'ho qui con ingegno e con arte;
        lo tuo piacere omai prendi per duce:
132   fuor se' de l'erte vie, fuor se' de l'arte.
        Vedi lo sol che in fronte ti riluce;

104. *Rachel*: sorella di Lia e seconda moglie di Giacobbe. Non si distoglie mai dallo specchio della coscienza, cioè simboleggia la vita contemplativa e meditativa.

108. *ovrare*: operare, agire.

115. *pome*: l'appagamento, la felicità possibile, rappresentata dal Paradiso Terrestre, a cui Dante sta per giungere.

125. *superno*: il più alto, l'ultimo della salita.

127. *temporal*: temporaneo; quello del Purgatorio.

129. *per me*: con le mie sole forze. La ragione e la scienza, le sole forze dell'intelletto, non bastano a salire a quella superiore capacità di capire che è inerente all'uomo in quanto animato dall'amore.

132. *arte*: strette.

133. *Vedi... riluce*: siamo alla soglia del Paradiso Terrestre. Il sole è letteralmente davanti a Dante, poiché è mattina; ma è soprattutto simbolo di Dio, che gli riluce *in fronte*, dove non ci sono più i sette P.

vedi l'erbetta, i fiori e li arbuscelli,
135 che qui la terra sol da sé produce.
    Mentre che vegnan lieti li occhi belli
    che, lacrimando, a te venir mi fenno,
138 seder ti puoi e puoi andar tra elli.
    Non aspettar mio dir più né mio cenno:
    libero, dritto e sano è tuo arbitrio,
141 e fallo fora non fare a suo senno:
    per ch'io te sovra te corono e mitrio ».

CANTO XXVIII

    Vago già di cercar dentro e dintorno
    la divina foresta spessa e viva,
3 ch'a li occhi temperava il novo giorno,
    sanza più aspettar, lasciai la riva,
    prendendo la campagna lento lento
6 su per lo suol che d'ogni parte auliva.
    Un'aura dolce, sanza mutamento
    avere in sé, mi feria per la fronte
9 non di più colpo che soave vento;
    per cui le fronde, tremolando pronte,
    tutte quante piegavano a la parte
12 u' la prim'ombra gitta il santo monte;
    non però dal loro esser dritto sparte
    tanto, che li augelletti per le cime
15 lasciasser d'operare ogni lor arte;
    ma con piena letizia l'ore prime,
    cantando, ricevieno intra le foglie,
18 che tenevan bordone a le sue rime,
    tal qual di ramo in ramo si raccoglie
    per la pineta in su il lito di Chiassi,
21 quand'Eolo Scirocco fuor discioglie.

138. *andar*: procedere, secondo la vita attiva (*sedere* figura la vita contemplativa).
141. *fallo fora*: sarebbe un errore.
142. *te... mitrio*: ti do l'autorità umana (corona) e divina (mitra).

XXVIII. - 1. *Vago*: desideroso.
3. *novo giorno*: era la mattina del quarto giorno da quando Dante era giunto nel Purgatorio.
6. *auliva*: odorava.
12. *u'*: dove; in direzione di occidente.
16. *l'ore*: le aure, le brezze.
20. *Chiassi*: Classe, presso Ravenna.
21. *discioglie*: Eolo, re dei venti, li tiene chiusi in una grotta, lasciandoli uscire quando vuole lui (cfr. Virgilio, *Eneide*, I, 52 e segg.).

Già m'avean trasportato i lenti passi
dentro a la selva antica tanto, ch'io
24   non potea rivedere ond'io mi 'ntrassi;
        ed ecco più andar mi tolse un rio,
che 'nver sinistra con sue picciole onde
27   piegava l'erba che 'n sua ripa uscio.
        Tutte l'acque che son di qua più monde,
parrieno avere in sé mistura alcuna
30   verso di quella, che nulla nasconde,
        avvegna che si mova bruna bruna
sotto l'ombra perpetua, che mai
33   raggiar non lascia sole ivi né luna.
        Coi piè ristetti e con li occhi passai
di là dal fiumicello, per mirare
36   la gran variazion de' freschi mai;
        e là m'apparve, sì com'elli appare
subitamente cosa che disvia
39   per maraviglia tutto altro pensare,
        una donna soletta che si gia
cantando e scegliendo fior da fiore
42   ond'era pinta tutta la sua via.
        « Deh, bella donna, che a' raggi d'amore
ti scaldi, s'i' vo' credere a' sembianti
45   che soglion esser testimon del core,
        vegnati in voglia di trarreti avanti »
diss'io a lei « verso questa rivera,
48   tanto ch'io possa intender che tu canti.
        Tu mi fai rimembrar dove e qual era
Proserpina nel tempo che perdette

---

25. *un rio*: è il Letè, fiume le cui acque fanno dimenticare le colpe commesse ed espiate, di cui si riparlerà al v. 121 e segg. Il nome *Letè*, di origine greca, significa «oblio».

30. *verso*: a confronto.

31. *avvegna che*: benché.

36. *mai*: maggi, rami frondosi e fioriti; qui estensivamente per copia di fiori.

40-2. *una donna... via*: questo personaggio, di cui sapremo soltanto, e più tardi, che si chiama Matelda, non è stato chiaramente interpretato nella sua significazione. La solitudine, il danzare, il cogliere fiori scegliendo, la luminosità del sorriso, la capacità di dare a Dante spiegazioni di cui Virgilio non era capace, la sicurezza sulla realtà del Paradiso Terrestre in confronto alle favole dei poeti, sono i caratteri che Dante le attribuisce. È il simbolo della felicità naturale dell'uomo senza colpa, in armonia col creato, saggia e ridente?

50. *Proserpina*: figlia di Cerere, fu rapita da Plutone re degli Inferi. Secondo Ovidio, *Metamorfosi*, V, 385 e segg., al momento del ratto ella lasciò cadere i fiori che aveva in grembo (la *primavera*).

51   la madre lei, ed ella primavera ».
     Come si volge con le piante strette
    a terra ed intra sé donna che balli,
54   e piede innanzi piede a pena mette,
     volsesi in su i vermigli ed in su i gialli
    fioretti verso me non altrimenti
57   che vergine che gli occhi onesti avvalli;
     e fece i prieghi miei esser contenti,
    sì appressando sé, che 'l dolce suono
60   veniva a me co' suoi intendimenti.
     Tosto che fu là dove l'erbe sono
    bagnate già da l'onde del bel fiume,
63   di levar li occhi suoi mi fece dono.
     Non credo che splendesse tanto lume
    sotto le ciglia a Venere, trafitta
66   dal figlio fuor di tutto suo costume.
     Ella ridea da l'altra riva dritta,
    trattando più color con le sue mani,
69   che l'alta terra sanza seme gitta.
     Tre passi ci facea il fiume lontani;
    ma Ellesponto, là 've passò Serse,
72   ancora freno a tutti orgogli umani,
     più odio da Leandro non sofferse
    per mareggiare intra Sesto ed Abido,
75   che quel da me perch'allor non s'aperse.
     « Voi siete nuovi, e forse perch'io rido »
    cominciò ella « in questo luogo eletto
78   a l'umana natura per suo nido,
     maravigliando tienvi alcun sospetto;
    ma luce rende il salmo *Delectasti*,
81   che puote disnebbiar vostro intelletto.

---

57. *avvalli*: abbassi.

65-6. *Venere... costume*: quando Venere fu colpita da uno degli strali di Cupido (cfr. Ovidio, *Metamorfosi*, X, 525 e segg.).

69. *sanza seme*: spontaneamente (cfr. *Purgatorio*, XXVII, 134-5).

73. *Leandro*: di Abido, amante di Ero che abitava a Sesto, sulla riva opposta dei Dardanelli (l'*Ellesponto*), ogni notte traversava lo stretto a nuoto per raggiungerla. E una notte vi annegò.

80. *Delectasti*: «Mi dilettasti, o Signore, con le tue creazioni, ed esulterò nelle opere delle tue mani» (cfr. *Salmi*, XCI, 5). Questo entusiasmo spiega il riso felice di Matelda, e ne dà la ragione divina.

E tu che se' dinanzi e mi pregasti,
dì s'altro vuoli udir; ch'i' venni presta
84   ad ogni tua question tanto che basti ».

« L'acqua » diss'io « e 'l suon de la foresta
impugnan dentro a me novella fede
87   di cosa ch'io udi' contraria a questa ».

Ond'ella: « Io dicerò come procede
per sua cagion ciò ch'ammirar ti face,
90   e purgherò la nebbia che ti fiede.

Lo sommo ben, che solo esso a sé piace,
fece l'uom buono e a bene, e questo loco
93   diede per arra a lui d'etterna pace.

Per sua difalta qui dimorò poco;
per sua difalta in pianto ed in affanno
96   cambiò onesto riso e dolce gioco.

Perché 'l turbar che sotto da sé fanno
l'essalazion de l'acqua e de la terra,
99   che quanto posson dietro al calor vanno,

a l'uomo non facesse alcuna guerra,
questo monte salio verso 'l ciel tanto,
102   e libero n'è d'indi ove si serra.

Or perché in circuito tutto quanto
l'aere si volge con la prima volta,
105   se non li è rotto il cerchio d'alcun canto,

in questa altezza ch'è tutta disciolta
ne l'aere vivo, tal moto percuote,
108   e fa sonar la selva perch'è folta;

e la percossa pianta tanto puote,
che de la sua virtute l'aura impregna,
111   e quella poi, girando, intorno scuote;

e l'altra terra, secondo ch'è degna

85-7. *«L'acqua... questa»*: Dante è mera-
vigliato di trovare nel Paradiso Terrestre
dell'acqua e del vento, giacché Stazio gli
aveva detto (cfr. *Purgatorio*, XXI, 43 e
segg.) che oltre la porta del Purgatorio non
ci sono più perturbazioni atmosferiche.

90. *ti fiede*: ti investe, ti offende.

94. *difalta*: fallo.

102. *d'indi... serra*: a cominciare dalla
porta che lo serra.

103-14. *Or... legna*: l'aria gira col Primo
Mobile e interamente (*tutto quanto*) se non
trova ostacolo. La cima del Purgatorio, slan-
ciata (*disciolta*) al di sopra dei fenomeni me-
teorologici, è toccata da questo moto
eterno. Così le *virtù* delle piante impregna-
no l'aria, che poi le diffonde sulla terra abitata dagli uomini dando luogo alle mille
varietà di piante (*diverse legna*); *l'altra terra*: quella dove abitiamo.

per sé e per suo ciel, concepe e figlia
114   di diverse virtù diverse legna.

Non parrebbe di là poi maraviglia,
udito questo, quando alcuna pianta
117   sanza seme palese vi s'appiglia.

E saper dei che la campagna santa
dove tu se', d'ogni semenza è piena,
120   e frutto ha in sé che di là non si schianta.

L'acqua che vedi, non surge di vena
che ristori vapor che gel converta,
123   come fiume ch'acquista e perde lena;

ma esce di fontana salda e certa,
che tanto dal voler di Dio riprende,
126   quant'ella versa da due parti aperta.

Da questa parte con virtù discende
che toglie altrui memoria del peccato;
129   da l'altra d'ogni ben fatto la rende.

Quinci Letè; così da l'altro lato
Eunoè si chiama; e non adopra,
132   se quinci e quindi pria non è gustato:

a tutti altri sapori esto è di sopra.
E avvegna ch'assai possa esser sazia
135   la sete tua perch'io più non ti scopra,

darotti un corollario ancor per grazia;
né credo che 'l mio dir ti sia men caro,
138   se oltre promission teco si spazia.

Quelli ch'anticamente poetaro
l'età de l'oro e suo stato felice,
141   forse in Parnaso esto loco sognaro.

Qui fu innocente l'umana radice;
qui primavera sempre ed ogni frutto;
144   nettare è questo di che ciascun dice ».

---

120. *non si schianta*: non si coglie. Frutti che nel mondo non esistono.

122-3. *che... lena*: alimentata da vapore condensato, come i fiumi terrestri, or più or meno pieni. Cfr. la teoria dell'evaporazione in *Purgatorio*, V, 109 e segg.

131. *Eunoè*: pure di origine greca, il nome di questo fiume gemello del Letè significa «bontà della mente»; chi beve delle sue acque riacquista la memoria del bene compiuto; *adopra*: opera; bisogna bere da entrambi i fiumi.

134. *avvegna ch'*: benché.

141. *in Parnaso... sognaro*: lo sognarono da poeti (Parnaso era il monte sacro ad Apollo, il dio della poesia, e alle Muse). Ma questo è il luogo reale della felicità umana vissuta.

Io mi rivolsi in dietro allora tutto
a' miei poeti, e vidi che con riso
147   udito avean l'ultimo costrutto;
poi a la bella donna torna' il viso.

CANTO XXIX

Cantando come donna innamorata,
continuò col fin di sue parole:
3   'Beati, quorum tecta sunt peccata!'
E come ninfe che si givan sole
per le salvatiche ombre, disiando
6   qual di veder, qual di fuggir lo sole,
allor si mosse contra il fiume, andando
su per la riva; e io pari di lei,
9   picciol passo con picciol seguitando.
Non eran cento tra' suoi passi e' miei,
quando le ripe igualmente dier volta,
12   per modo ch'a levante mi rendei.
Né ancor fu così nostra via molta,
quando la donna tutta a me si torse,
15   dicendo: « Frate mio, guarda e ascolta ».
Ed ecco un lustro subito trascorse
da tutte parti per la gran foresta,
18   tal, che di balenar mi mise in forse.
Ma perché 'l balenar, come vien, resta,
e quel, durando, più e più splendeva,
21   nel mio pensar dicea: « Che cosa è questa? »
E una melodia dolce correva
per l'aere luminoso; onde buon zelo
24   mi fe' riprender l'ardimento d'Eva,
che là dove ubidia la terra e il cielo,
femmina sola e pur testé formata,
27   non sofferse di star sotto alcun velo;
sotto 'l qual se divota fosse stata,

---

146. *con riso*: come accettando benevol-
mente la distinzione affermata da Matelda
fra le loro favole e la realtà del Paradiso
Terrestre.

XXIX. - 3. *'Beati... peccata!'*: «Beati coloro

i cui peccati sono stati cancellati» (cfr. *Salmi*, XXXI, 1).
16. *un lustro*: una fortissima luce.
24. *riprender... d'Eva*: biasimare il folle
ardire di Eva, che provocò la cacciata del-
l'uomo dal Paradiso Terrestre.

        avrei quelle ineffabili delizie
30   sentite prima e più lunga fiata.
        Mentr'io m'andava tra tante primizie
      de l'etterno piacer tutto sospeso,
33   e disioso ancora a più letizie,
        dinanzi a noi, tal quale un foco acceso,
      ci si fe' l'aere sotto i verdi rami;
36   e 'l dolce suon per canti era già inteso.
        O sacrosante Vergini, se fami,
      freddi o vigilie mai per voi soffersi,
39   cagion mi sprona ch'io mercé vi chiami.
        Or convien che Elicona per me versi,
      e Urania m'aiuti col suo coro
42   forti cose a pensar mettere in versi.
        Poco più oltre, sette alberi d'oro
      falsava nel parere il lungo tratto
45   del mezzo ch'era ancor tra noi e loro;
        ma quand'i' fui sì presso di lor fatto,
      che l'obietto comun, che il senso inganna,
48   non perdea per distanza alcun suo atto,
        la virtù ch'a ragion discorso ammanna,
      sì com'elli eran candelabri apprese,
51   e ne le voci del cantare 'osanna'.
        Di sopra fiammeggiava il bello arnese
      più chiaro assai che luna per sereno
54   di mezza notte nel suo mezzo mese.
        Io mi rivolsi d'ammirazion pieno
      al buon Virgilio, ed esso mi rispuose
57   con vista carca di stupor non meno.
        Indi rendei l'aspetto a l'alte cose
      che si movieno incontra noi sì tardi,

36. *'l dolce... inteso*: si distingueva che quelle dolci melodie erano dei canti.

37. *Vergini*: le Muse; esse abitavano il monte Elicona, donde sgorgavano le due fonti poetiche Aganippe e Ippocrene.

41. *Urania*: era la Musa preposta all'Astronomia, e rappresentata di solito col globo e l'astrolabio.

42. *forti... in versi*: difficili persino a pensare, nonché a mettere in versi.

43. *sette alberi d'oro*: il lungo tratto di distanza falsava l'apparenza di sette alti oggetti d'oro, facendoli credere alberi. Sono invece candelabri (v. 50); sono accesi (v. 52); e significano i sette doni dello Spirito Santo.

49. *ammanna*: ammannisce; è la percezione, chiamata *stimativa* nel *Paradiso*, XXVI, 75.

58. *l'aspetto*: la vista, l'attenzione.

60   che foran vinte da novelle spose.
            La donna mi sgridò: « Perché pur ardi
            sì ne lo aspetto de le vive luci,
63   e ciò che vien di retro a lor non guardi? »
            Genti vid'io allor, come a lor duci,
            venire appresso, vestite di bianco;
66   e tal candor di qua già mai non fuci.
            L'acqua splendea dal sinistro fianco,
            e rendea a me la mia sinistra costa,
69   s'io riguardava in lei, come specchio anco.
            Quand'io da la mia riva ebbi tal posta,
            che solo il fiume mi facea distante,
72   per veder meglio ai passi diedi sosta,
            e vidi le fiammelle andar davante,
            lasciando dietro a sé l'aere dipinto,
75   e di tratti pennelli avean sembiante;
            sì che lì sopra rimanea distinto
            di sette liste, tutte in quei colori
78   onde fa l'arco il Sole e Delia il cinto.
            Questi ostendali in dietro eran maggiori
            che la mia vista; e quanto a mio avviso,
81   dieci passi distavan quei di fori.
            Sotto così bel ciel com'io diviso,
            ventiquattro seniori, a due a due,
84   coronati venien di fiordaliso.
            Tutti cantavan: « Benedicta tue
            ne le figlie d'Adamo, e benedette
87   sieno in etterno le bellezze tue! »
            Poscia che i fiori e l'altre fresche erbette
            a rimpetto di me da l'altra sponda
90   libere fuor da quelle genti elette,

66. *fuci*: ci fu.
70-1. *Quand'io... distante*: quando mi
trovai di faccia ai candelabri; che erano al
di là del Letè.
75. *di... pennelli*: come di pennelli stri-
sciati su una superficie, che lasciano un na-
stro di colore. Forse simbolo della durata
dei doni dello Spirito Santo.
77-8. *colori... cinto*: i colori dell'iride,
che si trovano nell'arcobaleno e nell'alone
della luna (*Delia*, cioè Diana, nata a Delo).

81. *dieci passi*: i dieci comandamenti, nei
cui limiti si può fruire dei doni dello Spirito Santo. Sulla perfezione del numero dieci cfr. *Convivio*, II, XIV, 3.
82. *diviso*: descrivo.
83-4. *ventiquattro... fiordaliso*: i 24 vecchi incoronati di gigli (purità) simboleggiano i libri del Vecchio Testamento.
85. *«Benedicta tue!»*: che tu sia benedetta; parole di Gabriele a Maria (cfr. *Vangelo secondo Luca*, I, 28-42).

sì come luce luce in ciel seconda,
vennero appresso lor quattro animali,
93   coronati ciascun di verde fronda.

Ognuno era pennuto di sei ali;
le penne piene d'occhi; e li occhi d'Argo,
96   se fosser vivi, sarebber cotali.

A descriver lor forme più non spargo
rime, lettor; ch'altra spesa mi strigne,
99   tanto che a questa non posso esser largo;

ma leggi Ezechiel che li dipigne
come li vide da la fredda parte
102   venir con vento e con nube e con igne;

e quali i troverai ne le sue carte,
tali eran quivi, salvo ch'a le penne
105   Giovanni è meco e da lui si diparte.

Lo spazio dentro a lor quattro contenne
un carro, in su due rote, triunfale,
108   ch'al collo d'un grifon tirato venne.

Esso tendea in su l'una e l'altra ale
tra la mezzana e le tre e tre liste,
111   sì ch'a nulla, fendendo, facea male.

Tanto salivan che non eran viste;
le membra d'oro avea quant'era uccello,
114   e bianche l'altre, di vermiglio miste.

Non che Roma di carro così bello
rallegrasse Affricano, o vero Augusto;
117   ma quel del Sol saria pover con ello;
quel del Sol che, sviando, fu combusto

---

92. *quattro animali*: i quattro Vangeli, descritti secondo la visione del profeta Ezechiele (I, 4-14 e X, 1-22); ma con *sei ali*, secondo l'*Apocalisse* (IV, 6-8); e in più sono coronati di sempre *verde fronda*. Le ali rappresenteranno forse la soprannaturale capacità di diffondersi ovunque e di levarsi in alto; gli occhi l'universalità della visione. Nelle visioni di Ezechiele e nell'*Apocalisse* si attribuisce alle ali il significato della provvidenza divina, superiore ed onnipresente.

95. *Argo*: mostro mitologico, pieno d'occhi, ucciso da Mercurio.

100. *Ezechiel*: nella citata visione, si parla di un vento che viene dal nord, con nubi grandi e fuoco.

104. *a le penne*: al numero delle ali, e al fatto che gli occhi si trovano solo sulle ali.

107. *un carro... triunfale*: simbolo della Chiesa; le due ruote sono il Vecchio e il Nuovo Testamento? O la vita attiva e contemplativa? O le due nature di Cristo? Ma quest'ultima dualità sembra raffigurata nell'essere il Grifone (che rappresenta Cristo) mezzo leone e mezzo aquila (cfr. vv. 113-4).

118-20. *quel... giusto*: il carro del Sole, che, deviando per la mala guida di Fetonte, fu fulminato quando la Terra ne pregò Giove. Si avverte una sfumatura minaccio-

                    per l'orazion de la Terra devota,
120   quando fu Giove arcanamente giusto.
                    Tre donne in giro da la destra rota
                venian danzando: l'una tanto rossa
123   ch'a pena fora dentro al foco nota;
                    l'altr'era come se le carni e l'ossa
                fossero state di smeraldo fatte;
126   la terza parea neve testé mossa;
                    e or parean da la bianca tratte,
                or da la rossa; e dal canto di questa
129   l'altre toglien l'andare e tarde e ratte.
                    Da la sinistra quattro facean festa,
                in porpora vestite, dietro al modo
132   d'una di lor ch'avea tre occhi in testa.
                    Appresso tutto il pertrattato nodo
                vidi due vecchi in abito dispari,
135   ma pari in atto ed onesto e sodo.
                    L'un si mostrava alcun de' famigliari
                di quel sommo Ipocràte che natura
138   a li animali fe' ch'ell'ha più cari;
                    mostrava l'altro la contraria cura
                con una spada lucida e aguta,
141   tal, che di qua dal rio mi fe' paura.
                    Poi vidi quattro in umile paruta;
                e di retro da tutti un vecchio solo
144   venir, dormendo, con la faccia arguta.

sa, quasi Dante volesse dire che anche il carro della Chiesa, se deviasse, potrebbe essere esposto all'arcana giustizia di Dio.

121. *Tre donne*: le tre virtù teologali: la rossa Carità, la verde Speranza, la bianca Fede; è la Carità che dà il ritmo del loro procedere.

126. *mossa*: caduta dal cielo.

130. *quattro*: le quattro virtù cardinali, vestite tutte del colore della Carità; quella che guida è probabilmente la Prudenza (*tre occhi in testa*); per alcuni commentatori è la Giustizia. Le altre sono Temperanza e Fortezza.

134-35. *due vecchi... sodo*: gli *Atti degli Apostoli* e le *Epistole* di San Paolo; opere diverse nella foggia (*abito dispari*) ma uguali nell'azione (*atto*) onesta e salda.

136-40. *L'un... aguta*: gli *Atti degli Apostoli* erano attribuiti a San Luca, medico, e quindi seguace di Ippocrate (n. a Cos circa 460 m. 375 a.C.). San Paolo, soldato, porta la spada (simbolo della parola divina).

142. *quattro... paruta*: le *Epistole* di S. Pietro, S. Giacomo, S. Giovanni e S. Giuda. Testi minori (*in umile paruta*).

143. *un vecchio solo*: S. Giovanni rappresentato nell'attitudine estatica dell'autore dell'*Apocalisse*, unico (*solo*) libro profetico del Nuovo Testamento.

E questi sette col primaio stuolo
erano abituati, ma di gigli
147   dintorno al capo non facean brolo,
        anzi di rose e d'altri fior vermigli:
giurato avria poco lontano aspetto
150   che tutti ardesser di sopra da' cigli.
        E quando il carro a me fu a rimpetto,
un tuon s'udì, e quelle genti degne
153   parvero aver l'andar più interdetto,
        fermandosi ivi con le prime insegne.

CANTO XXX

Quando il settentrion del primo cielo,
che né occaso mai seppe né orto
3   né d'altra nebbia che di colpa velo,
        e che faceva lì ciascuno accorto
di suo dover, come 'l più basso face
6   qual temon gira per venire a porto,
        fermo s'affisse; la gente verace
venuta prima tra 'l Grifone ed esso,
9   al carro volse sé come a sua pace;
        e un di loro, quasi da ciel messo,
'Veni, sponsa, de Libano' cantando
12   gridò tre volte, e tutti li altri appresso.
        Quali i beati al novissimo bando
surgeran presti ognun di sua caverna,
15   la revestita carne alleluiando;

145-6. *col primaio... abituati*: vestiti come i ventiquattro vecchi del primo gruppo.

147. *brolo*: letteralmente, boschetto. Qui, ghirlanda. I fiori rossi simboleggiano carità; ed è così ardente, che a distanza si sarebbe giurato che portassero corone di fiamme.

154. *con le prime insegne*: con il complesso dei sette candelabri, che apriva la liturgica processione con la quale si conclude così solennemente la traversata del Purgatorio.

XXX. 1. *il settentrion... cielo*: i sette candelabri; quando si fermarono, i ventiquattro vecchi (*la gente verace*) si volsero verso il carro (v. 9).

2. *né occaso... né orto*: né tramonto né alba; cioè, che ha una luce eterna e non velata se non agli occhi di chi ha commesso qualche colpa.

5. *'l più basso*: il «settentrione» terrestre, la stella polare, che guida i timonieri delle navi.

7. *verace*: veritiera; i libri del Vecchio Testamento, annunziatori di verità.

11. *'Veni... Libano'*: vieni o sposa dal Libano (cfr. *Cantico dei Cantici*, IV, 8, dove la parola *vieni* è ripetuta tre volte).

13. *bando*: del Giudizio universale e finale.

15. *alleluiando*: mentre i corpi ricuperati inneggiano con l'alleluia.

cotali in su la divina basterna
si levar cento, ad vocem tanti senis,
18   ministri e messaggier di vita etterna.
Tutti dicean: 'Benedictus qui venis!',
e fior gittando di sopra e dintorno,
21   'Manibus o date lilia plenis!'.
Io vidi già nel cominciar del giorno
la parte oriental tutta rosata,
24   e l'altro ciel di bel sereno adorno;
e la faccia del sol nascere ombrata,
sì che, per temperanza di vapori,
27   l'occhio la sostenea lunga fiata:
così dentro una nuvola di fiori
che da le mani angeliche saliva
30   e ricadeva in giù dentro e di fori,
sovra candido vel cinta d'uliva
donna m'apparve, sotto verde manto
33   vestita di color di fiamma viva.
E lo spirito mio, che già cotanto
tempo era stato che a la sua presenza
36   non era di stupor, tremando, affranto,
sanza de li occhi aver più conoscenza,
per occulta virtù che da lei mosse,
39   d'antico amor sentì la gran potenza.
Tosto che ne la vista mi percosse
l'alta virtù che già m'avea trafitto
42   prima ch'io fuor di puerizia fosse,
volsimi a la sinistra col rispitto

---

16. *la divina basterna*: il carro rappresentante la Chiesa, su cui si levano gli angeli (*ministri ecc.*, v. 18).

17. *ad... senis*: alla voce di un vecchio così importante (il *Cantico*).

19. *'Benedictus qui venis!'*: «Benedetto tu che vieni» gridarono i Giudei a Cristo che entrava a Gerusalemme la domenica delle Palme (cfr. *Vangelo secondo Matteo*, XXI, 9).

21. *'Manibus... plenis!'*: spargete gigli a piene mani (cfr. Virgilio, *Eneide*, VI, 883).

24. *sereno*: azzurro puro e limpido.

32-3. *donna... viva*: è Beatrice. Il suo vestito ha i tre colori della Fede, Speranza e Carità (cfr. *Purgatorio*, XXIX, 121-129); ma anche nella *Vita nuova* Beatrice è vestita di rosso e di bianco (cfr. *Vita nuova*, II, 3; III, 1 e 4; XXIII, 8; XXXIX, 1). L'olivo, sacro a Minerva (v. 68) era simbolo di saggezza; e significa pace.

36. *affranto*: soverchiato dal sentimento. È lo stato descritto nella *Vita nuova*; cfr. XIV, 4-6 e XXIV, 1.

42. *prima... fosse*: a nove anni (cfr. *Vita nuova*, II).

43. *rispitto*: dal latino *respectus*, propriamente «azione di voltarsi a guardare dietro di sé». Per il motivo del fantolino cfr. anche *Paradiso*, XXIII, 121.

      col quale il fantolin corre a la mamma,

45   quando ha paura o quando egli è afflitto,

        per dicere a Virgilio: « Men che dramma

      di sangue m'è rimaso che non tremi:

48   conosco i segni dell'antica fiamma ».

        Ma Virgilio n'avea lasciati scemi

      di sé, Virgilio dolcissimo patre,

51   Virgilio a cui per mia salute die'mi;

        né quantunque perdeo l'antica matre,

      valse a le guance nette di rugiada,

54   che, lacrimando, non tornasser atre.

        « Dante, perché Virgilio se ne vada,

      non pianger anco, non pianger ancora;

57   ché pianger ti conven per altra spada ».

        Quasi ammiraglio che in poppa ed in prora

      viene a veder la gente che ministra

60   per li altri legni, e a ben far l'incuora;

        in su la sponda del carro sinistra,

      quando mi volsi al suon del nome mio,

63   che di necessità qui si registra,

        vidi la donna che pria m'appario

      velata sotto l'angelica festa,

66   drizzar li occhi ver me di qua dal rio.

        Tutto che 'l vel che le scendea di testa,

      cerchiato de le fronde di Minerva,

69   non la lasciasse parer manifesta,

        regalmente ne l'atto ancor proterva

      continuò come colui che dice

72   e 'l più caldo parlar dietro reserva:

        « Guardaci ben! Ben son, ben son Beatrice.

      Come degnasti d'accedere al monte?

75   non sapei tu che qui è l'uom felice? »

        Li occhi mi cadder giù nel chiaro fonte;

---

48. *conosco... fiamma*: citazione delle parole di Didone: «Agnosco veteris vestigia flammae» (cfr. Virgilio, *Eneide*, IV, 23).

49. *scemi*: privi.

52-4. *né... atre*: né tutte le gioie del Paradiso Terrestre, perdute da Eva (*l'antica matre*) impedirono che le mie guance ridivenissero sporche (*atre*) di lacrime.

68. *cerchiato*: incoronato; cfr. v. 31.

75. *felice*: della felicità naturale, senza colpa.

78   ma veggendomi in esso, i trassi a l'erba,
        tanta vergogna mi gravò la fronte.

            Così la madre al figlio par superba,
        com'ella parve a me; perché d'amaro
81   sente il sapor de la pietade acerba.

            Ella si tacque; e li angeli cantaro
        di subito: '*In te, Domine, speravi*';
84   ma oltre *pedes meos* non passaro.

            Sì come neve tra le vive travi
        per lo dosso d'Italia si congela,
87   soffiata e stretta da li venti schiavi,

            poi, liquefatta, in se stessa trapela,
        pur che la terra che perde ombra spiri,
90   sì che par foco fonder la candela;

            così fui sanza lacrime e sospiri
        anzi 'l cantar di quei che notan sempre
93   dietro a le note de li etterni giri;

            ma poi ch'intesi ne le dolci tempre
        lor compatire a me, più che se detto
96   avesser: « Donna, perché sì lo stempre? »,

            lo gel che m'era intorno al cor ristretto,
        spirito e acqua fessi, e con angoscia
99   de la bocca e de li occhi uscì del petto.

            Ella, pur ferma in su la detta coscia
        del carro stando, a le sustanze pie
102   volse le sue parole così poscia:

            « Voi vigilate ne l'etterno die,
        sì che notte né sonno a voi non fura
105   passo che faccia il secol per sue vie;

            onde la mia risposta è con più cura
        che m'intenda colui che di là piagne,
108   perché sia colpa e duol d'una misura.

            Non pur per ovra de le rote magne,

---

83. '*In te... speravi*': cfr. *Salmi*, XXX, 1-9.

85. *vive travi*: gli alberi, sull'Appennino.

87. *schiavi*: di Schiavonia (nord-est).

89. *pur... spiri*: non appena soffiano venti meridionali; dalla terra che, per essere il sole più alto, ha le ombre più corte, tendenti al nulla.

92. *anzi... sempre*: prima che gli angeli cantassero. Anche *notar* significa cantare.

100. *la detta coscia*: la sponda sinistra.

104. *fura*: sottrae; voi sapete in Dio tutto quello che accade.

109-10. *Non... fine*: non solo per influenza dei cieli che danno ad ogni essere (*seme*) qualche inclinazione.

che drizzan ciascun seme ad alcun fine
111 secondo che le stelle son compagne,
 ma per larghezza di grazie divine,
che sì alti vapori hanno a lor piova,
114 che nostre viste là non van vicine,
 questi fu tal ne la sua vita nova,
virtualmente, ch'ogni abito destro
117 fatto averebbe in lui mirabil prova.
 Ma tanto più maligno e più silvestro
si fa 'l terren col mal seme e non colto,
120 quant'elli ha più di buon vigor terrestro.
 Alcun tempo il sostenni col mio volto:
mostrando li occhi giovanetti a lui,
123 meco il menava in dritta parte volto.
 Sì tosto come in su la soglia fui
di mia seconda etade e mutai vita,
126 questi si tolse a me, e diessi altrui.
 Quando di carne a spirto era salita,
e bellezza e virtù cresciuta m'era,
129 fu' io a lui men cara e men gradita;
 e volse i passi suoi per via non vera,
imagini di ben seguendo false,
132 che nulla promission rendono intera.
 Né l'impetrare ispirazion mi valse,
con le quali ed in sogno e altrimenti
135 lo rivocai; sì poco a lui ne calse!
 Tanto giù cadde, che tutti argomenti
a la salute sua eran già corti,
138 fuor che mostrarli le perdute genti.
 Per questo visitai l'uscio de' morti,

113-4. *che... vicine*: la pioggia delle quali grazie viene da tanta altezza che neppure la vista dei beati vi si approssima.

116-7. *ch'ogni... prova*: i doni che Dante aveva, potenzialmente, nella sua giovinezza erano tali che semplicemente il buon
costume sarebbe bastato a produrre frutti
mirabili.

124-5. *Sì tosto... etade*: Beatrice morì nel

1290, alla soglia della gioventù (verso i 25
anni; cfr. *Convivio*, IV, XXIV, 2).

132. *rendono*: mantengono.

133-5. *Né... rivocai*: né giovò ottenere da
Dio che lo ispirasse, con visioni (cfr. *Vita
nuova*, XXXIX e XLII) e in altri modi.

137. *corti*: insufficienti.

139. *visitai*: scesi per chiedere a Virgilio
che l'aiutasse (cfr. *Inferno*, II, 52 e segg.).

e a colui che l'ha qua su condotto,

141 li preghi miei, piangendo, furon porti.

Alto fato di Dio sarebbe rotto,
se Letè si passasse, e tal vivanda

144 fosse gustata sanza alcuno scotto
di pentimento che lacrime spanda ».

CANTO XXXI

« O tu che se' di là dal fiume sacro, »
volgendo suo parlare a me per punta,

3 che pur per taglio m'era paruto acro,
ricominciò, seguendo sanza cunta,
« dì, dì se questo è vero: a tanta accusa

6 tua confession conviene esser congiunta ».

Era la mia virtù tanto confusa,
che la voce si mosse, e pria si spense

9 che da li organi suoi fosse dischiusa.

Poco sofferse; poi disse: « Che pense?
Rispondi a me; ché le memorie triste

12 in te non sono ancor da l'acqua offense ».

Confusione e paura insieme miste
mi pinsero un tal 'sì' fuor de la bocca,

15 al quale intender fuor mestier le viste.

Come balestro frange, quando scocca
da troppa tesa, la sua corda e l'arco,

18 e con men foga l'asta il segno tocca,

sì scoppia' io sott'esso grave carco,
fuori sgorgando lacrime e sospiri,

21 e la voce allentò per lo suo varco.

Ond'ella a me: « Per entro i mie' disiri,
che ti menavano ad amar lo bene

24 di là dal qual non è a che s'aspiri,

quai fossi attraversati o quai catene
trovasti, per che del passare innanzi

---

144. *scotto*: pagamento.

XXXI. - 4. *cunta*: indugio.
10. *sofferse*: aspettò.
15. *al quale... viste*: per rendersi conto
che avevo detto di sì ci vollero gli occhi;
che potevano capirlo dal gesto del capo o
dal muoversi delle labbra.
22-7. *Per entro... la spene?*: mentre la tua
vita era occupata dai desideri che io ti su-
scitavo (e che ti guidavano a Dio) quali poterono essere le difficoltà che ti traviarono?

27   dovessiti così spogliar la spene?
               e quali agevolezze o quali avanzi
               ne la fronte de li altri si mostraro,
30   per che dovessi lor passeggiare anzi? »
               Dopo la tratta d'un sospiro amaro,
               a pena ebbi la voce che rispuose,
33   e le labbra a fatica la formaro.
               Piangendo dissi: « Le presenti cose
               col falso lor piacer volser miei passi,
36   tosto che 'l vostro viso si nascose ».
               Ed ella: « Se tacessi o se negassi
               ciò che confessi, non fora men nota
39   la colpa tua: da tal giudice sassi!
               Ma quando scoppia de la propria gota
               l'accusa del peccato, in nostra corte
42   rivolge sé contra 'l taglio la rota.
               Tuttavia, perché mo vergogna porte
               del tuo errore, e perché altra volta,
45   udendo le serene, sie più forte,
               pon giù il seme del piangere ed ascolta:
               sì udirai come in contraria parte
48   mover dovieti mia carne sepolta.
               Mai non t'appresentò natura o arte
               piacer, quanto le belle membra in ch'io
51   rinchiusa fui, e sono in terra sparte;
               e se 'l sommo piacer sì ti fallio
               per la mia morte, qual cosa mortale
54   dovea poi trarre te nel suo disio?
               Ben ti dovevi, per lo primo strale
               de le cose fallaci, levar suso
57   di retro a me che non era più tale.

---

28. *avanzi*: vantaggi, di bellezza o di attrattiva.

30. *anzi*: davanti; per corteggiare questi altri beni desiderabili che lo distoglievano da Beatrice.

31. *Dopo... sospiro*: dopo aver tratto un sospiro.

34. *presenti*: che erano presenti; che facevano sorgere lì per lì il desiderio.

39. *sassi*: si sa; è saputa.

42. *rivolge... rota*: la mola, invece di affilare la spada (della punizione) ne ottunde il taglio.

45. *le serene*: le sirene; le tentazioni.

52-4. *e se... disio?*: dopo il disinganno della somma bellezza, che ti si è rivelata caduca, come ti sei lasciato traviare da altre minori?

55-6. *per... fallaci*: ricordandoti di essere stato ferito da quella esperienza di caducità.

57. *tale*: fallace, cioè caduca, mortale.

Non ti dovea gravar le penne in giuso,
ad aspettar più colpi, o pargoletta
60   o altra vanità con sì breve uso.

Novo augelletto due o tre aspetta;
ma dinanzi da li occhi di pennuti
63   rete si spiega indarno o si saetta ».

Quali i fanciulli, vergognando, muti
con li occhi a terra stannosi, ascoltando
66   e sé riconoscendo e ripentuti,

tal mi stav'io; ed ella disse: « Quando
per udir se' dolente, alza la barba,
69   e prenderai più doglia riguardando ».

Con men di resistenza si dibarba
robusto cerro, o vero al nostral vento
72   o vero a quel de la terra di Iarba,

ch'io non levai al suo comando il mento;
e quando per la barba il viso chiese,
75   ben conobbi il velen de l'argomento.

E come la mia faccia si distese,
posarsi quelle prime creature
78   da loro aspersion l'occhio comprese;

e le mie luci, ancor poco sicure,
vider Beatrice volta in su la fiera
81   ch'è sola una persona in due nature.

Sotto 'l suo velo e oltre la rivera
vincer parìemi più se stessa antica,
84   vincer che l'altre qui, quand'ella c'era.

Di penter sì mi punse ivi l'ortica,
che di tutte altre cose qual mi torse

---

59. *più colpi*: altri disinganni.

61. *due o tre*: colpi.

62. *pennuti*: uccelli adulti ed esperti delle insidie (*rete*, *saetta*) del cacciatore.

66. *sé riconoscendo*: riconoscendosi colpevoli.

70. *si dibarba*: si sradica.

72. *terra di Iarba*: l'Africa; Iarba era re di Libia, ed innamorato di Didone (cfr. Virgilio, *Eneide*, IV, 196 e segg.).

75. *il velen de l'argomento*: il senso amaro e punitivo dell'espressione. Beatrice dice *alza la barba* invece di «alza il viso», per

sottolineare che Dante non è più un bambino, ed ha piena responsabilità di quello che ha fatto.

78. *da loro... comprese*: vide che gli angeli cessavano di spargere fiori.

80. *fiera*: il Grifone, leone ed aquila (Uomo e Dio).

83-4. *vincer... c'era*: benché velata, Beatrice mi sembrava tanto più bella di quando era viva, quanto allora sorpassava le altre donne.

86-7. *che... nemica*: che più odiai allora le cose che mi erano parse più desiderabili

87   più nel suo amor, più mi si fe' nemica.

              Tanta riconoscenza il cor mi morse,
           ch'io caddi vinto; e quale allora femmi,
90   salsi colei che la cagion mi porse.

              Poi, quando il cor virtù di fuor rendemmi,
           la donna ch'io avea trovata sola
93   sopra me vidi, e dicea: « Tiemmi! tiemmi! »

              Tratto m'avea nel fiume infin la gola,
           e tirandosi me dietro sen giva
96   sovresso l'acqua lieve come scola.

              Quando fui presso a la beata riva,
           'Asperges me' sì dolcemente udissi,
99   che nol so rimembrar, non ch'io lo scriva.

              La bella donna ne le braccia aprissi;
           abbracciommi la testa e mi sommerse
102   ove convenne ch'io l'acqua inghiottissi.

              Indi mi tolse, e bagnato m'offerse
           dentro a la danza de le quattro belle;
105   e ciascuna del braccio mi coperse.

              « Noi siam qui ninfe e nel ciel siamo stelle:
           pria che Beatrice discendesse al mondo,
108   fummo ordinate a lei per sue ancelle.

              Merrenti a li occhi suoi; ma nel giocondo
           lume ch'è dentro aguzzeranno i tuoi
111   le tre di là, che miran più profondo ».

              Così cantando cominciaro; e poi
           al petto del grifon seco menarmi,
114   ove Beatrice stava volta a noi.

              Disser: « Fa che le viste non risparmi:
           posto t'avem dinanzi a li smeraldi

(e perciò mi avevano distolto da lei).

90. *salsi*: lo sa, Beatrice, che fu causa del mio svenimento.

92. *la donna*: Matelda (cfr. *Purgatorio*, XXVIII, 40).

96. *scola*: gondola (cfr. *Bullettino della Società Dantesca Italiana*, serie II, IX, pag. 292).

98. *'Asperges me'*: mi aspergerai d'issopo, e sarò purificato (cfr. *Salmi*, L, 9). Sono parole dell'assoluzione.

104. *quattro belle*: le virtù cardinali; che compiono col braccio un gesto protettivo.

109. *Merrenti*: ti meneremo.

110. *dentro*: agli occhi suoi.

111. *le tre*: virtù teologali.

116. *smeraldi*: gli occhi di Beatrice. Sarà da ritenere che Beatrice avesse gli occhi verdi, o semplicemente lucenti come gemme? La parola (trisillaba piana, come zaffiri o gioielli o simili) sembra scelta di proposito.

117   ond'Amor già ti trasse le sue armi ».
           Mille disiri più che fiamma caldi
         strinsermi li occhi a li occhi rilucenti,
120   che pur sopra 'l grifone stavan saldi.
           Come in lo specchio sol, non altrimenti
         la doppia fiera dentro vi raggiava,
123   or con altri, or con altri reggimenti.
           Pensa, lettor, s'io mi maravigliava,
         quando vedea la cosa in sé star queta,
126   e ne l'idolo suo si trasmutava.
           Mentre che piena di stupore e lieta
         l'anima mia gustava di quel cibo
129   che, saziando di sé, di sé asseta,
           sé dimostrando di più alto tribo
         ne li atti, l'altre tre si fero avanti,
132   danzando al loro angelico caribo.
           « Volgi, Beatrice, volgi li occhi santi »
         era la sua canzone « al tuo fedele
135   che, per vederti, ha mossi passi tanti!
           Per grazia fa noi grazia che disvele
         a lui la bocca tua, sì che discerna
138   la seconda bellezza che tu cele ».
           O isplendor di viva luce etterna,
         chi palido si fece sotto l'ombra
141   sì di Parnaso, o bevve in sua cisterna,
           che non paresse aver la mente ingombra,
         tentando a render te qual tu paresti
144   là dove armonizzando il ciel t'adombra,
           quando ne l'aere aperto ti solvesti?

---

123. *or... reggimenti*: talora in un atto talora in un altro (talora in aspetto umano, talora divino).

126. *idolo*: immagine.

128-9. *quel... asseta*: la comprensione di cose nuove e misteriose, che soddisfa e insieme vuole spingersi sempre più avanti.

130. *tribo*: classe; di più elevata natura.

132. *caribo*: canzone a ballo.

138. *la seconda bellezza*: la bocca. Le virtù cardinali avevano condotto Dante agli occhi di Beatrice; ora le teologali la pregano di scoprirsi interamente il viso. Si ricordi la lode del sorriso di Beatrice nella *Vita nuova*, XXI, ultima terzina del sonetto.

141. *Parnaso*: il monte sacro alla poesia, con la fonte Castalia (*sua cisterna*).

144. *là... t'adombra*: là dove ti incornicia, con i suoi giri che rendono eterne armonie, il cielo.

145. *ti solvesti*: apristi il tuo velo.

CANTO XXXII

Tant'eran li occhi miei fissi e attenti
a disbramarsi la decenne sete,
3   che li altri sensi m'eran tutti spenti.

Ed essi quinci e quindi avean parete
di non caler — così lo santo riso
6   a sé traéli con l'antica rete! —;

quando per forza mi fu volto il viso
ver la sinistra mia da quelle dee,
9   perch'io udi' da loro un « Troppo fiso! »;

e la disposizion ch'a veder èe
ne li occhi pur testé dal sol percossi,
12   sanza la vista alquanto esser mi fee.

Ma poi ch'al poco il viso riformossi
(io dico 'al poco' per rispetto al molto
15   sensibile onde a forza mi rimossi),

vidi 'n sul braccio destro esser rivolto
lo glorioso essercito, e tornarsi
18   col sole e con le sette fiamme al volto.

Come sotto li scudi per salvarsi
volgesi schiera, e sé gira col segno,
21   prima che possa tutta in sé mutarsi;

quella milizia del celeste regno
che procedeva, tutta trapassonne
24   pria che piegasse il carro il primo legno.

Indi a le rote si tornar le donne,
e 'l grifon mosse il benedetto carco
27   sì che, però, nulla penna crollonne.

La bella donna che mi trasse al varco
e Stazio e io seguitavam la rota
30   che fe' l'orbita sua con minore arco.

XXXII. - 2. *decenne*: Beatrice era morta nel 1290; il viaggio oltremondano Dante lo immagina nel 1300, cioè dieci anni dopo.

4-6. *Ed essi... rete*: i sensi avevano come una parete d'indifferenza verso gli altri oggetti che non fossero il riso di Beatrice.

10-1. *la disposizion... percossi*: l'abbaglio che rimane negli occhi a chi ha guardato il sole.

17-8. *tornarsi... volto*: girarsi in modo da avere in faccia il sole e i sette candelabri (verso oriente).

21. *prima... mutarsi*: prima di poter tutta intera invertire la direzione di marcia.

24. *il primo legno*: il timone.

27. *crollonne*: scrollò; mise il carro in moto senza il minimo sforzo materiale.

29-30. *la rota... arco*: la ruota destra, che aveva girato quasi su se stessa.

Sì passeggiando l'alta selva vota,
colpa di quella ch'al serpente crese,
33   temprava i passi un'angelica nota.

Forse in tre voli tanto spazio prese
disfrenata saetta, quanto eramo
36   rimossi, quando Beatrice scese.

Io senti' mormorare a tutti 'Adamo';
poi cerchiaro una pianta dispogliata
39   di foglie e d'altra fronda in ciascun ramo.

La coma sua, che tanto si dilata
più, quanto più è su, fora da gl'Indi
42   ne' boschi lor per altezza ammirata.

« Beato se', grifon, che non discindi
col becco d'esto legno dolce al gusto,
45   poscia che mal si torce il ventre quindi ».

Così dintorno a l'arbore robusto
gridaron li altri; e l'animal binato:
48   « Sì si conserva il seme d'ogni giusto ».

E volto al temo ch'elli avea tirato,
trasselo al piè de la vedova frasca,
51   e quel di lei a lei lasciò legato.

Come le nostre piante, quando casca
giù la gran luce mischiata con quella
54   che raggia dietro a la celeste lasca,

turgide fansi, e poi si rinovella
di suo color ciascuna, pria che 'l sole
57   giunga li suoi corsier sotto altra stella;

men che di rose e più che di viole

---

32. *crese*: credette; è Eva.

33. *nota*: musica; *temprava* vale regolava, dava il tempo.

38. *cerchiaro*: circondarono; la pianta spogliata è quella del bene e del male, che prima di Cristo era come morta.

40. *La coma*: la chioma, che oltrepassa la più grande altezza terrestre, ha la forma di cono rovesciato, come gli alberi del sesto girone (cfr. *Purgatorio*, XXII, 133 e segg.).

43-5. *discindi... quindi*: strappi col tuo becco nulla da questo albero, che è dolce al gusto, ma che provoca poi gravi dolori.

47. *binato*: dalla doppia natura.

49. *temo*: timone, del carro.

51. *e quel... legato*: e ve lo legò con la frasca medesima.

53. *quella*: quella che segue la costellazione dei Pesci, cioè l'Ariete; il sole in primavera.

56-7. *pria che... stella*: prima che il sole entri nella costellazione successiva (che è il Toro).

58. *di viole*: «viola» in italiano indica spesso un colore chiarissimo, quasi bianco; qui s'intende un roseo delicatissimo.

          colore aprendo, s'innovò la pianta,
60   che prima avea le ramora sì sole.
              Io non lo 'ntesi né qui non si canta
          l'inno che quella gente allor cantaro,
63   né la nota soffersi tutta quanta.
              S'io potessi ritrar come assonnaro
          li occhi spietati udendo di Siringa,
66   li occhi a cui pur vegghiar costò sì caro;
              come pintor che con essemplo pinga,
          disegnerei com'io m'addormentai;
69   ma qual vuol sia che l'assonnar ben finga.
              Però trascorro a quando mi svegliai,
          e dico ch'un splendor mi squarciò 'l velo
72   del sonno e un chiamar: « Surgi: che fai? »
              Quali a veder de' fioretti del melo
          che del suo pome li angeli fa ghiotti
75   e perpetue nozze fa nel cielo,
              Pietro e Giovanni e Iacopo condotti
          e vinti, ritornaro a la parola
78   da la qual furon maggior sonni rotti,
              e videro scemata loro scuola
          così di Moisè come d'Elia,
81   ed al maestro suo cangiata stola;
              tal torna'io, e vidi quella pia
          sovra me starsi che conducitrice
84   fu de' miei passi lungo 'l fiume pria.
              E tutto in dubbio dissi: « Ov'è Beatrice? »
          Ond'ella: « Vedi lei sotto la fronda
87   nova sedere in su la sua radice:
              vedi la compagnia che la circonda:
          li altri dopo il grifon sen vanno suso

---

63. *né... quanta*: non potei arrivare ad
ascoltare l'intero canto.

65. *li occhi... Siringa*: gli occhi di Argo
quando Mercurio gli cantò gli amori di Siringa (cfr. Ovidio, *Metamorfosi*, I, 568-747);
quando Argo si fu addormentato Mercurio
lo uccise.

67. *con essemplo*: attraverso un simbolo, rappresentando per esempio una scena
mitologica.

69. *ma... finga*: ma lascio ad altri il rappresentare l'addormentarsi.

73-81. *Quali... stola*: quali gli Apostoli
vedendo un segno della potenza di Cristo
(i *fioretti del melo*) caddero svenuti (*vinti*)
e poi rinvennero alla parola che aveva risuscitato Lazzaro; e videro che Gesù era tornato come prima della sua trasfigurazione
e Mosè ed Elia erano scomparsi (cfr. *Vangelo secondo Matteo*, XVII, 1-8).

90   con più dolce canzone e più profonda ».

           E se più fu lo suo parlar diffuso,
           non so, però che già ne li occhi m'era
93   quella ch'ad altro intender m'avea chiuso.

           Sola sedeasi in su la terra vera,
           come guardia lasciata lì del plaustro
96   che legar vidi a la biforme fera.

           In cerchio le facean di sé claustro
           le sette ninfe, con quei lumi in mano
99   che son sicuri d'Aquilone e d'Austro.

           « Qui sarai tu poco tempo silvano;
           e sarai meco sanza fine cive
102   di quella Roma onde Cristo è romano.

           Però, in pro del mondo che mal vive,
           al carro tieni or li occhi, e quel che vedi,
105   ritornato di là, fa che tu scrive ».

           Così Beatrice; e io, che tutto ai piedi
           de' suoi comandamenti era divoto,
108   la mente e li occhi ov'ella volle diedi.

           Non scese mai con sì veloce moto
           foco di spessa nube, quando piove
111   da quel confine che più va remoto,

           com'io vidi calar l'uccel di Giove
           per l'alber giù, rompendo de la scorza,
114   non che dei fiori e de le foglie nove;

           e ferì 'l carro di tutta sua forza;
           ond'el piegò come nave in fortuna,
117   vinta da l'onda, or da poggia, or da orza.

           Poscia vidi avventarsi ne la cuna
           del triunfal veiculo una volpe

---

93. *quella... chiuso*: Beatrice, che aveva
attirato su di sé tutta la mia attenzione.

95. *plaustro*: il carro, simbolo della Chiesa, legato dal Grifone (Cristo) all'albero del
bene e del male.

97. *claustro*: cintura, chiusura.

98-9. *le sette... Austro*: le sette virtù, in
atto di sostenere i sette candelabri, il cui
lume nessun vento può spegnere (Aquilone è il vento del nord, Austro quello del
sud).

100. *Qui... silvano*: rimarrai in questa

selva poco tempo.

102. *quella Roma*: il Paradiso.

111. *da... remoto*: dalle più remote regioni del cielo.

112. *l'uccel di Giove*: l'aquila, simbolo
degli imperatori persecutori della Chiesa;
essa danneggia l'albero, ma al carro non rie-
sce a dare che un urto, sia pure violento.

115. *ferì*: urtò.

116. *fortuna*: burrasca.

119. *volpe*: figura l'eresia, nutrita di cattive dottrine.

120   che d'ogni pasto buon parea digiuna.
        Ma, riprendendo lei di laide colpe,
        la donna mia la volse in tanta futa
123   quanto sofferser l'ossa sanza polpe.
        Poscia per indi ond'era pria venuta,
        l'aguglia vidi scender giù ne l'arca
126   del carro e lasciar lei di sé pennuta:
        e qual esce di cuor che si rammarca,
        tal voce uscì del cielo e cotal disse:
129   « O navicella mia, com mal se' carca! »
        Poi parve a me che la terra s'aprisse
        tr'ambo le ruote, e vidi uscirne un drago
132   che per lo carro su la coda fisse;
        e come vespa che ritragge l'ago,
        a sé traendo la coda maligna,
135   trasse del fondo e gissen vago vago.
        Quel che rimase, come da gramigna
        vivace terra, da la piuma, offerta
138   forse con intenzion sana e benigna,
        si ricoperse, e funne ricoperta
        e l'una e l'altra rota e 'l temo, in tanto
141   che più tiene un sospir la bocca aperta.
        Trasformato così 'l dificio santo
        mise fuor teste per le parti sue,
144   tre sovra 'l temo e una in ciascun canto.

122. *futa*: fuga. La fece ritirare così precipitosamente quanto le consentiva la sua estrema magrezza.

125. *l'aguglia*: l'aquila che discende una seconda volta giù per l'albero e lascia sul carro le sue penne è simbolo di Costantino, imperatore cristiano, che dona alla Chiesa quello che invece doveva essere suo (il potere temporale; cfr. *Inferno*, XIX, 115 e segg.; *Paradiso*, XX, 55 e segg.; *Monarchia*, III, x, 4-6).

128. *cotal*: così.

131. *un drago*: scaturito dalla terra di sotto al carro un drago, che pianta la sua coda nel fondo del carro, e poi, ritrattala, se ne va vagando; figurazione di Maometto, che tanto danneggiò il cristianesimo? o più generalmente di Satana?

135. *gissen... vago*: se ne andò vagando per il mondo.

136-9. *Quel... si ricoperse*: il carro, così danneggiato com'era stato, si coprì di penne, come la terra si copre di gramigna. Comincia l'orribile trasformazione della Chiesa in un disgustoso mostro; la prima deformazione nasce dal dono di Costantino, cioè dai possessi temporali.

140. *in tanto*: nel tempo (di un sospiro).

143. *teste*: come la bestia dell'*Apocalisse* (cfr. XVII, 1-18) il nuovo mostro ha sette teste e dieci corna; significanti i sette peccati capitali, fra cui la Superbia, Ira e Avarizia offendono più gravemente e perciò portano un doppio corno.

Le prime eran cornute come bue,
ma le quattro un sol corno avean per fronte:
147   simile monstro visto ancor non fue.

Sicura, quasi rocca in alto monte,
seder sovr'esso una puttana sciolta
150   m'apparve con le ciglia intorno pronte.

E come perché non li fosse tolta,
vidi di costa a lei dritto un gigante;
153   e baciavansi insieme alcuna volta.

Ma perché l'occhio cupido e vagante
a me rivolse, quel feroce drudo
156   la flagellò dal capo infin le piante;

poi, di sospetto pieno e d'ira crudo,
disciolse il monstro, e trassel per la selva,
159   tanto che sol di lei mi fece scudo
a la puttana ed a la nova belva.

CANTO XXXIII

'*Deus, venerunt gentes*', alternando
or tre or quattro dolce salmodia,
3   le donne incominciaro, e lacrimando;

e Beatrice, sospirosa e pia,
quelle ascoltava sì fatta, che poco
6   più a la croce si cambiò Maria.

Ma poi che l'altre vergini dier loco
a lei di dir, levata dritta in piè,
9   rispuose, colorata come foco:

'*Modicum, et non videbitis me;
et iterum*, sorelle mie dilette,
12   *Modicum, et vos videbitis me*'.

149-52. *puttana... gigante*: la puttana che
siede sicura sul carro figura la corrotta Curia romana. Il gigante che le è accanto e che
se ne mostra geloso figura la monarchia
francese, in particolare Filippo il Bello, che
inflisse a Bonifacio VIII le umiliazioni (*flagellò* ecc.) di cui poi egli morì (cfr. *Purgatorio*, XX, 87-90).
158. *trassel*: il trascinare via il carro simboleggia il trasferimento della sede ponti-
ficia da Roma ad Avignone, voluto da
Filippo il Bello (1304).
XXXIII. - 1. '*Deus... gentes*': «O Dio, le genti
invasero il tuo retaggio» (cfr. *Salmi*,
LXXVIII, 1). È il salmo in cui si lamenta
la distruzione di Gerusalemme, applicato
qui alla decadenza della Chiesa simboleggiata nel canto XXXII. Perciò le sette virtù piangono.
10-2. '*Modicum... me*': passerà un po' di
tempo, e non mi vedrete più; poi un altro
po' di tempo e mi vedrete di nuovo (parole
di Cristo ai discepoli, secondo *Vangelo secondo Giovanni*, XVI, 16); forse allusione
al trasferimento di Avignone.

     Poi le si mise innanzi tutte e sette,
e dopo sé, solo accennando, mosse
15   me e la donna e 'l savio che ristette.

     Così sen giva; e non credo che fosse
lo decimo suo passo in terra posto,
18   quando con li occhi li occhi mi percosse;

     e con tranquillo aspetto « Vien più tosto »
mi disse, « tanto che, s'io parlo teco,
21   ad ascoltarmi tu sie ben disposto ».

     Sì com'io fui, com'io doveva, seco,
dissemi: « Frate, perché non t'attenti
24   a domandarmi omai venendo meco? »

     Come a color che troppo reverenti
dinanzi a suo' maggior parlando sono,
27   che non traggon la voce viva ai denti,

     avvenne a me, che sanza intero suono
incominciai: « Madonna, mia bisogna
30   voi conoscete, e ciò ch'ad essa è buono ».

     Ed ella a me: « Da tema e da vergogna
voglio che tu omai ti disviluppe,
33   sì che non parli più com'om che sogna.

     Sappi che 'l vaso che 'l serpente ruppe
fu e non è; ma chi n'ha colpa, creda
36   che vendetta di Dio non teme suppe.

     Non sarà tutto tempo sanza reda
l'aquila che lasciò le penne al carro,
39   per che divenne monstro e poscia preda;

     ch'io veggio certamente, e però il narro,
a darne tempo già stelle propinque,
42   secure d'ogn'intoppo e d'ogni sbarro,

---

15. *'l savio*: Stazio.

19. *tosto*: presto, cioè, affretta il passo per venirmi accanto.

34-5. *'l vaso... non è*: il carro, sfondato dal drago (il *serpente*; cfr. *Purgatorio*, XXXII, 130-135) non è più per nulla qual era all'origine.

36. *suppe*: prescrizioni. Pare che questa oscura parola si riferisca alla superstizione degli omicidi di mangiare per nove giorni sulla tomba dell'ucciso per esentarsi dalla vendetta.

37-8. *Non... carro*: l'Impero, che fu prima causa, col dono di Costantino, della deformazione della Chiesa (cfr. *Purgatorio*, XXXII, 124 e segg.) non sarà sempre occupato da illegittimi usurpatori o da inetti.

42. *sbarro*: sbarramento, ostacolo.

nel quale un cinquecento diece e cinque,
messo di Dio, anciderà la fuia
con quel gigante che con lei delinque.

45

E forse che la mia narrazion buia,
qual Temi e Sfinge, men ti persuade,
perch'a lor modo lo intelletto attuia;

48

ma tosto fien li fatti le Naiade
che solveranno questo enigma forte
sanza danno di pecore o di biade.

51

Tu nota; e sì come da me son porte,
così queste parole segna a' vivi
del viver ch'è un correre a la morte.

54

E aggi a mente, quando tu le scrivi,
di non celar qual hai vista la pianta
ch'è or due volte dirubata quivi.

57

Qualunque ruba quella o quella schianta,
con bestemmia di fatto offende a Dio,
che solo a l'uso suo la creò santa.

60

Per morder quella, in pena ed in disio
cinquemilia anni e più l'anima prima
bramò colui che 'l morso in sé punio.

63

Dorme lo 'ngegno tuo, se non estima
per singular cagione essere eccelsa
lei tanto e sì travolta ne la cima.

66

E se stati non fossero acqua d'Elsa
li pensier vani intorno a la tua mente,
e 'l piacer loro un Piramo a la gelsa,

69

---

43. *un cinquecento diece e cinque*: forse Dante vuole enigmaticamente designare un DVX (Arrigo VII?) che risanerà la Chiesa, eliminando la Curia ladra (*fuia*) e il suo alleato re di Francia.

47. *Temi e Sfinge*: oracolo oscuro (cfr. Ovidio, *Metamorfosi*, I, 347-415) non meno di Sfinge (cfr. Ovidio, *Metamorfosi*, VII, 759 e segg.) il cui enigma fu sciolto da Edipo.

48. *attuia*: trattiene, ostacola (provenzale, *aturar*).

49. *le Naiade*: ninfe che si misero a predire il futuro, suscitando lo sdegno di Temi, che mandò un cinghiale a devastare i campi di Tebe.

54. *del viver*: della vita terrena.

62. *l'anima prima*: Adamo, che attese la redenzione oltre 5000 anni.

63. *colui*: Cristo.

66. *sì travolta*: a forma di cono rovesciato, in modo da significare che salirvi sia impossibile.

67. *acqua d'Elsa*: l'Elsa, affluente dell'Arno, ha un'acqua calcarea che incrosta i corpi. Così i pensieri di Dante hanno incrostato la sua mente, oscurandola.

69. *e 'l piacer... gelsa*: e quel che piaceva ai pensieri ha macchiato la sua mente come il sangue di Piramo colorò di rosso le bacche del gelso (cfr. *Purgatorio*, XXVII, 37-9).

per tante circostanze solamente
la giustizia di Dio, ne l'interdetto,
72 conosceresti a l'arbor moralmente.

Ma perch'io veggio te ne lo 'ntelletto
fatto di pietra, ed impetrato, tinto,
75 sì che t'abbaglia il lume del mio detto,

voglio anco, e se non scritto, almen dipinto,
che 'l te ne porti dentro a te per quello
78 che si reca il bordon di palma cinto ».

E io: « Sì come cera da suggello,
che la figura impressa non trasmuta,
81 segnato è or da voi lo mio cervello.

Ma perché tanto sovra mia veduta
vostra parola disiata vola,
84 che più la perde quanto più s'aiuta? »

« Perché conoschi » disse « quella scola
c'hai seguitata, e veggi sua dottrina
87 come può seguitar la mia parola;

e veggi vostra via da la divina
distar cotanto, quanto si discorda
90 da terra il ciel che più alto festina ».

Ond'io rispuosi lei: « Non mi ricorda
ch'i' straniasse me già mai da voi,
93 né honne coscienza che rimorda ».

« E se tu ricordar non te ne puoi »
sorridendo rispuose, « or ti rammenta
96 come bevesti di Letè ancoi;

e se dal fummo foco s'argomenta,
cotesta oblivion chiaro conchiude
99 colpa ne la tua voglia altrove attenta.

71-2. *la giustizia... moralmente*: il giusto divieto di toccare l'albero del bene e del male è rappresentato in senso morale nella forma inaccessibile dell'albero; come l'imperscrutabilità della giustizia divina nella sua incalcolabile altezza.

74. *tinto*: oscurato.

76-8. *voglio... cinto*: voglio che tu conservi almeno un'immagine (*dipinto*) delle mie parole, per sacra memoria, come la palma che legano al bordone i pellegrini provenienti dalla Palestina.

84. *s'aiuta*: si sforza di comprendere l'o-

scuro parlare di Beatrice.

85-7. *Perché... parola*: perché tu ti renda conto di quanto è inadeguata la scienza umana.

90. *festina*: si muove rapidamente; è il Primo Mobile.

96. *ancoi*: pur oggi.

97-9. *e se... attenta*: come vedendo del fumo si deduce che c'è del fuoco, così il fatto che tu hai dimenticato prova che avevi delle colpe da dimenticare; la colpa di aver rivolto la tua attenzione ad altri piaceri che al mio amore.

Veramente oramai saranno nude
le mie parole, quanto converrassi
102   quelle scovrire a la tua vista rude ».
E più corusco e con più lenti passi
teneva il sole il cerchio di merigge,
105   che qua e là, come li aspetti, fassi,
quando s'affisser, sì come s'affigge
chi va dinanzi a gente per iscorta
108   se trova novitate o sue vestigge,
le sette donne al fin d'un'ombra smorta,
qual sotto foglie verdi e rami nigri
111   sovra suoi freddi rivi l'Alpe porta.
Dinanzi ad esse Eufratès e Tigri
veder mi parve uscir d'una fontana,
114   e, quasi amici, dipartirsi pigri.
« O luce, o gloria de la gente umana,
che acqua è questa che qui si dispiega
117   da un principio e sé da sé lontana? »
Per cotal priego detto mi fu: « Priega
Matelda che 'l ti dica ». E qui rispuose,
120   come fa chi da colpa si dislega,
la bella donna: « Questo e altre cose
dette li son per me; e son sicura
123   che l'acqua di Letè non gliel nascose ».
E Beatrice: « Forse maggior cura,
che spesse volte la memoria priva,
126   fatt'ha la mente sua ne li occhi oscura.
Ma vedi Eunoè che là diriva:

---

102. *rude*: ancora grossolana, ineducata.

103-5. *E più... fassi*: verso non perspicuo.
Forse: il sole stava sul meridiano (*merigge*)
con più splendore (*corusco*) e più durevol-
mente che non fa nel nostro emisfero (*qua*);
poiché anche il sole, come tutte le altre cose che si vedono (*aspetti*) è maggiore e più
puro nel Paradiso Terrestre (*là*).

106. *s'affisser*: si fermarono.

112. *Eufratès e Tigri*: due fiumi derivanti
dalla stessa sorgente nel Paradiso Terrestre

(cfr. *Genesi*, II, 10) e, secondo Boezio, anche in Armenia, dove nascono l'Eufrate e
il Tigri reali (che invece si riuniscono, per
formare lo Chatt el-Arab in Mesopotamia).

120. *si dislega*: si libera, si discolpa (dalla supposizione di non avere informato
Dante).

123. *non gliel nascose*: non glielo ha fatto dimenticare. Le spiegazioni di Matelda
sono in *Purgatorio*, XXVIII, 88-144.

127. *là diriva*: si separa dal Letè.

menalo ad esso, e come tu se' usa,
129   la tramortita sua virtù ravviva ».
      Come anima gentil, che non fa scusa,
ma fa sua voglia de la voglia altrui
132   tosto che è per segno fuor dischiusa;
      così, poi che da essa preso fui,
la bella donna mossesi, e a Stazio
135   donnescamente disse: « Vien con lui ».
      S'io avessi, lettor, più lungo spazio
da scrivere, i' pur cantere' in parte
138   lo dolce ber che mai non m'avria sazio;
      ma perché piene son tutte le carte
ordite a questa cantica seconda,
141   non mi lascia più ir lo fren de l'arte.
      Io ritornai da la santissima onda
rifatto sì come piante novelle
144   rinovellate di novella fronda,
      puro e disposto a salire a le stelle.

128. *usa*: abituata a fare; come sai bene.
132. *dischiusa*: manifestata.

135. *donnescamente*: con grazia signorile, da cortese padrona.

PARADISO

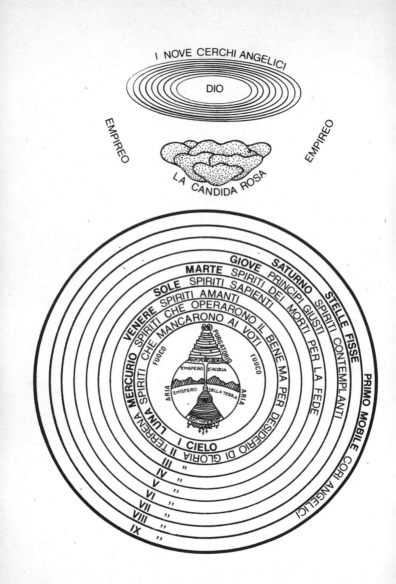

CANTO I

La gloria di colui che tutto move
per l'universo penetra e risplende
3   in una parte più e meno altrove.

Nel ciel che più de la sua luce prende
fu' io, e vidi cose che ridire
6   né sa né può chi di là su discende;

perché appressando sé al suo disire,
nostro intelletto si profonda tanto,
9   che dietro la memoria non può ire.

Veramente quant'io del regno santo
ne la mia mente potei far tesoro,
12   sarà ora matera del mio canto.

O buono Apollo, a l'ultimo lavoro
fammi del tuo valor sì fatto vaso,
15   come dimandi a dar l'amato alloro.

Infino a qui l'un giogo di Parnaso
assai mi fu; ma or con amendue
18   m'è uopo intrar ne l'aringo rimaso.

Entra nel petto mio, e spira tue
sì come quando Marsia traesti
21   de la vagina de le membra sue.

O divina virtù, se mi ti presti
tanto che l'ombra del beato regno
24   segnata nel mio capo io manifesti,

venir vedra'mi al tuo diletto legno,
e coronarmi allor di quelle foglie
27   che la matera e tu mi farai degno.

I. - 1. *colui... move*: Dio, sorgente unica del
movimento universale.

4. *ciel*: l'Empireo, il decimo e supremo
dei cieli del Paradiso (cfr. *Paradiso*, XXX
e segg.; e *Convivio*, II, III, 8).

7. *disire*: desiderio; cioè la contemplazione di Dio.

14-5. *fammi... alloro*: fa' che io sia così
ripieno del valore poetico, come tu vuoi che
un poeta lo sia per meritare la tua corona.

16-7. *l'un... mi fu*: mi bastò l'aiuto delle
Muse; ora devo ricorrere anche all'altro
giogo di Parnaso (che era sacro ad Apollo).

18. *ne l'aringo rimaso*: nell'impresa che
mi resta da compiere.

19. *tue*: tu.

20. *Marsia*: satiro che sfidò Apollo nel
canto, e, vinto, fu scorticato dal dio (cfr.
Ovidio, *Metamorfosi*, VI, 382-400).

21. *vagina*: guaina, fodero.

23. *l'ombra... regno*: un'immagine anche
pallida del Paradiso.

24. *capo*: memoria.

25. *legno*: l'alloro.

            Sì rade volte, padre, se ne coglie
         per triunfare o cesare o poeta,
30   colpa e vergogna de l'umane voglie,
            che parturir letizia in su la lieta
         delfica deità dovria la fronda
33   peneia, quando alcun di sé asseta.
            Poca favilla gran fiamma seconda:
         forse di retro a me con miglior voci
36   si pregherà perché Cirra risponda.
            Surge ai mortali per diverse foci
         la lucerna del mondo; ma da quella
39   che quattro cerchi giugne con tre croci,
            con miglior corso e con migliore stella
         esce congiunta, e la mondana cera
42   più a suo modo tempera e suggella.
            Fatto avea di là mane e di qua sera
         tal foce quasi, e tutto era là bianco
45   quello emisperio, e l'altra parte nera,
            quando Beatrice in sul sinistro fianco
         vidi rivolta e riguardar nel sole:
48   aquila sì non li s'affisse unquanco.
            E sì come secondo raggio suole
         uscir del primo e risalire in suso,
51   pur come pellegrin che tornar vuole,
            così de l'atto suo, per li occhi infuso
         ne l'imagine mia, il mio si fece,
54   e fissi li occhi al sole oltre nostr'uso.

30. *colpa*: per colpa.
31-2. *in su... deità*: ad Apollo.
33. *peneia*: Dafne, la fanciulla che fu tramutata in alloro, era figlia del fiume Peneo.
34. *Poca... seconda*: una gran fiamma può tener dietro ecc.
35. *di retro*: sulle mie orme.
36. *Cirra*: il secondo giogo di Parnaso; cioè Apollo.
37. *foci*: punti dell'orizzonte, secondo le varie stagioni.
38. *lucerna*: il sole.
38-41. *da quella... congiunta*: i quattro cerchi sono quello dell'orizzonte, l'equatore, l'eclittica, il coluro equinoziale; questi ultimi tre si intersecano con l'orizzonte (formando *tre croci*), agli equinozi; qui si allu-

de a quello di primavera, quando il sole è nella costellazione dell'Ariete (cfr. *Inferno*, I, 38-40). Probabile un senso allegorico: Dio (il Sole) splende più luminoso dove si compongono armoniose le sette virtù.
41. *la mondana cera*: la materia del mondo, plasmata dal Sole.
43. *di là*: nell'emisfero del Purgatorio, opposto al nostro.
44. *e tutto... bianco*: era dunque circa mezzogiorno.
49. *secondo raggio*: raggio riflesso.
51. *pellegrin*: falcone pellegrino.
54. *fissi*: fissai. Questo fissar gli occhi al sole (che è poi il modo di ascendere nei cieli) significa probabilmente il desiderio di unirsi a Dio.

        Molto è licito là, che qui non lece
     a le nostre virtù, mercé del loco
57   fatto per proprio de l'umana spece.
        Io nol soffersi molto, né sì poco,
     ch'io nol vedessi sfavillar d'intorno,
60   com ferro che bogliente esce del fuoco;
        e di subito parve giorno a giorno
     essere aggiunto, come quei che puote
63   avesse il ciel d'un altro sole adorno.
        Beatrice tutta ne l'etterne rote
     fissa con gli occhi stava; ed io in lei
66   le luci fissi, di là su rimote.
        Nel suo aspetto tal dentro mi fei,
     qual si fe' Glauco nel gustar de l'erba
69   che 'l fe' consorto in mar de li altri Dei.
        Trasumanar significar per verba
     non si poria; però l'essemplo basti
72   a cui esperienza grazia serba.
        S'i' era sol di me quel che creasti
     novellamente, amor che 'l ciel governi,
75   tu 'l sai, che col tuo lume mi levasti.
        Quando la rota che tu sempiterni
     desiderato, a sé mi fece atteso
78   con l'armonia che temperi e discerni,
        parvemi tanto allor del cielo acceso

---

57. *per... spece*: per sede perfetta del-
l'uomo.
   58. *né sì poco*: abbastanza per vederlo,
sfavillare e aumentar di splendore. Lo sfavillar (v. 59) può significare l'avvicinamento
alla sfera del fuoco, che nella scienza del
tempo di Dante si collocava tra la terra e
la luna, e il cui attraversamento è forse se-
gnalato ai vv. 79-81.
   65. *rote*: i cieli.
   68. *Glauco*: un pescatore di Beozia, che
vide dei pesci tornare dalla riva al mare per
virtù di un'erba, la volle assaggiare; e si sentì snaturare, e si gettò in mare, ove diventò un dio marino. Cfr. Ovidio, *Metamorfosi*,
XIII, 898-968.
   70. *Trasumanar*: oltrepassare la natura
umana; *per verba*: con parole.

72. *a cui... serba*: a quello al quale la grazia serba l'esperienza.
   73. *sol... creasti*: solo il corpo. Dante im-
maginò di compiere la sua ascesa celeste col
corpo.
   75. *col tuo lume*: col fissare il tuo lume
(della grazia).
   76. *la rota*: il ruotare che fanno i cieli in
eterno per il desiderio che hanno di Dio,
e che produce un'armonia di soavi suoni.
   77. *a sé... atteso*: richiamò a sé la mia attenzione.
   78. *che... discerni*: che varia secondo il
vario movimento che imprimi ai vari cieli.
   79-81. *parvemi... disteso*: mi apparve
un'estensione di cielo, percorsa dalla fiamma del sole, così grande, che mai nessuna
alluvione fece lago altrettanto vasto.

de la fiamma del sol, che pioggia o fiume
81   lago non fece mai tanto disteso.
            La novità del suono e 'l grande lume
            di lor cagion m'accesero un disio
84   mai non sentito di cotanto acume.
            Ond'ella, che vedea me sì com'io,
            a quietarmi l'animo commosso,
87   pria ch'io a dimandar, la bocca aprio,
            e cominciò: «Tu stesso ti fai grosso
            col falso imaginar, sì che non vedi
90   ciò che vedresti se l'avessi scosso.
            Tu non se' in terra, sì come tu credi;
            ma folgore, fuggendo il proprio sito,
93   non corse come tu ch'ad esso riedi».
            S'io fui del primo dubbio disvestito
            per le sorrise parolette brevi,
96   dentro ad un nuovo più fu' inretito,
            e dissi: «Già contento requievi
            di grande ammirazion, ma ora ammiro
99   com'io trascenda questi corpi levi».
            Ond'ella, appresso d'un pio sospiro,
            li occhi drizzò ver me con quel sembiante
102   che madre fa sovra figlio deliro,
            e cominciò: «Le cose tutte quante
            hanno ordine tra loro, e questo è forma
105   che l'universo a Dio fa simigliante.
            Qui veggion l'alte creature l'orma
            de l'etterno valore, il qual è fine
108   al quale è fatta la toccata norma.
            Ne l'ordine ch'io dico sono accline

---

84. *di cotanto acume*: così pungente.
85. *sì com'io*: anche nel segreto del pensiero.
90. *se... scosso*: se avessi scacciato il falso immaginare.
93. *ad esso*: al tuo proprio sito, il cielo a cui tu ritorni.
96. *inretito*: inviluppato.
97. *requievi*: mi sono acquietato del mio primo dubbio (sul suono e la luminosità, vv. 82-84).

99. *trascenda*: nonostante il peso del corpo.
102. *deliro*: delirante, dissennato.
104-5. *e questo... simigliante*: e in questo sta la somiglianza dell'universo con Dio (ordine perfetto).
106. *Qui*: in questo.
107-8. *il qual... norma*: Dio è il fine di quell'ordine a cui si è accennato.
109. *accline*: disposte.

tutte nature, per diverse sorti,
111 più al principio loro e men vicine;
    onde si muovono a diversi porti
    per lo gran mar de l'essere, e ciascuna
114 con istinto a lei dato che la porti.
    Questi ne porta il foco inver la luna;
    questi ne' cor mortali è permotore;
117 questi la terra in sé stringe e aduna:
    né pur le creature che son fore
    d'intelligenza quest'arco saetta,
120 ma quelle c'hanno intelletto ed amore.
    La provedenza, che cotanto assetta,
    del suo lume fa 'l ciel sempre quieto
123 nel qual si volge quel c'ha maggior fretta;
    e ora lì, come a sito decreto,
    cen porta la virtù di quella corda
126 che ciò che scocca drizza in segno lieto.
    Vero è che come forma non s'accorda
    molte fiate a l'intenzion de l'arte,
129 perch'a risponder la materia è sorda;
    così da questo corso si diparte
    talor la creatura, c'ha podere
132 di piegar, così pinta, in altra parte
    (e sì come veder si può cadere
    foco di nube), se l'impeto primo
135 l'atterra torto da falso piacere.
    Non dei più ammirar, se bene stimo,
    lo tuo salir, se non come d'un rivo
138 se d'alto monte scende giuso ad imo.
    Maraviglia sarebbe in te, se, privo

111. *più... vicine*: essendo più o meno vicine a Dio.

115. *Questi*: l'istinto che conduce le cose create al loro fine.

116. *permotore*: motore.

118-20. *né pur... amore*: e non solo le creature prive d'intelligenza sono stimolate da questo istinto.

121. *che cotanto assetta*: che produce un ordine così meraviglioso.

122. *del... quieto*: acquieta, soddisfa il cielo supremo; cioè, ha la sua sede nell'Em-

pireo, cielo immobile, che contiene tutti gli altri, a cominciare dal più rapido di quelli che ruotano, il Primo Mobile.

125. *corda*: l'istinto di cui al v. 114 e segg.

126. *drizza*: dirige.

132. *pinta*: benché spinta dall'istinto naturale.

136. *ammirar*: meravigliarti.

138. *ad imo*: verso il basso.

139-40. *privo d'impedimento*: senza peccato.

d'impedimento, giù ti fossi assiso,
com'a terra quiete in foco vivo».

141

Quinci rivolse inver lo cielo il viso.

CANTO II

O voi che siete in piccioletta barca,
disiderosi d'ascoltar, seguiti

3

dietro al mio legno che cantando varca,
tornate a riveder li vostri liti:
non vi mettete in pelago, ché, forse,

6

perdendo me rimarreste smarriti.
L'acqua ch'io prendo già mai non si corse:
Minerva spira, e conducemi Apollo,

9

e nove Muse mi dimostran l'Orse.
Voi altri pochi che drizzaste il collo
per tempo al pan de li angeli, del quale

12

vivesi qui ma non sen vien satollo,
metter potete ben per l'alto sale
vostro navigio, servando mio solco

15

dinanzi a l'acqua che ritorna equale.
Que' gloriosi che passaro a Colco
non s'ammiraron come voi farete,

18

quando Iason vider fatto bifolco.
La concreata e perpetua sete
del deiforme regno cen portava

21

veloci quasi come 'l ciel vedete.
Beatrice in suso, e io in lei guardava;

---

141. *com'a terra quiete in foco vivo*: come sarebbe strano, sulla terra, che un fuoco vivo non levasse le sue fiamme.

II. - 3. *varca*: avanza, oltrepassando i limiti delle acque umanamente navigabili.

6. *perdendo*: di vista.

8-9. *Minerva... Orse*: Sapienza, Poesia, e tutte le arti intellettuali dell'uomo (*nove Muse*) concorrono a quest'universale trattato. Per questo carattere la descrizione del Paradiso, benché nel Medioevo ne esistessero altre, pare a Dante del tutto nuova.

11. *pan de li angeli*: la sapienza, che non sazia mai.

13. *sale*: mare.

14. *servando*: seguendo.

16-8. *Que'... bifolco*: gli Argonauti che seguirono Giasone in Colchide per conquistare il vello d'oro. Giasone dové fra l'altro seminare denti di serpente in un campo da lui arato con due buoi dalle corna di ferro e dai piedi di bronzo (cfr. Ovidio *Metamorfosi*, VII, 104 e segg.). Ci saranno cioè nell'impresa di Dante fatti inattesi e straordinari.

19. *concreata*: innata.

20. *regno*: l'Empireo.

        e forse in tanto in quanto un quadrel posa
24   e vola e da la noce si dischiava,
           giunto mi vidi ove mirabil cosa
        mi torse il viso a sé; e però quella
27   cui non potea mia cura essere ascosa,
           volta ver me, sì lieta come bella,
        «Drizza la mente in Dio grata» mi disse,
30   «che n'ha congiunti con la prima stella».
           Parev'a me che nube ne coprisse
        lucida, spessa, solida e pulita,
33   quasi adamante che lo sol ferisse.
           Per entro sé l'etterna margarita
        ne ricevette, com'acqua recepe
36   raggio di luce permanendo unita.
           S'io era corpo, e qui non si concepe
        com'una dimensione altra patio,
39   ch'esser convien se corpo in corpo repe,
           accender ne dovria più il disio
        di veder quella essenza in che si vede
42   come nostra natura e Dio s'unio.
           Lì si vedrà ciò che tenem per fede,
        non dimostrato, ma fia per sé noto
45   a guisa del ver primo che l'uom crede.
           Io rispuosi: «Madonna, sì devoto
        com'esser posso più, ringrazio lui
48   lo qual dal mortal mondo m'ha remoto.
           Ma ditemi: che son li segni bui
        di questo corpo, che là giuso in terra
51   fan di Cain favoleggiare altrui?»
           Ella sorrise alquanto, e poi «S'egli erra
        l'oppinion» mi disse «de' mortali
54   dove chiave di senso non diserra,
           certo non ti dovrien punger li strali
        d'ammirazione omai, poi dietro ai sensi

---

23. *quadrel*: una freccia.
24. *noce*: il punto della balestra a cui si accocca la freccia, e da cui essa parte (*si dischiava*).
30. *prima stella*: la luna.
34. *margarita*: gemma.
37. *qui*: sulla terra.
39. *repe*: penetri.

41. *quella essenza*: di Cristo.
49-51. *li... altrui*: le macchie lunari, che son credute l'immagine di Caino punito (cfr. *Inferno*, XX, 126).
54. *dove... diserra*: dove i sensi non servono a spiegare i fenomeni.
56. *poi*: poiché.

57   vedi che la ragione ha corte l'ali.
            Ma dimmi quel che tu da te ne pensi».
            E io: «Ciò che n'appar qua su diverso
60   credo che fanno i corpi rari e densi».
            Ed ella: «Certo assai vedrai sommerso
            nel falso il creder tuo, se bene ascolti
63   l'argomentar ch'io li farò avverso.
            La spera ottava vi dimostra molti
            lumi, li quali e nel quale e nel quanto
66   notar si posson di diversi volti.
            Se raro e denso ciò facesser tanto,
            una sola virtù sarebbe in tutti,
69   più e men distributa e altrettanto.
            Virtù diverse esser convegnon frutti
            di principii formali, e quei, for ch'uno,
72   seguiterieno a tua ragion distrutti.
            Ancor, se raro fosse di quel bruno
            cagion che tu dimandi, od oltre in parte
75   fora di sua materia sì digiuno
            esto pianeta, o sì come comparte
            lo grasso e 'l magro un corpo, così questo
78   nel suo volume cangerebbe carte.
            Se 'l primo fosse, fora manifesto
            ne l'eclissi del sol per trasparere
81   lo lume come in altro raro ingesto.
            Questo non è: però è da vedere
            de l'altro; e s'elli avvien ch'io l'altro cassi,
84   falsificato fia lo tuo parere.
            S'elli è che questo raro non trapassi,
            esser conviene un termine da onde
87   lo suo contrario più passar non lassi;

60. *che... densi*: che dipenda dalla maggiore o minore densità della sostanza lunare; cfr. *Convivio*, II, XIII, 9.

64. *La spera ottava*: il cielo ottavo, delle stelle fisse (*lumi*).

65-6. *nel quale... volti*: diversi di qualità e di quantità luminosa.

71. *principii*: le forme «sostanziali», cioè le cause interne che determinano l'indole particolare di ogni cosa.

73. *bruno*: le macchie.

74-8. *od oltre... carte*: o da parte a parte la luna sarebbe rara, o a strati, come un volume è fatto di pagine diverse.

81. *ingesto*: introdotto.

83. *cassi*: demolisca con la confutazione.

84. *falsificato*: dimostrato falso.

85-7. *S'elli... lassi*: se il raggio non trasparisce dalle zone rare (come è dimostrato ai vv. 79-82) dev'essere perché trova un ostacolo nelle zone dense, che lo rifrangono come specchi. Dunque neppure in que-

e indi l'altrui raggio si rifonde
così come color torna per vetro
90 lo qual di retro a sé piombo nasconde.

Or dirai tu ch'el si dimostra tetro
ivi lo raggio più che in altre parti,
93 per esser lì refratto più a retro.

Da questa instanza può deliberarti
esperienza, se già mai la pruovi,
96 ch'esser suol fonte ai rivi di vostr'arti.

Tre specchi prenderai; e i due rimovi
da te d'un modo, e l'altro, più rimosso,
99 tr'ambo li primi li occhi tuoi ritrovi.

Rivolto ad essi, fa che dopo il dosso
ti stea un lume che i tre specchi accenda
102 e torni a te da tutti ripercosso.

Ben che nel quanto tanto non si stenda
la vista più lontana, lì vedrai
105 come convien ch'igualmente risplenda.

Or come ai colpi de li caldi rai
de la neve riman nudo il suggetto
108 e dal colore e dal freddo primai,

così rimaso te ne l'intelletto
voglio informar di luce sì vivace,
111 che ti tremolerà nel suo aspetto.

Dentro dal ciel de la divina pace
si gira un corpo ne la cui virtute
114 l'esser di tutto suo contento giace.

sto caso le macchie lunari dipendono dalla differenza della densità.

91-3. *Or... retro*: tu potrai opporre che il raggio si mostra scuro dove c'è il raro, perché trova l'ostacolo rifrangente più addentro.

94. *instanza*: obiezione.

100. *dopo*: dietro le tue spalle.

103-5. *Ben... risplenda*: benché per la distanza l'immagine della candela nello specchio più lontano possa apparire più piccola, l'intensità della sua luce è la stessa.

107. *il suggetto*: cioè l'acqua, che al calore del sole perde le caratteristiche della neve, che aveva prima.

111. *che... aspetto*: che ti apparirà, nel vederla, col vivo tremolio di una stella.

112. *ciel*: l'Empireo, che contiene il Primo Mobile, che a sua volta contiene tutti gli altri cieli e la terra, cioè l'universo.

113-4. *ne la cui... giace*: nella virtù, cioè potenza dinamica comunicata dall'amore divino al Primo Cielo, risiede, ha fondamento (*giace*) la ragione di esistere di tutto quel che vi è contenuto (*contento*) cioè gli altri otto cieli e la terra. Cfr. *Paradiso*, XXVII, 106 e segg., dove Beatrice espone più lungamente la natura del Primo Mobile.

Lo ciel seguente, c'ha tante vedute,
quell'esser parte per diverse essenze,
117   da lui distinte e da lui contenute.

Li altri giron per varie differenze
le distinzion che dentro da sé hanno
120   dispongono a lor fini e lor semenze.

Questi organi del mondo così vanno,
come tu vedi omai, di grado in grado,
123   che di su prendono e di sotto fanno.

Riguarda bene omai sì com'io vado
per questo loco al vero che disiri,
126   sì che poi sappi sol tener lo guado.

Lo moto e la virtù de' santi giri,
come dal fabbro l'arte del martello,
129   da' beati motor convien che spiri;

e 'l ciel cui tanti lumi fanno bello,
de la mente profonda che lui volve
132   prende l'image e fassene suggello.

E come l'alma dentro a vostra polve
per differenti membra e conformate
135   a diverse potenze si risolve,

così l'intelligenza sua bontate
multiplicata per le stelle spiega,
138   girando sé sovra sua unitate.

Virtù diversa fa diversa lega
col prezioso corpo ch'ella avviva,
141   nel qual, sì come vita in voi, si lega.

Per la natura lieta onde deriva,

---

115. *vedute*: stelle.

118. *Li altri giron*: gli altri cieli.

125. *al vero*: cioè al problema della causa delle macchie lunari.

127. *santi giri*: i cieli, che ruotano eternamente.

129. *motor*: le Intelligenze angeliche, da cui ciascun cielo è presieduto; nell'ordine saliente, Angeli, Arcangeli, Principati; Podestadi, Virtudi, Dominazioni; Troni, Cherubi, Serafi; come è detto in *Paradiso*, XXVIII, 98 e segg.

130. *'l ciel*: il cielo delle stelle fisse, immediatamente a contatto col Primo Mobile; cioè l'ottavo che Dante incontrerà salendo.

131. *la mente*: l'ordine di Intelligenze angeliche detto dei Cherubini.

132. *suggello*: secondo la legge di trasmissione descritta al v. 123.

133. *polve*: il corpo.

135. *diverse potenze*: vista, udito, tatto, ecc.

138. *girando... unitate*: restando una nel suo dinamismo essenziale, il girare eterno, benché moltiplicata infinitamente nelle stelle.

142. *lieta*: per la beatitudine paradisiaca.

la virtù mista per lo corpo luce
144   come letizia per pupilla viva.
      Da essa vien ciò che da luce a luce
par differente, non da denso e raro:
147   essa è il formal principio che produce,
      conforme a sua bontà, lo turbo e 'l chiaro».

CANTO III

Quel sol che pria d'amor mi scaldò 'l petto,
di bella verità m'avea scoverto,
3   provando e riprovando, il dolce aspetto;
      e io, per confessar corretto e certo
me stesso, tanto quanto si convenne
6   levai il capo a proferer più erto;
      ma visione apparve che ritenne
a sé me tanto stretto, per vedersi,
9   che di mia confession non mi sovvenne.
      Quali per vetri trasparenti e tersi,
o ver per acque nitide e tranquille,
12   non sì profonde che i fondi sien persi,
      tornan di nostri visi le postille
debili sì, che perla in bianca fronte
15   non vien men tosto a le nostre pupille;
      tali vid'io più facce a parlar pronte:
per ch'io dentro a l'error contrario corsi
18   a quel ch'accese amor tra l'omo e 'l fonte.
      Subito sì com'io di lor m'accorsi,
quelle stimando specchiati sembianti,
21   per veder di cui fosser, li occhi torsi;
      e nulla vidi, e ritorsili avanti

145. *essa*: la diversità della virtù (v. 139). Quindi le macchie lunari derivano da diversa influenza dell'intelligenza motrice sulle varie parti dell'astro.
148. *turbo*: oscuro.

III. - 1. *Quel sol*: Beatrice.
3. *riprovando*: confutando il mio errore.
8. *per vedersi*: perché io la vedessi.
12. *persi*: oscuri, per colore (cfr. *Inferno*, V, 89) o invisibili per profondità.

13. *le postille*: si dicevano nel latino medievale *post illa* le parole che dovevano essere lette dopo i Vangeli; qui significa l'immagine che deriva dallo specchiarsi.
17-8. *per ch'io... 'l fonte*: al contrario di Narciso, che credé persona vera la sua immagine riflessa, io credetti immagini riflesse quelle che invece erano apparizioni dirette. Sono le ultime forme umane del poema.

dritti nel lume de la dolce guida,

24   che, sorridendo, ardea ne li occhi santi.

«Non ti maravigliar perch'io sorrida»

mi disse «appresso il tuo pueril coto,

27   poi sopra 'l vero ancor lo piè non fida,

ma te rivolve, come suole, a voto:

vere sustanze son ciò che tu vedi,

30   qui rilegate per manco di voto.

Però parla con esse e odi e credi;

ché la verace luce che li appaga

33   da sé non lascia lor torcer li piedi».

Ed io a l'ombra che parea più vaga

di ragionar, drizza'mi, e cominciai,

36   quasi com'uom cui troppa voglia smaga:

«O ben creato spirito, che a' rai

di vita etterna la dolcezza senti

39   che, non gustata, non s'intende mai,

grazioso mi fia se mi contenti

del nome tuo e de la vostra sorte».

42   Ond'ella, pronta e con occhi ridenti:

«La nostra carità non serra porte

a giusta voglia, se non come quella

45   che vuol simile a sé tutta sua corte.

I' fui nel mondo vergine sorella;

e se la mente tua ben sé riguarda,

48   non mi ti celerà l'esser più bella,

ma riconoscerai ch'i' son Piccarda,

che, posta qui con questi altri beati,

51   beata sono in la spera più tarda.

Li nostri affetti che solo infiammati

---

26. *coto*: ragionamento.

30. *qui... voto*: le anime di coloro che non hanno adempiuto i loro voti appariscono qui (benché tutti i beati abbiano sede nell'Empireo) per la ragione esposta nel canto seguente; cfr. *Paradiso*, IV, 28 e segg.

32-3. *ché... piedi*: la verità che li appaga non permette loro di mentire.

36. *smaga*: smarrisce, turba.

44. *quella*: di Dio.

45. *corte*: i beati.

46. *vergine sorella*: una suora.

49. *Piccarda*: sorella di Forese e Corso Donati fu monaca clarissa. Ma Corso la trasse dal convento per maritarla a un suo alleato politico (Rossellino della Tosa) costringendola così a infrangere i voti.

51. *in... tarda*: il cielo della Luna, il più lontano dal Primo Mobile, e perciò il più lento nella sua rotazione intorno alla Terra.

52-4. *Li... formati*: terzina non chiara. Piccarda sembra dire: «la nostra beatitudine, che coincide con la volontà dello Spirito Santo, consiste nel conformarsi all'Ordi-

son nel piacer de lo Spirito Santo,
54   letizian del suo ordine formati.

     E questa sorte che par giù cotanto,
però n'è data, perché fuor negletti
57   li nostri vóti, e vòti in alcun canto».

     Ond'io a lei: «Ne' mirabili aspetti
vostri risplende non so che divino
60   che vi trasmuta da' primi concetti:

     però non fui a rimembrar festino;
ma or m'aiuta ciò che tu mi dici,
63   sì che raffigurar m'è più latino.

     Ma dimmi: voi che siete qui felici,
disiderate voi più alto loco
66   per più vedere e per più farvi amici?»

     Con quelle altr'ombre pria sorrise un poco;
da indi mi rispuose tanto lieta,
69   ch'arder parea d'amor nel primo foco:

     «Frate, la nostra volontà quieta
virtù di carità, che fa volerne
72   sol quel ch'avemo, e d'altro non ci asseta.

     Se disiassimo esser più superne,
foran discordi li nostri disiri
75   dal voler di colui che qui ne cerne;

     che vedrai non capere in questi giri,
s'essere in carità è qui necesse,
78   e se la sua natura ben rimiri.

     Anzi è formale ad esto beato esse
tenersi dentro a la divina voglia,
81   per ch'una fansi nostre voglie stesse:

     sì che, come noi sem di soglia in soglia

---

ne da lui stabilito». Ciò serve a introdurre
la risposta sulla *sorte*, secondo la domanda
del v. 41. Il concetto è del resto ripreso e
sviluppato piú avanti, v. 70 e segg.
  57. *in alcun canto*: in qualche parte.
  60. *da' primi concetti*: da quel che ricor-
davo della vostra fisionomia. Il volto terreno è trasfigurato.
  61. *festino*: pronto.
  63. *latino*: facile.
  64. *qui*: nel cielo della Luna.
  66. *vedere*: sott. *Dio*, anche per la idea

di «essere amati» (*farvi amici*).
  69. *arder... foco*: pareva ardere nell'amore di Dio.
  71. *virtù*: è il soggetto del periodo.
  75. *cerne*: decide che dobbiamo apparire in questo cielo.
  76. *che*: cioè *discordia*; che nel Paradiso
non esiste.
  78. *sua*: della carità, dell'amore; natura
che consiste nell'annullare il proprio desiderio in quello dell'amato.
  79. *esse*: essere.

per questo regno, a tutto il regno piace
84   com'a lo re ch'a suo voler ne invoglia.

E 'n la sua volontade è nostra pace:
ell'è quel mare al qual tutto si move
87   ciò ch'ella cria e che natura face».

Chiaro mi fu allor come ogni dove
in cielo è paradiso, etsi la grazia
90   del sommo ben d'un modo non vi piove.

Ma sì com'elli avvien, s'un cibo sazia
e d'un altro rimane ancor la gola,
93   che quel si chiede e di quel si ringrazia,

così fec'io con atto e con parola,
per apprender da lei qual fu la tela
96   onde non trasse infino a co la spuola.

« Perfetta vita e alto merto inciela
donna più su » mi disse « a la cui norma
99   nel vostro mondo giù si veste e vela,

perché fino al morir si vegghi e dorma
con quello sposo ch'ogni voto accetta
102   che caritate a suo piacer conforma.

Dal mondo, per seguirla, giovinetta
fuggi' mi, e nel suo abito mi chiusi,
105   e promisi la via de la sua setta.

Uomini poi, a mal più ch'a bene usi,
fuor mi rapiron de la dolce chiostra:
108   Iddio si sa qual poi mia vita fusi.

E quest'altro splendor che ti si mostra
da la mia destra parte e che s'accende
111   di tutto il lume de la spera nostra,

ciò ch'io dico di me, di sé intende:
sorella fu, e così le fu tolta
114   di capo l'ombra de le sacre bende.

Ma poi che pur al mondo fu rivolta

---

87. *cria*: crea; e che la natura eseguisce.
89-90. *etsi... piove*: sebbene la grazia divina non vi sia distribuita sempre nella stessa misura.
95. *qual fu la tela*: per quale ragione non adempì il suo voto.
96. *co*: capo.

98. *donna*: Santa Chiara; *a la cui norma*: secondo la cui regola.
102. *che... conforma*: che è diretto a compiacerlo per vero amore.
103. *seguirla*: seguire Santa Chiara.
105. *la via... setta*: di seguire la sua Regola.
108. *fusi*: si fu.

117   contra suo grado e contra buona usanza,
        non fu dal vel del cor già mai disciolta.

            Quest'è la luce della gran Costanza
        che del secondo vento di Soave
120   generò il terzo e l'ultima possanza ».

            Così parlommi, e poi cominciò 'Ave
        Maria' cantando, e cantando vanìo
123   come per acqua cupa cosa grave.

            La vista mia, che tanto la seguio
        quanto possibil fu, poi che la perse,
126   volsesi al segno di maggior disio,

            e a Beatrice tutta si converse;
        ma quella folgorò ne lo mio sguardo
129   sì che da prima il viso non sofferse;

            e ciò mi fece a dimandar più tardo.

CANTO IV

            Intra due cibi, distanti e moventi
        d'un modo, prima si morria di fame,
3   che liber'uomo l'un recasse ai denti;

            sì si starebbe un agno intra due brame
        di fieri lupi, igualmente temendo;
6   sì si starebbe un cane intra due dame:

            per che, s'i' mi tacea, me non riprendo,
        da li miei dubbi d'un modo sospinto,
9   poi ch'era necessario, né commendo.

            Io mi tacea, ma 'l mio disir dipinto
        m'era nel viso, e 'l dimandar con ello,
12   più caldo assai che per parlar distinto.

            Fe' sì Beatrice qual fe' Daniello,
        Nabuccodonosor levando d'ira,

---

118. *Costanza*: ultima erede normanna del regno di Puglia e di Sicilia (nata nel 1154 e morta nel 1198); fu moglie di Enrico VI imperatore (il *secondo vento di Soave*) e madre di Federigo II. Questa delle sue nozze forzate è leggenda.

119. *Soave*: Svevia; *vento* indica «potenza impetuosa ma passeggera» (Blanc).

129. *viso*: vista; *non sofferse*: non ci resse.

iv. - 1-3. *Intra... denti*: un uomo libero, fra due cibi ugualmente stimolanti.

4. *starebbe*: immobile; *agno*: agnello.

6. *dame*: damme, cerbiatte.

8. *d'un modo*: ugualmente.

9. *necessario*: che io tacessi.

13. *qual fe' Daniello*: come Daniele che indovinò un sogno dimenticato da Nabucodonosor, e calmò così la sua ira (cfr. *Libro di Daniele*, II, 1-46).

15   che l'avea fatto ingiustamente fello;
          e disse: «Io veggio ben come ti tira
        uno e altro disio, sì che tua cura
18   se stessa lega sì che fuor non spira.
            Tu argomenti: 'Se 'l buon voler dura,
          la violenza altrui per qual ragione
21   di meritar mi scema la misura?'
            Ancor di dubitar ti dà cagione
          parer tornarsi l'anime a le stelle,
24   secondo la sentenza di Platone.
            Queste son le question che nel tuo velle
          pontano igualmente; e però pria
27   tratterò quella che più ha di felle.
            De' Serafin colui che più s'india,
          Moisè, Samuel, e quel Giovanni
30   che prender vuoli, io dico, non Maria,
            non hanno in altro cielo i loro scanni
          che questi spirti che mo t'appariro,
33   né hanno a l'esser lor più o meno anni;
            ma tutti fanno bello il primo giro,
          e differentemente han dolce vita
36   per sentir più e men l'etterno spiro.
            Qui si mostraro, non perché sortita
          sia questa spera lor, ma per far segno
39   de la celestial c'ha men salita.
            Così parlar conviensi al vostro ingegno,
          però che solo da sensato apprende
42   ciò che fa poscia d'intelletto degno.
            Per questo la Scrittura condescende

---

18. *non spira*: non si esprime.
19-21. *'Se... misura?'*: Dante pensa alla diminuzione di merito nei beati che hanno infranto i loro voti per violenza altrui, e si domanda come mai aver subito tale violenza può esser contato come demerito.
24. *secondo... Platone*: nel *Timeo*, cfr. v. 49.
25. *velle*: volontà.
26. *pontano*: spingono.
27. *felle*: male, fiele.
28-32. *De' Serafin... t'appariro*: il più alto beato della sfera più elevata non ha la sua vera abitazione altrove che questi spiriti che appaiono così in basso: tutti abitano l'Empireo (il *primo giro*, v. 34).
30. *non Maria*: e neppure la Vergine Maria.
33. *né... anni*: e tutti vi sono per l'eternità.
36. *spiro*: lo Spirito, cioè l'Amore di Dio.
37. *Qui*: nel cielo della Luna.
38-9. *per... salita*: per darti un saggio sensibile della gerarchia celeste.
41. *da sensato*: dai sensi.

45   a vostra facultate, e piedi e mano
        attribuisce a Dio, ed altro intende;
            e Santa Chiesa con aspetto umano
        Gabriel e Michel vi rappresenta,
48   e l'altro che Tobia rifece sano.
            Quel che Timeo de l'anime argomenta
        non è simile a ciò che qui si vede,
51   però che, come dice, par che senta.
            Dice che l'alma a la sua stella riede,
        credendo quella quindi esser decisa
54   quando natura per forma la diede;
            e forse sua sentenza è d'altra guisa
        che la voce non suona, ed esser puote
57   con intenzion da non esser derisa.
            S'elli intende tornare a queste rote
        l'onor de la influenza e 'l biasmo, forse
60   in alcun vero suo arco percuote.
            Questo principio, male inteso, torse
        già tutto il mondo quasi, sì che Giove,
63   Mercurio e Marte a nominar trascorse.
            L'altra dubitazion che ti commove
        ha men velen, però che sua malizia
66   non ti poria menar da me altrove.
            Parere ingiusta la nostra giustizia
        ne li occhi de' mortali, è argomento
69   di fede e non d'eretica nequizia.
            Ma perché puote vostro accorgimento
        ben penetrare a questa veritate,
72   come disiri, ti farò contento.
            Se violenza è quando quel che pate

---

45. *ed altro intende*: e vuole invece significare enti e facoltà spirituali.

48. *l'altro*: Raffaele, che rese la vista a
Tobia (cfr. *Tobia*, III, 25; VI, 16).

51. *senta*: creda, sia convinto.

53-4. *quindi... diede*: che sia stata stac-
cata da essa stella quando è scesa sulla terra quale forma di un corpo umano.

55. *sentenza*: pensiero. Cfr. *Convivio*,
IV, XXI, 2 e 3.

59. *l'onor... 'l biasmo*: il merito; e il biasimo dell'influenza dei cieli. Cfr. *Purgato-*

rio, XVI, 73-81.

61. *principio*: delle influenze celesti, male inteso nel panteismo pagano.

62. *quasi*: ad eccezione degli Ebrei.

66. *non... altrove*: non ti potrebbe allon-
tanare da me.

67. *nostra giustizia*: del Paradiso e dell'u-
niverso, la giustizia di Dio.

68-9. *è... nequizia*: deve indurre alla fede, non all'eresia.

73. *pate*: subisce.

niente conferisce a quel che sforza,
75   non fuor quest'alme per essa scusate;
          ché volontà, se non vuol, non s'ammorza,
          ma fa come natura face in foco,
78   se mille volte violenza il torza.

          Per che, s'ella si piega assai o poco,
          segue la forza; e così queste fero,
81   possendo rifuggir nel santo loco.

          Se fosse stato lor volere intero,
          come tenne Lorenzo in su la grada,
84   e fece Muzio a la sua man severo,

          così l'avria ripinte per la strada
          ond'eran tratte, come fuoro sciolte;
87   ma così salda voglia è troppo rada.

          E per queste parole, se ricolte
          l'hai come dei, è l'argomento casso
90   che t'avria fatto noia ancor più volte.

          Ma or ti s'attraversa un altro passo
          dinanzi a li occhi, tal, che per te stesso
93   non usciresti, pria saresti lasso.

          Io t'ho per certo ne la mente messo
          ch'alma beata non poria mentire,
96   però ch'è sempre al primo vero appresso;

          e poi potesti da Piccarda udire
          che l'affezion del vel Costanza tenne;
99   sì ch'ella par qui meco contradire.

          Molte fiate già, frate, addivenne
          che, per fuggir periglio, contra grato
102   si fe' di quel che far non si convenne;

          come Almeone, che, di ciò pregato
          dal padre suo, la propria madre spense,

74. *conferisce*: asseconda, consente.
78. *torza*: torca, cerchi di sforzarla.
79. *ella*: la volontà.
83. *grada*: graticola; dove San Lorenzo fu bruciato vivo nel 258.
84. *Muzio*: Scevola che si bruciò la mano per non aver saputo uccidere il re Porsenna (cfr. Livio, *Dalla fondazione di Roma*, II, 12 e segg.).
89. *casso*: confutato; si accenna ai vv.
19-21.
96. *al primo vero*: alla verità di Dio.
98. *che... tenne*: nel suo cuore rimase monaca (cfr. *Paradiso*, III, 117).
99. *contradire*; per aver Beatrice sostenuto che il loro volere non fu abbastanza saldo.
103. *Almeone*: che uccise sua madre per ubbidire a suo padre Anfiarao (cfr. *Purgatorio*; XII, 49-51).

105   per non perder pietà, si fe' spietato.

A questo punto voglio che tu pense
che la forza al voler si mischia, e fanno
108   sì che scusar non si posson l'offense.

Voglia assoluta non consente al danno;
ma consentevi in tanto, in quanto teme,
111   se si ritrae, cadere in più affanno.

Però, quando Piccarda quello spreme,
de la voglia assoluta intende, e io
114   de l'altra; sì che ver diciamo insieme».

Cotal fu l'ondeggiar del santo rio
ch'uscì del fonte ond'ogni ver deriva;
117   tal puose in pace uno e l'altro disio.

«O amanza del primo amante, o diva»
diss'io appresso «il cui parlar m'inonda
120   e scalda sì, che più e più m'avviva,

non è l'affezion mia sì profonda,
che basti a render voi grazia per grazia;
123   ma quei che vede e puote a ciò risponda.

Io veggio ben che già mai non si sazia
nostro intelletto, se 'l ver non lo illustra
126   di fuor dal qual nessun vero si spazia.

Posasi in esso come fera in lustra,
tosto che giunto l'ha; e giugner puollo:
129   se non, ciascun disio sarebbe frustra.

Nasce per quello, a guisa di rampollo,
a piè del vero il dubbio; ed è natura
132   ch'al sommo pinge noi di collo in collo.

Questo m'invita, questo m'assicura
con reverenza, donna, a dimandarvi
135   d'un'altra verità che m'è oscura.

Io vo' saper se l'uom può sodisfarvi

---

105. *pietà*: il doveroso rispetto del volere paterno.
107. *che... mischia*: la violenza che ci sforza e la nostra volontà che la subisce si mescolano; chi subisce pecca per non aver saputo resistere.
112. *spreme*: enuncia.
118. *amanza*: donna amata.
126. *di fuor... spazia*: all'infuori della

quale verità divina nessuna verità può esistere.
127. *lustra*: covili (latinismo).
129. *frustra*: invano (latinismo).
130. *quello*: il desiderio di giungere al vero.
131. *dubbio*: il dubbio salutare, fecondo, che fa avanzare il sapere.
132. *di collo in collo*: di grado in grado.

ai voti manchi sì con altri beni,
138 ch'a la vostra statera non sien parvi».
      Beatrice mi guardò con li occhi pieni
      di faville d'amor così divini,
141 che, vinta, mia virtute diè le reni,
      e quasi mi perdei con li occhi chini.

CANTO V

«S'io ti fiammeggio nel caldo d'amore
di là dal modo che 'n terra si vede,
3 sì che de li occhi tuoi vinco il valore,
      non ti maravigliar; ché ciò procede
      da perfetto veder, che, come apprende
6 così nel bene appreso move il piede.
      Io veggio ben sì come già resplende
      ne l'intelletto tuo l'etterna luce,
9 che, vista, sola e sempre amore accende;
      e s'altra cosa vostro amor seduce,
      non è se non di quella alcun vestigio,
12 mal conosciuto, che quivi traluce.
      Tu vuo' saper se con altro servigio,
      per manco voto, si può render tanto
15 che l'anima sicuri di letigio».
      Sì cominciò Beatrice questo canto;
      e sì com'uom che suo parlar non spezza,
18 continuò così 'l processo santo:
      «Lo maggior don che Dio per sua larghezza
      fesse creando ed a la sua bontate
21 più conformato e quel ch'e' più apprezza,
      fu de la volontà la libertate;
      di che le creature intelligenti,
24 e tutte e sole, fuoro e son dotate.
      Or ti parrà, se tu quinci argomenti,

---

137. *altri beni*: opere di merito che possono essere sufficienti per la bilancia della giustizia divina, e così compensare i voti inadempiuti.

141. *diè le reni*: si arrese.

v. - 1. *fiammeggio*: rifulgo.
5-6. *perfetto veder... piede*: la visione di

Dio comunica la sua luminosità ai beati che ne partecipano.

12. *quivi*: negli ingannevoli beni che ci seducono sulla terra.

15. *che... letigio*: che liberi l'anima da ogni dubbio sulla sua salvazione.

18. *processo*: discorso.

l'alto valor del voto, s'è sì fatto
27   che Dio consenta quando tu consenti;
            ché, nel fermar tra Dio e l'uomo il patto,
        vittima fassi di questo tesoro,
30   tal quale io dico; e fassi col suo atto.
            Dunque che render puossi per ristoro?
        Se credi bene usar quel c'hai offerto,
33   di mal tolletto vuo' far buon lavoro.
            Tu se' omai del maggior punto certo;
        ma perché Santa Chiesa in ciò dispensa,
36   che par contra lo ver ch'i' t'ho scoverto,
            convienti ancor sedere un poco a mensa,
        però che 'l cibo rigido c'hai preso,
39   richiede ancora aiuto a tua dispensa.
            Apri la mente a quel ch'io ti paleso
        e fermalvi entro; ché non fa scienza,
42   sanza lo ritenere, avere inteso.
            Due cose si convegnono a l'essenza
        di questo sacrificio: l'una è quella
45   di che si fa; l'altr'è la convenenza.
            Quest'ultima già mai non si cancella
        se non servata; ed intorno di lei
48   sì preciso di sopra si favella:
            però necessità fu a li Ebrei
        pur l'offerere, ancor ch'alcuna offerta
51   si permutasse, come saver dei.
            L'altra, che per materia t'è aperta,
        puote ben esser tal, che non si falla

27. *che... consenta*: che sia accetto a Dio (cfr. *Paradiso*, III, 101-102).

29. *vittima... tesoro*: si sacrifica questo tesoro che è il libero arbitrio.

30. *e fassi... atto*: e lo si fa proprio con un atto di libero arbitrio.

31. *per ristoro*: per compensare un voto mancato.

33. *mal tolletto*: cosa presa abusivamente.

35. *in ciò dispensa*: concede tuttavia delle dispense dai voti.

38. *rigido*: difficoltoso.

39. *a tua dispensa*: perché tu possa assi-

milarlo, perché possa esserti dispensato utilmente.

44-5. *l'una... convenenza*: una è la materia del voto, l'altra la convenzione.

47. *se non servata*: se non con l'adempire il voto.

48. *di sopra*: ai vv. 31-3, dove si specifica che il voto è insostituibile.

49-51. *necessità... permutasse*: presso gli Ebrei l'offerta era obbligatoria, ma la materia dell'offerta poteva essere permutata.

52. *aperta*: esposta manifestamente come quella parte che costituisce la materia del voto.

54   se con altra materia si converta.
  Ma non trasmuti carco a la sua spalla
 per suo arbitrio alcun, sanza la volta
57   e de la chiave bianca e de la gialla;
  e ogni permutanza credi stolta,
 se la cosa dimessa in la sorpresa
60   come 'l quattro nel sei non è raccolta.
  Però qualunque cosa tanto pesa
 per suo valor che tragga ogni bilancia,
63   sodisfar non si può con altra spesa.
  Non prendan li mortali il voto a ciancia:
 siate fedeli, e a ciò far non bieci,
66   come Ieptè a la sua prima mancia;
  cui più si convenia dicer 'Mal feci',
 che, servando, far peggio; e così stolto
69   ritrovar puoi il gran duca de' Greci,
  onde pianse Ifigenia il suo bel volto,
 e fe' pianger di sé i folli e i savi
72   ch'udir parlar di così fatto colto.
  Siate, Cristiani, a muovervi più gravi:
 non siate come penna ad ogni vento,
75   e non crediate ch'ogni acqua vi lavi.
  Avete il novo e 'l vecchio Testamento,
 e 'l pastor de la Chiesa che vi guida:
78   questo vi basti a vostro salvamento.
  Se mala cupidigia altro vi grida,
 uomini siate, e non pecore matte,
81   sì che 'l Giudeo di voi tra voi non rida!
  Non fate com'agnel che lascia il latte

56-7. *sanza... gialla*: senza che giri la chiave papale; cioè senza autorizzazione della Chiesa.

59-60. *se... raccolta*: se il voto abbandonato (dimesso) non è sopravanzato in importanza da quello nuovamente contratto (sorpreso), che gli deve essere maggiore come il sei è maggiore del quattro.

61-3. *Però... spesa*: perciò se il voto è così importante che nulla possa bilanciarlo, non lo si può permutare.

65. *bieci*: traversi, obliqui.

66. *Ieptè... mancia*: Ieftè aveva promes-

sò di sacrificare il primo essere che uscisse di casa sua, se fosse tornato vincitore degli Ammoniti; dové così uccidere la sua unica figlia (cfr. *Giudici*, XI, 1; XII, 7); *mancia* è «dono».

69. *duca de' Greci*: Agamennone, che sacrificò sua figlia Ifigenia, per ottenere il favore degli Dei nella guerra di Troia.

73. *a muovervi*: nel fare voti inconsideratamente.

79. *mala cupidigia*: come quella di vittoria, che mosse Ieftè ed Agamennone.

de la sua madre, e semplice e lascivo
84   seco medesmo a suo piacer combatte!».

Così Beatrice a me com'io scrivo;
poi si rivolse tutta disiante
87   a quella parte ove 'l mondo è più vivo.

Lo suo tacere e 'l trasmutar sembiante
puoser silenzio al mio cupido ingegno,
90   che già nuove questioni avea davante;

e sì come saetta, che nel segno
percuote pria che sia la corda queta,
93   così corremmo nel secondo regno.

Quivi la donna mia vid'io sì lieta,
come nel lume di quel ciel si mise,
96   che più lucente se ne fe' 'l pianeta.

E se la stella si cambiò e rise,
qual mi fec'io che pur da mia natura
99   trasmutabile son per tutte guise!

Come 'n peschiera ch'è tranquilla e pura
traggonsi i pesci a ciò che vien di fori
102   per modo che lo stimin lor pastura,

sì vid'io ben più di mille splendori
trarsi ver noi, ed in ciascun s'udia:
105   «Ecco chi crescerà li nostri amori».

E sì come ciascuno a noi venia,
vedeasi l'ombra piena di letizia
108   nel fulgor chiaro che di lei uscia.

Pensa, lettor, se quel che qui s'inizia
non procedesse, come tu avresti
111   di più savere angosciosa carizia;

83. *lascivo*: che segue sfrenatamente il suo capriccio.

87. *ove... vivo*: dov'è il Sole; i due infatti si trasferiscono al *secondo regno* (v. 93) che è il cielo di Mercurio; il che sarà avvenuto secondo il procedimento medesimo della salita al cielo della Luna, cioè col fissarsi degli occhi di Beatrice nel Sole (cfr. *Paradiso*, I, 64 e segg.).

88. *'l trasmutar sembiante*: l'aumento di bellezza e di luminosità che è caratteristico di ogni grado dell'ascensione nel Paradiso.

98. *mia natura*: mortale, e quindi soggetto alle influenze dei cieli, che sono invece immortali.

102. *per... pastura*: se è tale che i pesci lo credano del cibo.

105. *chi*: probabilmente Dante, che offrirà occasione alle anime di esercitare la carità e farà quindi rifulgere e come aumentare la luce del loro amore (cfr. vv. 131-2).

107. *l'ombra*: l'anima. Come si vede, le ultime apparizioni «umane» erano nel cielo della Luna. Anche queste *ombre*, nei cieli superiori, scompariranno nella luce assoluta.

111. *carizia*: mancanza; brama.

e per te vederai come da questi
m'era in disio d'udir lor condizioni,
114   sì come a li occhi mi fur manifesti.

« O bene nato a cui veder li troni
del triunfo etternal concede grazia
117   prima che la milizia s'abbandoni,

del lume che per tutto il ciel si spazia
noi semo accesi; e però, se disii
120   di noi chiarirti, a tuo piacer ti sazia».

Così da un di quelli spirti pii
detto mi fu; e da Beatrice: «Dì dì
123   sicuramente, e credi come a dii».

«Io veggio ben sì come tu t'annidi
nel proprio lume, e che de li occhi il traggi,
126   perch'e' corusca sì come tu ridi;

ma non so chi tu se', né perché aggi,
anima degna, il grado de la spera
129   che si vela a' mortai con altrui raggi».

Questo diss'io diritto a la lumera
che pria m'avea parlato; ond'ella fessi
132   lucente più assai di quel ch'ell'era.

Sì come il sol che si cela elli stessi
per troppa luce, come 'l caldo ha rose
135   le temperanze di vapori spessi;

per più letizia sì mi si nascose
dentro al suo raggio la figura santa;
138   e così chiusa chiusa mi rispuose
nel modo che 'l seguente canto canta.

CANTO VI

«Poscia che Costantin l'aquila volse
contro al corso del ciel, ch'ella seguio

---

117. *prima... s'abbandoni*: prima di aver
lasciato la lotta della vita terrena.

125-6. *e che... ridi*: e che questo lume che
ti avvolge emana dagli occhi, perché lo vedo rifulgere quando sorridi.

128. *il grado... raggi*: il grado del cielo di
Mercurio, stella che *più va velata de li raggi
del Sole che null'altra stella* (cfr. *Convivio*,

II, XIII, 11).

134-5. *ha... spessi*: ha consumato quei vapori che temperano ai nostri occhi il fulgore del Sole.

VI. -1. *l'aquila*: segno *sacrosanto* (come dirà
al v. 32) dell'Impero.

2. *contro... ciel*: verso Oriente.

3   dietro a l'antico che Lavina tolse,
     cento e cent'anni e più l'uccel di Dio
     ne lo stremo d'Europa si ritenne,
6   vicino a' monti de' quai prima uscio;
     e sotto l'ombra de le sacre penne
     governò 'l mondo lì di mano in mano,
9   e, sì cangiando, in su la mia pervenne.
     Cesare fui e son Giustiniano,
     che, per voler del primo amor ch'i' sento,
12   d'entro le leggi trassi il troppo e 'l vano.
     E prima ch'io a l'ovra fossi attento,
     una natura in Cristo esser, non piue,
15   credea, e di tal fede era contento;
     ma il benedetto Agapito, che fue
     sommo pastore, a la fede sincera
18   mi dirizzò con le parole sue.
     Io li credetti; e ciò che 'n sua fede era,
     vegg'io or chiaro sì, come tu vedi
21   ogni contradizione e falsa e vera.
     Tosto che con la Chiesa mossi i piedi,
     a Dio per grazia piacque di spirarmi
24   l'alto lavoro, e tutto 'n lui mi diedi;
     e al mio Belisar commendai l'armi,
     cui la destra del ciel fu sì congiunta,
27   che segno fu ch'i' dovessi posarmi.
     Or qui a la question prima s'appunta
     la mia risposta; ma sua condizione
30   mi stringe a seguitare alcuna giunta,
     perché tu veggi con quanta ragione

---

3. *l'antico*: Enea, che invece venne verso occidente, e che giunto nel Lazio sposò Lavinia, figlia del re Latino.

6. *monti*: della Troade.

8. *lì*: a Bisanzio.

10. *Giustiniano*: celebre per aver fatto riordinare e redigere gli elementi del diritto romano, nel codice che da lui prende il nome (nato 482 d.C., morto 565).

16. *Agapito*: papa dal 533 al 536, convinse Giustiniano ad abbandonare l'eresia monofisita.

20-21. *vegg'io... vera*: vedo la dualità della natura di Cristo come tu le due facce di ogni contraddizione.

25. *Belisar*: questo celebre generale (490-565) ritolse l'Italia ai Goti. Non conoscendo lo storico Procopio, Dante sembra ignorare che nel 562 l'imperatore Giustiniano fece incarcerare Belisario.

28-9. *qui... risposta*: qui finirebbe la risposta alla prima domanda (cfr. *Paradiso*, V, 127); *sua*: della risposta.

31. *con quanta ragione*: quanto a torto.

33
si move contr'al sacrosanto segno
e chi 'l s'appropria e chi a lui s'oppone.

36
Vedi quanta virtù l'ha fatto degno
di reverenza; e cominciò da l'ora
che Pallante morì per darli regno.

39
Tu sai ch'el fece in Alba sua dimora
per trecento anni e oltre, infino al fine
che i tre e tre pugnar per lui ancora.

42
E sai ch'el fe' dal mal de le Sabine
al dolor di Lucrezia in sette regi,
vincendo intorno le genti vicine.

45
Sai quel che fe', portato da li egregi
Romani incontro a Brenno, incontro a Pirro,
incontro a gli altri principi e collegi;

48
onde Torquato e Quinzio che dal cirro
negletto fu nomato, i Deci e' Fabi
ebber la fama che volontier mirro.

51
Esso atterrò l'orgoglio de li Arabi
che di retro ad Annibale passaro
l'alpestre rocce, Po, di che tu labi.

54
Sott'esso giovanetti triunfaro
Scipione e Pompeo; ed a quel colle
sotto 'l qual tu nascesti parve amaro.

57
Poi, presso al tempo che tutto 'l ciel volle
redur lo mondo a suo modo sereno,
Cesare per voler di Roma il tolle.

---

36. *Pallante*: alleato di Enea, morì combattendo contro Turno.

39. *i tre e tre*: gli Orazi e i Curiazi.

40. *mal... Sabine*: Romolo.

41. *dolor di Lucrezia*: Tarquinio.

44. *Brenno*: re dei Galli, vinto nel 389 a.C.; *Pirro*: re dell'Epiro, vinto nel 275 a.C. a Benevento.

45. *collegi*: stati, non monarchici.

46. *Torquato*: vincitore dei Galli e dei Latini; non esitò ad applicare la giustizia a suo figlio (cfr. *Convivio*, IV, v, 14); *Quinzio*: Cincinnato (cfr. *Convivio*, IV, v, 15), cioè «lo spettinato».

47. *Deci*: famiglia famosa per molti eroi che si sacrificarono per la patria; *Fabi*: altra famiglia famosa, a cui apparteneva Fabio Massimo il Temporeggiatore, vincitore di Annibale.

48. *mirro*: rendo onore (cfr. «incensare»).

50. *Annibale*: il generale dei Cartaginesi (gli *Arabi* del v. 49) battuto definitivamente da Scipione l'Africano a Zama (202 a.C.).

51. *labi*: nasci.

53. *Scipione*: che si batté la prima volta contro Annibale quando aveva 17 anni, al Ticino (218 a.C.); *Pompeo*: che ottenne il trionfo a 25 anni; *quel colle*: Fiesole, che dai Romani sarebbe stata assediata e distrutta.

57. *Cesare*: Giulio Cesare, che visse nell'imminenza della venuta di Cristo, e che accentrò il potere imperiale simboleggiato dall'aquila (cfr. *Convivio*, IV, v, 4).

E quel che fe' da Varo infino al Reno,
Isara vide ed Era e vide Senna
60   e ogne valle onde 'l Rodano è pieno.

Quel che fe' poi ch'elli uscì di Ravenna
e saltò Rubicon, fu di tal volo,
63   che nol seguiteria lingua né penna.

Inver la Spagna rivolse lo stuolo,
poi ver Durazzo, e Farsalia percosse
66   sì ch'al Nil caldo si sentì del duolo.

Antandro e Simoenta, onde si mosse,
rivide e là dov'Ettore si cuba;
69   e mal per Tolomeo poscia si scosse.

Da onde scese folgorando a Iuba;
onde si volse nel vostro occidente,
72   ove sentia la pompeiana tuba.

Di quel che fe' col baiulo seguente,
Bruto con Cassio ne l'inferno latra,
75   e Modena e Perugia fu dolente.

Piangene ancor la trista Cleopatra,
che, fuggendoli innanzi, dal colubro
78   la morte prese subitana e atra.

Con costui corse infino al lito rubro;
con costui puose il mondo in tanta pace,

58. *da Varo... Reno*: nella Gallia trans-alpina.

59. *Isara... Senna*: questi fiumi determinano l'area delle guerre di Cesare secondo Lucano (cfr. *Farsalia*, I, 399 e segg.).

60. *ogne... pieno*: gli affluenti del Rodano.

65. *Farsalia*: in Tessaglia, dove sconfisse Pompeo.

66. *ch'al Nil... duolo*: fino al Nilo, dove Pompeo si era rifugiato, e dove fu ucciso a tradimento.

67. *Antandro*: città frigia; il *Simoenta* è un fiume della Troade; s'intende, la regione originaria di Enea.

68. *si cuba*: riposa.

69. *e... scosse*: si mosse (l'aquila) con danno di Tolomeo re di Egitto, vinto da Cesare.

70. *Iuba*: Giuba, re di Mauritania, fautore di Pompeo.

71. *nel vostro occidente*: la Spagna, dove le ultime forze pompeiane si erano riunite, e dove furono battute nel 45 a.C.

72. *tuba*: tromba.

73. *baiulo*: portatore (dell'aquila). Ottaviano Augusto (n. 63 a.C.-m. 14 d.C.), che sconfisse i traditori di Cesare, Bruto e Cassio.

75. *Modena e Perugia*: le due città erano roccheforti di Antonio, e furono conquistate da Ottaviano.

76. *Cleopatra*: messa da Cesare sul trono di Egitto al posto di suo fratello Tolomeo, dopo la morte di Antonio sconfitto ad Azio tentò di sedurre Ottaviano; non vi riuscì e si uccise facendosi mordere da un serpente (30 a.C.).

79. *rubro*: dal Mar Rosso.

81   che fu serrato a Iano il suo delubro.
            Ma ciò che 'l segno che parlar mi face
            fatto avea prima e poi era fatturo
84   per lo regno mortal ch'a lui soggiace,
            diventa in apparenza poco e scuro,
            se in mano al terzo Cesare si mira
87   con occhio chiaro e con affetto puro;
            ché la viva giustizia che mi spira,
            li concedette, in mano a quel ch'i' dico,
90   gloria di far vendetta a la sua ira.
            Or qui t'ammira in ciò ch'io ti replico:
            poscia con Tito a far vendetta corse
93   de la vendetta del peccato antico.
            E quando il dente longobardo morse
            la Santa Chiesa, sotto le sue ali
96   Carlo Magno, vincendo, la soccorse.
            Omai puoi giudicar di quei cotali
            ch'io accusai di sopra e di lor falli,
99   che son cagion di tutti vostri mali.
            L'uno al pubblico segno i gigli gialli
            oppone, e l'altro appropria quello a parte,
102   sì ch'è forte a veder chi più si falli.
            Faccian li Ghibellin, faccian lor arte
            sott'altro segno; ché mal segue quello
105   sempre chi la giustizia e lui diparte.
            E non l'abbatta esto Carlo novello
            coi Guelfi suoi; ma tema de li artigli

81. *delubro*: tempio. Il tempio di Giano si chiudeva solo quando ogni guerra era spenta.

84. *per... soggiace*: per il domino politico che a lui (cioè all'aquila) spetta.

86. *terzo*: Tiberio (42 a.C.-37 d.C.).

88. *giustizia*: di Dio.

90. *far... ira*: di sacrificare Gesù.

92. *Tito*: da Tito (nel 70 d.C.) fu distrutta Gerusalemme e quindi giustamente punito il popolo che era stato lo strumento del sacrificio di Cristo (a sua volta giusta punizione della colpa di Adamo).

94-6. *dente... soccorse*: Desiderio, avendo attaccato gli stati della Chiesa, fu vinto da Carlo Magno (773-4).

97. *cotali*: i Guelfi e i Ghibellini, a cui è fatta allusione al v. 33.

100. *pubblico segno*: l'aquila imperiale; i *gigli gialli* sono l'insegna della casa di Francia; bianco e oro sono d'altronde i colori della Chiesa. Si parla prima dei Guelfi, poi dei Ghibellini.

101. *appropria... a parte*: ne fa insegna di partito (invece di considerarlo un simbolo universale, superiore ai partiti).

102. *forte*: difficile.

104. *quello*: il segno dell'Impero.

106. *Carlo*: Carlo II d'Anjou, re di Napoli (1254-1309).

107. *artigli*: dell'aquila.

108   ch'a più alto leon trasser lo vello.
         Molte fiate già pianser li figli
         per la colpa del padre, e non si creda
111   che Dio trasmuti l'armi per suoi gigli!
         Questa picciola stella si correda
         de' buoni spirti che son stati attivi,
114   perché onore e fama li succeda:
         e quando li disiri poggian quivi,
         sì disviando, pur convien che i raggi
117   del vero amore in su poggin men vivi.
         Ma nel commensurar di nostri gaggi
         col merto è parte di nostra letizia,
120   perché non li vedem minor né maggi.
         Quindi addolcisce la viva giustizia
         in noi l'affetto sì, che non si puote
123   torcer già mai ad alcuna nequizia.
         Diverse voci fanno dolci note;
         così diversi scanni in nostra vita
126   rendon dolce armonia tra queste rote.
         E dentro a la presente margarita
         luce la luce di Romeo, di cui
129   fu l'ovra grande e bella mal gradita.
         Ma i Provenzai che fecer contra lui
         non hanno riso; e però mal cammina

110. *si creda*: il sogg. è sempre *Carlo*.
111. *trasmuti... gigli*: abbandoni l'aquila per l'insegna della casa di Francia. Termina qui la risposta di Giustiniano alla prima domanda di Dante (cfr. *Paradiso*, V, 127).
112. *picciola stella*: il cielo di Mercurio è il più piccolo di quelli stellari, essendo il più prossimo a quello della Luna e quindi alla Terra.
114. *perché... succeda*: essendo mossi da ambizione.
116. *disviando*: da Dio (essendo nati dall'ambizione).
117. *men vivi*: con meno fervore.
118. *gaggi*: ricompense. La letizia dei beati sta anche nel vedere la corrispondenza perfetta fra merito e ricompensa.
120. *maggi*: maggiori.
121. *giustizia*: Dio.

123. *nequizia*: cosa non equa; come il desiderare maggior ricompensa che non si meriti.
125. *scanni*: sedi; nei vari gradi del Paradiso.
127. *margarita*: gemma; è il cielo di Mercurio.
128. *Romeo*: di Villanova, ministro di Raimondo Berengario IV, conte di Provenza. Fece sposare la quarta figlia del conte a Carlo d'Anjou. Morì nel 1250. Ma secondo la leggenda era un povero pellegrino, che amministrò a meraviglia i beni del conte, e procurò matrimoni regali alle sue quattro figlie; per l'invidia dei cortigiani gli furono chiesti i conti, ed egli poté dimostrare di aver moltiplicato il patrimonio; dopodiché, benché scongiurato di restare, se ne partì, e visse mendicando.

132   qual si fa danno del ben fare altrui.
                  Quattro figlie ebbe, e ciascuna reina,
             Ramondo Beringhieri, e ciò li fece
135   Romeo, persona umile e peregrina.
                  E poi il mosser le parole biece
             a dimandar ragione a questo giusto,
138   che li assegnò sette e cinque per diece.
                  Indi partissi povero e vetusto:
             e se 'l mondo sapesse il cor ch'elli ebbe
141   mendicando sua vita a frusto a frusto,
                  assai lo loda, e più lo loderebbe».

CANTO VII

             «Osanna, sanctus Deus sabaoth,
             superillustrans claritate tua
3   felices ignes horum malacoth!»
                  Così, volgendosi a la nota sua,
             fu viso a me cantare essa sustanza,
6   sopra la qual doppio lume s'addua:
                  ed essa e l'altre mossero a sua danza,
             e quasi velocissime faville,
9   mi si velar di subita distanza.
                  Io dubitava, e dicea «Dille, dille!»
             fra me: 'dille' dicea, a la mia donna
12   che mi disseta con le dolci stille.
                  Ma quella reverenza che s'indonna
             di tutto me, pur per Be e per ice,
15   mi richinava come l'uom ch'assonna.
                  Poco sofferse me cotal Beatrice,
             e cominciò, raggiandomi d'un riso
18   tal, che nel foco faria l'uom felice:

---

136. *biece*: bieche, degli invidiosi.
138. *assegnò... diece*: restituì dodici per dieci.
141. *frusto*: tozzo di pane.

VII. - 1-3. «*Osanna... malacoth!*»: «Salve, Dio santo degli eserciti, che dai splendore colla tua luce alle fiamme felici di questi regni». La forma corretta della terza parola ebraica sarebbe *mamlacoth* («dei regni»).
6. *doppio... s'addua*: si unisce, si accoppia, il doppio splendore di imperatore e di beato.
10. *dubitava*: avevo un dubbio e speravo che Beatrice le parlasse.
12. *stille*: le parole della verità.
15. *richinava*: piegava la testa in giù.

«Secondo mio infallibile avviso,
come giusta vendetta giustamente
21   punita fosse, t'ha in pensier miso;
        ma io ti solverò tosto la mente;
e tu ascolta, ché le mie parole
24   di gran sentenza ti faran presente.
        Per non soffrire a la virtù che vole
freno a suo prode, quell'uom che non nacque,
27   dannando sé, dannò tutta sua prole;
        onde l'umana specie inferma giacque
giù per secoli molti in grande errore,
30   fin ch'al Verbo di Dio di scender piacque
        u' la natura, che dal suo fattore
s'era allungata, unì a sé in persona
33   con l'atto sol del suo etterno amore.
        Or drizza il viso a quel ch'or si ragiona.
Questa natura al suo fattore unita,
36   qual fu creata, fu sincera e buona;
        ma per se stessa fu ella sbandita
di paradiso, però che si torse
39   da via di verità e da sua vita.
        La pena dunque che la croce porse,
se a la natura assunta si misura,
42   nulla già mai sì giustamente morse;
        e così nulla fu di tanta ingiuria,
guardando a la persona che sofferse,
45   in che era contratta tal natura.
        Però d'un atto uscir cose diverse:
ch'a Dio ed a' Giudei piacque una morte;
48   per lei tremò la terra e 'l ciel s'aperse.
        Non ti dee oramai parer più forte,

19. *mio... avviso*: la mia infallibile capacità di vedere (nei tuoi pensieri).
21. *miso*: messo; il dubbio si riferisce a
Paradiso, VI, 91-3.
24. *presente*: dono.
25. *soffrire... vole*: sopportare freno alla
sua volontà.
26. *prode*: utilità; *quell'uom che non nacque*: Adamo.
32. *allungata*: allontanata.
41. *la natura assunta*: la natura umana,

colpevole, e quindi meritevole del suppli-
zio della croce.
44. *persona*: il Figlio di Dio, il Verbo.
45. *contratta*: unita, sintetizzata.
47. *a Dio... morte*: perché la morte di
Cristo piacque a Dio in quanto era giusta, mentre piacque ingiustamente ai Giudei.
48. *tremò*: cfr. *Vangelo secondo Matteo*,
XXVII, 51 e segg.
49. *forte*: duro a capire.

51   quando si dice che giusta vendetta
      poscia vengiata fu da giusta corte.

          Ma io veggi' or la tua mente ristretta
      di pensiero in pensier dentro ad un nodo,
54   del qual con gran disio solver s'aspetta.

          Tu dici: 'Ben discerno ciò ch'i' odo;
      ma perché Dio volesse, m'è occulto,
57   a nostra redenzion pur questo modo'.

          Questo decreto, frate, sta sepulto
      a li occhi di ciascuno il cui ingegno
60   ne la fiamma d'amor non è adulto.

          Veramente, però ch'a questo segno
      molto si mira e poco si discerne,
63   dirò perché tal modo fu più degno.

          La divina bontà, che da sé sperne
      ogni livore, ardendo in sé, sfavilla
66   sì che dispiega le bellezze etterne.

          Ciò che da lei sanza mezzo distilla
      non ha poi fine, perché non si move
69   la sua imprenta quand'ella sigilla.

          Ciò che da essa sanza mezzo piove
      libero è tutto, perché non soggiace
72   a la virtute de le cose nove.

          Più l'è conforme, e però più le piace;
      ché l'ardor santo ch'ogni cosa raggia,
75   ne la più somigliante è più vivace.

          Di tutte queste dote s'avvantaggia
      l'umana creatura; e s'una manca,
78   di sua nobilità convien che caggia.

          Solo il peccato è quel che la disfranca,

---

57. *pur*: soltanto, proprio.
61. *Veramente*: tuttavia.
64. *sperne*: scaccia, rigetta. È cioè «puro» Amore.
65-6. *ardendo... etterne*: l'Amore, nell'attuarsi, crea tutte le bellezze dell'universo.
67. *sanza mezzo*: direttamente, non attraverso la Natura: tali gli angeli, i cieli, l'anima umana, la materia prima.
69. *la sua imprenta*: l'impronta di Dio.

72. *nove*: create, come i cieli e la Natura, e quindi non più cause «prime».
74. *raggia*: irraggia. Queste quattro terzine introduttive vogliono dire che l'uomo era la creatura prediletta, come formata ad immagine del Creatore.
77. *una*: di tali doti.
78. *caggia*: decada dalla sua qualità di creatura prediletta.
79. *la disfranca*: la fa serva.

e falla dissimile al sommo bene;
81 per che del lume suo poco s'imbianca;
  ed in sua dignità mai non rivene,
 se non riempie dove colpa vota,
84 contra mal dilettar con giuste pene.
  Vostra natura, quando peccò tota
 nel seme suo, da queste dignitadi,
87 come di paradiso, fu remota;
  né ricovrar potiensi, se tu badi
 ben sottilmente, per alcuna via,
90 sanza passar per un di questi guadi:
  o che Dio solo per sua cortesia
 dimesso avesse, o che l'uom per se isso
93 avesse sodisfatto a sua follia.
  Ficca mo l'occhio per entro l'abisso
 de l'etterno consiglio, quanto puoi
96 al mio parlar distrettamente fisso.
  Non potea l'uomo ne' termini suoi
 mai sodisfar, per non potere ir giuso
99 con umiltate obediendo poi,
  quanto disobediendo intese ir suso;
 e questa è la cagion per che l'uom fue
102 da poter sodisfar per sé dischiuso.
  Dunque a Dio convenia con le vie sue
 riparar l'omo a sua intera vita,
105 dico con l'una, o ver con amendue.
  Ma perché l'ovra è tanto più gradita
 da l'operante, quanto più appresenta
108 de la bontà del core ond'ell'è uscita,
  la divina bontà, che 'l mondo imprenta,
 di proceder per tutte le sue vie
111 a rilevarvi suso fu contenta.

---

81. *s'imbianca*: s'illumina.
86. *nel seme suo*: con Adamo.
90. *guadi*: passaggi obbligati.
92. *dimesso*: rimesso, perdonato; *isso*: stesso.
102. *dischiuso*: escluso.
105. *con l'una... amendue*: o col perdonare, o col rendere l'uomo capace di scontar la sua colpa; cioè con la magnanimità,

o con la giustizia.
106-8. *è tanto... uscita*: dà tanta più gioia a chi la compie quanto è più improntata dalla bontà che l'ha ispirata.
109. *che 'l mondo imprenta*: che è così grande da aver dato impronta a tutto l'universo.
111. *rilevarvi*: riabilitare (voi uomini).

Né tra l'ultima notte e 'l primo die
sì alto o sì magnifico processo,
114   o per l'una o per l'altra, fu o fie:

ché più largo fu Dio a dar se stesso
per far l'uom sufficiente a rilevarsi,
117   che s'elli avesse sol da sé dimesso;

e tutti li altri modi erano scarsi
a la giustizia, se 'l Figliuol di Dio
120   non fosse umiliato ad incarnarsi.

Or per empierti bene ogni disio,
ritorno a dichiarare in alcun loco,
123   perché tu veggi lì così com'io.

Tu dici: 'Io veggio l'acqua, io veggio il foco,
l'aere e la terra e tutte lor misture
126   venire a corruzione, e durar poco;

e queste cose pur furon creature;
per che, se ciò ch'è detto è stato vero,
129   esser dovrien da corruzion sicure'.

Li angeli, frate, e 'l paese sincero
nel qual tu se', dir si posson creati,
132   sì come sono, in loro essere intero;

ma li elementi che tu hai nomati,
e quelle cose che di lor si fanno
135   da creata virtù sono informati.

Creata fu la materia ch'elli hanno;
creata fu la virtù informante
138   in queste stelle che 'ntorno a lor vanno.

L'anima d'ogne bruto e de le piante
di complession potenziata tira
141   lo raggio e 'l moto de le luci sante;

ma vostra vita sanza mezzo spira
la somma beninanza, e la innamora
144   di sé sì che poi sempre la disira.

---

114. *fie*: sarà.

117. *dimesso*: perdonato.

130. *paese*: il Paradiso.

135. *da... informati*: ricevono la loro specifica forma da una causa seconda (cfr. *Paradiso*, II, 118-20); il complesso delle cause
seconde è la Natura (cfr. *Paradiso*, VIII, 127
e 133).

139-41. *L'anima... sante*: l'irradiare dei
cieli (*luci sante*) suscita, informa l'anima sensitiva e l'anima vegetativa dal complesso
della materia potenziata (cioè atta a ricevere
la forma).

142-3. *vostra... beninanza*: l'anima che è
vita è infusa direttamente nell'uomo dalla
bontà (*beninanza*) di Dio.

E quinci puoi argomentare ancora
vostra resurrezion, se tu ripensi
147 come l'umana carne fessi allora
che li primi parenti intrambo fensi ».

CANTO VIII

Solea creder lo mondo in suo periclo
che la bella Ciprigna il folle amore
3 raggiasse, volta nel terzo epiciclo;
per che non pur a lei faceano onore
di sacrificio e di votivo grido
6 le genti antiche ne l'antico errore;
ma Dione onoravano e Cupido,
questa per madre sua, questo per figlio;
9 e dicean ch'el sedette in grembo a Dido;
e da costei ond'io principio piglio
pigliavano il vocabol de la stella
12 che 'l sol vagheggia or da coppa or da ciglio.
Io non m'accorsi del salire in ella;
ma d'esservi entro mi fe' assai fede
15 la donna mia ch'i' vidi far più bella.
E come in fiamma favilla si vede,
e come in voce voce si discerne,
18 quand'una è ferma e l'altra va e riede;
vid'io in essa luce altre lucerne
muoversi in giro più e men correnti,
21 al modo, credo, di lor viste interne.
Di fredda nube non disceser venti,

147-8. *come... fensi*: che la carne umana fu fatta direttamente da Dio quando furono creati Adamo ed Eva.

VIII. - 1. *in suo periclo*: con suo danno spirituale, per tale credenza pagana.

2-3. *che... epiciclo*: che Venere ispirasse l'amore sensuale girando nel terzo cielo. Per *epiciclo*, cfr. *Convivio*, II. III, 16.

4. *non pur*: non solo.

6. *l'antico errore*: il paganesimo.

9. *Dido*: cfr. Virgilio, *Eneide*, I, 657 e segg.

11. *il... stella*: il nome del pianeta Venere.

12. *'l sol... ciglio*: Venere è presente all'orizzonte prima dell'alba e del tramonto del Sole: soggetto del *vagheggiare* è probabilmente il Sole: *coppa* (nuca) vale «dietro a sé», *ciglio* «davanti a sé».

13. *in ella*: nel terzo cielo, detto di Venere.

15. *più bella*: cfr. *Paradiso*, V, 88, e nota ivi.

21. *al modo... interne*: in proporzione alla visione che interiormente avevano di Dio.

o visibili o non, tanto festini,
24   che non paressero impediti e lenti
a chi avesse quei lumi divini
veduti a noi venir, lasciando il giro
27   pria cominciato in li alti Serafini.
E dentro a quei che più innanzi appariro
sonava 'Osanna' sì, che unque poi
30   di riudir non fui sanza disiro.
Indi si fece l'un più presso a noi
e solo incominciò: « Tutti sem presti
33   al tuo piacer, perché di noi ti gioi.
Noi ci volgiam coi Principi celesti
d'un giro e d'un girare e d'una sete,
36   ai quali tu del mondo già dicesti:
'Voi che 'ntendendo il terzo ciel movete';
e sem sì pien d'amor, che, per piacerti,
39   non fia men dolce un poco di quiete ».
Poscia che li occhi miei si fuoro offerti
a la mia donna reverenti, ed essa
42   fatti li avea di sé contenti e certi,
rivolsersi a la luce che promessa
tanto s'avea, e « Deh, chi siete? » fue
45   la voce mia di grande affetto impressa.
E quanta e quale vid'io lei far piue
per allegrezza nova che s'accrebbe,
48   quand'io parlai, a l'allegrezze sue!
Così fatta, mi disse: « Il mondo m'ebbe
giù poco tempo; e se più fosse stato,
51   molto sarà di mal, che non sarebbe.
La mia letizia mi ti tien celato

23. *festini*: rapidi.

26-7. *il giro... Serafini*: la danza che ha principio nell'Empireo; principio si intenda in senso spirituale, poiché l'Empireo è immobile.

32. *presti*: pronti (ad assecondare quel che desideri).

34. *Principi*: i Principati, terz'ultimo dei nove cori angelici, e preposto al cielo di Venere. Cfr. *Paradiso*, II, 129, e nota ivi.

35. *sete*: desiderio di Dio.

37. *'Voi... movete'*: cfr. *Convivio*, II.

42. *di sé*: del suo consenso.

46. *piue*: più; aumentare, in quantità e qualità, di luce.

49-50. *Il mondo... tempo*: è l'anima di Carlo Martello, figlio di Carlo II d'Anjou, incoronato re d'Ungheria nel 1290 a vent'anni circa, e morto nel 1295 prima di aver le corone di Napoli e di Provenza. Era stato nel 1294 a Firenze, dove certo conobbe Dante.

che mi raggia dintorno e mi nasconde
54 quasi animal di sua seta fasciato.
  Assai m'amasti, e avesti ben onde;
ché s'io fossi giù stato, io ti mostrava
57 di mio amor più oltre che le fronde.
  Quella sinistra riva che si lava
di Rodano, poi ch'è misto con Sorga,
60 per suo segnore a tempo m'aspettava;
  e quel corno d'Ausonia che s'imborga
di Bari, di Gaeta e di Catona,
63 da ove Tronto e Verde in mare sgorga.
  Fulgiemi già in fronte la corona
di quella terra che 'l Danubio riga
66 poi che le ripe tedesche abbandona.
  E la bella Trinacria, che caliga
tra Pachino e Peloro, sopra 'l golfo
69 che riceve da Euro maggior briga,
  non per Tifeo ma per nascente solfo,
attesi avrebbe li suoi regi ancora,
72 nati per me di Carlo e di Ridolfo,
  se mala segnoria, che sempre accora
li popoli suggetti, non avesse
75 mosso Palermo a gridar: 'Mora, mora!'.
  E se mio frate questo antivedesse,
l'avara povertà di Catalogna

---

57. *di mio amor... fronde*: anche i frutti del mio amore.

58-60. *Quella... m'aspettava*: la Provenza e Napoli erano anche corone degli Anjou e sarebbero toccate a Carlo Martello.

61. *Ausonia*: Italia; *s'imborga*: si adorna, di città.

62. *Catona*: sulla punta meridionale della Calabria. Il *Verde* (v. 63) è il Liri, o Garigliano.

65. *quella terra*: l'Ungheria; Carlo Martello era figlio della sorella di Ladislao re d'Ungheria, morto senza figli nel 1290. Ma solo il figlio di Carlo Martello vi regnò effettivamente, dal 1310.

67. *caliga*: va col v. 70; si annebbia di fumi sulfurei.

68. *Pachino e Peloro*: sono due capi della Sicilia, il Passero e il Faro. Il *golfo* è la parte sud-est della Sicilia, molto battuta dai venti (*Euro*).

70. *Tifeo*: gigante sepolto sotto l'Etna.

71. *attesi*: riveriti, serviti.

72. *nati... Ridolfo*: discesi da Carlo I ecc. attraverso di me.

73. *mala segnoria*: il malgoverno degli Anjou, che provocò la rivolta detta dei Vespri Siciliani (1282) e il passaggio dell'isola agli Aragonesi.

76. *mio frate*: Roberto d'Anjou, che salì al trono di Napoli nel 1309 e fu, come notato altrove, avverso a Dante; egli era stato in Catalogna, come ostaggio, dal 1288 al 1295, e rientrato in Italia dette molti uffici a dei Catalani. Questi mostravano, pare, avidità eccessiva e pericolosa.

78   già fuggiria, perché non li offendesse;
               ché veramente proveder bisogna
               per lui, o per altrui, sì ch'a sua barca
81   carcata più di carco non si pogna.
               La sua natura, che di larga parca
               discese, avria mestier di tal milizia
84   che non curasse di mettere in arca ».
               « Però ch'i' credo che l'alta letizia
               che 'l tuo parlar m'infonde, signor mio,
87   là 've ogni ben si termina e s'inizia,
               per te si veggia come la vegg'io,
               grata m'è più; e anco quest'ho caro
90   perché 'l discerni rimirando in Dio.
               Fatto m'hai lieto, e così mi fa chiaro,
               poi che, parlando a dubitar m'hai mosso,
93   com'esser può di dolce seme amaro ».
               Questo io a lui; ed elli a me: « S'io posso
               mostrarti un vero, a quel che tu dimandi
96   terra' il viso come tieni 'l dosso.
               Lo ben che tutto il regno che tu scandi
               volge e contenta, fa esser virtute
99   sua provedenza in questi corpi grandi.
               E non pur le nature provedute
               sono in la mente ch'è da sé perfetta,
102   ma esse insieme con la lor salute:
               per che quantunque quest'arco saetta,
               disposto cade a proveduto fine,
105   sì come cosa in suo segno diretta.
               Se ciò non fosse, il ciel che tu cammine

---

80. *per lui*: è lui che deve provvedere.
82. *larga*: il padre, Carlo II, secondo il
Villani, era stato generoso; anche se talora
si era mostrato avido (cfr. *Purgatorio*, XX,
79 e segg.). Ma forse Dante allude all'avo
Carlo I.
84. *mettere in arca*: accumulare denaro.
87. *là... s'inizia*: dipende dal verso seg.;
che veda in Dio quanto sono lieto come
lo vedo io stesso.
90. *perché... in Dio*: cioè, perché questo
significa che tu sei beato.
93. *di... amaro*: da un buon padre un cattivo figlio.

96. *terra'... dosso*: lo vedrai bene come
avendolo davanti.
97. *scandi*: ascendi. *Lo ben* è Dio.
98-9. *fa... grandi*: fa che la sua provvidenza diventi nei cieli (*corpi grandi*) virtù capace di caratterizzare le creature terrene; e le
provvede anche del fine buono a cui sono
destinate.
103-4. *quantunque... fine*: tutto ciò che
questo strumento che sono i cieli, simile a
un *arco*, produce nelle creature è ordinato
al suo fine.
106. *cammine*: percorri.

producerebbe sì li suoi effetti,
108   che non sarebbero arti, ma ruine;
            e ciò esser non può, se li 'ntelletti
            che muovon queste stelle non son manchi,
111   e manco il primo, che non li ha perfetti.
            Vuo' tu che questo ver più ti s'imbianchi? »
            E io: « Non già; ché impossibil veggio
114   che la natura, in quel ch'è uopo, stanchi ».
            Ond'elli ancora: « Or dì: sarebbe il peggio
            per l'uomo in terra, se non fosse cive? »
117   « Sì » rispuos'io; « e qui ragion non cheggio ».
            « E può elli esser, se giù non si vive
            diversamente per diversi offici?
120   Non, se 'l maestro vostro ben vi scrive ».
            Sì venne deducendo infino a quici;
            poscia conchiuse: « Dunque esser diverse
123   convien di vostri effetti le radici:
            per ch'un nasce Solone e altro Serse,
            altro Melchisedech e altro quello
126   che, volando per l'aere, il figlio perse.
            La circular natura, ch'è suggello
            a la cera mortal, fa ben sua arte,
129   ma non distingue l'un da l'altro ostello.
            Quinci addivien ch'Esaù si diparte
            per seme da Iacob; e vien Quirino
132   da sì vil padre, che si rende a Marte.
            Natura generata il suo cammino

108. *ma ruine*: perché nell'universo non regnerebbe alcun ordine.

110. *manchi*: manchevoli.

112. *s'imbianchi*: ti sia chiarito.

114. *che... stanchi*: che la natura sia manchevole in quel che deve necessariamente accadere.

116. *se... cive*: se non dovesse vivere nella società.

119. *offici*: mansioni, nella società.

120. *'l maestro*: Aristotele; cfr. *Convivio*, IV, IV, 1-2, 5.

123. *di vostri... radici*: l'origine del vostro agire sulla terra.

124-6. *Solone... perse*: un legislatore, come Solone; un guerriero, come Serse; un sacerdote, come l'ebreo Melchisedech; un

artefice, come Dedalo, il cui figlio Icaro cadde nel suo tentativo di volo (cfr. *Inferno*, XVII, 109-111).

127-9. *La... ostello*: i cieli, che ruotano, inviano le loro influenze, ma non distinguono le casate (le discendenze) su cui gli influssi individuali si imprimono.

130. *Esaù*: guerriero, gemello di Giacobbe che invece fu pacifico.

131-2. *Quirino... Marte*: Romolo era di padre così vile che per nobilitarlo fu detto essere figlio di Marte.

133-4. *Natura... generanti*: questa provvidenza divina porta varietà in quella trasmissione che la natura generata renderebbe invece sempre uguale.

       simil farebbe sempre a' generanti,
135   se non vincesse il proveder divino.
           Or quel che t'era dietro t'è davanti:
       ma perché sappi che di te mi giova,
138   un corollario voglio che t'ammanti.
           Sempre natura, se fortuna trova
       discorde a sé, com'ogni altra semente
141   fuor di sua region, fa mala prova.
           E se 'l mondo là giù ponesse mente
       al fondamento che natura pone,
144   seguendo lui, avria buona la gente.
           Ma voi torcete a la religione
       tal che fia nato a cignersi la spada,
147   e fate re di tal ch'è da sermone:
           onde la traccia vostra è fuor di strada ».

CANTO IX

           Da poi che Carlo tuo, bella Clemenza,
       m'ebbe chiarito, mi narrò l'inganni
3   che ricever dovea la sua semenza;
           ma disse: « Taci, e lascia volger li anni »;
       sì ch'io non posso dir se non che pianto
6   giusto verrà di retro ai vostri danni.
           E già la vita di quel lume santo
       rivolta s'era al Sol che la riempie,
9   come quel ben ch'a ogni cosa è tanto.
           Ahi anime ingannate e fatture empie,
       che da sì fatto ben torcete i cori,
12   drizzando in vanità le vostre tempie!
           Ed ecco un altro di quelli splendori
       ver me si fece, e 'l suo voler piacermi
15   significava nel chiarir di fori.

---

138. *t'ammanti*: come un mantello completa il vestiario di una persona.
139. *natura*: le disposizioni naturali.
144. *lui*: questo fondamento, questa inclinazione provvidenziale.
148. *la traccia*: la schiera degli uomini nel
cammino della vita.

IX. - 1. *Clemenza*: d'Asburgo, moglie di
Carlo Martello.

2-3. *l'inganni... semenza*: è un'altra bot-
ta al re Roberto, che si diceva avere usurpato il regno di Napoli al figlio di Carlo
Martello. Invece la successione di Roberto
era stata legittimamente prevista nel 1296
da Carlo II.
9. *tanto*: sufficiente.
10. *fatture*: creature (gli uomini).
15. *chiarir*: risplendere.

Li occhi di Beatrice, ch'eran fermi
sovra me, come pria, di caro assenso
18   al mio disio certificato fermi.

« Deh metti al mio voler tosto compenso,
beato spirto, » dissi, « e fammi prova
21   ch'i' possa in te refletter quel ch'io penso! »

Onde la luce che m'era ancor nova,
del suo profondo, ond'ella pria cantava,
24   seguette come a cui di ben far giova:

« In quella parte de la terra prava
italica che siede tra Rialto
27   e le fontane di Brenta e di Piava,

si leva un colle, e non surge molt'alto,
là onde scese già una facella
30   che fece a la contrada un grande assalto.

D'una radice nacqui e io ed ella:
Cunizza fui chiamata, e qui refulgo
33   perché mi vinse il lume d'esta stella.

Ma lietamente a me medesma indulgo
la cagion di mia sorte, e non mi noia;
36   che parria forse forte al vostro vulgo.

Di questa luculenta e cara gioia
del nostro cielo che più m'è propinqua,
39   grande fama rimase; e pria che moia,

questo centesimo anno ancor s'incinqua:
vedi se far si dee l'uomo eccellente,
42   sì ch'altra vita la prima relinqua.

E ciò non pensa la turba presente
che Tagliamento e Adice richiude,

---

21. *penso*: senza che abbia bisogno di esprimerlo con parole.

24. *giova*: piace.

25-7. *In... Piava*: nella Marca Trivigiana.

28. *un colle*: di Romano, presso Bassano, dove erano signori gli Ezzelini.

29. *una facella*: Ezzelino III (cfr. *Inferno*, XII, 109-110).

32. *Cunizza*: dopo una vita che gli antichi commentatori dicono sregolatissima, si ritirò già vecchia a Firenze; dove nel 1279 morì. Dante fanciullo poté forse averla veduta in questi suoi ultimi anni di penitenza.

34. *lietamente... indulgo*: l'indulgenza verso se stessa di Cunizza da Romano è spiegata più avanti, v. 103 e segg.

37. *luculenta*: luminosa. Lo spirito a cui Cunizza accenna è Folco di Marsiglia, trovatore provenzale del XII secolo, eletto nel 1205 vescovo di Tolosa.

40. *questo... s'incinqua*: passeranno cinquecento anni.

42. *relinqua*: lasci; che la fama segua alla vita mortale.

43. *la turba*: il popolo della Marca Trivigiana.

45   né per esser battuta ancor si pente.
            Ma tosto fia che Padova al palude
        cangerà l'acqua che Vicenza bagna,
48   per essere al dover le genti crude.
            E dove Sile e Cagnan s'accompagna,
        tal signoreggia e va con la testa alta,
51   che già per lui carpir si fa la ragna.
            Piangerà Feltro ancora la difalta
        de l'empio suo pastor, che sarà sconcia
54   sì, che per simil non s'entrò in Malta.
            Troppo sarebbe larga la bigoncia
        che ricevesse il sangue ferrarese,
57   e stanco chi 'l pesasse a oncia a oncia,
            che donerà questo prete cortese
        per mostrarsi di parte; e cotai doni
60   conformi fieno al viver del paese.
            Su sono specchi, voi dicete Troni,
        onde refulge a noi Dio giudicante;
63   sì che questi parlar ne paion buoni ».
            Qui si tacette; e fecemi sembiante
        che fosse ad altro volta, per la rota
66   in che si mise com'era davante.
            L'altra letizia, che m'era già nota
        per cara cosa, mi si fece in vista
69   qual fin balasso in che lo sol percuota.
            Per letiziar là su fulgor s'acquista,
        sì come riso qui; ma giù s'abbuia
72   l'ombra di fuor, come la mente è trista.

46-8. *Padova... crude*: è probabile si al-
luda alla sconfitta che Cangrande della Scala inflisse ai Padovani presso le paludi del
Bacchiglione (1314), costringendoli a sot-
tomettersi (*al dover*) nella sua qualità di Vicario dell'Impero.

49. *dove*: a Treviso; il Cagnano si chiama oggi Botteniga. Il tiranno è Rizzardo da
Camino.

51. *carpir... ragna*: si fa tessere la rete (si
prepara la sua rovina).

52-3. *Piangerà... pastor*: Alessandro Novello vescovo di Feltre nel 1314 dette in
mano dei fuoruscuti ferraresi a Pino vica-

rio angioino di Ferrara, che li fece decapi-
tare; *difalta* è «colpa».

54. *Malta*: prigione; celebre era quella
dell'isola Bisentina nel lago di Bolsena.

59. *parte*: guelfa.

60. *al viver*: ai costumi (corrotti).

61. *specchi*: intelligenze angeliche che ci
riflettono la giustizia di Dio.

63. *parlar*: parole che potrebbero sem-
brare amare e crude.

65. *rota*: la danza delle anime.

67. *nota*: cfr. v. 37 e segg.

69. *balasso*: rubino di Balascam, in Asia.

71. *giù*: nell'Inferno.

« Dio vede tutto, e tuo veder s'inluia »

75 diss'io, « beato spirto, sì che nulla
voglia di sé a te puot'esser fuia.

Dunque la voce tua, che 'l ciel trastulla

78 sempre col canto di quei fuochi pii
che di sei ali fatt'han la coculla,

perché non satisface a' miei disii?

81 già non attendere' io tua dimanda,
s'io m'intuassi, come tu t'inmii ».

« La maggior valle in che l'acqua si spanda »

84 incominciaro allor le sue parole
« fuor di quel mar che la terra inghirlanda,

tra' discordanti liti, contr'al sole

87 tanto sen va, che fa meridiano
là dove l'orizzonte pria far sole.

Di quella valle fu' io litorano

90 tra Ebro e Macra, che per cammin corto
parte lo Genovese dal Toscano.

Ad un occaso quasi e ad un orto

93 Buggea siede e la terra ond'io fui,
che fe' del sangue suo già caldo il porto.

Folco mi disse quella gente a cui

96 fu noto il nome mio; e questo cielo
di me s'imprenta, com'io fe' di lui;

---

73. *s'inluia*: penetra in lui.

75. *puot'esser fuia*: può sottrarsi, restar nascosta.

77-8. *quei fuochi.. coculla*: i Serafini, che hanno la coculla (il manto) di sei ali. Si nota in quest'artificiosa domanda una specie di preannunzio della caratteristica del personaggio che sta per entrare in scena, lo stile complicato dei poeti medievali; un procedimento analogo si è osservato nell'episodio in cui compare il poeta Pier della Vigna (cfr. *Inferno*, XIII, 25 e segg.). L'anima interpellata è infatti quella del poeta Folco di Marsiglia, morto nel 1231.

81. *m'intuassi... t'inmii*: parole formate da Dante come il *s'inluia* del v. 73: penetro in te, tu penetri in me.

82. *«La maggior... si spanda»*: il Mediterraneo; gli antichi lo credevano il maggiore dei mari, salvo l'Atlantico che si credeva circondare tutta la Terra.

85. *discordanti*: opposti; *contr'al sole*: verso oriente. La perifrasi artificiosa che segue vuol dire: la distanza fra Gibilterra e la Palestina è quella che c'è fra un meridiano e il suo orizzonte, cioè di 90 gradi; il Mediterraneo è dunque lungo 90 gradi (in realtà 42).

88-90. *Di quella... dal Toscano*: nacque sulle rive del Mediterraneo, tra la foce dell'Ebro (Spagna) e quella della Magra, che nel suo ultimo tratto è confine tra Liguria e Toscana.

91-3. *Ad un occaso... porto*: altra perifrasi complessa: Bùgia di Algeria e Marsiglia stanno quasi sullo stesso meridiano (hanno la stessa alba e lo stesso tramonto). La conquista di Marsiglia compiuta da Bruto fu sanguinosa (cfr. Lucano, *Farsalia*, III, 571-2).

96. *di me... di lui*: riceve la mia luce, come io fui sottoposto al suo influsso.

ché più non arse la figlia di Belo,
noiando e a Sicheo ed a Creusa,
99   di me, infin che si convenne al pelo;
né quella Rodopea che delusa
fu da Demofoonte, né Alcide
102   quando Iole nel core ebbe rinchiusa.
Non però qui si pente, ma si ride,
non de la colpa, ch'a mente non torna,
105   ma del valor ch'ordinò e provide.
Qui si rimira ne l'arte ch'adorna
cotanto effetto, e discernesi 'l bene
108   per che 'l mondo di su quel di giù torna.
Ma perché tutte le tue voglie piene
ten porti che son nate in questa spera,
111   procedere ancor oltre mi convene.
Tu vuo' saper chi è in questa lumera
che qui appresso me così scintilla,
114   come raggio di sole in acqua mera.
Or sappi che là entro si tranquilla
Raab; e a nostr'ordine congiunta,
117   di lei nel sommo grado si sigilla.
Da questo cielo, in cui l'ombra s'appunta
che 'l vostro mondo face, pria ch'altr'alma
120   del triunfo di Cristo fu assunta.

97. *la figlia di Belo*: Didone, vedova di Sicheo innamorata di Enea, vedovo di Creusa.

99. *pelo*: l'età giovanile.

100. *Rodopea*: Fillide, che si uccise per amore di Demofoonte (cfr. Ovidio, *Le Eroidi*, II).

101. *Alcide*: Ercole, innamorato di Iole figlia del re di Tessaglia (cfr. Ovidio, *Le Eroidi*, IX).

103-5. *Non... provide*: in questo cielo non ci si pente della colpa, che è dimenticata, ma ci si rallegra dell'influenza amorosa che orientò i nostri esseri al bene.

106-8. *Qui... torna*: qui si ammira il miracolo di tale ordinamento, e si discerne il bene che fa muovere i cieli intorno alla terra.

114. *mera*: pura.

115. *si tranquilla*: si bea. Raab era una prostituta di Gerico che aiutò due inviati di Giosuè e fu salvata dagli Israeliti.

116-7. *a nostr'ordine... sigilla*: l'ordine dei beati del terzo cielo ha in lei il massimo dello splendore.

118-9. *l'ombra... face*: si credeva, sulla fede dell'astronomia araba, che il cono d'ombra proiettato dalla Terra avesse la sua punta nel cielo di Venere; simbolo forse del progressivo estinguersi dell'ombra terrena attraverso i primi tre cieli, verso la pura luce.

119-20. *pria... assunta*: l'anima di Raab fu assunta per prima qui quando Cristo riscattò dall'Inferno le anime dei personaggi biblici.

Ben si convenne lei lasciar per palma
in alcun cielo de l'alta vittoria
123 che s'acquistò con l'una e l'altra palma,
         perch'ella favorò la prima gloria
di Iosué in su la Terra Santa,
126 che poco tocca al papa la memoria.
         La tua città, che di colui è pianta
che pria volse le spalle al suo fattore
129 e di cui è la 'nvidia tanto pianta,
         produce e spande il maladetto fiore
c'ha disviate le pecore e li agni,
132 però che fatto ha lupo del pastore.
         Per questo l'Evangelio e i dottor magni
son derelitti, e solo ai Decretali
135 si studia, sì che pare a' lor vivagni.
         A questo intende il papa e' cardinali:
non vanno i lor pensieri a Nazarette,
138 là dove Gabriello aperse l'ali.
         Ma Vaticano e l'altre parti elette
di Roma che son state cimitero
141 a la milizia che Pietro seguette,
         tosto libere fien de l'adultero ».

CANTO X

Guardando nel suo Figlio con l'Amore
che l'uno e l'altro etternalmente spira,
3 lo primo ed ineffabile Valore,
         quanto per mente e per loco si gira,

121. *palma*: simbolo di trionfo.
123. *con l'una... palma*: con la palma del martirio di Cristo in terra, e quella della sua vittoria sull'Inferno.
124. *favorò... gloria*: favorì la prima impresa.
126. *che*: si riferisce a *Terra Santa* (di cui il papa non si ricorda).
127. *La tua città... pianta*: Firenze, prodotto di Lucifero.
129. *e di cui... pianta*: la cui malignità verso Adamo ed Eva fu cagione di tanto pianto.
130. *fiore*: il fiorino.
134. *Decretali*: raccolte dei decreti di diritto canonico.
135. *vivagni*: margini, eccessivamente postillati e commentati (cfr. Dante, *Epistole*, XI, 16).
137. *Nazarette*: vale per la Terra Santa, negletta dal papa.
142. *tosto... adultero*: allusione probabile alla morte di Bonifacio VIII, avvenuta nel 1303.

x. - 3. *lo primo... Valore*: Dio.
4-5. *quanto... fe'*: pose tale ordine nel movimento universale, sia per quel che concerne le intelligenze motrici (*per mente*) sia la distribuzione nello spazio (*per loco*).

con tant'ordine fe', ch'esser non puote
sanza gustar di lui chi ciò rimira.

6

Leva dunque, lettore, a l'alte rote
meco la vista, dritto a quella parte
dove l'un moto e l'altro si percuote;

9

e lì comincia a vagheggiar ne l'arte
di quel maestro che dentro a sé l'ama,
tanto che mai da lei l'occhio non parte.

12

Vedi come da indi si dirama
l'oblico cerchio che i pianeti porta,
per sodisfare al mondo che li chiama.

15

E se la strada lor non fosse torta,
molta virtù nel ciel sarebbe in vano,
e quasi ogni potenza qua giù morta;

18

e se dal dritto più o men lontano
fosse il partire, assai sarebbe manco
e giù e su de l'ordine mondano.

21

Or ti riman, lettor, sovra 'l tuo banco,
dietro pensando a ciò che si preliba,
s'esser vuoi lieto assai prima che stanco.

24

Messo t'ho innanzi: omai per te ti ciba;
ché a sé torce tutta la mia cura
quella materia ond'io son fatto scriba.

27

Lo ministro maggior de la natura,
che del valor del ciel lo mondo imprenta
e col suo lume il tempo ne misura,

30

con quella parte che su si rammenta
congiunto, si girava per le spire
in che più tosto ognora s'appresenta;

33

e io era con lui; ma del salire

---

7. *rote*: i cieli.

8. *a quella parte*: al punto d'incontro del moto rotatorio diurno e di quello annuo; cioè ai punti equinoziali.

13-4. *da indi... porta*: lo zodiaco è obliquo rispetto all'equatore celeste.

15. *che li chiama*: che ha bisogno del Sole e dei pianeti.

16. *torta*: obliqua.

19-21. *e se... mondano*: e se l'obliquità fosse maggiore o minore l'ordine delle influenze che regolano la vita del mondo sarebbe turbato.

22. *sovra 'l tuo banco*: a studiare.

23. *preliba*: pregusta.

28. *Lo ministro... natura*: il Sole.

29. *imprenta*: impronta.

31. *con... rammenta*: col punto dell'equinozio di primavera (cfr. v. 8).

32. *spire*: secondo il sistema tolemaico, il Sole seguiva una spirale.

33. *in che... s'appresenta*: nel tropico del Cancro, il Sole si leva ogni giorno più presto.

34. *con lui*: entrato nel cielo del Sole.

non m'accors'io, se non com'uom s'accorge,
36   anzi 'l primo pensier, del suo venire.
        È Beatrice quella che sì scorge
di bene in meglio sì subitamente,
39   che l'atto suo per tempo non si sporge.
        Quant'esser convenia da sé lucente
quel ch'era dentro al sol dov'io entra'mi,
42   non per color, ma per lume parvente!
        Perch'io lo 'ngegno e l'arte e l'uso chiami,
sì nol direi, che mai s'imaginasse;
45   ma creder puossi e di veder si brami.
        E se le fantasie nostre son basse
a tanta altezza, non è maraviglia;
48   ché sopra 'l sol non fu occhio ch'andasse.
        Tal era quivi la quarta famiglia
de l'alto Padre, che sempre la sazia,
51   mostrando come spira e come figlia.
        E Beatrice cominciò: «Ringrazia,
ringrazia il sol de li angeli, ch'a questo
54   sensibil t'ha levato per sua grazia».
        Cor di mortal non fu mai sì digesto
a divozione ed a rendersi a Dio
57   con tutto il suo gradir cotanto presto,
        come a quelle parole mi fec'io;
e sì tutto il mio amore in lui si mise,
60   che Beatrice eclissò ne l'oblio.
        Non le dispiacque; ma sì se ne rise,
che lo splendor de li occhi suoi ridenti
63   mia mente unita in più cose divise.

35-6. *se... venire*: come non ci si accorge
che un pensiero si viene formulando, finché non è in atto.

37. *scorge*: accompagna.

39. *per tempo... sporge*: non si estende nel
tempo, non ha durata commensurabile.

41. *quel... al sol*: le anime che spiccavano con la loro luce nella luce del cielo del
Sole.

43. *Perch'io... chiami*: per quanto io invochi, chiami in aiuto.

49. *Tal... famiglia*: cioè più splendida,

più lucente del Sole, era la schiera degli spiriti dei sapienti.

51. *mostrando... figlia*: rivelandogli il mistero dello Spirito Santo e del Figlio (cioè
della Trinità).

53. *sol de li angeli*: Dio.

54. *sensibil*: percepibile coi sensi (cfr.
Convivio, III, XII, 7).

55. *digesto*: disposto.

57. *presto*: pronto.

63. *in più... divise*: rivolse a diversi oggetti.

Io vidi più fulgor vivi e vincenti
far di noi centro e di sé far corona,
66   più dolci in voce che in vista lucenti:
così cinger la figlia di Latona
vedem talvolta, quando l'aere è pregno,
69   sì che ritenga il fil che fa la zona.
Ne la corte del cielo, ond'io rivegno,
si trovan molte gioie care e belle
72   tanto che non si posson trar del regno;
e 'l canto di quei lumi era di quelle:
chi non s'impenna sì che là su voli,
75   dal muto aspetti quindi le novelle.
Poi, sì cantando, quelli ardenti soli
si fuor girati intorno a noi tre volte,
78   come stelle vicine a' fermi poli,
donne mi parver non da ballo sciolte,
ma che s'arrestin tacite, ascoltando
81   fin che le nove note hanno ricolte.
E dentro a l'un senti' cominciar: «Quando
lo raggio de la grazia, onde s'accende
84   verace amore e che poi cresce amando,
multiplicato in te tanto resplende,
che ti conduce su per quella scala
87   u' sanza risalir nessun discende;
qual ti negasse il vin de la sua fiala
per la tua sete, in libertà non fora
90   se non com'acqua ch'al mar non si cala.
Tu vuo' saper di quai piante s'infiora
questa ghirlanda che 'ntorno vagheggia
93   la bella donna ch'al ciel t'avvalora.

64. *vincenti*: più e più splendidi, aumentati di fulgore.

67. *la figlia di Latona*: la Luna.

68-9. *pregno.. zona*: così nuvoloso da trattenere il filo di raggi che fa un alone (*zona*: cintura).

71. *gioie*: piaceri, voluttà spirituali.

72. *trar del regno*: portarle dal Paradiso in Terra.

74. *s'impenna*: si provvede di ali.

75. *dal muto... novelle*: non ne saprà mai nulla.

81. *fin... ricolte*: finché non sentono ricominciare la cadenza del ballo.

82. *Quando*: poiché.

83. *onde*: dal quale.

87. *u'... discende*: da cui ridiscendono (sulla Terra) solo anime destinate alla salvezza eterna, come San Paolo e Dante medesimo.

89-90. *in libertà... non si cala*: non sarebbe libero di attuarsi nell'amore, come acqua trattenuta dal discendere al mare.

Io fui de li agni de la santa greggia
che Domenico mena per cammino
96   u' ben s'impingua se non si vaneggia.

Questi che m'è a destra più vicino,
frate e maestro fummi, ed esso Alberto
99   è di Cologna, e io Thomas d'Aquino.

Se sì di tutti li altri esser vuo' certo,
di rietro al mio parlar ten vien col viso
102   girando su per lo beato serto.

Quell'altro fiammeggiare esce del riso
di Grazian, che l'uno e l'altro foro
105   aiutò sì che piace in paradiso.

L'altro ch'appresso adorna il nostro coro,
quel Pietro fu che con la poverella
108   offerse a Santa Chiesa suo tesoro.

La quinta luce, ch'è tra noi più bella,
spira di tale amor, che tutto 'l mondo
111   là giù ne gola di saper novella.

Entro v'è l'alta mente u' sì profondo
saver fu messo, che se 'l vero è vero,
114   a veder tanto non surse il secondo.

Appresso vedi il lume di quel cero
che giù, in carne, più a dentro vide
117   l'angelica natura e 'l ministero.

Ne l'altra piccioletta luce ride
quello avvocato de' tempi cristiani

94. *greggia*: l'ordine domenicano.

96. *u' ben... vaneggia*: dove si riceve buon cibo dello spirito, se non ci si perde in vanità. Questa frase sarà spiegata a lungo nel canto seguente.

98. *Alberto*: Magno o della Magna, nato a Lavingen nel 1193, morto a Colonia nel 1280, maestro di San Tommaso, uno degli autori più citati da Dante.

99. *Thomas*: Tommaso dei conti di Aquino, nato a Roccasecca nel 1226, morto a Fossanova nel 1274, l'autore della *Somma teologica*, vero pilastro della Scolastica, e fondamento del pensiero di Dante.

104. *Grazian*: da Chiusi, camaldolense (sec. XII) autore di una compilazione di scritture sacre ed ecclesiastiche che fu una delle basi del diritto canonico: il titolo, *Con-*

cordantia discordantium canonum spiega forse i vv. 104-5.

107. *Pietro*: Pier Lombardo (m. 1164), che nel prologo del *Libro delle sentenze* paragona il suo contributo all'obolo della vedova (*la poverella*).

111. *là... novella*: erano vive le dispute teologiche se Salomone fosse in Paradiso, o all'Inferno a causa della sua natura lussuriosa (cfr. *I Re*, Libro III, XI, 1-9). Nello stesso capitolo dei *Re*, Dio afferma che nessuno sarà mai più sapiente di Salomone (v. 114).

115. *cero*: luminare. È Dionigi l'Areopagita, cui era attribuito il *Della gerarchia celeste*.

119. *avvocato*: difensore. È probabilmente Paolo Orosio.

120   del cui latino Augustin si provide.
           Or se tu l'occhio de la mente trani
       di luce in luce dietro a le mie lode,
123   già de l'ottava con sete rimani.
           Per vedere ogni ben dentro vi gode
       l'anima santa che 'l mondo fallace
126   fa manifesto a chi di lei ben ode.
           Lo corpo ond'ella fu cacciata giace
       giuso in Cieldauro; ed essa da martiro
129   e da essilio venne a questa pace.
           Vedi oltre fiammeggiar l'ardente spiro
       d'Isidoro, di Beda e di Riccardo,
132   che a considerar fu più che viro.
           Questi onde a me ritorna il tuo riguardo,
       è 'l lume d'uno spirto che 'n pensieri
135   gravi a morir li parve venir tardo:
           essa è la luce etterna di Sigieri,
       che, leggendo nel vico de li strami,
138   sillogizzò invidiosi veri ».
           Indi, come orologio che ne chiami
       ne l'ora che la sposa di Dio surge
141   a mattinar lo sposo perché l'ami,
           che l'una parte l'altra tira e urge,
       tin tin sonando con sì dolce nota,
144   che 'l ben disposto spirto d'amor turge;
           così vid'io la gloriosa rota

120. *Augustin*: sant'Agostino di Tagaste (Numidia), il grande autore della *Città di Dio* e delle *Confessioni* (354-426).

121. *trani*: traini, fai scorrere.

123. *sete*: di sapere chi sia quell'ottava luce; è Severino Boezio, autore della *Consolazione della filosofia*, libretto in prose e poesie (come la *Vita nuova*) che Dante prediilesse. Morì incarcerato da Teodorico nel 526.

128. *Cieldauro*: la basilica di San Pietro in Ciel d'Oro, a Pavia, dove Severino Boezio fu seppellito.

131. *Isidoro... Riccardo*: Isidoro da Siviglia (circa 560-636), il venerabile monaco inglese Beda (674-735), e lo scozzese Riccardo da San Vittore (m. 1173).

132. *più che viro*: «quasi angelo» (Torraca).

136. *Sigieri*: di Brabante (1226-c. 1284) professore all'Università di Parigi, dove le scuole teologiche si trovavano nella «via della paglia» (*strami*).

138. *sillogizzò... veri*: discusse con logica consumata delle verità che gli procurarono odio.

140. *l'ora*: l'alba; *la sposa*: la Chiesa.

141. *a... l'ami*: alle funzioni mattutine, per ingraziarsi il Signore.

142. *l'una... urge*: le varie parti del meccanismo dell'orologio.

144. *turge*: si riempie, si gonfia.

145. *rota*: dei beati.

muoversi e render voce a voce in tempra
147   ed in dolcezza ch'esser non pò nota
se non colà dove gioir s'insempra.

CANTO XI

O insensata cura de' mortali
quanto son difettivi sillogismi
3   quei che ti fanno in basso batter l'ali!
Chi dietro a iura, e chi ad aforismi
sen giva, e chi seguendo sacerdozio,
6   e chi regnar per forza o per sofismi,
e chi rubare, e chi civil negozio;
chi nel diletto de la carne involto
9   s'affaticava, e chi si dava a l'ozio,
quando, da tutte queste cose sciolto,
con Beatrice m'era suso in cielo
12   cotanto gloriosamente accolto.
Poi che ciascuno fu tornato ne lo
punto del cerchio in che avanti s'era,
15   fermossi, come a candellier candelo.
E io senti' dentro a quella lumera
che pria m'avea parlato, sorridendo
18   incominciar, faccendosi più mera:
« Così com'io del suo raggio resplendo,
sì, riguardando ne la luce etterna,
21   li tuoi pensieri onde cagioni apprendo.
Tu dubbi, e hai voler che si ricerna
in sì aperta e 'n sì distesa lingua
24   lo dicer mio, ch'al tuo sentir si sterna,
ove dinanzi dissi 'U' ben s'impingua',
e là u' dissi 'Non surse il secondo';

148. *s'insempra*: voce creata da Dante; diventa sempiterno.

XI. - 2. *difettivi sillogismi*: calcoli erronei.
4-6. *iura... sofismi*: il diritto, la medicina, l'aspirare al potere spirituale, politico e culturale.
12. *cotanto... accolto*: con tanta gioia dei beati.
16. *lumera*: l'anima di San Tommaso.

18. *più mera*: più pura e splendida.
21. *onde... apprendo*: donde sorgono i tuoi pensieri.
22. *dubbi*: dubiti; *ricerna*: chiarisca.
24. *si sterna*: si appiani alla tua comprensione.
25. *ove... dissi*: al canto X, v. 96, parlando dell'Ordine Domenicano.
26. *là*: al canto X, v. 114, parlando di Salomone.

27   e qui è uopo che ben si distingua.
                 La provedenza, che governa il mondo
          con quel consiglio nel quale ogni aspetto
30   creato è vinto pria che vada al fondo,
                 però ch'andasse ver lo suo diletto
          la sposa di colui ch'ad alte grida
33   disposò lei col sangue benedetto,
                 in sé sicura e anche a lui più fida,
          due principi ordinò in suo favore,
36   che quinci e quindi le fosser per guida.
                 L'un fu tutto serafico in ardore;
          l'altro per sapienza in terra fue
39   di cherubica luce uno splendore.
                 De l'un dirò, però che d'amendue
          si dice l'un pregiando, quale uom prende,
42   perch'ad un fine fuor l'opere sue.
                 Intra Tupino e l'acqua che discende
          del colle eletto dal beato Ubaldo,
45   fertile costa d'alto monte pende,
                 onde Perugia sente freddo e caldo
          da Porta Sole; e di rietro le piange
48   per grave giogo Nocera con Gualdo.
                 Di questa costa, là dov'ella frange
          più sua rattezza, nacque al mondo un sole,
51   come fa questo tal volta di Gange.
                 Però chi d'esso loco fa parole,
          non dica Ascesi, ché direbbe corto,
54   ma Oriente, se proprio dir vuole.

29-30. *consiglio... fondo*: saggezza imper-
scrutabile alla vista (*aspetto*) delle creature.
   31. *però... diletto*: affinché la Chiesa andasse sicuramente e fedelmente verso
Cristo.
   37-9. *L'un... splendore*: San Francesco e
San Domenico. I Cherubini sono caratte-
rizzati dalla Sapienza, i Serafini dal-
l'Amore.
   41. *quale uom*: chiunque dei due. Si noti che il Domenicano fa l'elogio di san Francesco. Nel canto seguente un Francescano
lo farà di San Domenico.
   43. *Intra... discende*: fra il Topino, af-

fluente del Chiascio, e quest'ultimo (che
scende dal colle di Gubbio, romitaggio del
vescovo Ubaldo Baldassini).
   47. *piange*: forse per il *grave giogo* politico perugino a cui Nocera e Gualdo erano
assoggettate.
   50. *rattezza*: ripidezza. (Dove è meno
ripida.)
   51. *come... Gange*: puro come il Sole (nel
cui cielo ci troviamo) quando nasce dal
Gange.
   53. *Ascesi*: effetto basato sull'analogia
dell'antico nome di Assisi e l'idea di «ascesa»; *corto* varrà perciò «inadeguato».

Non era ancor molto lontan da l'orto,
ch'el cominciò a far sentir la terra
57 de la sua gran virtute alcun conforto;
ché per tal donna, giovinetto, in guerra
del padre corse, a cui, come a la morte,
60 la porta del piacer nessun diserra;
e dinanzi a la sua spiritual corte
et coram patre le si fece unito;
63 poscia di dì in dì l'amò più forte.
Questa, privata del primo marito,
millecent'anni e più dispetta e scura
66 fino a costui si stette sanza invito;
né valse udir che la trovò sicura
con Amiclate, al suon de la sua voce,
69 colui ch'a tutto 'l mondo fe' paura;
né valse esser costante né feroce,
sì che, dove Maria rimase giuso,
72 ella con Cristo pianse in su la croce.
Ma perch'io non proceda troppo chiuso,
Francesco e Povertà per questi amanti
75 prendi oramai nel mio parlar diffuso.
La lor concordia e i lor lieti sembianti,
amore e maraviglia e dolce sguardo
78 facieno esser cagion di pensier santi;
tanto che 'l venerabile Bernardo
si scalzò prima, e dietro a tanta pace
81 corse e, correndo, li parve esser tardo.
Oh ignota ricchezza, oh ben ferace!

---

55. *orto*: nascita.

58. *donna*: come simbolo cavalleresco; la Povertà, di cui nessuno fa la propria felicità (a cui nessuno apre la porta del proprio intimo piacere).

64. *primo marito*: Cristo.

65. *dispetta*: disprezzata.

67-9. *né... paura*: né servì che Lucano narrasse nel suo poema *Farsalia* (cfr. V, 519 e segg.) l'episodio del pescatore Amiclate che, malgrado le guerre fra Cesare e Pompeo, non chiudeva la sua porta neppure di notte, perchè era così povero che non te-

meva di nulla, e quindi non si spaventò di Cesare (*colui* ecc.). Cfr. *Convivio*, IV, XIII, 12.

70. *né... feroce*: né servì il drammatico esempio di costanza e fierezza nella povertà dato da Cristo fin sulla croce, dove fu posto ignudo, mentre i soldati si dividevano i suoi ultimi panni.

73. *chiuso*: oscuro.

78. *facieno... santi*: suscitavano altre vocazioni.

79. *Bernardo*: da Quintavalle, divenuto discepolo di Francesco nel 1209.

Scalzasi Egidio, scalzasi Silvestro,
84   dietro a lo sposo, sì la sposa piace.
     Indi sen va quel padre e quel maestro
con la sua donna e con quella famiglia
87   che già legava l'umile capestro.
     Né li gravò viltà di cor le ciglia
per esser fi' di Pietro Bernardone,
90   né per parer dispetto a maraviglia;
     ma regalmente sua dura intenzione
ad Innocenzio aperse, e da lui ebbe
93   primo sigillo a sua religione.
     Poi che la gente poverella crebbe
dietro a costui, la cui mirabil vita
96   meglio in gloria del ciel si canterebbe,
     di seconda corona redimita
fu per Onorio da l'etterno Spiro
99   la santa voglia d'esto archimandrita.
     E poi che, per la sete del martiro,
ne la presenza del Soldan superba
102   predicò Cristo e gli altri che 'l seguiro,
     e per trovare a conversione acerba
troppo la gente, per non stare indarno,
105   reddissi al frutto de l'italica erba,
     nel crudo sasso intra Tevero e Arno
da Cristo prese l'ultimo sigillo,
108   che le sue membra due anni portarno.
     Quando a colui ch'a tanto ben sortillo
piacque di trarlo suso a la mercede
111   ch'el meritò nel suo farsi pusillo,
     a' frati suoi, sì com'a giuste rede,

---

83. *Egidio*: morto nel 1272; *Silvestro*:
prete di Assisi, anche lui fattosi discepolo
di Francesco.

87. *capestro*: il cordone con cui i Francescani si cingevano il saio. La *famiglia* (v.
86) era il primo gruppo di undici con cui
Francesco si recò a Roma verso il 1210.

90. *dispetto*: disprezzabile.

92. *Innocenzio*: Innocenzo III, che ap-
provò il nuovo Ordine.

96. *meglio... si canterebbe*: si dovrebbe

cantare ancora meglio.

98. *Onorio*: Onorio III, che nel 1223
emise la bolla di costituzione dell'Ordine.

99. *archimandrita*: pastore.

101. *Soldan*: il Sultano d'Egitto, davanti al quale Francesco predicò nel 1219.

106. *sasso*: la Verna.

107. *sigillo*: le stimmate.

109. *colui*: Dio.

111. *pusillo*: piccolo, umile.

112. *rede*: eredi.

raccomandò la donna sua più cara,
114   e comandò che l'amassero a fede;
      e del suo grembo l'anima preclara
mover si volse, tornando al suo regno,
117   e al suo corpo non volse altra bara.
      Pensa oramai qual fu colui che degno
collega fu a mantener la barca
120   di Pietro in alto mar per dritto segno;
      e questo fu il nostro patriarca;
per che, qual segue lui com'el comanda,
123   discerner puoi che buone merce carca.
      Ma 'l suo peculio di nova vivanda
è fatto ghiotto, sì ch'esser non puote
126   che per diversi salti non si spanda;
      e quanto le sue pecore remote
e vagabunde più da esso vanno,
129   più tornano a l'ovil di latte vote.
      Ben son di quelle che temono 'l danno
e stringonsi al pastor; ma son sì poche,
132   che le cappe fornisce poco panno.
      Or se le mie parole non son fioche
e se la tua audienza è stata attenta,
135   se ciò ch'è detto a la mente rivoche,
      in parte fia la tua voglia contenta,
perché vedrai la pianta onde si scheggia,
138   e vedrai il corregger che argomenta
      'U' ben s'impingua, se non si vaneggia' ».

CANTO XII

      Sì tosto come l'ultima parola
la benedetta fiamma per dir tolse,
3   a rotar cominciò la santa mola;
      e nel suo giro tutta non si volse

---

113. *la donna*: la Povertà.
114. *a fede*: con fedeltà.
117. *altra bara*: se non il grembo della Povertà, il nudo sasso.
119. *collega*: San Domenico; cfr. v. 35.
124. *peculio*: gregge.
126. *salti*: burroni; errori, pericoli.
132. *che... panno*: che basta poco panno a fornire le cappe per vestirli.

137. *onde si scheggia*: da cui ci si allontana.
138. *corregger*: si riferisce alla rettifica *se non si vaneggia*, seconda parte del verso spiegato dall'anima.

XII. - 3. *mola*: la ruota dei beati di cui San Tommaso faceva parte.

prima ch'un'altra di cerchio la chiuse,
6 e moto a moto e canto a canto colse;
canto che tanto vince nostre muse,

nostre serene in quelle dolci tube,
9 quanto primo splendor quel ch'e' refuse.

Come si volgon per tenera nube
due archi paralleli e concolori,
12 quando Iunone a sua ancella iube,

nascendo di quel d'entro quel di fori,
a guisa del parlar di quella vaga
15 ch'amor consunse come sol vapori;

e fanno qui la gente esser presaga,
per lo patto che Dio con Noè puose,
18 del mondo che già mai più non s'allaga;

così di quelle sempiterne rose
volgiensi circa noi le due ghirlande,
21 e sì l'estrema a l'intima rispuose.

Poi che 'l tripudio e l'altra festa grande
sì del cantare e sì del fiammeggiarsi
24 luce con luce gaudiose e blande

insieme a punto e a voler quetarsi,
pur come li occhi ch'al piacer che i move
27 conviene insieme chiudere e levarsi;

del cor de l'una de le luci nove
si mosse voce, che l'ago a la stella
30 parer mi fece in volgermi al suo dove;

e cominciò: « L'amor che mi fa bella
mi tragge a ragionar de l'altro duca
33 per cui del mio sì ben ci si favella.

---

5. *di cerchio la chiuse*: la circondò.
6. *colse*: raccolse, riprese.
8. *serene*: sirene.
9. *quel... refuse*: quello riflesso.
12. *quando... ancella*: l'arcobaleno era ritenuto apparizione di Iride, ancella di Giunone; *iube*: ordina (di mostrarsi).
14-5. *quella... consunse*: la ninfa Eco, che si consumò per l'amore di Narciso.
17. *patto*: della fine del diluvio, quando Dio fece apparire l'arcobaleno (cfr. *Genesi*, IX, 8-17); *qui* (v. 16) è «sulla terra».
20. *circa*: intorno a.

21. *l'estrema*: l'esterna.
23. *fiammeggiarsi*: illuminarsi a vicenda.
25-7. *insieme... levarsi*: si quietarono con piena concordia di volontà e di ritmo, come i due occhi si muovono insieme.
28. *nove*: della seconda ghirlanda.
29. *ago*: magnetico, verso la *stella* polare.
30. *al suo dove*: verso di lei.
32. *duca*: principe, come è detto in *Paradiso*, XI, 35; San Domenico.
33. *per... favella*: amore, per il quale si è parlato qui così bene del mio, cioè di San Francesco.

Degno è che, dov'è l'un, l'altro s'induca;
sì che, com'elli ad una militaro,
36   così la gloria loro insieme luca.

L'essercito di Cristo, che sì caro
costò a riarmar, dietro a la 'nsegna
39   si movea tardo, sospeccioso e raro,

quando lo 'mperador che sempre regna
provide a la milizia, ch'era in forse,
42   per sola grazia, non per esser degna;

e come è detto, a sua sposa soccorse
con due campioni, al cui fare, al cui dire
45   lo popol disviato si raccorse.

In quella parte ove surge ad aprire
Zefiro dolce le novelle fronde
48   di che si vede Europa rivestire,

non molto lungi al percuoter de l'onde
dietro a le quali, per la lunga foga,
51   lo sol tal volta ad ogni uom si nasconde,

siede la fortunata Calaroga
sotto la protezion del grande scudo
54   in che soggiace il leone e soggioga.

Dentro vi nacque l'amoroso drudo
de la fede cristiana, il santo atleta
57   benigno a' suoi ed a' nemici crudo.

E come fu creata, fu repleta
sì la sua mente di viva virtute,
60   che, ne la madre, lei fece profeta.

---

34. *s'induca*: si introduca, si menzioni.

37. *caro*: per il sacrificio di Cristo.

39. *sospeccioso*: sospettoso, guardingo.

42. *non per esser degna*: non perché la milizia, cioè la Cristianità, ne fosse degna.

43. *detto*: da San Tommaso, cfr. *Paradiso*, XI, 31-6.

45. *raccorse*: ravvide.

46. *In quella parte*: in Spagna.

47. *Zefiro*: vento di ponente.

49. *al... onde*: al golfo di Guascogna, sull'Atlantico.

50. *lunga foga*: stanchezza del lungo viaggiare.

51. *tal volta*: nel solstizio d'estate.

52. *Calaroga*: Calaruega, in Castiglia (le cui armi erano di leoni e torri inquartati alternativamente, in modo che un leone era in alto e uno in basso).

55. *drudo*: innamorato, amante; come era detto nel canto precedente di San Francesco rispetto alla Povertà. San Domenico nacque nel 1170, da Felice di Guzmàn e Giovanna d'Asa.

58. *repleta*: riempita.

60. *che... profeta*: la leggenda attribuiva alla madre di San Domenico un sogno profetico, fatto quand'era incinta, nel quale allegoricamente si prefigurava l'avvento dei *domini-canes*, sotto forma di un cane bianco e nero che dava fuoco al mondo.

Poi che le sponsalizie fuor compiute
al sacro fonte intra lui e la fede,
63   u' si dotar di mutua salute,
la donna che per lui l'assenso diede,
vide nel sonno il mirabile frutto
66   ch'uscir dovea di lui e de le rede.

E perché fosse qual era in costrutto,
quinci si mosse spirito a nomarlo
69   del possessivo di cui era tutto.

Domenico fu detto; e io ne parlo
sì come de l'agricola che Cristo
72   elesse a l'orto suo per aiutarlo.

Ben parve messo a famigliar di Cristo;
ché 'l primo amor che 'n lui fu manifesto,
75   fu al primo consiglio che diè Cristo.

Spesse fiate fu tacito e desto
trovato in terra da la sua nutrice,
78   come dicesse: 'Io son venuto a questo'.

Oh padre suo veramente Felice,
oh madre sua veramente Giovanna,
81   se, interpretata, val come si dice!

Non per lo mondo, per cui mo s'affanna
diretro ad Ostiense e a Taddeo,
84   ma per amor de la verace manna
in picciol tempo gran dottor si feo;

63. *mutua salute*: la Fede dava la salute dell'anima; Domenico prendeva l'impegno di proteggere e propagare la Fede.

64. *la donna*: la madrina, che fece un altro sogno profetico.

66. *rede*: eredi, successori.

67-9. *perché... tutto*: perché fosse in parole, nel nome, quale era in realtà, cioè tutto del Signore, dal cielo scese l'ispirazione di chiamarlo *Dominicus*, che è il possessivo di *Dominus*. Su questa relazione dell'essere e del chiamarsi cfr. per es. *Purgatorio*, XIII, 109-110.

71. *agricola*: contadino, chiamato a coltivare il giardino della Cristianità, cioè la Chiesa.

74-5. *'l primo... fu*: per la povertà, con-

sigliata da Cristo al giovane (cfr. *Vangelo secondo Matteo*, XIX, 21); o per l'umiltà, suggerita dalla prima delle beatitudini (cfr. *Purgatorio*, XII, 110-1). Si noti che il nome di Cristo rima solo con se stesso.

78. *a questo*: cioè, a vegliare, e sulla nuda terra.

80. *Giovanna*: in ebraico «colei a cui il Signore dà grazia». Cfr. *Rime*, LXV, 153.

83. *diretro... Taddeo*: cercando di seguire gli scritti dei commentatori di diritto (come il cardinale Ostiense Enrico di Susa, m. 1271) o di medicina (Taddeo è probabilmente il celebre Taddeo d'Alderotto, fiorentino, morto nel 1295).

84. *la verace manna*: il nutrimento della vera sapienza.

87 tal che si mise a circuir la vigna
che tosto imbianca, se 'l vignaio è reo.

 E a la sedia che fu già benigna
più a' poveri giusti, non per lei,
90 ma per colui che siede, che traligna,

 non dispensare o due o tre per sei,
non la fortuna di prima vacante,
93 non decimas, que sunt pauperum Dei,

 addimandò; ma contro al mondo errante
licenza di combatter per lo seme
96 del qual ti fascian ventiquattro piante.

 Poi con dottrina e con volere insieme
con l'officio apostolico si mosse
99 quasi torrente ch'alta vena preme;

 e ne li sterpi eretici percosse
l'impeto suo, più vivamente quivi
102 dove le resistenze eran più grosse.

 Di lui si fecer poi diversi rivi
onde l'orto cattolico si riga,
105 sì che i suoi arbuscelli stan più vivi.

 Se tal fu l'una rota de la biga
in che la Santa Chiesa si difese
108 e vinse in campo la sua civil briga,

 ben ti dovrebbe assai esser palese
l'eccellenza de l'altra, di cui Tomma
111 dinanzi al mio venir fu sì cortese.

 Ma l'orbita che fe' la parte somma
di sua circunferenza, è derelitta,

---

86. *circuir*: cintare, per proteggere. La *vigna* sarà la Chiesa.

87. *imbianca*: invecchia, deperisce; *reo*: negligente, inabile.

88-96. *a la sedia... piante*: non domandò alla Santa Sede (che prima era benefica per i giusti, ora non più per colpa del pontefice) delle dispense straordinarie (di ridurre le sue debite prestazioni a metà o al terzo) e dei benefici vacanti, bensì di incassare le decime dei poveri, bensì licenza di combattere per la Fede, seme dal quale sono nate queste ventiquattro anime che ti circondano. Questo viaggio di Domenico a Roma è del 1205; *non decimas... Dei*: «non le deci-

me, che sono dei poveri di Dio».

100. *ne li... percosse*: dal 1205 al 1214 si adoperò in Provenza a convertire gli Albigesi.

103. *rivi*: centri di predicazione domenicana.

105. *arbuscelli*: i fedeli, in contrapposizione agli *sterpi eretici*.

106. *biga*: carro a due ruote; qui simbolo dell'importanza dei due Ordini per il «carro» della Chiesa.

108. *civil briga*: guerra civile, con la eresia.

110. *l'altra*: San Francesco.

112. *l'orbita*: la traccia da lui segnata.

114   sì ch'è la muffa dov'era la gromma.
             La sua famiglia, che si mosse dritta
             coi piedi a le sue orme, è tanto volta,
117   che quel dinanzi a quel di retro gitta.
             E tosto si vedrà de la ricolta
             de la mala coltura, quando il loglio
120   si lagnerà che l'arca li sia tolta.
             Ben dico, chi cercasse a foglio a foglio
             nostro volume, ancor troveria carta
123   u' leggerebbe 'I' mi son quel ch'i' soglio';
             ma non fia da Casal né d'Acquasparta,
             là onde vegnon tali a la scrittura,
126   ch'uno la fugge, e altro la coarta.
             Io son la vita di Bonaventura
             da Bagnoregio, che ne' grandi offici
129   sempre pospuosi la sinistra cura.
             Illuminato e Augustin son quici,
             che fuor de' primi scalzi poverelli
132   che nel capestro a Dio si fero amici.
             Ugo da San Vittore è qui con elli,
             e Pietro Mangiadore e Pietro Ispano,
135   lo qual giù luce in dodici libelli;
             Natan profeta e 'l metropolitano

114. *gromma*: segno che nella botte c'è il vino. Cioè, dove c'era il buono e vivo, ora c'è la putrefazione.

115. *famiglia*: l'Ordine Francescano.

117. *che... gitta*: che se il capofila gettasse un oggetto, esso finirebbe non in avanti, ma verso quelli che seguono.

119-20. *loglio... tolta*: i cattivi frati si lagneranno di essere esclusi dal Paradiso.

122. *volume*: l'Ordine; i singoli fogli sono i frati.

123. *soglio*: sono solito; quello che sono stato anche in passato, ancora integro.

124. *da Casal*: Ubertino da Casale (1259-1338), che fu capo della corrente degli Spirituali; *d'Acquasparta*: Matteo d'Acquasparta, cardinale, generale dei Francescani nel 1287, che fu inviato di Bonifacio VIII a Firenze come paciere.

125. *scrittura*: regola; che una tendenza dell'Ordine, gli Spirituali, rendevano trop-

po rigida (*coarta*) mentre altri (i Conventuali) l'allentavano.

127. *Bonaventura*: San Bonaventura, generale dei Francescani (1256) e cardinale (1272), detto il *doctor seraphicus*.

129. *sinistra*: temporale, mondana.

130. *Illuminato*: di Rieti, che come Agostino assisiate fu uno dei primi discepoli.

132. *capestro*: il cordone francescano (cfr. *Paradiso*, XI, 87).

133. *Ugo*: Ugo di Ypres (m. 1141) teologo, canonico dell'abbazia di San Vittore.

134. *Pietro*: di Troyes (m. 1179) anche lui canonico di San Vittore; *Ispano*: papa nel 1276 col nome di Giovanni XXI, era nato a Lisbona verso il 1226 (m. 1277). I *dodici libelli* sono i dodici libri delle sue *Summulae logicales*.

135. *giù*: in Terra.

136. *Natan*: il profeta che rimproverò Davide.

Crisostomo e Anselmo e quel Donato
138 ch'a la prim'arte degnò porre mano.
    Rabano è qui, e lucemi da lato
    il calavrese abate Giovacchino,
141 di spirito profetico dotato.
    Ad inveggiar cotanto paladino
    mi mosse l'infiammata cortesia
144 di fra Tommaso e 'l discreto latino;
    e mosse meco questa compagnia ».

CANTO XIII

Imagini chi bene intender cupe
quel ch'i' or vidi e ritegna l'image,
3 mentre ch'io dico, come ferma rupe,
    quindici stelle che 'n diverse plage
    lo cielo avvivan di tanto sereno,
6 che soperchia de l'aere ogne compage;
    imagini quel carro a cu' il seno
    basta del nostro cielo e notte e giorno,
9 sì ch'al volger del temo non vien meno;
    imagini la bocca di quel corno
    che si comincia in punta de lo stelo
12 a cui la prima rota va dintorno,
    aver fatto di sé due segni in cielo,
    qual fece la figliuola di Minoi

137. *Crisostomo*: San Giovanni Crisostomo (m. 407), metropolitano di Costan-
tinopoli; *Anselmo*: d'Aosta (m. 1109) arcivescovo di Canterbury, dottore della
Chiesa; *Donato*: il grammatico (sec. IV).
139. *Rabano*: arcivescovo di Magonza
(776-856).
140. *Giovacchino*: da Celico (m. 1202),
autore di un celebre commento all'*Apocalisse*.
142. *inveggiar*: emulare; facendo l'elogio
di San Domenico, Bonaventura ha emula-
to Tommaso che si era fatto *paladino* di San
Francesco.
144. *latino*: linguaggio.
145. *compagnia*: le anime or ora no-
minate.
XIII. - 1. *cupe*: desidera.

5. *sereno*: luce.
6. *che... compage*: che vince qualunque
densità dell'aria (per annebbiamento, o
grande distanza).
7. *carro*: l'Orsa maggiore, che rimane
sempre visibile; è composta di sette stelle.
9. *temo*: timone.
10-2. *la bocca... dintorno*: le de ultime
stelle dell'Orsa minore, la cui costellazione comincia con la stella polare (*punta de
lo stelo*) sulla quale ruota l'asse celeste.
13-4. *aver... qual... Minoi*: che le ventiquattro stelle menzionate abbiano formato
due ghirlande simili alla costellazione creata da Bacco con la ghirlanda di Arianna, figlia di Minosse (cfr. Ovidio, *Metamorfosi*,
VIII, 174 e segg.).

15   allora che sentì di morte il gelo;
         e l'un ne l'altro aver li raggi suoi,
         e amendue girarsi per maniera,
18   che l'uno andasse al prima e l'altro al poi;
         e avrà quasi l'ombra de la vera
         costellazione e de la doppia danza
21   che circulava il punto dov'io era;
         poi ch'è tanto di là da nostra usanza,
         quanto di là dal mover de la Chiana
24   si move il ciel che tutti li altri avanza.
         Lì si cantò non Bacco, non Peana,
         ma tre persone in divina natura,
27   ed in una persona essa e l'umana.
         Compiè il cantare e volger sua misura;
         e attesersi a noi quei santi lumi,
30   felicitando sé di cura in cura.
         Ruppe il silenzio ne' concordi numi
         poscia la luce in che mirabil vita
33   del poverel di Dio narrata fumi,
         e disse: « Quando l'una paglia è trita,
         quando la sua semenza è già riposta,
36   a batter l'altra dolce amor m'invita.
         Tu credi che nel petto onde la costa
         si trasse per formar la bella guancia
39   il cui palato a tutto 'l mondo costa,
         ed in quel che, forato da la lancia,
         e poscia e prima tanto sodisfece,
42   che d'ogni colpa vince la bilancia,

---

18. *che... poi*: in senso contrario.

21. *circulava*: circuiva, ruotava intorno.

23. *Chiana*: fiume in Toscana, di corso lento.

24. *il ciel... avanza*: il Primo Mobile, il più veloce perché il più grande.

25. *Peana*: appellativo di Apollo risanatore.

26-7. *ma... umana*: la Trinità e l'Incarnazione.

28. *Compiè... misura*: terminarono insieme il canto e il girare.

30. *felicitando*: aumentando di felicità; nel passare dalla danza al colloquio.

31. *ne'... numi*: fra gli altri beati, che approvavano.

32. *luce*: di San Tommaso.

34. *Quando... trita*: una volta che ti ho spiegato il primo dubbio (cfr. *Paradiso*, XI, 21 segg. e 133 segg.).

37. *petto*: di Adamo, dalla cui costola fu creata Eva.

39. *il cui... costa*: perché Eva volle gustare il frutto proibito.

40. *quel*: di Cristo.

41. *e poscia e prima*: per il passato e per il futuro.

quantunque a la natura umana lece
aver di lume, tutto fosse infuso
45   da quel valor che l'uno e l'altro fece;
e però miri a ciò ch'io dissi suso,
quando narrai che non ebbe 'l secondo
48   lo ben che ne la quinta luce è chiuso.
Or apri li occhi a quel ch'io ti rispondo,
e vedrai il tuo credere e 'l mio dire
51   nel vero farsi come centro in tondo.
Ciò che non more e ciò che può morire
non è se non splendor di quella idea
54   che partorisce, amando, il nostro sire:
ché quella viva luce che sì mea
dal suo lucente, che non si disuna
57   da lui né da l'amor ch'a lor s'intrea,
per sua bontate il suo raggiare aduna,
quasi specchiato, in nove sussistenze,
60   etternalmente rimanendosi una.
Quindi discende a l'ultime potenze
giù d'atto in atto, tanto divenendo,
63   che più non fa che brevi contingenze;
e queste contingenze esser intendo
le cose generate, che produce
66   con seme e sanza seme il ciel movendo.
La cera di costoro e chi la duce
non sta d'un modo; e però sotto 'l segno
69   ideale poi più e men traluce.
Ond'elli avvien ch'un medesimo legno,

43-4. *quantunque... lume*: quanta sapienza è lecito avere alla natura umana.

46. *miri*: ti meravigli.

48. *lo ben*: Salomone (cfr. *Paradiso*, X, 109-114).

51. *nel... tondo*: ordinarsi nella verità in perfetta corrispondenza.

53. *splendor*: manifestazione, riflesso di luce.

54. *che... sire*: che si produce dall'Amore di Dio.

55. *mea*: deriva, emana.

56. *lucente*: Dio fonte di luce; *disuna*: divide.

57. *amor*: lo Spirito Santo, terzo della Trinità.

59. *nove sussistenze*: i nove cori angelici.

61. *potenze*: gli elementi materiali.

63. *contingenze*: esseri contingenti, mortali.

66. *con seme e sanza seme*: gli organismi viventi e minerali.

67. *cera*: la materia di cui saranno formati gli esseri; *chi la duce*: il cielo che con i suoi influssi porta a vivere, determina la materia.

68-9. *non... traluce*: sono sempre variabili, perciò la materia lascia trasparire più o meno la luce riflessa che l'ha informata, attua più o meno bene il segno ideale (cfr. vv. 73-5).

secondo specie, meglio e peggio frutta;
72   e voi nascete con diverso ingegno.

     Se fosse a punto la cera dedutta
e fosse il cielo in sua virtù suprema,
75   la luce del suggel parrebbe tutta;

     ma la natura la dà sempre scema,
similemente operando a l'artista
78   c'ha l'abito de l'arte e man che trema.

     Però se 'l caldo amor la chiara vista
de la prima virtù dispone e segna,
81   tutta la perfezion quivi s'acquista.

     Così fu fatta già la terra degna
di tutta l'animal perfezione;
84   così fu fatta la Vergine pregna:

     sì ch'io commendo tua oppinione,
che l'umana natura mai non fue
87   né fia qual fu in quelle due persone.

     Or s'i' non procedesse avanti piue,
'Dunque, come costui fu sanza pare?'
90   comincerebber le parole tue.

     Ma perché paia ben ciò che non pare,
pensa chi era, e la cagion che 'l mosse,
93   quando fu detto 'Chiedi', a dimandare.

     Non ho parlato sì, che tu non posse
ben veder ch'el fu re, che chiese senno
96   acciò che re sufficiente fosse;

     non per sapere il numero in che enno
li motor di qua su, o se necesse
99   con contingente mai necesse fenno;

---

75. *parrebbe*: apparirebbe.

76. *scema*: scarsa, imperfetta.

79-81. *Però... s'acquista*: terzina di non chiara interpretazione. I tre termini *amor vista* e *virtù* sembrano designare la Trinità; se la Trinità, cioè Dio, crea direttamente, la creatura è perfetta.

83-4. *di... pregna*: di tutta la perfezione possibile alla natura umana, in Adamo; e così fu formato Cristo.

91. *paia*: sia manifesto.

92. *chi*: il re Salomone. Dio apparve a Salomone di notte e gli disse di chiedere quel che voleva; *la cagion*: che mosse Salomone; è detta ai vv. 95-6.

97. *enno*: sono. Segue una serie di problemi di teologia (il numero degli angeli), di dialettica (se da una premessa necessaria e una contingente segua una conseguenza necessaria), di filosofia naturale (se si può ammettere che esista un moto primo, indipendente da ogni altro moto), di geometria (se in un semicerchio si dia un triangolo avente il diametro come lato e che non abbia un angolo retto).

      non, si est dare primum motum esse,
o se del mezzo cerchio far si puote

102   triangol sì ch'un retto non avesse.

      Onde, se ciò ch'io dissi e questo note,
regal prudenza è quel vedere impari

105   in che lo stral di mia intenzion percuote;

      e se al 'surse' drizzi li occhi chiari,
vedrai aver solamente rispetto

108   ai regi, che son molti, e i buon son rari.

      Con questa distinzion prendi 'l mio detto;
e così puote star con quel che credi

111   del primo padre e del nostro Diletto.

      E questo ti sia sempre piombo a' piedi,
per farti mover lento com'uom lasso

114   e al sì e al no che tu non vedi:

      ché quelli è tra li stolti bene a basso,
che sanza distinzione afferma e nega

117   così ne l'un come ne l'altro passo;

      perch'elli 'ncontra che più volte piega
l'oppinion corrente in falsa parte,

120   e poi l'affetto l'intelletto lega.

      Vie più che 'ndarno da riva si parte,
perché non torna tal qual e' si move,

123   chi pesca per lo vero e non ha l'arte.

      E di ciò sono al mondo aperte prove
Parmenide, Melisso, e Brisso, e molti,

126   li quali andavano e non sapean dove:

      sì fe' Sabellio e Arrio e quelli stolti
che furon come spade a le Scritture

129   in render torti li diritti volti.

      Non sien le genti ancor troppo sicure

104-5. *quel... percuote*: quella perspicacia impareggiabile di cui voglio parlare.

106. *'surse'*: perché i re «sorgono» più alti degli altri uomini.

109. *distinzion*: fra uomini e re.

111. *del primo... Diletto*: di Adamo e di Cristo.

117. *così... passo*: nel dire di sì o di no.

118. *'ncontra*: accade.

122. *non... move*: cioè con suo danno.

125. *Parmenide... e Brisso*: Parmenide e Melisso furono filosofi eleatici del V secolo a.C.: Brisso pure filosofo, forse discepolo di Euclide, si occupò della quadratura del cerchio.

127. *Sabellio e Arrio*: Sabellio e Ario, eretici del III e IV secolo d.C.

129. *in... volti*: falsandone il senso.

a giudicar, sì come quei che stima

132   le biade in campo pria che sien mature:
            ch'i' ho veduto tutto il verno prima
        lo prun mostrarsi rigido e feroce,

135   poscia portar la rosa in su la cima;
            e legno vidi già dritto e veloce
        correr lo mar per tutto suo cammino,

138   perire al fine a l'intrar de la foce.
            Non creda donna Berta e ser Martino,
        per vedere un furare, altro offerere,

141   vederli dentro al consiglio divino;
            ché quel può surgere, e quel può cadere ».

CANTO XIV

Dal centro al cerchio, e sì dal cerchio al centro,
        movesi l'acqua in un ritondo vaso,

3   secondo ch'è percossa fuori o dentro.
            Ne la mia mente fe' subito caso
        questo ch'io dico, sì come si tacque

6   la gloriosa vita di Tommaso,
            per la similitudine che nacque
        del suo parlare e di quel di Beatrice,

9   a cui sì cominciar, dopo lui, piacque:
            « A costui fa mestieri, e nol vi dice
        né con la voce né pensando ancora,

12   d'un altro vero andare a la radice.
            Diteli se la luce onde s'infiora
        vostra sustanza, rimarrà con voi

15   etternalmente, sì com'ell'è ora;
            e se rimane, dite come, poi
        che sarete visibili rifatti,

18   esser potrà ch'al veder non vi noi ».
            Come, da più letizia pinti e tratti,

---

139. *Berta... Martino*: le femminelle e i chiacchieroni.

140. *un... offerere*: uno che ruba e un altro invece che fa offerte in chiesa.

142. *surgere*: pentirsi e salvarsi.

XIV. - 4-8. *fe'... Beatrice*: questo fenomeno di vibrazione, questa similitudine, mi cadde nella mente (*caso*: caduta), quando co-

minciò a parlare Beatrice (v. 9 e segg.) dal *centro* della ghirlanda formata dai beati, e dal cui cerchio aveva parlato San Tommaso.

18. *al veder*: agli occhi corporei, ricuperati con la risurrezione della carne.

19. *pinti e tratti*: spinti (da quelli che seguono) e tratti (da quelli che precedono) in un unico ritmo.

a la fiata quei che vanno a rota
21   levan la voce e rallegrano li atti,
            così, a l'orazion pronta e divota,
        li santi cerchi mostrar nova gioia
24   nel torneare e ne la mira nota.
            Qual si lamenta perché qui si moia
        per viver colà su, non vide quive
27   lo rifrigerio de l'etterna ploia.
            Quell'uno e due e tre che sempre vive
        e regna sempre in tre e 'n due e 'n uno,
30   non circunscritto, e tutto circunscrive,
            tre volte era cantato da ciascuno
        di quelli spirti con tal melodia,
33   ch'ad ogni merto saria giusto muno.
            E io udi' ne la luce più dia
        del minor cerchio una voce modesta,
36   forse qual fu da l'angelo a Maria,
            risponder: « Quanto fia lunga la festa
        di paradiso, tanto il nostro amore
39   si raggerà dintorno cotal vesta.
            La sua chiarezza seguita l'ardore;
        l'ardor la visione, e quella è tanta,
42   quant'ha di grazia sovra suo valore.
            Come la carne gloriosa e santa
        fia rivestita, la nostra persona
45   più grata fia per esser tutta quanta:
            per che s'accrescerà ciò che ne dona
        di gratuito lume il sommo bene,
48   lume ch'a lui veder ne condiziona;
            onde la vision crescer convene,

---

20. *a la fiata*: ha qui un valore molto simile al fr. *à la fois* malgrado quel che è stato detto in contrario (cfr. *Bullettino della
Società Dantesca Italiana*, II serie, X, 6); *a
rota*: in danza a girotondo.
24. *ne la mira nota*: nella mirabile
melodia.
27. *ploia*: la pioggia della grazia di Dio.
28. *Quell'uno e due e tre*: la Trinità.
33. *muno*: ricompensa.
34. *dia*: divina; quella che è chiamata *la*

più bella in *Paradiso*, X, 109, quella di Salomone.
39. *si raggerà... vesta*: si avvilupperà della veste radiosa di questa luce.
40. *seguita*: è in proporzione a.
41. *visione*: di Dio.
42. *grazia*: illuminante, che si aggiunge
al merito (*valore*).
43. *Come*: quando.
47. *gratuito lume*: il lume della grazia.
48. *condiziona*: mette in condizione.

crescer l'ardor che di quella s'accende,
51   crescer lo raggio che da esso vene.
      Ma sì come carbon che fiamma rende,
e per vivo candor quella soverchia,
54   sì che la sua parvenza si difende,
      così questo fulgor che già ne cerchia
fia vinto in apparenza da la carne
57   che tutto dì la terra ricoperchia;
      né potrà tanta luce affaticarne;
ché li organi del corpo saran forti
60   a tutto ciò che potrà dilettarne ».
      Tanto mi parver subiti e accorti
e l'uno e l'altro coro a dicer 'Amme!',
63   che ben mostrar disio de' corpi morti;
      forse non pur per lor, ma per le mamme,
per li padri e per li altri che fuor cari
66   anzi che fosser sempiterne fiamme.
      Ed ecco intorno, di chiarezza pari,
nascere un lustro sopra quel che v'era,
69   per guisa d'orizzonte che rischiari.
      E sì come al salir di prima sera
comincian per lo ciel nove parvenze,
72   sì che la vista pare e non par vera,
      parvemi lì novelle sussistenze
cominciare a vedere, e fare un giro
75   di fuor da l'altre due circunferenze.
      Oh vero sfavillar del Santo Spiro!
come si fece subito e candente
78   a li occhi miei che, vinti, non soffriro!
      Ma Beatrice sì bella e ridente
mi si mostrò, che tra quelle vedute
81   si vuol lasciar che non seguir la mente.
      Quindi ripreser li occhi miei virtute

---

51. *raggio*: quello che avviluppa ciascuno dei beati.

54. *si difende*: rimane visibile pur nella luce della fiamma.

62. *'Amme!'*: amen.

66. *anzi... fiamme*: prima di diventare luci di Paradiso, cioè sulla Terra.

74-5. *un giro... circunferenze*: una terza corona di anime intorno alle due che si erano formate.

77. *candente*: incandescente.

78. *non soffriro*: non poterono sopportarlo.

80-1. *tra quelle... mente*: bisogna lasciarla con quelle cose che la memoria non poté portar via con sé.

82. *Quindi*: dal guardar Beatrice.

84
a rilevarsi; e vidimi translato
sol con mia donna in più alta salute.

Ben m'accors'io ch'io era più levato,
per l'affocato riso de la stella,
87
che mi parea più roggio che l'usato.

Con tutto il core e con quella favella
ch'è una in tutti a Dio feci olocausto,
90
qual conveniesi a la grazia novella.

E non er'anco del mio petto esausto
l'ardor del sacrificio, ch'io conobbi
93
esso litare stato accetto e fausto;

ché con tanto lucore e tanto robbi
m'apparvero splendor dentro a due raggi,
96
ch'io dissi: « O Eliòs che sì li addobbi! »

Come distinta da minori e maggi
lumi biancheggia tra' poli del mondo
99
Galassia sì, che fa dubbiar ben saggi;

sì costellati facean nel profondo
Marte quei raggi il venerabil segno
102
che fan giunture di quadranti in tondo.

Qui vince la memoria mia lo 'ngegno;
ché 'n quella croce lampeggiava Cristo
105
sì, ch'io non so trovare essemplo degno:

ma chi prende sua croce e segue Cristo,
ancor mi scuserà di quel ch'io lasso,
108
vedendo in quell'albor balenar Cristo.

Di corno in corno e tra la cima e 'l basso
si movien lumi, scintillando forte
111
nel congiugnersi insieme e nel trapasso:

così si veggion qui diritte e torte,
veloci e tarde, rinovando vista,

---

84. *in più alta salute*: nel cielo di Marte che accoglie le anime dei combattenti per la fede.

87. *roggio*: rosso, colore caratteristico di Marte (cfr. *Convivio*, II, XIII, 21 e *Purgatorio*, II, 14-5).

88. *quella favella*: il linguaggio della preghiera e della gratitudine.

93. *litare*: continua le idee di olocausto e di sacrificio: offerta sacrificale.

94. *robbi*: rossi.

96. *Eliòs*: sole, Dio.

97. *maggi*: maggiori.

99. *Galassia*: la Via Lattea, sulla natura della quale i migliori astronomi erano incerti.

102. *che... tondo*: due diametri perpendicolari in un cerchio; la croce greca.

108. *vedendo*: quando vedrà, essendo salito al cielo.

109. *corno*: braccio della croce.

114   le minuzie de' corpi, lunghe e corte,
              moversi per lo raggio onde si lista
          tal volta l'ombra che, per sua difesa,
117   la gente con ingegno e arte acquista.
              E come giga e arpa, in tempra tesa
          di molte corde, fa dolce tintinno
120   a tal da cui la nota non è intesa,
              così da' lumi che lì m'apparinno
          s'accogliea per la croce una melode
123   che mi rapiva, sanza intender l'inno.
              Ben m'accors'io ch'elli era d'alte lode,
          però ch'a me venia 'Resurgi', e 'Vinci'
126   come a colui che non intende e ode.
              Io m'innamorava tanto quinci,
          che 'nfino a lì non fu alcuna cosa
129   che mi legasse con sì dolci vinci.
              Forse la mia parola par troppo osa,
          posponendo il piacer de li occhi belli,
132   ne' quai mirando, mio disio ha posa:
              ma chi s'avvede che i vivi suggelli
          d'ogni bellezza più fanno più suso,
135   e ch'io non m'era lì rivolto a quelli,
              escusar puommi di quel ch'io m'accuso
          per escusarmi, e vedermi dir vero;
138   ché 'l piacer santo non è qui dischiuso,
              perché si fa, montando, più sincero.

CANTO XV

          Benigna volontade in che si liqua
          sempre l'amor che drittamente spira,
3   come cupidità fa ne la iniqua,

114. *le... corpi*: il pulviscolo in un raggio di sole.
120. *a tal... intesa*: persino a chi non è
musicista.
122. *s'accogliea*: colmava.
129. *vinci*: vincoli.
133. *i vivi suggelli*: le anime, che cresco-
no di bellezza di cielo in cielo.
135. *quelli*: gli occhi di Beatrice.
136. *di quel*: cioè di *posporre* ecc. (vv.

131-2).
138. *piacer santo*: che emana dagli occhi
di Beatrice; *dischiuso*: escluso.
139. *più sincero*: più puro ancora.

xv. - 1. *si liqua*: si scioglie, si manifesta,
si effettua.
3. *come... iniqua*: come l'amore dei falsi
beni produce la volontà di fare il male.

    silenzio puose a quella dolce lira,
    e fece quietar le sante corde
6   che la destra del cielo allenta e tira.

    Come saranno a' giusti preghi sorde
    quelle sustanze che, per darmi voglia
9   ch'io le pregassi, a tacer fur concorde?

    Bene è che sanza termine si doglia
    chi, per amor di cosa che non duri
12   etternalmente, quello amor si spoglia.

    Quale per li seren tranquilli e puri
    discorre ad ora ad or subito foco,
15   movendo li occhi che stavan sicuri,

    e pare stella che tramuti loco,
    se non che da la parte ond'el s'accende
18   nulla sen perde, ed esso dura poco;

    tale dal corno che 'n destro si stende
    a piè di quella croce corse un astro
21   de la costellazion che lì resplende.

    Né si partì la gemma dal suo nastro,
    ma per la lista radïal trascorse,
24   che parve foco dietro ad alabastro.

    Sì pïa l'ombra d'Anchise si porse,
    se fede merta nostra maggior musa,
27   quando in Eliso del figlio s'accorse.

    «O sanguis meus, o superinfusa
    gratïa Dei, sicut tibi cui
30   bis unquam celi ianüa reclusa?»

    Così quel lume: ond'io m'attesi a lui;
    poscia rivolsi a la mia donna il viso,
33   e quinci e quindi stupefatto fui;

    ché dentro a li occhi suoi ardea un riso

---

4. *lira*: il musicale accordo dei beati; cfr. *Paradiso*, XVI, 118-9 e XXIII, 100.

6. *la destra del cielo*: la volontà di Dio.

8. *sustanze*: le anime dei beati.

10. *Bene è*: è giusto.

14. *discorre*: scorre; *subito foco*: una meteora, una «stella cadente».

18. *nulla sen perde*: nessuna stella viene a mancare.

24. *che parve... dietro*: che trasparisse dietro.

26. *musa*: Virgilio. Allusione all'incontro dell'ombra di Anchise con il figlio Enea (cfr. Virgilio, *Eneide*, VI, 684 e segg.). Cfr. *Convivio*, IV, XXVI, 9.

28-30. *«O sanguis... reclusa?»*: «O sangue mio, sovrabbondante grazia divina, a chi come a te fu aperta la porta del cielo due volte [da vivo e da morto]?»

31. *m'attesi*: mi rivolsi con attenzione.

36
tal, ch'io pensai co' miei toccar lo fondo
de la mia grazia e del mio paradiso.

39
Indi, a udire ed a veder giocondo,
giunse lo spirto al suo principio cose,
ch'io non lo 'ntesi, sì parlò profondo;

42
né per elezion mi si nascose,
ma per necessità, ché 'l suo concetto
al segno de' mortal si soprapuose.

45
E quando l'arco de l'ardente affetto
fu sì sfogato, che 'l parlar discese
inver lo segno del nostro intelletto,

48
la prima cosa che per me s'intese,
« Benedetto sia tu » fu « trino e uno,
che nel mio seme se' tanto cortese! »

51
E seguì: « Grato e lontano digiuno,
tratto leggendo del magno volume
du' non si muta mai bianco né bruno,

54
soluto hai, figlio, dentro a questo lume
in ch'io ti parlo, mercé di colei
ch'a l'alto volo ti vestì le piume.

57
Tu credi che a me tuo pensier mei
da quel ch'è primo, così come raia
da l'un, se si conosce, il cinque e 'l sei;

60
e però ch'io mi sia e perch'io paia
più gaudioso a te, non mi domandi,
che alcun altro in questa turba gaia.

63
Tu credi 'l vero; ché i minori e i grandi
di questa vita miran ne lo speglio
in che, prima che pensi, il pensier pandi.

Ma perché 'l sacro amore in che io veglio
con perpetua vista e che m'asseta

---

38. *giunse*: aggiunse.
40. *per elezion*: per sua scelta.
42. *al segno... si soprapuose*: oltrepassò la capacità umana di comprendere.
45. *segno*: livello.
46. *per me s'intese*: che io intesi.
48. *seme*: discendenza.
49. *digiuno*: desiderio di vedere Dante.
50. *magno volume*: il libro della divina provvidenza.
52. *soluto hai*: mi hai soddisfatto; ha per

oggetto *digiuno*.
53. *colei*: Beatrice.
55. *mei*: emani, venga.
56. *quel*: Dio; *raia*: procede (dall'Unità l'infinito dei numeri).
58-9. *però... domandi*: perciò non mi domandi chi sono, ecc.
62. *speglio*: Dio come visione perfetta, in cui anche i pensieri si spiegano prima di essere formulati in parole.

66   di dolce disiar, s'adempia meglio,
    la voce tua sicura, balda e lieta
    suoni la volontà, suoni 'l disio,
69   a che la mia risposta è già decreta! »
    Io mi volsi a Beatrice, e quella udio
    pria ch'io parlassi, e arrisemi un cenno
72   che fece crescer l'ali al voler mio.
    Poi cominciai così: « L'affetto e 'l senno,
    come la prima equalità v'apparse,
75   d'un peso per ciascun di voi si fenno;
    però che 'l sol che v'allumò e arse
    col caldo e con la luce, è sì iguali,
78   che tutte simiglianze sono scarse.
    Ma voglia ed argomento ne' mortali,
    per la cagion ch'a voi è manifesta,
81   diversamente son pennuti in ali;
    ond'io, che son mortal, mi sento in questa
    disagguaglianza, e però non ringrazio
84   se non col core a la paterna festa.
    Ben supplico io a te, vivo topazio
    che questa gioia preziosa ingemmi,
87   perché mi facci del tuo nome sazio ».
    « O fronda mia in che io compiacemmi
    pur aspettando, io fui la tua radice »:
90   cotal principio, rispondendo, femmi.
    Poscia mi disse: « Quel da cui si dice
    tua cognazione e che cent'anni e piue
93   girato ha il monte in la prima cornice,

---

66. *di dolce disiar*: di appagare i desideri degli altri, che mi sono dolci dandomi l'occasione di esprimere il mio amore.

69. *decreta*: decretata.

71. *arrisemi*: assentì sorridendo.

74. *come... v'apparse*: quando entraste nel Paradiso, regno del perfetto equilibrio delle qualità.

75. *d'un*: di uno stesso.

77. *caldo... luce*: corrispondono ad *affetto* e *senno*.

78. *simiglianze*: similitudini.

79. *voglia ed argomento*: affetto e senno.

80. *per... manifesta*: per l'imperfezione umana, manifesta ai beati per la loro visione divina.

81. *diversamente... ali*: hanno mezzi inferiori.

82-3. *mi sento... disagguaglianza*: non ho mezzi adeguati.

84. *paterna*: corrisponde all'appellativo di *figlio* usato dall'anima (v. 52).

87. *perché... sazio*: che tu mi dica il tuo nome.

89. *io... radice*: è l'anima di Cacciaguida, antenato di Dante.

91. *Quel*: Alighiero, che dette il nome alla famiglia e che fu appunto il bisavolo di Dante.

93. *girato... cornice*: è da oltre un secolo nella prima cornice del Purgatorio (superbi).

mio figlio fu e tuo bisavol fue:
ben si convien che la lunga fatica
96   tu li raccorci con l'opere tue.
Fiorenza dentro da la cerchia antica,
ond'ella toglie ancora e terza e nona,
99   si stava in pace, sobria e pudica.
Non avea catenella, non corona,
non gonne contigiate, non cintura
102   che fosse a veder più che la persona.
Non faceva, nascendo, ancor paura
la figlia al padre; ché 'l tempo e la dote
105   non fuggien quinci e quindi la misura.
Non avea case di famiglia vote;
non v'era giunto ancor Sardanapalo
108   a mostrar ciò che 'n camera si puote.
Non era vinto ancora Montemalo
dal vostro Uccellatoio, che, com'è vinto
111   nel montar su, così sarà nel calo.
Bellincion Berti vid'io andar cinto
di cuoio e d'osso, e venir da lo specchio
114   la donna sua sanza il viso dipinto;
e vidi quel di Nerli e quel del Vecchio
esser contenti a la pelle scoperta,
117   e le sue donne al fuso e al pennecchio.
Oh fortunate! ciascuna era certa
de la sua sepoltura, e ancor nulla
120   era per Francia nel letto diserta.

---

96. *tue*: da compiere in suo suffragio.
97. *cerchia*: di mura; quand'era ancora una piccolissima città. Quest'area è ricca di chiese che con le loro campane danno l'ora alla città.
101. *contigiate*: riccamente adorne.
104-5. *'l tempo... misura*: le ragazze non si sposavano troppo presto e con doti esagerate.
106. *vote*: perché troppo grandi.
107. *Sardanapalo*: Assurbanipal, re assiro (667-626 a.C.) di leggendaria raffinatezza e corruzione.
109. *Montemalo*: Monte Mario presso Roma; come *Uccellatoio* (v. 110), che è

presso Firenze, è un punto panoramico. Vuol dire che la veduta di Firenze vinceva ormai per grandezza quella di Roma.
111. *calo*: decadenza.
112. *Bellicion*: grande fiorentino del XII sec.
112-3. *cinto... d'osso*: senza nulla di prezioso addosso.
115. *quel... Vecchio*: altri nobili fiorentini, i Nerli e i Vecchietti.
117. *pennecchio*: il ciuffo di lana che si fila.
120. *per Francia*: perché i mercanti intraprendevano lunghi viaggi, specie in Francia.

L'una vegghiava a studio de la culla,
e, consolando, usava l'idioma
123 che prima i padri e le madri trastulla;
   l'altra, traendo a la rocca la chioma,
favoleggiava con la sua famiglia
126 de' Troiani, di Fiesole e di Roma.
   Saria tenuta allor tal maraviglia
una Cianghella, un Lapo Salterello,
129 qual or saria Cincinnato e Corniglia.
   A così riposato, a così bello
viver di cittadini, a così fida
132 cittadinanza, a così dolce ostello,
   Maria mi diè, chiamata in alte grida:
e ne l'antico vostro Batisteo
135 insieme fui cristiano e Cacciaguida.
   Moronto fu mio frate ed Eliseo:
mia donna venne a me di val di Pado;
138 e quindi il sopranome tuo si feo.
   Poi seguitai lo 'mperador Currado;
ed el mi cinse de la sua milizia,
141 tanto per bene ovrar li venni in grado.
   Dietro li andai incontro a la nequizia
di quella legge il cui popolo usurpa,
144 per colpa de' pastor, vostra giustizia.
   Quivi fu' io da quella gente turpa
disviluppato dal mondo fallace,
147 lo cui amor molt'anime deturpa;
   e venni dal martiro a questa pace ».

CANTO XVI

O poca nostra nobiltà di sangue,
se gloriar di te la gente fai

128. *Cianghella... Salterello*: due personaggi famosi nella cronaca scandalosa del '300 l'una per la sua vita dissoluta, l'altro per i suoi imbrogli.
129. *Corniglia*: Cornelia, la madre dei Gracchi.
133. *chiamata*: invocata, da mia madre.
134. *Batisteo*: Battistero, il bel San Giovanni.
138. *quindi*: non si sa di preciso donde

venisse questa sposa «padana» che fu l'origine del casato di Dante.
139. *Currado*: Corrado III, di Svevia (n. 1093, m. 1152), che lo fece cavaliere.
142. *Dietro... a la nequizia*: nella crociata che Corrado III intraprese nel 1147.
144. *giustizia*: la legittima giurisdizione della Terra Santa.
145. *turpa*: turpe.
148. *martiro*: morte per la fede.

3   qua giù dove l'affetto nostro langue,
     mirabil cosa non mi sarà mai;
    ché là dove appetito non si torce,
6   dico nel cielo, io me ne gloriai.
     Ben se' tu manto che tosto raccorce;
    sì che, se non s'appon di dì in die,
9   lo tempo va dintorno con le force.
     Dal 'voi' che prima Roma sofferie,
    in che la sua famiglia men persevra,
12   ricominciaron le parole mie;
     onde Beatrice, ch'era un poco scevra,
    ridendo, parve quella che tossio
15   al primo fallo scritto di Ginevra.
     Io cominciai: « Voi siete il padre mio;
    voi mi date a parlar tutta baldezza;
18   voi mi levate sì, ch'i' son più ch'io.
     Per tanti rivi s'empie d'allegrezza
    la mente mia, che di sé fa letizia
21   perché può sostener che non si spezza.
     Ditemi dunque, cara mia primizia,
    quai fuor li vostri antichi, e quai fuor li anni
24   che si segnaro in vostra puerizia:
     ditemi de l'ovil di San Giovanni
    quanto era allora, e chi eran le genti
27   tra esso degne di più alti scanni ».
     Come s'avviva a lo spirar di venti
    carbone in fiamma, così vid'io quella
30   luce risplendere a' miei blandimenti.
     E come a li occhi miei si fe' più bella,
    così con voce più dolce e soave,
33   ma non con questa moderna favella,

XVI. - 3. *langue*: è debole in confronto alla potenza assoluta che ha in Paradiso.

5. *non si torce*: verso false tentazioni, non si svia.

8. *s'appon*: si aggiunge.

9. *force*: forbici.

10. *Dal 'voi'*: allusione alla leggenda secondo cui i Romani si rivolsero a Giulio Cesare con il «voi».

11. *in che... persevra*: i Romani davano facilmente del «tu», anche a persone di riguardo.

13. *scevra*: discosta.

14. *quella che tossio*: la Dama di Malehaut, per avvertir Lancillotto della sua presenza, nel primo colloquio che Ginevra gli concede.

19-21. *Per... non si spezza*: la mia mente ha tante ragioni di gioia, che si rallegra con se stessa di sostenerle tutte senza spezzarsi.

22. *primizia*: antenato, capostipite.

25. *ovil di San Giovanni*: Firenze.

dissemi: « Da quel dì che fu detto 'Ave'
al parto in che mia madre, ch'è or santa,
36   s'alleviò di me ond'era grave,
            al suo Leon cinquecento cinquanta
e trenta fiate venne questo foco
39   a rinfiammarsi sotto la sua pianta.
            Li antichi miei e io nacqui nel loco
dove si truova pria l'ultimo sesto
42   da quei che corre il vostro annual gioco.
            Basti de' miei maggiori udirne questo:
chi ei si fosser e onde venner quivi,
45   più è tacer che ragionare onesto.
            Tutti color ch'a quel tempo eran ivi
da poter arme tra Marte e 'l Batista,
48   erano il quinto di quei ch'or son vivi.
            Ma la cittadinanza, ch'è or mista
di Campi, di Certaldo e di Fegghine,
51   pura vediesi ne l'ultimo artista.
            Oh quanto fora meglio esser vicine
quelle genti ch'io dico, e al Galluzzo
54   e a Trespiano aver vostro confine,
            che averle dentro e sostener lo puzzo
del villan d'Agulion, di quel da Signa,
57   che già per barattare ha l'occhio aguzzo!
            Se la gente ch'al mondo più traligna

---

34. *dì*: il giorno dell'Annunciazione («incarnazione») da cui nell'uso fiorentino si faceva cominciar l'anno (25 marzo).

37-8. *al suo... foco*: Marte ritornò nella costellazione del Leone 580 volte. Secondo Dante, Cacciaguida era nato nel 1091.

40-2. *nel loco... gioco*: il palio si correva annualmente a Firenze su un tracciato parallelo all'Arno, sull'asse del Corso. Dove il Corso entra nel sestiere di San Piero era l'arrivo, e in quella zona, all'imbocco di via degli Speziali, si trovavano le case degli Elisei, dei quali probabilmente era Cacciaguida.

45. *onesto*: sarà da intendere, per modestia.

47. *da poter arme*: atti alle armi; *tra Marte*

e 'l Batista: tra il Ponte Vecchio e il Battistero; cfr. vv. 145-6.

48. *erano... vivi*: si calcola circa 6000 cittadini, contro i 30.000 del tempo di Dante.

50. *Campi... Fegghine*: paesi del contado.

51. *ne l'ultimo artista*: persino nel più modesto artigiano.

53-4. *Galluzzo... Trespiano*: sobborghi a sud e a nord di Firenze.

56. *villan d'Agulion*: si allude a Baldo d'Aguglione (castello in Val di Pesa) che aiutò Niccola Acciaioli nel frodare il Comune; cfr. *Purgatorio*, XII, 105; *quel da Signa*: si allude a Bonifazio Morubaldini da Signa, famoso barattiere.

57. *barattare*: frodare la cosa pubblica.

58. *la gente... traligna*: i prelati.

          non fosse stata a Cesare noverca,
60   ma come madre a suo figlio benigna,
          tal fatto è fiorentino e cambia e merca,
          che si sarebbe volto a Simifonti,
63   là dove andava l'avolo a la cerca;
          sariesi Montemurlo ancor de' Conti;
          sarieno i Cerchi nel piovier d'Acone,
66   e forse in Valdigrieve i Buondelmonti.
          Sempre la confusion de le persone
          principio fu del mal de la cittade,
69   come del vostro il cibo che s'appone;
          e cieco toro più avaccio cade
          che 'l cieco agnello; e molte volte taglia
72   più e meglio una che le cinque spade.
          Se tu riguardi Luni e Urbisaglia
          come sono ite, e come se ne vanno
75   di retro ad esse Chiusi e Sinigaglia,
          udir come le schiatte si disfanno
          non ti parrà nova cosa né forte,
78   poscia che le cittadi termine hanno.
          Le vostre cose tutte hanno lor morte,
          sì come voi; ma celasi in alcuna
81   che dura molto; e le vite son corte.
          E come 'l volger del ciel de la luna
          cuopre e discuopre i liti sanza posa,
84   così fa di Fiorenza la Fortuna:

59. *a Cesare noverca*: matrigna, piena di ostilità contro gli Imperatori.

62. *Simifonti*: castello in Valdelsa distrutto dai Fiorentini nel 1202. Era un feudo imperiale degli Alberti, divenuto così prospero che si cantava: «Fiorenza fatti in là, che Semifonte si fa città».

63. *a la cerca*: a cercar lavoro, ingaggio, guadagno, invece di cercarlo a Firenze.

64. *Conti*: i conti Guidi.

65. *piovier d'Acone*: pievania d'Acone in Val di Sieve, da cui provenivano i Cerchi, capi del partito dei Bianchi.

66. *Buondelmonti*: ai quali risaliva la scissione dei Fiorentini in partiti. Sono menzionate le tre famiglie che furono cause delle maggiori discordie, in epoche diverse.

69. *s'appone*: si aggiunge a quello non digerito.

70. *avaccio*: presto.

72. *più... spade*: spesso è più efficace una sola spada che cinque; Cacciaguida insiste sulla quintuplicazione di Firenze (cfr. vv. 46-8).

74. *ite*: in rovina; l'una per causa dei Saraceni, l'altra di Alarico.

77. *forte*: difficile.

80-1. *celasi... corte*: non lo si nota in organismi che vivono tanto più a lungo che le corte vite degli uomini, come per esempio nelle città.

83. *cuopre... posa*: provoca le maree.

per che non dee parer mirabil cosa
ciò ch'io dirò de li alti Fiorentini
87   onde è la fama nel tempo nascosa.

Io vidi li Ughi, e vidi i Catellini,
Filippi, Greci, Ormanni e Alberichi,
90   già nel calare, illustri cittadini;

e vidi così grandi come antichi,
con quel de la Sannella, quel de l'Arca,
93   e Soldanieri e Ardinghi e Bostichi.

Sovra la porta ch'al presente è carca
di nova fellonia di tanto peso
96   che tosto fia iattura de la barca,

erano i Ravignani, ond'è disceso
il conte Guido e qualunque del nome
99   de l'alto Bellincione ha poscia preso.

Quel de la Pressa sapeva già come
regger si vuole, e avea Galigaio
102   dorata in casa sua già l'elsa e 'l pome.

Grand'era già la colonna del vaio,
Sacchetti, Giuochi, Fifanti e Barucci
105   e Galli e quei ch'arrossan per lo staio.

Lo ceppo di che nacquero i Calfucci
era già grande, e già eran tratti
108   a le curule Sizii e Arrigucci.

Oh quali io vidi quei che son disfatti
per lor superbia! e le palle de l'oro
111   fiorian Fiorenza in tutti suoi gran fatti.

Così faceno i padri di coloro
che, sempre che la vostra chiesa vaca,
114   si fanno grassi stando a consistoro.

94. *la porta*: San Piero, dove abitavano i Cerchi.

96. *iattura*: rovina dello stato.

99. *Bellincione*: Berti; cfr. *Paradiso*, XV, 112.

101. *regger*: governare.

101-2. *avea... 'l pome*: erano cavalieri, con l'impugnatura e il pomo della spada dorati.

103. *la colonna del vaio*: i Pigli, che portavano come blasone una striscia verticale di vaio in campo rosso.

105. *quei... lo staio*: i Chiaramontesi, che ancora si vergognano dello scandalo dello staio del sale (cfr. *Purgatorio*, XII, 105).

108. *le curule*: le alte magistrature.

110. *le palle de l'oro*: i Lamberti, designati, come i Pigli, con il loro stemma.

112. *coloro*: i Tosinghi e i Visdomini, che amministravano il vescovado di Firenze quando era vacante.

L'oltracotata schiatta che s'indraca
dietro a chi fugge, e a chi mostra 'l dente
117   o ver la borsa, com'agnel si placa,
già venia su, ma di picciola gente;
sì che non piacque ad Ubertin Donato
120   che poi il suocero il fe' lor parente.
Già era il Caponsacco nel mercato
disceso giù da Fiesole, e già era
123   buon cittadino Giuda ed Infangato.
Io dirò cosa incredibile e vera:
nel picciol cerchio s'entrava per porta
126   che si nomava da quei de la Pera.
Ciascun che de la bella insegna porta
del gran barone il cui nome e 'l cui pregio
129   la festa di Tommaso riconforta,
da esso ebbe milizia e privilegio;
avvegna che con popol si rauni
132   oggi colui che la fascia col fregio.
Già eran Gualterotti ed Importuni;
e ancor saria Borgo più quieto,
135   se di novi vicin fosser digiuni.
La casa di che nacque il vostro fleto,
per lo giusto disdegno che v'ha morti,
138   e puose fine al vostro viver lieto,
era onorata, essa e suoi consorti:
o Buondelmonte, quanto mal fuggisti
141   le nozze sue per li altrui conforti!

115-6. *L'oltracotata... fugge*: gli Adimari, feroci come draghi con i timorosi.

119. *Ubertin Donato*: genero di Bellincione Berti, che maritò un'altra delle sue
figlie a un Adimari.

126. *quei de la Pera*: i Peruzzi, già così
grandi, che davano addirittura il nome a
una delle porte della città, sita fra le loro
case (non lontane da Santa Croce).

127. *insegna*: sette doghe bianche e vermiglie.

128. *gran barone*: Ugo di Brandeburgo,
marchese di Toscana (m. 1001), il cui stemma era portato da quelle famiglie a cui aveva conferito dignità cavalleresca; si
celebrava in Badia una cerimonia in sua me-

moria il giorno di San Tommaso (21 dicembre) che era stato quello della sua morte.

132. *colui*: Giano della Bella, il cui stemma era fregiato d'oro, e che si riuniva col
popolo contro la nobiltà.

135. *se... digiuni*: nel Borgo Santi Apostoli (dove abitavano Gualterotti e Importuni) erano venuti anche i Buondelmonti.

136. *il vostro fleto*: il lutto di Firenze; era
la casa degli Amidei, che vollero vendicarsi di Buondelmonte de' Buondelmonti, nel
1215, per la sua mancata promessa di matrimonio.

140. *Buondelmonte*: benché promesso ad
una Amidei, fu indotto a sposare una Donati.

    Molti sarebber lieti, che son tristi,
se Dio t'avesse conceduto ad Ema
144 la prima volta ch'a città venisti.
    Ma conviensi a quella pietra scema
che guarda il ponte che Fiorenza fesse
147 vittima ne la sua pace postrema.
    Con queste genti e con altre con esse,
vid'io Fiorenza in sì fatto riposo,
150 che non avea cagione onde piangesse:
    con queste genti vid'io glorioso
e giusto il popol suo, tanto che 'l giglio
153 non era ad asta mai posto a ritroso,
    né per division fatto vermiglio ».

CANTO XVII

    Qual venne a Climenè, per accertarsi
di ciò ch'avea incontro a sé udito,
3 quei ch'ancor fa i padri ai figli scarsi;
    tal era io, e tal era sentito
e da Beatrice e da la santa lampa
6 che pria per me avea mutato sito.
    Per che mia donna « Manda fuor la vampa
del tuo disio » mi disse, « sì ch'ella esca
9 segnata bene de la interna stampa;
    non perché nostra conoscenza cresca
per tuo parlare, ma perché t'ausi

---

143. *se... Ema*: se fossi annegato nell'E-ma; allusione, pare, a un fatto della giovinezza di Buondelmonte.

145. *quella pietra scema*: la statua mutilata di Marte che stava a guardia del Ponte Vecchio; Marte era stato il primo patrono di Firenze; cfr. *Inferno*, XIII, 144.

146-7. *fesse... postrema*: era fatale, poiché si conservava una statua di Marte, che una vittima fosse sacrificata e la pace finisse.

153. *a ritroso*: a rovescio, dai vincitori che se ne impadronivano.

154. *né... vermiglio*: dal 1251 i Guelfi cambiarono l'insegna del Comune da giglio bianco in campo rosso a giglio rosso in campo bianco.

XVII. - 3. *quei*: Fetonte. Figlio di Climene, le chiese se era veramente figlio del Sole (Apollo); cfr. Ovidio, *Metamorfosi*, I, 748; II, 328. Ottenuto dal padre il permesso di guidare il carro solare, morì tragicamente; da quel giorno i padri sono *scarsi* ad accontentare i figli.

4. *tal*: cioè bramoso di sentire spiegare le cinque predizioni, più o meno oscure, fattegli durante il suo viaggio oltremondano (cfr. *Inferno*, X, 79-81; XV, 61-72; XXIV, 142-151; *Purgatorio*, VIII, 133-139; XI, 139-141).

5. *lampa*: l'anima di Cacciaguida, che si era mossa lungo il braccio della croce (cfr. *Paradiso*, XV, 19-24).

11. *t'ausi*: ti abitui.

12   a dir la sete, sì che l'uom ti mesca ».
                « O cara piota mia che sì t'insusi,
            che come veggion le terrene menti
15   non capere in triangol due ottusi,
                così vedi le cose contingenti
            anzi che sieno in sé, mirando il punto
18   a cui tutti li tempi son presenti;
                mentre ch'io era a Virgilio congiunto
            su per lo monte che l'anime cura
21   e discendendo nel mondo defunto,
                dette mi fuor di mia vita futura
            parole gravi, avvegna ch'io mi senta
24   ben tetragono ai colpi di ventura.
                Per che la voglia mia saria contenta
            d'intender qual fortuna mi s'appressa;
27   ché saetta previsa vien più lenta ».
                Così diss'io a quella luce stessa
            che pria m'avea parlato; e come volle
30   Beatrice, fu la mia voglia confessa.
                Né per ambage, in che la gente folle
            già s'inviscava pria che fosse anciso
33   l'Agnel di Dio che le peccata tolle,
                ma per chiare parole e con preciso
            latin rispuose quello amor paterno,
36   chiuso e parvente del suo proprio riso:
                « La contingenza, che fuor del quaderno
            de la vostra matera non si stende,
39   tutta è dipinta nel cospetto etterno:
                necessità però quindi non prende
            se non come dal viso in che si specchia
42   nave che per corrente giù discende.

---

13. *piota*: pianta, origine, antenato; *sì
t'insusi*: sali tanto alto.
    15. *non capere... ottusi*: un triangolo non
può avere più di un angolo ottuso; è un'e-
videnza geometrica elementare.
    17-8. *il punto... presenti*: Dio, «punto» in
cui passato, presente e futuro s'incontrano.
    24. *tetragono*: letteralmente, «a quattro
angoli», resistente da ogni parte.
    31. *la gente folle*: i pagani, che ascolta-

vano le ambigue risposte degli oracoli.
    36. *chiuso e parvente*: rinchiuso nella
sua luce, che pure esprimeva la sua beatitudine.
    37. *La contingenza*: le cose terrene, con-
tingenti.
    40-2. *necessità... discende*: però non di-
ventano per questo necessarie, come il corso di una nave non dipende dall'occhio
(*viso*) che la vede, in cui si riflette.

Da indi sì come viene ad orecchia
dolce armonia da organo, mi vene
45   a vista il tempo che ti s'apparecchia.

Qual si partio Ippolito d'Atene
per la spietata e perfida noverca,
48   tal di Fiorenza partir ti convene.

Questo si vuole e questo già si cerca,
e tosto verrà fatto a chi ciò pensa
51   là dove Cristo tutto dì si merca.

La colpa seguirà la parte offensa
in grido, come suol; ma la vendetta
54   fia testimonio al ver che la dispensa.

Tu lascerai ogni cosa diletta
più caramente; e questo è quello strale
57   che l'arco de lo essilio pria saetta.

Tu proverai sì come sa di sale
lo pane altrui, e come è duro calle
60   lo scender e 'l salir per l'altrui scale.

E quel che più ti graverà le spalle,
sarà la compagnia malvagia e scempia
63   con la qual tu cadrai in questa valle;

che tutta ingrata, tutta matta ed empia
si farà contr'a te; ma, poco appresso,
66   ella, non tu, n'avrà rossa la tempia.

Di sua bestialità il suo processo
farà la prova; sì ch'a te fia bello
69   averti fatta parte per te stesso.

Lo primo tuo refugio, il primo ostello
sarà la cortesia del gran Lombardo
72   che 'n su la scala porta il santo uccello;

ch'in te avrà sì benigno riguardo,
che del fare e del chieder, tra voi due,

---

46. *Ippolito*: figlio di Teseo, rifiutò l'amore di Fedra sua matrigna, che per vendetta l'accusò e lo fece scacciare e maledire dal padre (cfr. Ovidio, *Metamorfosi*, XV, 497 e segg.).

51. *là... merca*: a Roma, sede del papa, che era (al tempo della condanna di Dante) Bonifacio VIII.

53. *in grido*: in quel che la gente dice e sparge; nella fama, spesso inesatta.

59. *calle*: cammino; l'andare a chiedere asilo e soccorso.

63. *valle*: la bassezza dell'esilio. Si aluce ai fuorusciti Bianchi.

67. *processo*: procedere.

71. *gran Lombardo*: Bartolomeo della Scala, signore di Verona, morto il 7 marzo 1304.

75   fia primo quel che, tra gli altri, è più tardo.
            Con lui vedrai colui che 'mpresso fue,
        nascendo, sì da questa stella forte,
78   che notabili fien l'opere sue.
            Non se ne son le genti ancora accorte
        per la novella età, ché pur nove anni
81   son queste rote intorno di lui torte:
            ma pria che 'l Guasco l'alto Arrigo inganni,
        parran faville de la sua virtute
84   in non curar d'argento né d'affanni.
            Le sue magnificenze conosciute
        saranno ancora sì che' suoi nemici
87   non ne potran tener le lingue mute.
            A lui t'aspetta ed a' suoi benefici;
        per lui fia trasmutata molta gente,
90   cambiando condizion ricchi e mendici.
            E portera'ne scritto ne la mente
        di lui, e nol dirai »; e disse cose
93   incredibili a quei che fien presente.
            Poi giunse: « Figlio, queste son le chiose
        di quel che ti fu detto; ecco le 'nsidie
96   che dietro a pochi giri son nascose.
            Non vo' però ch'a' tuoi vicini invidie,
        poscia che s'infutura la tua vita
99   vie più là che 'l punir di lor perfidie ».
            Poi che, tacendo, si mostrò spedita
        l'anima santa di metter la trama
102   in quella tela ch'io le porsi ordita,
            io cominciai, come colui che brama,
        dubitando, consiglio da persona
105   che vede e vuol dirittamente e ama:
            « Ben veggio, padre mio, sì come sprona

---

76. *colui*: Cangrande, secondo fratello di
Bartolomeo, e poi suo successore.

77. *questa stella forte*: il pianeta Marte,
che gli conferì virtù guerriere.

82. *'l Guasco*: Clemente V (Bertrand de
Got, guascone) papa dal 1305 al 1314; suc-
cubo di Filippo il Bello, trasportò il papato
ad Avignone; e dopo aver fatto incoronare
imperatore Arrigo VII dai suoi cardinali,
avversò la politica imperiale in Italia.

83. *parran*: appariranno.

96. *giri*: di sole, anni.

98-9. *s'infutura... perfidie*: tu assicurerai
alla tua vita un futuro che oltrepassa la punizione dei tuoi nemici. Si può intendere:
con la vita eterna; o anche con la vita del
poema sacro, come sembra far pensare quel
che segue immediatamente fino alla fine del
canto.

lo tempo verso me, per colpo darmi
108   tal, ch'è più grave a chi più s'abbandona;
      per che di provedenza è buon ch'io m'armi
sì che, se 'l loco m'è tolto più caro,
111   io non perdessi li altri per miei carmi.
      Giù per lo mondo sanza fine amaro,
e per lo monte del cui bel cacume,
114   li occhi de la mia donna mi levaro,
      e poscia per lo ciel di lume in lume,
ho io appreso quel che s'io ridico,
117   a molti fia sapor di forte agrume;
      e s'io al vero son timido amico,
temo di perder viver tra coloro
120   che questo tempo chiameranno antico ».
      La luce in che rideva il mio tesoro
ch'io trovai lì, si fe' prima corusca,
123   quale a raggio di sole specchio d'oro;
      indi rispuose: « Coscienza fusca
o de la propria o de l'altrui vergogna
126   pur sentirà la tua parola brusca.
      Ma nondimen, rimossa ogni menzogna,
tutta tua vision fa manifesta;
129   e lascia pur grattar dov'è la rogna.
      Ché se la voce tua sarà molesta
nel primo gusto, vital nutrimento
132   lascerà poi, quando sarà digesta.
      Questo tuo grido farà come vento,
che le più alte cime più percuote;
135   e ciò non fa d'onor poco argomento.
      Però ti son mostrate in queste rote,
nel monte e ne la valle dolorosa
138   pur l'anime che son di fama note,
      che l'animo di quel ch'ode, non posa
né ferma fede per essemplo ch'aia
141   la sua radice incognita e nascosa,
      né per altro argomento che non paia ».

---

113. *cacume*: sommità. Il Paradiso Terrestre, a sommo del Purgatorio.
124. *fusca*: nera, sporca.
126. *pur*: certo.
135. *argomento*: motivazione.

136. *Però*: perciò.
138. *pur*: solamente.
139-42. *non posa... paia*: non fonda o rafforza la sua fede senza esempi manifesti.

CANTO XVIII

Già si godea solo del suo verbo
quello specchio beato, e io gustava
3   lo mio, temprando col dolce l'acerbo.

    E quella donna ch'a Dio mi menava
disse: « Muta pensier: pensa ch'i' sono
6   presso a colui ch'ogni torto disgrava ».

    Io mi rivolsi a l'amoroso suono
del mio conforto; e qual io allor vidi
9   ne li occhi santi amor, qui l'abbandono;

    non perch'io pur del mio parlar diffidi,
ma per la mente che non può reddire
12   sovra sé tanto, s'altri non la guidi.

    Tanto poss'io di quel punto ridire,
che, rimirando lei, lo mio affetto
15   libero fu da ogni altro disire,

    fin che il piacere etterno, che diretto
raggiava in Beatrice, dal bel viso
18   mi contentava col secondo aspetto.

    Vincendo me col lume d'un sorriso,
ella mi disse: « Volgiti ed ascolta;
21   ché non pur ne' miei occhi è paradiso ».

    Come si vede qui alcuna volta
l'affetto ne la vista, s'elli è tanto
24   che da lui sia tutta l'anima tolta,

    così nel fiammeggiar del fulgor santo,
a ch'io mi volsi, conobbi la voglia
27   in lui di ragionarmi ancora alquanto.

    El cominciò: « In questa quinta soglia
de l'albero che vive de la cima
30   e frutta sempre e mai non perde foglia,

    spiriti son beati, che giù, prima

XVIII. - 1. *verbo*: pensiero.

2. *specchio*: l'anima di Cacciaguida, che rispecchiava il Verbo, la «verità», che aveva potuto rivelare a Dante.

6. *presso... disgrava*: presso a Dio, dove tu mi raggiungerai.

11. *mente*: memoria; *reddire*: tornare.

12. *s'altri*: la Grazia, Dio.

16. *il piacere etterno*: la bellezza divina.

18. *secondo*: riflesso nello sguardo di Beatrice.

19. *Vincendo*: superando anche questo mio stato di ammirazione estatica.

21. *non pur*: non solo.

23. *ne la vista*: nello sguardo.

28. *soglia*: cielo, di Marte.

29. *l'albero*: il Paradiso.

che venissero al ciel, fuor di gran voce,
33   sì ch'ogni musa ne sarebbe opima.

        Però mira ne' corni de la croce:
        quello ch'io nomerò, lì farà l'atto
36   che fa in nube il suo foco veloce ».

        Io vidi per la croce un lume tratto
        dal nomar Iosuè com'el si feo;
39   né mi fu noto il dir prima che 'l fatto.

        E al nome de l'alto Maccabeo
        vidi moversi un altro roteando,
42   e letizia era ferza del paleo.

        Così per Carlo Magno e per Orlando
        due ne seguì lo mio attento sguardo,
45   com'occhio segue suo falcon volando.

        Poscia trasse Guiglielmo, e Renoardo,
        e 'l duca Gottifredi la mia vista
48   per quella croce, e Ruberto Guiscardo.

        Indi, tra l'altre luci mota e mista,
        mostrommi l'alma che m'avea parlato
51   qual era tra i cantor del cielo artista.

        Io mi rivolsi dal mio destro lato
        per vedere in Beatrice il mio dovere
54   o per parlare o per atto segnato;

        e vidi le sue luci tanto mere,
        tanto gioconde, che la sua sembianza
57   vinceva li altri e l'ultimo solere.

32. *voce*: fama.
33. *ogni... opima*: ogni poeta potrebbe trovarci abbondante materia di canto.
35-6. *lì... veloce*: lampeggerà, trascorrerà lampeggiando il tracciato della croce.
38. *Iosuè*: Giosuè, il conquistatore della Terra Promessa.
40. *Maccabeo*: Giuda Maccabeo, che lottò con i suoi fratelli contro il re di Siria Antioco.
42. *ferza del paleo*: la frusta che serve a far roteare la trottola (*paleo*).
43. *Carlo Magno*: l'imperatore d'Occidente (742-814) che disputò la Spagna ai Saraceni; *Orlando*: il massimo paladino di Carlo Magno, morto a Roncisvalle combattendo i Saraceni (778).

46. *Guiglielmo*: duca d'Orange (m. 812), che convertì il saraceno *Renoardo* (Rainouart) e combatté con lui per la fede.
47. *Gottifredi*: Goffredo di Buglione, duca della prima crociata (m. 1100).
48. *Ruberto Guiscardo*: normanno (1015-1085), ritenuto il liberatore dell'Italia Meridionale dai Saraceni.
49. *tra l'altre... mota*: riprendendo il suo moto fra le altre, e il canto.
51. *qual... artista*: che eccellente musico egli era.
53. *il mio dovere*: quel che dovevo fare.
55. *mere*: limpide.
57. *l'ultimo solere*: il grado di luminosità raggiunto ultimamente (con l'arrivo al cielo di Marte).

E come, per sentir più dilettanza
bene operando, l'uom di giorno in giorno
60   s'accorge che la sua virtute avanza,
       sì m'accors'io che 'l mio girar dintorno
col cielo insieme avea cresciuto l'arco,
63   veggendo quel miracol più adorno.
       E qual è il trasmutare in picciol varco
di tempo in bianca donna, quando il volto
66   suo si discarchi di vergogna il carco,
       tal fu ne li occhi miei, quando fui volto,
per lo candor de la temprata stella
69   sesta, che dentro a sé m'avea ricolto.
       Io vidi in quella giovial facella
lo sfavillar de l'amor che lì era,
72   segnare a li occhi miei nostra favella.
       E come augelli surti di rivera
quasi congratulando a lor pasture,
75   fanno di sé or tonda or altra schiera,
       sì dentro ai lumi sante creature
volitando cantavano, e faciensi
78   or *D*, or *I*, or *L* in sue figure.
       Prima, cantando, a sua nota moviensi;
poi, diventando l'un di questi segni,
81   un poco s'arrestavano e taciensi.
       O diva Pegasea che li 'ngegni
fai gloriosi e rendili longevi,
84   ed essi teco le cittadi e' regni,
       illustrami di te, sì ch'io rilevi
le lor figure com'io l'ho concette:
87   paia tua possa in questi versi brevi!
       Mostrarsi dunque in cinque volte sette
vocali e consonanti; ed io notai

61-2. *che... l'arco*: che eravamo giunti in un altro cielo, più ampio (è il sesto, di Giove).

63. *quel miracol più adorno*: Beatrice aumentata di bellezza.

64. *il trasmutare*: il ritornare bianca dal rossore.

67. *fui volto*: mi guardai intorno.

70. *giovial*: di Giove; *facella*: face, stella.

72. *segnare... favella*: formare segni alfabetici.

74. *congratulando*: rallegrandosi.

82. *Pegasea*: Musa; da Pegaso, il cavallo alato che fece scaturire l'Ippocrene sul monte delle Muse, l'Elicona.

84. *teco*: col tuo aiuto.

87. *paia*: si manifesti.

88. *cinque volte sette*: trentacinque.

90   le parti sì, come mi parver dette.
            'DILIGITE IUSTITIAM' primai
            fur verbo e nome di tutto 'l dipinto;
93   'QUI IUDICATIS TERRAM' fur sezzai.
            Poscia ne l'emme del vocabol quinto
            rimasero ordinate; sì che Giove
96   pareva argento lì d'oro distinto.
            E vidi scendere altre luci dove
            era il colmo de l'emme, e lì quetarsi
99   cantando, credo, il ben ch'a sé le move.
            Poi come nel percuoter de' ciocchi arsi
            surgono innumerabili faville,
102   onde li stolti sogliono augurarsi;
            resurger parver quindi più di mille
            luci, e salir, qual assai e qual poco
105   sì come il sol che l'accende sortille;
            e quietata ciascuna in suo loco,
            la testa e 'l collo d'un'aguglia vidi
108   rappresentare a quel distinto foco.
            Quei che dipinge lì, non ha chi 'l guidi;
            ma esso guida, e da lui si rammenta
111   quella virtù ch'è forma per li nidi.
            L'altra beatitudo che contenta
            pareva prima d'ingigliarsi a l'emme,
114   con poco moto seguitò la 'mprenta.
            O dolce stella, quali e quante gemme
            mi dimostraro che nostra giustizia

---

91. *'Diligite Iustitiam'*: «Onorate la giustizia o voi che governate sulla terra» (è il primo verso del *Libro della Sapienza*).

93. *sezzai*: ultimi.

96. *d'oro distinto*: ♏ su cui spiccava l'oro della lettera ♏ la finale di *terram*.

98. *colmo*: la sommità. La figura diventa un giglio araldico (cfr. v. 113). ♏

99. *il ben*: Dio.

102. *augurarsi*: trarre previsioni e indizi.

103. *quindi*: dal colmo dell'*emme*.

105. *sortille*: le dispose, diede loro in sorte. Il *sol* è Dio.

107. *aguglia*: aquila.

108. *distinto foco*: cfr. v. 96. L'*emme* diventa ora un'aquila araldica, simbolo dell'impero. ♏

110-1. *da lui... nidi*: a Dio risale quella *virtù* creativa che dà forma a tutti gli esseri, come agli uccelli nel nido.

112. *L'altra beatitudo*: gli altri beati.

113. *ingigliarsi*: inserirsi formando un giglio.

114. *con... la 'mprenta*: con pochi spostamenti completarono la figura dell'aquila.

116. *giustizia*: simboleggiata dall'aquila, insegna della Monarchia imperiale.

117   effetto sia del ciel che tu ingemme!
           Per ch'io prego la mente in che s'inizia
           tuo moto e tua virtute, che rimiri
120   ond'esce il fummo che 'l tuo raggio vizia;
           sì ch'un'altra fiata omai s'adiri
           del comperare e vender dentro al templo
123   che si murò di segni e di martiri.
           O milizia del ciel cu' io contemplo,
           adora per color che sono in terra
126   tutti sviati dietro al malo essemplo!
           Già si solea con le spade far guerra;
           ma or si fa togliendo or qui or quivi
129   lo pan che 'l pio Padre a nessun serra.
           Ma tu che sol per cancellare scrivi,
           pensa che Pietro e Paulo, che moriro
132   per la vigna che guasti, ancor son vivi.
           Ben puoi tu dire: « I' ho fermo 'l disiro
           sì a colui che volle viver solo
135   e che per salti fu tratto al martiro,
               ch'io non conosco il pescator né Polo ».

CANTO XIX

           Parea dinanzi a me con l'ali aperte
           la bella image che nel dolce frui
3   liete facevan l'anime conserte.
           Parea ciascuna rubinetto in cui
           raggio di sole ardesse sì acceso,
6   che ne' miei occhi rifrangesse lui.

---

118. *la mente*: Dio.
120. *ond'esce... vizia*: da dove nascono i turbamenti alla giustizia terrena (dalla corte della Chiesa).
123. *che... martiri*: che fu edificato con tanti miracoli (*segni*) e *martiri* (da quello di Cristo in poi); il *templo* simboleggia la Cristianità; l'allusione è alla cacciata dei mercanti dal tempio di Gerusalemme (cfr. *Vangelo secondo Matteo*, XXI, 12 e segg.).
125. *adora*: prega, intercedi.
128. *togliendo... quivi*: con le scomuniche, gli interdetti, ecc.
130. *tu*: con ogni probabilità il papa Giovanni XXII, che nel 1317 (epoca in cui verosimilmente furono scritti questi canti) lanciò una scomunica contro Cangrande, signore di Verona.
134. *colui*: il Battista (la cui figura era sul verso del fiorino d'oro!).
135. *salti*: la danza di Salomè.
136. *il pescator... Polo*: Pietro... Paolo.

XIX. - 2. *frui*: fruire, godere la beatitudine del Paradiso.
4. *rubinetto*: bel rubino.
6. *lui*: il sole.

E quel che mi convien ritrar testeso,
non portò voce mai, né scrisse inchiostro,
9 né fu per fantasia già mai compreso:

ch'io vidi e anche udi' parlar lo rostro,
e sonar ne la voce e 'io' e 'mio',
12 quand'era nel concetto 'noi' e 'nostro'.

E cominciò: « Per esser giusto e pio
son io qui esaltato a quella gloria
15 che non si lascia vincere a disio;

ed in terra lasciai la mia memoria
sì fatta, che le genti lì malvage
18 commendan lei, ma non seguon la storia ».

Così un sol calor di molte brage
si fa sentir, come di molti amori
21 usciva solo un suon di quella image.

Ond'io appresso: « O perpetui fiori
de l'etterna letizia, che pur uno
24 parer mi fate tutti vostri odori,

solvetemi, spirando, il gran digiuno
che lungamente m'ha tenuto in fame,
27 non trovandoli in terra cibo alcuno.

Ben so io che se 'n cielo altro reame
la divina giustizia fa suo specchio,
30 che 'l vostro non l'apprende con velame.

Sapete come attento io m'apparecchio
ad ascoltar; sapete qual è quello
33 dubbio che m'è digiun cotanto vecchio ».

Quasi falcone ch'esce del cappello,
move la testa e con l'ali si plaude,
36 voglia mostrando e faccendosi bello,

vid'io farsi quel segno, che di laude
de la divina grazia era contesto,

---

7. *testeso*: ora.
11. *'io'*: l'Aquila si esprimeva come Unità benché formata da una moltitudine di anime.
15. *che... disio*: è più grande ancora di quanto si possa desiderare.
18. *storia*: l'esempio dei fatti.
19. *di*: da.
23. *pur*: solo.

28-9. *altro... specchio*: la divina giustizia si specchia direttamente in un'altra parte del Paradiso (nell'ordine angelico dei Troni; cfr. *Paradiso*, IX, 61-62), ma anche qui nel vostro cielo voi potete contemplarla.
34. *cappello*: cappuccio che si toglieva al falcone al momento del lancio.
38. *contesto*: intessuto di anime osannanti.

39   con canti quai si sa chi là su gaude.
           Poi cominciò: « Colui che volse il sesto
          a lo stremo del mondo, e dentro ad esso
42   distinse tanto occulto e manifesto,
              non poté suo valor sì fare impresso
          in tutto l'universo, che 'l suo verbo
45   non rimanesse in infinito eccesso.
           E ciò fa certo che 'l primo superbo,
          che fu la somma d'ogni creatura,
48   per non aspettar lume, cadde acerbo;
              e quinci appar ch'ogni minor natura
          è corto recettacolo a quel bene
51   che non ha fine e sé con sé misura.
           Dunque nostra veduta, che convene
          esser alcun de' raggi de la mente
54   di che tutte le cose son ripiene,
              non pò da sua natura esser possente
          tanto, che suo principio non discerna
57   molto di là da quel che l'è parvente.
           Però ne la giustizia sempiterna
          la vista che riceve il vostro mondo,
60   com'occhio per lo mare, entro s'interna:
              che, ben che da la proda veggia il fondo,
          in pelago nol vede; e nondimeno
63   ègli, ma cela lui l'esser profondo.
           Lume non è, se non vien dal sereno
          che non si turba mai; anzi è tenebra,
66   od ombra de la carne, o suo veleno.
           Assai t'è mo aperta la latebra
          che t'ascondeva la giustizia viva,

40-1. *Colui... mondo*: Dio, che segnò circolarmente (a compasso, *sesto*) i confini dell'universo.

44. *verbo*: l'idea divina originaria, che resta ben superiore alle creature.

46. *'l primo superbo*: Lucifero.

48. *per... acerbo*: per non avere aspettato l'illuminazione della grazia, cadde senza giungere alla maturità della beatitudine.

52. *nostra veduta*: l'intelligenza umana, che coincide solo con alcuni dei raggi della mente di Dio.

56-7. *che... parvente*: da discernere, penetrare, l'essenza di Dio molto oltre quel che Dio stesso le rivela.

62. *in pelago*: dove il mare è profondo.

63. *ègli*: c'è.

64-6. *Lume... veleno*: se non viene dalla serenità divina, non è vero lume d'intelligenza ma anzi tenebra di ignoranza, che proviene dal peso della carne o addirittura dalla sua corruzione.

67. *latebra*: luogo nascosto, mistero.

69   di che facei question cotanto crebra.
      Ché tu dicevi 'Un uom nasce a la riva
     de l'Indo, e quivi non è chi ragioni
72   di Cristo né chi legga né chi scriva;
      e tutti suoi voleri e atti buoni
     sono, quanto ragione umana vede,
75   sanza peccato in vita o in sermoni.
      Muore non battezzato e sanza fede:
     ov'è questa giustizia che 'l condanna?
78   ov'è la colpa sua, se ei non crede?'
      Or tu chi se' che vuo' sedere a scranna,
     per giudicar di lungi mille miglia
81   con la veduta corta d'una spanna?
      Certo a colui che meco s'assottiglia,
     se la Scrittura sovra voi non fosse,
84   da dubitar sarebbe a maraviglia.
      Oh terreni animali, oh menti grosse!
     La prima volontà, ch'è da sé buona,
87   da sé, ch'è sommo ben, mai non si mosse.
      Cotanto è giusto quanto a lei consuona:
     nullo creato bene a sé la tira,
90   ma essa, radiando, lui cagiona ».
      Quale sovresso il nido si rigira,
     poi c'ha pasciuti la cicogna i figli,
93   e come quel ch'è pasto, la rimira;
      cotal si fece, e sì levai i cigli,
     la benedetta imagine, che l'ali
96   movea sospinte da tanti consigli.
      Roteando cantava, e dicea: « Quali
     son le mie note a te, che non le 'ntendi,
99   tal è il giudicio etterno a voi mortali ».
      Poi si quetaron quei lucenti incendi
     de lo Spirito Santo ancor nel segno

---

69. *di... crebra*: sul quale ti interrogavi tanto spesso (cfr. vv. 25-7).

72. *né... scriva*: si riferisce sempre a *di Cristo*:

75. *in sermoni*: nelle parole.

79. *a scranna*: sulla cattedra del giudice.

81. *una spanna*: un palmo.

82. *s'assottiglia*: sottilizza (intorno alla Giustizia: è l'Aquila che parla).

88. *Cotanto... consuona*: è giusto soltanto quel che si conforma alla volontà di Dio.

93. *quel ch'è pasto*: il cicognino che è stato pasciuto.

96. *consigli*: le anime beate, volontà unanimi.

100. *Poi*: poiché.

102   che fe' i Romani al mondo reverendi,
    esso ricominciò: « A questo regno
   non salì mai chi non credette 'n Cristo,
105   vel pria vel poi ch'el si chiavasse al legno.
    Ma vedi: molti gridan 'Cristo, Cristo!',
   che saranno in giudicio assai men prope
108   a lui, che tal che non conosce Cristo;
    e tai Cristiani dannerà l'Etiope,
   quando si partiranno i due collegi,
111   l'uno in etterno ricco, e l'altro inope.
    Che potran dir li Perse a' vostri regi,
   come vedranno quel volume aperto
114   nel qual si scrivon tutti suoi dispregi?
    Lì si vedrà, tra l'opere d'Alberto,
   quella che tosto moverà la penna,
117   per che 'l regno di Praga fia diserto.
    Lì si vedrà il duol che sovra Senna
   induce, falseggiando la moneta,
120   quel che morrà di colpo di cotenna.
    Lì si vedrà la superbia ch'asseta,
   che fa lo Scotto e l'Inghilese folle,
123   sì che non può soffrir dentro a sua meta.
    Vedrassi la lussuria e 'l viver molle
   di quel di Spagna e di quel di Boemme,
126   che mai valor non conobbe né volle.
    Vedrassi al Ciotto di Ierusalemme
   segnata con un'I la sua bontate,
129   quando 'l contrario segnerà un'emme.

---

105. *si... legno*: fosse inchiodato sulla croce.

107. *prope*: vicino.

109. *l'Etiope*: in generale, per «i pagani», come al v. 112 *li Perse*.

111. *inope*: povero; la schiera dei dannati.

113. *volume*: della Giustizia divina.

114. *suoi dispregi*: le loro malefatte.

115. *Alberto*: d'Asburgo, imperatore, che invase il regno di Boemia nel 1304.

116. *la penna*: che scrive sul libro della Giustizia.

120. *quel*: Filippo il Bello, che dette un falso valore alla moneta francese, e che morì nel 1314 cacciando il cinghiale (Dante sembra credere che il cinghiale stesso avesse ferito il re).

121. *Lì... asseta*: allusione generica alle guerre di predominio fra Scozzesi e Inglesi. L'*Inghilese folle* (v. 122) adombra forse Edoardo I d'Inghilterra.

123. *meta*: confini, limiti.

125. *quel... Boemme*: Ferdinando IV di Castiglia e Venceslao IV.

127. *Ciotto*: Carlo II lo Zoppo, re di Napoli, e, titolarmente, di Gerusalemme. I suoi meriti saranno segnati con la I (segno dell'uno nei numeri romani), i demeriti con la M (segno del mille); sono la prima e l'ultima lettera di *Ierusalem*.

Vedrassi l'avarizia e la viltate
di quei che guarda l'isola del foco,
132 ove Anchise finì la lunga etate.

E a dare ad intender quanto è poco,
la sua scrittura fian lettere mozze,
135 che noteranno molto in parvo loco.

E parranno a ciascun l'opere sozze
del barba e del fratel, che tanto egregia
138 nazione e due corone han fatte bozze.

E quel di Portogallo e di Norvegia
lì si conosceranno, e quel di Rascia
141 che male ha visto il conio di Vinegia.

Oh beata Ungaria se non si lascia
più malmenare! e beata Navarra
144 se s'armasse del monte che la fascia!

E creder de' ciascun che già, per arra
di questo, Nicosia e Famagosta
147 per la lor bestia si lamenti e garra,
che dal fianco de l'altre non si scosta ».

CANTO XX

Quando colui che tutto 'l mondo alluma
de l'emisperio nostro sì discende,
3 che 'l giorno d'ogne parte si consuma,

lo ciel, che sol di lui prima s'accende,
subitamente si rifà parvente
6 per molte luci, in che una risplende:

131. *quei*: Federico II figlio di Pietro III d'Aragona (da non confondersi con Federigo II di Svevia) re di Sicilia e fratello di Giacomo II d'Aragona, menzionato al v. 137.
132. *finì... etate*: morì vecchio (cfr. Virgilio, *Eneide*, III; 707 e segg.).
134. *la sua... mozze*: le sue azioni saranno scritte in abbreviatura, e prenderanno poco posto benché le colpe siano tante.
136. *parranno*: saranno manifeste.
137. *barba*: lo zio Giacomo, re di Maiorca.
138. *due... bozze*: hanno sciupato e tradito i due regni di Maiorca e di Aragona.
139. *quel... Norvegia*: Dionisio, e Acone VII.

140. *Rascia*: pressappoco la Jugoslavia; il re era Urosio II Milutino, che alterò la sua moneta, sapendo che era ricevuta allo stesso tasso dei matapan di Venezia.
144. *monte*: i Pirenei, che non preservarono la Navarra dall'invasione francese del 1304.
147. *bestia*: il re di Cipro, il francese Arrigo II di Lusignan.

xx. - 1. *alluma*: accende; è il sole, che al tramonto lascia il nostro emisfero così che la luce scompare.
6. *una*: si credeva allora che le stelle riflettessero l'unica luce del sole; credenza che ben si adattava ad uno schema simbolico-teologico.

       e questo atto del ciel mi venne a mente
come 'l segno del mondo e de' suoi duci

9   nel benedetto rostro fu tacente;
       però che tutte quelle vive luci,
vie più lucendo, cominciaron canti

12   da mia memoria labili e caduci.
       O dolce amor che di riso t'ammanti,
quanto parevi ardente in que' flailli,

15   ch'avieno spirto sol di pensier santi!
       Poscia che i cari e lucidi lapilli
ond'io vidi ingemmato il sesto lume,

18   puoser silenzio a li angelici squilli,
       udir mi parve un mormorar di fiume
che scende chiaro giù di pietra in pietra,

21   mostrando l'ubertà del suo cacume.
       E come suono al collo de la cetra
prende sua forma, e sì com'al pertugio

24   de la sampogna vento che penetra,
       così, rimosso d'aspettare indugio,
quel mormorar de l'aguglia salissi

27   su per lo collo, come fosse bugio.
       Fecesi voce quivi e quindi uscissi
per lo suo becco in forma di parole,

30   quali aspettava il core, ov'io le scrissi.
       « La parte in me che vede, e pate il sole
ne l'aguglie mortali » incominciommi,

33   « or fisamente riguardar si vole,
       perché de' fuochi ond'io figura fommi,
quelli onde l'occhio in testa mi scintilla,

36   e' di tutti lor gradi son li sommi.

---

8. *'l segno*: l'Aquila formata dalle anime del cielo di Giove.

13. *amor*: delle anime per Dio.

14. *flailli*: parola di significato non sicuro: forse «flauti» (fr. *flavel*), a cui si riferirebbe lo *spirto* («soffio») del verso seguente e gli *squilli* del v. 18 («canti»).

16. *lapilli*: gemme; le anime del sesto cielo.

21. *ubertà... cacume*: la ricchezza di ac-

que della sua sommità.

23. *prende sua forma*: nelle note della melodia, a seconda delle modulazioni imposte dal suonatore sul manico della chitarra o sui pertugi della zampogna.

25. *rimosso... indugio*: senza indugiare oltre.

27. *bugio*: cavo (come di animale vivo).

31. *La parte... vede*: l'occhio.

Colui che luce in mezzo per pupilla,
fu il cantor de lo Spirito Santo,
39   che l'arca traslatò di villa in villa:
ora conosce il merto del suo canto,
in quanto effetto fu del suo consiglio,
42   per lo remunerar ch'è altrettanto.
Dei cinque che mi fan cerchio per ciglio,
colui che più al becco mi s'accosta,
45   la vedovella consolò del figlio:
ora conosce quanto caro costa
non seguir Cristo, per l'esperienza
48   di questa dolce vita e de l'opposta.
E quel che segue in la circunferenza
di che ragiono, per l'arco superno,
51   morte indugiò per vera penitenza:
ora conosce che 'l giudicio etterno
non si trasmuta, quando degno preco
54   fa crastino là giù de l'odierno.
L'altro che segue, con le leggi e meco,
sotto buona intenzion che fe' mal frutto,
57   per cedere al pastor si fece greco:
ora conosce come il mal dedutto
dal suo bene operar non li è nocivo,
60   avvegna che sia 'l mondo indi distrutto.
E quel che vedi ne l'arco declivo,
Guiglielmo fu, cui quella terra plora

---

37. *Colui*: è Davide, cantore dei *Salmi*.

39. *di villa in villa*: da Gabaon a Geth e a Gerusalemme.

41-2. *in... altrettanto*: canto, che fu manifestazione del suo retto sentire, e che perciò è degnamente remunerato.

44. *colui... accosta*: Traiano imperatore (cfr. *Purgatorio*, X, 73-93 dove l'episodio della vedovella è più sviluppato); che aveva sperimentato anche la vita dell'Inferno (cfr. vv. 106-117).

49. *quel*: Ezechia re di Giuda; Dante gli attribuisce una volontà di penitenza di cui i testi biblici propriamente non parlano (cfr. *I Re*, Libro II, xx, 1-11; *Isaia*, xxxvIII, 1-22).

50. *superno*: superiore; del semicerchio cigliare superiore.

53-4. *quando... odierno*: se una preghiera, anche se degna (giusta) cerca di rinviare al domani quel che deve accadere oggi.

55. *L'altro*: è Costantino imperatore (n. 274?-m. 337), che con l'editto di Milano (313) riconobbe la libertà religiosa, e si convertì egli stesso nel 323.

57. *si fece greco*: si trasferì a Bisanzio per cedere Roma alla Sede Papale (si credeva che Costantino avesse costituito una dote territoriale alla Chiesa).

60. *avvegna... distrutto*: benché ne siano derivati tanti mali e la distruzione dell'Impero stesso.

62. *Guiglielmo*: Guglielmo II, re normanno di Sicilia dal 1166 al 1189.

63   che piagne Carlo e Federigo vivo:
            ora conosce come s'innamora
        lo ciel del giusto rege, ed al sembiante
66   del suo fulgore il fa vedere ancora.
            Chi crederebbe giù nel mondo errante,
        che Rifeo Troiano in questo tondo
69   fosse la quinta de le luci sante?
            Ora conosce assai di quel che 'l mondo
        veder non può de la divina grazia,
72   ben che sua vista non discerna il fondo ».
            Quale allodetta che 'n aere si spazia
        prima cantando, e poi tace contenta
75   de l'ultima dolcezza che la sazia,
            tal mi sembiò l'imago de la 'mprenta
        de l'etterno piacere, al cui disio
78   ciascuna cosa qual ella è diventa.
            E avvegna ch'io fossi al dubbiar mio
        lì quasi vetro a lo color ch'el veste,
81   tempo aspettar tacendo non patio,
            ma de la bocca « Che cose son queste? »
        mi pinse con la forza del suo peso;
84   per ch'io di coruscar vidi gran feste.
            Poi appresso, con l'occhio più acceso,
        lo benedetto segno mi rispuose,
87   per non tenermi in ammirar sospeso:
            « Io veggio che tu credi queste cose
        perch'io le dico, ma non vedi come;
90   sì che, se son credute, sono ascose.
            Fai come quei che la cosa per nome
        apprende ben, ma la sua quiditate

---

63. *Carlo... vivo*: Carlo II d'Anjou e Federico d'Aragona (cfr. *Paradiso*, XIX,
127-135).

67. *errante*: esposto ad errare nei suoi
giudizi.

68. *Rifeo*: il più giusto dei Troiani secondo Virgilio (cfr. *Eneide*, II, 339, 394,
426-7).

70. *'l mondo*: gli uomini.

72. *sua*: di Rifeo.

76-7. *tal... piacere*: l'Aquila mi sembrò

tacere intenta alla dolcezza di quelle ultime parole (sulla *divina grazia*).

77-8. *al... diventa*: secondo la volontà di
Dio, *etterno piacere*, tutte le cose diventa-
no quel che debbono essere (quindi anche
Rifeo, benché pagano, poté divenir beato).

81. *tempo... non patio*: (il mio dubbiare)
non seppe aspettare in silenzio.

89. *come*: come siano accadute.

90. *ascose*: misteriose, inesplicabili.

92. *quiditate*: essenza.

93   veder non può se altri non la prome.
    Regnum celorum violenza pate
   da caldo amore e da viva speranza,
96   che vince la divina volontate;
    non a guisa che l'omo a l'om sobranza,
   ma vince lei perché vuole esser vinta,
99   e, vinta, vince con sua beninanza.
    La prima vita del ciglio e la quinta
   ti fa maravigliar, perché ne vedi
102   la region de li angeli dipinta.
    De' corpi suoi non uscir, come credi,
   gentili, ma cristiani, in ferma fede
105   quel de' passuri e quel de' passi piedi.
    Ché l'una de lo 'nferno, u' non si riede
   già mai a buon voler, tornò a l'ossa;
108   e ciò di viva spene fu mercede;
    di viva spene, che mise la possa
   ne' prieghi fatti a Dio per suscitarla,
111   sì che potesse sua voglia esser mossa.
    L'anima gloriosa onde si parla,
   tornata ne la carne, in che fu poco,
114   credette in lui che potea aiutarla;
    e credendo s'accese in tanto foco
   di vero amor, ch'a la morte seconda
117   fu degna di venire a questo gioco.
    L'altra, per grazia che da sì profonda
   fontana stilla, che mai creatura
120   non pinse l'occhio infino a la prima onda,
    tutto suo amor là giù pose a drittura;
   per che, di grazia in grazia, Dio li aperse

93. *prome*: espone.

94-5. *Regnum... amore*: il regno dei cieli può essere conquistato con l'amore, Cfr. *Vangelo secondo Matteo*, XI, 12.

97. *sobranza*: supera.

99. *beninanza*: benignità.

105. *quel... piedi*: l'uno, Rifeo, di Cristo che doveva ancora essere crocifisso; Traiano, che visse dopo la venuta del Salvatore; *passuri* e *passi* da *patior*, «soffrire» (la trafittura dei chiodi). Traiano fu risuscitato dal Limbo, come si accenna nei versi seguenti, per poter avvertire la sua vocazione al cristianesimo (*voglia*, v. 111) e convertirsi alla vera fede.

114. *lui*: San Gregorio, che con la sua speranza (v. 108) aveva ottenuto per Traiano il miracolo.

116. *morte seconda*: quando morì di nuovo.

117. *gioco*: beatitudine.

121. *a drittura*: alla giustizia e alla rettitudine.

122-3. *li aperse l'occhio*: gli fece prevedere, gli rivelò.

123   l'occhio a la nostra redenzion futura:
            ond'ei credette in quella, e non sofferse
        da indi il puzzo più del paganesmo;
126   e riprendiene le genti perverse.
            Quelle tre donne li fur per battesmo
        che tu vedesti da la destra rota,
129   dinanzi al battezzar più d'un millesmo.
            O predestinazion, quanto remota
        è la radice tua da quelli aspetti
132   che la prima cagion non veggion tota!
            E voi, mortali, tenetevi stretti
        a giudicar; ché noi, che Dio vedemo,
135   non conosciamo ancor tutti gli eletti;
            ed enne dolce così fatto scemo,
        perché il ben nostro in questo ben s'affina,
138   che quel che vole Dio, e noi volemo ».
            Così da quella imagine divina,
        per farmi chiara la mia corta vista,
141   data mi fu soave medicina.
            E come a buon cantor buon citarista
        fa seguitar lo guizzo de la corda,
144   in che più di piacer lo canto acquista,
            sì, mentre che parlò, sì mi ricorda
        ch'io vidi le due luci benedette,
147   pur come batter d'occhi si concorda,
            con le parole mover le fiammette.

CANTO XXI

            Già eran li occhi miei rifissi al volto
        de la mia donna, e l'animo con essi,
3   e da ogni altro intento s'era tolto.
            E quella non ridea; ma « S'io ridessi »
        mi cominciò, « tu ti faresti quale

---

127. *Quelle tre donne*: le virtù teologali, viste da Dante a destra del carro simboleggiante la Chiesa nel Paradiso Terrestre (cfr. *Purgatorio*, XXIX, 121-9); sono la Fede, la Speranza, la Carità. Rifeo le conobbe più di un millennio avanti il primo battesimo, quello amministrato da Giovanni a Cristo.

131-2. *aspetti... tota*: capacità di vedere,

occhi, di tutte quelle creature incapaci di vedere Dio nella sua totalità.

136. *enne*: ne è, ci è; *scemo*: mancanza, incompletezza.

138. *che... volemo*: nel volere anche noi quel che vuole Dio.

146. *due*: Traiano e Rifeo.

148. *fiammette*: i loro splendori.

6   fu Semelè quando di cener fessi;
               ché la bellezza mia, che per le scale
           de l'etterno palazzo più s'accende,
9   com'hai veduto, quanto più si sale,
               se non si temperasse, tanto splende,
           che il tuo mortal podere, al suo fulgore,
12   sarebbe fronda che trono scoscende.
               Noi sem levati al settimo splendore,
           che sotto il petto del Leone ardente
15   raggia mo misto giù del suo valore.
               Ficca di retro a li occhi tuoi la mente,
           e fa di quelli specchi a la figura
18   che 'n questo specchio ti sarà parvente ».
               Qual savesse qual era la pastura
           del viso mio ne l'aspetto beato
21   quand'io mi trasmutai ad altra cura,
               conoscerebbe quanto m'era a grato
           ubidire a la mia celeste scorta,
24   contrapesando l'un con l'altro lato.
               Dentro al cristallo che 'l vocabol porta,
           cerchiando il mondo, del suo caro duce
27   sotto cui giacque ogni malizia morta,
               di color d'oro in che raggio traluce
           vid'io uno scaleo eretto in suso
30   tanto, che nol seguiva la mia luce.
               Vidi anche per li gradi scender giuso

XXI. - 6. *Semelè*: amata da Giove, chiese di
vederlo in tutta la sua maestà; e fu incene-
rita dal suo splendore.

11. *tuo... podere*: la natura mortale dei
tuoi occhi.

12. *trono*: tuono; per «fulmine»; *scoscende*: fa precipitare.

13. *settimo splendore*: al cielo di Saturno, stella che ora (= marzo-aprile 1300) irraggia la sua virtù sulla Terra insieme a
quella della costellazione del Leone in cui
si trova. Nel cielo di Saturno appaiono le
anime dei contemplanti.

16-8. *Ficca... parvente*: fai che la memoria segua i tuoi sguardi, registri quello
che vedi; e attraverso gli occhi trasmette

le apparizioni che ti si presenteranno in
questo cielo (*specchio*, come, più avanti, *cri-
stallo*).

21. *mi trasmutai... cura*: volsi lo sguardo
al cielo settimo, distogliendolo da Beatrice.

24. *contrapesando... lato*: compensando il
non guardare lei con il guardare nel *cristal-
lo* di Saturno.

26. *duce*: Saturno, sotto il cui regno l'u-
manità visse l'età dell'oro.

29. *scaleo*: scala, simbolo del salire a Dio
con la contemplazione. La forma dello scaleo per lo più va restringendosi verso la
sommità, figura atta ad esprimere prospet-
ticamente il salire verso l'unità.

tanti splendor, ch'io pensai ch'ogni lume
33   che par nel ciel quindi fosse diffuso.
     E come, per lo natural costume,
le pole insieme, al cominciar del giorno,
36   si muovono a scaldar le fredde piume;
     poi altre vanno via sanza ritorno,
altre rivolgon sé onde son mosse,
39   e altre roteando fan soggiorno;
     tal modo parve a me che quivi fosse
in quello sfavillar che 'nsieme venne,
42   sì come in certo grado si percosse.
     E quel che presso più ci si ritenne,
si fe' sì chiaro, ch'io dicea pensando:
45   « Io veggio ben l'amor che tu m'accenne ».
     Ma quella ond'io aspetto il come e 'l quando
del dire e del tacer, si sta; ond'io,
48   contra il disio, fo ben ch'io non dimando.
     Per ch'ella, che vedea il tacer mio
nel veder di colui che tutto vede,
51   mi disse: « Solvi il tuo caldo disio ».
     E io incominciai: « La mia mercede
non mi fa degno de la tua risposta;
54   ma per colei che 'l chieder mi concede,
     vita beata che ti stai nascosta
dentro a la tua letizia, fammi nota
57   la cagion che sì presso mi t'ha posta;
     e dì perché si tace in questa rota
la dolce sinfonia di paradiso,
60   che giù per l'altre suona sì divota ».
     « Tu hai l'udir mortal sì come il viso »
rispuose a me; « onde qui non si canta
63   per quel che Beatrice non ha riso.
     Giù per li gradi de la scala santa

32-3. *ch'ogni... diffuso*: che tutte le stelle del nostro firmamento scendessero di lì.
35. *pole*: cornacchie.
42. *sì come... percosse*: quando quelle anime discendenti giunsero a toccare un certo gradino dello scaleo.
45. *m'accenne*: mi dimostra col tuo ri-
fulgere.
51. *Solvi*: soddisfa.
52. *mercede*: merito.
58. *rota*: cielo; che, come gli altri, è concepito in rotazione eterna.
61. *viso*: vista.
63. *per quel... riso*: cfr. v. 4 e segg.

discesi tanto sol per farti festa
66   col dire e con la luce che mi ammanta;
            né più amor mi fece esser più presta;
        ché più e tanto amor quinci su ferve,
69   sì come il fiammeggiar ti manifesta.
            Ma l'alta carità, che ci fa serve
        pronte al consiglio che 'l mondo governa,
72   sorteggia qui sì come tu osserve ».
            « Io veggio ben » diss'io, « sacra lucerna,
        come libero amore in questa corte
75   basta a seguir la provedenza etterna;
            ma questo è quel ch'a cerner mi par forte,
        perché predestinata fosti sola
78   a questo officio tra le tue consorte ».
            Né venni prima a l'ultima parola,
        che del suo mezzo fece il lume centro,
81   girando sé come veloce mola:
            poi rispuose l'amor che v'era dentro:
        « Luce divina sopra me s'appunta,
84   penetrando per questa in ch'io m'inventro,
            la cui virtù, col mio veder congiunta,
        mi leva sopra me tanto, ch'i' veggio
87   la somma essenza de la quale è munta.
            Quinci vien l'allegrezza ond'io fiammeggio;
        perch'a la vista mia, quant'ella è chiara,
90   la chiarità de la fiamma pareggio.
            Ma quell'alma nel ciel che più si schiara,
        quel serafin che 'n Dio più l'occhio ha fisso,
93   a la dimanda tua non satisfara;
            però che sì s'innoltra ne lo abisso
        de l'etterno statuto quel che chiedi,
96   che da ogni creata vista è scisso.

---

72. *sorteggia*: ha disposto, ha dato in sorte a me di parlarti.

75. *basta... etterna*: perché la volontà di ciascuno dei beati coincide con la volontà di Dio (cfr. *Paradiso*, III, 70 e segg.); perciò esse sono ad un tempo *serve* (v. 70) e *libere* (v. 74).

76. *cerner*: discernere; *forte*: difficile.

84. *m'inventro*: parola creata da Dante con *in* e *ventre*; «m'incorporo».

87. *è munta*: è propagata, proviene. In *mungere* non c'è idea di sforzo, ma piuttosto di ricchezza e fecondità.

91. *si schiara*: rifulge della grazia di Dio. È Maria (cfr. *Paradiso*, XXXIII, 44-5).

93. *la dimanda*: sulla predestinazione (vv. 76-78).

E al mondo mortal, quando tu riedi,
questo rapporta, sì che non presumma
99   a tanto segno più mover li piedi.

La mente, che qui luce, in terra fumma;
onde riguarda come può là giue
102   quel che non pote perché 'l ciel l'assumma ».

Sì mi prescrisser le parole sue,
ch'io lasciai la quistione, e mi ritrassi
105   a dimandarla umilmente chi fue.

« Tra' due liti d'Italia surgon sassi,
e non molto distanti a la tua patria,
108   tanto, che' troni assai suonan più bassi,

e fanno un gibbo che si chiama Catria,
di sotto al quale è consecrato un ermo,
111   che suole esser disposto a sola latria ».

Così ricominciommi il terzo sermo;
e poi, continuando, disse: « Quivi
114   al servigio di Dio mi fe' sì fermo,

che pur con cibi di liquor d'ulivi
lievemente passava caldi e geli,
117   contento ne' pensier contemplativi.

Render solea quel chiostro a questi cieli
fertilemente; e ora è fatto vano,
120   sì che tosto convien che si riveli.

In quel loco fu' io Pietro Damiano,
e Pietro Peccator fu' ne la casa
123   di Nostra Donna in sul lito adriano.

Poca vita mortal m'era rimasa,
quando fui chiesto e tratto a quel cappello
126   che pur di male in peggio si travasa.

Venne Cefàs e venne il gran vasello

---

102. *perché... l'assumma*: per quanto il cielo l'abbia eletta tra i beati.

106. *sassi*: l'Appennino umbro-marchigiano, che si leva più alto che i temporali (*troni*, «tuoni»).

109. *gibbo*: gobba; il *Catria* è presso Gubbio.

111. *latria*: adorazione, culto di Dio. Era il monastero camaldolense di Fonte Avellana.

112. *il terzo sermo*: per la terza volta.

115. *pur... d'ulivi*: con cibi solo di magro, conditi con olio.

121. *Pietro Damiano*: nato a Ravenna (1007) e morto a Faenza (1072) fu abate del monastero di Fonte Avellana, e cardinale (1057). Firmava *Petrus peccator*; ma il *Petrus peccans* sepolto nella chiesa di Santa Maria in Porto (vv. 122-3) è un altro, Pietro degli Onesti.

125. *cappello*: cardinalizio; insegna che però esiste solo dal 1252.

127. *Cefàs*: San Pietro; *vasello*: il *vas electionis*, San Paolo.

de lo Spirito Santo, magri e scalzi,
129   prendendo il cibo da qualunque ostello.
            Or voglion quinci e quindi chi i rincalzi
            li moderni pastori e chi li meni,
132   tanto son gravi!, e chi di rietro li alzi.
            Cuopron de' manti loro i palafreni,
            sì che due bestie van sott'una pelle:
135   oh pazienza che tanto sostieni! »
            A questa voce vid'io più fiammelle
            di grado in grado scendere e girarsi,
138   e ogni giro le facea più belle.
            Dintorno a questa vennero e fermarsi,
            e fero un grido di sì alto suono,
141   che non potrebbe qui assomigliarsi:
            né io lo 'ntesi; sì mi vinse il tuono.

CANTO XXII

            Oppresso di stupore, a la mia guida
            mi volsi, come parvol che ricorre
3   sempre colà dove più si confida;
            e quella, come madre che soccorre
            subito al figlio palido e anelo
6   con la sua voce, che 'l suol ben disporre,
            mi disse: « Non sai tu che tu se' in cielo?
            e non sai tu che 'l cielo è tutto santo,
9   e ciò che ci si fa vien da buon zelo?
            Come t'avrebbe trasmutato il canto,
            e io ridendo, mo pensar lo puoi,
12   poscia che 'l grido t'ha mosso cotanto;
            nel qual, se 'nteso avessi i prieghi suoi,
            già ti sarebbe nota la vendetta
15   che tu vedrai innanzi che tu muoi.
            La spada di qua su non taglia in fretta
            né tardo, ma' ch'al parer di colui
18   che disiando o temendo l'aspetta.
            Ma rivolgiti omai inverso altrui;

---

129. *prendendo... ostello*: mendicando.

XXII. - 9. *buon zelo*: giusto sdegno.

14. *vendetta*: forse allusione alla brutta
morte di Bonifacio VIII.
17. *ma'*: se non.

ch'assai illustri spiriti vedrai,
21   se com'io dico l'aspetto redui ».

        Come a lei piacque li occhi ritornai
        e vidi cento sperule che 'nsieme
24   più s'abbellivan con mutui rai.

        Io stava come quei che 'n sé repreme
        la punta del disio, e non s'attenta
27   di domandar, sì del troppo si teme.

        E la maggiore e la più luculenta
        di quelle margherite innanzi fessi,
30   per far di sé la mia voglia contenta.

        Poi dentro a lei udi': « Se tu vedessi
        com'io la carità che tra noi arde,
33   li tuoi concetti sarebbero espressi.

        Ma perché tu, aspettando, non tarde
        a l'alto fine, io ti farò risposta
36   pur al pensier da che sì ti riguarde.

        Quel monte a cui Cassino è ne la costa,
        fu frequentato già in su la cima
39   da la gente ingannata e mal disposta;

        e quel son io che su vi portai prima
        lo nome di colui che 'n terra addusse
42   la verità che tanto ci sublima;

        e tanta grazia sopra me relusse,
        ch'io ritrassi le ville circunstanti
45   da l'empio colto che 'l mondo sedusse.

        Questi altri fuochi tutti contemplanti
        uomini fuoro, accesi di quel caldo
48   che fa nascere i fiori e' frutti santi.

        Qui è Maccario, qui è Romoaldo,
        qui son li frati miei che dentro ai chiostri

---

21. *l'aspetto redui*: riduci, riconduci, volgi lo sguardo.
23. *sperule*: «quasi piccoli soli» (Torraca).
27. *del troppo*: di domandare troppo.
28. *luculenta*: luminosa.
29. *margherite*: gemme.
36. *ti riguarde*: esiti.
39. *la gente ingannata*: nell'errore; i pagani. Sulla vetta di Montecassino c'era un tempio di Apollo.

40. *io*: è San Benedetto (480-543) fondatore dell'Ordine detto Benedettino, e di due chiese a Montecassino dove poi si sviluppò l'abbazia.
41. *colui*: Cristo.
43. *me relusse*: m'illuminò.
49. *Maccario... Romoaldo*: o San Macario alessandrino o San Macario egiziano; o forse confusione fra i due. Romualdo è il fondatore dell'Ordine Camaldolense (X sec.).

51   fermar li piedi e tennero il cor saldo ».

    E io a lui: « L'affetto che dimostri
meco parlando, e la buona sembianza
54   ch'io veggio e noto in tutti li ardor vostri,

    così m'ha dilatata mia fidanza,
come 'l sol fa la rosa, quando aperta
57   tanto divien quant'ell'ha di possanza.

    Però ti priego, e tu, padre, m'accerta
s'io posso prender tanta grazia, ch'io
60   ti veggia con imagine scoverta ».

    Ond'elli: « Frate, il tuo alto disio
s'adempierà in su l'ultima spera,
63   ove s'adempion tutti li altri e 'l mio.

    Ivi è perfetta, matura ed intera
ciascuna disianza: in quella sola
66   è ogni parte là ove sempr'era,

    perché non è in loco, e non s'impola;
e nostra scala infino ad essa varca,
69   onde così dal viso ti s'invola.

    Infin là su la vide il patriarca
Iacob porgere la superna parte,
72   quando li apparve d'angeli sì carca.

    Ma, per salirla, mo nessun diparte
da terra i piedi, e la regola mia
75   rimasa è per danno de le carte.

    Le mura che solieno esser badia,
fatte sono spelonche, e le cocolle
78   sacca son piene di farina ria.

    Ma grave usura tanto non si tolle
contra 'l piacer di Dio, quanto quel frutto
81   che fa il cor de' monaci sì folle;

60. *ti veggia... scoverta*: nella tua figura, senza l'abbagliante cortina di luce. Dante comincia a provare nel cielo dei contemplanti quel desiderio di vedere oltre la luce la fisionomia della beatitudine e della divinità che sarà soddisfatto al sommo del Paradiso, nell'Empireo.

66. *là... era*: ha il suo luogo eterno, la sua collocazione assoluta nell'idea divina, perché non è nello spazio finito (*in loco*) e non

è sottoposta ai poli, cioè ai cieli.

68. *varca*: sale, attraversando i cieli.

69. *viso*: vista.

71. *Iacob*: cfr. *Genesi*, XXVIII, 12.

75. *per danno... carte*: per sprecare carta a scrivercela e discuterla.

79-81. *Ma... folle*: la più grave usura non offende Dio tanto quanto la cupidigia nei monaci.

ché quantunque la Chiesa guarda, tutto
è de la gente che per Dio ·dimanda;
84 non di parenti né d'altro più brutto.

La carne de' mortali è tanto blanda,
che giù non basta buon cominciamento
87 dal nascer de la quercia al far la ghianda.

Pier cominciò sanz'oro e sanz'argento,
e io con orazione e con digiuno,
90 e Francesco umilmente il suo convento.

E se guardi il principio di ciascuno,
poscia riguardi là dov'è trascorso,
93 tu vederai del bianco fatto bruno.

· Veramente Iordan volto retrorso
più fu, e 'l mar fuggir, quando Dio volse
96 mirabile a veder che qui 'l soccorso ».

Così mi disse, e indi si raccolse
al suo collegio, e 'l collegio si strinse;
99 poi, come turbo, in su tutto s'avvolse.

La dolce donna dietro a lor mi pinse
con un sol cenno su per quella scala,
102 sì sua virtù la mia natura vinse;

né mai qua giù dove si monta e cala
naturalmente, fu sì ratto moto,
105 ch'agguagliar si potesse a la mia ala.

S'io torni mai, lettore, a quel divoto
triunfo per lo quale io piango spesso
108 le mie peccata e 'l petto mi percuoto,

tu non avresti in tanto tratto e messo
nel foco il dito, in quant'io vidi 'l segno
111 che segue il Tauro e fui dentro da esso.

O gloriose stelle, o lume pregno
di gran virtù, dal quale io riconosco

---

82. *guarda*: custodisce.

84. *altro più brutto*: cioè amanti, figli naturali.

85. *blanda*: debole.

88. *Pier*: San Pietro.

93. *del bianco... bruno*: quel che era bianco è diventato nero (dal buono al cattivo).

94-6. *Iordan... soccorso*: i miracoli del Giordano che risalì contro corrente (cfr.

Salmi, CXIII, 3) e del Mar Rosso che si aprì per lasciar passare il popolo ebreo, sono ben più grandi di quello che occorrerà per «soccorrere» cioè ristabilire la Chiesa.

99. *turbo*: vortice.

106. *S'io torni*: esclamazione rafforzativa; così possa io tornare.

110. *'l segno*: i Gemelli. Rapidissimamente, il poeta ascende dal cielo di Satur-

114 tutto, qual che si sia, il mio ingegno,
   con voi nasceva e s'ascondeva vosco
   quegli ch'è padre d'ogni mortal vita,
117 quand'io senti' di prima l'aere tosco;
   e poi, quando mi fu grazia largita
   d'entrar ne l'alta rota che vi gira,
120 la vostra region mi fu sortita.
   A voi divotamente ora sospira
   l'anima mia, per acquistar virtute
123 al passo forte che a sé la tira.
   « Tu se' sì presso a l'ultima salute »
   cominciò Beatrice, « che tu dei
126 aver le luci tue chiare ed acute.
   E però, prima che tu più t'inlei,
   rimira in giù, e vedi quanto mondo
129 sotto li piedi già esser ti fei;
   sì che 'l tuo cor, quantunque può, giocondo
   s'appresenti a la turba triunfante
132 che lieta vien per questo etera tondo ».
   Col viso ritornai per tutte quante
   le sette spere, e vidi questo globo
135 tal, ch'io sorrisi del suo vil sembiante;
   e quel consiglio per migliore approbo
   che l'ha per meno; e chi ad altro pensa
138 chiamar si puote veramente probo.
   Vidi la figlia di Latona incensa
   sanza quell'ombra che mi fu cagione
141 per che già la credetti rara e densa.
   L'aspetto del tuo nato, Iperione,

---

no al cielo ottavo (delle stelle fisse), e capita nel segno dei Gemelli (metà maggio - metà giugno) nel quale, come dice nei versi seguenti, era nato.

115. *vosco*: con voi, nel vostro segno.

116. *quegli*: il Sole.

119. *rota*: il cielo (rotante) delle stelle fisse.

123-4. *al passo... salute*: la difficile prova del salire a Dio, all'*ultima salute*.

126. *luci*: occhi.

127. *t'inlei*: entri in lei.

129. *fei*: feci.

130. *quantunque*: tanto quanto; il più possibile.

132. *etera*: aria purissima.

133. *viso*: sguardo.

137. *ad altro*: a cose più alte che quelle mondane.

139. *la figlia di Latona*: la Luna (Diana), integralmente illuminata (senza macchie).

141. *per... densa*: alla quale attribuivo le macchie lunari (cfr. *Paradiso*, II, 49 e segg.).

142. *nato*: il Sole, figlio d'Iperione (cfr. Ovidio, *Metamorfosi*, IV, 192, 241).

144
>   quivi sostenni, e vidi com si move
>   circa e vicino a lui, Maia e Dione.

147
>   Quindi m'apparve il temperar di Giove
>   tra 'l padre e 'l figlio; e quindi mi fu chiaro
>   il variar che fanno di lor dove.

150
>   E tutti e sette mi si dimostraro
>   quanto son grandi, e quanto son veloci,
>   e come sono in distante riparo.

153
>   L'aiuola che ci fa tanto feroci,
>   volgendom'io con li etterni Gemelli,
>   tutta m'apparve da' colli a le foci.
>   Poscia rivolsi li occhi a li occhi belli.

CANTO XXIII

>   Come l'augello, intra l'amate fronde,
>   posato al nido de' suoi dolci nati

3
>   la notte che le cose ci nasconde,
>   che, per veder li aspetti disiati
>   e per trovar lo cibo onde li pasca,

6
>   in che gravi labor li sono aggrati,
>   previene il tempo in su aperta frasca,
>   e con ardente affetto il sole aspetta,

9
>   fiso guardando pur che l'alba nasca;
>   così la donna mia stava eretta
>   e attenta, rivolta inver la plaga

12
>   sotto la quale il sol mostra men fretta:
>   sì che, veggendola io sospesa e vaga,
>   fecimi qual è quei che disiando

15
>   altro vorria, e sperando s'appaga.
>   Ma poco fu tra uno e altro quando,
>   del mio attender, dico, e del vedere

18
>   lo ciel venir più e più rischiarando,

---

144. *Maia e Dione*: Maia era la madre di Mercurio, Dione quella di Venere.

146. *tra... figlio*: tra Saturno e Marte.

150. *e come... riparo*: e che grande distanza intercorra fra i luoghi dove si trovano i vari pianeti.

XXIII. - 6. *labor*: fatiche, pene.

7. *in su aperta frasca*: alla sommità di un albero.

11. *inver la plaga*: verso il meridiano; a mezzodì il sole sembra procedere più lentamente.

e Beatrice disse: « Ecco le schiere
del triunfo di Cristo e tutto il frutto
21   ricolto del girar di queste spere! »
Pariemi che 'l suo viso ardesse tutto,
e li occhi avea di letizia sì pieni,
24   che passar men convien sanza costrutto.
Quale ne' plenilunii sereni
Trivia ride tra le ninfe etterne
27   che dipingon lo ciel per tutti i seni,
vidi sopra migliaia di lucerne
un sol che tutte quante l'accendea,
30   come fa il nostro le viste superne;
e per la viva luce trasparea
la lucente sustanza tanto chiara
33   nel viso mio, che non la sostenea.
Oh Beatrice dolce guida e cara!
Ella mi disse: « Quel che ti sobranza
36   è virtù da cui nulla si ripara.
Quivi è la sapienza e la possanza
ch'aprì le strade tra 'l cielo e la terra,
39   onde fu già sì lunga disianza ».
Come foco di nube si diserra
per dilatarsi sì che non vi cape,
42   e fuor di sua natura in giù s'atterra,
la mente mia così, tra quelle dape
fatta più grande, di se stessa uscio,
45   e che si fesse rimembrar non sape.
« Apri li occhi e riguarda qual son io:
tu hai vedute cose, che possente
48   se' fatto a sostener lo riso mio ».
Io era come quei che si risente
di visione oblita e che s'ingegna
51   indarno di ridurlasi a la mente,

19. *le schiere*: l'intero esercito, la totalità dei beati in Cristo, il frutto raccolto dalle benefiche influenze che i cieli distribuirono sulla terra.

24. *sanza costrutto*: senza parole.

26. *Trivia*: la Luna (Diana) fra le stelle.

27. *tutti i seni*: tutte le curve della volta celeste.

30. *viste superne*: le stelle. Il Sole che le *accende*, luce nella luce, è Cristo.

35. *sobranza*: sorpassa, vince.

42. *natura*: che invece lo porterebbe in su, verso la sfera del fuoco.

43. *dape*: cibi che la nutrivano.

45. *fesse*: facesse; diventasse.

50. *oblita*: dimenticata.

quand'io udi' questa proferta, degna
di tanto grato, che mai non si stingue
54   del libro che 'l preterito rassegna.

Se mo sonasser tutte quelle lingue
che Polimnìa con le suore fero
57   del latte lor dolcissimo più pingue,

per aiutarmi, al millesmo del vero
non si verria, cantando il santo riso
60   e quanto il santo aspetto facea mero.

E così, figurando il paradiso,
convien saltar lo sacrato poema,
63   come chi trova suo cammin riciso.

Ma chi pensasse il ponderoso tema
e l'omero mortal che se ne carca,
66   nol biasmerebbe se sott'esso trema.

Non è pileggio da picciola barca
quel che fendendo va l'ardita prora,
69   né da nocchier ch'a se medesmo parca.

« Perché la faccia mia sì t'innamora,
che tu non ti rivolgi al bel giardino
72   che sotto i raggi di Cristo s'infiora?

Quivi è la rosa in che il verbo divino
carne si fece; quivi son li gigli
75   al cui odor si prese il buon cammino ».

Così Beatrice; e io, che a' suoi consigli
tutto era pronto, ancora mi rendei
78   a la battaglia de' debili cigli.

Come a raggio di sol che puro mei
per fratta nube già prato di fiori
81   vider, coverti d'ombra, li occhi miei,
vid'io così più turbe di splendori,

---

54. *libro*: della memoria (cfr. *Inferno*, II, 8 e *Vita nuova*, I).

56. *Polimnìa*: la Musa della lirica. «Se tutti i poeti cantassero con me...».

60. *mero*: splendente. E quanto quel santo riso faceva risplendere l'aspetto di Beatrice.

62-3. *convien... riciso*: il poema sacro deve saltare, tralasciare questo passo, come un viandante che incontra un fosso. Quest'idea di *salto* anche in *Paradiso*, XXIV, 25;

l'epiteto di *sacro* per il poema anche in *Paradiso*, XXV, 1.

67. *pileggio*: probabilmente rotta, cammino. Cfr. *Paradiso*, II, 1.

69. *parca*: si risparmi.

73. *rosa*: è Maria (*Rosa mystica*); si ricordi che in greco *parádeisos* significa «giardino».

74. *gigli*: gli Apostoli, che col loro esempio (*odor*) mostrarono la retta via.

79. *mei*: trasparisca.

fulgorate di su da raggi ardenti,
84   sanza veder principio di fulgori.
        O benigna vertù che sì li 'mprenti,
        su t'esaltasti, per largirmi loco
87   a li occhi lì che non t'eran possenti.
        Il nome del bel fior ch'io sempre invoco
        e mane e sera, tutto mi ristrinse
90   l'animo ad avvisar lo maggior foco.
        E come ambo le luci mi dipinse
        il quale e il quanto de la viva stella
93   che là su vince, come qua giù vinse,
        per entro il cielo scese una facella,
        formata in cerchio a guisa di corona,
96   e cinsela e girossi intorno ad ella.
        Qualunque melodia più dolce sona
        qua giù, e più a sé l'anima tira,
99   parrebbe nube che squarciata tona,
        comparata al sonar di quella lira
        onde si coronava il bel zaffiro
102   del quale il ciel più chiaro s'inzaffira.
        « Io sono amore angelico che giro
        l'alta letizia che spira del ventre
105   che fu albergo del nostro disiro;
        e girerommi, donna del ciel, mentre
        che seguirai tuo figlio, e farai dia
108   più la spera suprema perché gli entre ».
        Così la circulata melodia
        si sigillava, e tutti li altri lumi
111   facean sonare il nome di Maria.
        Lo real manto di tutti i volumi

---

85. *vertù... 'mprenti*: Cristo impronta del suo lume le anime dei beati.

86-7. *su... possenti*: ti sollevasti di nuovo, per permettere ai miei occhi (che non potevano ancora contemplare il tuo fulgore) di guardare intorno nel cielo ottavo.

88. *fior*: la rosa, Maria, la più grande delle stelle (*lo maggior foco*; e v. 92).

90. *avvisar*: guardare attentamente; *foco*: luce.

91-2. *ambo... stella*: si disegnò nei miei occhi la qualità e la quantità dell'astro.

94. *facella*: simbolo dell'arcangelo Gabriele (cfr. *Paradiso*, XXXII, 94 e segg.).

103-5. *Io... disiro*: sono segno d'amore che giro intorno a Cristo, alta letizia e nostro desiderio, che fu albergato nel ventre di Maria.

107-8. *farai... entre*: renderai più divino l'Empireo con l'entrarvi: si introduce così la scena dell'assunzione di Maria all'Empireo.

112. *volumi*: l'Empireo è come un manto sui cieli che si volgono (*volumen* ha la

del mondo, che più ferve e più s'avviva
114   ne l'alito di Dio e nei costumi,
           avea sopra di noi l'interna riva
           tanto distante, che la sua parvenza,
117   là dov'io era, ancor non appariva:
           però non ebber li occhi miei potenza
           di seguitar la coronata fiamma
120   che si levò appresso sua semenza.
           E come fantolin che 'nver la mamma
           tende le braccia, poi che 'l latte prese,
123   per l'animo che 'nfin di fuor s'infiamma;
           ciascun di quei candori in su si stese
           con la sua fiamma, sì che l'alto affetto
126   ch'elli avieno a Maria mi fu palese.
           Indi rimaser lì nel mio cospetto,
           'Regina celi' cantando sì dolce,
129   che mai da me non si partì 'l diletto.
           Oh quanta è l'ubertà che si soffolce
           in quelle arche ricchissime che fuoro
132   a seminar qua giù buone bobolce!
           Quivi si vive e gode del tesoro
           che s'acquistò piangendo ne lo essilio
135   di Babilon, ove si lasciò l'oro.
           Quivi triunfa, sotto l'alto filio
           di Dio e di Maria, di sua vittoria,
138   e con l'antico e col novo concilio,
           colui che tien le chiavi di tal gloria.

CANTO XXIV

« O sodalizio eletto a la gran cena
del benedetto agnello, il qual vi ciba

stessa radice di *volvere*) eternamente, ed è la sede di Dio, che maggiormente lo vivifica col Suo Spirito (*alito*).

115. *l'interna riva*: dove termina il cielo nono, e l'Empireo comincia.

119. *la coronata fiamma*: Maria, coronata da Gabriele, che saliva seguendo Cristo.

130. *soffolce*: si accumula; *ubertà* dà l'idea di ricchezza, abbondanza «prolifica»,

come in *Paradiso*, XX, 21.

132. *bobolce*: bifolche, cioè contadine; allusione all'immagine evangelica del seminatore.

135. *Babilon... l'oro*: dove gli Ebrei erano in cattività; perifrasi per «tribolazioni, nelle quali si trascurò la brama di ricchezze».

139. *colui*: San Pietro.

3   sì, che la vostra voglia è sempre piena,
            se per grazia di Dio questi preliba
           di quel che cade de la vostra mensa,
6   prima che morte tempo li prescriba,
            ponete mente a l'affezione immensa,
           e roratelo alquanto: voi bevete
9   sempre del fonte onde vien quel ch'ei pensa ».
            Così Beatrice; e quelle anime liete
           si fero spere sopra fissi poli,
12   fiammando, volte, a guisa di comete.
            E come cerchi in tempra d'oriuoli
           si giran sì, che 'l primo a chi pon mente
15   quieto pare, e l'ultimo che voli;
            così quelle carole, differente-
           mente danzando, de la sua ricchezza
18   mi faci* stimar, veloci e lente.
            Di quella ch'io notai di più carezza
           vid'io uscire un foco sì felice,
21   che nullo vi lasciò di più chiarezza;
            e tre fiate intorno di Beatrice
           si volse con un canto tanto divo,
24   che la mia fantasia nol mi ridice.
            Però salta la penna e non lo scrivo;
           ché l'imagine nostra a cotai pieghe,
27   non che 'l parlare, è troppo color vivo.
            « O santa suora mia che sì ne prieghe
           divota, per lo tuo ardente affetto
30   da quella bella spera mi disleghe ».
            Poscia, fermato, il foco benedetto
           a la mia donna dirizzò lo spiro,
33   che favellò così com'i' ho detto.
            Ed ella: « O luce etterna del gran viro

XXIV. - 4. *preliba*: gusta innanzi tempo.

8. *roratelo*: spargete su di lui la grazia che vi viene da Dio.

9. *vien*: s'intenda, *a voi*; Dio, dal quale viene a voi la divinazione di quel che Egli pensa.

13. *tempra*: meccanismo, congegno armonizzato di ruote giranti su un unico movimento, ma a velocità molto varie a seconda dei vari rapporti di grandezza.

19. *carezza*: pregio.

26-7. *l'imagine... vivo*: a sfumature e modulazioni di tale bellezza la nostra immaginazione è colore troppo grossolanamente netto e duro.

30. *da... disleghe*: mi obblighi a distogliermi, per parlarti, dal mio vorticare (*spera*); cfr. vv. 11-2.

34. *viro*: uomo. È San Pietro (circa 10 a.C.-circa 67 d.C.).

a cui Nostro Signor lasciò le chiavi
36   ch'ei portò giù di questo gaudio miro,
            tenta costui di punti lievi e gravi,
        come ti piace, intorno de la fede,
39   per la qual tu su per lo mare andavi.
            S'elli ama bene e bene spera e crede,
        non t'è occulto, perché 'l viso hai quivi
42   dov'ogni cosa dipinta si vede;
            ma perché questo regno ha fatto civi
        per la verace fede, a gloriarla,
45   di lei parlare è ben ch'a lui arrivi ».
            Sì come il baccellier s'arma e non parla,
        fin che 'l maestro la question propone,
48   per approvarla, non per terminarla,
            così m'armava io d'ogni ragione,
        mentre ch'ella dicea, per esser presto
51   a tal querente ed a tal professione.
            « Dì, buon cristiano, fatti manifesto:
        fede che è? » Ond'io levai la fronte
54   in quella luce onde spirava questo;
            poi mi volsi a Beatrice, ed essa pronte
        sembianze femmi perch'io spandessi
57   l'acqua di fuor del mio interno fonte.
            « La Grazia che mi dà ch'io mi confessi »
        comincia' io « da l'alto primopilo,
60   faccia li miei concetti bene espressi ».
            E seguitai: « Come 'l verace stilo
        ne scrisse, padre, del tuo caro frate
63   che mise teco Roma nel buon filo,
            fede è sustanza di cose sperate,
        ed argomento de le non parventi;

---

37. *tenta*: esamina, interroga.

39. *mare*: cfr. *Vangelo secondo Matteo*, XIV, 25 e segg.

41. *viso*: vista; vedi in Dio, dove tutto ciò che è universalmente, è inscritto.

43. *civi*: cittadini. Poiché questo regno (il Paradiso) si è popolato mediante la fede, è bene che accada a lui (a Dante) di parlarne.

46. *il baccellier*: il licenziato di Università che può sostenere l'esame di dottorato.

48. *approvarla*: fornirla di prove. Il *terminare*, cioè sentenziare, toccava al maestro.

59. *primopilo*: era un grado militare romano. Qui, il primo, il capo degli Apostoli.

62. *frate*: San Paolo, che con Pietro evangelizzò Roma (m. 67 d.C.).

66   e questa pare a me sua quiditate ».
      Allora udi': « Dirittamente senti,
      se bene intendi perché la ripuose
69   tra le sustanze e poi tra li argomenti ».
      E io appresso: « Le profonde cose
      che mi largiscon qui la lor parvenza,
72   a li occhi di là giù son sì ascose,
        che l'esser loro v'è in sola credenza,
      sopra la qual si fonda l'alta spene;
75   e però di sustanza prende intenza.
      E da questa credenza ci convene
      sillogizzar, sanz'avere altra vista;
78   però intenza d'argomento tene ».
      Allora udi': « Se quantunque s'acquista
      giù per dottrina, fosse così inteso,
81   non li avria loco ingegno di sofista ».
      Così spirò di quello amore acceso;
      indi soggiunse: « Assai ben è trascorsa
84   d'esta moneta già la lega e 'l peso:
        ma dimmi se tu l'hai ne la tua borsa ».
      Ond'io: « Sì, ho, sì lucida e sì tonda,
87   che nel suo conio nulla mi s'inforsa ».
      Appresso uscì de la luce profonda
      che lì splendeva: « Questa cara gioia
90   sopra la quale ogni virtù si fonda,
        onde ti venne? » E io: « La larga ploia
      de lo Spirito Santo ch'è diffusa
93   in su le vecchie e 'n su le nuove cuoia,
        è sillogismo che la m'ha conchiusa
      acutamente sì, che 'nverso d'ella
96   ogni dimostrazion mi pare ottusa ».

66. *quiditate*: essenza. La stupenda definizione dei vv. 64-5 è derivata dal latino di San Paolo, *Epistola agli Ebrei*, XI, 1.

73. *loro*: di queste profonde cose, quali la beatitudine eterna, la contemplazione di Dio, ecc., che gli uomini sulla terra possono solo credere e quindi sperare.

75. *intenza*: valore, e quindi nome.

77. *sillogizzar*: argomentare e dedurre per via di sillogismo.

81. *di sofista*: di spiriti che si perdono in dubbi e cavilli sofistici.

87. *nel suo... s'inforsa*: non c'è la minima crepa di dubbio nel conio di quella moneta che è la mia fede.

91. *ploia*: pioggia.

93. *cuoia*: pelli, pergamene. Il Vecchio e il Nuovo Testamento.

94-5. *la m'ha... acutamente sì*: mi ha condotto ad essa come a conclusione così penetrante.

Io udi' poi: « L'antica e la novella
proposizion che così ti conchiude
99   perché l'hai tu per divina favella? »

E io: « La prova che 'l ver mi dischiude
son l'opere seguite, a che natura
102   non scaldò ferro mai né battè incude ».

Risposto fummi: « Dì, chi t'assicura
che quell'opere fosser? Quel medesmo
105   che vuol provarsi, non altri, il ti giura ».

« Se 'l mondo si rivolse al cristianesmo »
diss'io « sanza miracoli, quest'uno
108   è tal, che li altri non sono il centesmo;

ché tu intrasti povero e digiuno
in campo, a seminar la buona pianta
111   che fu già vite e ora è fatta pruno ».

Finito questo, l'alta corte santa
risonò per le spere un 'Dio laudamo'
114   ne la melode che là su si canta.

E quel baron che sì di ramo in ramo,
essaminando, già tratto m'avea,
117   che a l'ultime fronde appressavamo,

ricominciò: « La Grazia, che donnea
con la tua mente, la bocca t'aperse
120   infino qui come aprir si dovea,

sì ch'io approvo ciò che fuori emerse:
ma or convene esprimer quel che credi,
123   e onde a la credenza tua s'offerse ».

« O santo padre, spirito che vedi
ciò che credesti sì che tu vincesti
126   ver lo sepulcro più giovani piedi, »

comincia' io, « tu vuoi ch'io manifesti
la forma qui del pronto creder mio,
129   e anche la cagion di lui chiedesti.

E io rispondo: Io credo in uno Dio
solo ed etterno, che tutto il ciel move,

101-2. *l'opere... incude*: le opere per le quali la natura non ha né le materie prime né l'arte, cioè i miracoli.

115. *baron*: signore, dignitario.

118. *donnea*: accorda il suo favore.

125-6. *vincesti... piedi*: correndo verso il sepolcro di Cristo, Pietro emulò Giovanni, più giovane di lui (cfr. *Vangelo secondo Giovanni*, XX, 1-10).

132   non moto, con amore e con disio.
         E a tal creder non ho io pur prove
       fisice e metafisice, ma dalmi
135   anche la verità che quinci piove
         per Moisè, per profeti e per salmi,
       per l'Evangelio e per voi che scriveste
138   poi che l'ardente Spirto vi fe' almi.
         E credo in tre persone etterne, e queste
       credo una essenza sì una e sì trina,
141   che soffera congiunto 'sono' ed 'este'.
         De la profonda condizion divina
       ch'io tocco mo, la mente mi sigilla
144   più volte l'evangelica dottrina.
         Quest'è il principio, quest'è la favilla
       che si dilata in fiamma poi vivace,
147   e come stella in cielo in me scintilla ».
         Come 'l segnor ch'ascolta quel che i piace,
       da indi abbraccia il servo, gratulando
150   per la novella, tosto ch'el si tace;
         così, benedicendomi cantando,
       tre volte cinse me, sì com'io tacqui,
153   l'apostolico lume al cui comando
         io avea detto; sì nel dir li piacqui!

CANTO XXV

         Se mai continga che 'l poema sacro
       al quale ha posto mano e cielo e terra,
3   sì che m'ha fatto per più anni macro,
         vinca la crudeltà che fuor mi serra
       del bello ovile ov'io dormi' agnello,
6   nimico ai lupi che li danno guerra;
         con altra voce omai, con altro vello
       ritornerò poeta; ed in sul fonte

132. *non moto*: non mosso; cioè essendo Egli l'origine di ogni movimento.

133. *pur*: solo.

136. *Moisè... salmi*: i libri del Vecchio e Nuovo Testamento, e gli altri scritti degli Apostoli (*Atti, Epistole, Apocalisse*).

138. *vi fe' almi*: vi fecondò.

141. *che... 'este'*: che contiene ugualmente la prima persona (*sono*) quanto la terza (*este*).

148. *quel... piace*: una notizia che gli è gradita.

XXV. - 1. *continga*: accada.

5. *bello ovile*: Firenze sotto i Neri.

9   del mio battesmo prenderò 'l cappello;
              però che ne la fede, che fa conte
            l'anime a Dio, quivi intra' io, e poi
12   Pietro per lei sì mi girò la fronte.
              Indi si mosse un lume verso noi
            di quella spera ond'uscì la primizia
15   che lasciò Cristo de' vicari suoi;
              e la mia donna, piena di letizia,
            mi disse: « Mira, mira: ecco il barone
18   per cui là giù si visita Galizia ».
              Sì come quando il colombo si pone
            presso al compagno, l'uno all'altro pande,
21   girando e mormorando, l'affezione;
              così vid'io l'uno da l'altro grande
            principe glorioso esserè accolto,
24   laudando il cibo che là su li prande.
              Ma poi che 'l gratular si fu assolto,
            tacito coram me ciascun s'affisse,
27   ignito sì che vincea il mio volto.
              Ridendo allora Beatrice disse:
            « Inclita vita per cui la larghezza
30   de la nostra basilica si scrisse,
              fa risonar la spene in questa altezza:
            tu sai, che tante fiate la figuri,
33   quante Iesù ai tre fe' più carezza ».
              « Leva la testa e fa che t'assicuri;
            ché ciò che vien qua su del mortal mondo,

---

9. *cappello*: la ghirlanda, corona poetica.
Dante vuol dire che la sua poesia è molto
cambiata dal tempo delle rime fiorentine
amorose, e che l'ispirazione religiosa è ora
prevalente in lui.

10. *conte*: note, perché le approssima a
Dio.

12. *mi girò*: approvando le risposte di
Dante; cfr. *Paradiso*, XXIV, 151-4.

14. *la primizia*: San Pietro, primo degli
Apostoli.

17. *barone*: San Giacomo il Maggiore,
sepolto secondo la tradizione a Compostella
in Galizia, meta di frequenti pellegrinaggi.
Più avanti gli Apostoli saran chiamati *conti* (v. 42).

20. *pande*: apre, mostra.

24. *prande*: nutre.

26. *coram me*: davanti a me.

27. *ignito*: acceso, infocato.

30. *basilica*: la reggia celeste; la liberali-
tà del Paradiso.

31. *fa... spene*: fai parlare Dante della
Speranza.

33. *tre*: Gesù scelse tre compagni (Pietro, Giacomo e Giovanni) nell'episodio della Trasfigurazione, in quello del Getsemani,
e in quello della figlia di Giairo (cfr. *Vangelo secondo Matteo*, XVII, 1-9; XXVI,
36-46; *Vangelo secondo Luca*, VIII, 40-56);
in essi Giacomo simboleggerebbe la presenza della Speranza.

36   convien ch'ai nostri raggi si maturi ».
            Questo conforto del foco secondo
            mi venne; ond'io levai li occhi a' monti
39   che li 'ncurvaron pria col troppo pondo.
            « Poi che per grazia vuol che tu t'affronti
            lo nostro imperadore, anzi la morte,
42   ne l'aula più secreta co' suoi conti,
            sì che, veduto il ver di questa corte,
            la spene, che là giù bene innamora,
45   in te ed in altrui di ciò conforte,
            dì quel che ell'è, e come se ne 'nfiora
            la mente tua, e dì onde a te venne ».
48   Così seguì 'l secondo lume ancora.
            E quella pia che guidò le penne
            de le mie ali a così alto volo,
51   a la risposta così mi prevenne:
            « La Chiesa militante alcun figliuolo
            non ha con più speranza, com'è scritto
54   nel sol che raggia tutto nostro stuolo:
            però li è conceduto che d'Egitto
            vegna in Ierusalemme per vedere,
57   anzi che 'l militar li sia prescritto.
            Li altri due punti, che non per sapere
            son dimandati, ma perch'ei rapporti
60   quanto questa virtù t'è in piacere,
            a lui lasc'io; ché non li saran forti

38-9. *monti... pondo*: i due Apostoli, che prima l'avevano abbagliato.

41. *anzi la morte*: prima di morire, in Paradiso. Tutte le anime sono nell'Empireo (*aula*, ecc.) e la distribuzione in cieli è solo apparente. E Dante lo sa (cfr. *Paradiso*, IV, 37 e segg.).

44-5. *la spene... conforte*: acciò che tu ravvivi la speranza in te stesso e negli altri; la speranza che orienta rettamente l'amore (sull'amore bene o mal diretto cfr. *Purgatorio*, XVII, 91 e segg.).

46. *'nfiora*: adorna. Nel canto precedente, la Fede aveva ispirato la metafora della pietra preziosa e della moneta d'oro; la Speranza, questa del fiore che adorna, e promette il frutto.

54. *nel sol... stuolo*: in Dio. Beatrice risponde per Dante, perché il proclamare da sé che nessuno nella Cristianità ha più speranza di lui (vv. 52-53) sarebbe stato *iattanzia* (v. 62).

55-6. *d'Egitto... Ierusalemme*: allusione all'esilio degli Ebrei in Egitto. Qui vale «la terra», come *Ierusalemme* vale «la città celeste», il regno di Dio.

57. *militar... prescritto*: prima che finisca la sua milizia sulla terra.

58. *due punti*: come San Pietro (cfr. *Paradiso*, XXIV, 53, 85, 91), San Giacomo formula il suo esame in tre punti; i due a cui Dante deve rispondere sono il primo (*spene... che ell'è*) e il terzo (*onde a te venne*).

61. *forti*: difficili.

né di iattanzia; ed elli a ciò risponda,
63   e la grazia di Dio ciò li comporti ».

        Come discente ch'a dottor seconda
        pronto e libente in quel ch'egli è esperto,
66   perché la sua bontà si disasconda,

        « Spene » diss'io « è uno attender certo
        de la gloria futura, il qual produce
69   grazia divina e precedente merto.

        Da molte stelle mi vien questa luce;
        ma quei la distillò nel mio cor pria
72   che fu sommo cantor del sommo duce.

        'Sperino in te' ne la sua teodia
        dice 'color che sanno il nome tuo':
75   e chi nol sa, s'elli ha la fede mia?

        Tu mi stillasti, con lo stillar suo,
        ne la pistola poi; sì ch'io son pieno,
78   ed in altrui vostra pioggia repluo ».

        Mentr'io diceva, dentro al vivo seno
        di quello incendio tremolava un lampo
81   subito e spesso a guisa di baleno.

        Indi spirò: « L'amore ond'io avvampo
        ancor ver la virtù che mi seguette
84   infin la palma ed a l'uscir del campo,

        vuol ch'io rispiri a te che ti dilette
        di lei; ed emmi a grato che tu diche

---

62. *iattanzia*: presunzione, vanteria.

64. *Come... seconda*: come scolaro che
seconda il maestro, cioè lo segue attentamente e gli risponde.

65. *libente*: volonteroso.

66. *si disasconda*: si manifesti.

68. *il qual*: oggetto di *produce*; «che
è prodotto dalla grazia ecc.». Dante tra-
duce dal *Libro delle sentenze* di Pier Lombardo (III, 26). Il singolare *produce* mette
l'accento sul soggetto *grazia*: prodotto dalla grazia, che ricompensa i precedenti meriti (cfr. San Tommaso, *Somma teologica*,
II, 17, 1).

71. *quei*: Davide.

73. *teodia*: parola dantesca, «canto in lode di Dio». La citazione è dal *Salmo IX*, 11.

76. *mi stillasti*: cfr. v. 70; facesti piove-

re in me la luce della speranza, subito dopo Davide.

77. *la pistola*: l'epistola di San Giacomo
alle dodici tribù disperse, tutta protesa nel-
l'avvenire, e culminante nell'idea della pazienza fiduciosa («Patientes igitur estote,
fratres, usque ad adventum Domini. Ecce
agricola exspectat pretiosum fructum terrae
patienter ferens donec accipiat temporaneum
et serotinum. Patientes igitur estote et vos
et confirmate corda vestra; quoniam adven-
tus Domini adpropinquavit», cfr. V, 7-8).

78. *repluo*: trasmetto (ri-piovo).

84. *palma*: del martirio e della vittoria.
Giacomo fu giustiziato da Erode Agrippa
nel 42 d.C.

85. *rispiri*: rivolga di nuovo il mio spirare, il mio comunicare.

87   quello che la speranza ti promette ».
            E io: « Le nove e le scritture antiche
            pongono il segno, ed esso lo mi addita,
90   de l'anime che Dio s'ha fatte amiche.
            Dice Isaia che ciascuna vestita
            ne la sua terra fia di doppia vesta;
93   e la sua terra è questa dolce vita.
            E 'l tuo fratello assai vie più digesta,
            là dove tratta de le bianche stole,
96   questa revelazion ci manifesta ».
            E prima, appresso al fin d'este parole,
            'Sperent in te' di sopra noi s'udì;
99   a che rispuoser tutte le carole.
            Poscia tra esse un lume si schiarì
            sì che se 'l Cancro avesse un tal cristallo,
102   l'inverno avrebbe un mese d'un sol dì.
            E come surge e va ed entra in ballo
            vergine lieta, sol per fare onore
105   a la novizia, non per alcun fallo,
            così vid'io lo schiarato splendore
            venire a' due che si volgieno a nota
108   qual conveniesi al loro ardente amore.
            Misesi lì nel canto e ne la rota;
            e la mia donna in lor tenea l'aspetto,
111   pur come sposa tacita ed immota.
            « Questi è colui che giacque sopra 'l petto
            del nostro pellicano; e questi fue
114   di su la croce al grande officio eletto ».
            La donna mia così; né però piue

89. *il segno*: il termine a cui arrivano le anime salvate, la beatitudine.
91. *Dice Isaia*: cfr. *Isaia*, LXI, 7, «possederanno il doppio», per Dante, anima e corpo.
94. *fratello*: Giovanni, figlio, come Giacomo, di Zebedeo; *digesta*: spiega più diffusamente.
95. *là... stole*: nell'*Apocalisse* (VII, 9).
98. *'Sperent in te'*: è ancora il *Salmo* del v. 73.
101. *Cancro*: la costellazione che dal 21 dicembre al 21 gennaio (Capricorno) appare al tramonto del sole.
102. *l'inverno... dì*: intendi «sarebbe annullato», «non ci sarebbe più inverno».
105. *non... fallo*: non per vanità, o lussuria.
107. *a nota*: al ritmo del canto.
110. *l'aspetto*: gli sguardi.
112. *colui*: San Giovanni Evangelista.
113. *pellicano*: simbolo di Gesù; si credeva che il pellicano nutrisse col suo sangue i figli.

mosser la vista sua di stare attenta
117   poscia che prima le parole sue.
       Qual è colui ch'adocchia e s'argomenta
di vedere eclissar lo sole un poco,
120   che, per veder, non vedente diventa;
       tal mi fec'io a quell'ultimo foco
mentre che detto fu: « Perché t'abbagli
123   per veder cosa che qui non ha loco?
       In terra terra è 'l mio corpo, e saragli
tanto con li altri, che 'l numero nostro
126   con l'etterno proposito s'agguagli.
       Con le due stole nel beato chiostro
son le due luci sole che saliro;
129   e questo apporterai nel mondo vostro ».
       A questa voce l'infiammato giro
si quietò con esso il dolce mischio
132   che si facea nel suon del trino spiro,
       sì come, per cessar fatica o rischio,
li remi, pria ne l'acqua ripercossi,
135   tutti si posano al sonar d'un fischio.
       Ahi quanto ne la mente mi commossi,
quando mi volsi per veder Beatrice,
138   per non poter veder, ben che io fossi
       presso di lei, e nel mondo felice!

CANTO XXVI

       Mentr'io dubbiava per lo viso spento,
de la fulgida fiamma che lo spense
3   uscì un spiro che mi fece attento,
       dicendo: « Intanto che tu ti risense
de la vista che hai in me consunta,

---

116. *la vista... attenta*: le sue parole non
mutarono la sua attitudine di estrema attenzione verso i tre Apostoli.
123. *non ha loco*: non c'è. Allusione alla leggenda secondo la quale Giovanni sarebbe stato assunto in cielo col corpo;
Dante la vuole evidentemente sfatare.
125. *nostro*: degli eletti.
127. *stole*: corpi.
128. *saliro*: all'Empireo, pochi momen-

ti prima; sono Cristo e Maria.
131. *con esso... mischio*: insieme con la
melodia corale, la mescolanza di voci.
138. *per non poter veder*: era abbagliato
(vv. 118-122).

XXVI. - 1. *per lo viso spento*: perché non ci
vedevo più (cfr. *Paradiso*, XXV, 118-122 e
138).
4. *risense*: riprenda il senso (della vista).

6   ben è che ragionando la compense.
       Comincia dunque; e dì ove s'appunta
       l'anima tua, e fa ragion che sia
9   la vista in te smarrita e non defunta;
       perché la donna che per questa dia
       region ti conduce, ha ne lo sguardo
12   la virtù ch'ebbe la man d'Anania ».
       Io dissi: « Al suo piacere e tosto e tardo
       vegna rimedio a li occhi che fuor porte
15   quand'ella entrò col foco ond'io sempr'ardo.
       Lo ben che fa contenta questa corte,
       Alfa ed O è di quanta scrittura
18   mi legge Amore o lievemente o forte ».
       Quella medesma voce che paura
       tolta m'avea del subito abbarbaglio,
21   di ragionare ancor mi mise in cura;
       e disse: « Certo a più angusto vaglio
       ti conviene schiarar: dicer convienti
24   chi drizzò l'arco tuo a tal berzaglio ».
       E io: « Per filosofici argomenti
       e per autorità che quinci scende
27   cotale amor convien che in me s'imprenti.
       Ché il bene, in quanto ben, come s'intende,
       così accende amore, e tanto maggio
30   quanto più di bontate in sé comprende.
       Dunque a l'essenza ov'è tanto avvantaggio,
       che ciascun ben che fuor di lei si trova
33   altro non è ch'un lume di suo raggio,
       più che in altra convien che si mova
       la mente, amando, di ciascun che cerne
36   il vero in che si fonda questa prova.

7. *ove s'appunta*: comincia il terzo esame, sulla Carità.

8. *fa ragion*: sii sicuro, conta.

12. *Anania*: imponendo le mani sul capo di San Paolo, gli ridiede la vista che aveva persa per tre giorni nel veder Cristo (cfr. *Atti degli Apostoli*, IX, 8-18).

13. *Al... tardo*: quando lei vorrà.

16. *Lo ben*: Dio; è Lui il principio (*Alfa*) e la fine (*Omega*) di tutti gli oggetti capaci di suscitare amore.

21. *mi mise in cura*: mi impegnò a.

23. *schiarar*: chiarire.

27. *s'imprenti*: si radichi e si impronti.

29. *maggio*: maggiore; l'amore è tanto più grande quanto più grande è il bene che lo suscita.

31. *l'essenza*: Dio.

35. *la mente*: è il soggetto del periodo; lo spirito di chi discerne la verità enunciata ai vv. 28-30.

Tal vero a l'intelletto mio sterne
colui che mi dimostra il primo amore
39   di tutte le sustanze sempiterne.

Sternel la voce del verace autore,
che dice a Moisè, di sé parlando:
42   'Io ti farò vedere ogni valore'.

Sternilmi tu ancora, incominciando
l'alto preconio che grida l'arcano
45   di qui là giù sovra ogni altro bando ».

E io udi': « Per intelletto umano
e per autoritadi a lui concorde
48   de' tuoi amori a Dio guarda il sovrano.

Ma dì ancor se tu senti altre corde
tirarti verso lui, sì che tu suone
51   con quanti denti questo amor ti morde ».

Non fu latente la santa intenzione
de l'aguglia di Cristo, anzi m'accorsi
54   dove volea menar mia professione.

Però ricominciai: « Tutti quei morsi
che posson far lo cor volgere a Dio,
57   a la mia caritate son concorsi;

ché l'essere del mondo e l'esser mio,
la morte ch'el sostenne perch'io viva,
60   e quel che spera ogni fedel com'io,

con la predetta conoscenza viva,
tratto m'hanno del mar de l'amor torto,
63   e del diritto m'han posto a la riva.

Le fronde onde s'infronda tutto l'orto
de l'ortolano etterno, am'io cotanto
66   quanto da lui a lor di bene è porto ».

Sì com'io tacqui, un dolcissimo canto

---

37. *sterne*: dimostra, espone; si tratta probabilmente, per questa prima «autorità», di Aristotele.

40. *autore*: Dio, come ispiratore (*autore*) della Bibbia. Si allude al passo di *Esodo*, XXXIII, 18-9.

44. *preconio*: il *Vangelo* di Giovanni. L'*arcano* sarà il mistero dell'incarnazione del Verbo, con cui comincia il libro; che è più ricco degli altri tre (*sovra* ecc.) per in-

tensità di contenuto morale e dottrinale.

46-8. *Per... sovrano*: il culmine (*sovrano*) del tuo amore è rivolto a Dio, sia per argomenti filosofici che per autorità teologiche.

51. *con... morde*: tutti i motivi per cui.

54. *professione*: di fede, a proposito della Carità.

61. *predetta*: la sicurezza dimostrata con gli argomenti dei vv. 25-45.

64. *Le fronde*: i Cristiani, il «prossimo».

        risonò per lo cielo, e la mia donna
69   dicea con gli altri: « Santo, santo, santo! »
            E come a lume acuto si disonna
        per lo spirto visivo che ricorre
72   a lo splendor che va di gonna in gonna,
            e lo svegliato ciò che vede aborre,
        sì nescia è la subita vigilia
75   fin che la stimativa non soccorre;
            così de li occhi miei ogni quisquilia
        fugò Beatrice col raggio de' suoi,
78   che rifulgea da più di mille milia:
            onde mei che dinanzi vidi poi;
        e quasi stupefatto domandai
81   d'un quarto lume ch'io vidi con noi.
            E la mia donna: « Dentro da quei rai
        vagheggia il suo fattor l'anima prima
84   che la prima virtù creasse mai ».
            Come la fronda, che flette la cima
        nel transito del vento e poi si lieva
87   per la propria virtù che la sublima,
            fec'io in tanto in quant'ella diceva,
        stupendo, e poi mi rifece sicuro
90   un disio di parlare ond'io ardeva.
            E cominciai: « O pomo che maturo
        solo prodotto fosti, o padre antico
93   a cui ciascuna sposa è figlia e nuro,
            divoto quanto posso a te supplico
        perché mi parli: tu vedi mia voglia,
96   e per udirti tosto, non la dico ».
            Talvolta un animal coverto broglia,

---

70. *si disonna*: ci si toglie al sonno, ci si
sveglia.

71-2. *che... gonna*: che rifluisce incontro
alla luce via via che questa attraversa ciascuna parte (*gonna*) dell'occhio e del nervo
visivo.

73-5. *ciò... non soccorre*: cerca di non
guardare, il suo risveglio (*vigilia*) essendo in-
cosciente (*nescia*), finché la coscienza non
s'impone.

76. *quisquilia*: i benché minimi ingom-
bri, veli, ostacoli.

83. *l'anima prima*: è Adamo, il primo uo-

mo, all'origine della creazione, che Dante
vede come prima cosa con i suoi occhi rin-
novati.

87. *sublima*: slancia verso l'alto.

89. *stupendo*: meravigliandomi; *sicuro*:
nell'attitudine; mi fece cioè rialzare la testa.

91-2. *pomo... fosti*: unico uomo che nacque già adulto.

93. *nuro*: nuora; cioè, oltre che figlia,
sposa di un tuo figlio.

97-9. *Talvolta... la 'nvoglia*: un animale
avviluppato in un involucro (*'nvoglia*) si di-
mena (*broglia*) e mostra così quel che vor-

sì che l'affetto convien che si paia
99 per lo seguir che face a lui la 'nvoglia;
  e similmente l'anima primaia
 mi facea trasparer per la coverta
102 quant'ella a compiacermi venia gaia.

  Indi spirò: « Sanz'essermi proferta
 da te, la voglia tua discerno meglio
105 che tu qualunque cosa t'è più certa;
  perch'io la veggio nel verace speglio
 che fa di sé pareglio a l'altre cose,
108 e nulla face lui di sé pareglio.

  Tu vuogli udir quant'è che Dio mi puose
 ne l'eccelso giardino ove costei
111 a così lunga scala ti dispuose,
  e quanto fu diletto a li occhi miei,
 e la propria cagion del gran disdegno,
114 e l'idioma ch'usai e ch'io fei.

  Or, figliuol mio, non il gustar del legno
 fu per sé la cagion di tanto essilio,
117 ma solamente il trapassar del segno.

  Quindi onde mosse tua donna Virgilio,
 quattromilia trecento e due volumi
120 di sol desiderai questo concilio;
  e vidi lui tornare a tutt'i lumi
 de la sua strada novecento trenta
123 fiate, mentre ch'io in terra fu'mi.

  La lingua ch'io parlai fu tutta spenta

---

rebbe fare.

101. *coverta*: la veste di luce.

102. *quant'ella... gaia*: quanto aumentava di felicità nel compiacermi.

106. *speglio*: specchio; è Dio come visione totale, quale appare ai beati, e perfettamente conforme, pari, agli oggetti che vi si rispecchiano; mentre essi oggetti danno della mente divina un'immagine sempre impari.

110. *l'eccelso giardino*: il Paradiso Terrestre, dove Beatrice preparò Dante all'ascesa in cielo.

115. *legno*: il frutto proibito. Si noti che Adamo comincia a rispondere dalla più importante delle quattro questioni.

118. *onde... Virgilio*: dal luogo da cui Beatrice fece partire Virgilio; il Limbo (cfr. *Inferno*, II, 52 e segg.). Sulla liberazione di Adamo dal Limbo cfr. *Inferno*, IV, 55.

119. *volumi*: giri del Sole (4302 anni).

121. *lui*: il Sole; *lumi*: i segni dello Zodiaco.

122. *novecento trenta*: Adamo visse dunque sulla terra 930 anni (cfr. *Genesi*, V, 5). Sommando 4302, 930 e i 1266 anni trascorsi dalla discesa al Limbo di Cristo al 1300 (anno in cui si immagina questo incontro) si ha un totale di 6498, il che risponde alla domanda dei vv. 109-111.

        innanzi che all'ovra inconsummabile
126   fosse la gente di Nembròt attenta;
        ché nullo effetto mai razionabile,
        per lo piacere uman che rinnovella
129   seguendo il cielo, sempre fu durabile.
        Opera naturale è ch'uom favella;
        ma così o così, natura lascia
132   poi fare a voi, secondo che v'abbella.
        Pria ch'io scendessi a l'infernale ambascia,
        I s'appellava in terra il sommo bene
135   onde vien la letizia che mi fascia;
        e *EL* si chiamò poi: e ciò convene,
        ché l'uso de' mortali è come fronda
138   in ramo, che sen va e altra vene.
        Nel monte che si leva più da l'onda,
        fu' io, con vita pura e disonesta,
141   da la prim'ora a quella che seconda,
        come 'l sol muta quadra, l'ora sesta ».

CANTO XXVII

        « Al Padre, al Figlio, a lo Spirito Santo »
        cominciò « gloria! » tutto il paradiso,
3   sì che m'inebriava il dolce canto.
        Ciò ch'io vedeva mi sembiava un riso
        de l'universo; per che mia ebbrezza
6   intrava per l'udire e per lo viso.
        Oh gioia! oh ineffabile allegrezza!
        oh vita integra d'amore e di pace!
9   oh sanza brama sicura ricchezza!
        Dinanzi a li occhi miei le quattro face
        stavano accese, e quella che pria venne
12   incominciò a farsi più vivace,

---

125. *ovra*: la torre di Babele. Cfr. *Inferno*, XXXI, 77-8.

127. *razionabile*: proveniente dalla ragione.

128. *rinnovella*: cambia, si rinnova, come le ore del giorno e della notte, o le stagioni (vv. 137-8).

132. *v'abbella*: vi piace, preferite.

139. *monte*: al sommo del Purgatorio, nel Paradiso Terrestre; risponde alla domanda del v. 112, «ci rimasi sette ore in tutto».

XXVII. - 4. *Ciò*: quell'universale congegno di anime formanti ruote, in movimento unico ma infinitamente variato, che è l'ottavo cielo (cfr. *Paradiso*, XXIV, 11-8).

10. *quattro face*: i lumi dei tre Apostoli Pietro, Giacomo e Giovanni, e quello di Adamo.

e tal ne la sembianza sua divenne,
qual diverrebbe Giove, s'elli e Marte
15   fossero augelli e cambiassersi penne.
La provedenza, che quivi comparte
vice ed officio, nel beato coro
18   silenzio posto avea da ogni parte,
quand'io udi': « Se io mi trascoloro,
non ti maravigliar; ché, dicend'io,
21   vedrai trascolorar tutti costoro.
Quelli ch'usurpa in terra il luogo mio,
il luogo mio, il luogo mio, che vaca
24   ne la presenza del Figliuol di Dio,
fatt'ha del cimiterio mio cloaca
del sangue e de la puzza; onde 'l perverso
27   che cadde di qua su, là giù si placa ».
Di quel color che per lo sole avverso
nube dipigne da sera e da mane,
30   vid'io allora tutto il ciel cosperso.
E come donna onesta che permane
di sé sicura e per l'altrui fallanza,
33   pur ascoltando, timida si fane,
così Beatrice trasmutò sembianza;
e tale eclissi credo che 'n ciel fue,
36   quando patì la suprema possanza.
Poi procedetter le parole sue
con voce tanto da sé trasmutata,
39   che la sembianza non si mutò piue:
« Non fu la sposa di Cristo allevata

13-5. *tal... penne*: la luce di San Pietro, bianca come è Giove (cfr. *Paradiso*, XVIII, 68 e 96), divenne rossa come è Marte (cfr. *Paradiso*, XIV, 86-7); per indignazione, come si vedrà nei versi seguenti.

17. *vice ed officio*: figura retorica, «l'avvicendarsi degli uffici», delle azioni dei beati.

22. *Quelli*: Bonifacio VIII, che Dante considerava indegno del pontificato, e perciò usurpatore *ne la presenza del Figliuol di Dio* (v. 24).

25. *cimiterio*: come è detto in *Paradiso*, IX, 139-41, *Vaticano e l'altre parti elette / di Roma che son state cimitero / a la milizia che Pietro seguette*.

27. *là giù*: nel fondo dell'Inferno, centro del mondo, dove Lucifero è confitto.

28. *avverso*: di fronte.

33. *fane*: fa; si chiude in se stessa. Si direbbe che Dante non vuole indicare né un arrossire né un impallidire in Beatrice, ma quasi un velarsi della sua luce, una *eclissi* (v. 35) simile a quella che occorse alla morte di Cristo.

38. *tanto... trasmutata*: altrettanto mutata quanto l'aspetto.

40. *sposa*: la Chiesa.

40-1. *allevata... Cleto*: alimentata, fatta crescere, dal sangue di Pietro, di Lino che gli successe e di Anacleto che gli successe a sua volta, tutti morti per martirio.

del sangue mio, di Lin, di quel di Cleto,
42   per essere ad acquisto d'oro usata;
         ma, per acquisto d'esto viver lieto,
e Sisto e Pio e Calisto e Urbano
45   sparser lo sangue dopo molto fleto.
         Non fu nostra intenzion ch'a destra mano
de' nostri successor parte sedesse,
48   parte da l'altra del popol cristiano;
         né che le chiavi che mi fuor concesse
divenisser signaculo in vessillo,
51   che contr'a battezzati combattesse;
         né ch'io fossi figura di sigillo
a privilegi venduti e mendaci,
54   ond'io sovente arrosso e disfavillo.
         In vesta di pastor lupi rapaci
si veggion di qua su per tutti i paschi:
57   o difesa di Dio, perché pur giaci?
         Del sangue nostro Caorsini e Guaschi
s'apparecchian di bere: o buon principio,
60   a che vil fine convien che tu caschi!
         Ma l'alta provedenza che con Scipio
difese a Roma la gloria del mondo,
63   soccorrà tosto, sì com'io concipio.
         E tu, figliuol, che per lo mortal pondo
ancor giù tornerai, apri la bocca,
66   e non asconder quel ch'io non ascondo ».
         Sì come di vapor gelati fiocca
in giuso l'aere nostro, quando il corno
69   de la capra del ciel col sol si tocca,

---

44. *Sisto... Urbano*: Sisto I (m. circa 127), Pio I (m. circa 149), Calisto I (217-222), Urbano I (222-230).

45. *fleto*: pianto; sta per sofferenze nel martirio.

46. *a destra mano*: che i papi prendessero partito politicamente.

52. *né... sigillo*: l'immagine di San Pietro è ancora nel sigillo papale.

56. *per... paschi*: dovunque ci sono le pecorelle di Dio, i fedeli.

58. *Caorsini e Guaschi*: allusione spregiativa a due rapaci papi francesi, Clemente V (Bertrand de Got, guascone, 1305-1314) e Giovanni XXII, di Cahors (1316-1334).

61. *Scipio*: l'Africano, che sconfisse Annibale.

62. *difese*: conservò.

63. *concipio*: comprendo; vedo in Dio.

68-9. *quando... tocca*: d'inverno, quando il Sole è nel Capricorno (21 dicembre-20 gennaio).

in su vid'io così l'etera adorno
farsi e fioccar di vapor triunfanti
72   che fatto avean con noi quivi soggiorno.

Lo viso mio seguiva i suoi sembianti,
e seguì fin che 'l mezzo, per lo molto,
75   li tolse il trapassar del più avanti.

Onde la donna, che mi vide assolto
de l'attendere in su, mi disse: « Adima
78   il viso, e guarda come tu se' volto ».

Da l'ora ch'io avea guardato prima
i' vidi mosso me per tutto l'arco
81   che fa dal mezzo al fine il primo clima;

sì ch'io vedea di là da Gade il varco
folle d'Ulisse, e di qua presso il lito
84   nel qual si fece Europa dolce carco.

E più mi fora discoverto il sito
di questa aiuola; ma 'l sol procedea
87   sotto i mie' piedi un segno e più partito.

La mente innamorata, che donnea
con la mia donna sempre, di ridure
90   ad essa li occhi più che mai ardea:

e se natura o arte fe' pasture
da pigliare occhi, per aver la mente,
93   in carne umana o ne le sue pitture,

tutte adunate, parrebber niente
ver lo piacer divin che mi refulse,

---

71. *vapor*: le anime, che sembrano fioc-
care verso l'alto, salendo verso il nono cielo e l'Empireo.

73. *viso*: vista, *suoi*: delle anime.

74. *mezzo... molto*: lo spazio intermedio,
divenuto sempre maggiore.

76-7. *assolto... in su*: non più impegnato
a guardare.

77-8. *«Adima... volto»*: abbassa lo sguardo per vedere quanto abbiamo girato insieme all'ottavo cielo.

80-1. *per tutto... clima*: ognuno dei sette
climi in cui i geografi dividevano la terra
abitata (parallelamente all'equatore) si
estendeva di 180°, dal Gange a Gade (Ca-
dice); quindi avendone percorso metà, Dante si era spostato di 90° e si trova presso

allo stretto di Gibilterra (*il varco* ecc.).

83-4. *il lito... carco*: la Fenicia, dove Giove trasformato in toro rapì Europa per tra-
sportarla a Creta (cfr. Ovidio, *Metamorfosi*,
II, 832 e segg.).

86. *questa aiuola*: la Terra; cfr. *Paradiso*, XXII, 151 e *Monarchia*, III, XVI, 11.

87. *un... partito*: separato da me da oltre un segno zodiacale; il Sole era cioè di
oltre 30° più all'occidente, e quindi quel
che Dante avrebbe potuto vedere dalla sua
posizione era già nella notte.

88. *donnea*: aspira a corteggiare, desidera di stare.

92. *per... mente*: per conquistare l'animo.

95. *ver... refulse*: a confronto della bellezza di Beatrice.

96   quando mi volsi al suo viso ridente.
      E la virtù che lo sguardo m'indulse,
      del bel nido di Leda mi divelse,
99   e nel ciel velocissimo m'impulse.
      Le parti sue vicinissime e eccelse
      sì uniforme son, ch'i' non so dire
102   qual Beatrice per loco mi scelse.
      Ma ella, che vedea il mio disire,
      incominciò, ridendo tanto lieta,
105   che Dio parea nel suo volto gioire:
      « La natura del mondo, che quieta
      il mezzo e tutto l'altro intorno move,
108   quinci comincia come da sua meta.
      E questo cielo non ha altro dove
      che la mente divina, in che s'accende
111   l'amor che il volge e la virtù ch'ei piove.
      Luce ed amor d'un cerchio lui comprende,
      sì come questo li altri; e quel precinto
114   colui che 'l cinge solamente intende.
      Non è suo moto per altro distinto;
      ma li altri son misurati da questo,
117   sì come diece da mezzo e da quinto.
      E come il tempo tegna in cotal testo
      le sue radici e ne li altri le fronde,
120   omai a te può esser manifesto.
      Oh cupidigia che i mortali affonde
      sì sotto te, che nessuno ha podere

98. *nido*: la costellazione dei Gemelli, figli di Leda; l'ottavo cielo, da cui Dante passa al Primo Mobile, il *velocissimo*.
  103. *disire*: di sapere qualcosa sul nono
cielo.
  106-7. *che... move*: mantiene immobile
ciò che è al centro, cioè la Terra.
  108. *meta*: termine iniziale, principio.
  109-10. *non... divina*: non è contenuto
da nient'altro che dalla mente divina (la sede di Dio essendo propriamente l'Empireo).
  113. *precinto*: l'Empireo che recinge il
nono cielo, e che è solo nella mente di colui che l'ha creato (cfr. *Convivio*, II, III, 11).
  115. *suo*: del nono cielo; che perciò è

detto Primo Mobile.
  117. *come... quinto*: come il dieci si può
misurare con le sue proprie frazioni, alcune quantità rappresentando di lui la metà,
altre il quinto.
  118. *testo*: vaso. Il tempo essendo misu-
rato dal moto degli astri, ha la sua prima
origine nel movimento del Primo Mobile
(cfr. *Convivio*, I, XIV, 14-17).
  121-3. *Oh cupidigia... onde!*: il legame fra
questa improvvisa invettiva e quel che precede è nell'idea degli uomini che non sanno sollevare gli occhi dalle contingenze,
mentre per Dante è ora *manifesto* per esempio il mistero del tempo.

123   di trarre li occhi fuor de le tue onde!
           Ben fiorisce ne li uomini il volere;
           ma la pioggia continua converte
126   in bozzacchioni le susine vere.
           Fede ed innocenzia son reperte
           solo ne' parvoletti; poi ciascuna
129   pria fugge che le guance sian coperte.
           Tale, balbuziendo ancor, digiuna,
           che poi divora, con la lingua sciolta,
132   qualunque cibo per qualunque luna.
           E tal, balbuziendo, ama e ascolta
           la madre sua, che, con loquela intera,
135   disia poi di vederla sepolta.
           Così si fa la pelle bianca nera
           nel primo aspetto de la bella figlia
138   di quel ch'apporta mane e lascia sera.
           Tu, perché non ti facci maraviglia,
           pensa che 'n terra non è chi governi;
141   onde sì svia l'umana famiglia.
           Ma prima che gennaio tutto si sverni
           per la centesma ch'è là giù negletta,
144   raggeran sì questi cerchi superni,
           che la fortuna che tanto s'aspetta,
           le poppe volgerà u' son le prore,
147   sì che la classe correrà diretta;
           e vero frutto verrà dopo 'l fiore ».

126. *bozzacchioni*: frutti induriti senza maturare.

130. *balbuziendo ancor*: non sapendo ancora parlare, cioè da bambino piccolo.

136-8. *Così... sera*: terzina oscura; «la bella figlia» del Sole è interpretata come la Chiesa, l'Aurora la maga Circe, la Natura; ma la figura della pelle che annerisce, benché plausibile quanto al significato generale di cambiamento in male, non è spiegabile in modo convincente; se non forse «la luce è trasformata in tenebra».

139. *maraviglia*: di questo generale cor-

rompersi delle cose.

140. *non è chi governi*: secondo i principi di universalità e di spiritualità che Dante enuncia nel suo *Monarchia*, attribuendoli all'autorità dell'Impero.

142-3. *prima... negletta*: il calendario terrestre (giuliano) trascurava di calcolare una centesima parte del giorno (circa 12 minuti) così che a poco a poco il gennaio sarebbe stato spinto fuori dell'inverno effettivo. Questo ritardo fu corretto col calendario detto gregoriano (1582).

147. *classe*: flotta.

CANTO XXVIII

Poscia che 'ncontro a la vita presente
de' miseri mortali aperse 'l vero

3   quella che 'mparadisa la mia mente,
come in lo specchio fiamma di doppiero
vede colui che se n'alluma retro,

6   prima che l'abbia in vista o in pensiero,
e sé rivolge, per veder se 'l vetro
li dice il vero, e vede ch'el s'accorda

9   con esso come nota con suo metro;
così la mia memoria si ricorda
ch'io feci, riguardando ne' belli occhi

12   onde a pigliarmi fece Amor la corda.
E com'io mi rivolsi e furon tocchi
li miei da ciò che pare in quel volume,

15   quandunque nel suo giro ben s'adocchi,
un punto vidi che raggiava lume
acuto sì, che 'l viso ch'elli affoca

18   chiuder conviensi per lo forte acume:
e quale stella par quinci più poca,
parrebbe luna, locata con esso

21   come stella con stella si colloca.
Forse cotanto quanto pare appresso
alo cigner la luce che 'l dipigne,

24   quando 'l vapor che 'l porta più è spesso,
distante intorno al punto un cerchio d'igne
si girava sì ratto, ch'avria vinto

27   quel moto che più tosto il mondo cigne.

XXVIII. - 1. *'ncontro a*: cioè, rispetto alla falsità di.

5. *se n'alluma retro*: ne è illuminato alle
spalle.

6. *che... vista*: di vederla direttamente.

9. *nota... metro*: la quantità sonora della
musica, che corrisponde nella sua pienezza
a quello schema astratto che è il suo ritmo
(così l'oggetto, il *doppiero*, corrisponde alla
sua immagine riflessa).

14-5. *ciò... s'adocchi*: le cose che appaiono o meglio traspariscono in quel cielo rotante, quando si può ben guardare, al suo
confine superiore, in ciò che lo circonda,
cioè nell'Empireo.

16. *un punto*: Dio, che nella prima visione diretta appare lontanissimo (sull'incom-
mensurabilità del *punto* cfr. *Convivio*, II,
XIII, 27).

17. *viso*: vista.

19. *quinci*: da qui (dalla Terra).

22-4. *Forse... spesso*: vicino al punto come l'alone, quando ci sono densi vapori, è
vicino all'astro che lo produce, un cerchio
di fuoco ecc.

27. *moto*: del Primo Mobile, il *velocissimo*. I nove cerchi, come sarà spiegato ai vv.
98 e segg., rappresentano gli Ordini degli
Angeli: Serafini, Cherubini, Troni, Dominazioni, Virtù, Podestà, Principati, Arcan-

  E questo era d'un altro circumcinto,
  e quel dal terzo, e 'l terzo poi dal quarto,

30 dal quinto il quarto, e poi dal sesto il quinto.
   Sopra seguiva il settimo sì sparto
  già di larghezza, che 'l messo di Iuno

33 intero a contenerlo sarebbe arto.
   Così l'ottavo e 'l nono; e ciascheduno
  più tardo si movea, secondo ch'era

36 in numero distante più da l'uno;
   e quello avea la fiamma più sincera
  cui men distava la favilla pura,

39 credo, però che più di lei s'invera.
   La donna mia, che mi vedea in cura
  forte sospeso, disse: « Da quel punto

42 depende il cielo e tutta la natura.
   Mira quel cerchio che più li è congiunto;
  e sappi che 'l suo muovere è sì tosto

45 per l'affocato amore ond'elli è punto ».
   E io a lei: « Se 'l mondo fosse posto
  con l'ordine ch'io veggio in quelle rote,

48 sazio m'avrebbe ciò che m'è proposto:
   ma nel mondo sensibile si puote
  veder le volte tanto più divine,

51 quant'elle son dal centro più remote.
   Onde, se 'l mio disio dee aver fine
  in questo miro e angelico templo

54 che solo amore e luce ha per confine,
   udir convienmi ancor come l'essemplo
  e l'essemplare non vanno d'un modo,

57 ché io per me indarno a ciò contemplo ».
   « Se li tuoi diti non sono a tal nodo

---

geli, Angeli (quest'ordine è quello di Dionigi l'Areopagita; cfr. v. 130 e segg.).

31-3. *sì sparto... arto*: così ampio che un cerchio della grandezza di un arcobaleno (Iride era la messaggera di Giunone) sarebbe stretto a contenerlo.

37. *sincera*: limpida, luminosa.

39. *più... s'invera*: è più penetrata dalla luce della Verità.

40. *in cura*: preoccupato, ansioso di sa-

pere. Questa preoccupazione è spiegata nel colloquio che segue. Dante ha ben compreso di aver avuto una prima visione diretta di Dio; ma nota con smarrimento che mentre nella Creazione il Movimento (le *volte* dei cieli) è tanto più rapido e puro, cioè *divino*, quanto è più distante dal centro (la Terra, che è immobile), nel Creatore si ha l'*ordine* inverso.

56. *d'un*: in uno stesso.

sufficienti, non è maraviglia;
60   tanto, per non tentare, è fatto sodo! »
        Così la donna mia; poi disse: « Piglia
        quel ch'io ti dicerò, se vuo' saziarti;
63   ed intorno da esso t'assottiglia.
        Li cerchi corporai sono ampi e arti
        secondo il più e 'l men de la virtute
66   che si distende per tutte lor parti.
        Maggior bontà vuol far maggior salute;
        maggior salute maggior corpo cape,
69   s'elli ha le parti igualmente compiute.
        Dunque costui che tutto quanto rape
        l'altro universo seco, corrisponde
72   al cerchio che più ama e che più sape.
        Per che, se tu a la virtù circonde
        la tua misura, non a la parvenza
75   de le sustanze che t'appaion tonde,
        tu vederai mirabil consequenza
        di maggio a più e di minore a meno,
78   in ciascun cielo, a sua intelligenza ».
        Come rimane splendido e sereno
        l'emisperio de l'aere, quando soffia
81   Borea da quella guancia ond'è più leno,
        per che si purga e risolve la roffia
        che pria turbava, sì che 'l ciel ne ride
84   con le bellezze d'ogni sua parroffia;
        così fec'io, poi che mi provide
        la donna mia del suo risponder chiaro,
87   e come stella in cielo il ver si vide.

---

60. *per non tentare... sodo*: perché non si è tentato di scioglierlo; perchè gli uomini non hanno meditato su questo problema.

63. *t'assottiglia*: digròssati, impara.

64. *arti*: stretti. I cieli creati sono detti *corporai* perché composti di forma e materia (cfr. *Paradiso*, XXIX, 35-6).

67-9. *vuol... compiute*: produce una maggiore influenza benefica, che è contenuta da un corpo maggiore, se è completo in tutte le sue parti.

70. *costui*: il nono cielo, che trascina col suo moto tutte le altre parti della Creazione, corrisponde al cerchio più vicino a Dio, quello dei Serafini.

73-8. *se tu... intelligenza*: se tu ti riferisci alla *virtù* creatrice, e non all'aspetto che ti si dimostra visibilmente nei nove cerchi concentrici degli ordini angelici, vedrai una meravigliosa corrispondenza fra intensità di virtù e grandezza spaziale nei cieli.

81. *Borea... leno*: la tramontana quando soffia con minore violenza.

82. *roffia*: rifiuti. Le nebbie e nuvole.

84. *parroffia*: parrocchia. Le varie parti del cielo.

E poi che le parole sue restaro,
non altrimenti ferro disfavilla
90   che bolle, come i cerchi sfavillaro.

L'incendio suo seguiva ogni scintilla;
ed eran tante, che 'l numero loro
93   più che 'l doppiar de li scacchi s'immilla.

Io sentiva osannar di coro in coro
al punto fisso che li tiene a li ubi,
96   e terrà sempre, ne' quai sempre fuoro.

E quella che vedea i pensier dubi
ne la mia mente, disse: « I cerchi primi
99   t'hanno mostrati Serafi e Cherubi.

Così veloci seguono i suoi vimi,
per somigliarsi al punto quanto ponno;
102   e posson quanto a veder son sublimi.

Quelli altri amor che dintorno li vonno,
si chiaman Troni del divino aspetto,
105   per che 'l primo ternaro terminonno.

E dei saper che tutti hanno diletto,
quanto la sua veduta si profonda
108   nel vero in che si queta ogni intelletto.

Quinci si può veder come si fonda
l'esser beato ne l'atto che vede,
111   non in quel ch'ama, che poscia seconda;
e del vedere è misura mercede,
che grazia partorisce e buona voglia:

---

91. *L'incendio*: il cerchio di fuoco dei Serafini, che era seguito da tutte le scintille.

93. *più... s'immilla*: va nell'infinito dei numeri (*immillarsi* è parola dantesca creata su *mille*) più che la progressione del raddoppiamento che si può sperimentare su una scacchiera. Queste infinite intelligenze contemplative che accompagnano le nove intelligenze motrici sono distinte in *Convivio*, II, IV, 3, 8 e segg. e V, 4 e segg. Cfr. anche *Paradiso*, XXIX, 130 e segg.

95. *a li ubi*: ai luoghi.

97. *dubi*: interrogativi.

100. *vimi*: vincoli (d'amore).

101-2. *per somigliarsi... sublimi*: e gli somigliano molto, proporzionalmente alla loro eccelsa visione di Lui.

105. *per... terminonno*: con i «seggi» da cui la giustizia di Dio rifulge ai beati (cfr. *Paradiso*, IX, 61-2 e anche *Paradiso*, XIX, 28-9), fu terminata la prima delle tre *Gerarchie* angeliche (cfr. *Convivio*, II, V, 6, dove però l'ordine gerarchico è diverso, per le ragioni esposte alla nota ivi).

106. *E*: ha valore digressivo. Sappi però che tutte le categorie di angeli godono proporzionalmente alla loro visione della Verità divina. In questa e nelle due terzine seguenti Dante afferma questa natura anzitutto intellettiva della beatitudine, di contro alle teorie mistiche che la fondano sull'amore.

112. *mercede*: il merito, prodotto dalla grazia iniziale e dalla buona volontà individuale.

114   così di grado in grado si procede.
                 L'altro ternaro, che così germoglia
             in questa primavera sempiterna
117   che notturno Ariete non dispoglia,
                 perpetualmente 'Osanna' sberna
             con tre melode, che suonano in tree
120   ordini di letizia onde s'interna.
                 In essa gerarcia son l'altre dee:
             prima Dominazioni, e poi Virtudi;
123   l'ordine terzo di Podestadi èe.
                 Poscia ne' due penultimi tripudi
             Principati e Arcangeli si girano;
126   l'ultimo è tutto d'Angelici ludi.
                 Questi ordini di su tutti s'ammirano,
             e di giù vincon sì, che verso Dio
129   tutti tirati sono, e tutti tirano.
                 E Dionisio con tanto disio
             a contemplar questi ordini si mise,
132   che li nomò e distinse com'io.
                 Ma Gregorio da lui poi si divise;
             onde, sì tosto come li occhi aperse
135   in questo ciel, di se medesmo rise.
                 E se tanto secreto ver proferse
             mortale in terra, non voglio ch'ammiri;
138   ché chi 'l vide qua su gliel discoperse
                 con altro assai del ver di questi giri ».

CANTO XXIX

Quando ambedue li figli di Latona,
coperti del Montone e de la Libra,

---

115. *L'altro ternaro*: la seconda Gerarchia di angeli (Dominazioni, Virtù, Podestà).

117. *Ariete*: questa costellazione, diurna in primavera, è notturna in autunno, quando cadono le foglie.

118. *sberna*: canta, come gli uccelli all'uscir dell'inverno (cfr. *Inferno*, XXXIII, 135).

127. *di su... s'ammirano*: ciascuno di questi ordini è volto con ammirazione verso l'alto, e attira l'ordine inferiore.

130. *Dionisio*: Dionigi Academico l'A-

reopagita, che *più a dentro vide | l'angelica natura e 'l ministero* (cfr. *Paradiso*, X, 115-7).

133. *Gregorio*: San Gregorio Magno.

136. *secreto ver*: un così profondo mistero come l'ordinamento degli angeli; *proferse*: trattò, rivelò.

138. *chi*: San Paolo, di cui Dionisio era discepolo.

XXIX. - 1-9. *Quando... vinto*: nelle opposte costellazioni dell'Ariete e della Libra il sole e la luna si trovano per un istante taglia-

3   fanno de l'orizzonte insieme zona,
           quant'è dal punto che 'l cenit inlibra,
       infin che l'uno e l'altro da quel cinto,
6   cambiando l'emisperio, si dilibra,
           tanto, col volto di riso dipinto,
       si tacque Beatrice, riguardando
9   fisso nel punto che m'avea vinto.
           Poi cominciò: « Io dico, e non domando
       quel che tu vuoli udir, perch'io l'ho visto
12   là 've s'appunta ogni ubi e ogni quando.
           Non per avere a sé di bene acquisto,
       ch'esser non può, ma perché suo splendore
15   potesse, risplendendo, dir 'Subsisto',
           in sua etternità di tempo fore,
       fuor d'ogni altro comprender, come i piacque,
18   s'aperse in nuovi amor l'etterno amore.
           Né prima quasi torpente si giacque;
       ché né prima né poscia procedette
21   lo discorrer di Dio sovra quest'acque.
           Forma e matera, congiunte e purette,
       usciro ad esser che non avia fallo,

ti a metà dall'orizzonte come da una cintura (zona); e rispetto allo Zenith sono come
i poli di una immensa bilancia, che per un
attimo è in miracoloso equilibrio. Dopo un
istante l'equilibrio è rotto e ciascuno dei
due si sbilancia e si libera (si dilibra) procedendo verso il proprio emisfero. Così Beatrice fu assorta un istante nella
contemplazione del punto divino, e poi si
distolse dal suo silenzio. Evidentemente, si
può interpretare questa durata di silenzio
anche come più lunga, assumendo come motivo di comparazione non l'attimo di rot-
tura del meraviglioso equilibrio, ma il
minuto necessario al sole e alla luna per
emergere completamente dall'orizzonte e liberarsi appieno nell'emisfero che dovran-
no percorrere. Ma ci sembra che la prima
concezione sia più conforme alla struttura
fantastica di questo passaggio del Paradiso,
fatto di miracolose visioni di aspetti eter-
ni, che però si sciolgono velocemente l'una
nell'altra.

12. là... quando: nella mente divina che
contiene ogni spazio (ubi; dove, luogo) e
ogni tempo.
13. Non... acquisto: il soggetto del periodo è l'etterno amore (Dio) del v. 18. Beatrice comincia a trattare della Creazione.
14-5. perché... 'Subsisto': per dare alle cose create, partecipi del suo splendore, la
gioia di esistere.
17. fuor... comprender: fuori da ogni altro limite (quindi anche spaziale).
18. s'aperse: fiorì, si distribuì.
19-21. torpente... quest'acque: le idee di
prima e di poi non hanno senso rispetto al-
l'eternità; e il tempo fu individuato con la
Creazione, quando Dio originò il Primo
Mobile (quest'acque); quindi non si può parlare di inerzia divina.
22. purette: purissime.
23-4. usciro... tre saette: sorsero ad una
esistenza perfetta, come forma pura, come
materia pura e come forma più materia (tre
saette, v. 24, triforme effetto, v. 28).

24   come d'arco tricordo tre saette.

        E come in vetro, in ambra o in cristallo
       raggio risplende sì, che dal venire
27   a l'esser tutto non è intervallo,

        così 'l triforme effetto del suo sire
       ne l'esser suo raggiò insieme tutto
30   sanza distinzione in esordire.

        Concreato fu ordine e costrutto
       a le sustanze; e quelle furon cima
33   nel mondo in che puro atto fu produtto;

        pura potenza tenne la parte ima;
       nel mezzo strinse potenza con atto
36   tal vime, che già mai non si divima.

        Ieronimo vi scrisse lungo tratto
       di secoli de li angeli creati
39   anzi che l'altro mondo fosse fatto;

        ma questo vero è scritto in molti lati
       da li scrittor de lo Spirito Santo;
42   e tu te n'avvedrai, se bene agguati;

        e anche la ragione il vede alquanto,
       che non concederebbe che i motori
45   sanza sua perfezion fosser cotanto.

        Or sai tu dove e quando questi amori
       furon creati e come; sì che spenti
48   nel tuo disio già sono tre ardori.

        Né giugneriesi, numerando, al venti
       sì tosto, come de li angeli parte
51   turbò il suggetto de' vostri elementi.

31-2. *Concreato... sustanze*: insieme alle tre sostanze create simultaneamente, fu provveduto a creare il loro ordine e la loro struttura (*costrutto*); abbiamo qui probabilmente la figura di endiadi, «la struttura ordinaria», o «l'ordine strutturale».

32-3. *e quelle... produtto*: e quelle creature in cui fu prodotto l'*atto puro* (pura forma senza materia) furono le supreme, gli angeli.

34. *ima*: la più bassa.

35. *strinse*: unì (materia e forma).

36. *vime... divima*: vincolo, che non si può disfare.

37-9. *Ieronimo... fatto*: San Gerolamo ha scritto, per voi uomini, che gli angeli furono creati molti secoli prima del resto della Creazione.

40. *questo... lati*: in molti passi dei libri sacri è scritto invece che la Creazione fu simultanea (per es. cfr. *Genesi*, I, 1).

42. *agguati*: esamini, leggi stando bene attento.

45. *sanza... cotanto*: fossero esistiti per tanto tempo senza ciò che li perfeziona, cioè i cieli che essi devono muovere attuando il fine per cui sono creati.

51. *turbò... elementi*: quando gli angeli ribelli caddero sulla terra, costituendo l'abisso infernale, la materia (che si distinguerà

                     L'altra rimase, e cominciò quest'arte
                  che tu discerni, con tanto diletto,
54   che mai da circuir non si diparte.
                     Principio del cader fu il maladetto
                  superbir di colui che tu vedesti
57   da tutti i pesi del mondo costretto.
                     Quelli che vedi qui furon modesti
                  a riconoscer sé da la bontate
60   che li avea fatti a tanto intender presti;
                     per che le viste lor furo esaltate
                  con grazia illuminante e con lor merto,
63   sì c'hanno ferma e piena volontate.
                     E non voglio che dubbi, ma sie certo
                  che ricever la grazia è meritorio,
66   secondo che l'affetto l'è aperto.
                     Omai dintorno a questo consistorio
                  puoi contemplare assai, se le parole
69   mie son ricolte, sanz'altro aiutorio.
                     Ma perché in terra per le vostre scole
                  si legge che l'angelica natura
72   è tal, che 'ntende e si ricorda e vole,
                     ancor dirò, perché tu veggi pura
                  la verità che là giù si confonde,
75   equivocando in sì fatta lettura.
                     Queste sustanze, poi che fur gioconde
                  de la faccia di Dio, non volser viso
78   da essa, da cui nulla si nasconde:
                     però non hanno vedere interciso
                  da novo obietto, e però non bisogna
81   rememorar per concetto diviso.

nei quattro elementi: aria, acqua, fuoco, terra) ne fu sconvolta. La creazione dell'Inferno (cfr. *Inferno*, III, 7-8) precede infatti
quella delle cose non eterne.
   56-7. *colui... costretto*: Satana; cfr. *Inferno*, XXXIV, 111.
   61. *le viste lor*: la loro visione di Dio.
   63. *volontate*: di conformarsi a quella di
Dio. Cfr. *Paradiso*, XXVIII, 113.
   66. *secondo... aperto*: (il merito) è propor-
zionale al desiderio di ricevere la grazia.

67. *consistorio*: l'insieme degli angeli.
69. *aiutorio*: aiuto.
72. *è... vole*: possiede intelligenza, memoria e volontà.
75. *lettura*: insegnamento, dottrina.
76-7. *poi che... Dio*: da quando fruisco-
no della visione di Dio.
79. *interciso*: distratto, interrotto (e perciò obbligato a ricorrere alla memoria per
ristabilire la successione).

Sì che là giù, non dormendo, si sogna,
credendo e non credendo dicer vero;
84   ma ne l'uno è più colpa e più vergogna.

Voi non andate giù per un sentiero
filosofando; tanto vi trasporta
87   l'amor de l'apparenza e 'l suo pensiero!

E ancor questo qua su si comporta
con men disdegno che quando è posposta
90   la divina scrittura, o quando è torta.

Non vi si pensa quanto sangue costa
seminarla nel mondo, e quanto piace
93   chi umilmente con essa s'accosta.

Per apparer ciascun s'ingegna e face
sue invenzioni; e quelle son trascorse
96   da' predicanti e 'l Vangelio si tace.

Un dice che la luna si ritorse
ne la passion di Cristo e s'interpuose,
99   per che il lume del sol giù non si porse;

e mente, ché la luce si nascose
da sé; però a l'Ispani e a l'Indi,
102   come a' Giudei, tale eclissi rispuose.

Non ha Fiorenza tanti Lapi e Bindi
quante sì fatte favole per anno
105   in pergamo si gridan quinci e quindi;

sì che le pecorelle, che non sanno,
tornan del pasco pasciute di vento,
108   e non le scusa non veder lo danno.

Non disse Cristo al suo primo convento:
'Andate, e predicate al mondo ciance';
111   ma diede lor verace fondamento.

E quel tanto sonò ne le sue guance,

83. *credendo... vero*: in buona fede e in mala fede; e in questo caso con colpa più vergognosa.

85. *un*: un solo, quello della verità.

87. *l'apparenza*: l'apparire sapiente; cfr. v. 94.

90. *torta*: a sensi che non ha.

91. *sangue*: di martiri.

93. *con essa s'accosta*: la fa sua.

94-6. *Per... si tace*: per far bella figura s'inventano le cose più strane, che poi i teologi s'affannano a discutere, dimenticando il Vangelo.

97. *si ritorse*: retrocesse.

99. *si porse*: apparì, risplendette.

101. *però*: infatti, perciò.

108. *e non... danno*: e non le salva il fatto che non siano capaci di vedere quanto male sono condotte.

109. *convento*: gruppo di discepoli.

112-4. *E quel... lance*: ed Egli stesso disse tutto quel che era necessario a costituire un *verace fondamento* (nel Vangelo).

sì ch'a pugnar per accender la fede
114   de l'Evangelio fero scudo e lance.
      Ora si va con motti e con iscede
a predicare, e pur che ben si rida,
117   gonfia il cappuccio, e più non si richiede.
      Ma tale uccel nel becchetto s'annida,
che se 'l vulgo il vedesse, vederebbe
120   la perdonanza di ch'el si confida;
      per cui tanta stoltezza in terra crebbe,
che, sanza prova d'alcun testimonio,
123   ad ogni promission si correrebbe.
      Di questo ingrassa il porco sant'Antonio,
e altri assai che sono ancor più porci,
126   pagando di moneta sanza conio.
      Ma perché siam digressi assai, ritorci
li occhi oramai verso la dritta strada,
129   sì che la via col tempo si raccorci.
      Questa natura sì oltre s'ingrada
in numero, che mai non fu loquela
132   né concetto mortal che tanto vada:
      e se tu guardi quel che si rivela
per Daniel, vedrai che 'n sue migliaia
135   determinato numero si cela.
      La prima luce, che tutta la raia,
per tanti modi in essa si recepe,
138   quanti son li splendori a chi s'appaia.
      Onde, però che a l'atto che concepe
segue l'affetto, d'amar la dolcezza

---

115. *iscede*: arguzie.

117. *gonfia*: di vanità; e magari di elemosine.

118. *uccel... s'annida*: nella punta del cappuccio (del predicatore) s'annida non lo Spirito Santo, ma il demonio.

120. *la perdonanza*: che genere di assoluzioni e promesse.

123. *promission*: di indulgenze.

124. *il porco Sant'Antonio*: il porco dei frati di Sant'Antonio eremita (figurato in genere con un porco ai piedi, a immagine del demonio); il costrutto senza la preposizione *di* era comune nel XIII e XIV secolo.

126. *sanza conio*: senza corso; cioè con indulgenze e promesse non valide.

128. *strada*: quella del discorso sulla Creazione e sugli angeli.

130. *natura*: degli angeli; *s'ingrada*: s'inoltra gradatamente, si moltiplica.

134. *Daniel*: nella visione in cui Daniele dice di aver visto «diecimila volte centomila angeli» intorno a Dio (cfr. *Daniele*, Libro VII, 10), *si cela*, cioè «non c'è», è obliterato qualunque numero determinato.

136. *luce*: di Dio, che irradia la natura degli angeli, penetra individualmente ciascuno di essi.

141   diversamente in essa ferve e tepe.
            Vedi l'eccelso omai e la larghezza
            de l'etterno valor, poscia che tanti
144   speculi fatti s'ha in che si spezza,
            uno manendo in sé come davanti ».

CANTO XXX

            Forse semilia miglia di lontano
            ci ferve l'ora sesta, e questo mondo
3   china già l'ombra quasi al letto piano,
            quando il mezzo del cielo, a noi profondo,
            comincia a farsi tal, ch'alcuna stella
6   perde il parere infino a questo fondo;
            e come vien la chiarissima ancella
            del sol più oltre, così 'l ciel si chiude
9   di vista in vista infino a la più bella.
            Non altrimenti il triunfo che lude
            sempre dintorno al punto che mi vinse,
12   parendo inchiuso da quel ch'elli 'nchiude,
            a poco a poco al mio veder si stinse;
            per che tornar con li occhi a Beatrice
15   nulla vedere ed amor mi costrinse.
            Se quanto infino a qui di lei si dice
            fosse conchiuso tutto in una loda,
18   poco sarebbe a fornir questa vice.
            La bellezza ch'io vidi si trasmoda
            non pur di là da noi, ma certo io credo
21   che solo il suo fattor tutta la goda.
            Da questo passo vinto mi concedo

---

141. *ferve e tepe*: è più o meno ardente.
144. *speculi*: specchi.
145. *manendo*: rimanendo.

xxx. - 1-5. *Forse... tal*: perifrasi astronomica per dire «un po' prima dell'alba»; dando, come è giusto in questo punto del Paradiso, il senso della contemporaneità nel vasto universo. «Mentre a circa seimila miglia c'è il caldo del mezzogiorno, e la terra fa un'ombra che è quasi orizzontale, l'aria del nostro cielo si rischiara...».

6. *perde... fondo*: non si vede più fino alla Terra, che è il fondo dell'universo.
7. *ancella*: l'aurora.
9. *vista*: stella.
10. *triunfo*: i nove cerchi degli ordini angelici; cfr. *Paradiso*, XXVIII, 25 e segg.
11. *vinse*: con la sua luce; cfr. *Paradiso*, XXVIII, 16-18.
18. *a fornir... vice*: a lodarla questa volta.
20. *non pur... noi*: non solo al di là dei limiti umani.

più che già mai da punto di suo tema
24   soprato fosse comico o tragedo;
    ché, come sole in viso che più trema,
così lo rimembrar del dolce riso
27   la mente mia da me medesmo scema.
    Dal primo giorno ch'i' vidi il suo viso
in questa vita, infino a questa vista,
30   non m'è il seguire al mio cantar preciso;
    ma or convien che mio seguir desista
più dietro a sua bellezza, poetando,
33   come a l'ultimo suo ciascuno artista.
    Cotal qual io la lascio a maggior bando
che quel de la mia tuba, che deduce
36   l'ardua sua matera terminando,
    con atto e voce di spedito duce
ricominciò: « Noi siamo usciti fore
39   del maggior corpo al ciel ch'è pura luce:
    luce intellettual, piena d'amore;
amor di vero ben, pien di letizia;
42   letizia che trascende ogni dolzore.
    Qui vederai l'una e l'altra milizia
di paradiso, e l'una in quelli aspetti
45   che tu vedrai a l'ultima giustizia ».
    Come subito lampo che discetti
li spiriti visivi, sì che priva
48   da l'atto l'occhio di più forti obietti,
    così mi circunfulse luce viva;
e lasciommi fasciato di tal velo
51   del suo fulgor, che nulla m'appariva.
    « Sempre l'amor che queta questo cielo

24. *soprato*: superato.
25. *viso*: vista, la più debole.
27. *la mente... scema*: mi toglie la memoria.
30. *preciso*: impedito.
33. *ultimo*: limite massimo.
34. *bando*: lode, esaltazione.
35. *tuba*: tromba; la mia poesia, che svolge, avviandosi alla fine, la sua materia.
37. *spedito*: che ha adempiuto al suo compito.

39. *corpo*: il nono cielo, il più grande dei cieli materiali, mentre l'Empireo è *pura luce*.
42. *dolzore*: dolcezza.
43. *l'una e l'altra milizia*: i beati e gli angeli.
45. *l'ultima giustizia*: il Giudizio finale.
46. *discetti*: sconcerti.
48. *di più forti obietti*: di oggetti anche più luminosi.
52. *l'amor... cielo*: Dio, che appaga ecc.

accoglie in sé con sì fatta salute,
54   per far disposto a sua fiamma il candelo ».
        Non fur più tosto dentro a me venute
        queste parole brievi, ch'io compresi
57   me sormontar di sopr'a mia virtute;
        e di novella vista mi raccesi
        tale, che nulla luce è tanto mera,
60   che li occhi miei non si fosser difesi.
        E vidi lume in forma di rivera
        fluvido di fulgore, intra due rive
63   dipinte di mirabil primavera.
        Di tal fiumana uscian faville vive,
        e d'ogni parte si mettean ne' fiori,
66   quasi rubin che oro circunscrive.
        Poi, come inebriate da li odori,
        riprofondavan sé nel miro gurge;
69   e s'una intrava, un'altra n'uscia fori.
        « L'alto disio che mo t'infiamma e urge,
        d'aver notizia di ciò che tu vei,
72   tanto mi piace più quanto più turge.
        Ma di quest'acqua convien che tu bei
        prima che tanta sete in te si sazii ».
75   Così mi disse il sol de li occhi miei.
        Anche soggiunse: « Il fiume e li topazii
        ch'entrano ed escono e il rider de l'erbe
78   son di lor vero umbriferi prefazii.
        Non che da sé sian queste cose acerbe;

---

53. *salute*: segno salutare.

54. *far... candelo*: rendere l'anima atta a vestirsi della sua luce.

57. *sormontar... virtute*: oltrepassare i limiti delle mie facoltà, e ricuperar una volta ancor la vista. È questo l'ultimo dei numerosi accecamenti fisici, fino alla folgorazione finale, con cui Dante esprime il progressivo rinnovarsi e purificarsi del suo vedere.

59-60. *tale... difesi*: così pura e forte da sopportare la più limpida delle luci.

61. *rivera*: fiume. Dopo la figura del punto (cfr. *Paradiso*, XXVIII, 16 e segg.) questa è la seconda, e più prossima, visione diretta di Dio: un fiume di splendore, in

continuo gettito di faville; anche questa seconda figura si trasformerà presto (v. 88 e segg.).

63. *primavera*: fiori. Sono i beati; la distinzione delle due rive pare debba riferirsi al Vecchio e al Nuovo Testamento, o alle due *milizie* (cfr. v. 43 e vv. 94-6).

68. *gurge*: gorgo, il fiume.

72. *turge*: preme.

76. *topazii*: le faville, chiamate anche *rubin* al v. 66.

78. *di lor... prefazii*: «adombrate prefigurazioni del loro vero essere» (Chimenz).

79. *acerbe*: ancora immature, allo stato di prefigurazione.

ma è difetto da la parte tua,
81   che non hai viste ancor tanto superbe ».

        Non è fantin che sì subito rua
col volto verso il latte, se si svegli
84   molto tardato da l'usanza sua,

        come fec'io, per far migliori spegli
ancor de li occhi, chinandomi a l'onda
87   che si deriva perché vi s'immegli.

        E sì come di lei bevve la gronda
de le palpebre mie, così mi parve
90   di sua lunghezza divenuta tonda.

        Poi come gente stata sotto larve
che pare altro che prima se si sveste
93   la sembianza non sua in che disparve,

        così mi si cambiaro in maggior feste
li fiori e le faville, sì ch'io vidi
96   ambo le corti del ciel manifeste.

        O isplendor di Dio, per cu' io vidi
l'alto triunfo del regno verace,
99   dammi virtù a dir com'io il vidi!

        Lume è là su che visibile face
lo creatore a quella creatura
102   che solo in lui vedere ha la sua pace.

        E' si distende in circular figura,
in tanto che la sua circunferenza
105   sarebbe al sol troppo larga cintura.

        Fassi di raggio tutta sua parvenza
reflesso al sommo del mobile primo,
108   che prende quindi vivere e potenza.

        E come clivo in acqua di suo imo
si specchia, quasi per vedersi adorno,
111   quando è nel verde e ne' fioretti opimo,

---

81. *superbe*: alte.
82. *fantin*: bambino; *rua*: si getti.
85. *spegli*: specchi.
87. *deriva*: scorre, per perfezionare le anime.
91. *larve*: maschere.
96. *ambo... manifeste*: i beati e gli angeli.
106-8. *Fassi... potenza*: questa terza figu-

ra, circolare, di Dio (*parvenza*) è tutta prodotta dai suoi raggi riflessi sulla superficie
del nono cielo, il Primo Mobile, che da essi raggi appunto trae il suo movimento e la
virtualità che trasmette al resto del creato.
109-11. *E come... opimo*: come un pen-
dio si specchia intero, dal piede, e sembra
vagheggiarsi, di primavera (*quando* ecc.).

sì, soprastando al lume intorno intorno,
vidi specchiarsi in più di mille soglie
114   quanto di noi là su fatto ha ritorno.

E se l'infimo grado in sé raccoglie
sì grande lume, quanta è la larghezza
117   di questa rosa ne l'estreme foglie!

La vista mia ne l'ampio e ne l'altezza
non si smarriva, ma tutto prendeva
120   il quanto e 'l quale di quella allegrezza.

Presso e lontano, lì, né pon né leva;
ché dove Dio sanza mezzo governa,
123   la legge natural nulla rileva.

Nel giallo de la rosa sempiterna,
che si dilata ed ingrada e redole
126   odor di lode al sol che sempre verna,

qual è colui che tace e dicer vole,
mi trasse Beatrice, e disse: «Mira
129   quanto è 'l convento de le bianche stole!

Vedi nostra città quant'ella gira:
vedi li nostri scanni sì ripieni,
132   che poca gente più ci si disira.

E 'n quel gran seggio a che tu li occhi tieni
per la corona che già v'è su posta,
135   prima che tu a queste nozze ceni

sederà l'alma, che fia giù agosta,
de l'alto Arrigo, ch'a drizzare Italia
138   verrà in prima ch'ella sia disposta.

---

113. *vidi... soglie*: la figura circolare di Dio viene precisandosi in *rosa* (v. 117 e v. 124); i beati sono quindi disposti non nella figura di anfiteatro, ma nella più unitaria concentricità della spirale dei petali, quale appare nello schema del fiore.
114. *quanto... ritorno*: la totalità delle anime salvate.
116-7. *quanta... foglie*: quanto ammirabile è la dovizia di luce che abbonda in questa rosa fino nella circonferenza più ampia.
121. *Presso e lontano*: la vicinanza e la lontananza.
123. *rileva*: conta.
124. *Nel... sempiterna*: Beatrice mi trasse verso il centro della rosa, in cui si è pre-

cisata la *circular figura* (v. 103).
125-6. *ingrada... verna*: si disegna in ordini graduati, e olezza lodando Dio, il Sole in eterna primavera.
129. *quanto... stole*: com'è grande il consesso delle anime beate.
134. *corona*: corona imperiale.
136. *agosta*: augusta.
137. *Arrigo*: il Conte di Lussemburgo fu eletto imperatore il 27 novembre 1308, prese il nome di Arrigo VII, e scese in Italia nel 1310 suscitando in Dante grandi speranze. Morì il 24 agosto 1313 senza aver potuto intervenire efficacemente nelle cose italiane.

La cieca cupidigia che v'ammalia
simili fatti v'ha al fantolino
141   che muor per fame e caccia via la balia.
E fia prefetto nel foro divino
allora tal, che palese e coverto
144   non anderà con lui per un cammino.
Ma poco poi sarà da Dio sofferto
nel santo officio; ch'el sarà detruso
147   là dove Simon mago è per suo merto,
e farà quel d'Alagna intrar più giuso ».

CANTO XXXI

In forma dunque di candida rosa
mi si mostrava la milizia santa
3   che nel suo sangue Cristo fece sposa;
ma l'altra, che volando vede e canta
la gloria di colui che la innamora
6   e la bontà che la fece cotanta,
sì come schiera d'ape, che s'infiora
una fiata e una si ritorna
9   là dove suo laboro s'insapora,
nel gran fior discendeva che s'adorna
di tante foglie, e quindi risaliva
12   là dove 'l suo amor sempre soggiorna.
Le facce tutte avean di fiamma viva,
e l'ali d'oro, e l'altro tanto bianco,
15   che nulla neve a quel termine arriva.
Quando scendean nel fior, di banco in banco
porgevan de la pace e de l'ardore
18   ch'elli acquistavan ventilando il fianco.
Né l'interporsi tra 'l disopra e 'l fiore

---

139. *v'ammalia*: vi affligge come un male tenace, togliendovi il senno.

142. *prefetto... divino*: pontefice. Si tratta del «guascone» Clemente V (cfr. *Paradiso*, XVII, 82), che in *palese* favoriva Arrigo, mentre in *coverto* (segreto) cercava d'ingannarlo.

146. *detruso*: buttato giù, nell'Inferno, fra i simoniaci (cfr. *Inferno*, XIX, 82 e segg.).

148. *quel d'Alagna*: Bonifacio VIII, d'Anagni; cfr. *Inferno*, XIX, 52-7.

XXXI. - 2. *milizia*: l'insieme dei beati, la Chiesa militante. Cfr. *Paradiso*, XXX, 43.

4. *l'altra*: gli angeli.

6. *cotanta*: così sublime.

7-9. *che... s'insapora*: ora s'infila nei fiori ora nell'alveare, dove il nettare raccolto è trasformato in miele.

16. *banco*: fila di petali, cioè di anime.

18. *ventilando il fianco*: levandosi a volo e avvicinandosi a Dio.

di tanta plenitudine volante
21   impediva la vista e lo splendore;
            ché la luce divina è penetrante
        per l'universo secondo ch'è degno,
24   sì che nulla le puote essere ostante.
            Questo sicuro e gaudïoso regno,
        frequente in gente antica ed in novella,
27   viso e amore avea tutto ad un segno.
            Oh trina luce che 'n unica stella
        scintillando a lor vista, sì gli appaga!
30   Guarda qua giuso a la nostra procella!
            Se i barbari, venendo da tal plaga
        che ciascun giorno d'Elice si cuopra,
33   rotante col suo figlio ond'ella è vaga,
            veggendo Roma e l'ardua sua opra,
        stupefaciensi, quando Laterano
36   a le cose mortali andò di sopra;
            io, che al divino da l'umano,
        a l'etterno dal tempo era venuto,
39   e di Fiorenza in popol giusto e sano,
            di che stupor dovea esser compiuto!
        Certo tra esso e 'l gaudio mi facea
42   libito non udire e starmi muto.
            E quasi pellegrin che si ricrea
        nel tempio del suo voto riguardando,
45   e spera già ridir com'ello stea,
            su per la viva luce passeggiando,
        menava io li occhi per li gradi,
48   mo su, mo giù, e mo recirculando.
            Vedeva visi a carità suadi,
        d'altrui lume fregiati e di suo riso,

---

27. *viso... segno*: era interamente rivolto, in aspetto e in sentimento, cioè in unità perfetta, verso un unico termine, Dio.

32. *Elice*: la ninfa trasformata in orsa da
Giunone, che Giove assunse nella costellazione dell'Orsa maggiore, mentre suo figlio
Arcade divenne l'Orsa minore. La *plaga* di
cui si parla è genericamente al Nord.

35-6. *quando... di sopra*: *Laterano* fu la sede

imperiale fino all'epoca di Costantino. Qui
vale per «Roma» nella sua splendida potenza.

40. *compiuto*: colmato, e in modo da
sentirsene perfezionato; così che non desidera neppur di parlarne.

46. *passeggiando*: facendo scorrere, facendo passare gli occhi.

48. *recirculando*: movendo in giro.

49. *suadi*: che ispiravano amore.

51   e atti ornati di tutte onestadi.
          La forma general di paradiso
          già tutta mio sguardo avea compresa,
54   in nulla parte ancor fermato fiso;
          e volgeami con voglia riaccesa
          per domandar la mia donna di cose
57   di che la mente mia era sospesa.
          Uno intendea, e altro mi rispuose:
          credea veder Beatrice, e vidi un sene
60   vestito con le genti gloriose.
          Diffuso era per li occhi e per le gene
          di benigna letizia, in atto pio
63   quale a tenero padre si convene.
          E « Ov'è ella? » subito diss'io.
          Ond'elli: « A terminar lo tuo disiro
66   mosse Beatrice me del loco mio;
          e se riguardi su nel terzo giro
          dal sommo grado, tu la rivedrai
69   nel trono che suoi merti le sortiro ».
          Sanza risponder, li occhi su levai,
          e vidi lei che si facea corona
72   reflettendo da sé li etterni rai.
          Da quella region che più su tona
          occhio mortale alcun tanto non dista,
75   qualunque in mare più giù s'abbandona,
          quanto lì da Beatrice la mia vista;
          ma nulla mi facea, ché sua effige
78   non discendea a me per mezzo mista.
          « O donna in cui la mia speranza vige,
          e che soffristi per la mia salute
81   in inferno lasciar le tue vestige,
          di tante cose quant'i' ho vedute,
          dal tuo podere e da la tua bontate

---

59. *un sene*: un vecchio. È San Bernardo.
60. *con*: come; con la stola bianca, di cui
a *Paradiso*, XXX, 129.
61. *gene*: guance.
67. *terzo*: si ricorderà il rapporto costante del numero 3 e suoi multipli con Beatrice. Cfr. *Vita nuova*, XXIX, 3.
73-6. *Da... vista*: dal più profondo del

mare al più alto del cielo non cè una distanza tanto imponente quanto ce n'era fra me
e Beatrice.
78. *non... mista*: offuscata da nessun elemento intermedio.
79. *vige*: vigoreggia.
81. *in inferno... vestige*: scendere all'Inferno. Cfr. *Inferno*, II, 52 e segg.

84   riconosco la grazia e la virtute.
        Tu m'hai di servo tratto a libertate
        per tutte quelle vie, per tutt'i modi
87   che di ciò fare avei la potestate.
        La tua magnificenza in me custodi,
        sì che l'anima mia, che fatt'hai sana,
90   piacente a te dal corpo si disnodi ».
        Così orai; e quella, sì lontana
        come parea, sorrise e riguardommi;
93   poi si tornò a l'etterna fontana.
        E 'l santo sene « Acciò che tu assommi
        perfettamente » disse « il tuo cammino,
96   a che priego e amor santo mandommi,
        vola con li occhi per questo giardino;
        ché veder lui t'acconcerà lo sguardo
99   più al montar per lo raggio divino.
        E la regina del cielo, ond'io ardo
        tutto d'amor, ne farà ogni grazia,
102   però ch'i' sono il suo fedel Bernardo ».
        Qual è colui che forse di Croazia
        viene a veder la Veronica nostra,
105   che per l'antica fame non sen sazia,
        ma dice nel pensier, fin che si mostra:
        « Signor mio Gesù Cristo, Dio verace,
108   or fu sì fatta la sembianza vostra? »;
        tal era io mirando la vivace
        carità di colui che 'n questo mondo,
111   contemplando, gustò di quella pace.
        « Figliuol di grazia, quest'esser giocondo »
        cominciò elli « non ti sarà noto,
114   tenendo li occhi pur qua giù al fondo;
        ma guarda i cerchi infino al più remoto,
        tanto che veggi seder la regina

---

88. *in me custodi*: conservami.
90. *piacente... disnodi*: tale da piacerti si sciolga dal corpo.
92. *parea*: appariva.
93. *si tornò*: tornò a contemplare.
94. *assommi*: porti al sommo.
96. *priego*: di Beatrice.

102. *Bernardo*: abate di Chiaravalle, morto nel 1153, cognominato il *Doctor Mellifluus*; gli si attribuiva il *Salve Regina*.
104. *la Veronica*: il Sudario con la immagine di Cristo, conservato in San Pietro.
114. *pur*: solo.
116. *la regina*: Maria.

117   cui questo regno è suddito e devoto ».
            Io levai li occhi; e come da mattina
            la parte oriental de l'orizzonte
120   soverchia quella dove 'l sol declina,
            così, quasi di valle andando a monte
            con li occhi, vidi parte ne lo stremo
123   vincer di lume tutta l'altra fronte.
            E come quivi ove s'aspetta il temo
            che mal guidò Fetonte, più s'infiamma,
126   e quinci e quindi il lume si fa scemo,
            così quella pacifica oriafiamma
            nel mezzo s'avvivava, e d'ogni parte
129   per igual modo allentava la fiamma.
            E a quel mezzo, con le penne sparte,
            vid'io più di mille angeli festanti,
132   ciascun distinto di fulgore e d'arte.
            Vidi a' lor giuochi quivi ed a' lor canti
            ridere una bellezza, che letizia
135   era ne li occhi a tutti li altri santi.
            E s'io avessi in dir tanta divizia
            quanta ad imaginar, non ardirei
138   lo minimo tentar di sua delizia.
            Bernardo, come vide li occhi miei
            nel caldo suo calor fissi e attenti,
141   li suoi con tanto affetto volse a lei,
                che i miei di rimirar fe' più ardenti.

CANTO XXXII

            Affetto al suo piacer, quel contemplante
            libero officio di dottore assunse,
3   e cominciò queste parole sante:
                « La piaga che Maria richiuse e unse,

120. *soverchia*: per luminosità.
124-5. *quivi... Fetonte*: a oriente dove si aspetta lo spuntare del sole. Per il mito di Fetonte cfr. *Inferno*, XVII, 107; *Purgatorio*, XXIX, 118 e *Paradiso*, XVII, 3.
126. *si fa scemo*: digrada, sfuma in minor luminosità.
127. *oriafiamma*: era lo stendardo rosso dei re di Francia.

132. *d'arte*: nel modo di esprimere la propria beatitudine.
134. *una bellezza*: Maria.
136. *divizia*: ricchezza, di espressioni.

XXXII. - 1. *Affetto al suo piacer*: tutto preso nella sua beatitudine.
4. *piaga*: aperta da Eva (*quella* ecc., vv. 5-6) cioè il peccato originale; *unse*: precede

quella ch'è tanto bella da' suoi piedi
6   è colei che l'aperse e che la punse.
      Ne l'ordine che fanno i terzi sedi,
      siede Rachel di sotto da costei
9   con Beatrice, sì come tu vedi.
      Sara e Rebecca, Iudìt e colei
      che fu bisava al cantor che per doglia
12   del fallo disse 'Miserere mei',
      puoi tu veder così di soglia in soglia
      giù digradar, com'io ch'a proprio nome
15   vo per la rosa giù di foglia in foglia.
      E dal settimo grado in giù, sì come
      infino ad esso, succedono Ebree,
18   dirimendo del fior tutte le chiome;
      perché, secondo lo sguardo che fee
      la fede in Cristo, queste sono il muro
21   a che si parton le sacre scalee.
      Da questa parte onde 'l fiore è maturo
      di tutte le sue foglie, sono assisi
24   quei che credettero in Cristo venturo:
      da l'altra parte onde sono intercisi
      di voti i semicirculi, si stanno
27   quei ch'a Cristo venuto ebber li visi.
      E come quinci il glorioso scanno
      de la donna del cielo e li altri scanni
30   di sotto lui cotanta cerna fanno,
      così di contra quel del gran Giovanni,

logicamente *richiuse*, significando «curò, lenì»; così *punse* del v. 6 che gli corrisponde (come *aperse* a *richiuse*) deve suggerire l'idea inversa di lacerazione dolorosa. Le due coppie di verbi indicano ciascuna una sola azione, ma complessamente designata anche attraverso le idee concomitanti di dolore e di sollievo.

7. *sedi*: seggi.

8. *Rachel*: la seconda moglie di Giacobbe; simboleggia la vita contemplativa; cfr. *Inferno*, II, 102; IV, 60; *Purgatorio* XXVII, 104.

10-2. *Sara... mei*: Sara, moglie di Abramo; Rebecca, moglie di Isacco; Giuditta, che uccise Oloferne; e Ruth, bisavola di Da-

vide, che cantò il *Miserere mei* (*Salmi*, L).

18. *dirimendo... chiome*: separando i petali della rosa. Le Ebree formano dunque una fila verticale, su tutti gli ordini successivamente, e dividono come un *muro* i beati cristiani da quelli che vissero prima di Cristo. Su un'altra fila opposta stanno i santi del Nuovo Testamento (vv. 28-36), dividendo così ogni giro in due semicerchi (v. 26).

19. *fee*: fece. Secondo la direzione del guardare verso Cristo (cioè prima o dopo la sua venuta).

27. *visi*: sguardi.

30. *cerna*: cernita, partizione.

che sempre santo 'l diserto e 'l martiro
33   sofferse, e poi l'inferno da due anni;
       e sotto lui così cerner sortiro
Francesco, Benedetto e Augustino,
36   e altri fin qua giù di giro in giro.
       Or mira l'alto proveder divino;
ché l'uno e l'altro aspetto de la fede
39   igualmente empierà questo giardino.
       E sappi che dal grado in giù che fiede
a mezzo il tratto le due discrezioni,
42   per nullo proprio merito si siede,
       ma per l'altrui, con certe condizioni;
ché tutti questi son spiriti assolti
45   prima ch'avesser vere elezioni.
       Ben te ne puoi accorger per li volti
e anche per le voci puerili,
48   se tu li guardi bene e se li ascolti.
       Or dubbi tu, e dubitando sili;
ma io dissolverò 'l forte legame
51   in che ti stringon li pensier sottili.
       Dentro a l'ampiezza di questo reame
casual punto non puote aver sito,
54   se non come tristizia o sete o fame;
       ché per etterna legge è stabilito
quantunque vedi, sì che giustamente
57   ci si risponde da l'anello al dito.
       E però questa festinata gente
a vera vita non è sine causa

32-3. *'l martiro... anni*: Giovanni il Battista trascorse nel Limbo l'intervallo fra la
sua morte e quella di Cristo (circa 2 anni).
   34. *cerner sortiro*: furono collocati nella
linea verticale che ha la funzione di cernita.
   35. *Francesco, Benedetto e Augustino*:
Francesco d'Assisi (cfr. *Paradiso*, XI, 43 e
segg.); Benedetto da Norcia (cfr. *Paradiso*,
XXII, 28 e segg.); Agostino di Tagaste (cfr.
Paradiso, X, 120).
   40-3. *sappi... condizioni*: dal cerchio mediano, che divide a metà le due linee di cernita, in giù, si trovano le anime degli

innocenti.
   44. *assolti*: sciolti.
   45. *vere elezioni*: l'età di scegliere il libero arbitrio (cfr. *Purgatorio*, XVIII, 64-5).
   49. *sili*: taci.
   53. *casual... sito*: non ci può essere nulla
di casuale, così come non ci può essere il
male.
   58. *questa festinata gente*: questi morti
precoci.
   59-60. *a vera... eccellente*: non sono più
o meno partecipi della beatitudine (più o
meno fra loro) senza una ragione.

60   intra sé qui più e meno eccellente.
        Lo rege per cui questo regno pausa
        in tanto amore ed in tanto diletto,
63   che nulla volontà è di più ausa,
        le menti tutte nel suo lieto aspetto
        creando, a suo piacer di grazia dota
66   diversamente; e qui basti l'effetto.
        E ciò espresso e chiaro vi si nota
        ne la Scrittura santa in quei gemelli
69   che ne la madre ebber l'ira commota.
        Però, secondo il color de' capelli
        di cotal grazia, l'altissimo lume
72   degnamente convien che s'incappelli.
        Dunque, sanza merzé di lor costume,
        locati son per gradi differenti,
75   sol differendo nel primiero acume.
        Bastavasi ne' secoli recenti
        con l'innocenza, per aver salute,
78   solamente la fede de' parenti.
        Poi che le prime etadi fuor compiute,
        convenne ai maschi a l'innocenti penne
81   per circuncidere acquistar virtute.
        Ma poi che 'l tempo de la grazia venne,
        sanza battesmo perfetto di Cristo,
84   tale innocenza là giù si ritenne.
        Riguarda omai ne la faccia che a Cristo

61. *Lo rege... pausa*: Dio in cui tutto posa, ha pace.
63. *ausa*: ambiziosa; nessuno desidera più beatitudine di quella che ha.
66. *e qui... l'effetto*: e non investighiamo le cause, contentiamoci di constatare questo fatto.
68. *gemelli*: Esaù e Giacobbe, che si disputarono (*ebber l'ira commota*) fin nel ventre della madre (cfr. *Genesi*, XXV, 21 e segg.); Esaù era rosso di capelli (cit. 25), e da questo particolare Dante prende l'immagine con cui spiega il diversificarsi della grazia in ogni individuo.
70-2. *Però... s'incappelli*: il senso di questa figura, che evoca un'idea di semplice naturalezza nella distribuzione della grazia a

ciascuno, è il seguente: i bambini morti non avendo meriti propri, la loro beatitudine viene proporzionata a quel dono di grazia che era toccato loro nella nascita.
73. *merzé*: merito.
75. *acume*: la forza di vedere Dio che avevano ricevuto alla nascita.
76-8. *Bastavasi... parenti*: nei primi secoli della creazione dell'uomo, bastava per la salvazione di un infante la fede dei genitori in Cristo venturo (cfr. *Paradiso*, XIX, 104).
80-1. *convenne... virtute*: i maschi dovettero aumentar virtù alle loro ali innocenti col rito della circoncisione (considerata, cfr. v. 83, come un battesimo «imperfetto»).
84. *là*: nel Limbo.
85-6. *la faccia... somiglia*: Maria.

più si somiglia, ché la sua chiarezza
87   sola ti può disporre a veder Cristo ».

Io vidi sopra lei tanta allegrezza
piover, portata ne le menti sante
90   create a trasvolar per quella altezza,

che quantunque io avea visto davante
di tanta ammirazion non mi sospese,
93   né mi mostrò di Dio tanto sembiante.

E quello amor che primo lì discese,
cantando 'Ave Maria, gratia plena',
96   dinanzi a lei le sue ali distese.

Rispuose a la divina cantilena
da tutte parti la beata corte,
99   sì ch'ogni vista sen fe' più serena.

« O santo padre che per me comporte
l'esser qua giù, lasciando il dolce loco
102   nel qual tu siedi per etterna sorte,

qual è quell'angel che con tanto gioco
guarda ne li occhi la nostra regina,
105   innamorato sì che par di foco? »

Così ricorsi ancora a la dottrina
di colui ch'abbelliva di Maria
108   come del sole stella mattutina.

Ed elli a me: « Baldezza e leggiadria
quant'esser puote in angelo ed in alma,
111   tutta è in lui; e sì volem che sia,

perch'elli è quelli che portò la palma
giuso a Maria, quando 'l Figliuol di Dio
114   carcar si volse de la nostra salma.

Ma vieni omai con li occhi sì com'io
andrò parlando, e nota i gran patrici
117   di questo imperio giustissimo e pio.

Quei due che seggon là su più felici
per esser propinquissimi ad Augusta,
120   son d'esta rosa quasi due radici.

---

89. *le menti sante*: gli angeli.   107. *abbelliva di Maria*: s'illuminava di
94. *quello amor*: l'arcangelo Gabriele.   Maria.
Cfr. *Paradiso*, XXIII, 94 e segg.   109. *Baldezza*: impeto gioioso.
99. *ogni vista*: l'aspetto di ogni beato.   114. *carcar*: caricare, del peso corporale.
103. *gioco*: gioia.   116. *patrici*: i notabili.

Colui che da sinistra le s'aggiusta
è il padre per lo cui ardito gusto
123 l'umana specie tanto amaro gusta.

Dal destro vedi quel padre vetusto
di Santa Chiesa a cui Cristo le chiavi
126 raccomandò di questo fior venusto.

E quei che vide tutti i tempi gravi,
pria che morisse, de la bella sposa
129 che s'acquistò con la lancia e coi chiavi,

siede lungh'esso, e lungo l'altro posa
quel duca sotto cui visse di manna
132 la gente ingrata, mobile e retrosa.

Di contr'a Pietro vedi sedere Anna,
tanto contenta di mirar sua figlia,
135 che non move occhio per cantare osanna.

E contro al maggior padre di famiglia
siede Lucia, che mosse la tua donna,
138 quando chinavi, a ruinar, le ciglia.

Ma perché 'l tempo fugge che t'assonna,
qui farem punto, come buon sartore
141 che com'egli ha del panno fa la gonna;

e drizzeremo li occhi al primo amore,
sì che, guardando verso lui, penetri
144 quant'è possibil per lo suo fulgore.

Veramente, ne forse tu t'arretri
movendo l'ali tue, credendo oltrarti,
147 orando grazia conven che s'impetri

122-3. *il padre... gusta*: Adamo.

124. *quel padre vetusto*: San Pietro. Cfr. *Vangelo secondo Matteo*, XVI, 19.

126. *questo fior*: la «rosa» dei beati.

127. *quei*: San Giovanni Evangelista.

128. *la bella sposa*: la Chiesa.

129. *chiavi*: chiodi, della Croce. La *lancia* è quella che trafisse Cristo crocefisso.

131. *duca*: Mosé, che condusse gli Ebrei dall'Egitto attraverso il deserto, dove vissero di manna.

133. *Anna*: Sant'Anna, madre di Maria.

135. *per cantare*: pur cantando ecc.

136. *maggior padre*: Adamo.

137. *Lucia*: la santa che incitò Beatrice

a soccorrere Dante (cfr. *Inferno*, II, 97-108) e che trasporta Dante dormente al limitare del Purgatorio (cfr. *Purgatorio*, IX, 55-63).

139. *'l tempo... che t'assonna*: il tempo umano, quello che agli uomini porta sonno e stanchezza, e che per i beati non esiste.

141. *com'egli... gonna*: proporziona il taglio di un abito al materiale di cui dispone.

145-50. *Veramente... parti*: però, affinché non (*ne* latino) ti allontani da Dio invece di avvicinarti, tentando di volare con le tue sole forze, si deve chiedere e ottenere aiuto da Maria; e tu seguirai la mia preghiera col cuore.

grazia da quella che puote aiutarti;
e tu mi seguirai con l'affezione,
150   sì che dal dicer mio lo cor non parti ».
E cominciò questa santa orazione.

CANTO XXXIII

« Vergine madre, figlia del tuo figlio,
umile e alta più che creatura,
3   termine fisso d'etterno consiglio,
tu se' colei che l'umana natura
nobilitasti sì, che 'l suo fattore
6   non disdegnò di farsi sua fattura.
Nel ventre tuo si raccese l'amore
per lo cui caldo ne l'etterna pace
9   così è germinato questo fiore.
Qui se' a noi meridiana face
di caritate, e giuso, intra i mortali,
12   se' di speranza fontana vivace.
Donna, se' tanto grande e tanto vali,
che qual vuol grazia ed a te non ricorre,
15   sua disianza vuol volar sanz'ali.
La tua benignità non pur soccorre
a chi domanda, ma molte fiate
18   liberamente al dimandar precorre.
In te misericordia, in te pietate,
in te magnificenza, in te s'aduna
21   quantunque in creatura è di bontate.
Or questi, che da l'infima lacuna
de l'universo infin qui ha vedute
24   le vite spiritali ad una ad una,
supplica a te, per grazia, di virtute
tanto, che possa con li occhi levarsi
27   più alto verso l'ultima salute.
E io, che mai per mio veder non arsi
più ch'i' fo per lo suo, tutti miei prieghi

XXXIII. - 3. *termine... consiglio*: con Maria,
per decreto dell'Eterno, comincia la storia
dell'umanità redenta.

21. *quantunque... di bontate*: tutta la
bontà che può esistere in una creatura.

22. *l'infima lacuna*: il vuoto dell'abisso
infernale.

28. *per mio... arsi*: non provai più ardente desiderio di vedere io stesso.

30   ti porgo, e priego che non sieno scarsi,
          perché tu ogni nube li disleghi
       di sua mortalità co' prieghi tuoi,

33   sì che 'l sommo piacer li si dispieghi.
          Ancor ti priego, regina, che puoi
       ciò che tu vuoli, che conservi sani,

36   dopo tanto veder, li affetti suoi.
          Vinca tua guardia i movimenti umani:
       vedi Beatrice con quanti beati

39   per li miei preghi ti chiudon le mani! »
          Li occhi da Dio diletti e venerati,
       fissi ne l'orator, ne dimostraro

42   quanto i devoti preghi le son grati;
          indi a l'etterno lume si drizzaro,
       nel qual non si dee creder che s'invii

45   per creatura l'occhio tanto chiaro.
          E io ch'al fine di tutt'i disii
       appropinquava, sì com'io dovea,

48   l'ardor del desiderio in me finii.
          Bernardo m'accennava e sorridea
       perch'io guardassi suso; ma io era

51   già per me stesso tal qual ei volea;
          ché la mia vista, venendo sincera,
       e più e più intrava per lo raggio

54   de l'alta luce che da sé è vera.
          Da quinci innanzi il mio veder fu maggio
       che 'l parlar nostro, ch'a tal vista cede,

57   e cede la memoria a tanto oltraggio.
          Qual è colui che somniando vede,
       che dopo il sogno la passione impressa

60   rimane, e l'altro a la mente non riede,
          cotal son io, ché quasi tutta cessa
       mia visione, ed ancor mi distilla

---

31. *nube*: l'offuscamento del suo essere mortale, che gli impedisce la visione di Dio; *disleghi*: dissipi.

39. *ti chiudon le mani*: giungono le mani in preghiera, verso di te.

43. *si drizzaro*: si diressero.

44. *s'invii*: entri.

45. *tanto chiaro*: quanto quello di Maria.

48. *finii*: toccai il limite estremo.

52. *venendo*: terminando di divenire.

55. *maggio*: maggiore, di quanto si possa esprimere.

57. *oltraggio*: oltranza, eccesso.

61. *cessa*: è scomparsa.

63   nel core il dolce che nacque da essa.
                 Così la neve al sol si disigilla;
            così al vento ne le foglie levi
66   si perdea la sentenza di Sibilla.
                 O somma luce che tanto ti levi
            da' concetti mortali, a la mia mente
69   ripresta un poco di quel che parevi,
                 e fa la lingua mia tanto possente,
            ch'una favilla sol de la tua gloria
72   possa lasciare a la futura gente;
                 ché, per tornare alquanto a mia memoria
            e per sonare un poco in questi versi,
75   più si conceperà di tua vittoria.
                 Io credo, per l'acume ch'io soffersi
            del vivo raggio, ch'i' sarei smarrito,
78   se li occhi miei da lui fossero aversi.
                 E' mi ricorda ch'io fui più ardito
            per questo a sostener, tanto ch'i' giunsi
81   l'aspetto mio col valore infinito.
                 Oh abbondante grazia ond'io presunsi
            ficcar lo viso per la luce etterna,
84   tanto che la veduta vi consunsi!
                 Nel suo profondo vidi che s'interna,
            legato con amore in un volume,
87   ciò che per l'universo si squaderna;
                 sustanze e accidenti e lor costume,
            quasi conflati insieme, per tal modo
90   che ciò ch'i' dico è un semplice lume.
                 La forma universal di questo nodo
            credo ch'i' vidi, perché più di largo,
93   dicendo questo, mi sento ch'i' godo.
                 Un punto solo m'è maggior letargo

---

66. *Sibilla*: la Sibilla di Cuma scriveva i suoi oracoli su delle foglie (cfr. Virgilio, *Eneide*, III, 443-451).

75. *più... vittoria*: gli uomini avranno un concetto più ampio della tua trionfale grandezza.

78. *aversi*: distolti. Tanto era invaso dalla luce che, rivolgendosi altrove, non avrebbe visto nulla.

80-1. *giunsi... infinito*: congiunsi la mia vista con Dio.

83. *viso*: vista, sguardo.

89. *conflati*: uniti in uno stesso respiro, compenetrati da uno Spirito.

90. *un semplice lume*: un mero accenno.

91. *La forma... nodo*: il principio creativo di questa unità universale.

94-6. *Un punto... d'Argo*: un solo istan-

　　　che venticinque secoli a la 'mpresa,
96　　che fe' Nettuno ammirar l'ombra d'Argo.
　　　Così la mente mia, tutta sospesa,
　　　mirava fissa, immobile e attenta,
99　　e sempre di mirar faciesi accesa.
　　　A quella luce cotal si diventa,
　　　che volgersi da lei per altro aspetto
102　　è impossibil che mai si consenta;
　　　però che il ben, ch'è del volere obietto,
　　　tutto s'accoglie in lei; e fuor di quella
105　　è defettivo ciò ch'è lì perfetto.
　　　Omai sarà più corta mia favella,
　　　pur a quel ch'io ricordo, che d'un fante
108　　che bagni ancor la lingua a la mammella.
　　　Non perché più ch'un semplice sembiante
　　　fosse nel vivo lume ch'io mirava,
111　　che tal è sempre qual s'era davante;
　　　ma per la vista che s'avvalorava
　　　in me guardando, una sola parvenza,
114　　mutandom'io, a me si travagliava.
　　　Ne la profonda e chiara sussistenza
　　　de l'alto lume parvermi tre giri
117　　di tre colori e d'una contenenza;
　　　e l'un da l'altro come iri da iri
　　　parea reflesso, e 'l terzo parea foco
120　　che quinci e quindi igualmente si spiri.
　　　Oh quanto è corto il dire e come fioco
　　　al mio concetto! e questo, a quel ch'i' vidi,
123　　è tanto, che non basta a dicer 'poco'.

te, quello della visione, ha inghiottito nel suo oblio più e più grandi cose di quanto venticinque secoli abbiano cancellato dell'inaudita impresa degli Argonauti (i primi a solcare il mare con una nave, che con la sua ombra stupì Nettuno).

97. *Così*: con lo stesso stupore assoluto (di Nettuno).

103-5. *però... perfetto*: perché tutto il bene, a cui l'anima tende, è in quella luce; e fuori di essa ci sono solo beni imperfetti.

107. *fante*: bimbo.

111. *che... davante*: perché l'aspetto della luce divina è immutabile.

112-4. *per la vista... si travagliava*: con l'aumentare della forza visiva, l'immutabile aspetto divino mi obbligava ad uno sforzo sempre maggiore.

116. *parvermi*: mi apparvero. È la Trinità, col Figlio che appare riflesso dal Padre, e lo Spirito Santo come fuoco emanato dai due.

117. *contenenza*: dimensione.

118. *iri*: iride, arcobaleno.

123. *è tanto... 'poco'*: cioè è così poco che bisognerebbe dire «nulla affatto» o quasi.

O luce etterna che sola in te sidi,
sola t'intendi, e da te intelletta

126 e intendente te ami e arridi!

Quella circulazion che sì concetta
pareva in te come lume reflesso,

129 da li occhi miei alquanto circunspetta,

dentro da sé, del suo colore stesso,
mi parve pinta de la nostra effige;

132 per che 'l mio viso in lei tutto era messo.

Qual è 'l geometra che tutto s'affige
per misurar lo cerchio, e non ritrova,

135 pensando, quel principio ond'elli indige,

tal era io a quella vista nova:
veder volea come si convenne

138 l'imago al cerchio e come vi s'indova;

ma non eran da ciò le proprie penne:
se non che la mia mente fu percossa

141 da un fulgore in che sua voglia venne.

A l'alta fantasia qui mancò possa;
ma già volgeva il mio disio e il velle,

144 sì come rota ch'igualmente è mossa,
l'amor che move il sole e l'altre stelle.

---

124. *sidi*: risiedi, hai la ragion d'essere. Dante ha raggiunto il momento di cantare l'unità assoluta di Dio; qui nella sua complessità trina, di essenza, intelligenza e amore, e poi (vv. 127-131) nella complessità dell'incarnazione.

127. *circulazion*: il cerchio simboleggiante il Figlio (v. 118).

129. *circunspetta*: mirata con attenzione.

131. *pinta... effige*: figurata secondo l'immagine di un viso umano.

132. *viso*: sguardo; Dante è concentrato a guardare, per capire il mistero di come un volto umano possa essere la stessa cosa di un simbolo astratto qual è il cerchio di luce riflessa.

133-4. *s'affige... lo cerchio*: s'applica a cercare la quadratura del cerchio.

135. *indige*: manca.

138. *s'indova*: si colloca, trova luogo. Cioè, come la natura umana e la divina pos-

sano essere una sola cosa nel Figlio, che a sua volta è una sola cosa in Dio.

139. *le proprie penne*: le sole forze dell'intelletto.

141. *da un fulgore... venne*: dalla luce della Grazia, che soddisfece il desiderio d'intendere l'unità complessa di Dio.

142. *qui mancò possa*: di fronte a quest'ultimo grado di visione, la potenza naturale della ricettività fu superata; e la fantasia divenne incapace di provvedere immagini materiali che potessero rappresentare quella completezza suprema.

143-5. *ma già... l'altre stelle*: è superato anche il desiderio di esprimere; l'appagamento del desiderio (la visione del Bene assoluto) e l'appagamento della volontà (il diletto) sono ormai una sola cosa, si volgono uniti nel ritmo universale come due punti di un cerchio ruotano insieme, secondo l'equilibrio eterno che è concesso agli eletti.

INDICE

Paradiso

Stampato dalla Offsetvarese
per conto
di U. Mursia editore S.p.A.